Literary Criticism:
An Introduction to Theory and Practice
(5th Edition)

当　代　世　界　学　术　名　著

文学批评
理论与实践导论
（第五版）

[美] 查尔斯·E·布莱斯勒（Charles E. Bressler）/著
赵勇　李莎　常培杰 等/译

中国人民大学出版社
·北京·

“当代世界学术名著”
出版说明

中华民族历来有海纳百川的宽广胸怀，她在创造灿烂文明的同时，不断吸纳整个人类文明的精华，滋养、壮大和发展自己。当前，全球化使得人类文明之间的相互交流和影响进一步加强，互动效应更为明显。以世界眼光和开放的视野，引介世界各国的优秀哲学社会科学的前沿成果，服务于我国的社会主义现代化建设，服务于我国的科教兴国战略，是新中国出版工作的优良传统，也是中国当代出版工作者的重要使命。

中国人民大学出版社历来注重对国外哲学社会科学成果的译介工作，所出版的“经济科学译丛”、“工商管理经典译丛”等系列译丛受到社会广泛欢迎。这些译丛侧重于西方经典性教材；同时，我们又推出了这套“当代世界学术名著”系列，旨在迻译国外当代学术名著。所谓“当代”，一般指近几十年发表的著作；所谓“名著”，是指这些著作在该领域产生巨大影响并被各类文献反复引用，成为研究者的必读著作。我们希望经过不断的筛选和积累，使这套丛书成为当代的“汉译世界学术名著丛书”，成为读书人的精神殿堂。

由于本套丛书所选著作距今时日较短，未经历史的充分淘洗，加之判断标准见仁见智，以及选择视野的局限，这项工作肯定难以尽如人意。我们期待着海内外学界积极参与推荐，并对我们的工作提出宝贵的意见和建议。我们深信，经过学界同仁和出版者的共同努力，这套丛书必将日臻完善。

中国人民大学出版社

献给我生命中最重要的两个人

达琳与海蒂

序　言

剧作家、诗人、小说家和批评家奥斯卡·王尔德（Oscar Wilde）曾经宣称：艺术家是美的事物的创造者，而“批评家能将自己对美的事物的印象以另一种样式或新的材料转化过来……当批评家们意见分歧时，艺术家却能与自己和谐相处”[1]。因此，正是文学批评家在与文本进行交易、探索历史语境、能动地阅读和愉快地参与，以无数种别样的方式“转译”（translating）了文学这一美的事物。 xi

比如，法国诗人、小说家和剧作家维克多·雨果（Victor Hugo）曾经写道：“学着阅读就是去点燃火种，每一个词的音节都拼写出火花。”[2]读到这句话时，结构主义批评家会去分析火种与火花的隐喻色彩；马克思主义批评家会去思考那种有可能影响着提高了读写能力价值的阶级结构；而解构者的问题是：那些音节真能拼写出火花（*sparkles*）这个单词吗？

---

① 此说法来自［英］王尔德《〈道林·格雷的画像〉自序》，此处翻译参考了荣如德译文，见赵澧、徐京安主编：《唯美主义》，179～180页，北京，中国人民大学出版社，1988。——译者注

② 此说法来自雨果的《悲惨世界》，其法语原文是：Apprendre *à* lire，c'est allumer du feu；toute syllabe épelée étincelle. 英译为：To learn to read is to kindle a fire；every syllable spelled sparkles. ——译者注

文学理论包含下面这样一些问题：阶级冲突与文本是什么关系？拉康式的镜像期（Lacanian mirror stage）确实会在文本中起作用吗？读者与读者类型在多大程度上影响到了文本的阐释？文本自身是一个实体存在吗？试图提取文本意义时作者的意图重要吗？这些问题中的每一个与其他那些也能适用于文本阐释的问题，代表了接近文本的不同视角。但是哪些问题可以携手共进呢？这些问题又来自哪里？

不可避免且必然发生的是，文学这门艺术已带来了许多不断成长和壮大的批评流派，在那里，越来越多的问题依然被许多理论家提出。对于这一不断演变之域中的主要批评流派，查尔斯·布莱斯勒（Charles Bressler）的《文学批评：理论与实践导论》（*Literary Criticism*：*An Introduction to Theory and Practice*）第五版都提供了一种深度解读。于文学经验匮乏者而言，《文学批评》介绍了不同批评流派中普遍存在的、时而难解的专有名词，并且也以批评理论初学者能够理解和欣赏的方式，讲解了文学批评术语、观念和基本原理的运用。

另一方面，对于经验丰富的批评家来说，布莱斯勒的《文学批评》辨析了每一种理论方法中新出现的理论家及其批评术语，讨论了每一个批评流派，这种方式将会提升学者先前的理解水平。经验老到的学者特别感兴趣的是，布莱斯勒目前的这本教材包含了四章新内容，还有倾注在各批评流派所有章节上的最新且详尽的修订。

xii 布莱斯勒是从界定文学（*literature*）、理论（*theory*）和批评（*criticism*）这一章开始这本书的写作的，接下来的一章是对批评史的概览——从前 4 世纪的柏拉图（Plato）到 20 世纪的米哈伊尔·巴赫金（Mikhail Bakhtin）。形成这样一个文学理论的基础之后，布莱斯勒便在随后的每一章中聚焦于一个主要的批评流派，按其诞生的时间顺序加以分类。与此相对应，每一章又被细分为主要理论家及其理论原理，以及来自原始文本和二手文本中的名词术语。

在《文学批评》第五版中，以下各章也做了修订与更新：俄国形式主义与新批评、读者导向批评、现代性/后现代性（结构主义/解构）、精神分析批评、女性主义、马克思主义以及文化诗学或新历史主义。

新版中最令人振奋的增添内容是把后殖民主义、非裔美国文学批评、酷儿理论和生态批评分章设题。迄今为止，这是唯一一本包含了单章探讨生态批评的文学批评入门书；对于新兴的理论以及许多生态批评家们设定的关键问题，该章提供了精萃的背景信息。

除了这些理论材料，布莱斯勒还借用纳撒尼尔·霍桑（Nathaniel Hawthorne）的短篇小说《好小伙布朗》（“Young Goodman Brown”），举例说明如何运用文学理论来阐释一个文本。为把每一种理论立场应用到其他文本之中，布莱斯勒也从每一章的理论视角提供了一系列问题，在实践层面上去强调那些理论概念。

第五版的又一个新气象是，五篇文学理论与批评的学术论文出现在本书后面的阅读材料部分。这些重要论文出自克林斯·布鲁克斯（Cleanth Brooks）、雅克·德里达（Jacques Derrida）等批评家之手。

在过去 15 年的时间里，布莱斯勒的这部教材已晋升为美国文学批评方面最畅销的入门书之一。学生与教师均已发现，布莱斯勒对于文学理论与批评中许多抽象且艰涩的理论概念都做了深入浅出的讲解。我相信，这次新出的第五版不仅为文学理论的复杂王国提供了一种通俗易懂的批判性视角，而且也为理论运用到文本与课堂之中打开了方便之门。

Z. A. 瑞恩

宾夕法尼亚州印第安纳大学

致读者

像先前的四个版本一样，这个《文学批评》的新版也是按一种补充读物的样子设计的，用于辅助文学、文学批评基础课程和人文学科中的其他课程，它的使用者可能是大学生或研究生。在所有的五个版本中，这部教材的目的均保持一致：使学生能够从种种不同的理论与实践视角去接近文学，用批评家们形成的种种阐释中的一种理论和实际解读去武装学生。这本书的总体目标是要把处理文本和阐释文本的秘密揭示出来。我希望这本别样的教材能使莘莘学子加入世界各地正在发生的种种文学议题中。 *xiii*

如前四个版本那样，第五版依然把握这么几个主要前提。首先，我假定，并不存在对于文本的“纯真”（innocent）阅读，无论我们对文本的反应是充满感情与自发产生的结果，还是合乎逻辑与高度结构化的产物，我们所有的阐释都植根于一些潜在的因素之中，这些因素导致我们以特定方式对特定文本做出反应。究竟什么东西引发了这些反应？读者又如何去理解一个文本？这类问题确实至关重要。掌握文学理论，有助于我们去分析对于任何文本的初始反应和所有的跟进反应，也能使我们通过手边文本去探究自己的信仰、价值观、情感以及最终的整体阐释。要弄懂我们为何会以某种方式对文本做出反应，我们就必须首先了解文学理论及其实际运用——文学批评。

其次，由于我们对文本的反应具有理论基础，所以我相信所有的读者都拥有一种文学理论。作为读者，当我们阅读各种类型的文本时，我们已有意无意地形成了具有某种期待的观念模式。我们常常会以某种方式去理解我们所阅读的任何文本。无论我们是否觉察，以往那些适用于我们私人（个人）阐释和公共阐释的方法已直接让我们介入文学理论与批评之中，使我们自动成为进行文学实践的批评家。

我的第三个前提建立在这样一个观察之上：每一个读者的文学理论以及与之相伴的方法论（也就是文学批评），或是有意使用或是无意拿来，或是几近完整或是支离破碎，或是有根有据或是捕风捉影，或是标准统一或是折中调和。鉴于那种无意拿来、支离破碎、捕风捉影和折中调和的文学理论往往会导致不合逻辑、漏洞百出、乱七八糟的阐释，所以我认为，一种定义明确、逻辑周严、清晰贯通的文学理论，将使读者形成他们自己的文本阐释法——他们的个人阐释学（personal hermeneutics），并能以一
xiv 以贯之的方式，帮助他们以读者身份去理顺、阐明与证明他们对任何文本的评价。

不幸的是，许多读者不能清晰地讲出自己的文学理论；而对于不断演变的文学批评原理及其历史和发展，他们也所知甚少或一无所知。这本教材的目的就是把文学理论与批评及其历史发展、各种理论立场、批评流派，介绍给这样的学生和读者，以便他们以读者身份去有意识、有根据且深思熟虑地选择自己的阐释方法。

那么，为什么又要出一个新版呢？像许多别的学术研究一样，文学批评也是一门不断发展的学科。这本教材的第四版出版以来，文学理论与批评领域中许多富有创造性的学术成果已经完成、面世，并成为争论的对象。新版强调的是文学理论家们形成的这些新关切，并允许读者参与到文化诗学、文化研究、后殖民主义、非裔美国文学批评、酷儿理论和生态批评诸领域正在发生的前沿话题的讨论之中。此外，第五版还收录了新的批评术语，它们能帮助读者充分理解不同批评流派倡导者正在讨论的各种批评观念。

像前几版一样，新版的第一章也给学生介绍了文学理论的主要关注对象；对于理论与批评的性质和关切，此章现在有了更为详尽的讨论。第二

章把文学理论与批评放在历史考察中——始于柏拉图的写作，终于 20 世纪文学批评的一个重量级人物米哈伊尔·巴赫金。第三至第九章已做过修订，并适当增加了新的术语。这几章中的每一章都对已经发展并在 21 世纪继续发展的主要批评流派做了描述，包括俄国形式主义、新批评、读者导向批评、结构主义、解构理论、精神分析批评、女性主义、马克思主义、新历史主义（文化诗学）和文化研究。在第四版中，第十章涵盖三个批评流派；而在这个新版中，这三个流派已单独成章：第十章详述后殖民主义，第十一章分析非裔美国文学批评，第十二章则面对酷儿理论。此外，新版还增加了一章新内容，用以突出一种新近出现且持续发展的理论——生态批评，这部分内容出现在第十三章中。

为保持一致，也为了方便学习，每章的结构都安排得如出一辙。先有简短的导论部分（Introductory Section），随后是某个批评流派的历史发展（Historical Development）。接着是理论假设部分（Assumptions Section），此部分详细解释了各批评流派赖以成立的哲学原理。接下来是方法论部分（Methodology Section），此部分可作为相关阐释技巧的操作指南；这些技巧被各个批评流派采用，用来演示其建立在不同哲学假设之上的各种文本阐释。

方法论部分之后，一个重新修订的问题分析部分（Questions for Analysis Section）出现在第三至第十三章中。这一专题提供给学生一些关键问题，用来回应某个文本，以便在讨论中从批评流派的特定视角去审视那个文本。有些问题也会问及学生，以便他们把新获知识运用到纳撒尼尔·霍桑的短篇小说《好小伙布朗》之中。这篇小说已放在本书后面。紧随这一部分（第三至第十三章），我还列出一段批评与回应（Critiques and Responses）的内容，用来解释各个批评流派的关键概念。包含在这一部分中的还有其他批评流派所推举的种种关切，而这些流派并不一定同意该章流派所讨论的各种假设。通过对各章此部分内容的增加与更新，你们作为读者，最终就能使用自己的阐释方法更好地加入有关理论与实践的讨论与争论之中。 *xv*

这一新版中的所有章节都已做过仔细修订与校订，每章中的关键术语以粗黑字体出现，亦被收入本书后面更新了的术语表中。由于《文学批评》是一本基础教材，因此对各个批评流派的解读就不应被当作巨细无遗的讲解，而应被看作为了文本分析，朝着那些难度极大且常常富有挑战性的概念、原理和方法形成某种理解所迈出的第一步。

到了本书的末尾，读者将会发现一块新增内容：**文学批评阅读材料**（Readings on Literary Criticism）。收录于这一部分中的是五篇用于凸显不同批评流派的重要学术论文。例如，读者将会发现雅克·德里达那篇引发美国解构理论的论文——《人文科学话语中的结构、符号与嬉戏》（“Structure, Sign, and Play in the Discourse of the Human Sciences”）位于其中。通过收录这些论文，读者如今将会直接走进那些学术著作之中，而它们在形塑以往或当今的文学理论与批评时已发挥过作用。

致谢

因为我信奉文本之间的互文性（intertextuality），所以我乐于承认这一文本与其先前版本的创造均涉及一个关联着许多人的复杂之网。首先，对于那些加入我这门文学批评课的同学们，我得说一声“非常感谢”。你们那些深思熟虑的问题、课堂发言与讨论，以及看似不计其数的论文，已帮我澄清了我在许多复杂问题上的思考。没有你们，这本书就不可能写出来。

我也深深感谢印第安纳卫斯理大学（Indiana Wesleyan University）。校方通过授予我“汉斯学术奖”（Hines Fellowship），让我脱产于教学，
xvi 我才有了研究和写作这本书的时间。尤其要特别感谢学术计划与公众参与助理教务长杰瑞·帕特格尔（Jerry Pattengale）博士、现代语言与文学系主任玛丽·布朗（Mary Brown）博士和约翰·卫斯理荣誉学院（John Wesley Honors College）的行政主任大卫·里格斯（David Riggs）博士，谢谢他们的鼓励与持之以恒的日常支持。此外，当我写作这本书时，我在约翰·卫斯理荣誉学院的同事——莎拉·舒尼曼（Sara Scheunemann）女士、罗斯蒂·霍金斯（Rusty Hawkins）博士、莉萨·图兰（Lisa Toland）博士、托德·里姆（Todd Ream）博士——一路为我鼓劲加油。也需要特别提及约翰·卫斯理荣誉学院的一位学生——卢克·L·尼尔森（Luke L. Nelsen），他对本书有协助编辑之功。还有杰森·罗尼恩（Jason

Runyan）博士和蒂莫西·埃什（Timothy Esh）教授，他们在休息时间和午餐时间常常不吝鼓励之词。我也要特意感谢我的朋友和同行、宾夕法尼亚州印第安纳大学（Indiana University of Pennsylvania）的扎卡里·A·罗恩（Zachary A. Rhone），他仔细阅读了我的原稿并提出了富有启迪的建议。

我那位忠实果敢的编辑，培生出版集团（Pearson）的薇薇安·加西亚（Vivian Garcia）及其编辑助理希瑟·沃梅罗（Heather Vomero），也应得到盛赞之词。她们那些必要的敦促、友爱的鼓励以及对这一新版的呵护贯穿出书流程的各个阶段，让我极为叹服。我也要感谢下面这些学者在第五版成型期间提供了深思熟虑且富有洞见的评论，他们是：圣迭戈州立大学（San Diego State University）的昆汀·贝利（Quentin Bailey），北肯塔基大学（Northern Kentucky University）的史蒂文·J·戈尔斯（Steven J. Gores）和塔玛拉·奥卡拉格汉（Tamara O'Callaghan），东密歇根大学（Eastern Michigan University）的克里斯汀·玛丽·纽菲尔德（Christine Marie Neufeld）博士，犹他山谷大学（Utah Valley University）的布莱恩·惠利（Brian Whaley）博士，泽维尔大学（Xavier University）的扎克·锡特（Zak Sitter）。

最重要的是，我要向我妻子达琳·G·布莱斯勒（Darlene G. Bressler）——我最好的朋友、敬爱的副校长与学术事务院长——表达永远的感激、欣赏和爱戴之情。作为生活伴侣，你是我的福祉与欢欣；作为批评者，你表现最棒，可爱可亲。谢谢你在这一研究项目各阶段所付出的耐心和支持。还有我的宝贝女儿——海蒂·伊丽莎白·布莱斯勒（Heidi Elizabeth Bressler），我要说一声谢谢你，我爱你。你独一无二、天下无双，我是多么以你为荣！因你心花怒放！你的鼓励之词绵绵不绝，助我正襟危坐干正事，伴我自始至终写此书。

约翰·卫斯理荣誉学院那些勤于思考、天资聪颖的同学们，我的那些同事们、朋友们和家庭成员们，没有你们的帮助与鼓励，这本书是无法完成的。当然，这一版的任何错误都由我一人承担。

查尔斯·E·布莱斯勒
印第安纳卫斯理大学

目　录

第一章 批评、理论和文学的界定

批评应该是一种闲聊。 1

——W. H. 奥登[①]，《W. H. 奥登闲谈录》

一、倾听一段谈话

让我们想象一下，你正坐在本地一家购物中心的美食广场。你的座位处在前排中心位置，座椅就挨着购物中心的通道，所有一边淘货、一边和朋友聊天的购物者都得从你身边走过。你喝着补充体能的果汁饮料，开始浏览手头的地方报纸。读报的时候，你不由自主地“偷听”到一位中年妇女和她十来岁的儿子的对话，因为他们正好站在你面前。

“妈，你给下周的晚餐派对买鞋的时候，我能要 5 块钱去游乐中

① W. H. 奥登（W. H. Auden，1907—1973），英国出生的美国诗人，被许多人视为 20 世纪最伟大的作家之一。《W. H. 奥登闲谈录》（*The Table Talk of W. H. Auden*）仿照《歌德谈话录》的样式，由学者和诗人阿兰·安森（Alan Ansen）记录下了奥登在 1946—1948 年间关于艺术、文学、音乐、政治宗教等各种话题的评论。——译者注

心吗？”

“不行！你得跟我一起去鞋店，帮我选鞋。我想买一双样式大胆一点的鞋，我需要你的支持。”

“妈，我怎么知道你适合穿什么鞋？我已经和一些朋友约好了中午在游乐中心碰头，现在已经 12 点 49 分了！”

“蒂姆，我真的想要你陪我去买鞋，不过，你想去游乐中心的话，那就去吧。这是你要的钱。”

你抬起头，只见那个喜笑颜开的男孩从他母亲手里抓过钞票，大摇大摆地晃进了游乐中心。当他母亲神色黯然地走开，你不禁猜想她现在的心情。她是失望，生气，还是受伤？她真的指望自己的儿子能陪她一双又一双地试鞋？她是否一开始就不应该叫上他去购物？那么蒂姆呢？他是一个被宠坏了的臭小子吗？他放学后会打零工吗？他是独子、长子，还是老
2 幺？当你看着这一对母子分道扬镳时，这些以及其他类似的问题不停地跳入你的脑海之中。

通过倾听这场母子间的谈话，你从真正意义上成了这场谈话的一部分。在那一刻，两位谈话者所关心的东西变成了你的世界的一部分。你看着他们，估量他们的社会地位，思考他们的情感，猜测他们家庭的社会结构。甚至你的个人情感也暂时受到了影响，因为当蒂姆走开时，你注意到他的母亲面露不快。这场谈话结束之后，你又回头看起了报纸。但有那么一小会儿，你变成了这个母子故事的观察者。仿佛他们就是一个故事中的人物，你不仅“读”着那些说出来的东西，还有那些没说出来的，因为你想象着他们的情感、欲望以及交流的结果。你填充着他们性格中的空白，同时将他们演绎成你个人想象的样子，而非他们本来的样子。作为一个局外人，你很快就成了他们故事行动的参与者——去探问人物的天性、故事的事件、他们和你本人对故事线索的情感反应。尽管你不是在严格意义上阅读一个文本，但你所问的那些问题与文学批评家在阅读一个虚构作品时所提出的问题是一样的。像文学批评家一样，你变成了一个评价者、阐释者和故事本身的暂时参与者。

正如你无意间听到了故事中的两位人物——母亲与儿子——的声音，文学批评家们也在“偷听”文学作品中的多重谈话。为了有助于阐明和分

析他们偷听到的内容，批评家们将多重谈话（批评家们也是这些谈话的一部分）中的各种元素做了命名：作者、读者、叙述者、受叙者（naratee）等等。其中一位批评家，俄国作家、散文家和文学理论家米哈伊尔·巴赫金（Mikhail Bakhtin，1895—1975），还发明了**对话性杂语**（dialogic heteroglossia，“多重谈话中的众声喧哗”）这个术语，来解释小说这种文类中出现的各式各样的谈话。不过，所有的文类都发展出了这种技术性词语。这些词语既用来解释文类的构成性要素，也用来说明如何发现文类的意义。

现在，让我们来“偷听”另一段关于一篇短篇小说的谈话。

二、偷听一节文学课

莉萨·图兰（Lisa Toland）博士为她的文学课布置了弗兰纳里·奥康纳（Flannery O’Connor）[①] 的短篇小说《好人难寻》（“A Good Man Is Hard to Find”）。由于熟悉奥康纳的经典作品和她所塑造的一长串怪异主人公，图兰博士无法预测当她要求学生讨论这篇作品时，他们会有何反应，是兴奋、沉默、困惑，还是沮丧。图兰博士的好奇心很快就将得到满足。她站在教室前面，问了一个看似简单、直接的问题：“你们认为奥康 3
纳在这个故事里想告诉我们什么东西？换言之，你们作为读者，是如何阐释这个文本的？”

尽管有的学生盯着窗外，有的突然低下头，对作品选集的封面发生了兴趣，还是有少数学生举起了手。图兰博士对爱丽丝点了点头，爱丽丝成了第一个发言的学生。“我认为奥康纳是在告诉我们 20 世纪 50 年代佐治亚州农村家庭的状况。瞧瞧琼·斯塔（June Star）和约翰·韦斯利（John Wesley）这些孩子们的行为，他们不尊重他们的奶奶。实际上，他们嘲弄她。”

---

① 弗兰纳里·奥康纳（1925—1964），当代美国南方女作家，著有长篇小说《智血》、《暴力夺取》和短篇小说集《好人难寻》等。——译者注

“她活该被嘲弄，”彼得插嘴说，“她一辈子都在装。她想装成贵夫人——戴着白色的棉手套，拎着包——可她只在乎她自己。她自私，以自我为中心，傲慢。”

“也许是这样吧，”凯伦答道，“但我觉得奥康纳这个故事的真正寓意不是关于家庭，或是某个特殊的人物，而是关于一种生活哲学。奥康纳用‘格格不入’（Misfit）这个人物来表达她个人的生活观。当‘格格不入’说耶稣打破了‘一切平衡’时，奥康纳其实是在要求她的每个读者要么选择他或她自己的生活，要么遵循耶稣的教导。实际上，奥康纳是在说，我们都有一个选择：为我们自己而活，或是为他人和靠他人而活。”

“我不认为我们应该将基督教或其他任何一种宗教引入这个故事中，”乔治说，“通过分析奥康纳的单个词语——如高、黑、深——并注意她重复使用这些词语的频率和语境，我们可以推断奥康纳的文本（非奥康纳本人或她的生活观）是忧郁而有些黑暗的。不过，把奥康纳本人的人生哲学与这个特定故事的意义等同起来的做法是愚蠢的。”

“但我们不能忘了奥康纳是个女人，”贝蒂说，“而且是个受过教育的女人！她的故事和那些学院化的或虚无缥缈、毫无意义的哲学讨论没多大关系，却和女性的经验有关。在南方长大的奥康纳一定知道且经历过偏见，因为她是女性。众所周知，南方男人的女性观是，女人就该‘光着脚，怀着孩子，待在厨房里’，像这个故事里的贝利的老婆一样不起眼。不像其他人物，我们连这个女人的名字都不知道。奥康纳还能描绘得更少吗？她要传达的意思很简单：女人是受压迫、被压抑的。如果她们张嘴说话，如果她们有自己的想法，如果她们表达了自己的想法，她们的下场就会和那个老奶奶一样——头部中弹身亡。”

“我一点也不觉得这是她的主旨。”巴布说，“我同意她是从自己的南方生活经验出发来写作的，但她的主旨是关于偏见本身的——针对非裔美国人的偏见。透过老奶奶的声音，我们看到了一位南方淑女对非裔美国人的看法：他们比白人低劣，没受过多少教育，贫穷，基本上很无知。奥康纳的要点是我们都是平等的。”

4 “我同意，”麦克说，“但假如我们把这篇小说放到这学期读过的其他所有小说的语境中来审视的话，我看到的是我们经常讨论的一个主题：表象与现实的对立。这才是奥康纳的要点。老奶奶表现得像一个淑女——一个关心他人的人——但内心里，她只在乎她自己。她骨子里就是一个伪君子。”

“我不同意。其实我不同意你们所有人的看法，”丹尼尔大叫道，“我喜欢老奶奶。她让我想起了我自己的奶奶。奥康纳笔下的老奶奶是有一点以自我为中心，但谁的奶奶不是这样呢？像我奶奶一样，奥康纳的老奶奶喜欢和孙辈们在一起，和他们一起念书、玩耍。她很有趣，而且精神头十足。她甚至还喜欢猫。”

“可是，图兰博士，我们真的能知道弗兰纳里·奥康纳是怎么看待这篇小说的吗？”杰西卡问道，“毕竟她已经死了，而且她也没有写一篇文章告诉我们这篇小说的实际寓意是什么。既然她从来没有告诉过我们这篇小说的含义，那这篇小说岂不是可以有不止一种含义？”

图兰博士立刻意识到杰西卡的追问——一个故事能够有多重意义吗？——不仅对于英文教授们来说是一个关键问题，对于他们的学生，以及任何一个阅读任何文本的人来说，也都是如此。

三、一个文本能有不止一种阐释吗？

匆匆扫过图兰博士课堂上关于奥康纳的《好人难寻》的讨论，我们发现并非所有的读者都是以同一种方式来阐释文本的。实际上，所有表达他们对小说理解的那八位学生，都给出了完全不同的解读。这八种阐释中难道只有一种正确而其余七种全错了？如果是这样的话，那么我们怎么才能得出正确的阐释呢？换言之，如果只有一种唯一正确的文本阐释，那么读者必须使用哪些**阐释学原则**（hermeneutical principles，阐释的规则）来发现这种阐释？那八位学生中每人都必须尝试重构奥康纳创作该小说的意图，或是去重构该小说对于20世纪50年代的读者的意义吗［**复原的阐释学**（hermeneutics of recovery）］？还是说每个学生都必须尝试审视奥康纳虽未明说但却暗含的关于政治、性态（sexuality）、宗教、语言学以及其他一系列主题的假设［**怀疑的阐释学**（hermeneutics of suspicion）］？这样做的话，奥康纳的作品就会有多种阐释。这些各式各样而且经常相互矛盾的阐释都是有效的（valid）吗？我们能够且应当将每一种阐释都视为令人满意的、合法的文本分析吗？换句话说，文本可以意味着读者宣布它所意指的任何东西吗？还是说如果读者想要得出一种有效的阐释就必须遵循文本阐释的一些指导性原则？谁能够宣称某人的阐释是有效的或合法的？英文教授，职业批评家，已发表过著述的学者，还是任何一位读者？

5 但是，读者在阅读一个文本时需要考虑这些细节吗？读者难道就不能简单地享受小说的乐趣，完全不考虑它的阐释？读者必须有能力陈述作品的主题、讨论它的结构、分析它的基调，才能享受阅读作品的行为本身吗？

这些问题以及其他类似的问题都属于**文学批评**（literary criticism）——研究、分析、阐释、评价和享受艺术作品的行为——的领域。乍看起来，文学批评的学习似乎是可怕的、艰巨的。想要成为**文学批评家**（literary critic）的人，需要面对**阐释学**（hermeneutics）、**亚里士多德诗学**（Aristotelian poetics）、**在场的形而上学**（metaphysics of presence）、**解构**（deconstruction）之类的行话，以及其他令人望而生畏的术语。不过，文学批评的实际过程和行为并不像它第一眼看上去那样充满恶兆。

四、如何成为一名文学批评家？

当图兰博士班上的学生讨论奥康纳的短篇小说《好人难寻》时，每一个学生都在直接回应老师最初的问题：你们认为奥康纳在这个故事里想告诉我们什么东西？虽然并非所有的回答都具有根本的不同，但每一个学生都是从一个独特的视角来看待这篇小说的。比如，有些学生表达了对老奶奶的喜爱，而另外一些学生则认为她是一个自私、傲慢的女人。还有的学生认为，奥康纳抒发了一些哲学、社会和文化的关怀，如南方社会中女性和非裔美国人的地位，20 世纪 50 年代佐治亚州农村家庭的结构，或恪守基督教信条并以此为人生观的基础。所有的学生都对奥康纳的短篇小说有着自己的见解，从而形成了一种阐释。

当图兰博士的学生针对奥康纳的文本表述了他们的个人阐释时，他们就都成了从业的文学批评家。他们都已经和文本进行了互动，思考了他们对各种人物的喜爱或厌恶；他们关于背景、情节和结构的印象；他们对故事本身的总体评价，不管这种评价是一种试图解释文本每一个面向的完整阐释，还是仅仅是对故事总体意义的迷惑不解。不过，这些学生都没有接受过文学批评的正规训练。他们中没有一个人了解任何正式或非正式的文学批评流派。

每一个学生所做的只是读完了这篇小说。阅读过程本身在学生中产生了一系列反应，文本激发出了各种问题、陈述、意见和情感。这些反应连同文本本身，正是文学批评和理论所关心的。

尽管这些学生可能还需要掌握术语、多种哲学路径和正规文学批评的 *6*
各种方法，才能成为训练有素的文学批评家，但当他们阅读和思考奥康纳的文本时，他们就自动变成了文学批评家。他们无须文学批评的正规训练或对文学理论的应用性理解。不过，通过掌握正规文学批评和理论的概念，这些学生如同所有的读者一样，都能成为批判性读者，从而更好地去理解和阐发他们自己对任何给定文本的反应，并分析其他读者对该文本的反应。

五、什么是文学批评?

19 世纪的文学批评家马修·阿诺德（Matthew Arnold）将文学批评描述为“一种学习和传播世界上已知和已思考过的最好东西的非功利努力”。这个定义的潜台词是，文学批评是一个受规训的活动，它试图描述、研究、分析、证明、阐释和评价一部艺术作品。阿诺德会认为，这个受规训的尝试必须形成一些美学的和方法论的原则，以便让批评家据此来评价一个文本。任何一个尝试用这种方式来评价文本的人都是文学批评家。批评家一词源自两个希腊词：一个是 *krino*，意思是“做判断”；另一个是 *krites*，意思是“法官或陪审团成员”。文学批评家，或 *kritikos*，因此也就是“文学的法官”。历史记载中的第一位这样的法官是前 4 世纪的教师费利塔斯（Philitas）。他于前 305 年来到亚历山大，给一个小孩儿做家庭教师。这个小孩儿后来成了埃及托勒密王朝的第二位法老——托勒密二世（King Ptolemy Ⅱ）。当费利塔斯判断文学时，他已积极地介入了文学批评的规训活动。

如果我们考虑文学批评的功能及其与文本的关系，就会发现它通常不被视为一个独立自在的学科，因为它必须和其他东西（也就是艺术作品）相关联。如果没有艺术作品，批评活动就不可能存在。通过批评的辨别活动，我们可以自觉地、有意地去探索一些问题，这些问题有助于界定我们的人性，批判我们的文化，评估我们的行动和感情，或可单纯提高我们欣赏、享受一部文学作品和我们人类同胞的能力。

当分析一个文本时，文学批评家就文本自身的哲学、心理学、功能性和描述性特征，会提出如下一些基本问题：

- 文本只能有一个正确的意义吗？
- 文本总是教诲性的吗，也就是说，读者必须从每一个文本中学到一些东西吗？
- 可以仅仅为了享乐而阅读文本吗？
- 文本是以同样的方式影响每一个读者的吗？
7 - 文本怎样受到作者的文化及写作所处的文化的影响？
- 性别在文本的写作和阅读中发挥了怎样的功能？
- 我们的个人情感是怎样影响我们的文本阐释的？
- 在一个既定的文化中，文本能成为变革的催化剂吗？

从古希腊哲学家柏拉图和亚里士多德的时代开始一直延续至今，批评家和读者都在就这些问题和其他类似问题的答案争论不休。通过对奥康纳的文本以及任何其他文本提出问题和思考答案，我们也可以参与这场持续进行的谈话。比如，我们可以质疑奥康纳的《好人难寻》中的老奶奶在全家外出度假时执意带上她的猫的动机，或者我们可以追问“格格不入”及其同伙的出现是不是老奶奶体验到**显灵**（epiphany）的主要原因。不管我们针对奥康纳的文本提出什么问题，我们都是在参与一个有关奥康纳短篇小说价值和乐趣的持续辩论。与此同时，我们还介入了文学批评，作为实用型文学批评家发挥着作用。

从传统上看，文学批评家要么涉足理论批评，要么涉足实用批评。**理论批评**（theoretical criticism）系统阐述了有关艺术的性质和价值的理论、原则和宗旨。通过援引关于艺术的普遍美学和道德原则，理论批评为实用批评提供了一个必要的框架。**实用批评**（practical criticism）［也称为**应用批评**（applied criticism）］将理论批评的理论和宗旨应用到某个特殊的作品之中。实用型批评家使用理论批评的理论和原则，来界定一部特定文学作品的趣味标准，并为其做出解释、评价或辩护。在实用型批评家中，我们还可以进一步区分出绝对主义批评家和相对主义批评家。**绝对主义批评家**（absolutist critic）假定在评价一部文学作品时，只能使用一种理论或一套原则，而**相对主义批评家**（relativistic critic）则使用各种各样甚至相互矛盾的理论来批判一个文本。文学理论是任一类批评家或任一种批评形式的基础。没有理论，实用批评就不可能存在。

六、什么是文学理论？

阅读奥康纳的《好人难寻》时，我们必然要和文本互动，提出许多特定的与文本相关的问题，有时候，还是一些相当私人的问题。比如，我们作为读者可能会关注以下一些问题：

- 老奶奶是一个什么样的人？她跟我的奶奶或其他我所知道的奶奶相似吗？
- 琼·斯塔的功能或角色是什么？约翰·韦斯利呢？贝利呢？孩子们的母亲呢？ 8
- 为什么老奶奶在家庭出游时，带上了她的那只猫皮迪·西恩[1]？
- “尖塔”的餐馆场景有何含义？
- 在老奶奶被枪杀之前，她在“格格不入”身上认出了什么？这个认出（recognition）有何含义？

① 这只猫的英文名字是“Pity Sing”，直译意思为“怜悯歌唱”。——译者注

这些问题立即将我们带入实用批评之中。我们在阅读奥康纳的短篇小说或其他任何文本时，倾向于忘掉我们已经阅读过其他文学作品［**互文性**（intertextuality）］的事实。我们对于任何文本的反应——或我们应用到文本的实用批评原则——大体上都是一种经过调控或社会建构的反映，即我们得出小说意义的方式，是部分由我们的经验决定的。我们有意无意地产生了一种心态或一个框架，可以适应我们在阅读小说、故事、诗歌或任何其他文学类型时的期待。此外，我们把一个给定文本中的那些东西挑选出来，断定为好的或坏的、美的或丑的、道德的或非道德的，实际上也是取决于这个不断演变的框架。当我们阅读一个文本时，能够清晰地阐明我们的私人哲学框架，并解释这个思维框架如何直接影响了我们的价值观和对于文本的审美判断，我们就已经接近发展出一个连贯的、统一的**文学理论**（literary theory）——那些支撑着我们对**语言**（language）的理解和阐释、我们建构意义的方式以及我们对艺术、文化、美学和意识形态的理解的（有意识或无意识的）假设。文学批评涉及我们对某个文本的分析，而文学理论则涉及我们对一些观念、概念和智识假设的理解，这些观念、概念和假设是实际的文学批判的基础。

由于任何对文本做出反应的读者都已经是一个从业的文学批评家，而且由于实用批评植根于读者在实际阅读文本时预先存在的期待（他或她的心态），所以每一个读者都是某种文学理论的支持者。每一个读者的理论可能都是有意识的或无意识的、完整的或部分的、信息丰富的或匮乏的、折中的或统一的。一个不完整、无意识，因而不清晰的文学理论经常导致无逻辑、无根据和杂乱无章的阐释。相反，一个定义明确的、有逻辑的、表述清晰的理论则能够让读者培育出一种方法，并借助这种方法建立起让读者以前后一致的方式证明、安排、澄清其文本评价的一些原则。

通过探究*理论*（*theory*）一词的词源，我们可以更好地理解文学理论。*理论源自希腊语* *theoria*，意思是“希腊戏剧舞台的一种观点或视角”。文学理论因而为我们提供了一种人生观，帮助我们理解我们为何以某种方式阐释文本。不妨想想我们这些观众在剧院中可能就座的各个地点。根据我们的座位——靠近舞台的地方、离舞台很远的地方、舞台的最
9 左侧、最右侧或剧院中间——我们的视野，我们对舞台上发生的事件的阐

释因而将会有所不同。文学理论以隐喻和字面意义的方式追问我们在阅读一个文本时“坐在”哪里。在阅读过程中，到底是什么东西在影响我们？是我们的文化？是我们对文学自身性质的理解？是我们的政治、宗教或社会观点？还是我们的家庭背景？这些问题以及其他类似的问题（和答案）将直接和间接地、有意和无意地影响我们的阐释和阅读文本时乐趣的有无。一旦将我们如何阅读文本的潜在假设表达清楚，我们这些读者就能为自己建立起一个明晰而有逻辑的实用批评。

一个清楚明了的文学理论还假定，纯真的（innocent）文本解读，或纯粹感性的、自发的作品反应是不存在的，因为文学理论质疑读者的假设、信念和情感，追问他们为什么以某种特定的方式回应文本。从一个非常真切的意义上说，文学理论促使我们质疑自己对文本的常识性阐释，要求我们探索初始反应背后的东西。依照一个前后一致的文学理论，那种对于文本简单的情感性或直觉性反应，并不能解释导致这种反应的潜在因素。了解是什么引发了这种反应，读者是如何通过（through）或利用（with）文本建构意义的，这才是最重要的。

七、从文本中制造意义

作为读者，我们是如何通过或利用文本建构意义的呢？这取决于我们每一个人已经培育，并持续培育的针对现实本质的思维框架。这个框架或**世界观**（worldview）是由我们（有意或无意）持有的关于世界基本构成的假设或预设组成的。比如，我们都努力为诸如此类的问题寻求答案：

- 道德或伦理的基础是什么？
- 人类历史的意义是什么？
- 在死亡的那一刻发生了什么？
- 人类的存在有一个总括性的目的吗？
- 什么是美、真、善？
- 存在着一个终极实在（ultimate reality）吗？

有趣的是，我们对这些问题或其他问题的答案并非静止不动，因为当我们与其他人，与我们的环境、文化和内在自我互动时，我们就在不断塑造和培育我们的私人哲学，拒绝先前的思想，用新近发现的思想取而代
10 之。正是我们的动态答案——包括我们对于这些答案的怀疑和恐惧——在很大程度上决定了我们对于文学文本的反应。

文学理论就是以这样的概念性框架为基础的。不管这个框架是经过充分论证的，还是仅仅出于习惯或过去的教导，读者都是凭借他们的世界观对艺术作品做出反应。从信仰系统的这个哲学内核中，生发出了他们对艺术本身的良善、优点和价值的评估。读者在对单个艺术作品做出反应时，有意或无意地用自己的世界观作为标尺来衡量和评估他们的经验，依据寓其世界观的信仰系统来安排和评价每一个文本里的每一个单独或集体的经验。

八、阅读过程和文学理论

在阅读行为本身中，文学理论与读者个人世界观之间的关系得到了最好的揭示。在阅读的时候，我们不断和文本进行互动。根据露易丝·M·罗森布拉特（Louise M. Rosenblatt）的《读者、文本和诗歌》（*The Reader, the Text, the Poem*, 1978）一书，在阅读的行为或事件里，

> 读者将他（她）过去的经验和当下的个性带进了文本。在文本序列性符号的吸引下，读者汇聚他（她）的资源，并从记忆、思考和情感中晶化（crystallizes）出一种新的秩序、新的经验，他（她）将此视为诗歌。这成了读者持续的生活经验之流的一部分，可以从任何一个对其为人处世而言很重要的角度来进行反思。

罗森布拉特宣称，读者和文本的关系不是线性的，而是**交易性的**（transactional），即这是一个在特定时间和地点发生的过程或事件，其间，文本和读者互为条件。读者和文本通过**交易**（transact）——而非仅仅互动（interact）——创造出意义，因为罗森布拉特坚称，意义并不全然存

在于读者的头脑或文本中，而是存在于二者之间的交易里。[①] 为了获得一个文本［罗森布拉特称之为**诗歌**（poem）］的阐释，读者将自己的“性情和以往交易的储备带到了文本［有些批评家称之为**前结构**（forestructure）］之中，并经历了一个处理新情境、新态度、新人格（和）新价值冲突的过程。他们可以拒绝、修正或吸收他们用于介入世界的资源”。通过这种交易式经验，读者有意或无意地变更了他们的世界观。

由于没有一种文学理论能够解释每个人的概念性框架中所包含的所有因素，也由于我们作为读者都拥有不同的文学经验，所以不可能存在一种**元理论**（metatheory）——一种主宰性或总括性的文学理论，涵盖读者就某个文本提出的所有可能性阐释。也不存在一种唯一正确的文学理论本 11
身，每一种文学理论都对文本提出了有效的问题，没有一种理论能够穷尽针对任一文本提出的所有合法问题。

各种不同的理论就文本提出的有效而合理的问题，经常千差万别。每一种理论拥护着不同的批评取向，主要聚焦阐释过程中的某一个要素。不过在实践中，不同的理论也可以在文本阐释中针对若干个关切领域。比如，一种理论可能强调文本本身，坚信文本包含了所有获得阐释所必需的信息。这种理论将文本从其历史或社会背景中孤立出来，集中考察文本中诸如修辞手法［**修辞**（tropes）］、词语选择［**措辞**（diction）］和风格等文学形式。另一种文学理论可能试图将文本放置到它的历史、政治、社会、宗教和经济背景中去。通过将文本置于历史视野，这种理论声称其信徒可以获得一种文本作者和文本原初的受众都会支持的阐释。还有一种文学理论可能主要考虑文本的受众。它提出的问题是，读者的情感和个人背景如何影响了每一个读者对特定文本的阐释。不管其主要焦点是心理、语言、神话、历史，还是来自其他任何批评取向，每一种文学理论都建立起了自己的理论基础，进而发展出了自己的方法，读者凭借这种方法可以将特定理论应用到现实的文本之中。实际上，每一种文学理论或视角就像是在剧院里占了一个不同的座位，从而获得了不同的舞台视域。不同的文学理论

① 读者和文学文本之间的关系不是互动，而是交易（交汇互易）。因为互动描述的是两个独立客体的相遇，但彼此基本上不会因为对方而改变。“交易”则如流水与堤岸，彼此都没有一定的形状，可以相互塑形和变化。——译者注

和理论家可以研究同一个文本，但由于所处的位置不同，各类文学理论家对这同一个文本——或舞台上的表演——的反应都不一样，因为他们有各自独特的视角。

尽管每一个读者获得文本阐释的理论和方法都有所不同，但一些读者群和批评家群体迟早会宣布效忠于一个类似的信仰核心并集结在一起，创立各种**批评流派**（schools of criticism）。比如，那些相信文本中社会和历史关切必须得到凸显的批评家，被称为马克思主义批评家，而读者导向批评家（有时候也被称作读者反应批评家）则专注于读者对于文本的个人反应。由于有关文学作品的新观点不断演进，新的批评流派以及新的文学理论将持续发展。新历史主义（或文化诗学）是20世纪80年代和90年代出现的一个新近学派，该学派宣称，必须通过历史研究来分析文本，这种历史研究假设历史和虚构是不可分离的。该学派的成员被称为新历史主义者，他们希望改变历史和文学之间的边界，从而形成一种批评，去反映他们所相信的文本及其历史语境的恰当关系。另外一些新形成的批评流派，
12 如后殖民主义、非裔美国文学研究、性别研究、酷儿理论和生态批评，正在不断浮现并挑战着我们之前思考和批判文本的方式。

由于各种不同的批评流派（以及他们所凭借的理论）对同一个文学作品提出了不同的问题，这些理论流派就为读者提供了丰富的选择机会，读者可以从中进行选择，以此来扩展他们对文本、社会、文化和自身人性的理解。通过接受文学理论，我们不仅可以学习到文学，而且更重要的是，我们还被教导去宽容他人的信仰。如果拒绝或忽视理论，我们就会陷入将自己加冕为文学圣人的危险之中，以为自己拥有神授的知识，可以为一个给定文本提供唯一正确的阐释。当我们反对、轻视和无视文学理论时，我们就有可能盲目地接受通常未经质疑的偏见和假设。通过拥抱文学理论和文学批评（理论的实际运用），我们就可以自愿加入到那个看起来无穷无尽的历史谈话之中——一个关于文学中表达的人性本质和人类关切的对话。在这个过程中，我们可以开始质疑我们关于自我、社会、文化的概念，以及文本如何帮助界定和持续不断地重新界定这些概念。

九、什么是文学?

由于文学批评的预设是存在着一个有待阐释的文学作品，我们可能以为为文学下定义是很容易的。但情况并非如此。几个世纪以来，作家、文学史家和其他人都就文学一词的定义展开过辩论，但并未能达成一致。有人认为文学是任何书面成文的东西，因而宣称城市的电话簿、烹饪书、公路行车地图册与《傲慢与偏见》、《哈克贝利·费恩历险记》一样都是文学作品。文学（*literature*）一词源自拉丁文 *littera*，意思是“字母”，文学的本义主要指的是书写下来的词语，这似乎支持了文学的宽泛定义。但这个定义摈弃了重要的口头传统，而我们的大部分文学都是以口头传统为基础的，荷马的《伊利亚特》和《奥德赛》、英语史诗《贝奥武甫》(*Beowulf*) 以及许多北美印第安人的传说，都是这方面的例证。

为了解决这个难题，其他人选择将文学定义为一种艺术，这样就将文学是口头还是书面的问题搁置起来了。此外，这个定义还将文学的含义狭隘化，将文学等同于想象的或创造性的书写。为了强调文学的想象属性，有的批评家选择使用德语中的**文学**（Wortkunst）一词来取代英语的相同说法，因为 *Wortkunst* 自动暗示：文学的想象或创造性面向乃是 *literature*
一词的关键组成部分。根据这个定义，电话簿或烹饪书等书面作品就不能 13
再被视为文学，取而代之的是诗歌、戏剧、小说或其他想象性的书写。有学者认为法国斯塔尔男爵夫人（Madame de Staël）[1] 在其作品中首次为西方文学阐明了文学作品的想象属性。这位热衷于德国浪漫主义的理论家在1800 年撰写了《从文学与社会制度的关系论文学》(*On Literature Considered in Its Relations with Social Institutions*) 一书。

尽管从表面上看，将文学等同于艺术的界定标准窄化了文学的定义，且使什么是文学作品或什么不是文学作品的问题变得简单了，但实际情况

① 斯塔尔男爵夫人（1766—1817），一般简称为斯塔尔夫人（旧译为史达尔夫人），法国批评家、作家，法国浪漫主义运动的先驱。主要文学批评著作有《从文学与社会制度的关系论文学》(1800)、《论德国》(1813) 等。——译者注

并非如此。J. Crew① 和“维多利亚的秘密”② 的服装产品目录，毫无疑问都是想象性（和多姿多彩）的写作，但我们可以将其看作文学作品吗？谁来宣称一份书面文档是一部艺术作品？许多读者以为只要一部想象性的小说作品得以发表——不管是单独发表还是收录于作品集中——这部作品就是值得阅读的。毕竟这部作品被判定为一部可接受的文学作品并得以发表，并且还假定得到了一个编委会的认可。这种认为已发表的作品就可以被称为文学的观念，被称为**超保护性的合作原则**（hyperprotected cooperative principle），即已发表的作品被一群见多识广且保护着整个文学**正典**（canon）的人评价和宣布为文学文本。但即便是这个原则也没能阻止许多人的争辩，说有些发表的作品不配称为艺术或文学作品。将文学的定义指定和窄化为“艺术作品”，并不能立刻就为如何宣布一个文本为“文学作品”提供共识或一致的规则。

不管人们接受的定义是广义还是狭义，很多人认为一个文本必须在被称为“文学”之前首先拥有一些特殊的品性。这些人相信一个艺术家的创作或二级世界经常映射着作者的初级世界，也就是作者生活、行动和呼吸的世界。由于现实或初级世界是高度结构化的，二级世界也必须同样是结构化的。为了获得这种结构，艺术家必须创造情节、人物、基调、象征、冲突，以及其他艺术性故事所拥有的元素或组成部分，所有这些元素以一种动态的关系生产出了一部文学作品。有人认为，这些元素的创造——它们所使用的方法和语境——决定了一篇作品是不是文学。

另外一些批评家还为文学的组成元素添加了“时间的检验”这个标准。如果一部作品，如但丁（Dante）的《神曲》（*Divine Comedy or La Divina commedia*，1308—1321），经受住了时间的洗礼，在其创造出来的几个世纪之后还被人们阅读，它就被视为是有价值的，值得被称为文学。这个标准还表明了文学的功能性或文化性价值：如果人们出于任何原因重视一部书面作品，他们就经常宣布这部作品为文学，不管它是否包含了文

① J. Crew 是全球知名的中档美国服饰品牌，面料上乘，做工考究，价格却很亲民。——译者注

② “维多利亚的秘密”（Victoria's Secret）是美国著名的女装品牌，以华丽性感的内衣产品著称。——译者注

本的规定性要素。

这部作品可能包含的是一种特殊的审美属性，即美的某些要素，这种 *14*
属性使其成为与其他的书写形式相区别的文学。作为哲学的一个分支的**美学**（Aesthetics），就是专门处理美的概念，努力决定一部艺术作品中美的标准。柏拉图和亚里士多德等理论家宣称美的源泉是艺术客体本身所固有的；其他批评家，如大卫·休谟（David Hume），则坚称美在观看者的眼睛里。一些当代理论家认为，个人对文本之美的觉察，源自客体（文本）和观察者（读者）在某个特定时刻的动态关系。不管判定艺术作品之美的标准最终位于何处，绝大部分批评家都同意一部文学作品的确拥有一种吸引人的审美属性。

这种吸引人的审美属性不仅将文学与其他形式的书写相区别，它还直接有助于文学的主要目的：讲故事。文学的主要目的是讲述一个故事，尽管文学同时也可能传达了一些事实。故事的主题尤其和人有关，它描述或详述各种人类经验，而不是陈述事实或点点滴滴的信息。比如，文学不去定义勇气（*courage*）一词，而是给我们展示一个行事勇敢的英勇人物。文学就这样将一系列的人类价值、情感、行动和思想以故事的形式具体化了。正是这种具体化让我们间接体验到了各种人物的故事。通过这些人物，我们观察到了行动中的人、做决定的过程、通常在非人性的情况下如何努力保持人性，同时他们还为我们展现出我们有可能接受、抛弃、喜爱或憎恶的各种价值观和人性特点。

十、文学理论与文学的定义

文学仅仅是一个包含了某些美学和文学属性的故事吗？而这些属性又以某种方式在一个艺术作品中令人愉悦地达到了顶峰吗？如果是这样的话，可否将文本视为可供分析、解剖、研究以便发现其本质或意义的**人工制品**（artifacts）？一部文学作品有其**本体论的**（ontological）地位吗？也就是说，文本是独立自足地存在于一个特殊的**新柏拉图式**（neo-Platonic）的领域吗？还是说在文本成为文学之前，它必须有一个受众，一个读者？

我们真的能够定义文本一词吗？它仅仅是书页上的印刷文字吗？如果图片也包括在内，那么这些图片就自动变为文本的一部分了吗？谁能决定印刷物变成一部艺术作品？是读者，作者，还是二者兼而有之？

长期以来，人们一直在辩论这些问题以及其他类似问题的答案，各种回应构成了文学理论大全。文学理论提供一系列方法，让读者从不同的、
15 经常相互冲突的角度来阐释一个文本。这样一来，它就针对围绕阅读过程的性质、学习的**认识论的**（epistemological）性质、现实本身的性质以及一系列相关考虑形成的哲学假设，提出了切题的且经常有争议的问题。这些理论思考赋予读者力量，让他们审视其私人世界观，表达其关于现实本质的个人假设，并理解这些假设是如何直接影响他们对一个艺术作品和文学本身之定义的阐释的。

尽管任何文学定义都是有争议的，但绝大部分人都同意，审视一个文本的总体艺术情境有助于我们决定是什么构成了文学。作品的这个总体图景涉及作品本身（比如，审视故事的虚构性或故事所创造的二级世界）、艺术家、作品假定表征的宇宙或世界以及受众或读者等因素。尽管读者和批评家会强调其中的一个、两个甚至三个因素，同时忽视其他的因素，但这种对文本的艺术情境的考虑会即刻扩展文学的定义，将文学的概念从仅仅包含了某些属性的书面著作，扩展为一个必须包含实际文本与读者之间的、具有动态相互关系的概念，那么读者自身的文学素养可能就决定了一部作品是否应该被视为文学。如果是这样的话，一部文学作品就可能是功能性的，而不是本体性的，它的存在以及它的价值是由读者而非作品本身决定的。

总之，文学的定义取决于读者或批评家所拥护的某种特殊的文学理论或批评流派。比如，对于**形式主义者**（Formalists）来说，文本至上（the text and text alone）[①] 包含着某些使一篇特殊的书写成为文学的属性。但对**读者导向批评家**（reader-oriented critics）来说，文本和读者之间的互动和心理关系决定了一个文档是否能被当作文学。有关文学理论的实际知

---

① the text and text alone 直译为“文本且仅仅是文本”，本书统一译作“文本至上”。——校者注

识，能够帮助所有读者阐明他们不断演变的对文学的定义，以及在他们眼中是什么构成了一部文学作品。

十一、文学和文学理论的功能

批评家们持续辩论着文学的主要功能。许多人将他们的观点上溯到柏拉图，认为文学的首要功能是道德性的，其主要价值在于它对文化或社会有用。但其他人（如亚里士多德）却认为，一件艺术作品可以被分析和拆解为各种部分，每个部分都对作品本身的整体愉悦做出了贡献。对于这些 16
批评家来说，文本的价值存在于文本内部，或与作品本身不可分割。用最简单的话说，这场辩论主要围绕着两个关切进行：文学的主要功能是教诲（外部的）还是娱乐（内部的）？换言之，我们能够只为了乐趣而阅读一个文本吗？或者说我们总得学习我们所阅读的文本并从中吸取教训吗？

这些问题及其各种答案将我们直接引向了文学理论，因为文学理论不仅和本体论的问题有关（如一个文本是否真的存在），还和认识论的问题有关［如我们如何了解（know）以及了解的各种方式］。当我们询问文学的主要功能是娱乐还是教诲时，我们其实是在问一些认识论的问题。不管我们是为了学习还是娱乐而阅读一个文本，可以说一旦我们读了一个文本，我们就“了解”了那个文本。

我们可以用两种不同的方式去了解一个文本。第一种方式涉及典型的文学课堂分析。当我们研究、分析和批判了一个文本，并且获得某种阐释时，我们就可以有把握地说我们了解了这个文本。另一方面，当我们通宵达旦地阅读 P. D. 詹姆斯（P. D. James）① 的推理小说以便发现小说里的真凶时，我们也可以说我们了解了这个文本，因为我们花了时间来翻动书页，迷失在文本构筑的第二世界，为其中的人物着迷，并在小说的结尾寻求作品**张力**（tensions）的解决。两种方法——一种方法的主要目的是学

① P. D. 詹姆斯（1920—　），英国当代最著名的推理小说女作家，有“推理小说第一夫人”之称。主要作品有《灯塔》、《谋杀之心》等。——译者注

习，另一种是娱乐——包含了既相似又有差异的认识论端点：了解一个文本，但却是以两种不同的方式。

法语动词 *savoir* 和 *connaître* 都可以被翻译成“了解”，它们可以为我们突出上述两种认识论目的，彰显了解文本方式之间的区别。*savoir* 的意思是“分析”（to analyze，该词源自希腊文 *analuein*，意为“解构”）和“研究”（to study）。这个词用于指代了解一个作为研究对象的东西，并假设这个对象（如一个文本）是可以被审视、分析和批判的。最终目的是知识（knowledge）或更深入的学习（learning about）。

而 *connaître* 则暗示我们熟知或体验了文本。*connaître* 是指了解人，也指了解某个作家的正典。不管是了解人还是了解一个作家的全部作品，都暗示着亲密，即对某人或某作家的一些特质了如指掌。某人通宵阅读一部推理小说时体验到的正是这种亲密感。这个词意味着化作行为的知识或直接的知识（knowing or knowledge of）[1]。

知道如何分析一个文本、讨论它的文学要素并将各种文学批评的方法应用到文本之中，意味着我们了解了这个文本（savoir）。体验这个文本——为其中的人物落泪或陪着这些人物落泪，废寝忘食地沉浸在文本所创造的第二世界，因文本而情绪起伏——同样意味着我们了解了这个文本
17 （connaître）。从第一种方式中，我们获悉事实或信息；从第二种方式中，我们遭遇和参与了一段亲密的体验。

有时候，我们其实是同时从这两个视角来了解文本。当我们分析和批判一个文本（savoir）时，我们经常（而且多半）同时也体验了这个文本，将情感投入到人物的选择和命运（connaître）之上，想象我们就是那些人物，或至少在人物中辨认出我们自己的一些特点。

说我们了解一个文本，并不是一个简单的陈述。在我们私人反应和公共反应的背后，在我们的学术批判和分析背后，是我们的文学理论，它是我们最私密和最公共的表白的源头。因此，对于文学理论的正式学习，能帮助我们解释我们对于某个文本的反应，让我们用学术方式和个人方式来

---

① 英文名词 knowledge 和动词 knowing 的区别，类似于汉语里“知”和“行”的差异。比如，一个学生对学校的规章制度很了解，但却不遵守，那么他/她就只拥有制度上的 knowledge，谈不上 knowing。——译者注

阐明文学的功能。

十二、开始文学理论的正式学习

本章强调了文学理论与批评的重要性及其与文学和阐释过程的关系。本章还阐明了文学理论的学习之所以必要的潜在预设：

- 文学理论假定，并不存在对于文本的纯真阅读。不管我们的反应是情绪性的、自发的，还是有理有据的、高度结构化的，所有这些与文本的互动和关于文本的互动都基于一些潜在的因素，这些因素导致我们以某种特殊的方式对文本做出反应。是什么引发了这些反应或读者如何理解一个文本，正是文学理论的核心所在。
- 因为我们对于任何一个文本的反应都有理论基础，所以所有的读者都必然会拥有一种文学理论。我们用以表达我们对任何文本的私人阐释的方法，直接将我们卷入了文学批评和理论的过程，让我们自动成为从业的文学批评家。
- 许多读者的文学理论常常都是无意识、不完整、见识有限和折中的。因此，读者的阐释很容易就变成非逻辑的、无根据的和随意的。一个定义明确、有逻辑和表达清晰的文学理论能够有意识和有目的地让读者培育出他们自己的阐释手段，让他们用一种连贯而有逻辑的方式来整理、澄清和证明他们对于文本的评价。
- 当今许多批评家会交替使用**文学批评**和**文学理论**这两个术语。还有一些批评家把**文学理论**和**大陆哲学**（*Continental philosophy*）[1]当作同义词。尽管文学批评和文学理论（有时还加上大陆哲学）之间的语义边界有一些模糊，但文学批评假定文学理论是存在的，文学批评是建立在文学理论的概念、思想和不断发展的原则之上的。

本书的目的是让读者做出这种有意识、有见识和有智识的选择，并在 18

① 大陆哲学是指欧洲大陆的哲学。——译者注

这样做的过程中，完善他们自己的文学阐释方法，更精确地理解他们对于文本的个人反应和公共反应。为了达到这个目的，本书将向读者介绍文学理论与批评、它的历史发展以及各种理论立场或批评流派，以帮助读者成为对于自己和他人的阐释都能做出批评的、知识丰富的批评家。通过熟悉各式各样且经常相互矛盾的文本分析方法，读者将会拓展关于自我、他人以及他们所生活的世界的视野。

第二章　文学批评史概览

诗人也好，艺术家也罢，谁都不能单独具有他（她）的全部 19
意义。

——T. S. 艾略特，《传统与个人才能》

一、导论

当人们听到或读到艺术作品之时，有关**文学**（literature）的价值、结构以及定义问题无疑就出现在了一切文化之中。这种批评实践可能肇始于最初听闻或阅读原始的文学作品。前 5 世纪的希腊人最早清晰地表述和发展了艺术和生命的哲学，这就奠定了大多数理论批评和实用批评的基石。的确如此，荷马史诗的听众和表演者在前 5 世纪之前就评论和阐释了这些作品，但正是前 5 世纪的雅典人在思考文学目的之时产生了对阅读和写作本身这种特殊行为的质疑。一些学者通过引用阿里斯托芬（Aristophanes）《蛙》（*The Frogs*）剧的演出，将文学评论之源上溯到前 405 年。由于阿里斯托芬获得了希腊戏剧比赛的头奖，那个剧作成为戏剧比赛的一部分被搬上了舞台。文学评判者不得不宣布《蛙》为最佳剧作，赢得竞赛，这就引发了文学批评。如此一来，早期批评家们在文学的本质和功用上开始论争，由此延续至今。他们所开创的是对文学批评的正式研究。

前 5 世纪迄今，无数批评家——像柏拉图（Plato）、但丁·阿利盖里（Dante Alighieri）、威廉·华兹华斯（William Wordsworth）、米哈伊尔·巴赫金（Mikhail Bakhtin）、雅克·德里达（Jacques Derrida）、露易丝·罗森布拉特（Louise Rosenblatt）、斯蒂芬·格林布拉特（Stephen Greenblatt）、朱迪丝·巴特勒（Judith Butler）、劳伦斯·布伊尔（Lawrence Buell），还有许多别的批评家——发展了批评原理，这对继续探讨文学批
20 评具有重大影响。通过考察这些批评家的观点，我们能够在批评论争中获取认识并参与其中，同时鉴别并应用理论批评和实用批评。

二、柏拉图（约前 427—前 347）

英国现代哲学家艾尔弗雷德·诺思·怀特海（Alfred North Whitehead）曾机智地讽喻道："所有的西方哲学不过是柏拉图的一个注脚。"尽管其他人确实已对西方思想做过贡献，但是在《伊安篇》（*Ion*）、《克里托》（*Crito*）、《理想国》（*The Republic*）、《法律篇》（*Laws*）等著述中，柏拉图表述于其中的思想则为哲学和文学的大多数中心议题奠定了基石，其中包括真、善、美的观念，实在的本质，社会的结构，存在的本质和关系（本体论），我们如何知道所知的一切（认识论），以及伦理和道德。自柏拉图时代以来，这些观点一直处在争论、变更、拆解或仅被接纳之中，但无一被忽视。

柏拉图之前，所能找到的关于文学本质和价值的评论只是残篇断简。柏拉图的同时代人、喜剧作家阿里斯托芬的剧作和文章中记载了一些实用理论的趣谈，却没有表述明晰的文学理论。正是柏拉图为我们系统地开启了文学理论和批评的研究。不过，柏拉图的理论和批评几百年后才更清楚地表述和发展起来，这得益于哲学家普罗提诺（Plotinus，204—270），他向西方世界再次介绍了柏拉图的思想，这就是今天所称

的新柏拉图主义（Neoplatonism）。尽管如此，柏拉图的著述依然构成了文学理论依据的基础。

柏拉图思想的核心是其关于本质、理念或形式的学说。他声称：终极实在（ultimatereality）是精神上的。这一精神领域，柏拉图称作**太一**（The One），由“理式”（ideal forms）或绝对事物（absolutes）构成，它们存在于任何安置其实在或反映其性质的精神之中。正是这些理式塑造了我们的物质世界，因为我们的物质世界只不过是精神领域中发现的绝对形式的一个影子、一件复制品。因而在物质世界，我们之所以能够把椅子认作椅子，是因为理式中的椅子存在于这一精神领域并且先于物质椅子的存在。倘若没有理式椅子的存在，物质的椅子也不能存在，它只不过是理式的椅子的一个影子或者复制品，即理式的再现、模仿和反映。

对这一哲学观念的强调标志（earmarks）着清晰地表述文学理论的开始，这个观念也成为文学批评的基石。在柏拉图及其“学园”（Academy，他于前 387 年建立的学派名称）建立之前，希腊文化通过诗歌和诗的想象来规划世界秩序（ordered its world），换言之，希腊人通过聆听像《伊利亚特》（*Iliad*）和《奥德赛》（*Odyssey*）这样的史诗，或观赏一套完整的戏剧去了解好人的善举。从这些故事中，他们创立了美德理论标准和其他 *21*
相似的规范，从而利用表现模式（presentational mode）来发现真理：通过观察好人公正、荣耀而勇敢的举止，人们用这些典范来教化自己。随着柏拉图及其“学园”的出现，哲学追问和抽象思考作为一种发现真理的方法取代了讲述的地位。之后，柏拉图有意在学园大门上贴出这样一句话：“非几何学家不得入内（治几何学的人，精通形式逻辑和推理）。”为了进入柏拉图学园，柏拉图的学生不得不重视推理和抽象思考的艺术，而反对通过表象来发现真理。

这种抽象推理和形式逻辑的艺术不仅取代了文学作为评价模式识别真理的作用，而且还谴责了文学的这种功能。如果终极实在存在于精神领域，物质世界只是观念世界的影子或复制品，那么根据柏拉图及其门徒所言，当诗人（那些创作想象性文学的人）书写物质世界的任何对象时，他们仅仅在模仿一种模仿。因此，柏拉图宣称诗人的技艺是“一种与低劣者婚合并孕育劣等后代的劣质技艺”，因为诗人如今与终极实在隔了两层。

柏拉图认为，这些纯粹影子的模仿者不可信赖。

在谴责诗人创造艺术只不过是复制的复制时，柏拉图同时也论证了诗人是在非理性地创作作品，他们的灵感不是依靠理性，而是依赖于不值得信任的直觉。他写道："诗人是一种轻飘的长着羽翼的神明的东西，不得到灵感，不失去理智而陷入迷狂，就没有能力创造。"[①] 由于这种灵感反对理性并且断言可以直觉地获得真理，所以柏拉图谴责所有的诗人。

由于诗人不值得信任而且应受谴责，他们的作品就不再能成为希腊道德或伦理的基础。柏拉图认为诗作中充斥着谎言，重大的谎言事关终极实在的本质，而危险的谎言事关人类现实。比方说，《伊利亚特》中众神说谎并且欺诈，他们是人类灾难的主要原因之一。甚至连这些作品里的凡人也偷盗、抱怨，还彼此憎恨。柏拉图声称，这种作品给希腊公民树立了坏榜样，可能会将正常的遵规守法的人民引向恶毒和道德败坏的邪路。《理想国》中，柏拉图最终的结论是诗人必须被驱逐出希腊社会。

在后来的作品《法律篇·第八卷》中，柏拉图改变了把诗人从社会中彻底驱逐出去的看法，而是承认需要诗人及其作品来"赞颂城邦的胜利者"（celebrate the victors of the state）。这个作品中，柏拉图称只有那些"自尊自爱且在城邦中受人尊敬"的诗人能够获得认可。阐述这一观点的同时，柏拉图认定诗作的功能和价值是为社会服务：歌颂忠诚的希腊人。
22 如此一来，诗人就必须是城邦的支持者，否则便会冒被放逐于故乡以外之险。仅仅作为现实的模仿者——实际上是撒谎高手（good liars）——这些匠人和他们的技艺必须接受仔细的审查。

以道德和理性的观点把政治与文学直接联系起来，柏拉图及其"学园"就创建了一种复杂的文学批评理论。它开启的关于艺术家与文学自身价值、本质与作用的争论，一直延续至今。

---

① ［希腊］柏拉图：《文艺对话集》，朱光潜译，8 页，北京，人民文学出版社，1963。——译者注

三、亚里士多德（前384—前322）

从柏拉图开始，文学批评关注起了伦理问题；而作品的构成要素被文学批评看重，则是始于柏拉图的高足——亚里士多德（Aristotle）。对于柏拉图那些有关实在的性质的观念，亚里士多德并不认同，他的选择是对物质世界（material world）加以详细考察。

亚里士多德这位色雷斯①的医师之子，对于物理世界（physical world）很是着迷。结束了柏拉图学园的研习，并且掌握了那里教授的哲学和探究技巧之后，他于前335年创立了莱森学园（the Lyceum）——一个注重科学、哲学思想和调查研究的学派。不像柏拉图的私人学园，亚里士多德的莱森学园（该名称源于雅典的健身公园或亚里士多德执教过的体育馆）向所有公众免费开放，并以雅典的漫步学派（Peripatetic School）②闻名于世。漫步学派之名取自希腊语 *peripatein*，意谓散步，因为据说亚里士多德给学生授课时，往往是在公园的林荫道上闲逛而谈。通过把科学的调查方法运用于文学研究之中，亚里士多德便在以其**《诗学》**（*Poetics*）著称的系列讲授中回应了柏拉图对诗歌的指责。与作为一般出版物的**公开作品**（exoteric treatises）不同，《诗学》是一部**秘传作品**（esoteric work），面向那些加入莱森学园的人内部发行。尽管《诗学》缺乏亚氏其他作品中的统一性和连贯性，但是对于文学理论和批评而言，其影响依然至关重要。

亚里士多德的《诗学》已经成为西方文学理论的基石。他运用其分析对悲剧进行定义，在《诗学》里开启了对文学作品基本要素的讨论，一直延续至今。不幸的是，许多批评家和学者误以为《诗学》是一本对文学（尤其是悲剧）一劳永逸地下定义、定标准的用法指南。但是，亚里士多德的目的不是为评价悲剧而阐述一系列绝对准则，而是考察其所处时代看

---

① 色雷斯（Thrace），古代巴尔干半岛东部地区，后成为罗马的一个省，今位于保加利亚、土耳其和希腊境内。亚里士多德出生于色雷斯的斯塔基拉城。——译者注

② 又译作逍遥学派。——译者注

待悲剧的一般原则，同时回应柏拉图的许多学说和观点。甚至《诗学》这个名称也揭示了亚里士多德的某种意图，因为在希腊，***poetikes*** 一词意指“被制作或被手工制造的事物”。像生物学家一样，亚里士多德是通过解剖悲剧来发现它的成分或构造部件的。

23 亚里士多德在《诗学》开头写道：“史诗、悲剧、喜剧和酒神颂，以及大部分双管箫乐和竖琴乐——这一切实际上是模仿。”① 虽然所有这些模仿的方式和对象不同，但是亚里士多德同意柏拉图的观点，认为所有的艺术都是模仿。尤其是，诗歌艺术的存在理由在于人类是钟爱此类模仿的模仿物种。然而柏拉图声称诗歌可以唤起的审美愉悦能够削弱社会结构及其一切价值，亚里士多德则对此强烈反对。他的反对主要是一种涉及模仿自身本质的形而上学之争。尽管柏拉图断定模仿远离真实或理式领域两个层次（诗人模仿的对象本身已是对理式的模仿），亚里士多德则认为诗歌比事物本身更具有普遍的、一般的真理，他断言“诗人的职责不在于描述已发生的事，而在于描述可能发生的事，即按照可然律或必然律可能发生的事”②。是历史学家而非诗人描写已经发生的事。亚里士多德宣称，诗人的职责在于去写可能发生的事。“写诗这种活动比写历史更富于哲学意味，价值更高：因为诗所描述的事带有普遍性，历史则叙述个别的事。”③ 在论述诗人表现的并非事物本然而是应然时，亚里士多德否定了柏拉图那种诗人只是对模仿的模仿的观点。由于亚里士多德强调普遍性，所以他笔下的诗人比柏拉图所谓的诗人实际上更接近理式。

在亚里士多德看来，诗人们的模仿并非如出一辙，因为“比较严肃的人模仿高尚的行动；比较轻浮的人则模仿下劣的人的行动”。亚里士多德写道：“喜剧是对于比较坏的人的模仿……不是指一切恶而言，而是指丑而言，某种错误或丑陋，不致引起痛苦或伤害。”④ 正是那些诗人们通过模仿高尚的行动和英雄而写就的悲剧，成了亚里士多德重点关注的对象。

---

① ［希腊］亚里士多德：《诗学》，罗念生译，3 页，北京，人民文学出版社，1962。——译者注

② 同上书，28 页。——译者注

③ 同上书，29 页。——译者注

④ 同上书，12、16 页。——译者注

不过，《诗学》中的亚里士多德对**悲剧**（tragedy）的复杂定义，已使许多读者困惑不解：

> 悲剧是对于一个严肃、完整、有一定长度的行动的模仿；它的媒介是语言，具有各种悦耳之音，分别在剧的各部分使用；模仿方式是借人物的动作来表达，而不是采用叙述法；借引起怜悯与恐惧来使这种情感得到净化。①

一旦把这一复杂定义放在《诗学》其他观点的语境里，它便凸显了亚里士多德对文学批评的主要贡献：

1. 悲剧或艺术作品是对自然的模仿，通过展现高尚的性格和高尚的事迹，它呈现为一种艺术的高级形式，模仿行为本身能给我们带来快感。

2. 艺术拥有形式，也就是说，不像生命那样，悲剧有一个限定 24
的开头、中间和结尾，每一个部分与其他部分相关。悲剧是一个有机的整体，各个部分都在形式上相互联系。

3. 在悲剧中，必须把形式关注给予人物和戏剧结构，因为悲剧主人公必须是“一个这样的人，不十分善良，也不十分公正，而他之所以陷于厄运，不是由于他为非作恶，而是由于他犯了错误。他必须是一个名声卓著、富贵显达的人”②。再者，所有的悲剧主人公都有悲剧性的错误或**悲剧性弱点**（hamartia），这意味着无论他们毁灭到怎样的地步也不会对观众的正义感构成冒犯。

4. 悲剧必须对观众有一种情感效力，并且“通过悲悯和恐惧”产生一种精神**净化**（catharsis），也就是说，到剧终时，观众的情绪应该得到清理、洗涤或澄清。（亚里士多德的**净化**究竟意味着什么仍有争议；更多细节参见术语表中对该条目的解释。）

5. 注重普遍性而不是特殊性。不像历史涉及所发生的事，诗或悲剧讨论的是可能发生的事，因此，它比历史本身更接近完善（per-

---

① ［希腊］亚里士多德：《诗学》，罗念生译，19页。译文有改动。——译者注

② 同上书，38页。译文有改动。——译者注

fection）或真理。

6. 诗人必须密切注意措辞或语言，尤其是在韵文、散文或歌谣中；但是最终，语言所表现的思想才是重中之重。

有意思的是，亚里士多德在《诗学》里没有提及诗或文学的教化价值。不像柏拉图主要关注诗的题材和对读者的影响，亚里士多德强调的是文学的形式或结构，仔细审视的是悲剧的组成部分，以及这些部分必须如何共同起作用来形成一个统一整体。

这些哲学家—艺术家的著作里所提出的关切、问题和争论引领了大多数文学批评的发展。通过对前 4 世纪批评家们的思想与观念的不同层面进行讨论，从中世纪到现在的许多文学批评家已系统论述了文学批评的理论，促使我们向文本提出不同却同样合理的问题。尽管如此，在后来那些理论家所推举的观点中，柏拉图和亚里士多德的幽灵和他们的关切，依然隐约可见。

四、贺拉斯（前 65—前 8）

希腊及其哲学家—艺术家们的荣耀消失之日，便是罗马及其首席文体学家贺拉斯（Quintus Horatius Flaccus，或简称为 Horace）的辉煌到来之时。作为奥古斯都皇帝和其他许多罗马贵族阶层成员的朋友，贺拉斯享受着富贵荣华以及这些交际带来的影响力。在给他朋友（也是其恩主）的儿子米西奈斯（Maecenas）的一封信中，贺拉斯系统而清晰的表述成为中世纪、文艺复兴以及新古典主义大部分时期里文学趣味的正式规则。通过阅读这封信和《诗艺》（*Ars Poetica*），任何罗马贵族、中世纪骑士
25 (knight)，甚至文学大师［像 18 世纪的学者诗人亚历山大·蒲柏（Alexander Pope)］，都能够学习到上乘的或合适的文学准则。

贺拉斯也许了解亚里士多德的著作，但他的关切却极为不同。虽然柏拉图和亚里士多德都断定诗人们必须而且应该模仿自然，贺拉斯却声称诗人必须模仿别的诗人，特别是那些过去的诗人，希腊诗人尤其值得模仿。与他的先辈们相比，贺拉斯较少关注**形而上学**（metaphysics），他为作家

确立了实践正确与否的原则。他坚持认为，一个好的作家需要以独特的方式写作传统题材。此外，诗人需要避免在题材、措辞（词语选择）、词汇和风格上走极端。通过阅读，通过以古希腊和罗马作家作为效仿榜样，诗人才能在这些地方游刃有余。比方说，因为古代作家的史诗始于事物的中间部分，所以一切史诗也必须**从中间叙述**（in medias res）开始。最重要的是，作家应该避免显得荒诞无稽，而且必须把目标放低，不要试图成为新的维吉尔（Virgil）或荷马（Homer）。

贺拉斯称，文学的最终目的是 *dulce et utile*，即“甜蜜而有益”。他断言，最好的作品是既有教益又能同时令人愉悦。为了达到这一目标，诗人们必须了解他们的受众；那种博学的读者或许想受到教育，而其他人可能只想从阅读中得到娱乐。诗人的任务是在同一个文学作品中将教益和愉悦结合在一起。

被过分简化和误解之后，贺拉斯往往会成为这种样子：他给那些准作家（would-be writer）提供作家的技艺，以此作为实践指导，却对柏拉图和亚里士多德的许多受到忽视、无可争辩的哲学关切弃之不顾。在贺拉斯看来，诗人的最大奖赏来自公众的礼赞。

五、朗吉弩斯（1 世纪）

尽管朗吉弩斯（Longinus，有时指托名朗吉弩斯的人）的生卒年和民族血统仍有争议，但由于他的那篇《论崇高》（*On the Sublime*）专门回应西西里的修辞学家、卡拉克特的凯基利乌斯（Caccillus of Calacte），所以他在文学史上依然占有重要地位。朗吉弩斯或许是希腊人，他常常在希腊语和拉丁语写作中引用希伯来文（Hebrew），这使他成为首位借用别的（而非自己的）文学传统的文学批评家，并且在文学史上获得了第一个比较文学批评家的头衔。

柏拉图、亚里士多德和贺拉斯分别关注作品的本质、作品的组成部分和文学趣味，与他们不同，朗吉弩斯则重视文本的单个要素。此外，他还是第一个定义文学经典的批评家。

他指出，除非一个人饱读诗书，否则他就不能准确地评判文学作品。一个渊博的批评家可以评价并认定何为伟大之作，或何为朗吉弩斯所谓的
26 崇高：“因为真正伟大的作品令人百读不厌，很难抗拒或更确切地说不可能抗拒它的魅力，并且给人强烈的、不可磨灭的记忆。”简言之，朗吉弩斯把崇高定义为“伟大心灵的回声”，同时为它列出五个关键要素：（1）具有形成伟大思想的能力；（2）强烈而激动的情感；（3）恰切的修辞构型，比如词序和合适的受众；（4）高雅的措辞；（5）庄严而堂皇的结构。朗吉弩斯同时声称，所有的读者天生都能识别崇高，因为“自然并未指派我们去做低等动物或卑贱的动物……因为她在我们的心灵中注入了一种不可遏制的爱——对一切比我们更崇高、更神圣的事物的爱”。朗吉弩斯说，当我们的智识、情感和意志与一件特定的艺术作品和谐呼应时，我们知道自己已被崇高触动了。

朗吉弩斯的《论崇高》很少有人重视，也很少被人阅读，这种状况一直延续到 17 世纪末。到了 18 世纪，它的重要性才被认知，并被大多数的知名作家引用和争论。由于注重作者（作者必须是拥有卓越头脑和伟大心灵的人）、作品本身（文本必须由庄重和高尚的措辞构成，同时高度关心读者）和读者反应（一个博学的受众的反应很大程度上决定了任何特定文本的价值），朗吉弩斯的批评方法就成了新批评、读者导向批评以及 20 世纪其他批评的先驱。

六、普罗提诺（204—270）

普罗提诺（Plotinus）于 204 年生于埃及，是新柏拉图主义的创始人。他 25 岁左右前往亚历山大港，在那里受教于朗吉弩斯的老师——阿摩尼阿斯·萨卡斯（Ammonius Saccas）[①]。阿摩尼阿斯激发了普罗提诺对哲学的不可抑制之爱。244 年，普罗提诺离开阿摩尼阿斯，试图亲自去波

① 阿摩尼阿斯·萨卡斯（185—250），来自亚历山大的哲学家，通常被认为是新柏拉图主义的创始人，并因是普罗提诺的老师而著称于世，普罗提诺于 232—243 年曾师从于他。——译者注

斯和印度求取智慧。其后随罗马皇帝戈尔迪安（Emperor Gordian）[1] 前往波斯远征，普罗提诺原本希望与波斯最卓著的哲学家进行对话。但由于皇帝戈尔迪安遭到暗杀，他未能到达波斯。后来他去了罗马，在那里教了20年的哲学。在他最有名的学生波斐利（Porphyry）[2] 的敦促下，普罗提诺开始写作专著，试图以此清晰地阐述别的学者对柏拉图的断章取义和歪曲误解。普罗提诺宣称柏拉图是一切哲学问题的终极权威。270年普罗提诺逝世之际，他已写出54本专著，这些都被他的学生兼朋友波斐利编纂成辑，名为《九章集》（*Enneads*）。

通过与他的学生（尤其是与波斐利）对话，普罗提诺发展并清晰阐述了柏拉图学说中最关键的概念：太一。柏拉图在《巴门尼德篇》（*Parmenides*）中对“太一”只是略有提及，仅涉及这个概念的部分内容，比如出现在《理想国》中的至善（the Good）。“太一”是“独一且绝对单一 *27*
的”，但也是“绝对先验的”。世界万物从“太一”流溢（flow）[3] 出来并归于其中，“太一”是一切存在的起源。柏拉图和普罗提诺都相信，人类的目的就是通过冥想和学习与“太一”合而为一。

鉴于与“太一”合一是人类的目的，普罗提诺声称人类生存于其他的存在形式中：心智（nous）[4]、灵魂（psyche）和物质（physis）——它们从“太一”中分离出来但同时也源于“太一”。心智对应于柏拉图的理念领域。这一阶段，人们通过智力而非感觉理解观念和概念。在智力的层面上，出现了认知同一（cognitive identity）。通过思考和概念化，心智也对

---

① 戈尔迪安一般称作戈尔迪安三世（Marcus Antonius Gordianus Pius，225—244），作为罗马帝国皇帝于238—244年在位。——译者注

② 波斐利（233—305），叙利亚人，普罗提诺晚年的得意门生。除编辑过普罗提诺的《九章集》外，他还著有《普罗提诺传》、《亚里士多德〈范畴篇〉引论》、《要句录》等作品。——译者注

③ “流溢”是普罗提诺的一个隐喻。为了说明神就是“太一”，事物不是通过神的自由创造而是通过神的必然性而产生，他用流溢的隐喻来加以解释。事物流溢——它们从神那里流溢出来——的方式就像光线从太阳那里射出来一样，或者水从泉眼里流出来一样。神就像太阳，太阳永远不会枯竭，它不“做”任何事，它只是存在。参见［美］S. E. 斯通普夫等：《西方哲学史：从苏格拉底到萨特及其后》，匡宏、邓晓芒等译，修订第8版，106页，北京，世界图书出版公司，2009。——译者注

④ nous是古希腊语的字根，音译为努斯、奴斯，中文译本中有心灵、心智、精神等译法。——译者注

自身有了概念。普罗提诺将这一维度称作“数的领域”，并将这个名称赋予下一个领域——灵魂。在普罗提诺的哲学体系里，灵魂是指包罗万象的灵魂，不仅贯穿于人类而且涉及世界万物。普罗提诺认为，所有灵魂都来自唯一的灵魂，这个整体允许所有灵魂通过超感官的方法进行内在交流。然而，灵魂却想自私地拥有自身，于是引出了物质——存在的第三个或曰最低阶段。对于普罗提诺而言，物质起初是值得称许的，因为只有“太一”流溢到物质中，造物才能认识“太一”。但是物质也是堕落的，因为它是存在的最低级形式，常常与“太一”分离。

普罗提诺复杂的哲学在文学批评中起着重要作用，因为后世的学者和哲学家们对它进行了采纳和改进。提尔（Tyre）的波斐利和他的同代人紧接着追随普罗提诺，继续向超然性（transcendence）迈进。4 世纪的圣奥古斯丁（St. Augustine）与 5 世纪的波伊提乌（Boethius），一道将普罗提诺的新柏拉图主义的观念与基督教教义杂糅在一起。这一糅合最终影响了中世纪的学者，如圣托马斯·阿奎那（St. Thomas Aquinas）以及迈斯特·艾克哈特（Meister Eckhard）。果不其然，数百年后美国的先验主义者拉尔夫·沃尔多·爱默生（Ralph Waldo Emerson）和亨利·戴维·梭罗（Henry David Thoreau）借用并修改了普罗提诺的重要概念，把这些观念吸收到了美国浪漫主义的重要学说中。

许多学者把普罗提诺与柏拉图和亚里士多德相提并论，认为他是古代最重要的哲学家。显然，正是普罗提诺的著作和教学形成了西方对柏拉图及其作品的诸多感知。

七、但丁·阿利盖里（1265—1321）

出生于中世纪意大利佛罗伦萨（Florence）的但丁·阿利盖里，是朗
28 吉弩斯和普罗提诺及其文本《论崇高》和《九章集》问世（约 1 000 年
前）以来文学批评领域最重要的贡献者。像朗吉弩斯一样，但丁也关注恰
当的诗歌语言。

由于政治原因，但丁被驱逐出出生地佛罗伦萨。流放期间，但丁写过

许多作品，包括他的杰作《喜剧》（*Commedia*，约 1310—1321）——该作后来被命名为《神曲》（*La Divina Commedia*，or *The Divine Comedy*）。《神曲》（与其中描绘的世界）通过《地狱》（*Inferno*，约 1314）、《炼狱》（*Purgatorio*，约 1319）和《天堂》（*Paradiso*，约 1321）三部分写作内容，反映了但丁那个时代的世界和他对基督教的看法。甚至在《神曲》第三部分出版之前，但丁就已被预告为托斯卡纳区（Tuscany）① 最伟大的诗人。但丁给斯加拉族的康·格朗德（Can Grand della Scala）② 写了一封信来解释他的文学理论，以此作为《天堂》（《神曲》的第三部分，也是最后一部分）的介绍。此信如今以《致斯加拉大亲王书》（*Letter to Can Grande della Scala*）而闻名。这一文学理论的重要之作讲述道：对于写作来说，民众的口语（俗语或方言）是一种合适、合意且优美的语言。

但丁的作品出版之前，拉丁语是一种通用语（universal language），也是用来写作所有重要的著作文章（如史书、教会公文，甚至政府政令）的官方教会语言。只有轻佻的或流行的读物才会出现平民百姓的俗语。然而在这封信中，但丁声称且确立的是，方言乃文学作品出色而恰当的表达手段。

但丁同时在这封信里指出，他在《神曲》里运用了多重阐释或象征意义。圣奥古斯丁时代以来流行并贯穿整个中世纪的，是教会的神学家、作家和神父遵循着对“圣经”（Scripture）进行**寓言阅读**（allegoric reading）的传统，即把“旧约”（the Old Testament）的律法和故事解读为基督行为的象征再现（寓言）。这种**符号学阐释**（semiotic interpretation），即对符号的解读，只在“圣经”上用过。但丁的《神曲》之前，世俗作品从未使用过这些象征阐释原则。

通过赞扬抒情诗而忽视文类的讨论，但丁把自己确立为中世纪的首席批评家。由于他宣称平民百姓的语言或方言是书面文学可以接纳的表达手

---

① 意大利的一个行政区。——译者注

② 康·格朗德于 1311—1329 年为意大利勿罗拉地方斯加拉族的亲王。《神曲·天堂》中第 17 篇通过但丁远祖的魂灵之口，赞颂他具有博施济众的美德。被放逐该地时，但丁可能接受过康·格朗德的慷慨保护和恩泽，所以他后来才以《天堂》篇相赠。——译者注

段，文学作品才获得了越来越多的读者。

八、乔万尼·薄伽丘（1313—1375）

乔万尼·薄伽丘（Giovanni Boccaccio）的早年生活鲜为人知。他是私生子，于1313年生于意大利佛罗伦萨一个富裕商人之家。将近弱冠之年，他迁至巴黎求学，研习文坛刚刚出现的新人文主义文学。在巴黎时，他最初写过一些方言诗，并接触到了彼特拉克（Petrarch）[①] 的作品。不过但丁才是薄伽丘的“诗人—英雄”（poet-hero）。而且像但丁一样，薄伽丘常
29 常用方言写作。薄伽丘最后回到佛罗伦萨，在那里和大多数欧洲人经历了1348年的黑死病（这一疾病致使大约2 500万欧洲人死亡），当时的这些事件被他写到了最有名的作品《十日谈》(*Decameron*，1358，其叙述框架由100个故事构成）中。到了1360年，薄伽丘已是佛罗伦萨文化的中心人物，成了文艺复兴的创始人之一。1373年，他发表了至今依然著名的《解读但丁》[②]（*Lecturae Dantis*/“Reading of Dante”），此为曾经题献给一个欧洲方言文本（即但丁的《神曲》）的首次系列讲稿。薄伽丘最有影响的学术作品是《异教诸神谱系》(*De Genealogia Deorum Gentilium*/*On the Genealogy of the Gods of the Gentiles*，1374）——一部古典神话传说作品集。正是这部作品成为进入14世纪文学批评的一个窗口。在这部卷帙浩繁的神话百科全书里，薄伽丘成功地穿行于中世纪晚期的经院哲学和文艺复兴人文主义的曙光之中，从重视上帝与来世（afterlife）转向关注当下时刻，主要聚焦于与人之境况相关的问题。于薄伽丘而言，神话既反映真理也表现现实，同时还具有道德和宗教价值。特别是在《异教诸神谱

---

① 彼特拉克（Francisco Petrarch，1304—1374），是文艺复兴运动中第一个人文主义者，被誉为“文艺复兴之父”。又以其14行诗著称于世，为欧洲抒情诗的发展开辟了道路，被后人尊为“诗圣”。——译者注

② *Lectura Dantis*/“reading of Dante”之所以译为《解读但丁》，是因为这是一部逐句朗读和解释但丁《神曲》中上百首诗篇的作品。自薄伽丘开始，“Lectura Dantis”已成为欧洲学者面向公众讲解但丁《神曲》的一项传统活动。参见 http：//lecturadantisandreapolitana. wp. st-andrews. ac. uk。——译者注

系》的 14 卷和 15 卷里，薄伽丘为诗歌和古典神话辩护，声称诗歌的目的是通过揭示真理和呈现上帝而提升生活，因此他否认了柏拉图的观念——诗歌无用论或充满谎言论。薄伽丘认为，诗歌来自“上帝的内心”（bosom），并且“使一些人从上天堂转向对永恒的向往”。诗人就像哲学家，通过沉思而非理性探索真理。同样，诗人也等同于神学家，探索对上帝自身的认识。而诗人在诗歌和文学中寻找的真理则有赖于寓言，“在一件适宜而相称的虚构外衣”里揭示真理。薄伽丘指出，甚至基督本人也运用故事或文学去呈现真理。

薄伽丘为诗歌所做的辩护对文学理论和批评有着直接而持久的影响，这种影响尤其贯穿于文艺复兴时代。薄伽丘的关注、批评写作和神话搜集不断出现于后几个世纪的文本之中，举例言之，像乔叟（Chaucer）、斯宾塞（Spencer）、琼森（Jonson）、弥尔顿（Milton）和雪莱（Shelly），他们的文本中就有这样的内容。而正是薄伽丘的为诗辩护为后来所有的诗歌辩护铺平了道路，其中最著名的是菲利普·锡德尼爵士（Sir Philip Sidney）的《为诗一辩》（*Defense of Poesy*）。

九、菲利普·锡德尼爵士（1554—1586）

在中世纪的大部分时间里，文学批评和理论是贫乏的；通过文艺复兴时期丰富的批评活动，尤其是通过批评家兼作家菲利普·锡德尼爵士，这种局面才得到了补救。

作为文艺复兴时期英格兰最具代表性的学者、作家和绅士，菲利普·
锡德尼爵士已被命名为英国第一位伟大的“批评家—诗人”，这一称号可 30
谓恰如其分。他的著作《为诗一辩》（*An Apology for Poetry*，出版于 1595 年，原名为 *Defense of Poesy*）是文艺复兴时期文学理论的权威解说，也是英国历史上首篇有影响力的文学批评之作。英语文学批评的传统和历史是从锡德尼开始的。

正如《为诗一辩》所表明的那样，锡德尼兼收并蓄，博采众长，借用并常常修改柏拉图、亚里士多德、贺拉斯以及一些与他同时代的意大利批评家的理论。通过引用亚里士多德，锡德尼开始了他的文学批评："诗歌因而是一种模仿的艺术，正如亚里士多德用**迈米悉斯**（mimesis）一词所说的那样，也就是说，诗歌是一种再现、仿造或形象的表现"①。八句之后，他加上了贺拉斯的话，宣称诗的主要目的是"富于教益且令人愉悦"（to teach and delight）。像亚里士多德一样，锡德尼断定诗胜于历史、法律和哲学，但他又将亚里士多德的观念向前推进一步，认为诗高于其他一切艺术和科学，是真理的体现。他说，因为只有诗歌是美德的老师，使心灵和精神转向被教授的教义和渴求之中。而且诗人"是美德最有说服力的宣传者，没有其他东西能如此有效地揭露恶"。

有别于他之前的那些批评家，锡德尼在阐述其文学规则时把文艺复兴时期看作最佳典范。在区分了不同的文学体裁并宣称这些都富于教益后，他宣告诗歌胜于一切，因为诗是"一切人类作品中最高贵的"。他取笑其他体裁（比如悲喜剧），并通过强调行动、时间和地点的统一，把更多规则添加到亚里士多德式的悲剧之中。

通过《为诗一辩》，锡德尼坚决捍卫诗歌，对那些视诗为无用或不道德行为的人予以反击。对锡德尼来说，创造性的诗歌类似于宗教，因为二者导向并实现其目的，都是通过唤起读者的情感进行的。锡德尼说，诗人不仅确证了道德，而且激发起读者的情感，将真理与象征糅合在一起，使"整个人的每一处感官"都得到愉悦。在文章的末尾，这位富有激情且受柏拉图影响的诗人向那些不热爱诗歌的人发出诅咒。锡德尼总结道："我恳请你们所有人……不要再嘲笑神圣的诗歌……否则，你们的名字将遍布印刷厂……你们最好三思而行。"英格兰的确关注起诗歌了，因为在《为诗一辩》发表 25 年后，37 本诗歌和戏剧新著轰动了英格兰。锡德尼富有激情的回声在英国文学中响彻数百年，特别是回荡在 19 世纪早期的英国浪漫主义作品中。

---

① 此处参考了钱学熙译文，见伍蠡甫主编：《西方文论选·为诗一辩》，上卷，231 页，上海，上海译文出版社，1979。——译者注

十、约翰·德莱顿（1631—1700）

与其他任何一个英国作家相比，桂冠诗人、剧作家、批评家约翰·德莱顿（John Dryden）都更能体现新古典主义时期（紧接着锡德尼和文艺复兴的文学时代）的精神和典范。作为词典编纂者的塞缪尔·约翰逊博士 *31*
（Dr. Samuel Johnson）曾撰写过《英语词典》（*Dictionary of the English Language*，1755），此作被认为是“学术研究最伟大的单项成果”，但他却把功劳算在德莱顿的头上——“他提高或者说完善了我们的诗歌韵律，精炼了我们的语言，大大精确了我们的情感表达”。作为王政复辟时期（此名称指 1660—1700 年的英国文学时期）最多产的作家，德莱顿几乎擅长包括文学批评在内的所有体裁。一位批评家说，德莱顿实际上“让文学批评走出了教会，又让它进入咖啡馆之中”。20 世纪杰出的诗人和评论家 T. S. 艾略特则断言，德莱顿是“英国诗人头一次用英语写出严肃文学批评的人”。德莱顿对文学批评的永久贡献是《论戏剧诗》（*An Essay of Dramatic Poesy*，1668），该著凸显了他的天才。

《论戏剧诗》的结构集中体现了德莱顿敏锐的文学天赋：在英国—荷兰海战期间，四男子在泰晤士河的一条驳船上漂游，他们每人提出一种与众不同的美学理论，这些理论在文艺复兴和新古典主义的文学批评中都被特别倡导过。讨论以柏拉图—亚里士多德之争开场，涉及自然或艺术固有的条件是对自然的模仿之类的问题。其中的一个辩手争论道，自然必须被直接模仿。而另一人则宣称，作家应该模仿像荷马这样的经典作家，因为古代作家是自然最好的模仿者。德莱顿借尼安德（Neander）之口指出，这两种意见各有所长。

漫长的讨论随之而来，讨论内容是亚氏的概念“三一律”，即戏剧中时间、地点与行动的统一。一出戏剧的情节是否应该在 24 小时的周期（时间）内发生？而且是在一个场所（地点）发生？是否只该有单一的情节，而不需要次要的情节（行动）？戏剧必须保持“三一律”的观点毫无争议地赢得了这场争论，而其他关切则集中于以下几点。

1. 一出戏的语言或措辞。讨论到最后，重点放在了“合适的”台词上。

2. 得体的问题。也就是说，激烈的行为是否应该出现在舞台上，最后一个发言者宣称这样做也许很“不合适”。

3. 英国戏剧和法国戏剧的区别。英国剧作以其多样化、舞台使用和莎士比亚传统而胜出。

4. 对戏剧中相对于无韵诗的韵文进行评估，韵文成为赢家——尽管德莱顿后来收回这一观点并写了许多无韵的悲剧。通过反思自己生活中和作品中的这个时代，德莱顿站到了礼仪（有礼有节）、明晰、有序、得体、高雅、风趣和智慧一边，并把它们看作文学作品的重要特点。

总之，德莱顿对文学批评有巨大贡献。首先，他拓展了文学研究内部
32 及其自身的范围，没有受到道德价值和神学价值的纠缠困扰。其次，他创造了一种自然而朴实的散文文体，大体上依然引导并影响着现代批评和写作。再次，通过利用丰富的批评视角（从希腊到法国），德莱顿将所有这些批评视角中的最佳见解融入仍然处于襁褓状态的英国文学批评学科之中。最后，德莱顿呼吁建立文学批评的客观原则，同时将文学批评的重心从作品的结构转移到了更加现代的焦点问题——读者和批评家如何鉴赏文本——之上。

十一、约瑟夫·艾迪生（1672—1719）

散文家、诗人、剧作家、政治家、文学批评家约瑟夫·艾迪生（Joseph Addison）1672 年 5 月 1 日出生于英格兰威尔特郡（Wiltshire），是米尔斯顿区（Milston）教区长的儿子。从英国著名的私立学校——切特豪斯学校（Charterhouse School）毕业后，艾迪生进入牛津大学莫德林学院（Magdalen College）读书，1693 年毕业。他一生中接受过皇家津贴和各种政治职位。1704 年，随着《战役》（“The Campaign”）一诗的发表，这位拉丁语诗人和古典学者声名鹊起。作为另一些批评家（如约翰·德莱

顿、亚历山大·蒲柏）的同道，艾迪生把“文学的伟大性”（greatness of literature）观念凸显在他的散文与报纸文章中，引起了英格兰普通读者的注意。古典训练使他终身受益，也滋养着他的阅读和文学批评。艾迪生的文学批评首次见诸报端，始于理查德·斯梯尔（Richard Steele）① 与艾迪生创办的《闲谈者》（*The Tatler*），以及接替它的《观察者》（*The Spectator*）。虽然他的批评文章在《闲谈者》上还比较少见，但在《观察者》上已是硕果累累。他在报纸中加入一些古典的和当代的读物，同时为大众读者软化文章的语气、措辞以及内容，使其写作显得“文雅”（polite）。

纵观其文，艾迪生往往更了解古代批评家的优势，对于他们当中亚里士多德和朗吉弩斯的观点，更是顶礼膜拜，而对现代批评家则不是这样。举例言之，他在《观察者》第 25 期写道：“对我们这些后世的人来说，形成前人还未涉及的有关批评、道德或任何艺术、科学的见解，已是不可能的事情了。”简言之，以往的批评家已说完了所有可以言说的东西，而在他们之后写作，只能是对他们以往的批评进行解释和论证。

艾迪生相信“哲学是适于（apt to）人类的优雅的常识”，他以“英国的维吉尔”和“温雅平凡的马可·奥勒留（Marcus Aurelius）”② 之称闻名于世，他将“哲学从密室和图书馆、中学和大学里解放出来，又把它带入俱乐部和集会、茶桌边和咖啡馆中”（《观察者》第 10 期）。为了避免在 33
他的批评文章里出现高深莫测与伪善之语，艾迪生制定了他的文学目标：“努力以风趣使道德说教生动，并以说教为巧智降温。”他声称他的读者是普通人，尤其是英格兰的妇女，并指出：“这种文章将让所有人受益。”（《观察者》第 10 期）鉴于当时其他的英国批评聚焦于作者和文学规则，艾迪生强调《论崇高》或他所谓的文学的伟大性（*greatness*）：“说到伟大，我并非仅指单个物体的大量呈现，而是指全景的恢宏广大，是被作为一个整体来考虑的。”（《观察者》第 412 期）对艾迪生而言，文学的伟大不在于技巧的优越，而是以奇思妙想来展现广阔生活的能力，或者在于源

① 理查德·斯梯尔（1672—1729），与约瑟夫·艾迪生齐名的散文家。写过宗教论文《基督教徒的英雄》（“The Christian Hero”）。——译者注

② 马可·奥勒留（121—180），著名的“帝王哲学家”，是罗马帝国五贤帝时代最后一个皇帝，于 161—180 年在位。——译者注

自“伟大的观念和炽烈的激情”的崇高。艾迪生断言，文学批评的宗旨不是剖析作者的天才，而是审视在文学与读者的互动中发生了什么。艾迪生说，我们的好奇心是一种植根于我们自身的最强烈和最持久的欲望。由于这种好奇，一个批评家的文章必须涉猎广泛，触及政治、科学、艺术、社会以及任何与人类有关的重大问题。而这种写作的读者对象应该是一般公众。写作上乘且不失风趣的散文可启迪民智，同时能给他们介绍一些研究成果，如天才、崇高、伟大，以及文本结构之上的受众反应。

不同于同时代的批评家和作家（如约翰·德莱顿和亚历山大·蒲柏），艾迪生致力于启蒙英国普通民众，给他们提供古典作家的作品，并以通俗清新的散文形式呈现，使他们能够并且有可能在遍及大不列颠岛的咖啡馆中和茶桌旁边津津乐道。

十二、亚历山大·蒲柏（1688—1744）

新教掌控的英格兰有一个罗马天主教家庭，那里出生了一个健康婴儿，后来因结核性脊柱炎而导致驼背畸形[1]，这个人就是亚历山大·蒲柏（Alexander Pope）。蒲柏出生于新古典主义（英国文学从 1660 年到 1798 年）的早期，20 岁时成为新古典主义的代言人，其人其作体现了 18 世纪的思想和文学批评。蒲柏早年的诗如《田园诗集》（“Pastorals”，1709）、《夺发记》（*The Rape of the Lock*，1712）、《艾洛伊斯致亚伯拉德》（“Eloisa to Abelard”，1717），奠定了他在英国诗坛的重要地位。而随着《论批评》（*Essay on Criticism*，1711）[2] 的出版，他实际上已成为英格兰的“文学主教”（literary pope）。

不像先前的文学批评家和理论家，当蒲柏在《论批评》中着手将新古典主义编纂成法典时，他是直接向批评家致辞而不是对诗人发言。然而至
34

① 蒲柏 12 岁那年患上此病，给他身体带来终生影响：腹痛、发高烧、眼睛红肿，其身高只长到 1.37 米。——校者注

② 《论批评》是蒲柏用英雄双韵体写成的一首说教诗，全诗共 744 行，分为三个部分。——译者注

文章结尾，他确实是同时向批评家和诗人说话了。

按照蒲柏的说法，批评的黄金时期是古典时代，亦即荷马、亚里士多德、贺拉斯和朗吉弩斯的时代。正是这些作家发现了与“一贯正确的大自然”（unerring Nature）相关的真相。批评家和诗人的任务首先在于了解这些作家，然后是去模仿这些作家，而不是去了解和模仿自然，因为“模仿自然就是模仿他们（古典作家）”。

蒲柏声称，对优秀诗人最重要的要求是其天赋，再加上古典修养的拥有，诗学（文学）法则的掌握。这些知识必须融合谦逊和优雅的品质，因为“若无良好教养，真理就会遭殃。/如此这般，只是让优越感受到宠溺褒奖”。

蒲柏说，有了天赋和良好的教养，批评家/诗人还必须留心某些规则。要想成为一个优秀的批评家或诗人，就必须遵循已被古人确立的传统。顺理成章的是，蒲柏详细说明了何谓这些规则，应该如何把它们运用到18世纪的韵文之中。例如，他极为重视诗歌的措辞，将英雄双韵体（the heroic couplet）[①] 确立为韵文的准则，并把抽象观念**拟人化**（personification），这些如今已成固定的规范；而情绪爆发和自由体诗则是异常的（*extraordinaire*），被认为是粗野有余，文雅不足。

正如蒲柏所定义的那样，诗歌受规则、限制和高品位的支配，所寻求的是对真理的重新确认，或是已被古典作家发现的绝对法则。如此，批评家的任务就明确了：在变幻不定的文化变迁中去确认和维护古典价值。事实上，批评家成了高品位和文化价值的保管者和守护者。

通过重申对古典作家的模仿，经由他们去模仿自然并确立普遍认可的或标准的诗歌语言准则，蒲柏就把他的批评置于**模仿的**（mimetic）和**修辞学**（rhetoric，结构形式）的文学理论基础之上。然而，到18世纪末，文学理论的一个重大变迁发生了。

---

① 英雄双韵体是一种英国古典诗体，由十音节双韵诗体演化而来，每行五个音步，每个音步有两个音节，第一个是轻音，第二个是重音。其句式均衡、整齐、准确、简洁、考究。17世纪后期，因对句在英雄诗歌（即史诗）和英雄剧中频繁出现，故有“英雄”之说。——译者注

十三、威廉·华兹华斯（1770—1850）

18世纪接近尾声的时候，世界目睹了几次重大的政治变乱，其中有美国的独立战争和法国大革命。与此同时，社会发生剧变，哲学思想也改弦易辙。在此期间，典型的变化是人们看待世界的眼光。18世纪注重秩序和理性，而19世纪新兴的世界观却看重直觉，并把它当作走向真理的合适向导。18世纪的观念是把世界喻为一架大机器，一切部件都运转得井然有序；而在19世纪，世界则被认为是一个活的有机体，处于不断生
35 长和永远形成的过程之中。对于18世纪的理性主义精神来说，城市是艺术和文学的家园，并为它们设定出高品位的准则。相反，19世纪新兴的市民却把乡村当作大本营，当作一个人可以在此洞察内在自我的环境场所。通过贬抑先前经验主义和理性主义的方法论，19世纪的思想家相信，接近我们的人性之核或先验本性（transcendental natures），且最好是在我们原初的或自然的环境中去寻求，就能够获得真理。

威廉·华兹华斯（William Wordsworth）是这种激进变革的代言人。华兹华斯出生于坎伯兰郡（Cumberlandshire）的考克茅斯（Cockermouth），在英格兰的湖区长大，1791年在剑桥大学的圣约翰学院（St. John's College）完成学业。结束了最重要的欧陆之旅后，他出版了《速写》（*Descriptive Sketches*，1793），随后遇到了他的文学仰慕者、后来的朋友兼合著者——塞缪尔·泰勒·柯勒律治（Samuel Taylor Coleridge）。1798年，华兹华斯和柯勒律治出版了《抒情歌谣集》（*Lyrical Ballads*），这一诗歌合集预示了英国浪漫主义的来临。在接下来的15年里，华兹华斯写出了他最著名的诗篇，包括《诗二卷》（*Poems in Two Volumes*，1807）、《远足集》（*The Excursion*，1814）、《杂诗》（*Miscellaneous Poems*，1815）和《序曲》（*The Prelude*，1850）。而正是《抒情歌谣集》开辟了英国文学的浪漫主义时代，改变了文学理论和批评的聚焦点。

在为介绍《抒情歌谣集》第二版而写的说明性序言中，华兹华斯倡导

一种新的诗歌观，成为文学理论激进变革的开端。他写道，诗歌的目的“是选择日常生活的事件和场景，并且……用（民众）生活中真正使用的语言描述……我们在兴奋的状态下裹挟着思考的行动”。像亚里士多德、锡德尼和蒲柏一样，华兹华斯也关注文学题材的要素，但是却改变了重心：他的诗歌对象是普通的男人和女人，而非国王、王后和贵族。华兹华斯说，因为在“简陋而朴质的乡村”，诗人发现“心灵的原始激情找到了更好的土壤，在那里他们可以收获成熟，少受一些拘束，说出的言语更加朴实，也更铿锵有力”。

华兹华斯不仅在题材上倡导激进变革，而且明显转换了诗歌“专属语言”（proper language）的视角。与蒲柏和其他前辈们不同，华兹华斯选用“（民众）真正使用的语言”——日常用语，而不是英雄双韵体里做作的诗歌辞藻、复杂的韵脚安排，以及出于 18 世纪典型人物之口的肥辞艳藻。华兹华斯笔下的乡巴佬，比如他的叙事诗《迈克尔》（“Michael”）中的迈克尔和路克，就是用他们干活儿中朴实的日常用语说话的。

除了重塑诗歌的题材和语言，华兹华斯还重新界定了诗歌：“好诗是强烈情感的自然流露。”锡德尼、但丁和蒲柏断定诗歌需要克制、约束和
理性，与他们不同，华兹华斯现在强调的是诗歌的情感品质。尽管华兹华 36
斯并没有放弃理性和遵循规则的思想，但于他而言，有效地运用充满感情的想象已成为诗歌的核心特质。

在变更诗歌题材、语言和定义的过程中，华兹华斯还重新界定了诗人的作用。诗人不再是文明价值或恰当品味的保护者，而是“以一个人的身份向人们讲话……具有更敏锐的感受性，也更热情洋溢且温情慈悲。与普通人相比，他更了解人的本性，而且有着更开阔的灵魂”。华兹华斯心中的诗人“更乐于并擅长表达所思所感——特别是那样的一些思想和感情，它们的发生并非由于直接的外在刺激，而是出于他自己的选择，或者是来自他心灵的构造”①。这样的诗人不再需要遵循成规，因为这种艺术家也许在当时已自由表达了他（她）自己的个人主义（individualism）思想，珍

---

① 此处两段翻译参考了曹葆华译文。参见《十九世纪英国诗人论诗》，13～14 页，北京，人民文学出版社，1984。——校者注

视并写出了尤其属于艺术家的那些情感。

由于华兹华斯将诗歌定义为“强烈情感的自然流露……（源于）平静中回忆起来的情感”，所以，华兹华斯式的诗艺新品种就在于把场景、环境或事件内在化，并在后来艺术家可以将记忆诉诸笔端时，带着感情“回忆”（recollects）那个时刻。这样，诗歌就不同于生物学或其他任何一种科学，因为它面对的不是那些可以被解剖或分解成组成要素的事物，而是主要面对想象和情感。是直觉而非理性主宰着诗歌。

那么，何为读者呢？读者在这一过程中扮演着什么角色？在《抒情歌谣集·序言》的结尾部分，华兹华斯写道：“我不得不对我的读者提出一个要求，那就是当他评价这些诗的时候，最好依据自己的真情实感，千万不要考虑别人的判断可能会怎样。”[1] 华兹华斯希望读者对其诗歌的反应和感受不仰赖于那些可以随意臧否的批评家。他渴望其读者凭借自己的感觉和想象，捕捉到与诗人同样的情感，而这些情感是诗人最初看见并后来在“平静中回忆起来”的诗歌主题或场景。华兹华斯宣称，通过诗歌，诗人和读者分享了这些情感。

这一分享情感的主观经验，使得华兹华斯远离了数百年前批评理论中的模仿说和修辞学，从而走向了一种文学理论的新局面：**表现流派**（expressive school）。这个流派重视艺术家的个性，也重视读者分享这种个性的特权。通过表达这种个性，也通过把情感和想象看作诗歌的合理关切，华兹华斯便奠定了英国浪漫主义的基础，并拓宽了 19 世纪和 20 世纪文学批评和理论的视野。

37 十四、珀西·比希·雪莱（1792—1822）

作为英国浪漫主义最重要的代言人，珀西·比希·雪莱（Percy Bysshe Shelley）于 1792 年生于英格兰的苏塞克斯郡（Sussex），是一位富裕乡绅的长子。从伦敦一所中学毕业后，雪莱进入牛津大学，在那里他

① 此处翻译参考了曹葆华译文。参见《十九世纪英国诗人论诗》，25 页。——校者注

结识了思想同道托马斯·杰佛逊·霍格（Thomas Jefferson Hogg，1792—1862），两人成为终生挚友。在研习了柏拉图的作品、威廉·戈德温（William Godwin，1756—1836）的著作，特别是后者的《政治正义论》（*Political Justice*，1793）以后，雪莱和霍格合写了名为《论无神论的必然性》（“The Necessity of Atheism”）的小册子，其内容致使二人被牛津大学开除。具有讽刺意味的是，雪莱并非无神论者，他只是想确立讨论基督教信仰的权利。

这种对教会和国家权力机构（the establishment）的争论乃至争吵一直持续到雪莱的后半生，包括他和哈丽艾特·威斯特勃鲁克（Harriet Westbrook）不幸的婚姻，与玛丽·渥斯顿克雷福特·戈德温（Marry Wollstonecraft Godwin）的私奔，以及种种被英国市民阶层诟病的别的事情。但在此期间，雪莱创作出了许多脍炙人口的浪漫主义诗篇。例如，《奥西曼迭斯》（“Ozymandias”，1817）、《西风颂》（“Ode to the West Wind”，1819），以及《阿多尼斯》（“Adonais”，1821）。他还写出一个文学批评的重要文本——《为诗辩护》（*A Defence of Poetry*，1821），用来回应托马斯·洛夫·皮科克（Thomas Love Peacock，1785—1866）对浪漫主义诗歌的刁钻诘难。此人是雪莱的好友，也是一个颇有实力的诗人、散文家和学者。

在所有的浪漫主义诗人中，雪莱最是柏拉图的信徒。他信奉柏拉图的学说，并自命为英国浪漫主义中新柏拉图主义的代言人。在《为诗辩护》里，雪莱对柏拉图的因袭很快变得显而易见。比方说，雪莱采纳并修改了柏拉图的理式观（concept of the Ideal Forms），该学说认为，我们周围的一切只不过是真理、理念世界、精神实在（柏拉图称之为“太一”）的再现或影子。雪莱把柏拉图的精神实在概念与他自己的理解融合在一起，声称诗歌是迄今获得理式和终极真理的最佳途径。雪莱不承认新古典主义对秩序、理性的效忠之举，他看重的是个体和想象。对雪莱而言，柏拉图的理式与浪漫主义的想象观念交织缠绕。在他的诗歌创作里，诗较少注重理智与理性，而更重视精神和先验性。由于雪莱把诗歌重新界定为“想象的表达”，想象和情感便不再属于教条式的构成要素，而是变成了文本阐释的中心舞台。对他来说，“诗歌是……万物萌生的胚芽，使一切焕发生机；

如果它被害虫咬噬，就不会再有果实和种子，也不能给这荒芜的世界提供养料，生命之树的繁衍便难以为继”[1]。诗歌不仅是杰出的艺术形式，而且是引领真理的导师，它具体体现在自然和个性之中，而不是科学、理性或
38 哲学那里。雪莱相信哲学和历史根植于诗歌，因为诗歌在这些学科中位高一等。而且，诗人、诗歌创作者各行各业都有，他们是建筑师、画家、音乐家、教师和立法者，等等。如果真诚地创作，诗人将带领人们走向真理，亦即走向那个终极实在中的精神本质的真理，走向柏拉图那个“太一”的真理，从而开启读者的心灵之窗，让他们去发现自己周围那些隐而不见的美。

对雪莱而言，没有任何东西比诗歌更加神圣和完美。在他的创作理论中，诗人是种种类型的艺术家中最伟大的人。因为只有诗人能在当下预见未来，并如雪莱所言，“参与到永恒、无限和‘太一’中去”，从而变得不仅仅是个普通人。他对诗人和诗歌的热情，以及他们作为导师和预言家指引我们通向终极真理时所扮演的角色，代表了从理性时代（the Age of Reason）或新古典主义到英国浪漫主义思想的范式转换，也代表了一种文学批评的新方向，这种方向深刻影响着文学理论与批评，一直延续到当今这个时代。

十五、伊波利特·阿道尔夫·丹纳（1828—1893）

华兹华斯的浪漫主义强调直觉引导终极真理，而且相信情感和想象是好诗的基本要素。这种观念在 19 世纪的头三十年里主宰着文学和文学批评，它的持续影响至今犹在。19 世纪 30 年代，随着维多利亚时代的到来，理性、科学和历史决定论的意识开始取代浪漫主义所推重的直觉和想象，而后者曾被看作是通向真理的多种途径。在查尔斯·达尔文（Charles Darwin）及其文本《物种起源》（*On the Origin of Spcies*，1859）里，历史决定论和科学决定论中不断高涨的意识找到了自己的权威

① 此处翻译参考了缪灵珠译文。参见《十九世纪英国诗人论诗》，153 页。——校者注

之音和最终影响。人类现在褪去了神秘，因为我们知道了自己的起源，并且了解了自己的生理发育。而科学，似乎已为我们提供了通往过去和了解现在的钥匙。而且，假如所有的人类活动都依赖科学方法的话，那么科学将会帮助我们决定自己的未来。

科学的方法论及其哲学假说与实际运用找到了它的倾慕追随者和有力鼓吹者——法国历史学家兼文学批评家伊波利特·阿道尔夫·丹纳（Hippolyte Adolphe Taine）。伊波利特·丹纳出生于法国阿登山区（Vouzier），是巴黎高等师范学院（École Normale Supérieure）的学生，他才华横溢却又离经叛道。结束了正规教育之后，他在法国的许多学校教过书，继续研究美学和历史。19 世纪 50 年代期间，他出版哲学和美学著作种种，但对文学批评和历史有着主要贡献的则是他的这一文本——出版于 1864 年的《英国文学史》（*History of English Literature*）。在这本著作里，丹纳让 39
如今依然知名的用于文学分析的历史研究法成形了。

在《英国文学史》的序言中，丹纳采用一个有关科学的**明喻**（simile），解释了他的文学批评方法：

> 当你翻阅一本年代久远、纸页发硬的对开本大号书，一份纸张泛黄的手稿（一首诗、一部法典或一篇信仰宣言）时，你最初会注意到什么？你说，这个不是独自创作的。它不过是一个铸模（mould），就像化石壳；一个印记，如同一个活过而又死去的动物身形的浮雕，刻在石头上面。外壳的下面是动物，文献的背后有一个人。若不是为了向你自己描述这动物，你又何必去研究它的外壳？同理，你之所以要研究这文献，也仅仅是为了去认识那个（人）[person]。①

在丹纳看来，一个文本就是一个化石外壳，天生包含着栖居者的模样。在这种情况下，栖居者就是作者。只研究文本（比如，发现其写作年代、所引历史文献或典故的准确性）而不去考虑作者（他或她）的内心世界，将会导致不完善的分析。同时丹纳相信，考查文本和作者，将会对文学作品形成一种精确的理解。

---

① 此段翻译参考了甘阳译文。参见［德］恩斯特·卡西尔：《人论》，246 页，上海，上海译文出版社，1985。——校者注

丹纳声称，要理解任何一个文学文本，我们必须调查关联着创作的外部原因。他把这一影响主要分成四类：种族、环境、时代（moment）和突出能力（dominant faculty）。就种族而言，丹纳假定，同一**种族**（race）的作家或那些生长在同一国度的作者分享特定的精神信仰、情感和理解方式。通过分析每位作家继承与习得的个性特征，丹纳认为我们将会更充分地理解作家的文本。此外，我们还须考查作家的背景或环境。他断言，英国居民对生活的反应与法国或爱尔兰居民不同。因此丹纳提出，经由考查作家的文化，我们可以更充分地理解那些智识的或文化的关切，它们必然会在作家的文本中显山露水。再者，丹纳断言，我们必须考查作家的时期（epoch）或时代，亦即文本写作的时间段。这一信息揭示了在那个特定时期人们所持的主导观念或世界观，因而能帮助我们更为深入地确认或理解文学角色的行为、动机与关切，假如没有这类信息，我们的理解就不会那样充分。最后，丹纳要求我们必须核查每个作家的个人才能或突出能力，这能使他（她）与拥有种族、环境和时代相似特征的其他人区别开来。在丹纳看来，艺术作品是“特定原因的结果”，并能用下面的公式绝妙地表
40 现出来：种族＋环境＋时代＋突出能力＝艺术作品。丹纳争辩道，如果不全面考虑上述四要素，我们就不能欣赏艺术“真实”的样子。

十六、马修·阿诺德（1822—1888）

在《抒情歌谣集·序言》里，华兹华斯宣称“诗是一切知识的菁华；它是整个科学面部上的强烈的表情”[①]。这一有关诗歌本质和角色的高端论述在马修·阿诺德（Matthew Arnold）那里找到了知音。阿诺德自封为英国维多利亚主义（English Victorianism，1837—1901）的代言人，这一文学时代直接承接着华兹华斯和雪莱的浪漫主义。

马修·阿诺德生于浪漫主义时代，是一个英国教师的儿子。阿诺德继承家庭传统，进入牛津大学读书，一毕业就接受了奥利尔学院（Oriel

① 此处采用了曹葆华译文。参见《十九世纪英国诗人论诗》，17 页。——校者注

College）的教职。他把职业生涯（将近 35 年）的大部分时间花在为学校做督学的事情上。到 35 岁时，他已经写完了他的大部分诗歌，包括他最有名的一些诗篇——《多佛尔海滩》（“Dover Beach”，1851）、《吉卜赛学者》（“The Scholar-Gipsy”，1853）以及《邵莱布与罗斯托》（“Sohrab and Rustum”，1853）。

阿诺德职业生涯的早期，对浪漫主义的反动以及拥护这种反动的人开始出现。对于发现世界本质的经验主义和理性主义的方法，作家、哲学家和科学家越发开始信赖，却不再相信通向真理之途的浪漫主义观念——情感、个人主义与直觉。随着 1859 年查尔斯·达尔文《物种起源》的出版，随着哲学家兼社会学家赫伯特·斯宾塞（Herbert Spencer，1820—1903）和德国神学家兼哲学家大卫·弗里德里希·施特劳斯（David Friedrich Strauss，1808—1874）的著作的面世，科学似乎篡夺了浪漫主义的“自然宗教”（religion of nature）之位，也侵占了大部分别的传统宗教的信仰。与此同时，哲学变得极其深奥，因而作为了解现实的工具，它在维多利亚时代的普通人那里便不再那么重要。阿诺德步入这个空位之中，他宣称，诗歌可以提供社会必需的真理、价值与准则。

构成阿诺德文学批评基础的是他对古典主义文学法则的重申。对柏拉图、亚里士多德、朗吉弩斯和其他古典作家观点的引用或借用，遍布于他的批评之中。例如，阿诺德从亚里士多德《诗学》中拿来观点——最好的诗比历史或人类其他任何学科或活动具有“更高的真理，并且更为严肃”，就此说事。像柏拉图一样，阿诺德也相信文学反映它所书写的社会，并且传达社会的价值观和种种关切。也像朗吉弩斯一样，他试图定义经典，规定这种作品属于“最高的”或“最优秀的等级”。为了支撑他的许多其他主张，他还引用了后来成为“经典”作家（如但丁、莎士比亚和弥尔顿）的观点。

对阿诺德而言，诗歌（而非宗教、科学或哲学）是人类最高级的活 41
动。他写道：“越来越多的人将会发现，我们不得不求诸诗歌来为我们诠释生活，用它来慰藉我们、支撑我们。没有诗歌，科学将显得残缺不全；而当下那些欺骗我们的大多数宗教和科学将被诗歌取代。”他声称，这种诗歌的绝佳之处在于，我们会得到“最高的真理和严肃”。通过把“严肃”

(seriousness) 与美德等同，阿诺德断言，最好的诗能够且确实提供善的标准，这是阿诺德及其社会能够以此进行自我评估的准绳。

在其重要文章《当前文学批评的功能》（"The Function of Criticism at the Present Time"，1865）和《诗歌研究》（"The Study of Poetry"，1888）中，阿诺德阐述了他的批评立场。一如柏拉图的批评，阿诺德重申并稍加修改了批评的社会角色：创造"一种真理和新观念的潮流"。为了实现这一目标，批评家必须避免卷入政治或其他任何引发偏见的活动，必须无功利地观察社会、远离尘嚣。相应地，这种超然立场将有益于全社会，批评家因而能够探索高级文化（high culture）——这是成为诗人和写出优秀诗篇的前提条件。

那么，如何成为最优秀的诗人？又如何发现最优秀的诗作呢？答案是通过建立客观的批评标准。由此出发，我们才能判断哪首诗包含或达到了亚里士多德所谓的"更高的真理或严肃"。批评家的任务是，"要始终把那些大师的诗句和表达牢记在心，并将它们作为检验其他诗歌的试金石"。通过对比新近诗作与蕴含着"崇高"（sublime）要素的古典诗歌，批评家将会立即判出当代诗歌的高下优劣。

在实践中，这种批评表面上具有客观性，但实际上已变得很主观了。举例来说，我们应该跟着谁走？荷马和但丁的诗句是上乘之作吗？锡德尼乃至阿里斯托芬的作品又该如何看待？为了给这种对比和价值判断创造条件，批评家需要给所有过去的诗人排座次以便发现谁伟大谁渺小吗？而且，谁的道德观理应成为我们以此评判诗歌的尺度？难道仅仅是阿诺德的吗？

这一"客观的"**试金石理论**（touchstone theory）重新界定了文学批评的任务，并且在文学批评中引入了主观方法。这样，批评家就不再只是文学作品的阐释者，他们如今在价值观、文化和趣味上已作为权威在起作用了。这一新的文学的守护者（watchdog）必须看守并维护高级文化及其文学，同时界定它们真正是什么东西。

因为断定批评家是社会价值的守护人而诗歌又是最重要的活动，阿诺德就成了维多利亚时代的英格兰及其文学的公认代言人。甚至当今的文学
42 批评依然充斥着明显的阿诺德式措辞——"以无私之心努力去学习和传播

那些已被认识到的和思考过的精华之物”，“按其本来面目去看待事物”，“文化和无政府状态”，“生活的批评”，便是几个例子。通过采纳并推进华兹华斯式的诗人概念，阿诺德就把批评和诗歌从社会中分离出来，进而创建了诗歌和批评的一种类型，这种类型据称能救社会于其卑贱（baser elements），并且保存了它最高贵的特性。因为遭到了一些现代批评家（他们的分析止步于关注200年前的文学批评）的反对，阿诺德的批评就既可作为聚焦点，也为反对的标准提供着服务——通过这种反对标准，理论家们如今已能去检测他们自己的批评观点了。阿诺德致力于在文明人中间确立“文化”（尤其是文学）为最高的敬畏对象，在这方面，他胜过了任何一个批评家。

十七、亨利·詹姆斯（1843—1916）

当阿诺德断定诗歌如何能拯救人性免于卑贱，并有助于引领我们走向真理时，作家也正用其他体裁（特别是小说）创作着文学作品。例如，整个浪漫主义和维多利亚时代，英国和美国的民众所读的作品是《呼啸山庄》（*Wuthering Heights*，1847）、《名利场》（*Vanity Fair*，1848）、《带有七个尖角阁的房子》（*The House of the Seven Gables*，1851）和《远大前程》（*Great Expectations*，1860—1861）。与不断被阐释的诗歌批评相比，为作家或读者提供的、涉及小说这一体裁的理论少之又少。正如亨利·詹姆斯（Henry James）在其批评文章《小说的艺术》（“The Art of Fiction”，1884）中所言，英国小说“缺少一种派头，没能表现出在其背后有一种理论、信念和自我意识作为后盾——没能表现出它是一种艺术信仰的体现，是抉择和比较的结果”①。这一问题留给了詹姆斯，他本人也有了为我们提供这种理论的机会。

亨利·詹姆斯1843年生于纽约市，享受过教育、旅行和金钱带来的

---

① 此处翻译参考了朱乃长译文。参见［美］亨利·詹姆斯：《小说的艺术》，3页，上海，上海译文出版社，2001。——校者注

种种好处。早年间，他与家人（包括其兄威廉·詹姆斯，美国实用主义哲学的创始人）游遍欧洲都市，探访名胜并拜访了当时重量级的作家和学者。把欧洲的一切很早就注入其生活和思想之后，詹姆斯以为自己想做一名律师，于是进入了哈佛大学的法学院。但很快他就发现自己醉心于写作而不是法律。为了自己的写作事业，詹姆斯离开了法学院。至 1875 年，欧洲在其生命中的早期召唤得到了响应，于是，终生独身的詹姆斯定居于此，并以虔诚之心开始了他自己的写作事业。

詹姆斯以其短篇小说——《真品》（“The Real Thing”，1892）、《丛林猛兽》（“The Beast in the Jungle”，1903）、《快乐的一角》（“The Jolly
43 Corner”，1908），以及长篇小说——《美国人》（*The American*，1877）、《贵妇人画像》（*The Portrait of a Lady*，1880—1881）、《波士顿人》（*The Bostonians*，1885—1888）、《螺丝在拧紧》（*The Turn of the Screw*，1898）著称于世。詹姆斯最热衷的主题是他所洞察到的美国与欧洲之间的冲突。世故老练的贵族举止文雅、品味考究，他却常常被美国人带着卷入一些故事之中，那个傻乎乎的美国人看上去文化教养不够、鉴赏力不纯。詹姆斯虽然是一个专心于写作实践的作家，但他也注重去发展出一种写作理论，尤其对小说用力更甚。在其批评文章《小说的艺术》（“The Art of Fiction”）中，他确实为我们提供了第一篇清晰而系统的英国小说理论。

《小说的艺术》是通过一本批评论文集面世的，此书名为《一组不完整的画像》（*Partial Portraits*，1888）。在这篇文章中詹姆斯声称：“从最广泛的定义来说，一部小说便是一种对生活的直接的个人印象：这首先构成了其大小根据印象强烈程度而定的价值。”再者，“我们可以预先要求一部小说承担的唯一义务，且不至于被指责为独断专行的，是它必须让人感到有趣。实现这一目的的手段不受限制，数不胜数”①。从一开始，无论是华兹华斯还是柯勒律治的浪漫主义观念（即读者在阅读文本时应打消疑虑的那种观念），都遭到了詹姆斯理论的拒绝。对詹姆斯来说，文本必须首先是现实主义的，是对生活本身的一种再现，且读者可以从中辨认出这种

① 此处两段翻译参考了朱乃长译文。参见［美］亨利·詹姆斯：《小说的艺术》，10～11页。——校者注

再现。詹姆斯称，拙劣的小说或者与浪漫主义有关，或者是科学主义的产物；上乘的小说把正在运转的生活呈现给我们，而且最重要的是，它应该是有趣的。

詹姆斯进而指出，拙劣的小说是由糟糕的作家写成的，而上乘的小说则出自优秀作家之手。不同于那些平庸的作家，优秀的作家是卓越的思想家，他们可以在其作品中选择、评判并想象地利用“生活素材”（比如事实或现实图景）。这些作家也承认一件艺术作品是有机体。作品本身不只是取自现实生活经验中实际材料的堆积，而是根据其自身原则或主题，让它自己的生活生长（grows）起来。作家必须了解这一事实，并使自己与直接讲故事拉开距离。规避了全知视角（即以第三人称的叙述者作为讲故事的手段）之后，詹姆斯断言，更间接的视点是必要的，这样，作者就是在向读者展示（shows）人物、行动和情感，而不是向我们讲述这些东西。詹姆斯认为，通过展示而非讲述这些人物和行动，他就创造了一个更精彩的现实幻象；假如他用一个视点或一个人物呈现故事，便会大打折扣。詹姆斯最终宣称，文本的价值必须由读者决定。“当然，喜欢抑或讨厌一个艺术作品，这是一个老掉牙的好办法，从来都没有任何东西可以代替它。即便是最完善的批评，也不会废掉这项最原始的和最终的检验。”

多亏亨利·詹姆斯，小说体裁才成为文学批评家们的体面论题。由于詹姆斯强调现实主义和“生活素材”（the stuff of life），他也就系统地阐述出一套至今仍在讨论乃至争论的小说理论。

十八、米哈伊尔·巴赫金（1895—1975） 44

与当代其他任何文学理论家相比，米哈伊尔·巴赫金（Mikhail Bakhtin）或许更能体现出当今文学理论的典范，因为他本人兴趣广泛，代表着林林总总的学科。他被称为语言学家、历史学家、哲学家、作家、语义学家、艺术家、形式主义批评家、马克思主义批评家、文学史家、伦理学家和文化批评家。毫无疑问，他是 20 世纪最具独创性的思想家之一。

具有讽刺意味的是，巴赫金一生寂寂无闻，大概只有晚年除外。他出生于俄国奥勒尔市（Orel）的一个中产阶级家庭，在维尔纽斯（Vilnius）和敖德萨（Odessa）长大，1913 年前往彼得格勒（Petrograd）的圣彼得堡大学（University of St. Petersburg）学习。未及完成学业他就离开大学，先搬到了涅韦尔（Nevel），然后去了维捷布斯克（Vitebsk），在那里做了一名中学教师。在维捷布斯克，他周围聚集了一批知识分子，谈论俄国革命的社会文化影响以及约瑟夫·斯大林（Joseph Stalin）的统治。如今，这群学者以**巴赫金小组**（Bakhtin Circle）著称于世，包括巴赫金、P. N. 梅德维杰夫（P. N. Medvedev）和 V. N. 沃洛希诺夫（V. N. Voloshinov）。到 1924 年，这个小组迁至列宁格勒（Leningrad）。此时巴赫金因病（腿部的骨髓炎）经济拮据，而且由于缺乏合适的资格证书找不到工作。1929 年，他因涉嫌加入地下状态的俄罗斯东正教会而被捕，判至西伯利亚流放 10 年。因身体虚弱，他对判决提出上诉。之后被减刑到六年，发配到哈萨克斯坦（Kazakhstan）的内陆流放。

整个 20 世纪 30 年代，巴赫金先是当过记账员，然后又在萨兰斯克（Saransk）的摩尔达维亚师范学院（Mordovia State Teachers College）教书。他常常搬家，为的是避开在此期间的种种政治清洗，以免再次遭受牢狱之灾。1938 年，他的骨髓炎恶化，致使右腿截肢。虽终其余生为病痛折磨，但他截肢后，其学术研究却有了巨大进展。1946 年，他顺利通过了《拉伯雷和他的世界》的博士论文答辩。从 20 世纪 40 年代后期到 1961 年辞职，巴赫金一直都在摩尔达维亚师范学院（如今的萨兰斯克大学）任教。20 世纪 50 年代末，他的著作重新引起了俄罗斯学术界和学者们的兴趣，人们惊讶地发现他竟然还活在人世。随着他在 1929 年对陀思妥耶夫斯基（Dostoevsky）研究的再版，随着论拉伯雷和文艺复兴时期民间文化著作的解禁，巴赫金很快成为俄罗斯学术界的“招牌学者”（poster scholar）。1975 年他去世后，他的各种手稿被发掘出来，却很少经他本人编辑过。到了 20 世纪 80 年代和 90 年代，巴赫金已被视为 20 世纪最渊博深刻的学者之一。

他最有名的学术作品包括其处女作《陀思妥耶夫斯基诗学问题》（*Problems of Dostoevsky's Poetics*，1929 年初版，1963 年再版），博士论
45 文《拉伯雷和他的世界》，后者 1946 年就通过了答辩，但直到 1968 年才

得以出版，还有《对话的想象：巴赫金的四篇论文》(*The Dialogic Imagination*：*Four Essays by M. M. Bakhtin*，1981 年编辑、翻译并出版)。自 1975 年逝世以后，巴赫金的其他许多演讲和文章已被翻译出版，但是，在他更早的作品中才能发现语言学理论和文学理论的核心思想。

巴赫金批评理论的核心是那个**对话性**（dialogic）概念。巴赫金认为，一切语言都是一种对话，说话者和听话者在对话中形成了某种关系。语言永远是至少两个人对话的果实，而并非独白的产物。正是语言把我们界定成了个体。我们的个人意识不过是组构于我们脑海中的内在对话，也就是由那些对我们意义重大的各种声音的对话所构成。这些声音里的每一种都能以新的令人振奋的方式得到回应，自我便在其中得到发展，并持续获得帮助而被塑造成形。从某种现实意义上说，没有哪个人能够被完全了解或彻底知晓。任何人永远都有变化的能力，或者说从来都没被这个世界彻底了解，巴赫金称此现象为**非最终性**（unfinalizability）。

由于巴赫金假定一切语言都是对话，而不是独白，他用**杂语**（heteroglossia）这一术语（俄语 *raznorecie* 一词的翻译，意为“其他或不同的语言”或“多种语言”）来表现运用于任何特定文化中的语言的多样性。这样，巴赫金就把语言（*language*）一词的传统定义——从仅仅界定为特定文化的民众口语那里给拓宽了。对巴赫金而言，民众在日常活动中使用的所有社会用语形式都构成了杂语。教授们给学生上课时用一种说话方式，而对配偶、朋友、商店店员、餐馆服务员和给他开超速罚单的警察说话时，又用各自不同的另一种口吻。每个个体的言说行为都是一种**对话性语言**（dialogic utterance），指向具体的听众或观众，表现出存在于说者与听者之间的那种关系。

在《长篇小说的话语》(“Discourse in the Novel”，1935）这篇论文中，巴赫金直接把他的观点运用于小说。他认为小说的特点是**对话了的杂语**（dialogized heteroglossia）[①]。在小说中，多种世界观和丰富的经验持续地彼此对话，导致了多重互动——有些互动是现实的，有些互动是想象

① 此概念及相关语境参见［俄］巴赫金：《小说理论》，白春仁等译，51～53 页，石家庄，河北教育出版社，1998。——校者注

的。尽管人物的语言也确实重要，但巴赫金称，起评论作用的叙述者的对话性语句才是重中之重。因为透过这些语句，多重声音与相互作用以及它们的关系形式构成了一个复杂的整体。巴赫金说，无论文本的语言拥有何种意义，这一意义既不在说话者的意图中，也不在文本里，而是在说话者或作者、听者或读者之间的某处。[①] 这一对话的杂语不间断地进行着，即使在单一的语句里，两种不同的语言也在交锋，巴赫金把这个过程称作**混合**（hybridization）。

46 巴赫金坚持认为，一些小说，尤其是陀思妥耶夫斯基的作品是复调小说。在**非复调小说**（nonpolyphonic novels）里，作家写出小说开头的同时就知道了它的结尾。作家了解所有人物的行动、选择以及作品的整个结构。在这类小说里，作者对真理的认识就是作品中所展示的那些东西。而在**复调小说**（polyphonic novels）中，没有轮廓清晰的整体结构或者事先规定好的结局，文本也不是对作者世界观或对真理理解的详尽阐述。复调小说的真理是在作者意识、读者意识与人物意识中的积极创造，允许他们都去经历真正的出乎意料。所有的参与者（作者、读者与人物）在创造小说的"真理"（truth）时能平等互动，因为真理需要多种多样的意识。

对巴赫金而言，小说的复调性质暗示着真理有许多种，而并非只此一家。每个人物都以他（她）自己的那个真理说话和思考。尽管某个人物、某个读者或作者更倾向于某一种真理，但是没有哪个真理是确定无疑的。读者观看着一个人物影响另一个人物，倾听着每个人物所听到的多重声音，而这些声音又塑造着听到它们的人。巴赫金称，这种情况形成了一种**狂欢化的**（carnivalistic）气氛，一种相互缠绕的喜悦感（a sense of joyful relativity）。**狂欢节**（carnival）意识是巴赫金对文学理论至关重要的贡献之一，而且它有助于描述小说的复调风格，特别是陀思妥耶夫斯基的小说。巴赫金断言，复调小说拥有一种世界的狂欢节意识、一种放纵的喜悦

---

① 此句的原文是："Whatever meaning the language of the text possesses, says Bakhtin, resides not in the intention of the speaker nor in the text, but somewhere between the speaker or writer, or between the listener or reader." but 之后的句子翻译时稍有变通，因原文说法模糊，也不大符合巴赫金的表述。此处巴赫金的类似说法是："意义不在词语之中，不在说话者的心中，也不在听话者的心中。意义是**说话者与听话者凭借该语音综合体，相互作用的结果。**"参见［俄］巴赫金：《周边集》，李辉凡等译，456 页，石家庄，河北教育出版社，1998。——校者注

感，在那里会同时听到多种声音，它们又直接对其听众构成影响。每个参与者考察着别的参与者的想法和生活，制造出了某种亦庄亦谐的（serio-comic）氛围。

巴赫金在语言、文化、文学、宗教和政治上的兴趣涵盖了许多当代文学理论和批评。当代的种种文化理论中充斥着冲突而且往往是对抗的观点，其中的交流和对话就是以他的观念为出发点的。

十九、现代文学批评

1888 年，马修·阿诺德之死（声名稍逊的亨利·詹姆斯死于 1916 年）标志着文学批评转型期的到来。像他之前的德莱顿、蒲柏以及华兹华斯一样，阿诺德被公认为当时的权威和最重要的文学批评家，而且正是他的理论和批评体现了他那个时代的重大观念。随着阿诺德的离世，以任何一个人或一套观念来代表一段广阔时期或文学运动的批评优势走向终结，尽管巴赫金的关切和声音可以角逐称雄。阿诺德之后，文学理论和批评变得分崩离析、更加多样化，因为没有一个人能发出权威的（*ex cathedra*） 47
声音，或者说没有任何一种理论能够被所有人执着坚守。在 19 世纪末，大多数批评家要么重视文本的传记研究法，要么注重文本的历史研究法。根据丹纳对文本的历史兴趣和亨利·詹姆斯对小说理论的新近表达，许多批评家展开调查研究，仿佛文本就是作家的化身（embodiment），或者是一件历史制品。阿诺德和詹姆斯身后的数年间，没有一个普遍公认的观念主宰文学理论。相反，许多各具特色的文学观点引发出一批迥异而刺激的审视文本的方法。

伴随 20 世纪和 21 世纪的是五花八门的批评流派，每一个流派都在追问有关文本的问题，它们合理合法、相互关联却又迥然有别。大多数的流派放弃了文学研究的**整体分析**（holistic approach）——调查、分析并阐释艺术处境的一切要素，而倾向专注于一个或多个具体面向。比方说，现代主义（特别是新批评，20 世纪的第一个批评运动）希望与过去决裂，不再重视可能会影响到文学作品的文化和历史因素。这些批评家声称，文本会进行自我阐释。而另一方面，文化诗学（Cultural Poetics），这个首次出现于 20 世纪 80 年代的批评流派，则继续发展它的基本假设和方法论，认为大多数批评家的历史意识必须被重新唤醒。因为事实上，虚构的文本与它的历史和文化环境惊人地相似。在这些批评家看来，既然对真实的看法代代更移，判然有别，读者要完全分清历史真实或文学文本的真实便难乎其难。对于那些文化诗学原则的拥护者来说，20 世纪初期和中期出现的唯文本批评（the text-only criticism）就显得偏狭而不完备。

在本书接下来的章节中，我们将考察 20 世纪和 21 世纪最主要的批评流派。面对这些形形色色的流派，我们将关注构成其文学理论基础的哲学原理。即便不是所有的流派，大多数流派还是从先前讨论的文学批评和理论中借用了种种观念、原理和关切。我们将仔细审视它们从以往的批评流派中借用了什么，修改了什么，增添了什么。同时我们也会注意每个流派的历史发展、基本假设、特殊语汇以及阐释文本的方法。如此操作，那些把文本分析论述得清晰明了、头头是道的文学理论家和批评家就会被我们熟悉起来。

第三章　俄国形式主义与新批评

> 诗歌的本质结构（不同于我们抽象出来的既合乎理性又有逻辑的 48
> “陈述”结构）与建筑和绘画的结构相似：它是一种化解压力的模型。
>
> ——克林斯·布鲁克斯，《精致的瓮》，第 11 章

一、导论

直到 19 世纪末，还没有哪个文学流派独自统治过文学研究。在很大程度上，文学批评甚至不被看作一种学术活动。学术研究通常被心理学或社会历史的原理控制着，它们试图表明文学作品是嵌于特定历史中的社会或政治之产物。一些学者反对这种观点，而支持一种能让作者欢欣鼓舞的理论。他们认为文本是个人印象和作家幻象的结果，是作者与读者能在想象层面纵情于文本且能相互交流的所在。不过，仍有人认为，人们应该像阅读传记那样去阅读文学作品，进而去理解文本透露出来的作家生平和个人关切。然而在 20 世纪早期，随着一群俄国学者的出现，随着他们所阐明的名为**俄国形式主义**（Russian Formalism）的一系列阐释原理为人所

知，这些传统方法发生了一次根本性断裂。

二、俄国形式主义

20世纪第二个十年的中期，两个不同的俄国学者团体出现在莫斯科和彼得格勒（圣彼得堡），他们从根本上改变了文学理论和批评的方向。
49 成立于1915的莫斯科语言小组（Moscow Linguistic Circle）包括罗曼·雅各布森（Roman Jakobson）、杨·穆卡洛夫斯基（Jan Mukarovsky）、彼得·博家泰尔夫（Peter Bogatyrev）以及G.O.斐诺库（G.O. Vinokur）等成员。1916年，诗歌语言研究会（the Society for the Study of Poetic Language，缩写为OPOYAZ）在彼得格勒成立，其成员有维克多·什克洛夫斯基（Victor Shklovshy）、鲍里斯·艾肯鲍姆（Boris Eichenbaum）和维克多·维诺格拉多夫（Victor Vinogradov）。虽然这两个团体的追随者常常不同意彼此的一些文学阐释原理，但是他们却联合起来反对19世纪的诸多文本分析预设，尤其反对与阐释无关的下述观点：文学作品是作家世界观的表现，是他们的心理释放，并且是一种传记批评。这些俄国学者旗帜鲜明地主张文学和诗歌语言的自主性，倡导一种科学的文学阐释方法。他们认为，人们应该按照文学自身的学科属性来审视文学，而不能仅仅把文学看作讨论宗教、政治、社会和哲学观念的平台。通过把自己从先前的文学研究方法中彻底分离出来，并通过提倡新的阐释学原理，莫斯科语言小组和诗歌语言研究会的这些成员们就被视为现代文学批评的奠基人，并以俄国形式主义闻名于世。

这一运动的反对者发明了**形式主义**（*formalism*）和**形式主义者**（*formalist*）这两个术语，用来抨击俄国形式主义提出的严格的方法论意义上的文学阐释方法。俄国形式主义者起初拒绝了这两个术语，因为他们认为自己的文学研究方法是动态的、与时俱进的，而非“形式的”或教条的。然而，这两个术语最终成为他们建立所谓的文学科学的战斗口号。

俄国形式主义者的首要任务是界定他们的新科学。形式主义者依托于法国语言学家和现代**语言学**（linguistics）的创建者费尔迪南·德·索绪尔（Ferdinand de Saussure）的理论构建自己的学说，强调文学的自主性。他们认为正确的文学研究应是研究文学本身。研究文学就是要研究**诗学**（poetics），即分析文本的各构成部分（它的语言和结构属性）或**形式**（form）。他们认为，形式包括作品本身的内部技巧（mechanics），尤其包括作品的诗性语言。正是文本的内部技巧部分或形式主义者所谓的**手法**（devices），而非文本的主题或内容，构成了任何特定文本的艺术性（artfulness）或文学性（literariness）。人们可以像分析任何科学那样去分析每种手法或构成属性。对于形式主义者而言，这种文学中的新科学已成为针对作家在创作文本中使用的文学和艺术手法的一种分析。

形式主义者的文学分析重心是考察文本的**文学性**（literariness）和运用于实际文本中的语言。他们认为，文学语言不同于日常语言。不像日常交谈，文学语言为使自己**突出**（foregrounds），会大喊大叫："看看我吧，我是特殊的，我是独一无二的。"通过结构、想象、句法、韵式、悖论以
及其他一系列手法，文学语言认为自己是对日常言语模式的偏离，并最终 50
形成了文学的典型特征：**奇特化**（defamiliarization）①。奇特化这一术语是由俄国形式主义者维克多·什克洛夫斯基发明的，意指将熟悉的事物变成陌生的［**陌生化**（ostranenie）］、将旧事物置于新视角（什克洛夫斯基所谓的一种"新的感知领域"）的过程。通过将熟悉的东西变得陌生，奇特化［或者一些俄国形式主义者所谓的**疏离**（estrangement）］延缓了感知日常语言或事物的行为，促使听众或读者重新检验那些形象（image）。例如，当我们在一首诗里读到"炫目的黑暗"（dazzling darkness）时，我们的注意力就被这些不同寻常的词语搭配吸引了。我们那种日常语言的惯常经验之所以被放缓，是因为我们必须理解作者所选词语的意义。当我们这么做时，诗歌以及与之相伴的诗歌措辞就已唤起了我们的注意——此为诗歌且有其文学性，并促使听众和读者通过强化其感知行为，以新的方式

① defamiliarization 译自俄文语词 остранение，汉语学界对该词有多种译法，如"奇化"、"奇特化"、"陌生化"、"反常化"、"尖锐化"等。张捷在《谈 остранение 的译法》一文中指出，若从俄语原文考虑，译为"奇特化"较为可取。现从此译。参见中国社会科学院外国文学研究所《世界文论》编辑委员会：《文艺学和新历史主义》，275～276 页，北京，社会科学文献出版社，1993。——校者注

去体验他们的世界一角。

除了考察诗歌呈现出的构造手法，什克洛夫斯基还分析了叙事散文（prose），并认为叙事结构包含两个方面：**本事**［fabula（story）］和**情节构造**［syuzhet（plot）］。本事是故事的原材料，可以看作类似于作者写作大纲的东西。这份大纲包含了按时间顺序出现的一系列故事事件。情节构造是作者用来将本事转变为情节的文学手法。通过使用诸如离题（digressions）、惊奇（surprises）和中断（disruptions）等技巧，作家戏剧性地转变了本事，使它成为具有激发奇特化潜能的文学作品，且使文本语言“变得陌生”并能更新语言观和（或）读者的世界。

俄国形式主义对文学研究和文学理论的贡献是对文本本身的重估。通过为文学研究引入科学的研究方法，形式主义者将**文本**（text）重新定义为能够对各种文学手法和惯例予以客观分析的统一聚合体。他们认为，文学并非作家的幻象或意图。通过使用语言学原理，形式主义者坚称，文学和所有科学一样，是自我封闭和有规则制约的系统。研究文学就是要研究文本的形式，而内容只是偶尔为之。对于形式主义者而言，形式高于内容。

俄国形式主义者因为不愿按照斯大林政权的政策和意识形态视角来观照文学，他们作为一个群体在 1930 年遭到苏维埃政府的压制，并被解散。在捷克斯洛伐克，他们的影响力借助布拉格语言小组（the Prague Linguistic Circle，成立于 1926 年，其领导者是罗曼·雅各布森）和俄国民间故事学派的弗拉基米尔·普洛普（Vladimir Propp）的著作而持久不衰。随着文学理论和批评的发展，俄国形式主义在 20 世纪 60 年代法国和美国的结构主义中再次浮出水面。（参见本书第五章）

51 三、连接俄国形式主义与新批评

俄国形式主义有时与英美批评的第一个现代流派——新批评相提并论。新批评主宰了 20 世纪 30—50 年代的英美文学批评，可看作俄国形式主义的远房表亲。不过，尽管两个流派都采用了一些相似的术语，并被看

作形式主义的某种类型，但二者并无直接关联。新批评在英美有自己特定的发展史。有趣的是，俄国形式主义者中的两位主要人物——罗曼·雅各布森和勒内·韦勒克（René Wellek）在20世纪40年代来到美国，并积极参与了新批评家们的学术讨论。这些俄国形式主义者与新批评家的互动表明，新批评的种种原理正反映着俄国形式主义的一些观念。

四、将俄国形式主义付诸文学文本

仔细阅读下面这首诗。该诗作者是美国当代散文家、诗人、学者和编辑玛丽·M·布朗（Marry M. Brown）。在反复阅读这个文本之后，尝试应用、讨论和证明以下源自俄国形式主义的术语，看如何用它们来阐释该文本。

- 诗学
- 形式
- 手法
- 文学性
- 文学语言的突出之处（foregrounding）
- 奇特化

早春晨歌

玛丽·M·布朗

办公室窗外的树枝
经常遮挡光线，然而今晨

阳光摇曳，继而漫衍，斑驳
此间，黎明踟蹰着匍匐向

一个更为脆弱的日子。我此生的
所有失败终究会在这婆娑中隐去

奇异的诞生为那些工作打上

光鲜的纹饰。这预约的一小时

52 到来，给予并再次离去——太匆匆——
至为简短的造访，留下蹒跚的暗红

这礼物微弱却分明急切，是我们拥有的
最美好的力量——与爱，如此，这般切近。

五、新批评

如果在高中或学院的导论性文学课程中讲解布朗的《早春晨歌》，教师很可能以下面这些问题中的大部分（如果不是全部的话）作为开场白：这个题目的意思是什么？题目与诗歌的其他部分是什么关系？第一行提到的办公室坐落在哪里？第三行的斑驳（*stippling*）是什么意思？文本中还有没有其他词语需要界定？第四行，黎明如何能够“匍匐向一个更为脆弱的日子”？布朗在失败和光鲜之间建立了怎样的联系？诗歌中出现的是哪种诞生？诗歌倒数第二行提到的礼物指什么？布朗如何定义最后一行提到的爱？在这一文本中，布朗在词语和概念之间建立了怎样的联系？该诗的外形（physical）结构是什么样的？词语、短语和句子的安排是否有助于在它们之间建立联系？该诗的语调是怎样的？你是如何知道这种语调的？布朗运用何种手法确立了这种语调？布朗在这首诗中制造了什么样的张力？该诗有哪些含混之处？布朗在诗歌结尾处是否成功解决了这些张力？基于对如上所有问题的回答，这首诗是什么意思？换言之，这首诗的形式或总体意思是什么？

基于对这些讨论题的详细考察，一种明确的模式或方法便很快明晰起来。这种特定的阐释模式始于仔细分析诗歌的单个词语，包括该词的外延和内涵意义，然后讨论文本中可能存在的暗示（allusions）。紧随着这些讨论，教师或批评家寻找所有通过单个词语、短语、从句、句子、修辞手法（figures of speech）和暗示而发展出的种种模型（patterns）。批评家敏锐的眼睛还会注意到所有具有暗示的**象征**［symbols，无论是**公共的**

(public) 还是**私人的** (private)]。尚待分析的要素还有观点、语调以及其他有助于读者理解这一让人印象深刻的情境的诗歌手法。弄清上述信息在诗中是如何相互关联并最终合为一体的之后，批评家就可以说出这首诗的意思是什么了。诗歌的总体意思或形式，几乎完全取决于摆在读者面前的文本。或许除了词典，所有考据研究，对作者生平和时代的研究，以及其 *53*
他外部信息，都是不需要的。诗歌自身包含了批评家可以借以发掘其意义的所有信息。

在 20 世纪头三分之二的年代里，这种分析方法已运用于大多数高中、学院的文学课程和英美的学术研究中，成为主导性的思想流派和阐释方法。此种文学分析方法以**新批评** (New Criticism) 闻名于世，并为读者提供了一种模式 (formula)——仅靠文本本身就能获得正确的文本阐释 (大部分阐释是正确的)。这种模式化的批评方法，既为文学初学者也为专家学者提供了一种貌似客观的探求文本意义的方法。新批评的信徒 [被称作**新批评家** (New Critics)] 认为，只要使用新批评清晰地阐述出来的方法，任何一个聪慧的读者都能揭示文本迄今所谓的隐含意义。

新批评理论的观念、术语和批评方法，经常遭到当今那些亲自介绍文学理论新观念的批评家们的贬低。尽管当前新批评已不再流行，但是作为英文世界 (English-based) 对文学批评最重要的一个贡献，它仍占有一席之地。新批评易于反复操作的原理、适合于教学的特点和看似在文学课堂和一些学术期刊上的长盛不衰，丰富了文学批评的理论和实践，并帮助一代代的读者成为文本**细读者** (close readers)。

随着约翰·克罗·兰色姆 (Jone Crowe Ransom) 的《新批评》(*The New Criticism*) 在 1941 年出版，用以描述这种理解文学的方法的术语新批评开始流行起来。该著包含了兰色姆对几位与他同时代的理论家和批评家的个性化分析。兰色姆本人是一位南方诗人 (Southern poet)、批评家和这次变革运动 (evolving movement) 的主要鼓吹者。20 世纪 20 年代，兰色姆在田纳西州纳什维尔的范德堡大学 (Vanderbilt University) 教书时，与几位教授和学生创建了"逃亡者" (the Fugitives) 社团，其中的学者和批评家相信并实践着相似的文本阐释方法。其他志趣相投的社团如"南方农人" (Southern Agrarians，同样在田纳西州纳什维尔) 也很快成立。在《新批评》中，兰色姆阐明了这些团体所使用的批评准则并呼唤**本体论批评家**（ontological critic），由此方法，人们能够认识到**诗歌**（poem，新批评用以表示所有文学作品的同义词）是一种具体存在，类似于莱昂纳多·达·芬奇（Leonardo da Vinci）的画作《蒙娜丽莎》（*Mona Lisa*）、亨德尔（Handel）的清唱剧《弥赛亚》（*Messiah*）或任何一种化学元素（如铁或金）。人们可以像分析这些具体事物那样去分析诗歌，并去发掘诗歌独立于作者意图或独立于作者与读者情感状态、价值观与信念的真实或确切的意义。由于这一主张是该运动批评观念的核心，所以兰色姆这本书的书名很快毫无意外地成为这种文学分析方法的正式命名。

新批评在其持久而成功的发展过程中，被称为现代主义、形式主义、
54 审美批评、文本批评或本体批评。它和所有批评流派一样，并不意味着一种被其追随者支持的连贯整一的批评理论或方法。新批评及其拥护者（如新批评家）充其量是一个兼收并蓄的群体，他们在坚持基本的核心理念的同时，彼此挑战、借鉴，并改变术语、理论和实践。他们的最终统一源于他们对 20 世纪前期学院内盛行的文学分析方法的抵抗。

六、历史发展

20 世纪初［通常认为是**现代主义**（modernism）或现代主义时期开始的界点］，历史和传记式方法主宰着文学研究。许多人认为，文学批评的功能在于探求文本的历史语境并确定作家的生活如何影响了他们的写作。此类**外部分析**（extrinsic analysis，通过考察文本的外部因素来揭示文本意义）成为美国许多大学和学院文学系的准则。文学批评和阐释的其他形式经常被融进此类强调历史和传记的批评方法之中。例如，一些批评家认为，我们应该为了文本之美而去鉴赏它。对于这些**印象主义批评家**（impressionistic critics）而言，我们如何感受艺术作品和我们作为个人在艺术作品中发现了什么，才是重要的。还有更为哲学化的观点，主张自然主义的生命观，强调文学分析中科学思想的重要性。对于**自然主义**（naturalism）的提倡者来说，人类就是动物，他们受控于按照确定的科学原理运

作的世界，并靠直觉来回应他们的外部环境和内在驱力。然而其他批评家如**新人文主义者**（New Humanists），则看重艺术的道德品质。这些批评家主张，人类经验基本上是伦理的，他们要求在文本展现的道德价值之上进行文学分析。最终，**浪漫主义**（romanticism）在19世纪剩下的年月里显示了自己的威力。对于浪漫主义学者而言，文学研究关注艺术家的感受、态度和展现于他们文本中的个人视野。这种观点以表现流派（expressive school）闻名于世，它看重艺术家在文本中彰显的个人经验。

与印象主义一道，新人文主义与自然主义，以及表现主义及其浪漫地看待生活与艺术的视角，都被"新"批评家（"New" Critics）拒绝——因此，新批评家这一名称实为反对那些"旧的"批评形式的批评家的代名词。通过宣称诗或文本是一种客观存在，新批评家们认为，人们能够客观评价的只有诗本身，而不是作者或读者的感受、态度、价值观和信念。因为他们主要关注对作品的考察，而不是作品的历史语境或传记因素，所以新批评家可划入那个被称作形式主义文学批评的大类别中。与俄国形式主义者相似，新批评家也赞成许多人所说的"文本至上"（the text and text alone）的文学分析方法。尽管新批评家确实也考察了文本的历史内容和作家生平、社会和文化关切，但是他们的文本分析方法强调的是对文本本身的细读。俄国形式主义者和新批评家相信，每个文本和所有文学作为一个复杂的且由法则控制的形式（文学手法）系统，都是可以分析的，这种分析能揭示出文本意义方面大量的客观性。 55

新批评的文本批评方法会自然而然地生发出各种各样的观点，这些观点与那些构成新批评家所谓诗歌的元素有关。因为形式主义批评的许多参与者都不赞同彼此关注的、构成诗歌的不同要素，并且秉持不同的文本分析方法，所以我们很难列出一份明确的、把自己看作新批评家的批评家名录。不过，我们可以把在诗歌分析方面持有一些相同的新批评预设的批评家加以归类。属于这个群体的有约翰·克罗·兰色姆、勒内·韦勒克、威廉·K·维姆萨特（William K. Wimsatt）、门罗·比尔兹利（Monroe Beardsley）、威廉·燕卜荪（William Empson）、R.P. 布莱克默（R.P. Blackmur）、I.A. 理查兹、罗伯特·佩恩·沃伦（Robert Penn Warren）和克林斯·布鲁克斯（Cleanth Brooks）。1938年，由于布鲁克斯和沃伦所著的大学教材《理解诗歌：为大学生编写的诗集》（*Understanding Poetry*：*An Anthology for College Students*）的出版，新批评开始出现于美国的大学之中，并成为文本分析的主导形式，这一局面从20世纪30年代末一直持续到20世纪60年代初。

尽管在20世纪40—50年代新批评主宰了文学理论和文学批评，但是它的根基却来自20世纪初。英国两位批评家和作家——T. S. 艾略特（T. S. Eliot）和I. A. 理查兹，为这种形式主义的分析样式打下了基础。从艾略特那里，新批评借用了批评应该直接面对诗歌而不是诗人的主张。艾略特在其最为著名的《传统与个人才能》（“Tradition and the Individual Talent”，1919）一文中主张，诗人并非将其个性或情感注入诗歌，而是按如下方式使用语言：把非个人化的、与全人类共同的感受和情感融入诗歌当中。在艾略特看来，诗歌不是在释放而是在逃离诗人的感情。因为诗歌是一种共同感受和情感的非个人化表达，成功的诗歌能将诗人的印象与全人类共同的观念统一起来，形成一种并非仅仅反映诗人个人感受的文本。

新批评家还从艾略特那里汲取了如下观点：诗歌的读者必须受到文学技巧方面的指导。艾略特强调，优秀的读者会在结构上接受诗歌，从而形成优秀的批评。这样的读者必须受到阅读优秀诗歌的训练［尤其是伊丽莎白时代的诗歌、约翰·多恩（John Donne）[1] 以及其他玄学派诗人的诗
56 歌］，并且熟悉已被确立的诗歌传统。另一方面，蹩脚的读者，只是简单地表达他（她）对文本的个人感受和反应。这样的读者就没有受过文学技巧和技艺方面的训练。在艾略特的引领下，新批评家认为读者、批评家和批评都良莠不齐。蹩脚的读者和批评或许认为，一首诗能够传达其读者或其作者想让它传达的任何意思。另一方面，优秀的读者、批评家与批评则认为，读者只有通过对诗歌做细致的结构性分析，才能发现正确的文本阐释。

艾略特还借给新批评一些专业词汇。例如，由于艾略特，**客观对应物**（objective correlative）才成为诗歌行话中的主要用语。在艾略特看来，作

---

① 约翰·多恩（1572—1631），又译但恩、邓恩、堂恩，英国詹姆士一世时期的玄学派诗人，其作品包括十四行诗、爱情诗、宗教诗、拉丁译本、隽语、挽歌和歌词等。——校者注

家表达个人情感的最好方式是通过艺术构想出一个他所谓的客观对应物，或者是一系列事物、一种情境、一串事件，或种种反应物。它们有效唤醒了读者的情感反应，是作者想表达而未直接表达出来的那种情感。当外部因素在诗中有效呈现时，它们便结合在一起，立即唤起了某种情感。新批评家坚定地采纳并发展了这种间接的或非个人的诗歌情感创造理论。

从艾略特的英国同辈理查兹（心理学家、修辞学家、诗人和文学批评家）那里，新批评借用了一个与其分析方法含义相同的术语——实用批评（practical criticism）。在剑桥大学所做的一次实验中，理查兹将一些抹去了作者、写作日期信息，拼写和标点得古怪的诗歌分发给学生，并让他们记录自己的阅读感受。从这些数据中，理查兹认识到把诗歌提供给读者的困难所在，其中包括阐释内容、诗歌技法和特殊意义。从这个分析出发，理查兹随后提出了一种旨在获取诗歌意义的复杂系统，包括从幽微处细察文本。这种文本细察或**细读**（close reading）已然成为新批评的同义语。

新批评使用并修正了从艾略特、理查兹和其他批评家那里借来的思想，并在此基础上增加了自己的观念和关切。尽管其拥护者很少有人会赞同其大部分信条、定义和技巧，但是核心预设确实存在，这就使得我们可以确认这种批评方法的追随者。

七、理论假设

新批评始于如下假设：对想象性文学的研究是有价值的；研究诗歌或任何文学作品就是让自己参与到能够走向真理的**审美经验**（aesthetic experience，亦即个体沉浸于艺术作品时所产生的效果）之中。通过审美经验发现的真理与科学提供的真理是不同的。科学用命题说话，告诉我们某
种陈述可被证实或证伪。在科学语言中，纯净水在 32 华氏度①时结冰，而 57
不是华氏 30 度或 31 度。然而，在新批评家们看来，诗性真理需要使用想象和直觉，只有在诗歌中才能感知到这种真理形式。只有在审美经验中，

① 即 0 摄氏度。——译者注

我们才能切断世俗或现实关切，并与纯粹修辞的、教条的或命题式的陈述划地绝交。通过考察诗歌本身，我们可以弄清无法通过科学语言和逻辑予以感知的真理。不过，科学和诗歌都能提供不同的却也有效的知识来源和通向真理的途径。

与其他诸多批评理论相似，新批评理论也始于对其关注对象的界定，诗歌就是这方面的例子（在用词上，新批评家让诗歌等同于艺术作品；然而，他们的方法对于诗歌而不是其他文类更为有效）。新批评家认为诗歌具有本体论地位，亦即它有自身的本质，而这种本质又像其他任何事物一样存在着。对于新批评家而言，一首诗便是一件人工制品，亦即它是拥有自身结构的客观、自足和自主的实体。正如威廉·K·维姆萨特所言，诗歌成了一种“语象”（verbal icon），或者成了新批评的预设——通过声音、肌质（texture）、结构、修辞以及其他一系列文学手法的相互关系，艺术作品可以获得其意义。

新批评家在宣称诗歌自身有权成为客观物之后，发展出他们的**艺术的客观理论**（objective theory of art）。对他们而言，诗歌的意义不应等同于作者的感受，以及明确或隐含的意图。认为诗歌的意义不过是作者个人经验或意图的表达，此观点犯了一个基本的阐释错误，即新批评家所谓的**意图谬误**（intentional fallacy）。根据威廉·K·维姆萨特和门罗·C·比尔兹利（他们是这一术语的发明者）的观点，作者的设计或意图既不可能得到，作为裁定文学作品的标准亦不可取。与其他新批评家的看法一致，维姆萨特和比尔兹利认为诗歌是一种物体。任何文学作品都是公共文本，只能通过运用公共话语的标准才能理解，而不是简单地依据作家的私人经验、关切和词汇。然而，在他们那部受众广泛的新批评文本《理解诗歌》中，克林斯·布鲁克斯和罗伯特·佩恩·沃伦在使用教条化的意图谬误时有所缓和，他们指出理解诗歌的缘起或许确实有助于强化对诗歌的理解。不过，他们也确实坚持认为，诗歌的创作缘起或历史背景绝对不能与对实际诗歌本身的细读相混淆。

诗歌与其作者有些关联，这一点是无法否认的。在《传统与个人才能》一文中，艾略特曾就作者与其作品的关系阐述过新批评的立场。艾略特的论说基础是类比。他说，我们都知道，**催化剂**（catalyst）出现的时

候会发生某些特定的化学反应，但是这种诱发化学反应的元素本身并不为
该化学反应所影响。例如，如果我们将双氧水（hydrogen peroxide，一种 58
普通的家用消毒剂）放入一个干净的瓶子里，并把它置于阳光下，我们就不再能拥有双氧水。阳光作为催化剂发挥作用，就会导致化学反应，将双氧水分解为各种成分，而阳光却并未受到什么影响。

同样，诗人的心灵也是引发诗歌创作之反应的催化剂。在创作过程中，作者的心灵作为催化剂，将作者的个性经验（而非个性特征或属性）整合进一个外部对象和新的创造物，亦即诗歌之中。整合在一起并形成诗歌的并非作者的个性特征，而是作者的个性经验。通过区分个性和诗人的心灵，艾略特认为在创造物（即诗歌）中，作者的经验与我们所有人的经验相似。通过组构这些经验，我们可以客观地分析这些诗歌。

新批评家们摒弃了通过诗人的个人陈述或预设意图来发现文本意义的方法，几乎不采信诗歌的传记史或语境史。如果意图谬误之说正确，那么发掘传记信息无助于我们确定诗歌意义。同样，将诗歌置于社会或政治语境之中，我们能够获悉该诗产生时的许多社会史或政治史信息。这些信息或许确实有助于理解诗歌的社会或历史语境，但是诗歌的真实意义不可能存在于这些外部的或文本之外的信息之中。

对于新批评家而言，尤其重要的是单个用词的语源学（etymology）信息。因为诗歌词语的意义有时会随着时代变迁而改变，所以批评家需要经常做历史研究，以发现在诗歌写就的年代单个用词的意思是什么。例如，如果一个 15 世纪的诗人称某人是“nice person”，新批评家就会考察 nice 这个词在 15 世纪的用法。他们会发现该词在当时的意思是愚蠢[①]。这样，《牛津英语词典》（此词典按年代顺序引证一个词的多重历史意涵）就成了新批评家最有用的工具之一。

新批译家并不特别热衷于把读者、社会语境或文本历史情境作为探寻诗歌意义的资源。他们认为，读者对文本做出的情感反应既不重要，也不能等同于文本阐释。新批评家称这种错误为**感受谬误**（affective fallacy），

① 依据当今英语用法，“nice person”可直译为“好人”，“nice”有“好的”、“可爱的”、“友好的”等意。——译者注

阐释中的这种错误混淆了何谓（*is*）诗歌（诗歌意义）与诗歌何为（*does*）。新批评家声称，如果我们认为批评的标准源于诗歌诱发的心理效果，那么我们就会陷入印象主义甚至更为糟糕的**相对主义**（relativism）之中，相对主义认为一首诗的有效阐释是无数的。

那么，我们可以在哪里找到或发现诗歌的意义呢？根据新批评家的观
59 点，诗歌的意义并不取决于作者、历史或社会语境，甚至也不在读者那里。因为诗歌本身是一件人工制品或一种客观存在，它的意义必定存在于自身结构之中，依存于诗歌本身。我们应该像分析别的事物那样，科学地分析诗歌及其结构。因此，仔细的审视可揭示出，诗歌结构是依据一系列复杂的法则来进行运作的。通过仔细分析这种结构，新批评家认为自己已设计出一套卓越的方法和标准，我们可以把这种方法和标准运用于所有诗歌当中并发现它们的正确意义。他们总结道，弄清诗歌的结构，看它如何运作并形成自身的统一性，探寻意义如何直接从诗歌本身生发出来，正是批评家的职责所在。

新批评视诗歌为人类经验内容的组织者。诗人围绕经常混淆并且时而矛盾的生命经验结构诗歌，并按照以下方式打磨诗歌：让文本能够激发读者的情感并促使他们反思诗歌内容。作为艺术家，诗人最关注的是如何有效地形成诗歌结构，因为艺术家认识到作品的意义源于它的结构。新批评家强调，诗人的主要关切是如何获得意义，其手段是通过多种多样且有时相互冲突的各种要素在诗歌自身中的运作。

诗歌（因而也是其结构）的主要特征是连贯性或相关性。新批评家从萨缪尔·T·柯勒律治（Samuel T. Coleridge）的著作《文学传记》（*Biographia Literaria*，1817）中汲取思想，认为诗歌是**有机整体**（organic unity），即诗歌的所有部分都必然是相关的，每个部分都反映且有助于支撑诗歌的核心观念。这种有机整体论使得冲突的观念、感受和态度能和谐共处，进而形成了诗歌的整体统一性。新批评家认为，优秀的诗歌通过**悖论**（paradox）、**反讽**（irony）和**含混**（ambiguity）获得这种统一性。新批评家指出，由于这种张力是每个人生命的必然组成部分，所以只有与它恰如其分地对接，优秀的诗歌才能呈现出这些张力，同时显示出它们是如何在诗歌中被化解并达到文本的有机整体的。

因为诗歌的主要特征就是整一性，所以新批评家相信诗歌的形式和内容是不可分的。对于新批评家而言，形式远不止是诗歌的外部结构；诗歌形式含有通常的诗歌结构定义，同时又超越于这种界定［亦即，无论诗歌是莎士比亚式的或彼得拉克式的（Petrarchan）十四行诗，还是抒情诗，抑或其他任何诗歌结构，都有音步、节奏或其他一些诗歌模型］。在新批评中，形式被界定为诗歌产生的整体效果。因为诗歌作品中的所有不同要素结合在一起产生了这种效果，所以每种诗歌形式都是独特的。新批评家们认为，当诗歌中的所有要素协同工作而形成一种单一且统一的效果（即诗歌形式）时，诗人已经写出了一首成功的或优秀的诗歌——一首具有有机整体的诗歌。

新批评家们强调，因为所有优秀而成功的诗歌都具有一种有机整体性，所以试图分离诗歌形式和内容的想法是不可思议的。我们如何能将一 60
首诗的说什么与怎样说分割开来呢？因为诗歌的所有要素（既有结构的又有审美的）协同工作后形成了诗歌的效果或形式，所以在割裂或分离诗歌形式与内容的情况下，是不可能讨论诗歌的整体意义的。

对于新批评家们来说，认为诗歌阐释完全等同于纯粹的文本释义，同样是一件不可思议的事情。这种错误观念被称为**释义误说**（heresy of paraphrase）——此为克林斯·布鲁克斯在其著作《精致的瓮》（*The Well Wrought Urn*）中发明的术语。新批评家们强调，诗歌并不只是真实与谬误的陈述，而是诸多和解了的张力和平复了的紧张，更像是芭蕾舞或音乐作品而非散文（prose）陈述。没有任何单纯的释义可以等同于诗歌意义，因为诗歌本身借助自身的内在张力，拒绝所有试图压缩其意义的散文陈述。释义或许能帮助读者在初始阶段理解诗歌，但是这类散文陈述的运作是值得怀疑的，它并不一定导向对诗歌意义的真正理解。新批评家们坚持认为，有关诗歌的此类释义陈述绝不能与诗歌的结构或形式等同。

八、方法论

因寄希望于诗歌主题方面和结构方面的统一，新批评家们通过发现张力和冲突从而在文本结构之内去寻求诗歌意义。而那些冲突和张力最终又化解为和谐的整体，并且不可避免地形成了诗歌的主要效果。这种探究首先将新批评家引向诗歌的措辞或词语选择。不像科学话语那样要求术语的精确，诗歌的措辞经常有多重意义，一经出现就能立即在文本中引发一系列的张力。例如，许多词语同时具有**外延**（denotation，或词典意义）和**内涵**［connotation（s），或隐含意义］。词语的外延或许与由诗歌语境决定的内涵意义直接相悖。此外，区分词语的各种外延和内涵是件困难的事情。例如，如果有人写下“一颗*肥硕的*（*fat*）脑袋拥有大地的丰沃（*fat*）”，读者必须注意 *fat* 一词各种不同外延和内涵的区分。然而，在诗歌分析的初始阶段，诗歌用词就其性质而言就存在着冲突或张力。新批评家们称这种张力为含混，或叫做保持语言多重意义的能力。新批评家们认为，文学语言或话语的核心是含混。在结束对文本的细读时，所有的此类含混都必须加以解决。

从新批评家的视角看，即便是对一首诗的粗浅理解或初次阅读，诗歌也是各种冲突、各种对立意义和张力的和解。因为诗歌的形式和内容是不
61 可分的，所以批评家的任务就是通过分析诗歌的措辞来确认此类张力。尽管新批评家们赋予诗歌结构之构成要素的名称各不相同，但是他们都认为诗歌的意义源于各种摇摆不定的张力和冲突，而诗歌的措辞则将这些张力和冲突引向了表层。

例如，克林斯·布鲁克斯认为诗歌的主要要素是悖论和反讽。这两个紧密相关的术语意味着诗歌用词或短语会被其语境限制甚至削弱。根据定义，悖论是一种必须在更高的形而上学层面加以解决的看似自相矛盾的陈述。新批评家们扩展了该定义，强调文学语言就其本性而言就是含混的。文学话语与规范的或日常的语言不同，它能够支撑多重意义。对于布鲁克斯来说，诗歌话语是“悖论语言”（the language of paradox）。同样，新批评家们也强化了反讽一词的意义。反讽是种修辞手法，其中词语表达的意义通常与它的字面意义直接相悖。在新批评中，反讽是诗人识别不协调之处的能力，而且由于它在悖论和含混的生成中必不可少，它便成为新批评的主打修辞。有些新批评家用**张力**（tension）一词来描述在文本中发挥作用的对立或冲突。对于他们而言，张力意味着在词语的外延和内涵、字面

意思与修辞含义，以及抽象玄虚与具体细节之间所发生的冲突。

因为冲突、含混和张力制约着诗歌结构，故而诗歌的意义可以只通过分析语境中的诗歌要素和措辞而得出。进而言之，因为语境控制意义，单个词语或短语的意义必然与文本语境有关，因此它们在诗中的意义也是独特的。批评家的任务就是要揭示每首诗中各种明显的冲突和张力，并最终表明诗歌是有机统一体，借此证明诗歌的各个部分是如何相互关联并支撑着诗歌的主要悖论的。这种悖论（新批评家们经常称之为形式或整体效果）常常能在一个句子中加以表达，而这个句子又包含了主要张力及这种张力的解决。诗歌的所有其他要素都要与这个“核心观念”（key idea）发生关联。

尽管大多数新批评家会认可如下看法，即探求诗歌形式的过程并不必然是线性的（因为高级读者经常在初次阅读一个文本时就看到了含混和反讽），但是新批评家仍然为读者提供了探求文本核心悖论或张力的明确方法。这些指导步骤使得文学研究的新手和高级学者都能进入文本终极意义的讨论之中，每个人的看法都有益于诗歌阐释。从新批评的视角看，人们探求文本正确或有效的阐释之旅，始于反复阅读某首诗歌，仔细注意诗歌题目（如果它有题目）以及题目与文本的关系。读者若能遵循下述规定步骤，就能够弄清文本的意义。读者循此方法练习得越多， 62
从高级读者或批评家那里获得指导的机会就越多，分析文本的技巧无疑也会越熟练。

步骤一：考察文本的措辞。思考文本中所有词语的外延、内涵和词源学基础。

步骤二：如果可能的话，追索词根直到它的初始文本或来源，进而考察文本中所有可以发现的暗示。

步骤三：分析文本中的所有意象、象征和修辞方式。注意各要素间的关系，这既包括属于同一类别的要素（如种种意象之间）的关系，也包括属于不同类别的要素（如一种意象与一种象征之间）的关系。

步骤四：考察并分析文本中出现的不同的结构模式，包括**韵律学**（prosody）的技术层面，或制约诗歌写作的原则，如韵律、音步和节奏等。注意诗人是如何使用韵律手法、语法结构、语调模式，以及词语、短语、从句或句子的句法模式的。确定这些不同的模式是如何相互关联，并与前述三个步骤中所有要素相互关联的。

步骤五：思考如下要素，如语调、主题、观点，以及其他与文本的戏剧情境直接相关的要素（如对白、伏笔、叙述、戏仿和背景等）。

步骤六：寻找前述五个步骤中所有要素的相互关联，注意张力、含混和悖论在何处产生。

步骤七：在仔细考察上述所有要素之后，阐述诗歌主要与首要的张力，并解释诗歌是如何通过解决这种张力而获得自己的主导效果的。

因为所有的诗歌都是独特的，所以揭示每首诗歌主要张力的过程也是独特的。新批评家们认为，单是依据从文本中获取的信息，读者就能够为自己所做的文本阐释进行辩护，同时又能享受让他们清晰表达文本意义的审美过程。

根据这些新批评原则，一个**好的批评家**（good critic）考察一首诗歌，就要仔细审视诗歌的诸要素，发现并呈现它的内在张力，还要证明该诗是如何将这些张力融合为统一的整体而去支撑其总体意义的。根据暗示，**差的批评家**（bad critics）坚持将外部证据（如历史或传记信息）强加于文本，以发现其意义。这些批评家没有认识到，文本自身能生发出自己的意义。更为常见的是，他们也不去讨论或查验艺术作品的决定性因素：反讽、悖论和含混。因此，新批评家们声称，由于这种蹩脚的批评家常常认为文本可以拥有多重意义，所以他们是在自己的分析中瞎折腾（flounder）。

新批评家们认为诗歌或艺术作品具有本体论地位（ontological sta-
63 tus），文本最终拥有一种（且仅有一种）正确的阐释，而且诗歌本身提供了所有揭示自身意义的必要信息。通过细察和细读文本，也通过为读者提供一套有助于他们发现文本正确阐释的标准，新批评就形成了一种可以传授且行之有效的文学分析框架。

九、问题分析

运用新批评的假设和方法，仔细阅读纳撒尼尔·霍桑（Nathaniel Hawthorne）的短篇小说《好小伙布朗》（附于书末）。读过这篇小说后，逐一回答如下与霍桑的故事相关的问题。完成这些回答后，再来准备讨论你的发现，或讨论新批评家要求你对这篇小说所做出的阐释。

- 如果这个文本有题目，那么诗歌题目与诗歌其他部分的关系是什么？在回答这个问题之前，新批评理论和实践假定，批评家已反复阅读过这个文本。
- 哪些词语（如果有的话）需要定义？
- 哪些词语和它们的词源需要细察？
- 你可以在文本的词语间找到哪些关系或模式？
- 文本中的哪些词语拥有不同的内涵意义？这些意义的细微差别是否有助于建立文本中的那些关联和模式？
- 文本中有哪些典故（如果有的话）？追索这些典故的恰切来源，并探究这些典故的来源是如何帮助这一特定文本阐明意义的。
- 文本使用了哪些象征、意象和修辞手法？象征和（或）意象之间有何关系？意象与意象之间有何关系？修辞手法和意象之间有何关系？修辞手法与象征又有何关系？
- 你能发现和讨论哪些韵律学要素？找出韵律、音步和诗节模式。
- 作品有怎样的语调？
- 文本内容的讲述视角是怎样的？
- 文本中形成了哪些张力、含混或悖论？
- 你认为文本的主要悖论和反讽是什么？
- 文本中所有这些要素是如何支撑和发展出文本的主要悖论的？

十、批评与回应

20 世纪 40 年代，随着新批评的出现，整个美国的学院和大学开始有了文学系并不断扩张。因为学术研究经费的增长和退伍军人从二战的欧洲
64 战场返回美国，新批评的方法论和颇为科学化的文学研究方法获得了极大的支持。随着英语文学影响范围的扩大，一种一以贯之又便捷可行的文学批评形式成为一种实际需要。布鲁克斯和沃伦所著《理解诗歌》(1938) 提供了这种一贯性。学院教授们通过遵循新批评家发展出的前述“程式”(formula)，如今可以聚焦于单个文本（尤其是诗歌，但是用任何文类写成的任何文本都可以），轻而易举地进行研究和分析。学生们不再需要知道任何特定文本的社会历史背景，因为现在文本本身就是考试对象。

这套程式化的文学分析路径（它从其分析方法中排除了大部分外部证据）很乐意接受各方批评。一些批评者认为，理解文本意义的不同视角确实存在，且有助于拓展已经体制化的文学。例如，考察作家的生平便能阐明他们的作品。许多批评者声称，心理学、社会学和历史学确实影响了作家本人和他们的作品，它们有助于填充因仅仅考察文本而造成的真空状态。许多批评者主张，缺少了这些分析，我们将会与许多跟文本相关且重要的意义和意图失之交臂。去除了这些外部研究之后，新批评家们确实与他们自己的如下主张相悖：文本意义受语境制约（context-bound）。例如新批评的挑战者认为，社会历史语境确实是作品语境的一部分，因而也是作品意义的一部分。还有一些批评者认为，新批评推举的方法论是精英主义的。要获致文本所谓的“正确”阐释，读者首先需要大量学习词语和此种分析所要求的正确步骤。那些没有掌握新批评理论的实际读者的感受或想法真的重要吗？依靠这些感受或想法能得出文本的有效阐释吗？文本阐释有无必要总是像新批评家们所宣称的那样客观？是不是所有的“优秀”文本都必然是有机整体？而且，新批评家们对文本的有机整体的寻找，是否会使得批评家对这种对有机整体无所助益的重要元素视而不见？即便新批评强调文学阐释的客观性，受过或没受过新批评方法训练的单个读者却

肯定能找到理解特定文本意义的不同途径。

尽管出现了这样或那样的文学批评，但是新批评对 20 世纪和 21 世纪文学分析的影响仍然存在。例如，所有的文学批评流派都赞成文本细读。而且，新批评的方法和它对艺术作品的理解已经（直接或间接地）影响了所有现代文学批评流派。

使用新批评的原理来对文学作品进行评论，你还可以看到哪些其他的优缺点?

参见附于书末**文学批评阅读材料**中论述新批评的一篇重要论文《形式主义批评家》，作者是克林斯·布鲁克斯——新批评中最重要的学者之一。

第四章　读者导向批评

65 总之，小说的房屋并非只有一扇窗户，而是有千百万扇窗户——许多可能存在的窗户多得数不胜数。进而言之，在正面那堵巨大的墙上，按个人观察需要或个人意愿驱使，这些窗户中的每一扇已被打通，或者还能被开凿。

——亨利·詹姆斯，《贵妇人画像》纽约版前言

一、导论

想象一下，有这样一个时刻，你和三个最亲密的伙伴又一次回到了八岁的光景。你们都被邀请去参加另一个朋友的生日聚会，这个朋友的家在三个街区以外。四个星期以来你一直热切地盼望着这个盛大的聚会。不同于你和你的三个伙伴，生日聚会的主角是一个百万富翁的孩子，住在一栋有三十四间屋子的大别墅里。而且他已向你们保证，这将会是你们有生以来参加过的最盛大的聚会。可以想见，这次聚会将请来一个马戏团的传闻［马戏团里有小丑，有着人装的动物，有许多身穿戏服的人作陪衬，还有

一场巴纳姆—贝利（Barnum & Bailey）[1] 马戏演出的巨大诱惑〕已在你们四个人之间流传了好几周，而今天是星期六，正是这个盛大聚会的日子。

上午九点半在你家会面后，你和你的伙伴激动地走过三个街区前往聚会之所。一到那里，你就看见前门被红铝箔覆盖得严严实实，连门把手都隐而不见。甚至门铃都为亮闪闪的铝箔所遮盖，不见踪影。一个伙伴迅速冲到房子后面，希望能从后门进入。结果一分钟后这个家伙低着头回来，告诉大家后门也被红铝箔盖住了。

你是离门右边的前窗最近的，于是你透过前窗向房中窥视——这是怎样的一幅景象啊！壁炉旁的瓷砖地板上睡着一只狮子。狮子的左边是一个笼子，一只猎豹在里面舔舐着一块冰。而前窗的正下方则有一条蛇，这种长度的蛇你以前从未见过。你惊呼着叫你的伙伴来看这些动物，但是他们 66
同样也找到了自己窥视房间的角度。在你的右边，一个伙伴站在窗台上，正透过舷窗向房中偷看。从这个窗口望过去，聚会之地尽收眼底，但那里空空如也——没有任何装饰，没有任何动静，也没有任何聚会的迹象。所见之处有些阴暗，而且肯定无人居住。但是另一个伙伴找到了一架梯子，并把它放到了前门的左边。爬上梯子，透过二楼的窗户向里望去，这个伙伴看见至少有十五个孩子在欢笑嬉闹，他们一边喝紫色的潘趣酒[2]，吃巧克力点心、玉米片和蛋糕，一边在玩钉驴尾（pin the tail on the donkey）[3]的游戏。然而，第四个伙伴又发现了另一个角度，可窥视聚会之所：绕到房子后面，透过厨房的窗户向内望去，他看到了堆积如山的礼物。这些礼物用滑稽的礼品纸包裹着，有些系着大蝴蝶结，有些系着小蝴蝶结，当然也有什么都没系的。

这座房屋的门被闩住了，但这四个孩子都找到了一个可以窥探房内景象的窗口，每个窗口的大小与形状都不相同，所以它们提供的窥视角度也

---

① 全称为“巴纳姆贝利马戏团”（Barnum and Bailey Circus）。美国人巴纳姆（P. T. Barnum，1810—1891）于 1871 年创建了自己的马戏团，并于 1881 年与其对手詹姆士·贝利（James Bailey）的马戏团合并，故有“巴纳姆贝利马戏团”之说。——译者注

② 潘趣酒（punch），一种用果汁、香料、茶、酒等掺和的甜饮料。——译者注

③ 钉驴尾是一种孩子们玩的游戏，其玩法是先把一幅无尾驴的图画钉在墙上，孩子们挨个蒙上眼睛转几圈，迷失方向后再把纸做的驴尾钉到驴的图画上，最接近目标（驴屁股）者便是赢家。——译者注

判然有别。当第一个孩子正无限渴望着能将狮子、猎豹与蛇养作宠物时，另一个孩子却被空空如也的房子弄得黯然神伤；当第三个孩子正盼着能进入房间去和那里的孩子一起玩耍一起吃喝时，最后那个孩子却因那些堆积如山的礼物欣喜若狂。房屋相同，视角有别，同样是这座房屋，却因每个视角看到的东西不同而有了不一样的反应。

根据亨利·詹姆斯（Henry James，1843—1916）的论述，这座房屋代表着一个文学文本——一则故事、一部小说、一首诗或一篇散文——每扇窗户都意味着单个读者进入那个文学作品的独特视角或形成的印象。就像那四个孩子透过不同的窗户窥视房间，结果看到了不同的东西，读者阅读同一个文本也会“看到”不同的景象，由此从中得出多种印象，形成多种阐释。每一种印象与阐释肯定是来自对同一个文本的阅读，但所有这些都是读者从不同的孔眼去窥探那个文本的意义，并最终得出种种不同的有时甚至是相互矛盾的阐释。

现在设想你和你的大学同学在学习一门文学入门课，此课要求阅读纳撒尼尔·霍桑的一个短篇小说《好小伙布朗》（1835），其中一部分阅读内容如下：

> 他俩站在那里，似乎唯有这一对男女还在这个黑暗世界的邪恶边缘踌躇不前。巨石上有个天然形成的盆一样的凹坑。那里面盛的是被炫目的火焰映红的水还是鲜血？或者也许是液态的火焰？邪恶的化身在这里面浸湿他的手，准备在他们的额头上留下受洗的标记，好让他们分享这罪恶的秘密。这样，在行为上和思想上，他们对别人隐秘罪恶的了解就比对自己的更加清楚。丈夫看了面色苍白的妻子一眼，费丝也看了看丈夫。如果再相互对视一眼，他们就会发现对方是多么卑污的可怜虫，并对自己败露的与看到的罪恶害怕得瑟瑟发抖！
>
> 67 “费丝！费丝！”丈夫喊道，“仰望天堂，抵抗邪恶！”
>
> 费丝是否从命他并不知道。他刚一开口，就发现自己身处静夜与孤寂之中，聆听着呼啸的风沉沉地穿过森林，渐行渐远。他踉踉跄跄地靠着石头站起来，觉得石头阴冷潮湿，而先前燃烧的垂枝，如今却在他脸上洒下冰冷刺骨的露水。

第二天早上，古德曼·布朗慢腾腾地走进萨勒姆村的街头，糊涂鬼似的茫然张望。仁慈的老牧师正沿着墓地散步，以便增加早餐的食欲，思考布道的内容，并在布朗路过时赐给他祝福。布朗在可敬的圣人面前畏畏缩缩，好像要躲开一个被诅咒的恶棍。老迈的古金执事正在家中做礼拜，神圣的祷词从他打开的窗户中飘出。“这老巫师在向什么神灵敬拜?”古德曼·布朗自语道。古迪·克洛伊丝，那个德行卓著的老基督徒，站在她家格子窗前的朝晖之中，正向给她送来一品脱牛奶的小姑娘讲解教义。古德曼·布朗拉开小姑娘，就像从魔鬼手中解救他自己一样。转过礼拜堂旁边的拐角，他看见系着粉红缎带的费丝正焦急地向前张望着，一看见他就欣喜若狂，沿街蹦跳而来，差点当着全村人的面亲吻她的丈夫。但是，布朗严厉而忧伤地看了她一眼，不打一声招呼就径直走过。

难道古德曼·布朗只是在森林中睡了一觉，做了个巫师聚会的怪梦吗?

你若这么想，随你。但是，唉！对于古德曼·布朗来说，这个梦却是个不祥之兆啊。

现在，班里的几个同学正在发表他们对霍桑这篇小说结尾部分的看法。A同学说，古德曼·布朗的挣扎是显而易见的，他发现自己沉醉于表象与实在这一古老的紧张关系中，这是一个贯穿西方文学许多个世纪的主题。A同学继续说，正是那种含混（ambiguity）使这篇短篇小说浑然一体，并由此显示每个人物和每个事件是如何为文本的有机统一服务的。例如，通过让妻子去“仰望天堂，抵抗邪恶”，布朗证明了他们俩如何在善与恶的现实之间挣扎。当布朗发现自己“身处静夜与孤寂之中”时，他确信他的妻子（实际上还有萨勒姆村的所有村民）都没有抵抗邪恶。A同学断言，至于布朗，除他自己以外，所有人都是伪君子；除他自己以外，所有人都被邪恶之水洗礼过。不过，他那种有关存在、涉及别人生活中邪恶而神秘之事的个人启示，似乎只是对他自己产生了影响，而对于其他村民、牧师甚至他自己的妻子来说，则没有任何作用。叙述者说，也许布朗只是在森林中睡着了，他所经历的全部事情只不过是一个梦境。A同学最后宣称，这篇小说的所有要素都指向并证明了如下事实：霍桑对于含混的运用是解析这则故事意义的关键所在。

68 B 同学提出反对意见，他说 A 同学的阐释与 21 世纪无关。B 同学指出，A 同学认为古德曼·布朗意识到了他人的邪恶，这是正确的；但是布朗并没有认识到自己的邪恶。霍桑写作《好小伙布朗》的主要目的是要呈现我们所有人的虚伪。小说的寓意在于，作品意义如何才能适用于当今世界。B 同学强调，这种虚伪与偏见如今依然存在于我们的大学城里。我们都有变成布朗的潜质，也都有变成充满虚伪与偏见之徒的可能，由此推想，我们只能独自去认识和理解真与善了。

C 同学承认，A 同学和 B 同学都对霍桑的文本做出了有理有据的批评，但他们忽略了古德曼·布朗身上所发生的变化。在经过林中关键之夜的一系列事情后（无论这些事情是真实的还是想象的），我们看到了一个不再相信人性善良的古德曼·布朗。现在我们拥有了一个人物，他的整个人生——他的思想与行动——都处在绝望之中，这是一种在任何人身上都看不到善良的人生。布朗坚信，萨勒姆村的每个人都生活在谎言之中，因为所有人都是伪君子。布朗终其余生依然是一个严肃的人，他总向他的同侪与妻子投去怀疑与不信任的目光，并且相信他们统统都向邪恶宣誓效忠。因此，布朗“临死都是郁郁不乐的”，就像他在经历了森林场景之后那样。

D 同学声音颤抖地说，古德曼·布朗使她想起了她的朋友丽达。无论丽达的丈夫在什么公共场合——商场、杂货铺或者麦当劳——遇到她，他总是瞟她一眼就看向别处。甚至当他们一起待在屋里时，他也更愿意坐在书房里面对电脑看电影，而不是与她和两个孩子一起坐在客厅里，看孩子最喜欢的电影。D 同学说，就像费丝·布朗一样，丽达不知做了什么让她丈夫与她疏远了。每夜她哭着入睡，希望丈夫能抱着她。D 同学断言，在《好小伙布朗》中，霍桑成功地捕捉住了 21 世纪一些家庭妇女的窘境，这些女性的生活充满绝望，但她们却不知道原因。

这四位同学每人都从霍桑的小说中看到了些许不同的东西。从不同的窗口窥视文本内容，便能看到不同的景象，得到不同的印象，并带着不同的阐释离开阅读。他们每人的阐释都有意无意地建立在不同的理论假设之上，而这些假设又与他们的阐释方法相对应。四种阐释中，A 同学用最清晰的理论方法去接近文本。由于顾及整个文本的统一性问题，这个学生预先假设文本具有自主性，即在文本很少借助或不用借助历史、社会或其他任何外在因素，并在文本所有部分都回归到其中心主题的情况下，文本必定能作出自我阐释。运用新批评（New Criticism）的批评原则，A 同学证实了文本的有机统一性。对于这位同学来说，学习与运用文学术语，并由此寻找最正确的阐释才是最重要的一件事情。 69

A 同学运用一系列既定的批评标准去面对文本，并试图发现其中的意义。而 B、C、D 同学却并非如此，他们成了阐释过程的参与者，积极地把自己的经验带入其中，使文本意义更加确凿。举例言之，B 同学的解释突出了文本意义（作者意图）与文本对当今读者的含义（significance）或与当今读者的关联之间的理论差别。C 同学的方法则是在文本的缝隙中填补空白，假设古德曼·布朗在经历了亦真亦幻的森林之夜后会如何对待他的同侪与家人。不过，C 同学对布朗后半生行为的看法究竟是对是错，仍然是个值得探讨的问题。D 同学的理论框架建立在具有偏见的自我经验之上，是对文本与其意义的具体化。

虽然 B、C、D 同学的方法各不相同，但他们当中无人将文本看成一个容纳其自身意义的客观统一体（像 A 同学那样）。对于这样的读者来说，文本不会也不能阐释自身。而为了确定文本意义，这些学生坚信自己必须在阐释过程中变成一个积极能动的读者和参与者，他们为发现文本意义而使用的多种理论假设与研究方法，可作为读者反应批评（reader-response criticism）[①] 的生动例子。如今，这种批评常常被称为**读者导向批评**（reader-oriented criticism）。

---

① 可把“读者反应批评”看作“读者导向批评”的前身，前者是 20 世纪 60 年代兴起的一种批评理论。该理论认为：“作品是读者浏览他们眼前的文本书页时持续进行的精神活动与反应。”（［美］M. H. 艾布拉姆斯：《文学术语辞典》，吴松江等译，513 页，北京，北京大学出版社，2009）70 年代中期以来，学界更多强调读者的阅读是受其自我需要驱使的，读者能够对文本进行创造性的解读。故有“读者导向批评”之说行世，且逐渐取代了“读者反应批评”。参见“术语表”中的“读者导向批评”。——译者注

二、历史发展

虽然读者导向批评勃兴于20世纪70年代初期的美国，并且仍然极大地影响着当代文学批评，但其历史根源却可以追溯到20世纪20年代和30年代。当然，这种确切的时间追溯也不符合实际情况，因为自文学诞生以来，读者显然已在对他们所阅读和所体验的东西作出反应了。甚至古典作家柏拉图和亚里士多德也认识到并关注过读者（或观众）的反应。例如，柏拉图认为，观看戏剧可以点燃观众的激情，使他们忘记自己是理性的存在，从而任由激情而非理性去控制他们的行为。与此相似，亚里士多德也在《诗学》中关注过戏剧对观众情感的影响。戏剧会引起观众的怜悯或恐惧吗？这些情感会净化观众的心灵吗？它们会让一个情感丰富的人在戏剧结束时得到净化吗？像柏拉图与亚里士多德的受众中心论一样，当今的文学批评对艺术创作的受众反应也兴趣颇浓。那些重视受众反应的批评家常
70 常使自己卷入**修辞学批评**（rhetorical criticism）之中，从而去关注作者引发文本特定反应或阐释的策略、方法与技巧。

假定受众或读者消极被动，这是柏拉图与亚里士多德受众反应论的基础，也是沿着他们的路径走过来的许多批评家的基础。看一出戏或读一本书，好比观看一场大型的体育赛事，读者被动地坐在那里，欣赏和吸纳艺术创作的内容并让它主宰其思想与行为。根据这一观点，受众带给戏剧或文本的东西微乎其微，而文本却提供了需要获得有效阐释的所有东西。

从柏拉图时代到19世纪早期英国文学中的浪漫主义运动之初，这种读者消极被动的观点就统治着文学批评。虽然很多批评家意识到文本确实对读者产生了影响，但是文学批评仍然主要着眼于文本。随着英国浪漫主义的到来，侧重点从文本转移到作者那里。作者成了能够领悟真理的天才，而这些真理普通百姓认识不到或视而不见。伴随着19世纪前进的步伐，随着文学批评强调对其提供主要帮助的作者生活、时代与社会语境在文本分析中如何重要，关注作者也就成为持续不断之举。

20世纪伊始，文本分析的侧重点又一次转移到文本方面。随着新批

评的理论与实践在20世纪30年代显出优势，文本变得具有了自主性——一个可以被切割解剖与进行分析的客观存在。新批评家们相信，如果对文本研究得彻底，文本就可以自己呈现其意义。而历史或社会语境之类的外在因素虽然对文本意义有些影响，但文本阐释的关键却是读者手中那个实实在在的文本。新批评家们宣称，被看做语象（verbal icon）[①] 的文本，本身已包含了可以发现其意义的因素。我们只需要去掌握专业词汇和破译文意的正确手法即可。

通过宣称文本为**自足之物**（autotelic artifact，亦即文本作为一个可被分析的自主的客体，凭借其自身实力而存在），新批评家们的确承认文本会对读者产生影响。他们认为，研究文学作品的影响与研究文本本身并不一样。新批评如此强调文本的客观性也就又一次造就了消极被动的读者，这种读者在进行文本分析时是不会把自己的个人经验和私人情感带入其中的。

1. I. A. 理查兹

在文本分析领域持续了三十多年的新批评主潮中，两位先驱者之一——I. A. 理查兹（I. A. Richards）［另一位是 T. S. 艾略特（T. S. Eliot）］对阅读过程本身很感兴趣。理查兹的许多朋友从事形式主义研究，他们否认读者个人情感与文本阐释之间存在任何意义关联。与他们不同的是，理查兹却开始研究这种意义关联了。理查兹运用明显的读者 71
导向方法做文本分析实验，他给他的剑桥大学学生分发了一些短诗，这些诗歌在审美价值与文学价值方面差异很大。他没有列出诗的作者与标题，但是各种编辑后的变化使诗歌的拼写和发音更加现代。随后他让学生记录下他们对每一个文本的随机反应和评价。结果，相互冲突、相互矛盾的反应林林总总，让理查兹大吃一惊。

---

① icon原意是指东正教教徒中使用的彩绘雕刻的圣像，后被实用主义批评家皮尔斯（Charles Pierce）借用，作为符号学术语。新批评家维姆萨特（William K. Wimsatt）则进一步借用点化，认为语象是指“由文学表达的形象，尤其是微观的（以词语、句子为单位）的语言形象”。参见赵毅衡选编：《新批评文集》，91～92、625页，天津，百花文艺出版社，2001。——译者注

在收集并分析了这些反应之后，理查兹在《文学批评原理》（*Principles of Literary Criticism*，1924）中披露了他的发现，同时也对那些检验过的文本做出了自己的阐释。理查兹论说的基础是假定科学可以通向真理，诗歌或其他文学体裁则无此功能。也就是说，科学世界观才是正确的世界观，而对于现实的本质，诗歌只能形成“伪陈述”（pseudo-statements）。不过理查兹也指出，这种伪陈述对于每个个体的心理健康都是非常必要的。据理查兹分析，实际上，人类主要是为那个叫做**本能欲望**（appetencies）的欲望集合体所掌控。为了达到精神健康，人们必须亲自创建一个值得接受的世界观来平衡这些欲望。理查兹觉察到，宗教曾经能为人提供这样的世界观，但是现在它已丧失了这种功能。于是借用 19 世纪诗人马修·阿诺德（Matthew Arnold）的思想，理查兹指出，位于所有其他艺术形式之上的诗歌，可以最好地协调和满足人类的本能欲望，并帮助人类创建一个满意的、心智上值得接受的世界观。

在创立了这个稳固的情感分析系统（该系统信任读者对文本的情感反应）之后，理查兹放弃了他在分析学生反应时用过的那种读者导向方法。就像后来几十年里追随其脚步的新批评家一样，理查兹坚信，“诗歌本身”已包含了获得“正确”或“更充分”阐释的必要信息。通过文本分析，亦即通过仔细研究诗歌的措辞、意象和整体统一（overall unity），理查兹相信，与那种来自文本的个人反应相比，读者可以获得一种更好或更接近正确的诗歌阐释。

表面上看，这种做法虽然与理查兹最初的读者导向方法大相径庭，但他认识到了阅读过程中的语境性（contextual nature）。在《实用批评：文学判断力研究》（*Practical Criticism*：*A Study of Literary Judgment*，1929）一书中，理查兹承认读者将生活经验（包括以前的文学经验）中积累的一系列观念带到了文本之中，并将这些信息应用到文本中去演变成一种阐释。这些生活经验为读者提供了一种现状核实（reality check），由此确认呈现于文本中经验真实性的有效或无效。如此操作，读者便在创造文本意义的过程中变成一个积极能动的参与者。

72

2. 露易丝·M·罗森布拉特

20 世纪 30 年代，文学理论家、作家、学者、著名的文学教授露易丝·M·罗森布拉特（Louise M. Rosenblatt），进一步发展了理查兹有关阅读过程中语境性的早期假设。在《作为探索的文学》（*Literature as Exploration*，1938）一书中，罗森布拉特坚称，读者与文本必须一起合作才能创造意义。与那些新批评家们不同，她将文本分析的侧重点从单一的文本那里转移出来，而把读者与文本看作阐释过程中的合作伙伴。于她而言，文本并非“自足之物”，也不存在通用的文学作品或必须精通形式主义者的方法、运用其复杂且经常是密集的术语去获得所谓正确的文本阐释的通识读者（generic readers）。相反，罗森布拉特认为，有成千上万个潜在的单个文本，便有成千上万个潜在的单个读者。读者将他们的个体人格、对往事的记忆、对当下的担忧、特定的身体状况以及全部个性带入文本的阅读之中。罗森布拉特反对新批评的感受谬误（affective fallacy）和其他诸如此类的信条，她断言，文本多元化阐释的有效性不仅由文本塑型，而且更由读者打造。

在20世纪30年代末，罗森布拉特的想法似乎是革命性的，但也过于抽象，且完全脱离了先前人们可以接受的批评常规。虽然在后来30年左右的时间里新批评主导了文学实践，罗森布拉特依然在1978年出版的著作《读者、文本与诗歌：文学作品的交易理论》（*The Reader*，*the Text*，*the Poem*：*The Transactional Theory of the Literary Work*）中进一步完善了她的观点。这部著作在促成文学教学的范式转换中发挥了重要作用。正如罗森布拉特明确指出的那样，阐释过程的关键部分，如今已由原来几乎只聚焦于文本转变为关注读者对文本的个人反应。在这部著作中，罗森布拉特澄清了她先前的观点，提出了她所奉行的一种主要批评立场，这种立场已为当今的许多理论家和实用型批评家所坚持。

根据罗森布拉特的观点，阅读过程同时涉及读者和文本。读者和文本共同参与或分享一种**交易式经验**（transactional experience）：文本充当刺激物，负责从读者那里引发他们以往的多种经验、思考与想法，所有这些都来自读者的日常经验和阅读经验。与此同时，文本又像设计图那样发挥作用，去对读者的那些想法进行筛选、限定、排序，从而塑造读者的经验，使之更好地适应文本。通过这种交易式经验，读者与文本就共同打造出一种罗森布拉特称之为诗歌的新作品。对于罗森布拉特和许多其他的读者导向批评家来说，诗歌可以被如此定义：它是阅读过程中或罗森布拉特所谓的审美交易（*aesthetic transaction*）中发生的一起事件（*event*）之果。诗歌与文本（*text*）不再是同义词，一首诗是在每一次读者与文本的交易中被创造出来的，无论这种交易是第一次阅读还是对同一文本无数次的反复阅读。

73 按照罗森布拉特的说法，读者可以采用两种阅读方式中的一种进行阅读：析出式（*efferently*）或审美式（*aesthetically*）。当我们为了获取信息而阅读时，例如当我们阅读罐汤加热指南时，我们便是在进行**析出式阅读**（efferent reading，*effere* 来自拉丁语，意谓“带走”）。在这个阅读过程中，我们只是对我们能从文本中“带走”的新获信息感兴趣，而非那些实际的语词句子本身。当我们采用析出式阅读时，我们被一种获取信息的特殊需要驱使着。当我们进行**审美式阅读**（aesthetic reading）时，我们是在体验文本。我们注意文本中的每一个词，注意它们的语音效果，注意它们的构成样式，等等。我们从根本上亲身感受到了创造诗歌的交易式体验。我们与文本的交手或我们对于文本那种独一无二的“亲历过的”（lived-through）经验是最重要的。罗森布拉特还补充道，在阅读过程中的任何时刻，读者都有可能在两种阅读模式之间持续不断地来回摆动。

罗森布拉特认为，当进行审美式阅读时，我们使自己陷入与文本的遭遇战——一种“给与取”的复杂博弈中。虽然通过引发与强调读者的不同经验，文本可以顾及多种阐释，但它同时也限定了诗歌可以获得的有效意义。对于罗森布拉特来说，诗的意义并非像瑞典式自助餐（smorgasbord）那样有无穷解；相反，它是一种交易式经验，其中一些不同寻常却有可能出现的意义会在特定的社会语境中显现出来，并因此创造出多种多样的“诗歌”（poems）。

罗森布拉特与其他读者导向批评家的关注点和别的批评方法（尤其是新批评）的不同之处在于，他们有意把侧重点从文本转移到读者造就意义的层面，将读者看做文本意义唯一的决定者和阅读过程中不可或缺的参与者。这种转移否认了形式主义者的假设，即文本具有自主性，能够通过科学分析发现其意义。这样，读者就不再消极被动，仅仅运用学来的诗歌技巧明细表去面对文本，并希望去发现悖论与反讽的复杂图式；而是反过来，读者根据这种复杂图式猜想推测，最终通向正确的阐释。对于读者导向的批评家来说，读者在创造意义过程中是紧随文本活动的积极能动的参与者。他们相信，意义的发展演化正是来自**读写经验**（literacy experience，读者与文本在交易时所发生的一个事件）。

三、理论假设

与大部分文学分析的方法相似，在文本分析方面，读者导向批评并没有为我们提供一种统一的理论或单一的方法。那些把自己称作读者反应批评家、读者导向批评家、读者批评家或受众导向批评家的人，他们共同关注的对象是读者。这些批评家坚信，一部文学作品的阐释是在读者与文本 74 的互动（interact）或交易（transact）中被创造出来的；他们还认为，恰如其分的文本分析研究必须同时考虑到读者与文本，而不仅仅是孤立的文本。在他们看来：

读者＋文本＝意义（诗歌）

只有在相关语境之下，读者又主动参与到阅读过程之中，文本的意义才能显现出来。

读者导向批评家认为，意义的呈现依靠语境，且与阅读过程形成了错综复杂的关联。如同整体的文学理论一样，一些理论模式与其实际应用可以解释阅读过程，或者说，我们如何去理解那些印刷品。运用这些模式，我们可以将诸多读写经验的方法分成三大类。每一类都强调一些不同的原理、一些假设和一种方法论，用来阐明读者与印刷品互动或交易时各路批评家的看法——他们认为究竟发生了什么。

虽然每种模式支持一种不同的文本分析方法，但是所有的模式都坚持相同的假设，并关心和提出相似的问题。比如，所有的模式都直接聚焦于阅读过程。它们会问：当一个人拿起印刷品去阅读时会发生什么？换言之，它们主要感兴趣的是，当读者与文本互动或交易时会发生什么。在这种交换中，读者导向批评家研究并提出的理论问题是，究竟是读者、文本还是二者的某种结合最终决定了文本的阐释。他们会进一步思考：究竟是操控了文本的读者完成了解读，还是文本操控着读者生产出了意义？是一些词语、短语或形象触动读者心灵进而形成了特定的阐释，还是读者运用一些有意或无意学到的解读技巧（把一种阐释按部就班地强加给文本）去接近文本？阅读过程究竟是线性的还是非线性的？它可以预料吗？文本能够蓄意误导读者从而致使读者做出错误的预料吗？读者的反应总是可以预料的吗？

这样的问题促使读者导向批评家进一步窄化并完善其使用的术语。比如，他们会问：什么是文本？文本只是存在于纸面上的词语和符号吗？他们又会问：我们如何才能把实际存在于文本中的东西与读者头脑中的东西区别开来？还有，这个读者是谁？有各种各样的读者吗？不同的文本能够预设不同的读者吗？

此外，读者对文本的反应又是何种情况呢？那些反应与文本意义对等相当吗？他们还进一步思考：某个读者的反应会比其他一些读者的反应更正确吗？或者，所有的反应都具有同等的有效性吗？虽然读者以多种方式对同一文本做出反应，但为什么许多读者常常能得出相同的结论和阐释？

75 读者导向批评家也会向另一种人——作者发问。作者如果有作用的话，那么他们在一部作品的阐释中究竟扮演什么角色？批评家想知道的是：作者对读者的态度能够真正影响到作品的意义吗？如果一个读者知道了作者对文本有明确的既定意图，那么这种信息会在文本意义的生成中起什么作用吗？还是说作者对于作品的意图应当被完全忽略？

读者导向批评家的这些关切可以很好地概括为一个问题：什么是阅读过程，亦即读者是如何去建构意义或理解文本的？回答这个问题颇为麻烦，因为它涉及对以下这些因素的考察：

- 读者，包括他（她）的世界观、背景、阅读目的、对世界的了解、对词汇的了解以及其他因素。
- 文本及其所有不同的语言学要素。
- 意义或者读者与文本如何互动或交易才能使读者理解那些印刷品？

读者导向批评家如何定义并解释这些因素，实际上将会决定他们的文本分析方法。而且，他们的定义与解释也有助于确定是什么构成了每个批评家对文本的有效阐释。

虽然很多读者导向批评家已考虑到阅读文本会有大量的合理反应，但他们大都同意，读者导向批评并不意味着任何阐释或所有阐释都行之有效或同等重要。因为基于对文本合理阐释的种种边界与限定会发生变化，而这些变化则依赖于批评家如何对阅读过程中的多种要素做出界定。正是因为有了这些界定与假设，我们才能把读者导向批评家分成若干个小团体。

四、方法论

虽然读者导向批评家使用了林林总总的批评方法——从新批评家那些独特并改良过的形式到后现代实践者（譬如解构主义者）的方法——但大多数读者导向理论与实践的支持者都可被划到三个截然不同的组里。虽然组内成员之间会有细微的差别，但每个组都赞成本组与众不同的理论与方法。本章开头 B 同学的阐释就代表了第一组的观点。

与所有的读者导向批评家相似，这一组批评家也认为读者在打造文本意义时必定是一个积极能动的参与者。不过，他们又认为，文本对阐释过程的控制要大于读者。这些批评家中有一部分人倾向于新批评理论，声称
一些阐释比另一些阐释更有效；而其他人则区分了文本意义（meaning） 76
与文本含义（significance）的不同之处。在他们看来，文本意义与作者意图同义，而文本含义则会随着语境与时代的不同而发生变化。尽管存在着这些差别，但第一组的批评家大都属于为人熟知的**结构主义**（structuralism）批评流派。

1. 结构主义

结构主义者把自己的观念建立在现代语言学创始人费尔迪南·德·索绪尔（Ferdinand de Saussure）的著述之上，他们常常走向文本分析，仿佛文本分析是一种科学。结构主义的倡导者——罗兰·巴尔特（Roland

Barthes）、热拉尔·热奈特（Gérard Genette）、罗曼·雅各布森（Roman Jakobson）、克劳德·列维-斯特劳斯（Claude Lévi-Strauss）、杰拉尔德·普林斯（Gerald Prince）和在其早期著作中的乔纳森·卡勒（Jonathan Culler）——在文本中寻找可以使意义出现的特殊代码。这些嵌入文本中的代码或符号是一个大系统的一部分，而这个大系统可以使意义从包括文学在内的社会各方面显现出来。例如，当我们开车在十字路口遇到红灯，我们知道必须停车。或者当我们听到消防车或救护车鸣笛，我们知道必须把自己的车开到路边。红灯与鸣笛都是我们这个社会中的代码与符号，它们给我们提供了解释与规范世界的方法。

根据结构主义批评家的观点，为确定意义，读者会把预定的系统带入文本之中（一个如鸣笛与红灯一样的、由代码和符号构成的复杂系统），并将这个符号系统直接应用于文本。文本变得重要，是因为它包含了给读者预先设定的符号（或信号）和可以接受的阐释。因此，许多结构主义者更加关注特定社会中整体意义系统的发展演化［语言学家称之为**语言结构**（langue）］，而非文本分析本身；他们集中精力面对的是，在社会标准认可的情况下，读者需要了解怎样的阐释性符号（比如路标和单词）。由于如此强调，结构主义者似乎就把读者与文本推向了背景（background），而将其注意力集中在交流（communication）与阐释的语言学理论那里。由于结构主义对于20世纪与21世纪许多其他类型的文学批评理论已成一块助力跳板，它在文学理论与实用批评方面的重要性将在下一章中详细探讨。在这里，我们先把一位重要的结构主义者——杰拉尔德·普林斯（Gerald Prince）的观点拿过来，举例说明结构主义的方法。

杰拉尔德·普林斯　20世纪70年代，杰拉尔德·普林斯发展出一种特殊类型的、以**叙事学**（narratology）知名的结构主义，即运用故事讲述的所有要素［例如叙述者、声音、文体（style）、动词时态、人称代词、
77 受众等等］对故事的进程做出分析。普林斯发现，许多批评家经常问到有关小说视点（point of view）的问题——全知全能视点、限制性视点、第一人称视点等等——却很少问起叙述者讲给哪些人［即**受叙者**（narratee）］听。受叙者通常不是实际阅读文本的人，普林斯认为是叙述本身（即小说）创造了受叙者。普林斯相信，通过初步观察进而分析文本中不

同的符号，如指示代词，呼语（“亲爱的读者”），性别、种族以及社会阶层标记，写作风格，不仅认出受叙者是可能的，而且还可以根据文本创造出的不同受叙者将小说分类。这些受叙者应当包括**真实读者**（real reader，真正阅读书本的那种人）、**虚设读者**［virtual reader，作者认为自己为他（她）而写的那种读者］和**理想读者**（ideal reader，那种能明确或含蓄理解文本所有微妙之处、术语和结构的读者）。

虽然这样的方法严重依赖文本分析，但普林斯关注读者的做法让他成了读者导向批评流派中的一员。其他如乔纳森·卡勒之类的结构主义者，他们与普林斯以及这种密切依靠文本来形成意义的方法保持距离，这些人的情况将在第五章中进行讨论。

2. 现象学

C 同学主要代表了第二组读者导向的批评家。这些理论家中绝大多数人追随罗森布拉特的假设，即读者在阐释文本时参与到了交易的经验当中。他们声称，在阐释过程中，文本与读者扮演着差不多同样重要的角色。对于他们来说，阅读是诗歌创造活动中达到高潮所发生的一个事件。

人们常常会把这一组中的许多支持者——乔治·普莱（George Poulet）、沃尔夫冈·伊瑟尔（Wolfgang Iser）、汉斯·罗伯特·姚斯（Hans Robert Jauss）、罗曼·英加登（Roman Ingarden）和加斯东·巴什拉（Gaston Bachelard）——与现象学联系起来。**现象学**（phenomenology）是一种强调感知者的现代哲学潮流。现象学家认为，只有当一种能动意识（感知者）吸收或注意到客体的存在时，客体才具有意义。换句话说，只有当我们在心中记录下客体时，它们才存在。罗森布拉特在界定诗歌时便直接把这种理论运用到了文学研究当中。真正的诗歌只能存在于读者的意识里，而非印刷的页面上。当读者与文本交易时，诗歌及其意义就因此被创造出来，它们仅仅存在于读者的意识中。如今，阅读与文本分析已变成一种审美体验，在那里，读者与文本在读者创造诗歌的意识中被结合到一起。就像 C 同学解释的那样，读者的想象必须发挥作用，由此去填补文本的空白，并对人物行动、个性特征和相关动机做出推测。两位读者导向批 *78*
评家汉斯·罗伯特·姚斯与沃尔夫冈·伊瑟尔的理念与实践，可以用来说明现象学的方法。

汉斯·罗伯特·姚斯　德国批评家汉斯·罗伯特·姚斯的写作与思考出现于 20 世纪 60 年代末，他强调，阐释文本时一定要考虑到文本的社会历史状况。与新批评派的学者不同，姚斯声称，批评家面对任何指定的文本，都必须去分析它是怎样被同时代的读者接受或接收的。姚斯赞同一种特殊类型的读者导向批评——**接受理论**（reception theory），他断言，任何特定历史阶段的读者都为自己设计了一个评价标准，以便对文本做出判断。姚斯运用术语**期待视野**（horizon of expectations）来涵盖一个文本在某个历史阶段所有的批评语汇与评价，指出了文本在不同历史阶段的评价是如何发生变化的（比如，从 18 世纪的启蒙运动到 19 世纪的浪漫主义时期的变化）。例如，亚历山大·蒲柏（Alexander Pope）的诗歌被誉为那个时代最接近完美的作品，这是因为英雄双韵体以及遵循这种规定形式的诗歌在那个时代评价很高。然而，在浪漫主义时期，随着诗歌的侧重点放在内容而非形式上，对蒲柏诗歌的称赞便不如原来那么高，接受也不如原来那么多了。

因此，姚斯认为，由于每个历史时期都会确立自己的期待视野，任何文本的整体价值与意义都绝不会固定不变或放之四海而皆准。他进一步指出，任何特定历史阶段的读者都会在文本中确立他们所看重的东西。一个文本并非只有一种正确的阐释，因为其假定意义会随着历史阶段的推移而发生变化。职是之故，对任何文学作品作出终极评价都是不可能的。

对于姚斯来说，读者对文本的接受或理解以及相关评价非常重要。虽然文本本身在阐释过程中也很重要，但姚斯认为读者扮演着更重要的角色。

沃尔夫冈·伊瑟尔　德国现象学家沃尔夫冈·伊瑟尔借用并改进了姚斯的观点。伊瑟尔认为，任何一种客体——石头、房子或诗歌——只有当能动意识认识或记录下它时，它才能形成意义。因此，把认知对象（客体）与认知它的心灵（人类意识）分离开来是不可能的。伊瑟尔把这些现象学观点当做其读者导向理论与实践的基础，认为批评家的工作不是解剖或阐释文本。他觉得文本一旦被阅读，客体与读者（感知者）本质上就成了一体。因此，批评家的任务是研究与解读文本对于读者的影响。

不过，伊瑟尔区分了两种读者。第一种读者是**隐含读者**（implied

reader)，这种读者“体现着那些必然对文学作品施加其影响的所有诱因——这是一些由文本本身而非以经验的外部现实所设定的诱因。结果，隐含读者……已把自己的根牢牢地扎在文本的结构之中”（伊瑟尔， 79
1978)。换言之，隐含读者是文本所暗示的读者，是倾向于欣赏文本整体效果的读者。第二种读者是**实际读者**（actual reader)，或者说是身体力行地拿起文本并去阅读它的那种人。实际读者与隐含读者相对立，他们在进入文本时已为特定文化的、个人的标准与偏见所塑造。通过对隐含读者的设定，伊瑟尔肯定了阐释过程中分析文本的必要性。同时，通过对实际读者的承认，伊瑟尔又宣布了个体读者对文本做出反应的有效性。

与姚斯一样，伊瑟尔不同意新批评那种文本只有唯一正确意义的看法，他认为文本会有很多可能的阐释。在伊瑟尔看来，文本就其本身而言并不会拥有意义。当文本被读者**具体化**（concretized，一种把文本记录于读者意识中的现象学概念）时，读者会自动从自己个人的世界观出发去看待文本。但是，由于文本并未告知读者所需了解的所有信息——这些信息涉及某个人物、某种情境、某种关系以及其他类似的文本要素，读者必须运用以自己特定世界观为基础的知识储备去自动填补这些“空白”（gaps)。此外，每个读者都会创设自己的期待视野——读者对接下来将会、可能会或应当会发生什么形成期待（注意：与此术语的发明者姚斯相比，伊瑟尔已赋予这个术语以不同的含义）。因为所有故事的核心都是由矛盾冲突或戏剧性的张力组成的，所以这些期待视野也就常常改变，且往往会给读者带来突然的失落、痛苦、意想不到的喜悦或恐惧，有时还有巨大的满足。这样的改变会使读者修改自己的期待视野，以便适应文本的特定情境。例如，在《哈克贝利·费恩历险记》(*Adventures of Huckleberry Finn*）第31章中，哈克表示他不会给沃森小姐写信，告诉她吉姆所在的地方，这时候哈克公然选择与吉姆站在一起，去反对哈克所在的那个社会的规则。读者因此可能会猜测，哈克将要以不同的方式对待吉姆，因为对于作为奴隶的吉姆来说，他现在有了成为自由人的机会。根据伊瑟尔的观点，读者现在已形成了期待视野。然而短短几章之后，当汤姆·索亚劝哈克用铁链把吉姆拴到一张桌子上时，读者必然又会重建自己的期待视野，因为哈克并没有把吉姆当作自由人对待，而是再一次把他看成了奴隶。

在理解文本、填补文本空白和不断采用新的期待视野的过程中，读者运用着自己的价值体系、个人或公共经验与哲学信条。在伊瑟尔看来，每个读者都能使文本“具体化”，每次具体化又都是个人行为，这样就使得新的创造——文本的意义与对读者的影响——成为独一无二的东西。

对于伊瑟尔来说，读者是文本阐释过程中能动的、不可或缺的参与者，而当故事被阅读和具体化时，他们也在参与写作部分文本。这样，读者就责无旁贷地成为文本的合作者。

80

3. 主观批评

D 同学代表着第三组的读者导向批评家，他们将重中之重放在了阐释过程中的读者那里。对于这些精神分析批评家或主观批评家来说，读者的思想、信念与经验在塑造作品意义方面比实际的文本更重要。在诺曼·霍兰德（Norman Holland）和戴维·布莱奇（David Bleich）的引领下，这些批评家认为，我们在阅读过程中形成和发现了我们的自我身份（self-identities）。

诺曼·霍兰德　20 世纪 70 年代初期，诺曼·霍兰德以弗洛伊德精神分析法为基础，提出了自己的理论与实践构想。他认为我们一出生就从母亲那里获得了一个原始身份。我们通过自己的人生经验又把这种身份个性化，并将它转化为我们自己个体化的**身份主题**（identity theme），身份主题因此成为我们观察世界的镜头。于是，文本阐释便成为运用我们自己的恐惧、欲望和需求去维持心理健康的重要事件。

像罗森布拉特那样，霍兰德也认为阅读过程是发生在文本与读者之间的交易。文本的确重要是因为它包含着自己的主题、结构与完整性。但是读者却将文本转化为一个私人世界，一个人们可以幻想［通过自我（ego）］的所在。而事实上，这些幻想经过文本调节后是能够被社会接受的。

在霍兰德看来，所有的阐释都是主观的。他的读者导向方法也表明，所谓的正确阐释之类的事情并不存在。这一点与新批评很不一样。从他的批评视角看，有多少个读者就有多少种有效的阐释，因为阐释行为不过是一种文本从属于单个读者的主观经验活动。

戴维·布莱奇　作为“主观批评”的创始人，戴维·布莱奇同意霍兰德对阐释过程所做的精神分析学解释，只是布莱奇又进一步弱化了文本的作用，否定了文本的客观存在。布莱奇主张，意义并非栖身于文本之中，而是某个读者通过与其他读者合作去获得文本的**集合意义**［collective meaning，布莱奇所谓的“阐释”（the interpretation）］时被开掘（*devel-oped*）出来的。只有当每个读者在小组中能清晰表达出他（她）自己对文本的个人反应时，这个小组才能一起合作商讨出意义。这种公共的、动机明显的商讨最终决定了文本的意义。

对于布莱奇来说，阐释的出发点是读者对文本的反应，而不是文本本身。布莱奇认为这些反应还不能构成文本的意义，因为在文本之内或对文本的反应之内无法发现意义。相反，文本的意义一定要从读者的反应之外加以开掘，即通过与其他读者反应的协作，通过与以往文学经验和生活经验的协作开掘出来。换言之，布莱奇在读者对文本的反应（布莱奇认为， 81
读者对文本的反应绝不能与读者的阐释相提并论）与读者的阐释或意义之间做出了区分，后者必须在课堂上或类似的公共场合中才能被开掘出来。

对于布莱奇和他的支持者来说，开掘文本意义的关键在于弄清楚读者对文本的反应，这样，那些反应将受到挑战、经过改进并被读者所在的社会小组接受。布莱奇之类的主观批评家认为，读者阅读文本时，可能会以异乎寻常或个人化的方式对文本中的某些东西做出反应。通过讨论，这些私人化的反应将会被读者社会小组中的其他成员清除。最终，小组将决定什么样的文本阐释是可以接受的。就像本章开头那位 D 同学的阐释一样，读者对文本中某些特殊部分的反应既个人化，又试图对这种个人反应客观化，然后宣称这就是文本的一种阐释。但是，只有通过与其他读者、其他文本的商讨——批评家称作互文性（intertextuality）的过程——读者才能开掘出文本的意义。

4. 两步法

虽然读者导向批评家都相信读者在发现文本意义时起着某种作用，但也仅仅是在作用的大小上存在争议。由于这些批评家赞同不同的理论假设，他们也就必然拥有不同的文本分析方法。根据当代批评家史蒂文·梅洛克斯（Steven Mailloux）[①] 的说法，所有的读者导向批评家都使用了两

① 史蒂文·梅洛克斯，美国当代文学批评家、文学理论家，著有《阐释的成规》等。——译者注

步法的步骤，并使之适应自己的理论。第一，这些批评家都认为，作品给读者提供了一项任务或一些要做的事情；第二，这些任务呈现出读者对那个任务的回应或回答。

例如，回到D同学的问题上来：本章开头，D同学的观点显示，她在文本中读到的一些东西触动了她对其朋友丽达的记忆。她的任务是找出文本中引发她记忆的东西以及引发的原因。随后，她从文本转移到了自己的想法、记忆与经验上。这些个人经验暂时遮蔽了文本，但她意识到，她的个人反应一定会在某种程度上被其同侪团体接受。于是她对比了丽达和费丝·布朗，也对比了她自己和丽达，从而在使自己个人感情客观化的同时也让她的阐释在其**阐释群体**（interpretive community，由读者导向批评家斯坦利·费什发明的术语，意指一群使用相同阐释策略的读者）中得到了普遍尊重。

当代读者导向批评家斯坦利·费什（Stanley Fish，1938— ）发明过**情感文体学**（affective stylistics）或**接受美学**（reception aesthetics）的术语，用来描述其阅读策略。与其他理论家一样，费什的文本分析法随着时间推移，并随着他定期增加理论与实践的关注已有所发展。费什目前的
82 看法是，意义存在于读者那里而非文本之中。而文本的意义则存在于个体读者所属的那个阅读群体（或费什所谓的阐释群体）当中。因此，文本的阐释依靠的是读者在一个或多个阐释群体中的主观经验。正是这个或这些群体才最终赋予文本以意义。与新批评家们不同，费什认为文本的客观性不过是一种假象，因为文本是白板（*tabula rasa*），是一块参与到阅读过程中的读者书写真正文本的空白石板。在费什看来，读者手捧文本就像面对罗夏墨迹（Rorschach Blot）①，读者把他们的理解投射到上面，如同经

---

① 其完整说法是“罗夏墨迹测验”（Rorschach Inkblot Method/Rorschach Inkblot Test）。此项测验由瑞士精神病学家罗夏（Hermann Rorschach）创立，是著名的投射法人格测验，其基本程序如下：精心制作10张墨迹图，其中7张为水墨墨迹图（纯黑白墨迹图5张，附有红色墨迹的黑白墨迹图2张），3张为彩色墨迹图。这些图片呈现于被试者时，其次序有严格规定。接受测试时，测试者会问：这看上去像什么？这可能是什么？这使你想到什么？……然后测试者对被试者面对图片的反应时间、附带动作等做出记录。此项测验的目的在于诱导出被试者的生活经验、情感、个性倾向等。被试者在讲述图片上的故事时，已把自己的心态投射到既定的情境之中了。——译者注

过了文化假设的过滤，而那些假设又是为一个或多个阐释群体所掌握的。实际上，正是读者决定了文本的形式与内容。以往的新批评假设认为，文本是决定其自身意义的自闭性系统或结构，但费什却认为读者而非文本才是至为重要的。

由于读者导向批评这个术语允许理论与方法中多种分歧的存在，当今许多批评流派如解构主义、女性主义、马克思主义和文化诗学声称，它们在这一宽泛的批评类型中都具有成员资格。每一种文本分析方法都为读者导向理论提供了它们自己的意识形态基础，同时又发展出一种独特的实用批评方法。这种兼收并蓄的景象预示着读者导向批评理论将会继续成长和不断发展。

五、问题分析

由于读者导向批评家使用了多种多样的方法，所以并无特别的问题清单可以囊括他们的所有关切。虽然如此，通过对纳撒尼尔·霍桑的小说《好小伙布朗》提出问题，你便能够参与到读者导向批评的理论与实践之中了。

- 谁是实际读者？
- 谁是隐含读者？
- 谁是理想读者？
- 谁是受叙者？
- 你在文本中看到的一些空白是什么？
- 你能列出一些期待视野并能说出在霍桑文本中它们从头到尾发生了怎样的改变吗？
- 运用姚斯对期待视野的定义，你能先自己试着发掘，然后再和同学们一起完成《好小伙布朗》的阐释吗？
- 在发掘你对《好小伙布朗》的个人化阐释时你能明确说出自己的身份主题吗？
- 运用布莱奇的主观批评，你能说出你对《好小伙布朗》的反应 83

与解读之间的区别吗？

● 在课堂上，你们可一起设计班级的阐释策略，以便获得《好小伙布朗》的意义。

● 当你阐释《好小伙布朗》时，你能举出你的阐释群体吗？或者你能说出你作为读者所隶属的那些群体吗？这样做，你便能确认这个或这些群体是如何影响你的阐释的。

六、批评与回应

与20世纪60年代以来出现的大多数批评流派一样，读者导向批评也是一个体现了多种批评立场的集合名词。不同于新批评那种“文本至上”（text and text alone）的阐释方法（即文本的意义被封装在文本自身当中），读者导向批评家强调文本中的读者，认为作为意义的生产者，读者的作用要比文本自身更重要。不同程度上，读者都会对创造文本意义有所帮助。在进入作品时，读者把自己的**前结构**（forestructure），亦即累积的人生经验、记忆、信念、价值观以及能使个体特别的其他特征带入阐释过程。为了理解文本——我们称之为阐释——读者前结构的因素会互动、交易或混合交融（依据读者的理论立场），因此形成真正的阐释。由于读者导向批评家认为是个体读者创造了文本的意义，所以读者导向批评宣称，任何文本并不存在唯一正确的意义，但是却有许多有效的阐释。对于读者导向批评家来说，阅读过程发生了什么以及读者如何阅读，才是他们最主要的关注所在。当然，他们对这些问题或与此类似问题的回答，却存在着相当大的分歧。

那些坚信文本而非读者创造意义的学者已对读者导向批评进行了严厉批评。如果同一文本的多种阐释可以同时存在，那么我们如何知道文本要表达什么呢？文本真的隐含了读者解读文本时所说的那种东西吗？真的没有清晰可描的阐释路线可循吗？文本中难道没有固定的价值观吗？如果读者是意义的生产者，那么读者阅读文本时的身心状况将直接影响到阐释，并形成一系列稀奇古怪的、常常被误导的、毫无意义的阐释。而在反应方面，读者导向批评家已提供了种种解答：从沃尔夫冈·伊瑟尔的空白理论，到露易丝·罗森布拉特的交易理论，再到斯坦利·费什那种非常相对主义的假设（只有读者与阐释群体一起创造文本，文本才能存在），不一而足。

如今，读者导向批评已不像它在20世纪60—70年代那样流行了。虽 84
然读者导向批评的理论假设和理论家们——露易丝·罗森布拉特、戴维·布莱奇、汉斯·罗伯特·姚斯、沃尔夫冈·伊瑟尔和诺曼·霍兰德——仍然影响着文学批评，并很可能在今后的几十年里继续发挥其影响，但是许多读者导向批评家现在更强调特定群体如何阅读，并形成了这样的问题：美国黑人会有不同于白人的阅读吗？女性如何阅读？男性如何阅读？男同性恋者或女同性恋者又如何阅读？换言之，不同的文学批评流派如女性主义、性别研究与酷儿理论，已接纳了读者导向批评理论的原则，再一次将理论家和批评家的注意力转移到了阅读过程和读者那里。

第五章　现代性/后现代主义、结构主义/后结构主义：解构

85 人人都凭一己之意，形成了语言中所呈现的思想，此思想与真理相距甚远。

——费尔迪南·德·索绪尔，《普通语言学讲演录》①

我们都是中介人、翻译者。

——雅克·德里达，“访谈”

① 这里参考了屠友祥的译文，有改动。参见［瑞士］费尔迪南·德·索绪尔：《索绪尔第三次普通语言学教程》（下称《第三次教程》），5页，上海，上海人民出版社，2007。此处的《普通语言学讲演录》（*Lectures on General Linguistics*）的汉语对应译本为《第三次教程》。此书与商务印书馆出版的、高名凯翻译的《普通语言学教程》（*Course in General Linguistics*）（1980年版）的不同之处在于，前者依据新近公布的孔斯唐丹（E. Constantin）的听课笔记整理而成，较忠实于索绪尔课程原意，且此笔记记录的是索绪尔第三次授课时所讲的内容（1910—1911），此时索绪尔的思想已趋于成熟；后者由索绪尔的学生巴利（C. Bally）和薛施蔼（A. Sechehaye）的听课笔记与索绪尔的札记重新组织而成，未收录孔斯唐丹的笔记内容，而且经过了编者增、删和改的再加工工作。以上内容参见屠友祥为《第三次教程》写的“绪言”。——译者注

一、现代性

> 现代性是短暂的、转瞬即逝的、因势而变的；这是艺术的一半，艺术的另一半是永恒与不变。
>
> ——波德莱尔，《现代生活的画家》①

对于许多历史学家和文学理论家而言，启蒙（或18世纪的理性时代）与**现代性**（modernity，源自拉丁语*modo*，意为“现在”）同义。现代性的根源肯定早于这一时期，有些学者甚至追溯至1492年，与哥伦布航行至美洲大陆的时间一致，而现代性的总体精神一直延续到20世纪中期。这一世界观的中心有两个突出特征：相信理性是人类生活的最好引导；相信科学高于人类的其他所有努力，能够引导人类走向新的乐土。从哲学上看，法国哲学家、科学家和数学家勒内·笛卡尔（René Descartes，1596—1650）奠定了现代性的基础。笛卡尔宣称，人类最终唯一不能怀疑的是自己的存在。确定性与知识都源于自我。“我思故我在”（“I think; therefore, I am”）因此成为知识与知识理论可以依赖的唯一稳固基础。对 86
于笛卡尔而言，理性的本质是从迷信、人类激情以及人类时常具有的非理性幻想中解脱出来，使得人类能够发现物质世界的真理。

笛卡尔的教谕将个体的理性本质与人类的推理能力提升到了新的高度，而弗兰西斯·培根（Francis Bacon，1561—1626）与伊萨克·牛顿爵士（Sir Isaac Newton，1643—1727）的科学著作和发现则同样让科学得以加冕。由于培根，科学方法才成为每个人的基础知识和高等学校教育的一部分。正是通过实验这种方法（即通过指导实验操作、归纳总结、检验结果）人们才能够发现物质世界的真理。也多亏了牛顿，物质世界才不再神秘，而是有了一套遵循规则系统运作的机械装置。这些规则系统能被任何一个好思考、有理性的人理解，他们愿意将这些科学方法的原理应用到物

① 这里参考了郭宏安的译文，有改动。参见［法］波德莱尔：《波德莱尔美学论文选》，485页，北京，人民文学出版社，1987。——译者注

质世界上。

被人类理性能力的空前信心（即探询和把握发现类似于数学提供的无可置疑的真理的必要条件的能力）和科学能够完全理解物质世界的保证武装起来之后，启蒙（即现代）学者被灌输了一种进步精神。这些学者相信，启蒙思想设定的任何目标都可以达到。通过理性和科学，一切贫穷、无知和不公都终将被消除。

在所有的启蒙思想家中，本杰明·富兰克林（Benjamin Franklin，1706—1790）或许是现代性特征的最典型代表。从富兰克林自传［以《私人生活回忆录》（*Memories De La Vie Privée*）之名于1791年在法国首次出版，1793年以《已故本杰明·富兰克林的私人生活》（*The Private Life of the Late Benjamin Franklin*）之名出英译版］中搜集到的有关他的自我描述表明，他是那种现代“哲人科学家”（philosopher-scientist）的原型。富兰克林自信地宣称，他“靠一己之力提升了自己”，通过教育克服了贫困和无知，成为美国首位国际知名和受人尊重的“科学家哲人外交官”。他相信个体心智的能量和力量，欣悦于自然世界并在年轻时就决定去了解和发掘宇宙的所有可能。在这一过程中，他抛弃了迷信和神话，倾心于能够引领他认识世界真理的科学。经过观察、实验以及从运用科学方法所发现的数据中归纳出的结论，富兰克林相信他可以获知那些能够指导他度过一生的必需的真理。

与笛卡尔相似，富兰克林并未放弃宗教，也未将它置换为科学。他秉持自然神论（deism）的信条，拒绝奇迹、神话和许多他称之为宗教迷信
87 的东西。他并不拒绝相信上帝存在的信仰。但他坚称，上帝馈赠给人类及每个个体的是，人可以成为自己命运的主人。据富兰克林所言，个体必须在他们自己内部寻求救赎。富兰克林认为，通过使用天赋的推理才能，并将这些理性能力与科学准则结合在一起，每个人都能体验并享受人类进步带来的乐趣。

对富兰克林和其他启蒙思想家而言，真理是通过科学发现的，而不是通过不可掌控、充满激情的想象，或者通过情感或直觉来获得的。事实上，通过科学方法来认识和发现的是那个现实：物质世界。富兰克林认为，所有人必须客观地认识这个世界，必须学习如何观察它并发现它的真理。

富兰克林总结道，自我确证、自我意识和自我成就是每个人都有的一种本质属性。考察这种包含在我们自己心中的天性，同时也通过理性思考和科学方法去考察我们的环境，是人类的道德责任，这样我们就能够学习并分享关于宇宙的真理。富兰克林宣称，我们献身于科学，献身于那些必将获得的伟大成果，人类的进步就会不可避免地来临，并将开创一个新的黄金时代。

富兰克林和现代的进步精神将人类的信念充分渗透到了 20 世纪之中。几个世纪以来，现代性的核心信条——现实可以被认识和研究，而且人类拥有理性思考的本质属性——成为许多哲学家、教育家和作家构建自己世界观的核心理念。简言之，现代性的核心特征如下：

- “自我”这一概念是有意识的、理性的和可以认知的实体。
- 现实可被研究、分析和认知。
- 通过科学可以发现客观而理性的真理。
- 科学方法论确实能够导向确定的真理。
- 检验真理的尺度是理性。
- 真理可以被证明。
- 进步和乐观主义是注重科学和理性的自然结果。
- 语言具有指涉性，表征着可以感知的世界。

作家和文学理论家（新批评家、结构主义者等）尤其相信文本是一种客观存在，因而可以被研究和分析，并得出与这种分析相应的结论。文本的实际价值和意义究竟是内在的还是外在的还存在争议；不过，审美文本的意义却是可以被发现和阐明的。这一涉及文本意义的基本假设很快就受到所谓的后现代主义所秉持的原则的挑战。

二、后结构主义或后现代主义 88

用最简单的话讲，我将后现代主义定义为对元叙事的不信任。

——让-弗朗索瓦·利奥塔，《后现代状况》

什么是真理？真理如何能被发现？什么是现实？有没有一个我们都能认可的客观现实？如果有，我们如何探查这个现实，以使所有人都能理解我们生活的这个世界，并靠这种知识走向成功？直到 20 世纪 60 年代末（伴随着一些明显的例外），现代性所推崇的并被富兰克林符号化（symbolized）的世界观，都为这些问题提供了可以接受并且行之有效的答案。对于富兰克林和其他现代思想家而言，再现现实的首选形式是地图。众所周知，地图是人类对已知的、已被发现的现实的详细再现。认可这种假设的旅行者通过阅读地图，可以看到一种世界图景，并获取诸如山峦、河流、平原、城市、沙漠以及森林等现实本身的准确图像。依靠这种现实的再现，旅行者便可以谋划出一番旅行。他们确信地图及其描绘的准确性。对于现代人的心灵来说，任何一个聪明人，只要他愿意去做，都可以认识和发现地图上描绘的客观现实。

然而，20 世纪 60 年代中期，随着德里达在后结构主义世界观下命名并描绘的解构理论的兴起，对现实的现代性理解方式受到挑战从而转向**后现代主义**（postmodernism）。后现代主义意谓“现代性之后”（after modernity）或“恰在当下之后”（just after now），来自意谓“当下”（just now）的拉丁语词根。对于德里达等其他后现代主义者来说，没有所谓的“客观现实”。他们认为，真理的所有定义和描述都是主观的，只是人类精神的产物。真理本身是相对的，取决于一个人生活中的自然、各种文化和社会对他的影响。因为这些后结构主义思想家断言，存在着多种真理，而非只有某个特定真理，所以他们宣称，必须拒绝现代性所持有的单一的客观现实的观念，而代之以多种不同的解释现实的观念（concepts），每一种观念都是对现实有效而可靠的阐释与建构。

后现代思想家拒绝现代性的话语表征（地图），而代之以拼贴画（collage）。与地图那种确定而客观的性质不同，拼贴画意味着总是处于流动状态，永远都在变化之中。观看地图的人要靠地图本身来获取意义和方向，而观看拼贴画的人实际上参与到了意义的生产之中。不像地图仅提供一种对现实的阐释，拼贴画则允许多种可能的意义存在——观者（或“读者”）可以将各种图片简单地组合并置在一起，从而不断变换拼贴画的意义。由此，每个观者都可以创造出他（她）自己的关于现实的主观图像。

说后现代主义是随着1966年德里达访美而突然出现在美国的文坛上， 89
自然是不准确的。究竟是谁发明了这一术语，尽管历史学家还存有争议，但是他们大致赞同该词最初出现于20世纪30年代。不过它的种子却早已在弗里德里希·尼采（Friedrich Nietzsche，1844—1900）的著述中生根发芽。因为《查拉图斯特拉如是说》（*Thus Spake Zarathustra*，1883）中的主人公——查拉图斯特拉宣告上帝已死，同时也为客观现实和终极真理的死亡敲响了丧钟。两次世界大战，基督教和个人主义影响的衰落，以及托马斯·奥尔蒂泽（Thomas Altizer）领导的新的神学家团体的出现（他们在20世纪50年代对尼采的"上帝已死"做出了回应），所有这些都加速了客观现实和寻求发现终极现实的自主学者（autonomous scholar）的没落。

从20世纪60年代开始直到现在，法国哲学家雅克·德里达（Jacques Derrida，1930—2004）、法国文化历史学家米歇尔·福柯（Michel Foucault，1926—1984）、美学家让-弗朗索瓦·利奥塔（Jean-François Lyotard，1924—1998），以及美国那位热诚的实用主义者理查德·罗蒂（Richard Rorty，1931—2007），都明确宣告了客观真理的死亡。这些后现代主义的主要发言人断言现代性已经失败，因为它寻求的是一种外部参照点（如上帝、理性和科学等）并在它上面建构哲学。对于这些后现代思想家而言，这种参照点并不存在，因为这个世界根本就没有终极真理和内在一致的元素，因此也不存在终极现实。

在后现代主义看来，剩下的所有东西只有差异。他们说，我们必须承认每个人都在塑造着自己对现实的认识。如此，现实便成为一种被个体所在的主流社会群体塑造的人为构建。不存在什么中心，也不存在含纳一切的客观现实，而是有多少人就有多少种现实。每个人对现实的阐释都必然是不同的。没有任何个体或团体能够宣称，凭一己之力就理解和占有了绝对真理。因此，包容他人的每一种观点就成为后现代主义的箴言。

因为后现代哲学被其信徒不断塑形、反复定义和明确表述，所以没有任何一个声音能够像富兰克林为现代性所做的那样，充分表征它或充当一个典型的代言人。不过，综合德里达、福柯、利奥塔和罗蒂的思想，我们可以推测那种具有代表性的后现代思想家或许会支持如下看法：

> 我相信，就像我的先辈那样，我们人类只有通力合作才能看到进步。学者独自一人在研究室勤奋工作的时代已经终结。来自各个领域的学者的合作至关重要。个人主义时代已然消逝，征服一切的时代也渐行渐远。现在是包容、理解和合作的时代。
>
> 因为我们的知识无论在过去还是将来都总是不完备的，所以我们必须关注一个新概念：整体论（holism）。我们必须认识到我们需要
> 90 彼此，其中包括我们对现实本质的各种认识。我们也必须认识到我们的理性或思想进程只是认识世界的诸多途径之一。我们的情感、感觉和直觉同样可以为我们提供对生活的有效阐释和指引。
>
> 我们终于认识到并不存在所谓的客观现实，并不存在终极真理，因为真理是相对的（perspectival），取决于我们生活在其中的共同体和社会群体。既然存在多种真理，我们必须学着接受彼此的真理观，并且学着在多元社会里和谐共处，在庆幸拥有差异的同时相互学习。
>
> 我们必须停下那种试图发现不可发现之物（绝对真理）的脚步，坦然接受如下现实：有些东西对一个人而言是对的，对另一个人而言则是错的。接受而非批评，开放胸怀而非锁闭心灵，兼容并包而非顽固偏狭，并且爱而非恨，这才应是我们生活的指导原则。只有到那时候——当我们停止谴责自己和他人"没有拥有、占有和了解真理"之时，我们才能用更多的时间来理解生活并赋予生活意义，我们一起工作和玩耍亦复如是。

当这些原则被运用到文学阐释中时，后现代主义者认识到，审美文本并不存在确定（*the*）意义（尤其是正确意义）这种东西。就像观赏一幅拼贴画，意义会随着读者与文本的互动而不断变化，因为意义并非嵌入文本自身之中。既然每个读者的真理观只是相对的，一个读者与文本互动时呈现的文本阐释也必然与其他读者的阐释不同。于是，对于每个文本而言，几乎都存在着无穷解，或者至少是有多少个读者就有多少种阐释。

总之，后现代主义的核心特征可以表述如下：

- 对解释现实的各种宏大元叙事（grand metanarratives）加以怀疑和拒绝。

- 变动不居的自我概念。
- 没有客观现实，但是有许多主观阐释。
- 真理作为主观的和相对的，取决于文化、社会和个人的影响。
- 没有“唯一正确的”关于终极现实的概念。
- 没有解释文本和现实的元理论。
- 没有“唯一正确的”的文本阐释。

三、从现代性到现代主义

植根于启蒙哲学和理念的现代性以及与之相伴的哲学、政治、科学和伦理观念，为自 18 世纪到 20 世纪中叶的智性思维提供了诸多思想基础。 91
然而，第一次世界大战标志着一个戏剧性的转折，这种情况尤其体现在艺术领域。从战争废墟中生长起来的艺术开始反思新的社会问题，强调衰败、失落和幻灭。现代主义这一术语是对延续在 1914—1945 年间的这场美学运动的命名，它质疑英国的维多利亚主义（British Victorianism）理念，反思两次世界大战带来的物质和心理灾难。W. H. 奥登（W. H. Auden）、T. S. 艾略特（T. S. Eliot）、弗吉尼亚·伍尔夫（Virgina Woolf）、埃兹拉·庞德（Ezra Pound）、W. B. 叶芝（W. B. Yeats）和萧伯纳（George Bernard Shaw）等作家，开始思考现代性的某些核心信念，譬如现实的客观状态和美学形式的确定性等。作家和艺术家采用意识流和复调叙事等非传统的文体（stylistic）手法，开始强调主观性，重视“看”和“读”究竟如何发生，而不是考察人们所看和所读的实际对象。以跨界（transnational）为特征，文学艺术家模糊了既定文类的多种区分，拒绝先前建立的美学理论；通过借用西格蒙德·弗洛伊德（Sigmund Freud）和卡尔·荣格（Carl Jung）的精神分析理论，他们倾向于强调作品中的无意识（unconscious）和潜意识（subconscious）因素。经过对个体的去中心处理并引入含混（ambiguity）与断片（fragmentation）的观念，现代主义开始将生活视为拼贴画而非地图。

部分原因是为了回应日渐增长的怀疑主义和生活与艺术中正在兴起的

无意义感，一种新的审视现实和语言的方法在 20 世纪 50 年代的法国出现了，这就是结构主义（structuralism）——此术语由俄国形式主义者罗曼·雅各布森（Roman Jakobson）于 1929 年发明。结构主义强调的是整体统一以及交流和社会行为诸形式的意义。

以**结构主义语言学**（structural linguistics，语言科学）为基础，结构主义使用语言学的技巧、方法和语汇，为我们如何在文学作品以及各种文化中获取意义提供了一种科学视角。

要理解结构主义，我们必须将结构主义的历史追溯到费尔迪南·德·索绪尔（Ferdinand de Saussure）的语言学著作和理论。索绪尔是一位生活在 19 世纪末 20 世纪初的瑞士教授和语言学家。正是他的语言科学研究和语言理论为结构主义的独特文学分析方法提供了基础。

四、结构主义发展史

1. 索绪尔之前的语言学

整个 19 世纪和 20 世纪早期，**语文学**（philology）而非语言学（linguistics）才是科学地研究语言的学科。其实践者即**语文学家**（philolo-
92 gists），通过描述、比较和分析世界各地的语言以发现它们的相似和关联。他们研究语言的方法是**历时的**（diachronic），亦即他们追溯语言在长时段内的变化。举例言之，就是去发现一种语言的特定现象（如一个语词和语音）几个世纪以来是如何在**语源学**（etymologically）和**音位学**（phonologically）的意义上发生变化的，而相似的变化是否也出现在其他语言那里。运用一种因果关系作为其研究基础，语文学家就把侧重点放在了语言的历史发展上。

这一研究重心反映了 19 世纪的语文学家关注语言本质的理论假设。他们坚信，语言映照出了它所模仿的世界的结构，因而语言本身没有结构。这一语言学假说以语言的**模仿理论**（mimetic theory）而知名，它坚持认为词语（无论是口头的还是书面的）是世界上各种事物的标记（symbol)，每个词语都有它自己的**指称物**（referent），即被那些词语表征或标记的对象、概念或理念。根据这一理论，标记（词语）就是事物：

标记（词语）＝事物

2. 索绪尔的语言学革命

在20世纪的头十年，瑞士语文学家和教师费尔迪南·德·索绪尔开始怀疑这些长期占据统治地位的观念，由此触发了一场语言研究的变革。索绪尔通过自己的研究和富于革新精神的理论，扭转了语言学研究的方向和主旨。他的《普通语言学教程》(*Course in General Linguistics*）是他1906—1911年间所授课程的笔记，在他去世后由其学生编选而成，出版于1916年。该书是现代语言学最有影响的著作之一，是结构主义文学理论与批评实践的奠基之作。经过现代语言学这一开创者的努力，19世纪的语文学演进为20世纪更为丰富的语言科学。

索绪尔通过肯定19世纪的语文学家如格林兄弟（the Grimm brothers）和卡尔·维尔纳（Karl Verner）使用的语言研究的历时方法的有效性和必要性，开始了他的语言学革命。凭借这一历时方法，这些语言学家发现了几个世纪以来主宰印欧语系（英语所属的语言群落）辅音发音变化的规则。在不放弃历时地考察语言的同时，索绪尔引入了**共时的**（synchronic）研究方法——一种聚焦于特定时刻［单一（single）时刻］的特定语言、强调那一时刻特定语言的整体状态的方法。其关注点在于语言及其组成部分如何运作，而不是像历时研究那样追索单个要素的历史演变。 93
通过凸显语言系统的活动以及它如何共时运作而非历时演化，索绪尔使人们注意到语言的本质、构成及其组成部分。例如，随着索绪尔对英文发音*b*的音位学意义上的前身的考察（像在词语中对*boy*进行历时分析那样），他还开辟了一条新的研究路径，即研究在现代英语使用者那里，语音*b*与同时使用的其他语音是如何发生关联的。这种新的关切使得对语言理论的反思和对语言研究目的的重估成为必然，它最终催生了索绪尔所阐述的现代语言学的基本原理。

与许多同时代的语言学家不同，索绪尔拒绝语言结构的模仿理论。从其立场出发，索绪尔坚持认为语言主要由其内部结构和高度系统化的规则决定。这些规则统摄了语言的所有方面，包括说话人认为有意义的发音，将各种发音组织到词语之中的组合，以及在既定语言中组织这些词语来产生有意义的交流的过程。

3. 语言的结构

在索绪尔看来，一切语言都由它们自身的内部规则统摄，并不反映或模仿世界结构。索绪尔强调语言的系统性，坚称语言的基本构成单位是**语素**（emes）。语言学家的任务是确认这些单位（有时称为范式或模型），并且（或者）在给定语言（如字母表上的字母）中确认这些语素在记号之间的关系。在调查环境变化的情况下，当语素出现于语言学家的母语或它们处于不熟悉的语言中时，这项工作就变得尤其困难。根据索绪尔的说法，语言的基本构成材料或单位是**音位**（phoneme）——语言中最小的有意义的（重要的）声音单位。不同语言的音位数量是不同的，在各种语言中，音位最少的语言总共有大概 11 个音位（如罗托卡特语，在巴布几内亚大约有 4 000 人使用，该国位于新几内亚东部的一座岛屿上）；最多的有 112 个，主要出现在一些声调语言（tonal language）[1] 中。例如，美式英语因为讲话的口音不同，包含大约 43 个到 45 个音位。尽管讲美式英语的本地人也能发出其他语言才有的音位音，然而正是这 45 个区分音才是美式英语的构成材料。譬如，单词 *pin* 的第一个音位是/p/，第二个是/I/，最后一个是/n/。音位的书写形式是用斜线括起来的**字母**（grapheme）——用来表示音位声音的书写标记。

94 尽管对讲特定语言的人来说，每个音位都形成了一种有意义、可辨认的区分音，但实际上，一个音位又是由名为**音位变体**（allophones）的许多几乎相同的言说声音构成的。例如，在 *pit* 一词中，第一个音位是/p/；

---

① 人类所用的语言，可以分为“声调语言”与“非声调语言”。“声调语言”是指发同一个语音时，长短、高低不同的声调，会构成不同意思（即语意或语义）的话语与含义。“非声调语言”指语音声调的不同长短只表示出语气，而不会影响其语意之语言。概而言之，欧美各国的拼音语言属于非声调语言，而很多东方的语言（如中文）或某些非洲的语言（如丁卡语），就属于声调语言。——译者注

在 *spin* 一词中，第二个音位是/p/。尽管音位/p/同时出现在了两个词语中，它的发音却略有差异。为确证这一说法，你只要将你的手掌放在距你的嘴巴两英寸[①]的地方，先读 *pit*，紧接着读 *spin*，你马上就能注意到二者的不同。同一音位的这种略有差异的发音，仅是音位/p/的两个不同的音位变体。

我们很难区分声音的差别，很难知道音位的发音变化何时会影响音位群（a group of phoneme，也就是词语）的意义，也很难知道语言中一个不明显的音位发音变化（音位变体）在语言学上是否有意义。例如，在英语中，字母 *t* 表示/t/音，然而它在英文单词中，是否无论何时何地都只有一种区分性发音呢？比如，*t* 在单词 *tip* 中的发音是否和它在 *stop* 中的发音一致呢？显然不是。第一个 *t* 是**送气音**（aspirated），或者说发声时伴有强气流，它比 *stop* 中 *t* 音的送气强得多。然而，说英语的人仍然能够判定两个词语中的 *t* 音是同一个音位或不同的声音。如果我们将 *tip* 中的 *t* 替换为 *d*，就得到了 *dip*，两个单词的差别是/t/和/d/的声音。进一步分析，我们会发现，这些声音在我们口腔中的发音部位是一样的，但是有一样差别：/d/是**发声的**（voiced），或者说发音时声带振动；/t/则是**不发声的**（unvoiced），发音时声带静止。/t/和/d/的声音差别，使得我们可以说/t/和/d/是英语的音位或区分音。无论语素是声音还是最小的语法单位，如在英语词尾加 s 构成复数形态或一种语言的其他区分范畴，索绪尔的基本前提是：在任何语素中，差异产生区分。

在所有的语言中，音位和音位变体如何组织自己以形成有意义的言说，并不是任意的，而是由讲这种语言的人长期发展出来的一系列预定规则所掌控。例如，现代美式英语（1755 年至今）中，没有任何单词是以/m/和/b/这两个音位结尾的。中世纪英语中（1100—1500 年），这两个音位却能结合成一个单词的最后两个音。如在单词 *lamb* 中，/m/和/b/都发音。随着时间推移，英语口语的发音规则已经改变，所以当 *lamb*（羔羊）出现在现代英语中时，/b/已经失去了它的音位（phonemic）价值。研究控制语言系统中有意义的声音单位的规则的学科是**音位学**（phonology），

---

① 1 英寸约为 2.54 厘米。——译者注

而研究这些发音如何产生的学科是**语音学**（phonetics）。

除了音位，语言的另一个主要构成材料是**词素**（morpheme）——词语中具有词汇和语法意义的最小单位。**词汇**（lexical）意义指的是一个词
95 语基本的或根本的意义，而**语法**（grammatical）意义指的是那些表达词语或词群关系的语言要素，如承载了时态、数量和性别等意义的**词形变化**（inflections）{-ed}、{-s} 和 {-ing}（在印刷时，词素一般置于大括号中）。与音位相似，词汇词素与语法词素在不同语言中数量不一。在美式英语中，词汇词素的数量远高于语法词素的数量（10 个左右）。例如，在单词 *reaper* 中，{reap} 是词汇词素，意为“梳理亚麻”，{-er} 则是语法词素，意为“某人”。所有词语都必须有一个词汇词素（因此它们数量巨大），但是并不是每个词语都必须有一个语法词素。各种词汇词素和语法词素是如何结合成词语的，受到规则的高度控制。在现代语言学中，这种研究被称为**形态学**（morphology）①。

语言结构的另一个主要构成材料是词语在句子中的实际组合，即语言的**句法**（syntax）。正如音位和词素在单一词语中的安排是在规则控制下的活动，句子中的词语排列亦是如此。例如，尽管以英语为母语的人能够理解“约翰抛球向天空”（John threw the ball into the air）这个句子，然而他们却很难理解“抛天空向球约翰”（Threw air the into ball the John）这个句子。为什么呢？因为以英语为母语的人已经掌握了哪些词素排列是句法规则所允许的，哪些则不被允许。违背规则的词素排列就无法形成英语句子，这种情况被称为**不合语法的**（ungrammatical）。遵循既有句法结构的词素排列被称为**句子**（sentences）或**符合语法的句子**（grammatical sentences）。大多数英语句子，例如，主语（“约翰”）在动词（“抛”）之前，它后面是补语（“球向天空”）。如果一个说英语的人的意思能让人理解，那是因为尽管这种结构有时可有更改，但这种变化必须严格遵循上述句法规则。

在确立了语言的基本构成材料（音位、词素、词汇和句法）之后，语言还为我们提供了词语组合引起的用来控制各种阐释和意义细微差别的一

① morphology，又译词态学、构词学。——译者注

系列额外规则，即**语义学**（semantics）。与词素（其含义可在任何一本好词典中找到）不同，也不同于语言的词库——**词典**（lexicon），**语义特征**（semantic features，显现意义各个方面的丰富词汇）是不易界定的。例如，请思考如下句子：

“朱塞佩是个疯子。”（“Giuseppe is a nut.”）①

“我在华盛顿南街发现一封信。”（“I found a letter on South Washington Street.”）②

“罗斯蒂，冷静。”（“Get a grip，Rusty.”）③

要理解这些句子中的任何一句，说话人或读者都需要理解制约英语句子的语义特征，因为上面的每句都有几种可能的阐释。要理解第一句，读者要掌握**隐喻**（metaphor）概念；要理解第二个句子，读者要理解词语的 96
含混性；要理解第三个句子，读者要知道习语结构。除非读者和听者能够有意或无意地知道和理解这些句子的语义特征，否则就会出现理解问题。与语言的其他构成材料一样，对于任何语言而言，理解语义都是无障碍交流的必要条件。

4. 语言结构与言语

到五六岁时，以英语或其他语言为母语的人就已经有意无意地掌握了他们语言的复杂规则系统或**语法**（grammar），即他们语言的音位学、词素学、句法和语义学，这使得他们能够参与到语言交流之中。事实上，这些年轻的说母语的人已经掌握了他们语言的**描述性语法**（descriptive grammar），即语言的实际用法，说话人在使用该语言时不必参照既有的正确规范或“好”与“差”的用法。然而，他们并未掌握其语言的精深部分，即他们语言中所有的语义特征，他们也未掌握语言的**规范性语法**（prescriptive grammar），即被指定的英语使用规则，多由 18 世纪与 19 世

① nut 意为“坚果”，在美国俚语中也是骂人的话。——译者注

② letter 意为“字母、信件”。on 既可表示“在……地方”，也可表示“关于……话题”。——译者注

③ get a grip 有“恢复自制力，改进行为”的意思，但作为名词，grip 常见意义为“紧握、控制、手提包、了解、手柄”等。——译者注

纪的语言纯正癖者（purist）提出、宣传和强化，他们认为有些特定语法结构是所有受过教育的人应该知道和能够使用的。例如在"It is I."这个句子中，不及物系动词后面要跟主语代词。那些五六岁的说母语的孩子，习得的是索绪尔所谓的语言结构（langue），即所有说这种语言的人都掌握和共享的语言的结构。

尽管语言结构强调的是语言的社会方面和对整个语言系统的理解，但是索绪认为个体实际说的话是**言语**（parole），亦即被叠加在语言结构上的语言特征（如说话者声音洪亮或语调轻柔）。例如，两个人都可以说出同样的句子："我看见一只耗子。"但一个人宽音大嗓地说而另一个人低声细语地说，效果并不一样。这两种说话方式都是言语和个人如何将语言个性化的例子。说话者可以形成无数的个人表达（言语），但所有这一切都是被语言系统（语言结构）控制的。索绪尔认为，语言学家的任务正是要从对许多言语个案的分析中总结出语言结构。换言之，对索绪尔来说，语言学真正应该研究的是系统（语言结构），而非说话者的个人表达（言语）。

5. 索绪尔对词语的重新界定

在确立了语言是依据可验证的规则运作的系统，且需要从历时和共时
97 两个角度检验这个系统之后，索绪尔重新考察了词语的语文学定义。他拒绝人们历来认为的词语是一种等同于事物（它的指涉物）的标记的观念，认为词语是**符号**（signs），它由两部分组成：**能指**（signifier，写出或说出的标记）和**所指**（signified，概念）。

$$符号（Sign）= \frac{能指（Signifier）}{所指（Signified）}$$

例如，当我们听到 *ball*（球）的声音时，这种声音是能指，而进入我们脑海中的那个"球"的概念是所指。如同纸之两面，语言符号也是这两种因素的结合。索绪尔说，正如氧气与氢气结合形成了水，能指和所指的结合形成了符号。但是符号的属性与构成符号的能指和所指这两部分的属性并不相同。索绪尔认为，词语代表符号，而非现实世界的指涉物。此前的数代语文学家认为，我们感知事物（词语＝事物）并将它们转换成多种语词单位或意义。与他们不同，索绪尔坚称我们感知的是符号，从而变革

了语言学。

进而言之，索绪尔宣称语言符号是任意的（arbitrary）：能指（*ball*）与所指（球的概念）的关系是约定俗成的。说某种语言的人会简单地认为，*ball* 表征的书面或口头的声音或标记等同于 *ball* 的概念。索绪尔认为除了少数例外，能指与所指之间没有任何天然的（natural）联系，语言符号与它表征的东西也没有任何天然联系。

正如索绪尔强调的那样，如果语言符号和它表征的现实之间没有任何天然关联，我们又如何知道符号之间的差异呢？换言之，语言如何产生意义？索绪尔说，我们知道符号的意义，是因为它不同于所有其他符号。通过将一个符号和其他符号进行比较和对比，我们学会区分单个符号。单个符号仅在其所属的语言结构中才有意义（或指意）。

对索绪尔而言，意义因此是关系性的，并且是与差异有关的问题。例如，在构成我们语言的声音标记（sound markers）系统中，我们知道 *ball*，是因为我们能将它与 *hall*、*tail* 和 *pipe* 区分开来。同样，我们知道“虫子”（bug）这一概念，是因为它与“卡车”（truck）、“草地”（grass）和“风筝”（kite）等概念不同。正如索绪尔所言，“在语言中，只有差异”。

因为符号是任意的、约定俗成的和有差异的，所以索绪尔推断出正确研究语言的方法并非研究单个实体，而是研究符号间的关系系统。例如，他强调单个的词语仅靠自身不可能有意义。因为语言是一种控制着声音、词语和其他组成要素的规则系统，所以单个词语只有在这个系统中才能获取意义。索绪尔宣称，要了解语言和其运作方式，我们必须研究系统（语言结构），而不是去研究依据语言结构规则运作的个人表达（言语）。 *98*

对索绪尔来说，语言是结构我们这个世界的首要符号系统。他认为，语言的结构并非不同于任何其他社会行为的符号系统（如时尚、餐桌礼仪和体育等）。和语言相似，所有这些社会行为的表达都通过符号系统产生意义。索绪尔推出了一种称为**符号学**（semiology）的新科学，用来研究我们如何通过这些符号在所有的社会行为系统中制造意义。索绪尔宣称，鉴于语言是所有这些符号系统中主要的且最有特色的符号系统，它将是符号学的首要分支。所有其他符号系统的研究都将仿效语言研究，因为和语言符号相似，所有符号的意义都是任意的、约定俗成的和有差异的。

尽管符号学从未像索绪尔预想的那样成为一门重要的新科学，但身为哲学家和教师的查尔斯·桑德尔斯·皮尔士（Charles Sanders Peirce，1839—1914）却在美国几乎同时提出了一门相似的科学——**符号论**（semiotics）。这门科学借用了索绪尔使用的语言学方法，并将其应用到各种有意味的文化现象之上。这门科学认为，社会中的意义可以被系统地加以研究，既研究这种意义如何发生，也要去理解使它运作的结构。符号论旨在区分各种各样的符号，在今日已持续发展为一个独特的研究领域。由于符号论使用的结构主义方法来自索绪尔，所以它和结构主义是经常互换的术语，然而前者表示一个明确的研究领域，后者则主要是一种分析途径和方法。

五、结构主义的理论假设

结构主义者的研究有几种称谓：结构主义、符号论、**文体学**（stylistics）和叙事学等。他们的语言词汇、理论和方法多借自索绪尔，少部分借自皮尔士。他们认为，代码、符号和规则掌控着所有人类社会的和文化的实践，包括传播。不管那些传播是时尚语言、体育语言、教育语言、友情语言还是文学语言，每个都是被规则支配的代码（符号）的系统结合。结构主义者试图找到这些代码，他们认为这些代码能为所有社会和文化习俗及行为赋予意义。所以，他们认为恰当的研究意义（以及现实）的方法是探究这些实践背后的系统，而非个别实践本身。他们的目的是发现这些不同部分是如何结合在一起并运作的。

结构主义者在系统的各种成分的关系中发现意义。这些原则用于文学
99 时，就具有了革命性。对结构主义者而言，恰当的文学研究如今包括探寻那些与阐释行为本身密切相关的种种状况（文学如何传达意义），而非深入研究单个文本。因为单个作品只能传达系统的部分价值和信念，结构主义者强调的是借助文本相互关联起来的系统（语言结构），而非检视孤立的文本（言语）。他们相信，研究制约文学阐释的规则系统是批评的首要

任务。

这种观念假定文学结构与语言结构相似。结构主义者认为，就像语言一样，文学是由语言构成的封闭的规则系统。文学如同语言，除了自身的规则制约和受社会约束的系统，没有任何外部指涉物。结构主义之前，文学理论家依循文学惯例讨论小说、短故事或诗歌等文类或类型。人们认为，每种文类都有自己的惯例或公认的与可接受的反映和阐释人生的方式。譬如，在诗歌中，诗人可以用非句子（nonsentences）写作，使用象征和其他比喻语言（figurative language）形式来表述主题或发表论点。对于那些前结构主义的理论家来说，恰当的文学研究是考察这些惯例，并考察单个文本如何采用适宜的惯例来形成意义，以及读者如何以这些相同的惯例去阐释文本。然而，结构主义者拈出他们认为能够传达文本意义的代码系统。对他们来说，文本如何传达意义而非传达了什么意义才是他们的阐释方法论的核心，例如他们尤其关注象征和隐喻是如何传达意义的。譬如，在纳撒尼尔·霍桑的《好小伙布朗》中，大部分读者都假定森林的黑暗等同于邪恶，灯的意象则代表着安全。结构主义者特别感兴趣的是黑暗*如何*（而非*那个*黑暗）表征邪恶。一个结构主义者会问，为什么黑暗在所有文本中常常表征为邪恶，是什么样的符号系统或代码在运作，使得读者将读过的所有或大部分文本中的黑暗互文性地阐释为邪恶。对于结构主义者而言，象征和其他文学手法如何运作才是至关重要的，而并非文学手法如何模仿现实或表达感情。

除了强调文学系统而非单个文本之外，结构主义宣称它将文学去神秘化（demystifies）了。结构主义者说，通过将文学解释为一种处于某种文化框架内并借该文化框架得以运作的符号系统，文学作品就不再能够是存在于作者和读者之间的神秘的或神奇的关联，也不再是读者和作者共享情感、观念和真理的地方。对读者如何阐释文本做科学与客观的分析，而非对任何一个文本做出先验的、直觉的或交易性的（transactional）回应，才是有意义的。同样，作者的意图也不能再等同于文本的整体意义，因为 100
意义由制约作者的系统而非作者本人的癖好决定。文本的意义也不再是仅仅存在于自身内部的自主文本。结构主义者宣称，所有文本都是互文的（intertextual），是意义共享系统中的一部分，而并不存在特殊的文本。换言之，所有文本都将读者引向其他文本。结构主义者认为，意义能被表达，只有通过这个关联共享系统，而不是通过某个作者陈述的意图、读者的私人经验或公共经验。

结构主义宣称孤立的文本和作者的重要性微乎其微，它试图剥离出文学中那种只有受过高等教育的少数精英群体才能发现的神秘力量或所谓的隐秘意义。它宣称，通过分析构成文学本身的规则系统，意义就可以被发现。

六、结构主义的方法论

与其他文本分析方法相似，结构主义既不依循某种方法论策略，也不依循某套意识形态预设。尽管大多数结构主义者使用索绪尔的诸多观念来建构他们的理论假设和文学理论基础，但是如何把这些假设付之于文本分析，变化往往很大。对以下五位结构主义者或其从属群体做简要考察，将有助于凸显结构主义不同的文本分析方法。

1. 克劳德·列维-斯特劳斯

20 世纪 50 年代到 60 年代，最早将索绪尔的语言学原则用于叙事话语的学者型研究者（scholar-researchers）之一是法国人类学家克劳德·列维-斯特劳斯（Claude Lévi-Strauss，1908—2009）。为神话的丰富象征（symbols）所吸引，列维-斯特劳斯多年致力于研究世界各地的神话。他假定，神话和语言一样拥有结构。因此，任何单个神话都是言语的例证。他想要发现的是神话的语言结构，是神话那种使得单个例证（言语）得以运作并具有意义的总体结构。在《神话结构研究》（“The Structural Study of Myths”，1955）一文中，列维-斯特劳斯阐述了他的结构分析，说明为何世界各地不同文化的神话看起来相似。他坚称，所有神话的相似性都可归因于结构层面。

列维-斯特劳斯读过不计其数的神话之后，确定出了贯穿在这些神话中反复出现的主题。这些主题超越文化和时间，直接与所有人的精神和心灵交谈。这些列维-斯特劳斯称之为**神话素**（mythemes）的基本结构，与构造语言的要素（音位）相似。像音位一样，神话素通过它们在神话结构 101
中彼此的关联获取意义；也像音位一样，这些关系常常包含对立。例如，音位/b/和/p/相似，因为它们发音时都用嘴唇突然阻断气流。它们的不同或相反之处仅在一个方面：气流经过气管时声带是否震动（分别是发声和不发声）。在实际说话时，声带震动发/b/，而声带不震动发/p/。同样，神话素也通过对立获取意义。恨或爱某人的父母，爱上一个爱你或不爱你的人，以及抚育或遗弃某人的孩子，都是神话素的双重性或对立性的例证。制约神话素如何组合的规则构成了神话的结构或语法。因而，每个神话的意义都取决于故事内部神话素的互动和次序。神话的意义就源于这种结构模式。

运用到具体的文学作品中时，神话的互文性（intertextuality）就变得很明显了。例如，在莎士比亚的《李尔王》（*King Lear*）中，当主人公李尔王对他的两个年长的女儿里根（Regan）和贡纳莉（Goneril）充满信赖时，他过高估计了孩子们的价值和对他的支持，以致期望她们在他晚年时来照料他。当他驱逐最小的也最爱他的女儿考狄莉亚（Cordelia）时，他也低估了孩子们的价值和对他的支持。如同音位/b/和/p/之间的二元对立，当我们阅读《李尔王》时，对爱的高估和低估的二元对立就自动出现了，因为这类神话素存在于不计其数的其他文本中，并能马上唤起读者的情感。

正如我们无意识地掌握了自己的语言结构，我们同样也掌握着神话结构。列维-斯特劳斯认为，我们掌握这些结构的能力是内在的。和语言相似，神话仅仅是我们分类和组织我们的世界的另一种方式。

2. 罗兰·巴尔特

在研究和写作上回应列维-斯特劳斯的是他的同辈——卓越的法国结构主义者罗兰·巴尔特（Roland Barthes，1915—1980）。巴尔特对结构主义理论所作的贡献可完美总结在他那个最著名的文本《S/Z》（*S/Z*，1970）的书名上。巴尔特指出，在奥诺雷·巴尔扎克（Honoré Balzac）的《萨拉辛涅》（*Sarrasine*）中，第一个 s 的发音与 *snake* 中 s 的发音相同，第二个 s 的发音与 *zoo* 中的 z 相同。/s/和/z/这两个音位，是**最小对位体**（minimal pair），即两个音位都是用同样的发音器官并在口腔同一部位发出，不同点在于/s/不发声（声带不震动），而/z/发声（声带振动）。与其他的最小对位体（如/p/和/b/，/t/和/d/，/k/和/g/）相似，这个对位体
102 也以巴尔特所谓的**二元对立**（binary opposition）的方式运作。即便在一个音位内，也存在二元对立，因为正如索绪尔提醒我们的，音位是一系列几乎同一的声音，被称作音位变体，它们通过轻微改变发音但不改变可辨识的音位，从而造成**语音学**（phonetically）意义上的不同。巴尔特倚重并深入发展了索绪尔的思想，提出所有语言都是建立在二元对立（也就是差异）之上的自我封闭系统。

之后，巴尔特将他的假设（即差异产生意义）运用于所有的社会语境之中，包括时尚、家庭关系、饮食和文学等。当付诸文学时，单个文本仅是信息（message，言语的例证），必须用形成整个系统（即语言结构）基础的恰当代码、符号或二元对立来阐释。巴尔特说，唯有通过辨识文本中的代码或二元对立，才能解释文本中加密的信息。例如，大多数读者读霍桑的《好小伙布朗》会凭直觉知道，当好小伙布朗步入森林时，会正面遭遇邪恶。为什么？因为我们似乎都已知晓的代码或二元对立，即光亮意味着善，而黑暗意味着恶。布朗走进了阴暗的森林，离开了灯火明亮的家，仅是为了寻找虚假的焰火发出的邪恶的“迷惑之光”。那焰火照亮了施洗的器具，它们依然归于撒旦军团名下。通过发现文本中的其他二元对立和表明这些对立是如何相互关联的，结构主义者就能解密霍桑的文本并解释其意义。

这一过程抛弃或祛除了作家、任何历史或文学阶段，以及特定文本要素或文类的重要性。这种方法展示了与语言结构本身提供的代码有关的解密文本的步骤，而不是去发现文本中的任何真理因素。

3. 弗拉基米尔·普洛普与叙事学

扩大了列维-斯特劳斯的神话语言学模型之后，一些被称为**叙事学家**（narratologists）的结构主义者开启了另一种结构主义：**结构主义叙事学**（structuralist narratology）——一种叙事的科学。与索绪尔和列维-斯特

劳斯一样，这些结构主义者阐明了故事如何从其总体结构（语言结构）而非每个故事孤立的主题中生发出意义。叙事学的核心关切是文本的叙事结构。叙事学家要问的是：叙事的构成部分的相互关系是什么，这些部分又是如何构建叙事本身的？制约情节构造的“法则”（rules）是什么？制约视点、叙述者以及受众构造的“法则”呢？ 103

和其他批评家一样，叙事学家修正并借用了来自其他阅读策略的观念，用来形成他们自己的观念。叙事学同时从法国结构主义者（如列维-斯特劳斯）和俄国形式主义批评家如弗拉基米尔·普洛普（Vladimir Propp，1895—1970）那里借用了一些原理。普洛普在其影响甚巨的文本《民间故事形态学》（*Morphology of the Folktale*，1928）中，研究了俄国民间故事以破解它们的语言结构。根据他的研究，所有的民间传说或神话故事都基于31个固定要素，或者普洛普所谓的以既定顺序出现的**叙事功能**（narrative functions）或**叙事素**（narratemes）。每个功能都能识别出一些可以预见的模型，其中核心人物（如英雄、反面人物或帮手等）扮演推动故事情节的角色。任何故事都采用诸多要素中的一些要素，诸如“接受召唤去冒险”、“认出英雄”以及“惩罚反面人物”，但是每个要素的出现都有自己的逻辑和恰切序列。其他批评家尤其是保尔·维赫维莱宁（Paul Vehvilainen），将普洛普的31个功能项简化为常以同样的顺序出现的五种系统，这一点与普洛普的理论相近：

（1）存在着某种缺憾。

（2）这一缺憾驱使英雄不断追寻，用来消除这种缺憾。

（3）在追寻中，英雄遇到了神奇的帮手。

（4）英雄经受一个或更多考验。

（5）通过考验后，英雄得到奖赏。

和普洛普的31个叙事素一样，这五个简化的基础功能适用于绝大多数神话故事。

运用普洛普的叙事学原理来分析具体的文学作品既有趣又简便。例如在纳撒尼尔·霍桑的短篇小说《好小伙布朗》中，主人公（protagonist）被派了一个任务：天黑后去森林见一个人。刚走进森林，布朗就遇到了反面人物，此人试图把布朗越来越深入地带到森林腹地。各种帮手继而出现来推进情节发展，直到主人公或英雄完成了任务，此时古德曼·布朗似乎也逃出了邪恶的掌控。

4. 茨维坦·托多洛夫和热拉尔·热奈特

另一个叙事学家，法籍保加利亚裔的理论家和哲学家茨维坦·托多洛夫（Tzvetan Todorov，1939—　）认为，所有的故事都由语法单位构成。对托多洛夫而言，叙事句法（故事的各种语法要素是如何组合的）是根本所在。通过将一个更为精密的语法模型运用到叙事上（将文本分割为语义、句法以及言辞等方面），托多洛夫相信人们能够发现叙事的语言结构
104 并构建叙事语法。他认为，每个句子基本的阐释单位首先是合乎语法的分句，然后依次是主语和动词。它们也能从语言上予以分析，并进而分解为各种语法范畴，以显示所有叙事是如何被结构的。托多洛夫感兴趣的是，单个文本（言语）可作为整体上（语言结构）描述文学的综合性能的手段。

其他叙事学家，如法国理论家热拉尔·热奈特（Gérard Genette，1930—　），同样发展出分析故事结构、解释故事意义的方法。热奈特的理论基于早于他的叙事学家（也有部分来自俄国形式主义者）的著作，并增加了一两个额外要素。热奈特再次将许多修辞学术语引入文学理论和批评之中。比如，他认为比喻或修辞手法尤其需要读者注意。热奈特的著作《修辞五项》（*Figure I-V*，写于 1967 年至 2002 年间的系列文章）分为五个部分，特别是他的《叙事话语：方法文集》（*Narrative Discourse*：*An Essay in Method*，1979）极大影响了美国和法国结构主义的语汇与方法论。

尽管这些叙事学家提供给我们的文本研究方法多种多样，但其中都涉及描述语言的词汇——**元语言**（metalanguage），这样我们就能明白文本如何传达意义，而不去关注文本的意义是什么。

5. 乔纳森·卡勒

20 世纪 70 年代中期，康奈尔大学的英文和比较文学教授乔纳森·卡

勒（Jonathan Culler，1944—　）成为结构主义在美国的代言人，由此转变了结构主义的发展方向。卡勒在《结构主义诗学：结构主义、语言学和文学研究》（*Structuralist Poetic*：*Structuralism*，*Linguistics*，*and the study of Literature*，1975）中认为，叙事学家使用的抽象语言模型倾向于关注言语，在分析单个故事、诗歌和小说上耗费了太多时间。他认为真正重要的是要回到索绪尔的首要前提上，对语言结构进行考察。

卡勒认为，读者一旦有机会，就能以某种方式领悟最为怪诞的文本意义，因为读者具备卡勒所谓的**文学能力**（literary competence）。卡勒声称，经由文本经验，读者已经内化了一系列决定他们阐释行为的规则。我们不应分析文本的各种具体阐释，而应花时间研究阐释行为本身。我们必须将关注点从文本转向读者。卡勒的问题是：阐释如何就占据了首要地位？特定阅读行为之下有何允许其他系统运作的潜在系统？

与其他结构主义者不同，卡勒提出了一种阅读理论。他问道，什么是读者已经内化的、用以阐释作品的文学能力系统？换言之，他们如何阅读？什么系统引导他们经历了阐释作品、理解口头和印刷文字的过程？

卡勒坚持认为，每个读者在阅读和阐释文本时都要秉持三个潜在的 *105*
假定：

(1) 文本是统一的。
(2) 文本的主题是重要的。
(3) 文本的意义经得起咀嚼。

与之相应，卡勒试图确立那种能够加强阅读过程的系统，即语言结构。通过关注阐释行为本身来发现文学的语言结构，卡勒认为他正在使结构主义回到其根源，即索绪尔那里。

6. 一种阐释模型

尽管结构主义理论纷繁复杂，但是结构主义的一些核心人物认为，一系列的二元对立仍是那些基本指意系统（signifying system）的基础，读者依靠这些二元对立组织、评价和阐释文本。每个二元对立都能被描画为一个分数，上半部分（分子）要比下半部分（分母）更有价值。同样，在光明/黑暗这组二元对立中，读者已经学会判定光明优于黑暗，在善良/邪恶的二元对立中，读者同样学会了判定善良优于邪恶。读者如何绘制和组织了这些二元对立，以及它们的相互关系如何呈现于文本之中（已经存在于读者脑中），决定着特定读者的文本阐释。

无论结构主义的方法论是什么，结构主义强调的都是形式和结构，而非文本的实际内容。尽管结构主义也分析单个文本，但他们更关注的是潜藏在文本之下的规则控制（rule-governed）系统而非文本本身。文本如何（*how*）传达意义，而非传达了什么（*what*）意义，才是他们的主要兴趣所在。

七、从结构主义到后结构主义：解构

在整个 20 世纪 50—60 年代，结构主义主导了欧美的文学理论和批评。同时，不同理论家都在应用结构主义原则，他们都认为语言是**指意**（signification）的基本方式（例如，我们如何能从语言符号和其他标记中获得意义），语言构成了制约自身的规则系统，并以之获取意义。尽管语
106 言是最重要的符号体系，但却不是唯一的。时尚、体育、宴饮和其他活动都有它们自己的语言或代码，参与者以之了解在特定情境下应该如何行事。比如说，美食家们都知道，在雅致的餐厅吃饭时，用洗手钵[①]（finger bowl）饮水是不得体的。同样，足球迷都知道在比赛期间又喊又叫地支持自己的球队是恰当的和合乎习惯的。

从一个结构主义者的视角看，这些期待凸显出来的是所有的社会和文化实践都由规则或代码掌控。结构主义者期望发现这些规则，他们对宣称现实和意义的正确研究在于那些个别实践背后的系统，而非个别实践本身。就像参加足球比赛或在高档餐厅用餐，阅读行为同样可以解读为包含自身代码的文化和社会实践。文本意义存在于读者在拿起实际文本前就已经掌握的代码之中。对结构主义者而言，研究文学的正确方法是探寻围绕

① 洗手钵：餐桌上盛水供餐后洗手指用的碗。——译者注

阐释行为本身的条件，而非研究个别的文本。

20 世纪 60 年代中期，那种通过考察文本结构代码就可发现意义的结构主义假设，受到了**不确定性**（undecidability）这一原理的挑战：一个文本有多重意义，因而，没有确定的阐释。作为一种新的阅读方法，**解构理论**（deconstruction theory）与其说提供了关于文本意义的答案或发现文本如何传达意义的方法，不如说是提出了一系列不同的问题，试图展示文本宣称它之所言和它实际所言之间的显著差别。通过质疑大部分先前的理论，解构宣称一个文本有几乎无限的解读可能。进而言之，一些解构者认为，阐释本身与文本或正被阐释的文本一样具有创造性和重要性。

随着解构的到来，以及它对结构主义和其他既有理论的挑战，文学理论和批评的范式发生了转移。解构出现之前，一些文学批评家（如新批评家、一些读者导向理论家和结构主义者等）发现意义内在于文学文本，或内在于文本世界或读者之中的各类符号系统的代码。最具创新性的理论家（结构主义者）提供了发现意义的激动人心的新途径，而且，这些理论家坚持认为人们能发现意义。潜藏于所有前解构主义者心目中关于世界的预想是我们称为现代性的一系列哲学、伦理学和科学的假说，这些假说提供了大约 300 年来西方文化所持信念的基础。随着解构的出现，这些长期秉持的信念遭到**后结构主义**（poststructuralism）——理解和指导人类的新基础（后结构主义之名意味着它在历史上晚于结构主义或在结构主义之后）——的挑战。后现代主义（*postmodernism*）这一术语产生于 20 世纪 30 年代，而且比后结构主义或解构具有更多超出文学领域的历史意味，因此历史学家、人类学家和文学理论家等学者经常使用与解构和后结构主 107
义同义的后现代主义一词。

八、解构发展史

1. 解构的开端

随着法国哲学家和教师雅克·德里达（Jacques Derrida，1930—2004）

在约翰·霍普金斯大学召开的一次研讨会上宣读其论文——《人文科学话语中的结构、符号与嬉戏》（“Structure, Sign, and Play in the Discourse of the Human Sciences”）[德里达从德国哲学家马丁·海德格尔（Martin Heidegger）的著作《现象学基本问题》（*Basic Problems of Phenomenology*，1927）中借用并修正了解构一词]，解构这一术语于 1966 年首次出现在美国的文坛上。在该文（许多学者认为该文是解构理论的奠基之作）中，德里达质疑了自柏拉图时代以来就被西方哲学奉为真理的形而上学假设，并开创了许多批评家认为是最为精微和富于挑战性的文本分析方法。

德里达本人或许并不希望解构被建构为一种批评理论、批评流派、文学批评模式与方法或哲学。德里达也从未在任何著述中表述过他的批评方法的相关信条，也未提供过成为法典的解构理论或实用方法论。尽管他在其经典著作中发展了他的观点和观念，但是德里达认为他不能发展出一套正式话语来阐述其“阅读、阐释和写作的法则”。与那些严整的论述不同，德里达宣称他的阅读和文学批评方法更多的是一种“战略手段”（strategic device）而非方法论，更多的是一种阐释文学的策略或方法而非批评流派或批评理论。他认为，那些批评理论必定是要等同于那些其信徒命定为真理或包含着真理的知识，而这种主张（确实存在着真理或形而上学的理念内核，它们能被确信、阐明和支持）正是德里达希望争辩和“解构”的对象。他的手段是解构，德里达将该术语界定为“人所拥有的与某些东西相关的立场”。

因为解构从其他批评流派那里借用了先前成型的理论，为其新确立的观念发明了许多说法，挑战了西方文化长期秉持的信仰，许多学生、教师和批评家因怯惧解构分析方法的复杂性而拒绝研究其理念。通过将解构及其假设归纳为三个可行的研究领域而非直接研究其复杂的术语，我们可以来把握这种文本分析方法。

108 首先，我们将简要检视德里达从结构主义那里借用并修正的东西，这是他的解构策略的起始点。其次，我们将考察德里达引发的西方哲学和形而上学的剧烈转变。德里达明确指出，这些转变颠倒了西方形而上学。最后，我们必须掌握那些新术语以及新的哲学假设和相应的文本分析方法，并以此去阅读和阐释文本。

2. 结构主义：德里达的起点

通过批判费尔迪南·德·索绪尔的《普通语言学教程》，德里达开始形构他的阅读策略。德里达接受了索绪尔的基本理念，即语言是一个规则系统，这些规则控制着语言的所有方面。此外，德里达确认了索绪尔名为**语言符号**［linguistic sign，索绪尔对词语（*word*）一词所做的语言学替换］的假设是任意的和约定俗成的。举例言之，同一个概念在不同语言中可以用不同的词语来表达。如英文词 *man* 在法语中是 *homme*。而且，我们知道在英文中，词语 *pit* 的存在并非因为它具有什么内在的音响属性，而是因为它与 *hit*、*wit* 以及 *lit* 不同。换言之，语言符号由两部分构成：能指——说出或写出的成分，比如发出的声音/t/和拼写出来的（书面的）标记 *t*；所指——能指传达的概念。索绪尔认为，正是能指（如词语 *dog*）与所指（词语 *dog* 背后的概念和现实）之间的关系是任意的和约定俗成的。语言符号是通过它与其他符号的差异而非任何内在属性得以界定的。

索绪尔指出，表征世界的语言塑造了我们关于世界的知识。他坚持认为能指与所指之间的关系是任意的。通过确立这一原则，他瓦解了人们长期坚持的理念：词语与它代表的事物（词语的指涉物）之间有天然的关联。索绪尔认为只有能指和所指结合之后，某种关系才存在于这两个语言要素之间，尽管这种关系本身是任意的和约定俗成的。归根结底，对于索绪尔而言，语言的意义依存于系统组合起来的声音，意义主要取决于这些符号间的差异而非它们的任何内在属性。德里达从索绪尔那里借来作为建构解构理论材料的正是如下观念：语言的意义取决于语言符号间的差异。

3. 德里达对索绪尔的符号的阐释 *109*

德里达的解构始于强调索绪尔的律条：语言是基于差异的系统。德里达认可索绪尔的观点，即我们能够理解能指的意义是通过和因为能指的差异性关系。与索绪尔不同，德里达也将这一推理应用到所指之上。与能指一样，我们能够理解一个所指，只是因为它与其他所指的差异性关系。德里达进而宣称，某个所指并不一定必然指向某个能指，并成为其永恒意义，因为能指与所指之间的关系既是任意的又是约定俗成的。因此，所指常常像能指那样运作。例如，在句子 *I filled the glass with milk*（我把牛奶倒入杯子）中，词语 *glass*（杯子）的读写形式是能指，其所指是能被装填了东西的 *container*（容器）。然而，在句子 *The container was filled with glass*（那个容器装着杯子）中，*container* 的读写形式（前一个句子的所指）现在是能指，它的所指现在是某种能装填东西的物体（object）概念。

九、解构的假设

1. 先验所指

认为指意既是任意的又是约定俗成的，德里达便开始了颠倒西方哲学的进程。他大胆地指出，从柏拉图开始直到当下的整个西方形而上学史，都基于一个著名的和根本的错误。这个巨大的错误就是西方哲学寻找的、德里达所谓的**先验所指**（transcendental signified）——一种人们可以用它来构建概念或哲学的外部参照点（point of reference）。一旦找到了这个参照点，这个先验所指就能提供终极的意义，因为它可以是反映了自身的起源之源，而且正如德里达所言，先验所指"为指涉物提供了从符号到符号的可靠终点"。它在本质上或许能够对相信它存在的人保证这些先验所指确实存在并具有意义。例如，如果我们假定我（*I*）和自己（*self*）是先验所指，那么自己这个概念就成为我建构自己世界的一贯原则。只有当我通过我的一贯的、终极的所指（自己）给客体、概念、理念甚至人类注入意义后，它们在我的世界中才能呈现出意义。

不像其他所指需要通过差异确定自身，先验所指不必与其他所指或能指比较就能被理解。换言之，它的意义直接源自自身，不像所有其他所指和能指的意义源于差异和关系。因而，先验所指的功能是提供意义中心
110 （*center*），使得那些相信一个或更多此类概念的人，能够围绕此类真理中心构建他们的现实观念。就定义而言，意义中心并不能受到结构分析的管制，因为若是如此的话，相对于另一个中心，它就失去了自己作为先验所

指的中心地位。例如，我若是宣称自我（*self*）这个概念是我的先验所指，但当我知晓我的人格或自我是由本我（id）、自我（ego）和超我（superego）构成之后，我或许就不再坚持认为自我（self）或我（I）是我的先验所指了。在发现我的意识和无意识人格由三部分组成的过程中，我事实上已经既结构性地分析了“自己”，又使得自我“去中心化”（decentered）了，这样就否定了自我是一个先验所指。

2. 逻各斯中心主义

据德里达所言，西方形而上学创造了诸多可以作为中心的术语：上帝、理性、起源、存在、本质、真理、人性、初始、终极和自我等。每个都可以作为自我满足、自我起源的概念并可以作为先验能指概念使用。德里达称西方此类渴望中心的癖好为**逻各斯中心主义**（logocentrism），即那种认为存在一个可以充当我们一切思想与行为基础的终极实在或真理中心的观念。

德里达坚定地认为，我们绝无可能把我们自己从逻各斯中心主义的思维习惯和因袭的普遍概念中完全解脱出来。对任何先验所指去中心化的行为都将自动被术语捕获，而这些术语使得那些中心概念得以运作。例如，如果自我这个概念是我的中心，之后我发现了无意识自我，我就自动进入德里达所谓的“二元对立”（两个对立概念）的处境之中：自我与无意识自我。通过去中心化和质疑自我，我让无意识自我成为新的中心。通过质疑旧中心，我建立了新中心。

德里达认为，此类逻各斯中心主义思维的起源是亚里士多德的不矛盾原理（principal of noncontradiction）：一个事物不可能既具有又不具有某种属性。德里达说道，正因为亚里士多德，西方形而上学才发展出“非此即彼”（either-or）的思想方法或逻辑，并不可避免地导向二元论思维，进而导向先验所指的中心化和去中心化。德里达认为，逻各斯中心主义的思维方式对于西方读者而言是自然而然却又问题重重的。

3. 二元对立

由于一个整体中心的确立自动地意味着另一个整体中心的去中心化，

德里达便推断出西方形而上学建立在二元运作系统或概念上对立（亦称二
111 元对立）的基础上。每个中心都存在与它对立的中心（例如，上帝/人类）。此外，西方哲学断定在每个此类二元运作或对立中心中，每个概念都优先于它所对立的概念，并且通过与它对立的或劣等的中心来界定自身。例如，我们知道真实，是因为我们知道欺骗；我们懂得好，是因为我们知道坏。德里达反对这些因袭而来的作为西方形而上学基础的二元创造物。

4. 语音中心主义

德里达认为，把这些基本概念上的二元对立作为相信什么是真正的现实（人的世界观）的基础，在最好的情况下也是成问题的。相反，他希望拆解或解构这些造就了二元对立的结构。德里达指出，构成西方形而上学基础的二元对立自柏拉图时代以来就已建构了一种观念：某个要素总是**优先的**（privileged，处于优势地位），而其他则是**非优先的**（unprivileged，处于劣势地位）。在这种思维方式中，下列这几对二元对立的要素第一项或上面那项是优先的：男人/女人，人类/动物，心灵/身体，好/坏。德里达那里的关键问题是，他断言西方思想长期认为言说（speech）优先于书写（writing）。德里达将这种认为言说比书写更优先的观念称为**语音中心主义**（phonocentrism）。

语音中心主义将言说置于优先地位，而视书写为劣等之物。德里达说，我们更看重言说者的言辞而非书写，因为言辞意味着在场（presence）。通过口头言说媒介，我们大概能直接知道言说者想要说什么。以此看来，书写仅是言说的复制品，是试图捕捉曾经说出的那种观念。鉴于言说意味着在场，书写表示缺席，由此另一个二元对立便开始运作：在场/缺席。

由于语言中心主义以言说传达意义或言说者说出的观念优于书写（仅是言说复制物）的假设为基础，它便预设了一种逻各斯中心主义式的思维方式，认为自我是意义的中心，且最能确定直接来自其他自我通过口头言辞说出的观念。通过言说，自我宣告了它的在场与重要性以及它的存在（being）或生存（existence）。

5. 在场的形而上学

因此，德里达创造了在场的形而上学（metaphysics of presence）这一说法，来囊括诸如逻各斯中心主义、语音中心主义和二元对立的运作等思想，以及西方思想在其语言和形而上学概念上假定的其他观念。他的目标是阐明这些信念得以建立的基础是多么不稳定和脆弱。通过拆解在场形 112
而上学的基本前提，德里达认为他能为我们提供一种开启诸多新的阐释方式的阅读策略，这些策略是那些迄今仍为西方思想框架束缚的人无从发现的。

十、方法论

1. 确认西方思想中的二元对立

解构式阅读的第一步是识别我们思维中的二元对立的存在及其运作。根据德里达的看法，源自柏拉图和亚里士多德思想的最为“粗暴的等级制”（violent hierarchies）是言说/书写，且言说占据优先地位。因而，言说被判定为在场，书写则等于缺席。因为书写在二者中处于劣势，仅是言说的标记（symbols），观念的间接（secondhand）表征。

德里达认为，一旦识别出并承认这些等级制中的任何一种，我们就可以坚定地颠倒其要素。这种颠倒是可能的，因为真理总是难以捕捉，假如任何真理能被发现，我们就总能让中心去中心化。通过颠倒等级制，德里达并非想要用一个等级制来取代另一个而使自己陷入一种否定模式之中。德里达说，当等级制被颠倒之后，我们可以检视这些促生原初等级和新生等级的价值和观念。而当德里达检视等级制中的各种价值和观念时，他又将这些要素置于他所说的**擦除**（erasure）的程序之下——他假定在那个时刻，每个能指都是清晰和确定的。阐释者会明确意识到自己卷入了某种阅读策略之中，因为在德里达看来，每个价值和观念都缺少任何明确的意义。这种检视将揭示术语意义是如何从它们之间的差异中生发出来的。

2. 元书写

在《论文字学》（*Of Grammatology*，1967）中，德里达花费大量时间来解释的是，为何言说/书写的等级制能够且必须被颠倒过来。**文字学**（grammatology）是德里达用来指称书写科学并对语言本身的起源进行研究的术语。简言之，他主张重新界定书写（*writing*）这一术语，如此他就能断言书写实际上是言说的前提条件并早于言说。根据德里达的形而上学推理，语言成了一种特别的书写形式，这就是他所谓的**元书写**（arche-writing 或 archi-écriture）①。

113 通过使用植根于语音中心主义的传统西方形而上学，并通过指出语言和书写有共同的特征，德里达开始了颠倒言说/书写等级制的行动。例如，它们都涉及编码或铭写。在书写中，编码是显而易见的，因为书写标记代表不同音位。在语言和言说中，也存在着相似的编码。正如索绪尔已然表明的，能指与所指之间的关系是任意的［例如，说出的词语 *cat*（猫）与作为概念的猫本身就是这种关系］。因此，口头语词与它代表的概念、事物或观念之间没有任何内在的关联。然而，一旦能指与所指结合成符号，符号的这些构成要素就有了某种关系。因此，某种铭写或编码会发生在口头语词 *cat*（能指）和它的概念（所指）之间。

对德里达而言，书写和语言都是指意的方式，每个都可以视为指意系统。传统西方形而上学和索绪尔语言学将言说（语言）等同于在场，因为言说伴有活生生的说话人的在场。说话人的在场必然联系起声音和感官，并指向理解：人们通常能相当好地理解说出的话。从另一方面来说，书写则预设了说话人的缺席。这种缺席会导致误解，因为书写是将实际说话人的表达与其听众分隔开的非人格化（depersonalized）媒介形式。这种缺席会导致指意系统的误解。

德里达主张，我们更有理由来扩展我们对书写的理解。他认为，书写不能化约为铭写在纸上的文字或其他标记。确言之，书写与索绪尔的以下

---

① Arche-writing，亦可译作“原初书写”。——译者注

主张密切相关：语言的基本要素是差异。我们能够理解某个音位或词语是因为它们每一个都不同于另一个，而且我们知道能指与其所指之间没有任何内在关联。例如，音位/b/可以很容易地成为音位/d/的标记，恰如生造词 *bodt* 或能成为英文词 *ball*（球）的标记。[①] 德里达将这种在任何传播系统中都存在的自由嬉戏（freeplay）和不确定性称为书写（writing）。在所有的传播系统中，指意诸元素的游戏属性是完全避开了说话人使用语言的意识的，因为说话人错误预设了他（她）对自己的言说的主导地位。

通过将书写与所有传播系统中心的自由嬉戏或不确定性要素等同起来，德里达认为书写实际上统治着语言，由此消除了西方形而上学的言说/书写等级制。如今，书写成为优先的，而言说则是非优先的，因为言说是一种被称为元书写的书写。

其后，德里达挑战了如下西方哲学思想：人类意识创造了语言。德里达认为，没有语言（或元书写），就不会有意识，因为意识的前提是语言。 *114*
通过元书写，我们才将人类意识强加在世界之上。

3. 替补活动

任何一个二元等级制中的关系都是不稳定的和成问题的。德里达的目的并非仅仅颠倒西方思想中所有的二元对立。确言之，德里达想要通过呈现这些等级制的脆弱基础和颠倒这些等级制的可能性，来获取一种洞察语言和生活的新视角。德里达使用**替补**（supplement）一词指称二元对立中要素之间的不稳定关系。例如，在言说/书写的对立中，书写替补言说，并在事实上取代了言说的位置。德里达认为，所有二元对立中都有**替补活动**（supplementation）。例如，在真实/欺骗的等级制中，西方思想认为真实高于虚假，只给予虚假以替补的地位。逻各斯中心主义的思维方式主张，真实比虚假更纯粹。通过考察，我们可以发现虚假经常包含不止一点真理，德里达问道，谁能讲清楚真理是何时被说出、被获取甚而被构想出来的？纯粹真理可能根本就不存在。德里达总结道，在所有人类活动中，

---

① 英文中并无“bodt”一词。作者在此的意思是：作为概念的“球”既可以用既有英文词“ball”来表示，也可以用新造词“bodt”来表示，词语“ball”与概念“球”之间并无本质性的或天然的关联。——译者注

替补活动都在运作。

4. 延异

在认识到西方形而上学中必然存在替补活动，而且在颠倒了优先和非优先要素的关系之后，德里达开始发展他的阅读策略。一旦他“把西方形而上学颠倒过来”，他就通过自创一个新词与概念**延异**（différance）来回应逻各斯中心主义和其他西方元素。延异这个概念源自法语词 *différer*，意思是“推迟、拖延或延误”，以及“不同，与某物有差别”。德里达故意把这个词造得含混不清，让它同时具有两种意思。而且，在法语中，该词是双关语，仅在书写中出现。在言谈中，根本没有办法区分法语词 *différence*（*差异*）和德里达的新造词 *différance*（*延异*）。

理解德里达用“延异”传达的意思，是理解解构的关键。从根本上讲，*延异*隐含着德里达的一个问题：“如果没有……会怎样?”（What if ?）若是先验所指不存在会怎样？若是没有了我们能够找到终极真理的在场会怎样？若是世上没有本质、存在或内在统一的元素会怎样？若是上面所说的都不存在，那又会怎样呢？

115 此类先验所指的在场能够马上建立在场/缺席的二元对立。因为，西方形而上学秉持的观点是：在场是最为重要和优先的，而缺席则是非优先的。德里达建议我们暂时颠倒该等级制，使它变成缺席/在场。通过这种颠倒，我们不再设定先验所指。知识得以产生和发展的绝对标准或统一整体不再存在。所有人类知识和自我身份认同都必须源自差异而非相同，源自缺席而非在场。

当这一关键的二元对立得以颠倒，就会导致两个戏剧性的结果：首先，人类知识变成指称性的。也就是说，我们能够理解一些东西仅是因为它不同于其他一些知识，而并非我们能够将这些知识与其他绝对的或统一的整体（先验所指）相比较。人类的知识现在必须建立在差异之上。我们理解一些事物是因为它与那些相关的其他事物不同。通过这种颠倒，任何事物都不能被孤立地研究或学习，因为所有知识都成为彼此相关的了。其次，我们也必须抛弃封闭性（closure），因为根本没有先验所指，所有涉及生命、自我认同和知识的阐释，都是合理的、可能的和合法的。

然而，阅读文本时延异又意味着什么呢？如果我们像德里达那样，认为延异运行于语言以及书写之中（德里达有时将延异等同于元书写），那么，文本分析的内涵是什么呢？最为明显的答案是，文本缺少在场。一旦我们祛除了先验所指，并颠倒了在场/缺席的二元对立，文本就不再在场。文本不可能在孤立状态中拥有意义。因为，现在所有意义和知识的基础是差异，没有任何文本能仅仅表示一件事物。文本成为互文性的。一个文本的意义不可能仅仅通过考察该文本就能确定下来；相反，文本意义的演变源自从一个文本自身的相互关联性（interrelatedness）到多个文本的相互关联性上。像语言本身一样，文本为动态的、涉及语境的相互交换（context-related interchange）所控制。我们不可能讲出一个文本的确定意义，因为它没有"唯一"正确或确定的阐释。我们也不再能够宣称某个阐释是正确的而另一个是错误的，因为文本中的意义总是虚幻的、动态的和转瞬即逝的。

因而，寻求文本的"正确"意义或所谓的作者意图将变得毫无意义。因为意义源自一个动态的、涉及语境的和不间断之进程的差异之中，所有文本都有多重意义或阐释。如果我们像德里达一样主张，根本不存在先验所指，那么由作者意图和学者旨意（professorial dictates）可能传达的绝对意义或纯粹意义也是不存在的。意义产生于读者与文本的互动过程，而读者和文本各自携带的社会和文化语境也都参与到了互动之中。

十一、文本分析的解构式假定

解构者是通过假定一个文本有多重阐释、允许重读和可以反复阐释无 *116*
数次而开始他们对文本的分析的。解构者拒绝新批评（New Critical）的如下立场：一个文本拥有一种特殊的本体论地位（ontological status），有且仅有一种正确阐释。解构者认为文本分析的巨大乐趣在于文本的每次阅读与重读都能发现新的阐释。归根结底，文本意义是不确定的（undecidable），因为每次阅读都能引出不同阐释。

阐释过程开始时，解构者们都尝试抛弃他们自己的逻各斯中心主义和因袭的审视文本的方式。这种革命性的思维方式注定了他们会发现运作于文本中的二元对立。他们认为，这些二元对立代表了时常假定先验所指存在的、既定的和公认的意识形态。因此，这些二元对立限定了意义，因为它们已经假定了对现实的固定阐释。例如，他们预设了真实与虚假、理性与疯狂、好与坏的存在。认识到这些等级制假定了一种固定的和带有偏见的对世界的观看之道后，解构者便去搜寻运作于文本中的二元对立并去颠倒它们。通过颠倒这些二元对立，解构者希望能挑战被那些等级制设定的固定视角，也能挑战与那些僵硬观念紧密相连的价值。

那些识别文本中的二元对立的技巧，使得解构者能够揭露那些预想的假设，我们中的大多数人正是靠此假设形成自己的阐释的。例如，我们都认为，一些活动、存在和事物是好的或坏的、有价值的或无价值的、重要的或不重要的。当我们书写或阅读任何文本时，这些价值和观念都会自动运作起来。在颠倒作为我们阐释基础的等级制时，解构者希望从束缚我们的偏见中把我们解放出来。他们希望，这种解放能使我们从之前从未认识到的激动人心的新视角来审视文本。

文本的读者甚至作者也不可能同时理解这些视角。例如在纳撒尼尔·霍桑的小说《好小伙布朗》中，许多读者都认为，引导古德曼·布朗夜里在森林中造访的那个 50 岁的人物是撒旦（Satan），因而他必然是一个邪恶的人物。布朗自己的解释好像也支持着这种观点。根据解构的思想，这里至少有两种二元对立在发挥作用：善良/邪恶，上帝/撒旦。但是，假如
117 我们颠倒这些等级制将会如何？如此一来，那个幽灵形象或许就不再是撒旦，也不再邪恶！这种新视角将会戏剧性地改变我们对文本的阐释。

解构者说，我们不能同时在故事中发现这两种视角。探寻新的上帝/撒旦或善良/邪恶的等级制位于何处将会引导我们的阐释，我们必须延迟我们的最初阐释。然而，我们并不会忘记它，因为它被锁闭在我们的大脑中。我们不过是把我们的忠诚转向了另一种视角而已。

在不同阐释、层次和视角间犹疑摇摆的过程，使我们认识到选择一个永远正确的阐释的不可能性。因为在德里达看来，意义是一种基于延异的永远处在进行中的未完成过程。通过探问如果我们颠倒预先形成我们思维方式的等级制会发生什么，我们就向永无终点的阐释过程敞开了大门。这

种阐释断定，没有任何等级制或二元对立是正确无误的。

1. 解构：新的解读策略

解构者们并不想建立一种新的哲学、新的文学分析理论或新的文学批评流派。相反，他们提出了一种新的阅读策略，使我们能够选择不同的文本阐释层次。他们强调，所有的阐释层次都是有效的。解构者们还相信，他们的解读方法能够使读者从制约自己理解文本意义意识形态的忠诚中解脱出来。

他们认为，因意义靠阐释而呈现，即便作者本人也无法控制文本阐释。尽管作者或许已经清晰阐述了其文本的意图，然而这些阐述只能提供极少的可信性。如同语言本身，文本没有任何外部指涉或先验所指。作者认为自己在文本里说出的或传达的意思，或许与实际写出来的相去甚远。因而，解构者寻找的是作者在文本中的**失言**（misspeaks）之处或语言失控之处，以及本来不该说出来的东西。这些语言失误时常出现于各种问题、比喻性语言和强硬的声明中。例如，假定我们读到如下文字："重要的高年级同学参加的会议"（Important Seniors Meeting）。虽然作者认为读者会将这些文字解读为"所有高年级同学都参加这个特殊会议是重要的"，但是作者或许已经失言，这些文字可能事实上意味着只有重要的高年级同学才能参加的会议。通过考察这些失误以及控制这些失误的二元对立，解构者就能够证明文本意义的不确定性。

乍一看来，解构的阅读策略似乎是线性的，亦即有清晰描绘出来的开头、中间和结尾。若果真如此，我们要将这一策略应用于文本，就必须做如下事情： 118

- 发现制约文本的二元对立。
- 评价超越于这些二元对立的价值、概念和理念。
- 颠倒这些在场的二元对立。
- 拆解预先持有的世界观。
- 接受在新的二元颠倒基础上可能出现的解读文本的各种视角和意义层次。
- 允许文本意义有不确定性。

尽管这些要素确实是解构式阅读的运作步骤，但它们并非一定会按此顺序运作。因为我们在阅读时都有逻各斯中心主义倾向，或许直到我们颠倒了其他明显的二元对立，并从不同层次阐释文本，才能发现一些在文本中发挥作用的逻各斯中心的二元对立。此外，我们绝不可以宣称这种解读已经完成或结束，因为意义仍在生成的过程之中，绝不允许我们宣誓效忠于任何一种观点。

这种阅读策略困惑着大多数读者和批评家，因为它并非一个有条不紊、诸策俱备的锦囊，使得我们若循此方法从第一步走到最后一步就能获取那种文本解读。因为文本没有任何外在指涉物，所以它们的意义取决于文本、读者以及文本与读者那里社会、文化因素之间紧密的内在关联，每一次阅读和阐释过程亦是如此。解构者否认文本是有机整体，认为文本是语言的自由嬉戏。因为语言自身是自我映射的（reflexive）而不是模仿的（mimetic），所以无论我们是第一次读一个文本还是已读了上百次，都不能停止在任何既定文本中探寻意义的脚步。

总的来说，解构在阐释者（批评家）和文本之间建立了一种未完成的关系。解构者希望仅靠分析文本来提出一些问题，并以这些问题持续不断地挑战那种统治文学批评的权力化和权威化的意识形态立场。此外，在寻找文本意义的过程中，解构者宣称文本批评与需要解读的文本同样重要，借此颠倒了文本/批评之间的等级制。

2. 美国的解构者

德里达在 1966 年将解构介绍给美国受众之后，这个哲学家发现了一些被唤起共鸣的听众，他们很快就成为他那种新解读策略的忠实信徒和捍卫者，尤其是研究浪漫主义的学者保罗·德曼［Paul de Man，1919—1983，《盲视与洞见：当代批评的修辞分析》（*Blindness and Insight*：*Es-*
119 *says in the Rhetoric of Contemporary Criticism*），1971］，修辞论解构者海登·怀特［Hayden White，1928— ，《话语的转义：文化批评文集》（*Tropics of Discourse*：*Essays in Cultural Criticism*），1978］，文笔洗练的形而上学解构者杰弗里·哈特曼［Geoffrey Hartman，1921— ，《荒野中的批评：当下文学研究》（*Criticism in the Wilderness*：*The Study of*

Literature Today)，1980]，影响强劲的芭芭拉·约翰逊 [Barbara Johnson，1947—2009，《批评的差异》(*The Critical Difference*)，1980]，以及从现象学批评家转为解构者的 J. 希利斯·米勒 [J. Hillis Miller，1928— ，《虚构与重复：七部英国小说》(*Fiction and Repetition*：*Seven English Novels*)，1982]。这些批评家确信，解构能够在美国的文学理论中发出自己的声音并占有一席之地。尽管其他后结构主义理论（如文化诗学和后殖民主义）的声音现在更为强劲、受众更广，但是解构哲学的假设和实用性阅读策略依然构成了许多后现代文学实践的基础。

十二、问题分析

1. 结构主义

从结构主义视角分析文本时，你可以问自己如下一些问题：

- 文本强调的张力和二元对立是什么？
- 这些张力中的每一种是微不足道的还是重要的？
- 你认为作品中的主要张力或关键张力是什么？
- 你能否解释所有已发现的二元对立的互文性？
- 这一作品是否包含着神话素？如果有，它们是什么，它们又是如何帮助你发现文本结构的？

将你对结构主义的理解应用到霍桑的短篇小说《好小伙布朗》上，可以提出如下问题：

- 那些不同的二元对立或运作是什么？哪个二元对立控制了文本结构？主要的二元对立是什么？
- 霍桑的故事中明显的神话素是什么？这些神话素是如何呈现该特定文本与你读过的其他文学文本的互文性的？
- 《好小伙布朗》中包含的各种语义特征是如何与你在文本中发现的各种代码、符号以及二元对立直接发生关联的？
- 使用至少三种不同的结构主义方法来分析《好小伙布朗》，看它们从这一特定文本中是如何获取意义的。最后，这三种方法在如何获取文本意义上是否有其差别？

● 选择其他符号系统，如体育、音乐和课堂礼仪，并解释它们生成意义的代码。

120

2. 解构

从解构的理论和实践视角分析文本时，你可以问自己如下问题：

● 控制文本的二元对立或诸种对立是什么？

● 这些二元对立建立了什么样的理念、概念和价值？

● 通过颠倒这些二元对立的要素，你能够挑战二元对立原初产生时预先假定并秉持的价值系统吗？

● 在颠倒了特定文本中一个或多个的二元对立之后，你能否拆解自己对该文本的最初阐释？

● 你能否通过翻转文本中的三种主要的二元对立，使用三种不同方法，阐释自己选择的文本？

将你对解构的理解应用到霍桑的短篇小说《好小伙布朗》上，可以进行以下活动：

● 写一页阐释霍桑故事的文字。完成你的阐释之后，再引用一些既在你选定的文本中运作也使你获取了阐释视角的二元对立。

● 阅读《好小伙布朗》后，颠倒其中一个二元对立并重新阐释文本。完成这些后，再颠倒另外两个二元对立并重新阐释文本。这两种阐释有何区别？

● 将《好小伙布朗》作为分析文本，证明霍桑如何失言或文本在哪里存在着悖论［paradox，有时称为**悖谬**（aporia）］。要尽量详细，要能够列出要点、比喻性语言或想象性语言来支撑你的陈述。

● 分析《好小伙布朗》一文，引用至少四种视角迥异但全部基于解构式阅读理论的阐释。

十三、批评与回应

1. 结构主义

至 20 世纪 60 年代中期，结构主义成为欧美学界的主导性理论。在借用和修改了费尔迪南·德·索绪尔的语言学、俄国形式主义的文本关切、西格蒙德·弗洛伊德和雅克·拉康（Jacques Lacan）的精神分析学、米歇尔·福柯的认识论（epistemological）主张、法国理论家路易·阿尔都塞（Louis Althusser）的马克思主义关切，以及叙事学家的各种观念的相关要素之后，结构主义似乎容纳了所有学科，并提供了一个不仅适用于文学理论，而且适用于生活本身的统一方法。通过将其“客观性”和“科学性”分析应用于文本和文化，结构主义为我们观察世界提供了一种新视角，一种承诺解密文学和生活的角度。结构主义的基本前提是：没有任何 121
要素、情境或文本能孤立地具有意义，它们必须首先被整合，然后为那种把部分统一成整体的总体结构所分析和检视。结构主义认为包括文学文本在内的所有生活都是被结构起来的，也就是说，它的基础是一系列具有内在关联的系统。正是这些系统及对它们的研究，而非孤立行为或单个文本，才是最为重要的。

总体而言，与 60 年代相比，结构主义在今天已显得不那么重要了。其他关注人与文本的文化意义的理论已从如下几个方面超越了结构主义。第一，结构主义的最大优点是研究形成意义的代码或系统，这也是它的重大缺陷。在标举意义的多重系统时，结构主义削弱了个性色彩以及单个文本的重要性。批评者认为这种结构主义是决定论的（相对于事件和个体更重视系统）和非历史的（ahistorical）。它不考虑个性或任何孤立行为，也不考虑文化的动态特征。而结构主义的批评者则认为，单个文本确实是非常重要的。同时映现在不同文本中那种文化的变动面孔也是至关重要的。文本和人一样，有时是无逻辑的，它会从传统和观念系统中破茧而出。

随着后现代主义的到来，以及它对各种宏大元叙事不可信性和语言的滑动本质（slippery nature）的强调，结构主义以及它对系统、结构和语言那种逻辑化且客观的研究，开始变得不再流行。虽然一些结构主义者（尤其是叙事学家）在不断为文学理论和批评的发展做着贡献，但是植根于后现代主义哲学和方法论的文学理论却还是在当前受到了更多的关注。

2. 解构

解构理论于 20 世纪 60 年代后期出现在文坛上，当它质疑现状的做法得到学术上和文化上的认可之时，它得以步入学院，成为一些人可以争论的规范。德里达在美国介绍解构的会议开幕式演讲（inauguration speech）——《人文科学话语中的结构、符号与嬉戏》于 1966 年提交于约翰·霍普金斯大学——开篇第一个词语是*也许*（*perhaps*），该词成功概括了解构理论的基本理念。德里达说，也许，对于解构理论，我们不能做出肯定还是否定的明确陈述。通过否认先验所指的存在，解构质疑了西方走向逻各斯中心主义的人性癖好，以及被德里达所谓的在场形而上学概念包含的它对其他缺席要素和观念的评价。德里达敢于提出“如果没有……
122 会怎样”（what-if）的问题：如果没有先验所指存在会怎样？如果没有作为客观真理的实体会怎样？如果所有事物确实都基于差异和延异会怎样？如果语言是任意的和差异性的会怎样？

随着解构理论和后现代主义的出现，也开启了对人类借以构建自身存在的宏大元叙事的质疑。所有的事物现在都成了问题。文本的确切意义永远无法说出，因为文本的意义是多重的，语言是滑动和难以捕捉的。确实，所有作者的失言揭示出的并非他们认为自己说出的东西，而差不多是他们害怕说出来的东西。所有阐释实际上是一种游戏形式，每一个参与者都在处理滑动的文本，而文本的意义往往又是难以捕捉的。

尽管一些批评家认为德里达的哲学和文学理论能够摧毁所有西方哲学赖以存在的基础，但是解构理论却并未这么做。通过质疑——不仅质疑以前所有的解读，而且质疑解读性质本身，解构理论确曾提供过并依然提供着一种充满活力的严格的文本解读方式。然而，一些批评解构的人还是指出了解构与后现代主义似乎存在的内在矛盾性（internal inconsistencies）。通过质疑宏大元叙事的有效性（或假定这些叙事的不可信性），解构本身在本质上构建了一个基于不可信性和怀疑的元叙事。在质疑客观真理有效性和存在可能性的同时，它靠自己那个能被度量的真理概念创造了属于它自己的衡量标准。在宣扬它自己的反理论立场（antitheoritical position）的同时，它也确立了自己的理论立场并使自己陷入循环论证之中。而在宣扬互文性的同时，它又总是孤立地对待文本。

总之，解构的语汇和方法论已被其他学科挪用，且不断地在文学理论家和教育工作者之类的人那里引发争端。它的一些信徒已把解构分析带入政治中和文化事件与问题中。自德里达在约翰·霍普金斯大学发表那篇开幕式演讲（《人文科学话语中的结构、符号与嬉戏》）以来，虽然其他文学批评流派也在发展，但是当解构理论已在种种当代文学理论和实践中生根发芽之时，它依然是一股重要的力量。

参见附在本书后面的**文学批评阅读材料**，其中那篇论后现代主义的奠基之作——《人文科学话语中的结构、符号与嬉戏》，便是出自它的主要倡导者雅克·德里达之手。

第六章　精神分析批评

123 无论我走到哪里，都会发现有一位诗人已捷足先登。

——西格蒙德·弗洛伊德

一、导论

我们的梦时常会迷住、困扰和打搅我们。那些梦境充满着命运的奇异曲折、荒野探险以及强烈的性景象，会给我们带来愉悦或恐惧。它们有时会令我们质问我们的感觉，深思我们未说出口的欲望，甚至质疑现实的本质。我们很想知道：梦境暗含着一定程度上的真相吗？它们有用吗？

德国有机化学家弗里德里希·奥古斯特·科库勒（Friedrich August Kekulé）[①] 给予了肯定的回答。科库勒花了多年时间探察苯的分子结构。

① 弗里德里希·奥古斯特·科库勒（1829—1896），初学建筑，后进入著名的李比希实验室，提出了原子立体排列的思想。他关于苯环结构的假说，是有机化学发展史上的里程碑。——译者注

一天晚上，他梦见自己看到一串原子，状如蛇吞其尾[1]。醒来后，他在自己的笔记本上画下这一蛇形图式，认识到这正是他一直在努力试图破解的苯环图形结构。当他将自己的发现在 1890 年的一次科学会议上报告出来时，他声称："先生们，让我们研究梦吧，而后我们也许会发现真相。"

与之相似，18 世纪的意大利小提琴家朱塞佩·塔蒂尼（Giuseppe Tartini）[2] 也发现了梦的价值。一天夜里，他梦到魔鬼来到他的床边，要帮他完成一首高难度的奏鸣曲，条件是以他的灵魂作交换。塔蒂尼同意了，于是魔鬼拿起他的小提琴完成了这首作品。醒来后，塔蒂尼凭着记忆将梦中所听到的曲子记录下来。这首名为《魔鬼的颤音奏鸣曲》（*The Devil's Trill Sonata*）的曲子是塔蒂尼最著名的作品。

像许多科学家与作曲家那样，许多作家也声称他们从梦中获得了最好的灵感。比如，罗伯特·路易斯·史蒂文森（Robert Louis Stevenson）便认为他创作《化身博士》（*Dr. Jekyll and Mr. Hyde*）的许多灵感直接来自他的噩梦。同样，但丁（Dante）、歌德（Goethe）、布莱克（Blake）、班扬（Bunyan）以及其他许多作家也将他们的创作归功于梦境世界。另外，例如爱伦·坡（Poe）、德·昆西（De Quincey）及柯勒律治（Coleridge）都从那些由药物诱导的梦中获得了他们最杰出的作品的某些内容。 124

我们自己以及其他人的梦境令我们着迷，这是不可否认的。无论是不是它们那光怪陆离、有时还很色情或者似乎带有预言性质的力量在起作用，梦都会驱使我们去质疑并探索我们心灵中的无意识部分，这一部分从表面看来几乎不在我们控制之中。

毫无疑问，无意识及其活动的第一位探索者是维也纳神经病学家和心理学家西格蒙德·弗洛伊德（Sigmund Freud，1856—1939）。1900 年《释梦》（*The Interpretation of Dreams*）的出版，标志着弗洛伊德开始为关于我们心灵运行方式的研究奠定基础。他指出，无意识埋藏于意识运转之下，它在决定我们行为、思维及感觉的方式上面发挥了很大作用。根据弗洛伊德的看法，前往无意识内容及活动的通衢大道就是我们的

---

① 此处原文为 a snake swallowing its tale，tale 疑为 tail 之误。——译者注

② 朱塞佩·塔蒂尼（1692—1770），意大利地区威尼斯公国作曲家兼小提琴家。——译者注

梦。他宣称，在意识与无意识的互动作用中，我们塑造了我们自己以及这个世界。

在为他的心灵科学发展一套理论体系和一种实践方法的过程中，弗洛伊德成了**精神分析学**（psychoanalysis）的主要先锋。精神分析学是一种治疗情感和心理错乱的方法。在精神分析的过程中，弗洛伊德会让患者在一种患者—分析师（patient-analyst）的环境中自由谈论他们的梦境和早期的童年经历。当我们把这些相同的方法应用到文学作品的解析中，便是在从事精神分析批评了。

与其他一些批评流派有所不同，**精神分析批评**（psychoanalytic criticism）能够同任何批评解析方法并行不悖，因为这种方法试图离开美学理论来揭示人类行为的动机和方式。所谓**美学理论**（aesthetic theory），是一种关于意义如何在文学及其他艺术形式中呈现出来的哲学思想体系。比如，马克思主义、女性主义、新历史主义批评家在其分析过程中都运用精神分析方法，这并不妨碍他们各自独特的阐释。于是，给精神分析批评最恰当的定位是一种文学阐释的方法，而非一个特定的批评流派。

尽管弗洛伊德是这种文学批评方式毋庸置疑的奠基人，但精神分析批评在整个 20 世纪是持续不断地发展着的。弗洛伊德的“逆徒”（rebellious student）——卡尔·荣格（Carl Jung），借用了弗洛伊德的一些观点，但也摒弃了他的许多其他观点。荣格另辟新论，创立了**分析心理学**（analytical psychology）。诺思洛普·弗莱（Northrop Frye）——20 世纪 50—60 年代最有影响力的文学批评著作之一《批评的剖析》（*Anatomy of Criticism*：*Four Essays*，1957）的作者，运用荣格的某些观点在 50 年代中期发
125 展了象征或原型批评理论，促成了 20 世纪文学分析的转向。在 60 年代，法国“新弗洛伊德”（Neo-Freudian）学派的精神分析学家雅克·拉康（Jacques Lacan）在新近发展的语言学与文学原理的烛照下，调整并扩充了弗洛伊德的理论，使精神分析批评重获生机，并确保它在今天的文学批评中继续产生影响。当今许多女性主义批评家，如茱莉亚·克里斯蒂娃（Julia Kristeva）、露西·伊利格瑞（Luce Irigaray）、E·安·卡普兰（E. Ann Kaplan）也转向了精神分析批评，她们运用弗洛伊德、荣格、拉康和其他此类人等的观念，作为自己批评方法的基础。

二、历史发展

1. 西格蒙德·弗洛伊德

西格蒙德·弗洛伊德的理论与实践为精神分析批评奠定了基础。在对确诊为歇斯底里症的患者的治疗工作中，弗洛伊德提出这样一种理论：病人的病根是心理上的，而非生理上的。他认为，患者将他们乱伦的欲望压抑下去，而没有意识到自己是在拒绝面对这种欲望。1887 年，由于弗洛伊德本人受到了神经错乱症的折磨，他进行了一次自我分析。这种自我分析和对患者的研究分析的结果使得弗洛伊德断定，不仅是实实在在的性经历，性幻象与性欲望也会导致神经症的发病。

人格的结构：动力模型　终其一生，弗洛伊德研究了多种多样的人格结构，这些结构成了他的精神分析理论与实践的基石。职业生涯的早期，他提出了**动力模型**（dynamic model）概念，声称我们的心灵是一分为二的，分为**意识**（conscious，理性的）和**无意识**（unconscious，非理性的）两部分。弗洛伊德认为，意识部分感知并记录外部现实，是精神的理智部分。我们对无意识的存在毫不知情，只生活在意识层面，坚信只有理智和分析技巧才能对我们的行为负责。是无意识而非意识统治了我们大部分的行为，弗洛伊德便是最早认识到这一点的人之一。

人格的非理性部分（即无意识），接收并储存我们那些隐藏起来的欲望、野心、恐惧、激情和非理性的想法。然而，弗洛伊德并未发明无意识这一概念，这一荣誉属于卡尔·古斯塔夫·卡鲁斯（Carl Gustav Carus）[①]。卡鲁斯和许多弗洛伊德的同时代人将无意识视作仅仅收集和保存我们记忆的静态系统。弗洛伊德则令人瞩目地重新定义了无意识，他认为无意识是一种动态系统，不仅收纳我们传记意义上的记忆（biographical memories），同时储藏被压抑的、悬而未决的冲突。弗洛伊德指出，无意

---

① 卡尔·古斯塔夫·卡鲁斯（1789—1869），德国医生、自然科学家、哲学家、作家和画家。——译者注

识收容了人类的两种本能：**厄洛斯**（eros）或**性本能**（sexual instinct）
126 ［即弗洛伊德后来提出的**力比多**（libido）］和**毁灭性本能**（destructive instinct）或**侵略性本能**（aggressive instinct）。尽管这两种本能可以和谐共存，却也常常互为仇敌，互相对抗。弗洛伊德称，无论情况如何，这两种本能都会影响我们所做的一切。

对弗洛伊德而言，无意识也是一个储藏室，里面装满了经过化装却试图在意识中被揭示的真相和欲望。这些经过化装的真相和欲望将会不可避免地通过我们所谓的口误和行为破绽为人所知。弗洛伊德将这些小失误称作**动作倒错**（parapraxes）或**弗洛伊德式口误**（Freudian slips）。弗洛伊德指出，通过表面上无伤大雅的小动作，如突然之间的口误、失忆、放错东西、读错文字，我们提醒意识来注意无意识中的愿望和企图。尤其是在梦里、艺术作品里、文学作品里、戏剧作品里，这些动作倒错揭示了我们真实的企图或欲望。

经济模型　弗洛伊德的第二种人格结构保留并扩充了他在动力模型理论中发展出来的大部分观念。在这两种结构中，意识与无意识为了掌控一个人的行为而交战不休，同时，一个人的无意识欲望会强行闯入意识界。在**经济模型**（economic model）里，弗洛伊德介绍了两个新概念，可被用来描述并有助于掌控人类的精神：快乐原则与现实原则。按照弗洛伊德的看法，**快乐原则**（pleasure principle）一味贪图享乐，它渴望一种本能冲动的瞬间满足，而不顾及社会规定的道德与性边界。弗洛伊德把个体的本能性与精神性能量称作**能量贯注**（cathexes），它的主要目标是令快乐最大化，因为快乐原则的目的就是要及时地从所有苦痛中解脱出来。通常情况下，快乐原则那种在个体精神世界里完全自由的行动（free rein）不被允许，因为它受到弗洛伊德所称的**反能量贯注**（anti-cathexes）或由现实原则掌控的能量反承载（anti-charge）的约束。**现实原则**（reality principle）是承认需要对快乐落实社会准则和规范的那一人格部分。弗洛伊德认为这两种原则在人类精神世界里是不断交锋的。

脑解剖模型　在弗洛伊德漫长的职业生涯中，他还提出了另一种人格结构：**脑解剖模型**（typographical model，又称地形模型）。在这种模型的早期版本中，弗洛伊德将人类精神分为三个部分：意识、前意识、无意识。意识是心灵与外部现实的直接纽带，直接感知外部环境并做出反应，因而使心灵对外部世界产生秩序感。**前意识**（preconscious）是记忆的储藏室，这些记忆可以不经化装便进入意识界。在弗洛伊德之前所设计的诸种结构中，他大力鼓吹人格的第三部分，即无意识，这里掌握了被压抑的
渴望、影像、思想与人性的欲望。因为这些欲望并未储存在前意识中，它 127
们是不能被直接召唤到意识界的。所以，这些被压抑的冲动必须以伪装的形式浮现在精神的意识部分里，而且各自还以伪装呈现于梦境、艺术作品，并以不受猜疑的方式出现在我们的生活之中。

但是，最著名的人格结构是弗洛伊德脑解剖模型的修订版——**三重模型**（tripartite model），有时也被称作**结构模型**（structural model）。这种模型将精神分作三个部分：本我、自我、超我。精神当中非理性的、本能的、不为人知的、无意识的部分被弗洛伊德称为**本我**（id）。本我收纳了最隐秘的欲望、最黑暗的愿求、最深浓的恐惧，只听命于快乐原则的满足。不仅如此，它还是力比多的收容所，是我们所有的心理欲望和心理能量的源泉。由于不受任何控制，本我操作着冲动，时刻寻求着本能欲望的即时满足。

人格的第二个部分是**自我**（ego），心灵之中理性的、逻辑的、清醒的一部分，尽管它的许多活动仍停留在无意识进程中。本我只听命于快乐原则，而自我则遵循现实原则。自我的任务便是约束本我的本能欲望，使之通过无害的方式释放出来。

人格的第三个部分——**超我**（superego），如同一个内部测量器（internal sensor），促使我们在社会规约之下做出道德判断。与本我正相反，超我根据道德原则行事，主要任务便是保护我们与这个社会不受本我的侵害。超我代表着所有的社会道德限制，像一种过滤器，压抑那些为社会所禁止的欲望和本能，将它们挤回无意识领域。总之，超我以惩罚示人。如果本我随心所欲自行其道，超我便会造出一种无意识的罪恶感和恐惧感。

自我的使命便是调和本我的本能欲望（特别是性欲望）和超我施加的社会压力之间的矛盾。凡是被自我视作难以接受的东西，都会被压抑并积淀至无意识领域，被压抑频率最高的便是童年早期的性欲望。

前俄狄浦斯发展阶段　除了弗洛伊德的诸种人格结构理论，他还指出

了人格发展的数个阶段或曰时期，这些阶段对人格的健康成长是很重要的。弗洛伊德认为，在我们童年的早期阶段，所有人都会经历三个相互交叠的时期：口唇期、肛门期、性器期。在婴儿时期，我们所经历的是**口唇期**（oral phase）：当我们吮吸母亲的乳房，我们的性冲动（或力比多）就被激发起来了。通过这种吮吸的行为，口唇成了性感应的区域，随之会使
128 我们从吮吸拇指的行为中得到快感，直到后来的接吻。在第二个时期或曰**肛门期**［anal stage，有时被称作**虐肛狂时期**（sadistic-anal phase）］，当儿童领略到排便的快意，同时意识到他们是脱离母亲的独立个体时，肛门便成了快感的对象。在这一阶段，肛门成了性感应区域，因为儿童一旦发现他们独立于母亲，便会把排便当成表达愤怒和兴奋的手段，从而变得充满性虐狂气息、驱逐性和破坏性。通过忍住或抑制住粪便，儿童还会了解到他们可以控制其他事物。在最后一个阶段，即**性器期**（phallic stage），当儿童通过刺激性器官得到快感，他们的性欲望或力比多会被导向并附着在他们的生殖器上。

关于儿童人格发展的这一点，弗洛伊德认为儿童从根本上是遵循快乐原则的。他们以自我为中心、有性虐狂倾向、自以为是，除了一己快乐，其余什么都不管不顾。然而，如果一个孩子要成长为正常的成年人，他（她）就必须树立一种两性意识，一种他的男性特征或她的女性特征的意识。弗洛伊德指出，这种意识的获得，取决于对俄狄浦斯情结或厄勒克特拉情结的成功处理。

俄狄浦斯情结、阉割情结与厄勒克特拉情结 弗洛伊德最杰出的贡献之一是提出了**俄狄浦斯情结**（Oedipus complex）。这一贡献不仅体现在精神分析批评领域，也惠泽于通常所有的文学批评。这个名称是弗洛伊德从古希腊剧作家索福克勒斯（Sophocles）的剧本《俄狄浦斯王》（*Oedipus Rex*）中借来的。在这部剧中，主角俄狄浦斯曾被预言会弑父娶母。他力图抗拒预言的诅咒，可预言的事情还是如期发生了。按照弗洛伊德的解释，俄狄浦斯故事的本质其实是人类的普遍经历，表明每一个个体在将自己的爱慕对象从乳房（口唇期）转向母亲的时候，都要经历一个性心理的（psychosexual）形成阶段。

以索福克勒斯的剧情作为俄狄浦斯情结的基础，弗洛伊德在他的《精

神分析引论》(*Introductory Lectures on Psychoanalysis*, 1915—1917) 第21讲中谈到，婴幼儿时期的晚期（大约三岁至六岁之间），所有的男孩都对自己母亲有性爱依恋（erotic attachment）。无意识中，孩子渴望与母亲有性结合，却发觉有一个占有母亲情感的敌人：父亲。所以，进入性器期并已对自己的性器官萌生了性意识之后，男孩就会带着性意识去观察父亲对母亲的注意。

弗洛伊德称，如果儿童的性发育正常进行，他们会经历**阉割情结**（castration complex）。小男孩通过观察自己、母亲，也许还有他们的姐妹，会认识到他拥有和父亲一样的阴茎，而母亲和姐妹们却没有。阻止男孩子继续持有与母亲发生乱伦欲望的，是被其父亲阉割的恐惧。所以，男孩子会压抑自己的性欲望，求得与父亲的认同，希望终有一天能像父亲现在拥有母亲那样拥有一个女人。无意间，男孩已经成功地完成了向男人状态的过渡。 *129*

男孩子必须通过成功越过（negotiate）俄狄浦斯情结才可成长为正常的男人，而女孩子若要向正常的女人过渡，则必须成功处理**厄勒克特拉情结**（Electra complex）。同男孩子一样，小女孩也会在性爱意义上受到母亲的吸引，也会意识到有一个占有她母亲感情的敌人：父亲。女孩子也在无意中感到自己已被阉割了，就如她的母亲一样。因为她明白父亲拥有她所渴望的东西（阴茎），女孩子又将欲望从母亲那里脱离出来投向父亲。当引诱父亲失败后，她重归母亲的怀抱寻求认同。一旦向女人状态过渡成功，女孩子便会认识到，终有一天，她也会像母亲那样拥有一个男人。通过她与男人之间的关系，她对阴茎的未能满足的那种夙愿［**阴茎羡妒**（penis envy）］会缓和下来，她对某些东西的缺失感也能得到某种安抚。

弗洛伊德认为，成长为男人或女人的过程也许是漫长而艰难的，但却是必不可少的。因为在这个过程中，孩子经历了一个转变，由基于快乐原则的生活（所有的决定都根植于快感的即时满足）向现实原则（根据社会性的需要和超我的规定来做决定）转变。一个儿童的道德感和是非感最初体现在这一阶段。

梦的意义　在弗洛伊德看来，即便成功进入男人和女人阶段，每一个成年人也已淤积了许多创伤性记忆，这些记忆来自无意识中被压抑的性欲望、愤怒、暴怒和罪恶感。由于意识与无意识同为精神的组成部分，无意识带着隐藏的欲望和压抑的心愿，以自卑感、罪恶感、非理性想法与感受、梦及噩梦的形式持续影响意识领域。

弗洛伊德在他的巨著《释梦》中指出无意识会表达被压抑的欲望和心愿。即便意识已经将这些欲望压抑成功，并强迫它们停留在无意识领域，但如果不产生一定的自我憎恨感或暴怒感，这些欲望还是太难控制。于是，无意识便将这些被掩藏的欲望改头换面，变成能被社会行为接受的东西，在我们的梦里或写作中以图像或象征的形式表现出来。在这个过程中，人的精神为本我开启了一扇窗户，允许这些经过软化的、能够被社会认可的欲望渗入意识领域。

这扇窗户的开启可以通过各种各样的方式加以实现。通过**移置**（displacement）这一过程，比如，无意识会在梦里将某人对一个名叫“Mr. Appleby”的人的憎恨转化为一个腐烂的苹果（apple），或者通过**凝**
130 **缩**（condensation），可以把对许多人物事物的愤恨集中在一句简单的话语里。无论是哪种情况，通过图像和象征（但不是直截了当的），无意识都会对我们的行为与动机持续不断地施加影响。

如果被压抑的感觉或意念在梦境、笑话或其他方法中不能被充分释放，本我便一定会站出来堵塞所有对外的回应。这时，本我便卷入了一场被弗洛伊德称作**神经症**（neurosis）的内部战争中。从恐高症到头痛病，神经症可以表现在许多生理和心理的反常上面。弗洛伊德断定，精神分析师的任务便是辨明这些未解决的、引起神经症的冲突。通过精神分析疗法和梦境分析，精神分析治疗师尝试着使患者恢复到幸福或正常状态。

文学与精神分析　对弗洛伊德来讲，文学中也充满了能够引起神经症的未解决的冲突。一篇文学作品是作者无意识精神的外化表达。从而文学作品必须被当作一种梦境来处理，把精神分析技术用到文本中来揭示作者被深藏的创作动机、被压抑的欲望和心愿。

2. 卡尔·古斯塔夫·荣格

弗洛伊德最著名的学生是瑞士精神病医生、哲学家、精神分析学家卡尔·古斯塔夫·荣格（1875—1961），弗洛伊德曾将其视为“儿子”，引为最得意的门生，甚至指定由他来做自己的接班人。然而，在他们长达七年的师生关系的尾声阶段（1912 年），荣格在预言般地写给弗洛伊德的信中，引用了尼采（Nietzsche）《查拉图斯特拉如是说》（*Thus Spake Zarathustra*）的话："如果永远做个弟子，这是对老师的不好的报答。"[①] 一年之后，这位弟子便与他的导师决裂，最终成为精神分析运动的领袖之一。

荣格对弗洛伊德精神分析学某些地方的不满来自他与弗氏理论见解的一些差异，主要是关于释梦理论和人格结构理论的。按照弗洛伊德的说法，由于受到个体肉欲或性力（弗洛伊德称之为力比多）的驱动，所有的人类行为（包括梦境）从根本上都与性有关。弗洛伊德几乎专以性因素来解释梦境，将大部分梦境与俄狄浦斯情结或厄勒克特拉情结联系起来。荣格不同意弗洛伊德关于性驱力的基本假设，而是认为在我们的梦中，性意象的确出现了，可许多其他种类的意象也一样出现了。1912 年，荣格出版了他的一部重要著作《变形的象征》（*Symbols of Transformation*），这本书最终导致了他同弗洛伊德的决裂。荣格在他的著作里指出，梦境既包括性意象，也包括神话意象。接下来的五年，荣格因其观点而被逐出精神分析学团体（psychoanalytic community）。在这段时间里，他创立了自己 *131*
的人格结构理论，这是他对精神分析和文学批评最为重要的贡献。

荣格在建立自己的人格结构理论的过程中接受了弗洛伊德的假设，即认为无意识是存在的，并且在我们的意识决定中充当主要角色，但他不同意弗洛伊德对无意识内容的分析。对于荣格来讲，人类精神包括三个部分：个体意识、个体无意识和集体无意识。个体意识与个体无意识构成了个体人格。**个体意识**（personal conscious），即清醒的状态，是我们在任何特定时刻都可觉察到的形象或思想。犹如一部幻灯片的放映过程，我们生活的每一幕都带给我们一张新的画片。我们在观看每一幅画片时，之前的画片会从我们的个体意识中消失，什么也不会留下来。尽管这些消失的画片被个体意识遗忘，但它们仍被贮藏并铭记在**个体无意识**（personal

① ［德］尼采：《查拉图斯特拉如是说・赠予的道德》，钱春绮译，85 页，北京，三联书店，2007。——译者注

unconscious）之中。荣格认为，所有意识性的思考都开始于个体无意识。因为每个人时时刻刻滑动的幻灯片有所不同，每个人的个体无意识也必然是独一无二的。

处于精神的深处、被阻隔在意识之外的是荣格人格结构理论的第三部分：**集体无意识**（collective unconscious），即较之个体意识与个体无意识更加非个人化和普遍化的部分。人格的这一部分贮藏了整个人类种族积淀下来的知识、经验和想象。依照荣格的理论，全世界的人都以同样的方式回应某些神话或故事，不是因为每个人所知道和欣赏的是同一个故事，而是因为处在集体无意识深处的是人类对自己过去的种族记忆。集体无意识是“共同存在于所有个体中的具有集体、普遍和非个人性质的第二种人格系统”。这种普遍的人格面貌是承载深层的、强大的人类主题和共性的传承容器（inherited receptacle）。这些记忆以原型的形式存在，**原型**（archetypes）即不断复现的人类经验的模式或图像（如生、死、再生、四季、母性等），这些共同经验在故事、梦境、宗教、幻想中呈现出来。原型不是现成的观念，而是一些倾向（predispositions），使我们以特定的方式对刺激做出反应。除此之外，它们代代相传（是精神遗传而非生物遗传），形成了所有人种共同的集体无意识。荣格认为，原型“给我们祖先无数的典型经验赋予了形式，是同一种类型的无数经验的精神遗留，是我们祖先历史中那些曾被重复了无数次的悲欢”。原型在文学作品中以常见的情节模式、意象和性格类型的形式出现，能够撩拨起读者们相似的深刻情感，因为它们唤醒了储存在集体无意识中的形象，产生了读者最初不太好控制的感觉和情感。

132 荣格第一个提出原型会直接影响人们对外界因素的反应方式。例如，当我们观看电视里的商业广告秀时，里面有一个只有两岁大、还裹着尿布的孩子忽然被一群小狗包围，小狗舔着这孩子的脸，一种满足、温暖、怜爱的感觉仿佛就会将我们淹没。荣格声称，这些貌似难以控制的感情便是原型被触发的结果。

许多人类学家可能会争论，原型是继承下来的文化反应，在一个特定的社会群体中代代相传。这种社会现象最终会演变为神话故事，有助于给人们的生活赋予意义和价值。荣格对此表示强烈反对，认为神话是“内心无意识人格剧情的象征性表达”。神话与现代故事都反复描绘出原型象征，来证明其主题的重要性（thematic importance）。通过重复这类象征，原型可以被用于理解人类故事和经验的深层意义。至于原型，可以是**阿尼玛**（anima，即男性身上的女性特质）、**阿尼姆斯**（animus，即女性身上的男性特质）、母亲、再生等。由于无意识不断通过来自集体人格之库的象征来理解生活，这些象征便可以使我们对原型和人类生活的共性了解得更为深入。对荣格来讲，神话故事是原型借以证明自己存在的手段，它不仅存在于梦里，也存在于个体意识中。

纵贯整个 20 世纪 20 年代，直至荣格于 1961 年去世，他都在不断地发展自己的分析心理学方法。当我们把他的理论和方法应用到文学上，就是在进行**原型批评**（archetypal criticism）。毋庸置疑，20 世纪最重要的原型批评家是诺思洛普·弗莱。

3. 诺思洛普·弗莱

随着《批评的剖析》（1957）的出版，诺思洛普·弗莱（1912—1991）成了原型批评理论的首要倡导者。尽管弗莱从未声称效忠于荣格的集体无意识概念，但他却也借用了荣格关于神话和原型的观点，发展出一种原型批评或**神话批评**（mythic criticism）的系统的阐释方法。弗莱认为，如果将一个文本从历史中脱离出来，会出现一种既可解释结构又能解释所有文本意义的总体结构，或曰神话发展（mythic development）。所有的文学都按比例（on a sliding scale）涵盖从最明晰的寓言式作品到最晦涩的反寓言的作品。文学作品中的原型象征有助于强调和描绘寓言以及每位作者所讲述的“更深层的”故事。弗莱声称，文学的总体结构原则脱胎于原型批评理论，因为这种理论预先假定了一种将文学 133
当作一个整体的更大的语境。文学作品中最基本的形式和结构就是神话，因为神话拥有人类最深层的想象以及所有文学类别中最抽象的意义。神话高于其他一切的文学形式，它具有最深奥的寓言性质，并且与象征的关联最为直接。

弗莱认为，所有的文学作品都包含一个完整的故事，可称之为**元神话**（monomyth）。元神话能够图解为一个包含四个相互独立阶段的循环，每个阶段对应一年之中的一个季节，并对应人类经验的特定循环。**浪漫阶段**（romance phase）位于这一循环的顶端，是夏天的故事。在这种故事中，我们所有的愿望都得到满足，我们能够获得全部的快乐。循环的底端是冬天，或曰**反浪漫阶段**（antiromance phase）。与夏天正相反，这一阶段的故事是关于奴役、监禁、沮丧和恐惧的。浪漫与反浪漫之间有一个中间地带，而位于这个循环中间的右边是**春天阶段**（spring phase），或者叫喜剧。这一阶段的故事是关于我们如何从反浪漫的沮丧中崛起并走向自由和欢乐的。与此相对的是悲剧，或者叫**秋天阶段**（fall phase），讲述我们从浪漫阶段的自由欢乐跌落到灾难的过程。按照弗莱的解释，所有的故事都可被安放在这一图表的某个位置。

弗莱提供给我们的是一切可能发生的故事种类的示意图。这种结构框架让我们得以基于故事的基本文类、象征类型、主题、视角和其他文学要素来辨别故事之间的前后关系。除此之外，弗莱的图解还为其文学批评形式提供了背景和语境，使我们能够基于故事之间的关联对它们进行比较和对比。

20 世纪 50 年代，随着原型批评和弗莱的图表阐释（schematics）的出现，批评实践中运用弗洛伊德式分析法的批评家已少之又少。但是，到了 60 年代，法国的精神分析学家、新弗洛伊德主义者、后结构主义批评家雅克·拉康却复兴了弗洛伊德式批评，通过他的实践，弗洛伊德式批评就从生猛的**菲勒斯中心**（phallocentric，或曰男权统治的）位置上被解救了出来。

4. 雅克·拉康

与弗洛伊德相似，雅克·马利·艾弥尔·拉康（Jacques Marie Émile Lacan，1901—1981）也认为，无意识极大地影响了人们的意识活动。但是，弗洛伊德将无意识描绘成一口混乱的、毫无秩序的、涌动着泡沫的大锅，里面盛满了黑暗之中的激情、被雪藏的欲望和被压抑的心愿，这种看法让拉康不敢苟同。拉康认为无意识自有其结构，与语言的结构很相似。它如语言一样，是人类精神中有着高度秩序的部分，可以被系统地分析。拉康声称，我们要从这种分析中认识到，所有的个体都是支离破碎的，没有哪个人是完整的。整体统一、心智完整的个体，这种理想概念不过是一种抽象物，简直无法实现。

拉康的人格理论　如弗洛伊德那样，拉康也设计了一种三重人格结 134
构。在弗洛伊德的人格结构中，本我、自我和超我的相互作用是我们行为的重要决定力量。拉康的人格结构理论则有一个基本的假设，语言塑造并最终结构着我们的无意识与意识，同时，它也塑造着我们的自我身份。

对拉康而言，人格由三个部分或三界（*order*）[①] 组成：想象界、符号界、实在界。在弗洛伊德的三分结构中，每一界都与其他两者相互作用。从出生到六个月左右，我们主要生活在**想象界**（imaginary order）中。人格的这一部分包含我们的愿望、幻想，最重要的是有关我们自己的形象（images）。在人格发展的这一阶段，我们愉快地与母亲结合为一个整体，获得食物、照顾以及来自母亲的所有爱抚。在这个前语言（preverbal）阶段，我们依靠想象作为感知和解释这个世界的手段。所以，我们关于自己的想象是不断发生变化的，因为我们不能分辨出一种想象在何处停止，另一种想象又在何处开始。

大约从六个月到十八个月大之间，我们进入了拉康所谓的照镜阶段或曰**镜像期**（mirror stage）。在这一阶段，我们确实看到了自己在镜子中的影像，打个比方，就仿佛在母亲的形象中同时看到了我们自己。这种对镜中形象的观察让我们感受到单个范畴的形象，注意到我们自己是独立于母体的存在。这种作为一个整体或完整存在的镜中形象只是一种理想、一种幻觉，因为与实际的镜像不同，我们并不完全处在自己的掌控之中。例如，当我们非常想挪动身体，或者想要吃东西的时候，并不都能完全如愿。

按照拉康的理解，在镜像期，我们开始认识到独立于自己的特定客体，拉康称此为**对象小 a**（object petit a）[②]。这一概念通常被译作“object (little) a”，尽管拉康不希望将这一术语译成其他语言。这些对象包括消除身体残渣、我们母亲的声音和乳房，以及我们自己的语音。当这些对象

① order 可直译为“秩序”。在拉康理论中，ordre（order）和 registre（register）便是秩序、界面、领域、层级的意思。但为了与 the imaginary order，the symbolic order，the real order 的通常译法（“想象界”、“符号界”和“实在界”）相吻合，这里译为“界”。此三界指的是支配主体的三个领域或三种秩序。——校者注

② 拉康的这一概念旧译为“小对体”或“小客体”，如今拉康研究界的学者则倾向于直接译为“对象小 a”或“对象 a”。——校者注

或声音消失，我们便会怀念它们。此类对象变成了缺失的象征，对我们而言，这种缺失感将会在我们以后的生活中持续不断地折磨我们。

当我们处在想象界，一种巨大的激情统治了我们的存在：对母亲的强烈渴望。我们认为母亲能够满足我们所有的愿望，正如我们能够满足她们的所有愿望一样。但是，我们必须认识到，我们与母亲永远不能统一为一个整体，而是相互分离的实体，就像母亲在我们面前（我们也无法与她合二为一）那样。拉康指出，此类整体感和统一感是一种幻觉。

当认识到我们是独立于母体的个体存在，我们便可以进入拉康所谓的第二个阶段，即**符号界**（symbolic order）[①] 了。母亲主宰想象界，而符号
135 界的主宰者是父亲。在这一阶段，我们学会了语言。拉康认为，事实上我们是被语言统治的，因为正是语言塑造了我们作为独立存在的身份，并铸就了我们的人格。拉康借用了现代语言学的奠基人——费尔迪南·德·索绪尔（Ferdinand de Saussure）——的语言学理论原理，提出我们基于差异来辨别个别的声音和词汇。例如，我们理解 *might* 这个词，是因为它不同于 *sight*，我们理解 *hill* 这个词，是因为它不同于 *bill*。理解并掌握差异概念有助于我们成功地进入并通过符号界。

拉康认为，在符号界，我们开始学会辨明两性。学习性别身份的这个过程是以差异和缺失（loss）为基础的。当我们处于想象界，母亲在时我们会很愉悦；而在符号界，我们了解到父亲开始代表文化法则和法律。他横亘在我们与母亲之间，通过阉割（castrate）的威胁将文化法则强加给我们，逼迫我们顺从。由于阉割情结在男孩和女孩身上的表现明显不同，成功走过符号界的过程在不同性别之中便也是不同的。

对拉康而言，我们属于什么性别（sex），这是由生理决定的；但是我们的性征（gender，or sexuality）却是由后天的文化因素创造而成的。例如，社会习俗规定了小男孩应该玩小汽车，小女孩应该玩布娃娃之类的玩具。正是父亲——权力的象征——将这些文化法则强加给我们，并使我们服从它们。当两种性别的人认识到他们“不是什么”（即小男孩发现他做

① symbolic order 有“象征秩序”、“符号秩序”、“符号界”几种译法，但现在越来越多的人倾向于译作“符号界”。——译者注

的事情同小女孩不一样，而小女孩也同样这样认为）时，他们就开始了解自己的性征了。每个人都必须意识到他（她）永远都是一个分裂的自我，再也不能经历在想象界与母亲未分离时的整体感和愉悦感了。

男孩进入符号界意味着他必须认清并且承认，父亲既是社会权力的象征，也是阻断他与母亲性结合的障碍。而女孩进入符号界也必须承认这一点。同男孩一样，女孩也希望回到想象界那种与母亲亲密无间的快乐状态。但与男孩不同的是，她们在成长过程中更容易进入前俄狄浦斯阶段。

进入符号界对两种性别的人来讲都是某种形式的阉割。阉割是象征性的，不是实质上的，代表了每个人整体感的丧失以及对社会规则的接受。对男性来讲，这意味着要接受父亲，即接受菲勒斯或阴茎拥有者的权力象征。同样，女性不仅要接受父亲的统治形象，也要接受阴茎缺失这个事实。与拉康在“性别”和“性征”之间做出的差异辨别相类似，他又在阴茎和**菲勒斯**（phallus）之间做了区分。前者是生理器官，后者对拉康而言是后结构主义术语——先验所指，是一种赋予其他客体以意义的客体（object）。换言之，菲勒斯是权力的终极象征。尽管男性、女性都不可能 136
拥有菲勒斯，也都不可能是完整的，但男性到底还有阴茎可言，这就给他们提供了要求这种权力的些许资本。

拉康与文本分析　拉康的理论以及他对人格理解的核心就是缺失（lack）与破碎。每个人都有对爱、对生理快感以及对数不清的对象的渴望，但是没有什么可以满足我们的欲望，从而令我们回到想象界并与我们的母亲结为一体。拉康在审视文学文本时也考虑到了这种破碎的自我。对拉康而言，文学文本具有一种可能性，至少能在一瞬间捕捉到我们想要回到想象界的欲望，也能捕捉到我们一旦成为整体或与母亲合为一体时那种重归极乐感的欲望。

在对文本的审视中，拉康也在寻找关于人格中的第三部分，即最为遥远而难以抵达的这一部分的要素：**实在界**（real order）。一方面，实在界由物质世界组成，包括物质性的宇宙以及它内部的一切；另一方面，实在界也象征着人所不及（a person is not）的一切。或者正如拉康所言，实在界包含了无数的对象小 a，它们以原始性缺失的象征形态出现，持续不断地对我们施加影响。的确，由于这种对象以及整个物理世界并不是也永远不可能成为我们自身的一部分，所以，我们永远不能亲身经历或真实地感知到它们，除非通过语言。另外，正像拉康所言，又是语言最初造成了我们的破碎。在拉康的理论中，文学拥有一种特殊的捕捉**高潮**（jouissance）[①] 的能力。换句话说，就是去唤起一个或快乐、或恐怖、或充满欲望的短暂时刻，这些情感某种程度上来自无意识的深处，并且让我们想起那段曾经拥有的整体完美的时光——那时我们还不能与来自实在界的影像（images）区分开来。尽管其他想象和经历（诸如出生或死亡）也能发挥这一功能，但这些高潮经历大多还是与性相关的。在爱伦·坡、莎士比亚和乔伊斯的作品中，拉康经常可以发现这种快乐的瞬间。

三、精神分析批评的现状

主要是因为拉康，精神分析批评才得以迎来新的繁荣。特别是女性主义批评家承袭了弗洛伊德和拉康的理论模式，来展示心理冲突并思考女性作家在男权社会中所遭遇的困境。比如桑德拉·吉尔伯特（Sandra Gilbert）和苏珊·古芭（Susan Gubar）合著的《阁楼上的疯女人：女性作家与19世纪文学想象》（*Madwoman in the Attic*：*The Woman Writer and the Nineteenth-Century Literary Imagination*，1979）、茱莉亚·克里斯蒂娃的《恐怖的权力：论卑贱》（*Powers of Horror*：*An Essay on Abjection*，1982）和《诗歌语言的革命》（*Revolution in Poetic Language*，
137 1984）、露西·伊利格瑞（Luce Irigaray）的《性别差异的伦理学》（*An Ethics of Sexual Difference*，1984），等等。其他批评家如菲利克斯·加塔利（Félix Guattari，1930—1992）[②]，则继续挑战弗洛伊德和拉康的观

① 法语词 jouissance 有享受某种愉悦（多指性高潮）和享有某种权利之意。在拉康的理论中，它是无法只用“愉悦”（pleasure）形容的过度欢愉，特别是指在法律、精神、性爱层面上享有大权在握的快感。jouissance 在汉语界有享乐、原乐、快感、畅爽、绝爽、狂喜、醉等译法，国内法语翻译者钱翰博士曾在一篇译文中译为“高潮”，以求回归本义。现从此译。——校者注

② 菲利克斯·加塔利，法国哲学家，精神分裂分析和生态哲学的创始人。因与德勒兹合作《反俄狄浦斯》和《千高原》而闻名于世。——译者注

点，建立他们自己的人格结构理论。尽管当今许多批评家对弗洛伊德的菲勒斯中心的性理论表示拒斥，而宁可接受一种“性中心论”色彩较为淡薄的理论体系，然而仍有人认同这一原创性精神分析学家的释梦学说及其语言的、象征的阐释方法。

四、理论假设

大多数精神分析批评形态的基础来源于弗洛伊德及其精神病临床治疗实践的理论和技术。在批评实践中，无论批评家运用的是荣格、弗莱、拉康还是其他精神分析学家的观点，大家都承认弗洛伊德才是这一批评形态的智识核心。

精神分析批评最核心的论点便是弗洛伊德的一个假设。他认为，所有的艺术家（包括作家）都是神经病患者。大多数神经病患者受困于神经症的外部表现，如疯癫或自杀。艺术家们则与之不同，他们通过创作艺术作品，寻找到一条重返心智正常和健康无损的通路。

弗洛伊德认为，作家创作的主要动机是满足一些隐秘且被禁的欲望，一些在作家婴儿时代便有过但立刻就被压抑且被打入无意识冷宫的愿望。这些被压抑愿望的外在表现就成了文学作品本身。弗洛伊德指出，文学作品确实就是作家的梦或幻想。精神分析批评家认为，运用弗洛伊德为释梦疗法而创立的精神分析技术，我们能够“解锁”那些隐藏在故事中和象征中的意义，只有那时我们才可触及文本的确切内涵。

因为弗洛伊德认为文学文本是作家的梦或幻想，所以必须如释梦一般来分析一个文本。在弗洛伊德看来，如此理解文本意味着我们必须假定梦是经过化装的愿望。我们现在的所有愿望都是以某种方式由婴儿期便发展起来的。身为婴儿时，我们渴望得到肉体和情感上的双重满足。那些被满足的婴儿欲望记忆为我们现在出现的愿望提供了肥沃的生长土壤。因此，我们现在的所有愿望均为以往婴儿记忆的再创造——尤其是俄狄浦斯阶段的元素——通过感觉、情感以及其他当下情境让那些记忆浮出无意识和意识的表层。

然而，实际的愿望往往过于强烈，受禁的力度往往又过于强大，以致无法通过理性检查官（the mind's censor）亦即自我（the ego）的审查。随后，自我便将这些愿望加以扭曲和掩藏，构成了梦的**隐意**（latent content），从而允许做梦者记得一种改头换面且常常变得面目全非的梦。做
138 梦者对释梦者讲述这些已被改变过的梦，这就是弗洛伊德所谓的梦的**显意**（manifest content）。反过来，释梦者必须揭开患者谈话的各个层面，仔细分析梦的多重层面。分析师的工作与考古工作很类似。考古工作者一层一层地精心发掘一个有价值的历史遗址；分析师也必须将梦逐层深入，做出回应，直到真正的愿望被挖掘出来。

如释梦者一般，精神分析批评家认为作者讲述的故事就是一个梦，表面上的部分仅仅揭示了真实故事的表层含义。存在于故事不同层面上的“隐意”是受到掩盖和检查的，而这才是故事的真正含义。隐意常常会与我们成长过程中俄狄浦斯阶段的记忆直接相关。精神分析批评家相信，通过直接运用弗洛伊德的释梦技术，真正的、未受检查的愿望能够浮上水面，从而揭示故事的真正意义。

正如本章之前所提到的那样，并不是所有的精神分析师都同意弗洛伊德的基本假设。例如，荣格便认为神话意象与性意象在梦里都是存在的，而弗莱借用了荣格的假设，创立了对梦和文学作品的图解式的方法。另一方面，拉康否定了弗洛伊德关于无意识是一口涌动着沸腾激情之大锅的假设，而主张无意识如语言本身一般有着自己非常精密的结构。通过分析这种结构，拉康认识到，没有人能够获得整体性（wholeness），因为我们全部是并将永远是保持分裂状态的个体，永远都在寻求完整性（completeness）。不过，在某种程度上，所有这些理论家及其理论都与弗洛伊德的理论前提相关联。

五、方法论

弗洛伊德的精神分析批评从 20 世纪二三十年代起被引入文学研究，直到今天仍然焕发着生机。尽管精神分析批评的方法受到过挑战，经过了

修订和补充，它却为文学分析提供了一种令人兴奋的方法。这种方法宣称，我们人类是一种复杂的却又在某种程度上可以理解的生灵，我们常常认识不到无意识在行为动机和日常活动方面对自己构成的影响。

精神分析批评问世之后的几十年里，它主要是将目光聚焦在作者身上。这种分析方法被称为**心理传记**（psychobiography），即通过考察作者的传记、私人信件、演讲以及其他相关的文献来积累传记性信息。精神分析批评家运用这些资料和作者的著作学说（或曰作品合集），认为他们可以在理论上建构作者的人格，包括作者所有的气质（idiosyncrasy）、内在 *139*
和外在的抵牾以及更重要的神经症状。反过来，他们声称，这一理论的发明有助于对作者的独特作品形成启发性理解，进而发掘出文本中的隐意。批评家认为通过对作者的深入了解可以更好地阐释作品。尤其吸引他们的是埃德加·爱伦·坡（Edgar Allan Poe）、威廉·布莱克（William Blake）、列奥纳多·达·芬奇（Leonardo da Vinci）之类作者的生平和作品。

20世纪50年代，精神分析批评家的注意力由心理传记转向人物分析，即研究一个作者作品集中发现的人物心理的各个方面。这种视角引发了对文学作品更为复杂的理解，文本中那种不同寻常的人物成了关注的焦点。这些批评家认为，作者在人物身上赋予了特殊的人格，他们也注意到读者对每个人物的人格都有自己的看法。这样，较之于那种将人物视为作者观念传声筒的看法，人物的行为与动机便显得更为复杂了。如今，每个读者对人物的理解已经成了文本阐释不可分割的一部分。作者创造人物，而读者对同一个人物进行再创造，从而把他们的个人经验和知识带入对文本和人物的阐释之中。这样，人物就成了作者和读者共同创作的产物。因此，为了阐释作品，对作者和读者同时进行精神分析就是必要的。

如今，许多精神分析批评家都意识到读者在作品的阐释中发挥了主要的作用。要阐释一个文本，关键是要以弗洛伊德理论的视角来理解我们自己和我们所处的语境。

在所有精神分析批评方法中，最易引起争议的是把弗洛伊德的基本理论假设（人类所有的行为都是由性力驱动的）直接应用到文本中的做法。那些从事批评的新手往往不了解或误解弗洛伊德的精神分析方法，在他们眼中，文本中的一切常常表现为一种直接的性意象（sexual image）。对他们而言，每一种凹陷的意象（如花朵、茶杯、洞穴、花瓶）都是代表女性的**外阴象征**（yonic symbol）；而每一种状似阴茎、长度超过直径的意象（如塔楼、刀剑、钢笔）都是代表男性的**阴茎象征**（phallic symbol）。因此，一个文本如果写到了跳舞、写到了小船漂进山洞或钢笔放在杯中，都被阐释为性交的象征。以此视角观察，文本中所有的意象和行为都可追溯到作者的本我，因为作品中的一切归根到底都是那些来自作者被掩藏的力比多愿望。

另一种精神分析批评方法是由荣格首先提出、随后由弗莱发扬光大的原型批评。批评家运用这种方法审视文本，是为了发现文本本身所固有的诸种原型。以荣格的视角看，这些原型对所有读者来讲都具有相同的意
140 义。例如，红色象征着危险，水象征着生命。通过揭示这些原型在文本中出现的地点和方式，以及它们是否以明晰易辨的模式出现，原型批评家们认为自己能够挖掘出作品的真实含义。为了准确地使用这种方法，批评家必须对荣格那套复杂的理论和术语有一个全面的把握。

在一些新式的文学原型批评的方法中，批评家把注意力聚焦于文本中的神话概念，例如约瑟夫·坎贝尔（Joseph Campbell，1904—1987）。他既是批评家，也是学者，写过专门研究神话与文学领域的著作来关注原型象征所描绘的人类经历。在他最有影响的著作《千面英雄》（*The Hero with a Thousand Faces*，1949）中，坎贝尔将神话和所有文学作品中出现的具有原型意义的英雄的旅行看作一个整体。他认为，“像弗洛伊德、荣格以及他们的追随者那样的精神分析学家已然无可争辩地证明，神话中的逻辑、英雄与行为直到现代依然存在”。因此，坎贝尔指出，人类精神与现代文学同远古时代的神话与主题是直接相关的。由于这种相关性，我们必须为了这些主题而去探究文学。坎贝尔认为，通过理解远古故事和主题，找到它们与现代作品的关系，并且运用原型式精神分析批评方法，这样做不仅有助于更好地了解我们所生活的世界，而且也有助于增进我们之间的相互了解，甚至能深入了解我们的内心世界。另外一些精神分析学家如大卫·理明（David Leeming）与詹姆斯·希尔曼（James Hillman）也在自己的著作中运用了荣格和坎贝尔的理论观点，他们的研究横跨心理

学、神话学与文学各个领域。

当今常见的另一种精神分析批评方法脱胎于拉康的理论。拉康式的批评家试图探索一个文本如何象征性地表现实在界、想象界和符号界的要素。通过识别文本中这些秩序的象征性表达，批评家审视着这些象征如何展现自我的破碎性（fragmentary nature）。批评家认为，这种展现是向读者说明，所有的个体实际上都是分裂的自我。拉康式批评的总体目标就是要告诉我们，一个整体的、在心理上保持完整的人是不存在的，我们必须接受这个“分裂”的现实。

精神分析批评同样也正被女性主义批评家征用。运用弗洛伊德某些观点的同时又把他从男权中心文化论中“解救”出来，这就是茱莉亚·克里斯蒂娃之类的批评家的做法。克里斯蒂娃借用并修正了弗洛伊德、拉康、人类学、哲学、语言学、现象学的理论观念，创立了一种新的理论——**符号分析学**（semanalysis）。对拉康的镜像理论加以详细阐释之后，克里斯蒂娃指出在前镜像期（她认为拉康忽视了这一阶段），儿童会经历一种与母体的分离或缺失，母体塑形了意义，令这种缺失或需求发生位移，演变成一种欲望。一种来自本能的强大情感力量由此产生，这就是克里斯蒂娃所谓的**前符号状态**（semiotique）。前符号状态并不存在于拉康所指出的 141
“象征”之中，而是存在于语言本身的韵律学（prosody）里。这种释义的过程是一个持续不断的过程，需要运用弗洛伊德、拉康及语言学的概念。

批评家可以选用任何一种精神分析批评方法，但无论选择哪一种，他（她）都必须掌握精神分析理论和实践方法，这是由弗洛伊德和他的弟子借鉴、修正和设计的一种阐释方法，清晰而可信。尽管掌握这些复杂的理论及其合适的应用方式可能困难重重，但由此能发现藏在我们每个人中间的真相（truth），这个结果还是不无裨益的。

六、问题分析

- 因为精神分析批评的基础是心灵的多种结构而非某种美学理论，这种文本分析的批评方式可以运用诸多批评流派的理论方法。请解释新批评、读者导向批评、解构派的理论与实践方法在精神分析的文本解读中是如何应用的。这些批评流派与精神分析批评有何相似之处？

● 运用以下视角分析霍桑的短篇小说《好小伙布朗》中的主人公：弗洛伊德式视角、荣格式视角、拉康式视角。

● 理出《好小伙布朗》文本中出现的不同意象和结构模式，然后根据你对精神分析批评的理解，解释一下这些意象和模式的表现，并分析它们与文本总体上的精神分析阐释有何关联。

● 考察纳撒尼尔·霍桑的生平，运用心理传记原理分析他的短篇小说《好小伙布朗》。

七、批评与回应

在过去的数十年里，许多“倒弗派”（Freud bashing）涌现出来，从对弗洛伊德及其学说加以简单反驳，到后来发展为一股潮流。弗洛伊德曾被赞为天才，而如今常被蔑称为“特别麻烦的人”（very trouble man），他的精神分析学说也被许多心理学家、生理学家、语言学家、认识论学者斥为伪科学，只有少量的文学理论家和批评家不这样认为。但即便如此，弗洛伊德仍然是普通心理学和文学中的核心人物。多亏了弗洛伊德，才没人怀疑（如果曾经有的话）无意识对我们日常生活的影响。也多亏了弗洛伊德，我们才能认识到（哪怕只是片面的），心灵（minds）创造的东西远远多于我们能够理解的事物。由此我们也认识到，寻求生活意义会是痛苦的，但我们却愿意那样做。还是多亏了弗洛伊德理论和精神分析学的建
142 立，精神分析批评才能通过雅克·拉康、坎贝尔、克里斯蒂娃、吉尔·德勒兹（Gilles Deleuze）[①]、加塔利以及其他许多致力于人类精神与文化、社会、政治、艺术之间关系的人，不断地探索着人类精神的运作。

---

① 吉尔·德勒兹（Gilles Louis René Deleuze，1925—1995），法国后现代主义哲学家，主要学术著作有《差异与重复》、《反俄狄浦斯》、《千高原》等。——译者注

尽管弗洛伊德的理论为当今学者和理论家提供了一块跳板，从而产生出一大批方法来审视人类精神和意义生产（making of meaning），弗洛伊德还是因为种种原因而受到批判。第一，如果一个人想要成功地写一篇精神分析意义上的文本阐释文章，这个人必须跨过那几乎不可逾越的理论知识之峰。第二，一些批评者指出，在文本可被分析之前关注这样一个庞大的理论体系，精神分析批评忽略了作为一个批评家首先应当考虑的问题：文本本身。第三，许多批评者指出，精神分析批评把文本化约为性驱力与肉欲冲动的集合体，因而否认了内在于文学作品的审美属性，这是应当引起批评家注意的。第四，弗洛伊德的阐释带有极强的男权特征，主张男性的绝对统治权，而女性仅处于从属地位。有批评者声称，弗洛伊德理论的性别天平是不平衡的。当然，也有人辩护道，弗洛伊德是那个男权时代的“男性产物”（male product），而拉康和其他当代精神分析批评家的理论则把弗洛伊德从他的男性偏见中“解救”了出来。第五，有人认为精神分析学过于简单化而不能达到理解人类精神所有复杂性的意图。不过，这种批评似乎可以用在大多数人格结构理论上，因为毕竟它们只是结构模型。第六，许多人认为，如果作为一门科学，精神分析其实并不具备客观性或科学性。弗洛伊德曾坚定不移地鼓吹其理论的科学有效性，可是，就连他本人也曾对他的理论中许多个案史的“叙述”（narrative）性质忧虑过。

毋庸置疑的是，弗洛伊德曾经开创了一条探索人类精神的新路。文学理论家和文学批评家也仍在接受、拒斥、借用、修订着他的理论，他们的应用恰好证明了弗洛伊德持久不衰的重要性，不仅从历史角度看是这样的，而且从批评家的实践角度看也是如此。

第七章　女性主义

143 所谓妇女解放，就是让她不再局限于她同男人的关系。[①]

——西蒙娜·德·波伏娃，《第二性》(1949)

一、导论

阿肯色州小石城的《妇女编年史》(*Woman's Chronicle*) 是最早由女性拥有和运作的美国报纸之一，在其创刊版中，该报编辑凯特·坎宁安 (Kate Cuningham) 于1888年3月24日（星期六）写了下面这些话：

> 没有人能像女性自己为自己那样精打细算。在处理自己的性别需求这方面，没有谁能比她本人更合适。证明她进步的最佳方式莫过于她在医学和文学方面的进展，更不用说她所持续进行的对其性别有益的改革运动了。

① 这里采用了陶铁柱译文，见［法］西蒙娜·德·波伏娃：《第二性》，827页，北京，中国书籍出版社，1998。——译者注

100 多年以后，在中国北京 1995 年 9 月举办的联合国第四次世界妇女大会上，另一位阿肯色州女性（即阿肯色州和美国前第一夫人、来自纽约州的美国参议员、奥巴马政府的国务卿）希拉里·罗德姆·克林顿（Hillary Rodham Clinton）指出："将妇女权益与人权问题分而论之，已不再能让人接受。"在坎宁安的报纸宣言发表一个多世纪之后，美国国务卿希拉里所说的这些话确实铿锵有力。难道坎宁安的观点在 19 世纪后半叶还没被美国人接受吗？为什么还需要希拉里·克林顿在 21 世纪宣告妇女权益和所有人的权利（无论男女）是一样的？21 世纪的女人和男人难道在各方面还不平等吗？女性主义研究者、女性主义理论家和女性主义批评家的 144
回答都一模一样：不平等！

20 世纪后半期，文学研究的一个最为显著的发展是，女性主义文学批评主张全体女性（甚至也是所有人）在生活的各个领域（社会、政治、专业、私人、经济、审美和精神等领域）拥有平等的权利。20 世纪 60 年代，女性主义批评作为女性主义研究的一支得以凸显。因受女性主义文学理论和学术研究的影响，女性主义批评成为各种特别关注女性的文学和文化研究方法的总称。女性主义批评的各种目标和方法的聚焦之处是**父权制**（patriarchy），即由男性制定的社会和文化规则。女性主义批评家安妮特·克罗德尼（Annette Kolodny）在 1980 年发表的论文《通过雷区的舞蹈》（"Dancing through the Minefield"）是详细阐释女性主义理论的理论假设和考查其方法论的早期文本之一，该文阐明了女性主义批评的主要宗旨：

> 使女性主义文学批评统一起来并一再受到鼓舞的……既非教条，也非方法，而是一种敏锐和充满激情的专注，它首先专注于男性权力结构是如何被铭写（或编码）进我们的文学遗产中的，以及这种编码给作为人物、读者和作者的女性带来了怎样的后果。

这些男性权力结构包含着**菲勒斯中心主义**（phallocentrism），即在文化和文学作品中把菲勒斯（phallus）等同于权力之源的信念，以及与之相伴的男性中心和男性统治的父权制假设。陶丽·莫依（Toril Moi）是杜克大学的英语教授、戏剧研究者，也是一位重要的女性主义理论家和批评家，她在其里程碑式论文《女性主义文学批评》（“Feminist Literary Criticism”，1986）中，把女性主义批评定义为“一种特殊的政治话语，一种致力于反对父权制和性别歧视（sexism）的批评和理论实践”。在莫依看来，女性主义批评理论的目的之一就是挑战和批判文化和文学中确立的此类父权制视野，谴责和拒绝所有菲勒斯中心主义的假定。另一位重要的女性主义理论家和批评家朱迪丝·范特丽（Judith Fetterley）同意莫依的定义。在那本很有影响的著作《反抗的读者：美国小说的女性主义解读》（*The Resisting Reader：A Feminist Approach to American Fiction*，1978）的导论中，范特丽认为：“女性主义批评理论（也）是一种政治行动，其目的不仅仅是解释世界，而是通过改变那些阅读它的人的意识，以及他们与其所读内容的关系来改变世界。”对于范特丽来说，女性主义批评家的第一个行动就是“成为一个抵抗的而不是赞同的读者，通过拒绝这种赞同，去开始驱除那种已然植入我们内心世界的男性思维的过程”。

那么，这种男性思维以及与之相伴的菲勒斯中心主义的观念是如何植入我们内心之中的？很大程度上，答案在于西方文学经典中，其文学作
145 品，受人称道的作家、哲学家和学者几乎都是男性化的。对男性经典作家所写评论和所持观点做简要的历史考察，便能支撑女性主义批评的如下观念：父权制的视野在西方文学经典中已被确立。

> 你千万不要上当，让淫荡的妇女用甜言蜜语蒙骗了你，她们目光盯着你的粮仓。信任妇女就是信赖骗子。①
>
> ——赫西俄德（Hesiod，诗人，前 8 世纪）

> 柏拉图感谢诸神赐予他的两个福佑：他没有生而为奴，也没有生而为女。
>
> ——柏拉图（Plato，约前 427—前 347）

> 沉默让女性优雅得体。

---

① ［古希腊］赫西俄德：《工作与时日·神谱》，张竹明、蒋平译，12 页，北京，商务印书馆，1996。——译者注

——索福克勒斯（Sophocles，前497—前406）

男性天生高贵，而女性则天生低贱；前者治人，后者治于人。女人“是静待积极主动的男性法则的塑造之物……因此男人在生殖方面扮演着重要角色；而女人则仅仅是男人精种的消极的孵化器”。

——亚里士多德（Aristotle，前384—前322）

女人确实是一个“不完美的男人……一个次等生命……一个不合格的男性”。

——托马斯·阿奎纳（Tomas Aquinas，1225—1274）

尽管女人是“上帝创造的尤物”，但她“无法与男性的荣誉与尊贵相媲美”。

——马丁·路德（Martin Luther，1483—1546）

脆弱啊，你的名字是女人。

——莎士比亚（Sharkerspeare，1564—1616），《哈姆雷特》

大多数女性毫无个性。

——亚历山大·蒲柏（Alexander Pope，1688—1744）

女人啊女人！大自然安排下的用来折磨我们的可爱而又致命的尤物……她们的恨与爱同样有害，无论是追求还是逃离她们，我们都不能免于惩罚。

——让-雅克·卢梭（Jean-Jacques Rousseau，1702—1778）

玛莉·渥斯顿克雷福特（Mary Wollstonecraft）① 是一只“穿裙 146
子的土狼”。

——霍勒斯·沃波尔（Horace Walpole，1717—1797，最早的哥特式小说《奥托兰图堡》的作者）

① 玛莉·渥斯顿克雷福特（1759—1797），女权主义者、作家，著名作家威廉·戈德温（William Godwin）的妻子。从她开始，女性文学逐渐成为文学中的一个主要分类。从某种意义上说，她就是女权主义的开山鼻祖。——译者注

女人天生就是我们的奴隶……她们是我们的财产……让女人和我们平起平坐简直是疯了。

——拿破仑·波拿巴（Napoleon Bonaparte，1769—1821）

文学不能也不应该是女人的终生事业。女人越是投入于她应尽的职责中，就越没有闲暇来从事文学活动，哪怕只是把它作为一种消遣也罢。

——罗伯特·骚塞（Robert Southey，1774—1843），桂冠诗人

女人是奴隶，我们必须足够聪明才能获得对她们统治的王权。

——奥诺雷·德·巴尔扎克（Honoré de Balzac，1799—1850）

简·奥斯汀的小说“格调庸俗，艺术创造很贫乏……毫无才华、机智和世间知识可言。人生从未如此苍白和逼仄”。

——拉尔夫·沃尔多·爱默生（Ralph Waldo Emerson，1803—1882）①

女作家们是“一帮胡涂乱抹之女组成的该死的乌合之众”，只有魔鬼附身，她们写出的那点东西才值得一读。

——纳撒尼尔·霍桑（Nathaniel Hawthorne，1804—1864）

不存在女性作者。她们完全自相矛盾。女人在写作中同样扮演着粗制滥造的角色；只有在不需要天才的地方她们才会被派上用场。

——皮尔-约瑟夫·蒲鲁东（Pierre-Joseph Proudhon，1809—1865）②

女人很任性，也就是说她们令人生厌。

——夏尔·皮埃尔·波德莱尔（Charles-Pierre Baudelaire，1821—1867）

简·奥斯汀（的作品）完全无法卒读。人们让她自然死亡似乎是一个巨大的遗憾。

① 拉尔夫·沃尔多·爱默生，美国思想家、文学家和诗人，同时也是确立美国文化精神的代表人物。其代表作有《论自然》等。——译者注

② 皮尔-约瑟夫·蒲鲁东，法国政治家、互助论者哲学家和社会学家。——译者注

——马克·吐温（Mark Twain，1835—1910）

女人这个概念就是暴风雨般的头发……在美丽的幻影后面永远藏着一张贪婪的小嘴。①

——弗里德里希·尼采（Friedrich Nietzsche，1844—1900）

一位艺术家最重要的品质是“技巧娴熟，这是一种男人的天赋， 147
而且尤其能使男人区别于女人，把思想体现在作品中……男人的品质就是那种创造性的天赋”。

——杰拉尔德·曼利·霍普金斯（Gerard Manley Hopkins，1844—1889）②

女性主义是一场政治错误。女性主义是由女性智力制造的错误，是女性直觉能够意识到的错误。

——瓦伦丁娜·德·圣庞德（Valentine de Saint-point，1875—1953）③

教育女人就像是往一块优质瑞士手表上倒蜂蜜，那样它就停止工作了。

——小库尔特·冯内古特（Kurt Vonnegut，Jr.，1922—2007）④

女性主义文学批评挑战了这些父权制言论，以及与之相伴的男性统治、哲学预设和带有性别偏见的文学批评。女性主义坚持认为，文学应该从种族、阶级、性别的偏见中解放出来，提供出能对社会各成员予以尊重的多种理论框架和阐释方法。

---

① 此说法出自尼采《我妹妹与我》（*My Sister and I*）一书，其完整的英译文如下：When I think of women, it is their hair which first comes to my mind. The very idea of womanhood is a storm of hair—black hair, red hair, golden hair—and always with a greedy little mouth somewhere behind the mirage of beauty. ——校者注

② 杰拉尔德·曼利·霍普金斯，英国维多利亚女王时代的著名诗人、教会神父，在诗论方面颇有研究。——译者注

③ 瓦伦丁娜·德·圣庞德，法国女性小说家，其创作宗旨是描写现代女性形象，但拒绝女性主义。20世纪初参与未来主义运动，试图借助戏剧和舞蹈的变革达到其创作目的。——译者注

④ 小库尔特·冯内古特，美国作家，被誉为美国黑色幽默文学的代表人物，与马克·吐温并称于世。其代表作品有《五号屠场》等。——译者注

二、历史发展

女性主义批评认为，西方文化中对女性的偏见早已根深蒂固。古希腊人就已经开始煽动性别歧视，断言男性高贵而女性低贱。他们坚持认为，女人诱惑男人，使他们不再追求真理，妨碍他们实现全部潜能。在接下来的数个世纪，另一些哲学家和科学家仍然坚持这种性别歧视。比如，查尔斯·达尔文（Charles Darwin，1809—1882）在《人类的由来》（*The Descent of Man*，1871）中，宣布女人具有“以往和较低级文明状况的……特征”。他注解道，这类生物比男人要低劣，而男人在生理、智力和艺术创造力上都更为优秀。

一个又一个世纪，男性的这些声音一直在持续阐述和决定着女人的社会角色、女人在文化和个人方面的意义。一些学者认为，挑战这些男性声音的第一部重要的女性主义文学批评作品，是由14世纪的克里斯蒂娜·德·皮桑（Christine de Pizan，1365—约1434）所著的《致充满爱的上帝之书箴》（*L'Epistre au Dieu d'amours*，1399）。在这部著作中，皮桑批评了让·德·摩恩（Jean de Meun）在《玫瑰传奇》（*Roman de la Rose*，约1230或1275）中对女性本质带有偏见的论述。皮桑还在另一本著作《妇女之城》（*Le Livre de la Cite des Dames*，1405）中宣称，上帝造人对男性、女性是一视同仁的。

在接下来的几个世纪里，另一些女性的声音明确表达了妇女的权利，这些声音被一些学者、艺术家和作家倾听并承认。17世纪的阿弗拉·贝恩（Aphra Behn，1640—1689）也是这些声音中的一个。贝恩通常被认为
148 是英语世界的第一个专业女性作家，作为一位王政复辟时期多产的剧作家、诗人和小说家，她的作品在英国文学的情色小说（amatory fiction）[1]

① amatory fiction亦可译作艳情小说。此小说类型流行于17世纪后期的英国，延续至18世纪。其主要特点是女性写，女性读（当然，其实际读者并不局限于女性），内容涉及男女情色，讲述的是具有浪漫色彩的性爱故事。除贝恩外，情色小说写作还有两位重要作家：艾丽莎·海伍德（Eliza Haywood，约1693—1756）和玛丽·曼莱（Mary Manley，1663—1724）。参见刘文荣：《欧美情色文学史》，126～127页，上海，文汇出版社，2009。——校者注

中具有举足轻重的地位。按照 20 世纪的女性主义者弗吉尼亚·伍尔夫的说法："所有的女人都应该在阿弗拉·贝恩的坟墓上撒满鲜花……因为正是她为女性赢得了说出想法的权利。"与她同时代的大多数作家不同的是，贝恩的小说站在了时代前沿，并分析了与男性和女性都有关系的女人的性欲望。通过创造性地运用诸如声音、视觉线索（visual cues）和主题直陈（frankness of subject matter）等叙述技巧，贝恩发表了剧本《多情王子》（*The Amorous Prince*，1671）、诗集《欲望》（*On Desire*，1688）和小说《王子的奴隶生涯》（*Oroonoko*，1688），这些作品为英国浪漫主义运动铺平了道路。今天，她的文字为文化研究学者和从事其他研究的诸多学者提供了丰富的文本，用以详细考察它们对于人类的意义。

18 世纪晚期，另一个强有力的、具有艺术气息的女性声音响起，反对那些安置在社会中和西方经典中持续不断的父权制观念和表达。在法国大革命的影响下，玛莉·渥斯顿克雷福特认为妇女应该和男性一样在公共场所占有一席之地，她著有《女权的辩护》（*A Vindication of the Rights of Woman*，1792），这是第一部承认女性为争取平等权利要有斗争意识的重要出版物。她认为，女性必须由自己来决定作为一个女性意味着什么。女性自己必须一马当先，通过抛弃那种女人比男人低级的父权制预设，阐明她们是谁，她们在社会中扮演什么角色。

然而，直到 20 世纪初的"进步时代"（the Progressive Era），女性主义批评的主要关切才在文学与批评中扎下根来。在此期间，女性获得了投票权，并成为诸如医疗保健、教育、政治和文学等日常社会议题的重要活动人士。但在这些领域中，女性仍然不具有与男性平等的权利。

1. 弗吉尼亚·伍尔夫

1919 年，英国学者、教师弗吉尼亚·伍尔夫（Virginia Woolf，1882—1941）在其力作《一间自己的房间》（*A Room of One's Own*，1929）中发展并深化了玛莉·渥斯顿克雷福特的思想，为当今的女性主义批评打下了基础。在这本书中，伍尔夫认为男人一直把女性视为低等的人。男性界定了何谓女性并且决定谁来控制政治、经济、社会与文学的结构。伍尔夫赞同塞缪尔·T·柯勒律治（Samuel T. Coleridge，19 世纪最重要的文学评论家之一）那种伟大思想中兼具男、女特征的观点。她假定莎士比亚有个妹妹存在，这个妹妹像莎士比亚那样是位有天赋的作家。然而，莎士比亚的妹妹因其性别却不能拥有“一间自己的房间”。因为她是
149 女性，她不能接受教育也不能找到赚钱的工作。因为在经济上负担不起自己房间的费用，她天生的艺术才华就无从施展。能够拥有她自己的房间象征着她需要与世隔绝和摆脱社会限制的独处与自立，以便她能找到时间去思考和写作。在伍尔夫的书中，莎士比亚的妹妹在寂寞中死去，没有人承认她的个人天才。甚至她的坟墓上都没有刻上她的名字，她被埋葬在一座无名墓中，只因为她是女性。

伍尔夫认为，类似的艺术才华和个人价值的流失是社会对女性的偏见造成的：她们在智力上被看作低于男人。伍尔夫强调，女人必须拒绝对女性特质的社会建构，亲自去确立和定义她们自己的身份地位。为此，她们必须挑战那些有关女性性别身份的流行的、错误的文化观念，并发展出一套女性话语，这套话语要能够正确地描述女性与“现实世界而非男性世界”的关系。伍尔夫认为，如果女人接受这个挑战，莎士比亚的妹妹就能再生，并且能过上今天女性的生活，甚至能像“刷洗盘子和哄孩子睡觉”的人那样生活。然而，社会的和世界的灾难（如 20 世纪 30 年代的“大萧条”和 40 年代的“第二次世界大战”）转移了所有人的注意力，也延缓了这些女性主义理想的进程。

2. 西蒙娜·德·波伏娃

第二次世界大战以后，随着法国作家西蒙娜·德·波伏娃（Simone de Beauvoir，1908—1986）的《第二性》（*The Second Sex*）于 1949 年出版，女性主义所关注的问题又一次进入人们的视野。在这部 20 世纪女性主义的奠基之作中，波伏娃宣称，法国社会（和通常意义上的西方社会）是掌控在男性手中的**父权制的**（patriarchal）社会。和在她之前的伍尔夫一样，波伏娃认为男性拥有对人类的解释权，其中也包括了对女性的解释权。她强调，因为女性并非男性，所以她成了**他者**（other），亦即其自身存在是由占统治地位的男性支配者所界定和解释的客体。作为男性的附属品，女性发现其文化在主要的社会体制（如教会、政府和教育系统）中只

是一个次要的或不存在的角色。波伏娃认为，女人必须砸碎父权制社会的锁链并建构自己。如果她们想凭借自己的本事成为一个重要的人，她们就必须对抗男性把她们分类为“他者”的做法。女人必须问自己：“何谓女人?”波伏娃坚持认为女人的回答不应是“人类”（mankind），因为这样的术语又一次给了男性定义女性的机会。波伏娃反对这种全称（generic）标签，她认为这种标签假定了“人类是男性，男人界定女人可不涉及女人而只相对于男人”。

波伏娃深信，女人必须把自己看作自主的存在。她强调，女人必须反 150
对那种男人是主体或绝对真理而女人则是“他者”的社会构造。植入在这种错误表述中的是这种假定：男性有权去控制主流话语，也有权界定文化术语和社会角色。因此，女人必须自己界定自己，阐明她们何谓女人的社会构成，并且反对那种把女人标签为“他者”的做法。

3. 凯特·米莉特

随着20世纪60年代的到来，随着这个年代出现的政治行动主义（political activism）和社会关切，女性主义议题中又出现了一些新的声音，比如玛丽·埃尔曼（Mary Ellmann）[《思考妇女》（*Thinking about Women*，1968）]和凯特·米莉特（Kate Millett）。随着米莉特《性别政治》（*Sexual Politics*）① 一书在1970年出版，一个新的女性主义浪潮开始出现。米莉特是最早向男性和女性的意识形态特征发起挑战的人之一。她认为，女性（female）是天生的，但女人（woman）是被建构出来的。换句话说，一个人的生理性别（sex）在出生时就被决定了，但是一个人的社会性别（gender）却是由文化规范建构出来的一个社会观念。有意无意之中，女人和男人都在遵守由社会确立的各种社会观念。比如，男孩子应该好斗且富有攻击性，坚定自信且霸气十足；相反，女孩子则应该是消极被动、温顺而谦恭的。这些文化期待通过各种媒体（包括电视、电影、歌曲和文学等）进行传播。遵从这些社会指定的性别角色就是米莉特所谓

① 此书名有《性别政治》、《性的政治》、《性政治》之译，这里选用《性别政治》。国内译本参见［美］凯特·米莉特：《性的政治》，钟良明译，北京，社会科学文献出版社，1999。——校者注

的**性别政治**（sexual politics），或曰社会中权力关系的运作。在西方，体制性权力取决于男性，并迫使女性处于附属地位。米莉特强调，必须剥夺男性统治在文化中的权力中心地位。这样做，女人自己才能建立由女性而不是男性界定的社会规范，并在此过程中塑造和阐明女性的话语、文学研究和女性主义理论。

三、20世纪60年代、70年代和80年代的女性主义

1963年，两部著作使女性主义的关切又一次进入公共领域：由弗朗西斯·巴格雷·凯普兰（Frances Bagley Kaplan）、玛格丽特·米德（Margaret Mead）主编的《美国妇女》（*American Women*），由贝蒂·福里丹撰写的《女性的奥秘》（*The Feminine Mystique*）。《美国妇女》是“关于妇女地位问题的总统委员会”（the President's Commission on the Status of Women）历时两年调研后的最终成果，是由美国总统约翰·F·肯尼迪（John F. Kennedy）委托完成的。这部作品详细描述了男人与女人在工厂场所、教育和社会各方面中存在的巨大不平等。这些不平等虽由确凿的事例加以佐证，但妇女们声称在美国国会和州议院通过改革仍有政治
151 压力。当妇女们开始进入政治领域并表达她们的关切时，自由撰稿人贝蒂·福里丹（Betty Friedan，1921—2006）出版了《女性的奥秘》一书。福里丹阐述了女性主义批评的两个主要问题，而这两个问题很快就流传开来：“一位女性必须能毫无犯罪感地问：‘我是谁？我在生活之外需要什么？’如果她在操心丈夫、孩子之外还想有自己的追求目标，她也不必感到自私和焦虑。”1966年，福里丹被选为新建的美国全国妇女组织（National Organization for Women，简称NOW）的主席，她的演讲内容是为妇女争取“法律面前”（under the law）的平等权利，包括教育和就业改革、生育的选择权，还有许多其他社会、政治和个人的议题。

在此期间和整个70年代，女性主义理论家和批评家开始研究传统文学经典，从中发现了有关男性统治和偏见的丰富例证，这些例证支撑着波伏娃与米莉特那种男性把女性当作“他者”的主张。有关女性的刻板印象

(stereotypes) 充斥于经典之中：女人是性欲狂 (sex maniacs)、美丽女神、无脑货或老处女。另外，尽管查尔斯·狄更斯、威廉·华兹华斯、纳撒尼尔·霍桑、亨利·大卫·梭罗、马克·吐温以及许多其他男性作家挤进了已被确立的经典，但很少有女性作家能取得这样的地位。那些崭露头角的女作家如玛莉·E·维京丝·弗里曼 (Mary E. Wilkins Freeman) 或莎拉·奥恩·朱厄特 (Sarah Orne Jewett)，被称作"本土有色人种作家" (local color writers)，暗示着她们在经典中处于次等或二流的地位。与此相似，女性角色（小说中虚构的人物）通常也局限于次要人物，其主要特点是强化了男性心目中那种模式化的女性人物形象。女性理论家、批评家和学者（如伍尔夫和波伏娃）完全被忽视，她们的作品几乎不（即便有也很少）为文学经典中的男性创作者所提及。

这一年代的女性主义理论家和批评家宣称：那些在经典中拥有一个显著位置并乐在其中的男性作家们假定，他们的理想读者都是男性。女人阅读这类作品很容易像男性阅读那样被哄骗进阅读之中。此外，由于大部分大学教授都是男性，所以女学生也常常被训练得像男性那样去阅读文学作品。因此，20 世纪 60 年代、70 年代和 80 年代的女性主义批评家宣告了一种女性理想读者的存在，她们是被充斥于经典中的男性偏见冒犯的读者。涉及文本中文学形式、风格、声音、主题和其他审美元素方面男性与女性特点的问题现在出现了。

整个 20 世纪 70 年代，用具有女性气质的术语界定女性作品的书籍很丰富。在成功地突出了社会性别的重要性后，女性主义理论家发掘和重新发现了很多由女性作者创作的作品，而这些作品曾被她们的男性同行判定为较低级且无价值，因而不能成为经典的一部分。比如美国女作家凯特·肖邦 (Kate Chopin) 那本 19 世纪末的小说《觉醒》(*The Awakening*, 1899)，被当作这一时期重新发现的女性主义文本的原型 (the archetypal)，而英国多丽丝·莱辛 (Doris Lessing) 的《金色笔记》(*The Golden* 152
Notebook，1962) 和法国莫妮克·维蒂格 (Monique Wittig) 的《女游击手》(*Les Guérillères*，1969) 也扮演了类似角色。遍及大学和阅读大众中的许多读者，现在已把注意力转移到由女性作家们创作的以往的和当下的作品上。与此同时，那些有助于定义女性形象、对女性文学史进行分类和

解释、阐明女性美学的作品，也成为女性主义批评家的关注所在。

女性主义的关切得到了出版界的支持——女性主义出版社（the Feminist Press）在1972年成立，期刊仅举几例：《符号》（*Signs*）、《妇女研究季刊》（*Women's Studies Quarterly*）和《女性主义研究》（*Feminist Studies*）。文本方面，有安妮特·克罗德尼的《辽阔大地：美国生活和文字中作为体验和历史的隐喻》（*The Lay of the Land*：*Metaphor as Experience and history in American Life and Letters*，1975），艾伦·戴蒙德（Arlyn Diamond）和李·R·爱德华（Lee R. Edwards）的《权威体验：女性主义批评文集》（*The Authority of Experience*：*Essays in Feminist Criticism*，1977），朱迪丝·范特丽的《反抗的读者：美国小说的女性主义解读》（*The Resisting Reader*：*A Feminist Approach to American Fiction*，1978），妮娜·贝姆（Nina Beym）的《女人的小说：美国女性写女人的小说导读（1820—1870）》（*Women's Fiction*：*A Guide to Novels by and about Women in America*，*1820—1870*，1978），桑德拉·M·吉尔伯特（Sandre M. Gilber）和苏珊·古芭（Susan Gubar）主编的《莎士比亚的姊妹们：关于女性诗歌的女性主义论文集》（*Shakespeare's Sisiters*：*Feminist Essays on Women Poets*，1979），还有吉尔伯特和古芭的《阁楼上的疯女人：女性作家与19世纪文学想象》（*The Madwoman in the Attic*：*The Woman Writer and the Nineteenth-century Literary Imagination*，1979），这些著作有助于塑造女性主义理论和批评的持续关切和发展方向，也为这些讨论提供了公共空间。

1. 伊莱恩·肖瓦尔特

一个女性主义批评的重要声音响彻在20世纪70年代后期，也回荡在后来的几十年里，这个声音的发出者就是伊莱恩·肖瓦尔特（Elaine Showalter）。在《她们自己的文学：从勃朗特到莱辛的英国女小说家》（*A Literature of Their Own*：*British Women Novelists from Bronte to Lessing*，1977）一书中，肖瓦尔特把女性写作按时间先后分为三个历史阶段：**女人阶段**（Feminine phase，1840—1880），**女权阶段**（Feminist phase，1889—1920），**女性阶段**（Female phase，1920年至今）。在女人阶段，像夏洛蒂·勃朗特（Charlotte Brontë）、乔治·艾略特（George Eliot）和乔治·桑（George Sand）之类的作家接受了界定女性的主流社会观念。因此，这些作家用男人的笔名来写作。像其他男性作家一样，其作品甫一问世，她们在智力上和艺术上的成就被人承认。在女权阶段或曰第二阶段，女性作家戏剧化了“单薄纤弱的”（slighted）女性困难处境，描绘了那些在更强大的男性人物形象手中受到严厉且常常是残酷对待的女性人物形象。在第三阶段或曰女性阶段，女性作家既袪除了女人阶段那种突出的女人气的社会观念，也抛弃了被女权阶段主宰着的女性人物形象的次要位置或不重要位置。肖瓦尔特注意到，女性主义理论家和批评家近来关注的是对艺术中出现的女性经验发展出一种独特的女性理解，包括对文学形式和技巧上的女性分析。这项工作必然包括文本中正在发现的**厌女症**（misogyny），这是肖瓦尔特用来描述男人憎恶女人的术语。

肖瓦尔特认为，女性作家被最初确立经典的男性教授们故意排除在文学经典之外。像苏珊·华纳（Susan Warner）［《宽宽的大世界》（*The Wide, Wide World*，1850）］、艾玛·D·E·N·索斯沃斯（Emma D. E. N. Southworth）［《隐藏的手》（*The Hidden Hand*，1859）］，还有玛丽·E·维京丝·弗里曼［《一个新英格兰的修女及其他故事》（*A New England Nun and Other Stories*，1891）和《彭布鲁克[①]》（*Pembroke*，1894）］等作家，她们远在19世纪后半期就是美国小说中最受欢迎的作者，但并没有被认为值得与经典为伍。肖瓦尔特认为，这种排除应该停止。在《走向女性主义诗学》（“Toward a Feminist Poectics”，1997）这篇有影响的论文中，肖瓦尔特认为，女性主义理论家必须“构建一个妇女文学的女性分析框架，从而发展出基于女性经验研究的新模式，而不是去适应男性的模式和理论”。她把这个过程称为**女性写作批评**（gynocriticism）。通过女性写作批评，肖瓦尔特揭露了错误的文化假设和经典文学作品中对女性特征的刻画。肖瓦尔特发明的这个词——**女性写作批评学**（gynocritics）——是她对这些批评家的一个归类，这些批评家“构建一种妇女文学的女性分析框架，从而发展出基于女性经验研究的新模式，而不 153

① 彭布鲁克，英国一个郡的名称。——译者注

是去适应男性的模式和理论”。女性写作批评学和女性写作批评为我们提供了描述女性写作性质的四种模式：生物学模式、语言学模式、精神分析模式和文化模式。

每一个“肖瓦尔特模式”（Showalter's models）都按顺序排列，涵盖和发展了先前的模式或模式群。**生物学模式**（biological model）强调通过那些众多的文学形象及与其相伴的个人化、私密化语调，女性身体如何把自身标记在文本之上。**语言学模式**（linguistic model）表达了对于女性话语的需要，探讨了女人和男人运用语言时如何具有差别。这个模式断言，女性在用一种与她们性别相称的不同语言创作和书写，并指出了在她们的写作中运用女性语言的方法。**精神分析模式**（psychoanalytic model）分析了女性心理，也论证了这种分析如何影响写作过程。它强调的是女性书写的变动性和流动性，这与男性写作的僵硬刻板和条理性恰恰相反。肖瓦尔特提到的最后一个模式是**文化模式**（cultural model），这种模式考察了社会如何塑造女人的种种追求、反应和见解。

2. 女性主义的地理家族

在 20 世纪 60 年代、70 年代和 80 年代期间，没有一种写作批评理论主宰过女性主义批评，这是因为女性主义理论和批评强调个性，顾及文本分析的各种理论和方法。历史地看，随着美、英、法三个有些不同的女性主义地理家族的出现，地理学在决定女性主义不同声音的主要旨趣上扮演了一个重要角色。虽然这些地理上的划分已不再作为明确的理论或实践的
154 界线，但是作为女性主义发展的历史性标志它们确实依然重要。据肖瓦尔特所言，美国女性主义在这个年代主要侧重文本，强调女性作家文本中的压抑；英国女性主义则主要侧重马克思主义，强调压迫；法国女性主义主要侧重精神分析，强调压抑。所有这些群体的目的都是相似的：把被看作“他者”的女人拯救出来。

美国　克罗德尼宣称，美国女性主义的主要关切是文学经典中女性作家作品的恢复和涵盖。克罗德尼认为文学史本身是虚构出来的，应该恢复女人的真实历史，以便她们自己可以讲述“她的故事”（herstory）。为了讲述和写作“她的故事”，女性作者必须寻求一种方法，使其声音在众多

占主导地位的男性声音中引起社会的注意。在《辽阔大地：美国生活和文字中作为体验和历史的隐喻》（1975）和《她之前的那片土地：美国边疆的幻想与经验（1630—1860）》（*The Land before Her*：*Fantasy and Experience of the American Frontiers*，*1630—1860*）（1984）中，克罗德尼运用女性主义的精神分析学理论和方法宣称：美国殖民者因为大地的女性特质，软化和减少了自己的恐惧，这种恐惧来自对那片土地的陌生未知以及对潜在威胁的担忧。一些男性把美国边疆看作一个新伊甸园，而女性殖民者则常常把它当作一个家园和一个“家族式的人类社区”（familial human community）。在较晚近的著作《失败的未来：一位院长在21世纪看高等教育》（*Failing the Future*：*A Dean Looks at Higher Education in the Twenty-first Century*，1998）中，克罗德尼提供了女性依然是美国众多大学和大学校园的“局外人”（outsiders）的证据，她还引证了高等教育中呈上升趋势的反女性主义（antifeminist）和反智（anti-intellectual）的骚扰（harassment），它们都是针对女性而发生的。

与克罗德尼相似，《阁楼上的疯女人：女性作家与19世纪文学想象》（1979）的作者桑德拉·M·吉尔伯特和苏珊·古芭宣称，长期以来，男性的声音一直占据着主导地位。因为男性拥有写作和出版的权力，所以，他们在其文本中不但被允许去定义女性，而且还可以按其选择去创造女人的形象。吉尔伯特和古芭认为，这种男性的权力在女人中引起了她们所谓的“作者身份焦虑”（anxiety of authorship），使女性既害怕文学创造行为本身，又害怕写作。一些女性作家认为，文学创造使她们与社会隔绝，也许会毁掉她们。吉尔伯特和古芭的解决方法是让女人去开发出一套能够鼓励文学自主的“女性的句式”（woman's sentence）。通过发明这样一个结构，女人就可以使男性作者孤立、害怕，并把他们驱逐到文学经典之外，就像几个世纪以来男性对女性所做的那样。吉尔伯特和古芭说，通过构建一套女性的句式，女性作家能把自己从男人的界定中解放出来。

吉尔伯特和古芭认为，一套女性的句式也能解放女人，使她们不再陷入文学中出现的那些模式化的人物形象之中。男人认同这么两种主要形象：“房间里的安琪儿”（the angel in the house）和“阁楼上的疯女人”

155 (madwoman in the attic)。当女人被描绘为房间里的安琪儿时，她大概意识到自己身体上和物质生活上的舒适是丈夫赐予她的礼物。她一生的目的就是使其丈夫高兴，时刻让他心满意足并顺从于他。通过这种所谓的无私行为，她在侍候丈夫和照顾孩子方面获得了最大的满足。当某个女性作家与其笔下的人物拒绝这一角色时，男性批评家就会称其为“怪物”，说她也是“明显”性堕落的阁楼上的疯女人。

吉尔伯特和古芭坚称，无论是安琪儿还是疯女人，哪种形象都是对社会中妇女的不真实再现。第一种形象把女性封为圣徒，同时让她高高在上，并使她置于社会建构的世界之外；而第二种形象则诋毁和妖魔化了女性，把她放逐到神界和魔界，同时否认她在文学和社会中的合法地位。这里传递出的信息很明确：假如你不是天使，那你就是妖怪。吉尔伯特和古芭宣称，假如要获得文学自主性，文学中这种模式化的、男性创造的女性形象就必须被发现、细察、揭穿和超越。

英国　美国女性主义强调压抑（repression），而英国女性主义则看重压迫（oppression）。英国女性主义倾向于马克思主义，把艺术、文学和生活看作不可分割的事物。尽管不是全部，但一些英国女性主义者仍把阅读、写作和出版看作物质现实的不同方面。像一个人的职业和一个人的社会活动那样，文学也是物质现实这个庞大整体中的一部分，而所有的部分又互相影响。女性在文学中如何被描绘，直接影响到女人在现实生活中怎样被对待。尤其是在西方世界，父权制社会对女人的剥削不仅通过文学，而且还借助于经济和社会。这些女性主义批评家认为，传统的西方家庭结构使妇女处于从属地位，造成了她们在经济上的依赖性。西方文学对这种依赖性就有反映。这个时代的英国女性主义对社会中和艺术里（尤其是文本里）描绘的妇女的社会、经济地位发起了挑战。对于这些批评家来说，女性主义批评的目标就是要去改变社会，而不是仅仅对它构成批判。

法国　从地理上划分出的第三种女性主义是法国女性主义，它强调女性在生活和艺术中所受的压迫，注重女人的压抑。法国女性主义和精神分析的理论与实践应用，与西格蒙德·弗洛伊德（Sigmund Freud）和雅克·拉康（Jacques Lacan）的理论有着密切联系。乍一看，与精神分析有所联系可能会使人略感迷惑，因为弗洛伊德与其父权制理论似乎主导着精神分析学。由于相信菲勒斯即权力，弗洛伊德就把女性看作具有阴茎羡妒情结的、渴望得到男性菲勒斯并获得权力的不完整的男性。法国精神分析批评家雅克·拉康从一些方法入手，将精神分析学从弗洛伊德的厌女理论（misogynistic theories）中拯救出来。拉康认为，是语言而非菲勒斯最终 156
塑造和建构了我们的意识和潜意识心理，进而塑造了我们的自我身份认同。拉康强调，由于语言是被建构和理解的产物，所以它最终否认了女人在文学和写作中的权力。

拉康假定，人格由三部分或者他所谓的三界（orders）组成：想象界、符号界和实在界。这三界的每一界都与其他界相互作用。从出生到六个月左右，我们基本在想象界活动，此为包含着我们的愿望、幻想和身体形象的前语言状态，在这一状态中我们基本上无社会性别可言，因为我们还不能把自己从我们的母亲那里区分开来。一旦我们成功地度过俄狄浦斯危机（Oedipal crisis），我们就从运用一种生物学语言过渡为运用一种社会化的语言，进入拉康式的第二界——符号界。在拉康所谓的这一阶段，男性成为主宰，尤其是在语言的话语中成为主宰。另一方面，女性则被社会化，进而使用一种从属性的语言（subordinated language）。在此界中，父亲是统治者的形象（在法则上），男性或女性都害怕被父亲阉割。对于男孩来说，这种阉割恐惧意味着服从父亲或像父亲那样成长；与此同时，符号界中对女性的压抑又更与其身体密切相关。符号界与其前俄狄浦斯男孩的欲望一道，成为拉康式第三界（即实在界或被个体感受的真实世界）中对男性的直接威胁。对于女孩来说，进入符号界意味着对父亲法则的服从。这种服从带来了对男性的恭顺。通过语言话语的社会化，女孩变成了二等公民。对于拉康来说，由于语言是心理学而非生物学意义上的构成物，所以他认为，女人可以学会符号界和实在界的主导性话语，并使其成为社会、政治和个人变化的工具。

法国女性主义者如茱莉亚·克里斯蒂娃（Julia Kristeva）和埃莱娜·西苏（Hélène Cixous），借用和改进了弗洛伊德和拉康理论中的一些元素，用以发展她们自己的女性主义批评形态。在《诗性语言的革命》（*Revolution in Poetic Language*，1974）、《语言中的欲望：文学和艺术的符号学进路》（*Desire in Language*：*A Semiotic Approach to Literature and Art*，1980）、《恐怖的权力：论卑贱》（1982）等著作中，克里斯蒂娃假定，想象界的特点是持续不断的流动性或节奏，她称之为**母性空间**（chora）[①]。进入拉康式的符号界后，无论男性还是女性都从母性空间中分离出来，并压抑了对流动性与节奏的感受。与弗洛伊德式口误（Freudian slip，一种无意识的想法突破意识的理智防线）相似，母性空间有时也会突破防线进入实在界，并扰乱男性主导的话语。在克里斯蒂娃晚近一些著作如《爱情传奇》（*Tales of Love*，1987）中，她的“母性”（motherhood）概念透露出她写作的诸多信息，因为虽然女性主义理论问题复杂，但她依然试图回答她所认定的核心问题：“探究母性天性如何能使我们更
157 好地理解女人在爱中所扮演的角色?”克里斯蒂娃认为，女人们最终必定要和男人、另外的女人或者也许是孩子“打交道”。那么，对母性的拒绝或接受将会如何去塑造女人呢?

西苏探寻的是从拉康符号界生发出来的不同的话语模式。她认为，像“阴柔的”（feminine）、“阳刚的”（masculine）、“女人气”（femininity）这类词，甚至是“男人”和“女人”这类词，都应该从语言中驱逐出去。西苏在《美杜莎的笑声》（“Laugh of the Medusa”，1975）之类的作品中宣称，存在着一种她称为**女性写作**（l' écriture féminine）的特殊的女性写作种类，这种写作是按双性同体（bisexuality）的思路被构想出来的。西苏指出，女性写作最好能被理解为“只有少人数才能达到的理想的和谐状态，那将是弗洛伊德所说的生殖器阶段，这个阶段组合了所有的东西，而且有能力挥霍、消耗”。这种女性写作属于隐喻领域，不仅仅局限于写出的文字，而且还要“通过声音写作”（writing by the voice）。西苏说，当这种女性话语流动性的特点被充分发掘出来时，将会通过解放菲勒斯中心主义中的男男女女来改变文学之内的社会和文化结构。

---

① chora这一术语国内学界有“超若”、“穷若”、“容器”、“玄牝”、“母性空间”、“阴性空间”、“母子共生空间”等多种译法，这里选取“母性空间”之译。chora最初见于柏拉图《蒂迈欧篇》，一般译成“母性空间”。原文中南意大利人蒂迈欧在试图明确万物生成的结构时，用“存在的容器”（the receptacle of being）隐喻母亲，把“胚模”拟作父亲，在这两者间的产生者即为子嗣。于是chora就成了万物被授予秩序之前，准备其基础的场所或空间。克里斯蒂娃借用柏拉图的这一概念来解释母道——符号的神秘混沌特性。参见术语表中对该术语的解释。——校者注

四、当今的女性主义批评

由于当代女性主义批评并非由单一的思想体系构成，所以许多分支和方法已在发展之中，并创建了它们各自关注的领域。与此同时，每种女性主义不仅与其他形式的女性主义批评交叉重叠，而且也和其他文学批评流派交错渗透，比如精神分析学、马克思主义和解构理论。一些学者把女性主义批评分为四个群体：**英美女性主义**［Anglo-American feminisms，如弗吉尼亚·伍尔夫、朱迪丝·范特丽、安妮特·克罗德尼、妮娜·贝姆（Nina Baym）、伊莱恩·肖瓦尔特、桑德拉·吉尔伯特和苏珊·古芭］，**后结构主义的女性主义**［poststructuralist feminisms，如露西·伊利格瑞（Luce Irigaray）、凯瑟琳·克莱曼（Catherine Clément）、盖娅特丽·查克拉沃蒂·斯皮瓦克（Gayatri Chakravoty Spivak）、莫妮克·维蒂格、埃莱娜·西苏、茱莉亚·克里斯蒂娃和琼·斯科特（Joan Scott）］，**唯物主义的女性主义**［materialist feminisms，如朱丽叶·米切尔（Juliet Mitchell）、米歇尔·巴雷特（Michèle Barrett）、杰奎琳·罗斯（Jacquenline Rose）、罗莎琳德·科沃德（Rosalind Coward）、陶丽·莫伊、凯瑟琳·贝尔西（Catherine Belsey）、凯蒂·金（Katie King）和唐娜·哈拉维（Donna Haraway）］，**后现代女性主义**［Postmodern feminisms，通常从 1990 年开始至今，如简·盖勒普（Jane Gallop）、朱迪丝·巴特勒（Judith Butler）、戴安娜·福斯（Diana Fuss）、钱德勒·莫汉迪（Chandra Mohanty）、乌玛·娜拉杨（Uma Narayan）、玛莉·黛莉（Mary Daly）和格洛丽亚·安桑尔多（Gloria Anzaldúa）］。

还有一些批评家把女性主义批评分为更多的子范畴，数量从 9 个到 30 多个不等，包括亚马逊①女性主义、文化女性主义、生态女性主义、唯物女性主义、分离主义和后殖民女性主义等。**亚马逊女性主义**

① 亚马逊（Amazon），指希腊神话中带有武器的一群女战士，或指健壮魁梧的女人。——译者注

（amazon feminism）致力于研究虚构或真实的女性形象，即体现在文学和艺术中强调女运动员体形和男女在身体上平等的女性形象。亚马逊女性主义反对那种针对女人的性别角色和性别歧视，认为这种观点基于如下的错误假设：女性在身体上弱不禁风和消极被动。例如，亚马逊女性主义争辩道，在讨论职业之类的话题时，需要出现性别要求只
158 字不提的情况。一些人的身体条件不能做消防队员，另一些人同样不能开扫雪车。她们坚称，性别不是问题，因为这里不存在特别阳刚气或阴柔相的性别特征。

文化女性主义（cultural feminism）有时被称为激进的女性主义，该主义认为，男人和女人存在着个性和生物学上的差异。在伊丽莎白·古尔德·戴维斯（Elizabeth Gould Davis）[《第一性》（*The First Sex*，1971）]这样的文化女性主义者看来，文化女性主义要陈述的主要宗旨是：女人在生物学意义上或天生要比男人“更亲切、更温和”。女人的这种处事之道值得称许，因为在许多文化女性主义者的眼中，她们的处世之道比男人的更好。

生态女性主义（ecofeminism，有时被拼写为 eco-feminism）假定，父权制社会相对来说是较新的社会制度，而社会的原始状态（被称为女性主义者的伊甸园）则是母权制社会。生态女性主义者指出，父权制社会不利于女人、孩子和自然。父权制社会既统治女人又宰制自然，掠夺和摧毁我们的星球，而母权制社会则能保护社会环境、自然资源和动物生命，尤其是能够关心照顾妇女和儿童。

由多洛蕾丝·海登（Dolores Hayden）所著的《伟大的家务革命：女性主义对美国家居的设计史》（*The Grand Domestic Revolution*：*A History of Feminist Designs for American Homes*，1981）①，突出了唯物女性主义（material feminism）的观点。唯物女性主义在 19 世纪后半期开始发展，旨在通过减轻“传统”女性的负担（如家务劳动、烧菜做饭、熨衣服以及其他一些家庭义务）来改善女性的现实生存状况。然而，**分离主义的**

① 此书的全名是《伟大的家务革命：女性主义对美国家居、邻里与城市的设计史》（*The Grand Domestic Revolution*：*A History of Feminist Designs for American Homes*，*Neighborhoods and Cities*）。——校者注

女性主义（separatist feminism）则鼓励妇女部分或全部地从男性那里分离出来。尽管有一些分离主义者可能是女同性恋者，但说所有的分离主义者都是女同性恋则是不正确的。分离主义者认为，女性在她们能够发现自己作为个体是谁之前，必须首先在不同的语境中审视自己——从男性那里分离出来，哪怕是暂时的。她们强调，这样一种分离是完成个人成长和个性化必然要走的第一步。

后殖民女性主义（postcolonial feminism），有时称为**第三世界女性主义**（thrid-world feminism），它与后殖民主义共享着许多基本原则（参见本书第十章）。像后殖民主义一样，后殖民女性主义拒绝由白人男性建立的菲勒斯中心的父权制度，并认识到它是在从事反对男性统治的政治和社会斗争。这些理论家和批评家把女人比作被殖民对象，她们为“男性凝视”（male gaze）所定义，并化约为一些刻板印象，屈从于受殖民主义长期影响的社会和经济状况。后殖民女性主义者尤其反对使用女人（*woman*）这个词语，并认为这种用法只是从她们的生理性别角度界定了女性。

无论女性主义批评家支持什么样的派别和理论，她们都认为她们处在一个自我发现的过程中，这个过程将促使她们更好地理解自己、她们所处的社会和整个世界。她们首先寻求的是从个体角度理解自己，认为那时她们将会准备好去发展自己的才能，并充分参与到她们自己文化（包括艺术）的方方面面之中。 159

五、理论假设

在旁观者看来，女性主义的理论和实践显得散漫芜杂，是一个联系松散的批评团体，其分歧多于统一，内部的争执多于拥护者之间的团结。女性主义批评没有宣称也确实不打算宣称谁能成为最终的代言人，因为女性主义者相信个人，并赞成倾听和尊重各种不同的声音。实际上，女性主义批评不能理解为同一种类的批评，而应被称为多种多样的女性主义批评（feminist criticisms）。不过，在所有这些声音、理论和实践的背后，还有一套基本原理。

女性主义理论和批评的核心观念是，所有的人（男人和女人）在政治、社会和经济上都是平等的。尽管女性主义在社会理论、价值观和政治立场上各有不同，但是女性主义批评总体上拥护去争取妇女权利。追随女性主义批评的人是女性（也有一些男性），她们正处于一个自我发现的过程中，对自己提出了诸如此类的问题：我是谁？我是怎么处于现在这种处境的？我将要走向哪里？在其研究中，她们反对群体，重视个人，认可并给予个体更重要的意义。有时她们的研究有政治意味，因为她们的目的是发现和改变自己，以及这个她们生活于其中的世界——这个必须学会去认可所有个体、所有文化和具有创造力、审美趣味的亚文化的世界，还有为其社会和世界作出贡献的理性的人们。这种修正主义的立场寻求理解女人在社会上的地位，并去分析女人作为公民和作家在一个男性统治的世界中所受到的各方面影响。在这个父权制的世界里，界定何谓人类的往往是男人，而女人则已成为他者，成了那种“非男性”（not-male）。男人是主体，是下定义的一方；女人是客体，其存在则由男性来界定和决定。男人在男/女这组二元关系中是重要的（或者用德里达的术语来说是“优先的”），而女人则是次要的（或者说是“非优先的”）。

通过界定女性和男性的关系并同时声称男性具有优越性，西方社会和其他许多文化就在最大限度上成为父权制的产物，并断定女性天生就是劣等的。只要西方文化有意无意地把这种观念输入其社会结构之中，并让它渗透进社会的各个层面，女性就成为受压迫者，成为唯恐人类不能实现其最大潜力而必定被压制的劣等人。

女性主义理论家和批评家们希望能矫正这些错误的思维方式。她
160 们声称，女人是独特的个体，是自食其力的独立者，她们并非不完整或比男人低劣。无论文学作品和社会如何常常把女性虚构和模式化为天使、酒吧女招待、泼妇、淫妇、没头脑的家庭主妇和老处女，女人都必须自己来界定自己，并去阐明自己的角色、价值观、抱负和在社会中的地位。

女性主义批评家说，为了做到这些，女人必须去分析和挑战既定的文学经典，是这些经典塑造了那些劣等和次要的女性形象。女人也必须去争

辩长期保留的有关她们生理性别和社会性别的父权制预设，并整理一些不同的资料，用以维护、澄清和实现她们的信仰和价值。通过在各学科重新审视既定的文学作品，通过去界定和评价女人作为女人的意义，以及确立和创建种种女性主义文学理论和批评，女人就可以捍卫自己的自主性和权力，使她们对任何文本，对她们自己的写作，对她们在自己文化中政治、经济和社会地位方面的种种回应合法化。

六、方法论

因为女性主义理论和种种批评是多元的，所以存在着各种不同的女性主义的文本分析方法。一些女性主义批评家通过揭露所有文学阶段中对女性的模式化，来揭穿男性的优越感。她们说，女人不能简单地被描绘和划分成天使或魔鬼，圣女或妓女，没头脑的家庭主妇或古怪的老处女。这样两个极端化的描绘必须不断被辨识和挑战。

另外一些女性主义批评家继续细察美国、英国或非西方的文学经典，重新发现由女作家书写的作品。还有一些女性主义批评家从女性视点出发，重新阅读那些男性作家所写的经典作品。如此分析便发展出一种独特的女性意识，这种意识基于女性经验而非依靠传统的男性阅读、写作和批判理论。而在这种分析中，伊莱恩·肖瓦尔特的女性写作批评及其多面的方法则让女性主义批评家们受益匪浅。

还有一些女性主义批评家如露西·伊利格瑞，运用哲学和精神分析的方法论去颠覆父权制以及与其相伴的菲勒斯中心主义。这些批评家的目的是揭示父权制话语赋予男性权力和剥夺女性权利的多种方式。而像茱莉亚·克里斯蒂娃和盖娅特丽·查克拉沃蒂·斯皮瓦克这些批评家，则用语言学、马克思主义、解构和从属研究（subaltern studies）等方法去颠覆父权制话语，并提供了一套替代性话语。

以同样的方式，莫妮克·维蒂格和埃莱娜·西苏这些批评家提出了一种全新的、非菲勒斯中心的（nonphallocentric）话语。维蒂格不仅挑战文化上的父权制预设，而且也挑战语言结构本身，并尝试和希望消除那些反映社会性别的代词和名词，这个过程她称之为**语言的同性化**（lesbianization of language）。西苏的女性主义方法论包括一种女性语言的创造——
161 女性写作（*l'écriture féminine*），以便向两性公开菲勒斯中心话语。提供各种模式去挑战主流话语也是后殖民女性主义者和有色人种女性主义者中那些女性的关注所在。

使用各种不同的女性主义批评路径，深入理解每个不同的理论立场和方法是必不可少的，但遗憾的是这样一种研究已超出了本书的范围。

七、问题分析

无论选择哪种女性主义的批评方法去看待一个文本，我们都可以通过寻找下列问题的答案来开始文本分析，这些问题涉及霍桑的短篇小说《好小伙布朗》。请在课堂上准备好你的答案以供讨论。

- 这位作者是男性还是女性？
- 这个文本是以男性还是女性口吻叙述的？
- 那些女性人物是主要人物还是次要人物或不重要的人物？
- 小说里出现过任何模式化的女性人物性格吗？
- 男性人物对女人的态度是怎样的？
- 作者在社会上对女人的态度是怎样的？
- 作者身处的文化对他或她的态度有怎样的影响？
- 小说用过具有女性气质的形象化描述吗？若用过，这种形象化描述的重要性是什么？
- 女性人物说话与男性人物有什么区别？比较一下男性人物和女性人物说话的次数。

通过运用这些问题中的一部分或全部去分析一个文本，我们就可以开始女性主义批评之旅了，同时，这样做还有助于我们更好地理解作为个体的自己和我们生活的这个世界。

八、批评与回应

本章开头部分引用了男性有关女性的一些评论，现在让我们来听听女性的声音吧：

如果你真的想实现你的改革，你就必须比别人发出更多的声音，必须使自己比别人更引人注目，你必须比别人填写更多的文件，事实上，你必须时刻都在那里，保证不被他们压倒。

——埃米琳·潘克赫斯特（Emmeline Pankhurst，1858—1928），英国妇女政权论者

女性主义，就像波士顿一样，是一种精神状态。它是那些妇女们 162
的精神状态：她们认识到自己在社会秩序中所处的位置是陈旧的，就如同一个在炉子上用沉重的铁锅煮饭的女人知道整个操持家务的方式已经过时一样。

女性主义从来不伤害任何人，除非它与一些女权主义者为伍。危险在于，研究和思考“我们自己”可能会变得引人入胜，以致它缓慢地建造起一堵把伟大的思想界拒之门外的高墙。

——丽塔·恰尔德·多尔（Rheta Childe Dorr，1866—1948），新闻记者

女性主义就是那种“妇女是人”的激进观念。

——凯瑞斯·克拉曼莱（Cheris Kramarae）和保拉·特莱区勒（Paula Treichler）

我自己从来不能准确地搞清楚什么是女性主义：我只知道每当我表达那些将自己与门前棕垫区别开来的观点时，人们会称我为女性主义者。

——吕蓓卡·维斯特（Rebecca West，1913—　）

女性主义是一整套世界观或经验整体（gestalt），而非一长串杂

乱无章的女人问题的细目清单。

——夏洛特·本奇（Charlotte Bunch，1944— ），编辑、作家

女性主义不再是一些组织结构或一群领导者，记住这点是重要的。它是父母对其女儿的期望，也是父母对儿子的期望。它是我们谈论和对待彼此的方式。它是谁赚钱、谁妥协、谁做饭的问题。它是一种精神状态，它是我们现在的生活方式。

——安娜·昆德伦（Anna Quindlen，1945— ），新闻记者、小说家

女性主义是一个政治性术语，必须如此认识：用女性的观点来讲是政治性的。这些观点是什么呢？实质上，它意味着联系：在个人权力和经济权力之间，在家庭压迫和劳动剥削之间，在工厂和化学品之间，在感觉和理论之间，它意味着我们内部世界和外部世界之间的联系。

——安妮卡·维塞尔·曼德尔（Anica Vesel Mander，1945— ）和安妮·K·拉什（Anne K. Rush，1945— ）

女性主义是全力以赴根除渗透到西方文化各个层面（如性、种族和阶级）的统治意识形态，是致力于改造美国社会，以便人们的自我发展可以优先于帝国主义、经济扩张和物质欲望。

——贝尔·胡克斯（Bell Hooks），《我不是女人吗》（*Ain't I a Woman*，1983）

163 女性主义请求世界最终认识到，妇女不是装饰品，不是某一特殊利益团体的重要容器。她们占了全国人口的一半（实际上现在已经超过了一半），如同另一半人口一样，同样应拥有权力和机会，同样能够参与社会事务。女性主义的议题是最基本的：要求不得逼迫妇女在公共正义与个人幸福之间进行选择；要求妇女自由地定义自己，而不是由其文化和男人反复地定义其身份。

——苏珊·法吕迪（Susan Faludi），《反冲》（*Backlash*，1991）

女性主义是一项事业，一个过程，由成千上万各种年龄、阶级、人种与种族背景以及性取向的妇女在日常基础上进行。女性主义不断

地被重新发现，通过意志和妥协而被重新定位，以便妇女尽可能地拥有爱和支持并获得权力和自主权。

——苏珊·道格拉斯（Susan Douglas），《女孩们在哪里》(*Where the Girls Are*，1994)

女人之间的关系是这个星球上最可怕的，最成问题的，也是最具有潜力的变革力量。

——艾德丽安·里奇（Adrienne Rich，1929— ），诗人

令很多人困扰的是，艾德丽安·里奇的话概括了女性主义批评的本质：它是可怕的、成问题的，但又有重塑我们这个世界的能力和变革力。作为女性主义研究（该研究植根于女性主义理论和学术之中）的一个分支，女性主义批评是一个混杂的群体，包括学者、作家、语言学家、哲学家、科学家、人类学家、社会学家、心理学家、教育家以及来自各专业和各行业的人们，所有的这些人都认为，男女应该是平等的。作为一种社会运动，女性主义批评尤其注重妇女受压迫、被压制和被压抑的各个方面。它向旧文本提出了新问题。它发展和发现了女性写作的传统。它从女性的视角分析了女作家们及其作品。它试图根据社会性别重新定义文学概念和主流话语（语言本身）。它在一个父权制主导的社会中否认男性的优越地位。它质疑有关社会性别、社会性别区分和生理性别的基本假设。它要求我们成为抵抗的读者——抵抗那些既定的、已被我们的文化和文学塑造的男性等级制度。

女性主义的批评者常常把女性主义批评看作那些不能决定自己真正相信什么的理论家和批评家的聚集地。这些批评者指出，女性主义批评的这个群体用一种方式界定“女性”和“男性”，而那个群体则会生发出相冲突的且有时是相矛盾的界定。甚至在女性主义批评内部，不同的分支也在相互批评。例如，后殖民女性主义者猛烈批判了西方化的批评形态，精神分析的女性主义批评家在看待自己的文化与社会时，又常常有不同于唯物主义或马克思主义批评家的眼光。由于存在着这些分歧，这些批评者公开宣称，女性主义批评的多重声音并不能支撑起一个统一的思想体系。 164

批评女性主义批评的保守主义者则提倡，女性主义批评的目标是摧毁

传统价值和社会性别角色。这些批评者说，男性和女性天生不同，在生物学意义上亦有区分。从这些批评者的观点看，女性主义批评植根于错误之中，并且对他们来说已变成了敌人。一些人甚至指责女性主义崛起之后，他们自己在事业上或其他公共领域缺少成功，并认为女性主义者的主要目标是“寻找使人发疯的东西”。这些批评者中的许多人也争辩说，现在男性恰恰才是受压迫的对象。

无论这些批评是真实的还是想象的，当今的女性主义批评家都相信，针对女人的歧视依然存在，不仅存在于美国而且存在于全世界的许多地方——存在于工厂、家庭、教堂、政府乃至整个社会中。像玻璃屋顶(glass ceiling)①、人口贩卖、奴役和卖淫等问题还在不断地对社会构成困扰。面对这些不义之举，女性主义批评家将继续加大她们反抗的声音。

① glass ceiling 还有“玻璃天花板”、“隐形顶障”等译法，是指在公司企业和政府部门中那种限制某些群体（如女性、少数族裔）晋升到高级职位的障碍。该词语 1986 年由《华尔街日报》的记者首次使用，随后开始流行。——校者注

第八章　马克思主义

无论何时何地，艺术总是其时代的秘密忏悔和不朽纪念碑。 165

——阿道夫·伯恩哈特·马克斯[1]，《19 世纪的音乐》(1855)

一、导论

随着 20 世纪 80 年代末到 90 年代初的东欧剧变和苏联解体，许多人对**马克思主义**（Marxism）及其相伴的政治、意识形态产生了怀疑。柏林墙倒塌，铁幕（Iron Curtain）[2] 裂开，作为资本主义政体的一种替代（al-

① 阿道夫·伯恩哈特·马克斯（Adolph Bernhard Marx，1795—1866），德国音乐理论家、批评家，著有《作曲法教程》(4 卷）等。他是使用“奏鸣曲式”这一术语来描述某个乐章结构的第一人。——译者注

② 铁幕（Iron Curtain）是对冷战时期欧洲被分为两个受不同政治意识形态影响的区域并划出界线的形象说法。当时，东欧属于以苏联为首的社会主义阵营，而西欧则属于以美国为首的资本主义阵营。为了对抗彼此，二者分别组建了华沙公约组织和北大西洋公约组织。该词出自英国首相丘吉尔 1946 年 3 月在美国发表的演讲——《和平砥柱》。虽然此前纳粹德国的宣传部部长戈培尔和美国中情局局长艾伦·杜勒斯在其演讲中都用过该词，但大多数人是从丘吉尔演讲后了解这一说法的。——译者注

ternative）形式和可以接受的世界观，马克思主义似乎也失败了。许多资本家充满喜悦，因为在他们看来马克思主义显然已经垮台了。怀疑论者认为，马克思主义者只有 20 世纪前几十年的光辉记忆值得高兴——那个斯大林统治着苏联的时代，那个马克思主义理论同时主导着英美著述的时代，那个东西方大学校园都由献身于马克思主义意识形态的知识分子来领导和训诫的时代。许多人现在相信，这种意识形态已寿终正寝。

然而，在网上搜索关键词“马克思主义”，会得到 700 多万个网址，其标题包括“了解马克思主义有关什么”、“捍卫马克思主义”、“马克思主义媒介理论”、“女性与马克思主义”、“马克思主义哲学和经济学”、“活着的马克思主义”，以及“马克思哲学中哪些内容还活着，哪些已经死了”，这证明马克思主义理论和批评不仅活着，而且很可能还繁荣起来了。在所有学科新近出版的教材里，时常出现对马克思主义意识形态表示同情和支持的宣告。有关马克思主义政治理论、社会学、文学以及文学理论的大学课程大量存在。凡此种种，说明为马克思主义敲响丧钟还为时过早。

166 究竟什么东西让知识分子、政治家和其他人对马克思主义如此着迷？为什么它没有随着东欧剧变和苏联解体而消失殆尽？答案在于马克思主义思想中的一些核心原理：

- 现实本身是可以被界定和理解的。
- 社会塑造了我们的意识。
- 社会状况和经济状况直接影响了我们相信什么和看重什么，如何相信和如何珍惜。
- 我们所知的世界，可以经由阶级斗争，从一个充满盲从、仇恨和冲突的地方，变成一个无阶级社会。在这个社会中每个人都容易获得财富、机会和教育。

通过阐明一个连贯、清晰和可理解的世界观以及实现其理念的行动规划，马克思主义声称它对生活如何被体验、生活应该如何被体验的许多复杂问题提供了答案，与此同时，马克思主义还挑战着其他的意识形态，使其对这些问题提供了它们的实用主义的回答。

促使马克思主义诞生的那些问题今天仍然存在。尽管马克思主义在

20 世纪前几十年中有过辉煌，而在当今则似乎处于防御状态，但它宣称，它为人类生活和历史提供了一种全面的、积极的观点，演示了人类如何从异化与绝望的无意义生活中拯救自身。一种为未来和社会转型提供了光明承诺（bright promise）的世界观，是不会随着一堵墙的倒塌或前苏联的崩溃而消失的。借用马克·吐温（Mark Twain）的表达方式，可以说“马克思主义的死亡公告太过夸张”①。

二、历史发展

1. 卡尔·马克思和弗里德里希·恩格斯

不像许多文学批评流派那样，马克思主义并非作为一种另类的文学分析理论方法起家。在 20 世纪的作家和批评家纷纷信奉马克思主义原则，并在其理论和批评中运用马克思主义观念之前，马克思主义就在 19 世纪繁荣过，那时它是为工人阶级提供了改变其世界和个体生活机会的一种实用的历史观（a pragmatic view of history）。马克思主义并不是一种文学理论。通过提供一种哲学体系和一种行动规划来促进社会变迁，它从社会、政治、经济和文化等方面勾勒出现实、社会和个体的本质。这些观念与其他相似的观念一道，构成了我们今天所知道的社会主义和共产主义的基础。

马克思主义文学理论植根于 19 世纪德国社会批评家和哲学家卡尔· 167
海因里希·马克思（Karl Heinrich Marx，1818—1883）的著作之中。许多批评家认为，马克思本人对其思想与文学理论的关系所言甚少。但令人惊讶的是，在德语标准版全集——马克思与其朋友、同胞、老搭档弗里德里希·恩格斯（Friedrich Engels，1820—1895）的著作合集中，两位批评家—哲学家（critic-philosophers）对文学和艺术的评论几乎多达两卷。由于这两卷都没有清晰阐明一种文学理论或批评的方法论，马克思主义文学

① 马克·吐温曾经说过：“The rumours of my death have been greatly exaggerated.”此处的“Announcements of Marxism’s death have been greatly exaggerated”套用了这一句式。——校者注

批评直到20世纪才得到发展。运用马克思的哲学假设，20世纪的批评家勾勒出种种马克思主义的文本分析方法，这些方法聚焦于研究某个文本与阅读该文本的社会之间的关系。这些多样的研究方法的核心是马克思与其有关现实本质的哲学假设。

马克思和恩格斯在两部著作中表达了他们对现实本质的看法：《德意志意识形态》（*The German Ideology*，1845）和《共产党宣言》（*The Communist Manifesto*，1848）。在《德意志意识形态》中，他们发展了已为人知的**辩证唯物主义**（dialectical materialism），此为马克思主义的核心信念。**辩证法**（dialectic）一词原本由希腊哲学家柏拉图和苏格拉底使用，用来描述一种涉及冲突的观念、命题或二者兼有的逻辑论证形式。在19世纪，德国哲学家黑格尔（Georg W. F. Hegel，1770—1831）将它重新界定为一个过程，其中先提出一个**正题**（thesis），接着出现一个反陈述（counterstatement），即**反题**（antithesis），而从接踵而来的辩论中发展出来的则是一个新的观念，名为**合题**（synthesis）。恩格斯与马克思在构建辩证唯物主义,也就是他们对工人如何能领导一场阶级斗争并建立一个新社会秩序的理解的过程中，采纳了黑格尔的合题概念。他们都认为，“不是意识决定生活，而是生活决定意识”。个体意识不是由精神实体塑造的，通过日常生活及与他人的互动，人类规定了他们自身。对于恩格斯和马克思而言，那种关于我们是谁、我们将成为谁的思想和概念形成于日常互动和现实生活的语言中。这种概念不是来源于柏拉图式的本质或任何其他精神现实。在坚持他们对于人类的唯物主义观点时，马克思与恩格斯主张，一个社会的经济生产方式［他们称之为**基础**（base）］，既造就又控制着所有的人类体制和意识形态，即**上层建筑**（superstructure）。上层建筑包括所有的社会体制、法律体制，所有的政治制度和教育制度，所有的宗教以及所有的艺术。这些意识形态和体制的发展是经济生产方式的直接结果，而不是围绕其他方式发展的产物。

于是，所有的社会都向着共产主义迈进。由于相信进步是极端保守的（reactionary）或革命的，马克思与恩格斯坚称，随着社会的经济生产方式从封建制度发展到更加依赖市场的经济，商品的生产、分配和消费的实际过程会变得更为复杂。因此，每个个体在经济制度中的工作就有了分化。这种分化不可避免地将人们划分为不同的社会阶级。马克思最终指出，多种社会阶级的欲望和期待形成了冲撞（clash）。这种冲撞，或者说阶级冲突（conflict），导致了社会经济基础的激进变革——从基于世袭财富和地位的封建权力制向基于私人财产所有权的资本主义制度转变。这一转变牵扯到一个社会中法律、习俗与宗教的无数变化。按照马克思和恩格斯的观点，作为这些力量的结果，发展出了四个历史时期：封建主义、资本主义、社会主义和共产主义。马克思和恩格斯相信，社会主义不是一个真实的历史时期，而是资本主义与社会的最终目标——共产主义——之间的一个过渡阶段。当社会实现了这一目标——马克思和恩格斯称之为**劳动者的天堂**（the worker's paradise）——的时候而且只有到那时，仁爱的自治才会建立起来。

马克思、恩格斯在其合著的《共产党宣言》中指出，**资本家**（capitalists）或**资产阶级**（bourgeoisie）已通过经济政策和商品生产成功地奴役了工人阶级或**无产阶级**（proletariat）。无产阶级必须起而反抗，剥夺资产阶级的经济权力和政治权力，将全部财产的所有权收归政府掌管，政府将公平地把财富分配给人民。

在由马克思本人著述的晚期著作《资本论》（*Das Kapital*，1867）中，他阐明了一种历史观，这种历史观已成为 20 世纪和 21 世纪的马克思主义、社会主义和共产主义的根基：历史以及对人民及其行动和信念的相应理解是由经济状况决定的。马克思认为，无论何种人类群体从事商品生产，一个错综复杂的社会关系网络都会显露出来。一些人将成为雇主，但更多的人将成为雇工。雇主（资产阶级）拥有经济权力，因而获得了对其所在社会的社会管理和政治控制。最终，这个上流阶级将会控制支配性话语，系统阐述和表达他们的信念、价值与艺术，以便发展他们的意识形态。**意识形态**（ideology）一词由法国理性主义哲学家德斯杜特·德·特拉西（Destutt de Tracy）在 18 世纪后期发明，意谓“观念的科学”（science of ideas），是形而上学的对立面。马克思借用这个词语并以之轻蔑地指涉资产阶级的统治观念、习俗和实践。有意无意地，统治阶级会将其意识形态强加于无产阶级或所谓**雇佣劳动者**（wage slaves）。而实际上，资产阶级将会发展和控制上层建筑。在这样一个制度中，富人会更加富有，而穷人则会更加贫穷，受到的压迫也越来越多。毫不意外的是，资产阶级的意识形态一直在有效运作，以使建立于其上的社会制度万古长存。而通过控制物质关系，资产阶级又控制了整个社会的意识形态。然而，普通劳动者却假定这种物质关系是统治思想的表现。马克思将这种消极意义上的
169 意识形态称为**虚假意识**（false consciousness），它描述了社会统治阶级塑造和控制每个个体自我定位（self-definition）和阶级意识的种种方式。按照马克思的观点，工人阶级没有认识到他们在这个社会中的真实身份：一个受剥削、受压迫的平民阶级（class of people）。

马克思相信，在资本主义社会，这样的意识形态导致了个体（尤其是无产阶级个体）的分裂和异化。作为资本主义社会劳动分工的直接后果，劳动者不再与物质商品的生产、分配和消费的整个过程发生关联。相反，个体与其劳作的全部价值之间的关系被强行切断，个体与个体之间的相互联系也不复存在，每个个体扮演的都是资产阶级分配给他们的功能性角色。马克思认为，为了摆脱这种社会状况，所有的产业必须收归政府所有，国家的经济生产应受政府控制，以便使人民免受资产阶级的压迫。

《共产党宣言》和《资本论》一道发展出一种关于历史、经济学、政治学、社会学和形而上学的理论。这些著作对文学、文学理论或怎样获得一种文本阐释的实用分析鲜有提及。创始人的马克思主义与文学理论之间的联系，存在于马克思的历史观念和马克思主义本身的社会学倾向之中。马克思认为，人民的历史直接建立在商品生产以及由此状况发展出来的社会关系之上。他也假定人民经验的总体性（社会的互动、雇佣与其他日复一日的活动）对个体的个人意识塑造和发展有直接影响。因而，马克思强调我们在社会中的位置，强调我们的社会互动决定了我们的意识，或决定了我们真正是谁。

在马克思的一生中，那种可以接受的文学文本分析方法植根于诸种社会学假设之中，这些假设与他本人所持的观点不相上下。因此，马克思在接受其文学同侪阐释文本的方法［阐释学（hermeneutics）］上毫无困难。这种方法就是今天所谓的**传统的历史研究方法**（traditional historical approach），该方法宣称，批评家应该将一部作品置于其历史背景中，去关注作者的生平、作品的写作年代，以及文本和作者所处的文化环境——所

有这些关切都与社会学的问题相关联。在这些评判标准之外，马克思还增加了另一条标准：经济生产方式。例如，这第四个要素论述的是谁来决定什么文本应该出版，一个文本应在何时出版，或者一个文本如何发行。这些关切需要理解一个文本被写作或被阐释时发挥作用的各种社会力量。此外，它们还促使批评家对文本内外、作者世界中那些错综复杂的社会关系网进行调查研究。增加了这一社会学维度，又对虚构作品中的人物、作者 170
与读者所涉及的社会学问题做了处理，马克思主义就拓展了传统的、历史的文学分析方法。马克思相信，这一增加的维度能将文学与社会连接到一起，并能呈现文学如何去反映社会、文学文本怎样去揭示与我们的社会互动相关的真相。

2. 俄国与马克思主义

由于格奥尔基·V·普列汉诺夫（Georgy V. Plekhanov）对《共产党宣言》的俄文翻译，马克思的理论很快得到广泛传播，声名远扬。普列汉诺夫（1857—1918）著有《马克思主义的基本问题》（*Fundamental Problems of Marxism*，1908）和《艺术与社会生活》（*Art and Social Life*，1912）等书，是俄国社会民主党的创始人，也被一些学者推崇为俄国马克思主义的奠基者。普列汉诺夫在其著作中主张，只有当错综复杂的社会状况之网结合到一起并直接促进社会状况的发展时，像拿破仑·波拿巴（Napoleon Bonaparte）那样的历史伟人才会出现。每一个影响社会的天才人物都是这种社会关系的产物。普列汉诺夫认为，当艺术家的艺术与其社会关怀结合在一起时，才能最好地服务于社会，推动社会的改进。对于普列汉诺夫而言，曾经繁荣一时的“为艺术而艺术”（art for art's sake）运动标志着艺术家与其社会环境之间令人不安的裂痕。在 20 世纪初，出于对艺术家在社会中的重要作用的重视，俄国马克思主义和俄国领导阶层坚持认为，作家也应该扮演政治角色。因为信奉马克思的理论，俄国就成为第一个将马克思主义原理提升为美学和文学指导方针的国家。

甚至在 1917 年俄国革命之前，共产党的领导人就坚持认为，文学要宣传政党所设立的准则。比如说在 1905 年，弗拉基米尔·伊里奇·列宁（Vladimir Ilyich Lenin，1870—1924）就写了《党的组织和党的文学》

（*Party Organization and Party Literature*）[①]，这是一篇将好的文学与工人阶级运动直接联系起来的作品。在这篇文章中，列宁要求文学“应当成为整个无产阶级事业的一部分，成为……一部巨大的社会民主主义机器的‘齿轮和螺丝钉’”[②]。列宁的著作捍卫各种类型的文学，坚持这样一种假设：可以从任何种类的写作中汲取一些东西。在 1917 年的布尔什维克革命之后，列宁修订了他的文学理论和批评，认为党不能接受或支持公然违抗党的既定政策的文学作品。

俄国革命之后不久，革命的列昂·托洛茨基（Leon Trotsky，1879—1940）[③] 写出了《文学与革命》（*Literature and Revolution*，1924），这是他的系列重要文本中的第一部。托洛茨基被认为是马克思主义文学批评的创始人。他主张对开放的、批判性的对话持宽容态度，倡导文学作品的内容不必是革命性的。在他看来，强迫所有诗人只准写工厂烟囱或反抗资本主义的斗争是荒谬的。他认为党可以在许多领域实施直接领导，但并非所有领域。他主张党在艺术领域的领导必须是间接的，应有助于保护文学而
171 非支配文学。进而言之，党应该将托洛茨基所说的“它的信任”给予那些同情革命的非党员作家——他所谓的“文学的同路人”（Literary fellow-travelers）。

在审美判断方面，苏联继任的政治领袖约瑟夫·斯大林（Joseph Stalin，1879—1953）不像列宁或托洛茨基那样开明（liberal）。1927 年，斯大林建立了俄罗斯无产阶级作家协会（RAPP，Russian Association of Proletarian Writers），以反对自由主义的文化倾向。但对斯大林而言，这一协会最终被证明是过于宽容了。仅仅六年后的 1932 年，斯大林就废除了所有的艺术家联盟和协会，建立了他亲自领导的团体——苏联作家联盟（the Soviet Writers' Union）。联盟命令所有的文学都必须歌颂党的行动和决定。而且，文学应该展示革命的进步，以苏维埃英雄为中心来讲授社会

---

① 该文在国内也长期被译为《党的组织和党的文学》，后国内学界认为此译不大准确，遂于 20 世纪 70 年代后期改译为《党的组织与党的出版物》，现从英译。——校者注

② 译文据郑保卫编：《马克思主义新闻经典论著导读》，161 页，北京，中国人民大学出版社，2007。有改动。——译者注

③ 托洛茨基，俄国无产阶级革命家，也是最早揭露和批判斯大林错误的人之一。1929 年 1 月被驱逐出苏联。1940 年 8 月在墨西哥惨遭暗杀。——译者注

主义精神。因为联盟只允许“政治正确”（politically correct）的作品出版，所以这种美学戒律迅速扼杀了许多俄国作家。毫不意外的是，斯大林很快流放了托洛茨基，导致大多数俄国批评家和作家越来越屈从于斯大林的指导方针，而不是把托洛茨基作为公开（与危险）的榜样。至于文学批评的其他马克思主义方法，就只能留待俄国之外的批评家去探索和发展了。

3. 格奥尔格·卢卡奇

匈牙利人格奥尔格·卢卡奇（Georg Lukács，1885—1971）发展了马克思主义理论，这是出现在俄国之外的第一个重要分支。卢卡奇与其追随者借助并修正了俄国形式主义的技巧，相信对象征、形象以及文本中其他文学手法的仔细分析将会揭示阶级冲突，并呈现经济基础与上层建筑之间的直接关系。作为广为人知的**反映论**（reflection theory），这种文学分析方法宣称文本直接反映了社会意识。像卢卡奇之类的反映论理论家强调资本主义的负面影响（如异化），必然具有说教色彩。反映论者支持一种马克思主义形式，即今日众所周知的**庸俗马克思主义**（vulgar Marxism），在这种形式中，经济基础与上层建筑之间只存在一种单向关系。对于这些理论家来说，文学是上层建筑的一部分，并直接反映经济基础。通过细读文本，这些批评家相信他们能揭示出文本的现实性（reality）和作者的**世界观**（Weltanschauung）。批评家的任务就是显示文本中的人物如何是其历史、社会经济背景与作者世界观之下的典型人物。

4. 法兰克福学派

与卢卡奇及其反映论密切结盟的是出现在德国的另一个理论家群体——**法兰克福学派**（the Frankfurt school），这是一个致力于发展西方马克思主义原则的新马克思主义群体。其成员包括西奥多·阿多诺（Theodor Adorno，1903—1969）、赫伯特·马尔库塞（Herbert Marcuse，1898—1979）、瓦尔特·本雅明（Walter Benjamin，1892—1940）以及马 172
克斯·霍克海默（Max Horkheimer，1895—1973）等。法兰克福学派批评家同意卢卡奇的观点——文学揭示了文化的异化和碎片化，认为文本与资本主义生产的任何其他商品并无二致。**市场**（market）——一件商品卖得如何——最终决定了出版什么文本、何时出版。于是，并不存在与人类意识直接相连的纯粹审美活动。在本雅明等人看来，那种认为文本揭示了文化的破碎而非其完整的说法，对于宣扬社会主义思想提供了一些有益的知识。把本雅明所谓的文学的“准宗教光晕”（quasi-religious aura）剥离之后，法兰克福学派批评家就能抵抗体现在文本中的资产阶级意识形态，并避免去盲目顺从一些文学作品中描述的空洞形象、想法和欲望。

贝托尔特·布莱希特（Bertolt Brecht，1898—1956）是本雅明的密友，他将这种新的思维方式直接运用到剧场实践之中。按照布莱希特的说法，戏剧家用剧场来表达他们的观念，但实际上剧场却控制了他们。戏剧家不应盲目地接受由戏剧惯例所建立起来的资产阶级的陈规陋习，而应该反叛和夺取生产方式。布莱希特将此原则运用于后来广为人知的**史诗剧**（epic theater，一译叙事剧）中，倡导将时间、地点和行动相统一的亚里士多德前提加以废除，包括废除那种让读者相信他们所见均为真实的假设。在戏剧表演中，布莱希特试图废除观众的惯常期待，希望造成他所谓的**间离效果**（alienation effect）。比如，在戏剧中，他常常通过一首歌或一场演讲的方式直接向观众发出呼吁，以此中断戏剧，使观众不断意识到戏剧中展示给他们的道德问题和社会问题。布莱希特否认了亚里士多德的净化（catharsis）概念，认为必须促使观众去行动、去做决定，而不是让他们陶醉于情感之中。在布莱希特手中，史诗剧已变成一种揭露渗透于艺术中的资产阶级意识形态的工具。

5. 安东尼奥·葛兰西

不像格奥尔格·卢卡奇及其追随者那样坚持上层建筑反映了经济基础，意大利人葛兰西（Antonio Gramsci，1891—1937）认为在基础与上层建筑之间存在着复杂的关系。葛兰西问道，资产阶级如何能控制无产阶级又保持它的支配权呢？他的回答是：资产阶级建立并保持了他称之为**霸权**（hegemony）的东西，也就是在一个特定文化中对大多数人而言塑造了意义，界定了现实的那些假定、价值观和意义。由于资产阶级实际控制了经济基础并建立了构成上层建筑的所有成分（音乐、文学、艺

术等)，他们赢得了工人阶级自发的推崇。工人阶级将他们的赞同给予 173
了资产阶级，并采纳了资产阶级的价值观念和信念。作为经济基础的支持者，统治阶级享有大众的威望，控制着塑造了个体意识的意识形态——意识形态这一术语的含义通常与霸权相同。按照葛兰西的观点，对人们进行这种意识形态塑造是一种欺骗，大多数人由此忘记或放弃了他们自己的利益和欲望，将支配性的价值观念和信条当作他们自己的来加以接受。

如果文学仅仅是上层建筑的一部分，那么所有的文学实际上都与资产阶级有关。如此一来，文学就变成了特权阶级的工具，妨碍了它在进一步的马克思主义革命中的运用。如果文学仅仅是上层建筑的反映，而上层建筑又是对建立在经济基础之上的资产阶级观念的反映，那为什么还要创作和研究文学呢？尽管葛兰西仔细思考过类似问题，但却是他的一个追随者提供了答案。

6. 路易·阿尔都塞

在试图回答为什么应该创作和研究文学这一问题时，路易·阿尔都塞(Louis Althusser，1918—1990)拒绝了反映论的基本假设，亦即上层建筑直接反映经济基础。他的回答是今天为人所知的**生产理论**(production theory)，认为文学不应被严格化约为上层建筑。在其著作中，尤其是在《保卫马克思》(*For Marx*，1965)和《阅读〈资本论〉》(*Reading "Capital"*，1970)中，阿尔都塞认为上层建筑能够影响而且确实影响了经济基础。因而，艺术能够引发也确实引发了革命。

阿尔都塞相信通过一种他称为**询唤**(interpellation)或**召唤主体**(hailing the subject)的过程，即借助结构和占优势的社会力量来赋予个体身份认同的意识形态权力，支配性霸权或主导意识形态塑造了人们的态度。一个社会中的世界观是由复杂的信息之网巧妙地塑造出来的，信息通过上层建筑中包括艺术在内的各种成分传送给每个个体。尽管统治阶级能够使用军队和警察力量去镇压工人阶级，以此保持其统治并完成询唤，但它却往往选择使用**意识形态国家机器**(ideological state apparatus)或霸权。实际上，正是统治阶级的霸权防止了工人阶级起来造反。

统治阶级的霸权永远不会完成。这种未完成性暗示了存在着替代性（alternative）霸权，它与统治阶级的霸权竞争着最高权力。如果统治阶级对主体的询唤或召唤失败了，那么其他霸权就能成功，革命也能够发生。如果工人阶级创作了他们自己的文学——戏剧、诗歌与小说，谱写了他们自己的音乐，绘制了他们自己的图画，这就可以是一场革命的开端。如果工人阶级这样做，他们就能建立起一种另类的霸
174 权，以此挑战资产阶级霸权。工人阶级不是通过枪杆子、战斗或流血，而是通过他们自己那种文化活动的艺术表达，才成功地反抗和夺取统治阶级的霸权的。

阿尔都塞之后，包括皮埃尔·马歇雷和雷蒙德·威廉斯在内的许多后阿尔都塞式批评家（post-Althusserian critics），发展出了多样的新马克思主义概念和理论。阿尔都塞以前的一个学生——皮埃尔·马歇雷（Pierre Macherey，1938— ），是法国马克思主义批评家的一个先驱，他通过运用后结构主义这个概念，发展了马克思主义理论。在他最重要的著作《文学生产理论》（*A Theory of Literary Production*，1966）中，马歇雷挑战了读者阅读文本的传统路径。大多数读者将文本视为一个孤立和真实的存在，有待通过文学批评方法去阅读、描述和批判。马歇雷声称，阅读实际上是生产的一种形式，它生产了许多意义而非单一的意义。他认为，作为读者和批评家，我们认为文本所说的东西与文本自身所说东西之间存在着分歧，两种话语各自为政。而且，作者的文本并不确切地就是为批评家所解释的那个文本。作者想要说的东西与他们实际所写所说的东西并不相同。文本的多样的意义持续地逃离于作者，因为他们自己并没有意识到运作于他们自身及其文本中的多样的意识形态。马歇雷所说的对文本的**关注式阅读**（attentive reading）揭示了这些运作于所有特定文本中的意识形态，这些意识形态通常直接阻碍作者想要通过其写作表达的东西。

另一个后阿尔都塞式的马克思主义批评家是雷蒙德·威廉斯（Raymond Williams，1921—1988），他在文化研究领域发展了马克思主义的意识形态和理论。**文化研究**（cultural studies）是20世纪后期的一个批评流

派，在威廉斯开始革新其批评时，文化研究的名称尚未发明，文化研究的原理也尚未成形。在第二次世界大战之后的杂志《政治与文学》(*Politics and Letters*) 中，在《文化与社会》(*Culture and Society*，1780—1950) 这样的著作——此书对英国浪漫派到 20 世纪中期的文学传统与形式展开批判——里，威廉斯体现出的主要兴趣在于意识形态与文化之间的关系。文学和所有的文化形式是错综复杂地缠绕在一起的。作家的意识形态，文化和社会的各种体制，以及与不同文类 (genres) 相连的各种美学形式，都被卷入彼此相互塑造和发展的复杂关系之中。通过强调这些关系的符号性质，威廉斯论证了文化与艺术是如何将自身织入个体日常生活的鲜活经验之中的。

三、当今马克思主义理论家

20 世纪 60 年代以来，美国的文学批评家弗雷德里克·杰姆逊 (Fredric Jameson，1934—　) 与英国批评家特里·伊格尔顿 (Terry Eagleton，1943—　) 主导了马克思主义批评。杰姆逊发展了**辩证批评** (dialectical criticism)。在《马克思主义与形式》(*Marxism and Form*，1971) 这一美国马克思主义者推崇备至的文本中，杰姆逊认为，分析一个文本时，所有的批评家都应该意识到他们自身的意识形态，应该具有 175
他所说的**辩证的自我意识** (dialectical self-awareness)。在稍晚出版的著作《政治无意识》(*The Political Unconscious*，1981) 中，杰姆逊将精神分析与马克思主义理论结合起来。借用弗洛伊德那种受压抑的无意识概念，杰姆逊发现了一种**政治无意识** (political unconscious)，即剥削和压迫的被压抑状况。杰姆逊认为，文学分析的功能是揭示文本中存在的政治无意识。

1991 年，杰姆逊以《后现代主义，或晚期资本主义的文化逻辑》(*Postmodernism, or the Cultural Logic of Late Capitalism*) 一书，进一步推进了马克思主义理论和批评。在这部著作中，杰姆逊认为文化逻辑本身已将经典马克思主义经济基础和上层建筑的辩证法编码在社会的每一客体之中。阅读和理解杰姆逊的文本并非易事，因为他那种复杂且时常晦涩的句子结构体现了他那种后现代的批评方法——一种试图透过马克思主义的镜头重新组装当下的政治和世界体系的批评方法。

当代最富影响力的马克思主义批评家或许是英国学者特里·伊格尔顿，他是《马克思主义与文学批评》（*Marxism and Literary Criticism*，1976）、《文学理论导论》（*Literary Theory*：*An Introduction*，2008）以及《论邪恶》（*On Evil*，2010）等诸多著作的作者。伊格尔顿认为，文学既非纯粹灵感的产物，也非作者感情的产物，它是一种意识形态的产品，而意识形态本身又是历史的产物。这种意识形态是处于特定时空中人与人之间实际的社会互动之结果。批评家的任务之一就是重建作者的意识形态以及他（她）所处的意识形态环境。

在其漫长而声誉卓著的批评生涯中，伊格尔顿像大多数批评家一样，不断发展、改变和重新定向他自己的文学理论。他常常将多样的批评方法运用于文本，包括阿尔都塞的科学式方法、拉康的精神分析思想与德里达的后结构主义。他所有的这些多样的文本分析方法都攻击资产阶级霸权，拥护那种反对资产阶级价值观的革命。

从 20 世纪 70 年代中期到现在，马克思主义继续通过许多马克思主义批评家的发声，挑战着它所认定为文学对手们的资产阶级关怀，这些批评家有勒内·巴里巴（Renée Balibar）、盖娅特丽·查克拉沃蒂·斯皮瓦克（Gayatri Chakravorty Spivak）、陶丽·莫依（Toril Moi）以及唐娜·兰德利（Donna Landry）。结构主义、解构主义、女性主义、新历史主义、文化唯物主义以及后殖民主义等批评运动和理论都检验过马克思主义的基本原理，分享过它的某些社会、政治和革命的本质。像马克思主义一样，这些当代的批评流派也想改变我们思考文学和生活的方式。借鉴了这些当代批评流派之后，当下的马克思主义已进化为一系列面目各异的理论，甚至不再存在单一的马克思主义思想的学派。不过，如果我们能停下来并通过其经济生产的方法之眼去审视我们的文化，就会发现所有这些马克思主义立场都共享着如下假设：无论马克思被如何阐释，他都相信社会的改善是可能的。

四、理论假设

马克思主义原本不是一种能被用来阐释文本的文学理论。不像其他批 176
评流派那样，它是一种体现了一系列社会、经济、政治观念的文化理论，它的追随者相信，这种理论能使他们解释并改变（这一点更重要）他们的世界。尽管存在着多种多样的马克思主义理论，但大多数马克思主义拥有一些共同的核心观念。

马克思主义宣称，终极的现实是物质的而不是精神的。我们的存在先于我们的意识或我们的本质。我们所知道的情况是，人类存在并生活于社会群体之中。像吃喝、劳作、游戏这种活动所形成的所有行为和反应，某种程度上都与我们的文化和社会有关。为了理解我们自己和我们的世界，我们应该首先承认我们所有的行为之间具有相关性。比如，如果我们想知道我们是谁、我们应该如何生活，那么我们必须停止仅靠宗教或哲学去寻找答案的方法，而开始在我们的文化内部审视我们日常活动的所有方面。通过审视包括我们的信念和价值观在内的日常惯例，我们将会发现，正是我们的文化和社会环境决定了我们是谁。我们相信什么、珍视什么甚至思考什么，这都根源于我们的文化和社会，而不是因为我们的宗教、我们设想的生活哲学或我们的世界观。

马克思主义认为，包括我们的社会生活在内，没有什么是孤立存在的。任何事物都处于一个动态的历史过程之中，马克思与恩格斯将其称为**关系**（Verhältnisse），意思是没有什么是孤立存在的，没有什么“只是”存在。每件事都是相互关联的，存在于由多种社会力量构成的**动态关系**（Vermittlung）之中。例如，当我们谈及“工人”，我们也应该谈及雇主、经济学、社会阶级、社会矛盾、道德、价值观以及许多其他相关的东西。马克思主义认为任何事情都处于一个不断生成、不断转换的状态。没有什么东西是静止孤立的。

马克思指出，当我们审视我们的社会时，我们发现它的结构是建立在社会各阶级之间的一系列持续冲突之上的。这些冲突的一个主要原因是社会成员的工作方式多种多样，而他们使用其经济资源的方式也不尽相同。经济生产方式与它们所引发的社会关系塑造了社会的经济结构（经济基础）。例如，在美国，在工人阶级的诸多生活要素中，资本家对工人阶级的剥削，决定了工人的工资和工作状况。由这个经济基础产生了社会统治阶级（如美国资本家）用来控制工人阶级成员的上层建筑，或许多社会制度和法律制度、政治体系和教育体系、宗教信仰、价值观，以及大量的艺术与文学。

不过，界定经济基础与上层建筑之间的确切关系并非易事。一些马克
177 思主义者相信经济基础直接影响上层建筑，并决定其存在。另外一些马克思主义者则认为，上层建筑的成分自有其现实性，上层建筑的每一成分与其他成分相互影响，它们同时影响着经济基础。无论马克思主义理论家采取什么立场，他们大都同意，经济基础与上层建筑之间的关系是复杂的，将会留待马克思主义批评持续争论。

如果我们思考一下资本主义的美国，经济基础与上层建筑之间的关系将会变得更为清晰。马克思主义认为，在美国，资本家掌握了经济财权（purse strings），由于他们如此行事，他们就控制了经济基础，使资本主义变成了权力的核心。资本主义判定了什么信仰可以接受，什么价值观有待保持，什么法律有待形成。换言之，资本家而非工人阶级，控制了社会的意识形态（即社会的霸权）及其社会意识。正是资本家决定了他们的社会可以接受的行为标准与思想标准。

有意无意地，这种社会精英不可避免地会将其观念强加于工人阶级头上。工人阶级几乎在毫不知情的状况下就被困于经济制度中，这一制度可以裁定他们能挣多少钱、他们能在何时休假、他们将如何度过他们的闲暇时光、他们能享有何种娱乐方式乃至他们相信什么与人的本性相关。

马克思主义向工人阶级发出了战斗口号。如果所有劳动人民能认识到他们现在并不是自由的行动者，而是受到错综复杂的社会网络支配的个体，而这种社会网络又是被一个自我任命（self-declared）、自我授权、自我延续的社会精英阶级所掌控的，他们就能将自己从社会、经济以及政治压迫的锁链中解放出来。

由于这一社会精英阶级塑造了社会的上层建筑及其意识形态，资产阶级也就控制了它的文学，因为文学是上层建筑包含的诸多成分之一。从这一角度看，文学像上层建筑的其他任何成分一样也卷入到一种社会进程，即资产阶级如同其文学中反映的那样，通过将其自称的可接受的意识形态灌输给工人阶级的社会进程。那些在社会里变得自然和可以接受的行为如今被描绘于文学之中，并最终被控制着经济生产方式的资产阶级掌控。

由于文学是社会上层建筑的一部分，它与上层建筑其他成分之间的关系、与经济基础之间的关系就成为变化中的马克思主义文学理论所关注的焦点。比如，如果一个马克思主义者坚持反映论，那么这样的理论家就认为经济基础直接决定了文学。在这个批评家看来，文学将会像镜子一样照出经济基础。另一方面，如果一位马克思主义理论家相信上层建筑的成分本身具有现实性，它们相互影响并且也对经济基础构成影响，那么，一个文本就可能对改变上层建筑中的其他成分和经济基础负有责任。而即便是衷心拥护这一立场的批评家，他们对 *178*
文本的界定，对文本与上层建筑其他成分的关系、与经济基础的关系也持有不同的观点。

尽管马克思主义者认为一个文本应该依据其所属的文化来阐释，但他们定义文本及社会关系网络的方法也为我们提供了一系列的马克思主义文学理论和面目各异的分析方法。如此看来，单一的马克思主义文学理论并不存在，存在的是众多的马克思主义文学理论，而它们都在力图改变社会。

五、方法论

作为一种文学分析路径，马克思主义方法是一个动态的过程，它主张，恰当的文本批判［恰当（*proper*）可界定为与社会主义或马克思主义的信念相一致］不能脱离文本赖以发展的文化状况而孤立存在。马克思主义者认为，文学研究与社会研究必然会错综复杂地交织在一起。这种关系要求马克思主义的文本研究方法必须比其他文学分析方法（这些方法使用常规的文学主题，常规的风格、情节或人物刻画等内容进入问题，通常强调修辞手法与其他一些文学手法）处理更多的东西。马克思主义声称它超越了这些文学成分，揭示了作者的世界及其世界观。通过将文本置于其历史语境，也通过分析作者的生活观，马克思主义批评家形成了他们的一个主要关切：意识形态。意识形态通过作者虚构的文本世界表达出来，而这种意识形态如何与读者个人的意识形态相互作用，这正是这些批评家的兴趣所在。研究文本的文学特性或审美特性，必须将文本与历史、与经济的生产方式和消费方式之间的动态关系考虑在内，正是这些关系创造了文本，也创建了作者与读者的意识形态。

这样一种意识形态和政治的考察暴露了阶级冲突，揭示了统治阶级以及与之相伴的、有意无意强加于无产阶级的意识形态。这种考察也揭示了工人不仅与他们的产品相分离，而且也与社会相分离，并且彼此分离，这是一种被称为异化的过程。这种考察还揭示出马克思主义者所谓的**碎片化**（fragmentation）——一个断裂的、支离破碎的社会。批评家的任务是揭示和谴责这种反无产阶级的意识形态，指出这样一种意识形态是如何欺骗工人阶级，如何在他们生命的每个阶段压迫他们的。更重要的是，马克思主义批评家希望通过这种分析指出，工人阶级如何能通过献身于社会主义去结束他们被资产阶级压迫的状况。

一位马克思主义批评家可能会以如下方式开始此类分析：通过考察虚
179 构世界的人物、场景、社会或文本的其他方面来阐明作家的文本如何反映了作家的意识形态。以此为出发点，批评家可能对作家这一特定的社会阶层以及作家阶层对其所在社会的影响展开调查。批评家也可能会选择如下出发点：考察文本中反映出来的历史和时代的文化状况，看看作者如何正确或错误地描绘了这一历史时期。

无论批评家选取什么样的方法，马克思主义的方法都揭露了统治阶级，论证了资产阶级的意识形态如何控制和压迫工人阶级，并强调了最受这些压迫影响的社会因素。马克思主义批评家希望这种分析将引发行动、社会变迁和革命，并最终促使社会主义来临。

六、问题分析

为了更有效地理解马克思主义的文学分析路径，请仔细阅读纳撒尼尔·霍桑的短篇小说《好小伙布朗》，然后提出与此文本相关的问题。这样做，你将明白马克思主义的关切是如何在文本中被作者显示迹象或简单忽略的。而且，为了从马克思主义的视角去详细分析任何文本，也为了说明马克思主义对文学与社会之间互动关系的理论关切，以下问题将为你提供一个操作框架。

- 这个文本中确立了怎样的阶级结构？
- 哪些人物或群体控制了经济生产方式？
- 文本展示了怎样的阶级冲突？
- 哪些人物受到压迫，他们属于什么样的社会阶级？
- 哪些人物是压迫者？
- 这个文本中所建立的霸权是什么？
- 何种社会冲突被忽略了？何种社会冲突又被强调了？
- 谁代表了现状？
- 这篇作品是否对社会的阶级冲突提出了解决办法？
- 这个文本揭示出的主导意识形态是什么？
- 主要人物是支持还是反抗主导意识形态？
- 叙述者是资产阶级还是无产阶级的成员？
- 这个文本讲述了谁的故事，没讲述谁的故事？
- 这个文本出版于何时何地？
- 作者的写作动机是否为人所知或公开过？
- 围绕着这个文本出版的经济问题是什么？
- 谁是受众？
- 理想读者是谁？虚设读者是谁？真实读者又是谁？

七、批评与回应

180 像精神分析批评与女性主义批评一样，马克思主义批评不仅关心文本说了什么，而且关心它没说出的东西。按照当代最杰出的马克思主义批评家之一特里·伊格尔顿的说法，马克思主义批评的任务是“因文本不能了解自身而去呈现它，因文本对其生产状况的必然沉默而去彰显它”。文本就像社会生活的所有成分一样，不能被孤立地分析，因为它们并非孤立的实体，而是作为社会力量与结构的复杂之网的一部分存在着。文本必须理解为动态的、不断演化的社会关系之历史进程的一部分。这些社会关系包括不间断的、始终存在的社会冲突和摩擦，无产者与有产者之间的斗争。通过控制社会霸权和由此形成的虚假意识，资产阶级保持了其权力地位，并压迫工人阶级，强迫他们接受资本主义现实的幻象。文学批评的目标是通过文本的言说或沉默之处（对于压迫的沉默）去揭示阶级斗争。从马克思主义的视角看，所有的文本都是意识形态，而文本中包含的意识形态必须被揭露，以便挑战占优势的社会秩序。

尽管马克思主义的内在一致性与其批判的绝对广阔都令人印象深刻，但是批评马克思主义理论的人却也大量存在。马克思及其信徒将其观念称为一种理论和批评形式，而其他人却把它当作将准宗教的世界观编撰而成的生活哲学。一些批评者指出，这种世界观就像任何宗教一样需要一种总体的承诺与虔诚。不过他们也认为，这种宗教没有上帝，因为它完全是无神论的。这种宗教的上帝存在于镜子里，存在于人类的想象里。这一宗教被叫作唯物主义，它拒绝精神价值、灵魂与不朽的概念和对上帝的信仰，却在理论和批评的名义下大行其道。这些批评者最终指出，接受马克思主义原理会否定人类的价值。他们认为，这样一种包罗万象的世界观最终将会走向一种建立在对现实的主观理解而非客观的绝对真理之上的极权主义（totalitarianism）形式。

还有一些批评者认为，马克思主义的经济理论过于简单化，它不能对当代社会的经济弊病提供恰当的视角或正确的解决方案。正统马克思主义紧紧抓住其基本信条，忽视了包含着多样社会群体的社会具有多面的社会性质，而每一个群体都拥有它对人类本质和社会机制的独特理解。总之，马克思主义或是排除了个人自由，或是简单地忽略了个人自由，而代之以对经济的高度关注。

不管个别的批评者怎样看待马克思主义，马克思主义的理论与批评都将继续发展并将持续塑造我们的社会文化体制。

第九章　文化诗学或新历史主义

181 新历史主义不是一套可重复的方法，也非一种文学批评程序……所以我们真诚地希望，你无法说出它总体上意味着什么；如果你能说出来，我们可能就失败了。

——斯蒂芬·格林布拉特、凯瑟琳·加拉格尔，《实践新历史主义》

一、导论

20世纪40年代、50年代和60年代，新批评是文学分析的主导方法。那时，勒内·韦勒克（René Wellek）和奥斯丁·沃伦（Austin Warren）的《文学理论》（*Theory of Literature*，1942）成为文学阐释的圣经，它聚焦于文本本身而非与文本相关的历史、作者和读者之维。

二、新批评的课堂示例

在新批评盛期，很容易在一堂大学文学课上听到如下内容：

今天上课之前我们先回顾一下上节课所学的伊丽莎白时代的信念（Elizabethan beliefs），以便我们能用这些知识来理解《李尔王》（*King Lear*）的第一幕。你们应该还记得，伊丽莎白时代的人相信所有生命之间都有着内在关联。上帝在造物之后，又赋予万物以宇宙的秩序。无论如何，不能扰乱这个宇宙秩序。在造物的过程中，任何一个预示变化的元素比如暴风雪、日食与月食，或者即便是家庭结构里一个不听话的孩子，都意味着可能导致混乱、给地球带来毁灭性的破坏。没有任何东西能断开这条存在的巨链（Great Chain of Being）——这是我们对这个被创造的宇宙秩序的命名。随着上帝和天使各居其位，随着国王统治着他的顺民，随着人类制服和利用动物，182
万事万物都按照上帝的安排，井然有序并运转正常。

在理解了伊丽莎白时代的世界观之后，让我们翻到莎士比亚《李尔王》的第一幕第二场的101～112行。你会想起在这一场戏中，格劳斯特（Glaucester）公爵的私生子爱德蒙（Edmund）曾经说服公爵相信：公爵的嫡子、公国的继承人埃德加（Edgar）一直希望他的父亲死去，这样他就能继承公爵的爵位、土地和财富。因为相信自己的亲生儿子已经背叛了爱德蒙（埃德加的同父异母兄弟）和他自己，公爵说道：最近的日食和月食，对我们而言毫无吉兆。尽管大自然的智慧能够给出这样或那样的理由，然而大自然却因一系列的连锁反应发现自己遭到惩罚。爱情变凉，友情变淡，兄弟失和……

我们从这些文字中都能看到伊丽莎白时代的世界观在起作用。公爵相信被创造的宇宙秩序之间相互联系，相信“存在的巨链”的观念。日食和月食的意义在于它们表征了变化和混乱。因为公爵相信大宇宙（天地万物）直接影响着地球上人类世界的小宇宙，他责备自然界中的这些偶发事件（日食等）扰乱了家庭关系，毁坏了兄弟之和、父女之爱（李尔王已经放逐了他最喜欢的女儿考狄莉亚）与君臣之情（李尔王最忠实的朝臣肯特也已被赶出了王国）。公爵用一以贯之的文艺复兴时期的世界观来透视他身边的这个世界。

三、旧历史主义

在这堂形式主义的课上，教授所使用的文学分析方法就是“新批评”和我们今天所谓的“旧历史主义”（old historicism）的典型例子。在这种方法中，历史只是充当文学的背景。最重要的是文学文本，也就是艺术客体本身。文学的历史背景只是次要因素，因为正是艺术客体即文本映照出它那个时代的历史。历史背景仅为阐明最受关注的对象——文本服务。

隐藏在上述文学批评方法之下的是这样一种历史观：它宣称书写下来的历史是对过去真实发生的事件的准确描述。这种观点认为，历史学家能够客观地书写任何既定的历史年代、时期、人物、事件和文本，并且能够明确陈述那些人物、年代、事件和文本的客观真实。通过各种各样的历史分析方法，历史学家能够发现任何人群的成见、世界观和信念。比如，在我们假设的那堂文学课上，当教授上课伊始就讲述伊丽莎白时代的信念时，他（她）在阐明的是伊丽莎白时代的世界观——所有伊丽莎
183 白时代的人们想当然地共同分享的、有关他们世界构成的一套统一的预设和猜想。该教授确信，把这些主张运用于伊丽莎白时代的文本《李尔王》之中，他（她）就能比那些不懂该剧历史背景的教师更准确地阐释这个剧本。

四、所谓新历史主义

文化诗学（Cultural Poetics）或曰**新历史主义**（New Historicism）挑战的是如下核心观念：历史学家能够阐明任何特定人群、国家或时代统一的、具有内在连续性的世界观，并且能够重构任何历史事件准确而又客观的图景。文化诗学——在美国经常被叫作新历史主义，在英国被称作**文化唯物主义**（cultural materialism）——作为一种替代性的文本分析方法出现在 20 世纪 70 年代以及 80 年代初期，它声称所有的历史都是

主观的，是由这种人书写的——他们的个人偏见影响了对过去的阐释。文化诗学断言，历史从来不为我们提供那种客观真实，不为我们带来一幅关于以往事件、人们或年代的完全准确的图景，也不为我们提供某个特定人群的世界观。否定了旧历史主义的自治式历史观（autonomous view of history）后，文化诗学宣称历史就是多种话语之一，或者是我们观察、思考世界的多种方式之一。文化诗学通过把历史视作和社会学、政治学同等重要的话语，并且通过仔细地考察所有此类话语（包括这些话语的文本分析）怎样影响对一个文本的解读，声称要和文学批评的实践紧密相连：

- 强调一切人类活动之间的内在关联性。
- 承认个人偏见的存在。
- 较之于旧历史主义和其他文学阐释方法，它给予文本一种更为全面的理解。

五、历史发展

文艺复兴研究是新历史主义植根并赖以发展成长的丰壤沃土，因为文艺复兴时期西方的认识论假设经历了各种转型。以历史的自我意识为标记，这段历史时期为新历史主义在历史与文学之间的文化对话提供了重要的资料来源。莎士比亚作为英国文艺复兴时期文学领域的代表，成为跨越历史学和文学、政治学学科边界，并且常常模糊它们之间区别的开路先锋。新历史主义者声称，也许历史和文学之间根本没有明确的界限。在文 184
学中能够看到历史，而历史中也有很多文学。像莎士比亚一样，正在崛起的新历史主义者笃信，文学也许和其他文化话语或“声音”并无太多不同，每一种声音都促成并进而影响着其他的话语。

关于新历史主义，尽管没有人能给出一个全面的、无争议的发展史，但其独具特色的美国形式却是在 20 世纪 70 年代末到 80 年代初开始萌芽的，尤其是以 1980 年面世的有关文艺复兴研究的两个关键文本为标志：

斯蒂芬·格林布拉特（Stephen Greenblatt）[①] 的著作《文艺复兴时期的自我塑造：从莫尔到莎士比亚》（*Renaissance Self-Fashioning：From More to Shakespeare*）和路易斯·蒙特罗斯（Louis Montrose）[②] 的论文《〈伊丽莎，牧羊的仙后〉和权力的田园诗》（"'Eliza，Queen of Shepheardes' and the Pastoral of Power"）。这两个文本开始阐明文化诗学的一些关切，这些关切后来在20世纪80年代和90年代发展起来。两年后的1982年，随着格林布拉特主编的一本新杂志《文类》（*Genre*）出版，文化诗学聚集成一个文学理论的批评"阵地"（site）。在为一组有关文艺复兴研究的论文所写的导言中，格林布拉特宣布"新历史主义"已经诞生，并且声明，在文学理论的持续对话中，新历史主义已成为一种合法的、值得尊敬的"声音"。

在接下来的1983年，格林布拉特和斯韦特兰娜·阿尔珀斯（Svetlana Alpers）[③] 连同依托于加利福尼亚大学伯克利分校（University of California at Berkeley）的编委会一道，创办了另一本杂志《表征》（*Representations*），对于新历史主义学者来说它很快就成为一本首席出版物。在创刊号上，新历史主义者中的一位领军人物D·A米勒（D. A. Miller）[④] 发表了他的论文：《不同声音中的规训：官僚机构、警察、家庭和〈荒凉山庄〉》（"Discipline in Different Voices：Bureaucracy，Police，Family and *Bleak House*"）。在这篇文章中，他阐明了两条新历史主义的主要原则：首先，文学文本植根于社会和政治话语之中；其次，所有的文学文本都是权力的载体。在第二期的《表征》上，新历史主义者中的另一位领军人物

---

① 斯蒂芬·格林布拉特（1943— ），新历史主义的创始人，现任哈佛大学人文学教授。以"文化诗学"的方法进行文艺复兴研究和莎士比亚研究而著称，代表作有《文艺复兴时期的自我塑造：从莫尔到莎士比亚》、《莎士比亚式的协商》、《炼狱中的哈姆莱特》等。——译者注

② 路易斯·蒙特罗斯，美国文学理论家，新历史主义的早期代表人物，现为加利福尼亚大学圣迭戈分校的英语文学教授。主攻当代文艺复兴时期诗学、英国文艺复兴时期和伊丽莎白一世的戏剧。——译者注

③ 斯韦特兰娜·阿尔珀斯（1936— ），艺术评论家，曾于1962—1998年任教于美国加利福尼亚大学伯克利分校。——译者注

④ D. A. 米勒（1948— ），美国文学评论家，现任教于加利福尼亚大学伯克利分校，主要研究小说、电影等。——译者注

路易斯·蒙特罗斯发表了一篇题为《塑造幻象》（“Shaping Fantasies”）的文章，重申并拓展了米勒关于文学文本是权力场所的观点。同年，《表征》又发表了另一篇新历史主义的重要文本《詹姆士一世和文学中的政治：琼森、莎士比亚、多恩和他们的同代人》（*James I and Politics of Literature：Jonson，Shakespeare，Donne and Their Contemporaries*），作者是乔纳森·戈德堡（Jonathan Goldberg）①，他认为不同的历史时代发展了不同的“权力模式”，每个时代都会以不同的眼光打量现实，包括打量相冲突的真实观念。

因希望向不同的政治、理论和意识形态保持开放，新历史主义者只是分享一些大体相似的关怀，而不是形成一套体系化的理论或成为一个批评流派。他们共享的核心旨趣是：从 19 世纪中期到 20 世纪中期，文学分析中的历史方法都是错误的。在这一时期，很多学者相信历史作为背景信息服务于文本分析，历史学家们能够客观地再生产出（reproduce）任何历史时期，并指出历史的“本来面目”。新历史主义者拒斥“旧历史主义”的这些假定，并且形成了他们自己的历史解读和阐释方法。他们宣称，应该联系文化、历史、社会和有助于决定文本意义的其他因素来完成文学阅 185
读。1987 年，格林布拉特发表了一篇对于新历史主义的持续发展具有关键作用的论文：《走向一种文化诗学》（“Toward a Poetics of Culture”）。该文强调了新历史主义者如何联系文化和社会去阅读和审视文学。借用两位后结构主义批评家让-弗朗索瓦·利奥塔（Jean-François Lyotard）和弗雷德里克·杰姆逊（Frederic Jameson）的观点，格林布拉特断言艺术和社会是相互联系的，但没有哪个学者能用且仅用一种理论立场（或批评流派）就解开这个复杂的、相互关联之网。因此，格林布拉特说新历史主义应该被看成一种阅读实践，而不是一个批评流派。格林布拉特认为，当文本以及文本与社会的关系被深入探究时，一系列时常冲突的社会和文学模式就会发展演变，由此证明艺术怎样影响社会而社会又是如何影响艺术的。1988 年，格林布拉特在《莎士比亚式的协商》一书中拓展了这些观

① 乔纳森·戈德堡，美国文学理论家，约翰·霍普金斯大学英语文学教授，致力于早期现代文学与现代性思想之间的关系研究，尤其是性别问题研究。——译者注

点，他将自己的这种阅读实践称作“文化诗学”而非“新历史主义”，是出于实际需要对这一文学理论立场的重新命名。他认为，就术语用词而言，*文化诗学*（*Cultural Poetics*）会比*新历史主义*（*New Historicism*）更好地综合这种发展中的理论立场及其学术关怀。

在格林布拉特及其同道看来，文化诗学是被20世纪60年代、70年代、80年代美国文学批评、文化以及政治的体制特征塑造的产物。20世纪60年代，居主导地位的文学批评流派是新批评及其相应的理论假设和实践方法。比如，格林布拉特在耶鲁大学［此地一度被他称为高教会派①新批评（High Church New Criticism）的大教堂］进行研究生学习期间，就已掌握了新批评的基本原理。在耶鲁，诸如T. S. 艾略特（T. S. Eliot）、艾伦·退特（Allen Tate）、约翰·克罗·兰色姆（John Crowe Ransom）、克林斯·布鲁克斯（Cleanth Brooks）和罗伯特·佩恩·沃伦（Robert Penn Warren）等新批评的学者、作家和批评家受到普遍的尊敬，他们的批评方法也被广为实践。

克林斯·布鲁克斯与罗伯特·佩恩·沃伦合写的教材《理解诗歌》（*Understanding Poetry*，1938）的出版和广泛使用，大大促进了新批评的早期发展，并给学者和教师提供了一个切实可行又便于教学的文本阐释方法论。从理论的视角来看，新批评把文学文本看作是一个拥有其自身存在的艺术品，它独立于文本的作者、读者、文本所描述的时代和它赖以产生的历史年代之外，且并不必然与这些方面形成关联。只是当读者仔细审读文本时，文本的意义才会浮现。在新批评家看来，这样一种细察（close scrutiny）会形成以下感受：文本是一个有机的整体，在其内部，所有的部分合为一体并共同支撑起一个中心主题。对于新批评家来说，文学文本是高度结构化的产物，在其内部包含着自身的意义。对于一个根据新批评自家主张、运用严格而系统的方法去考察文本的批评家读者（critic-reader）来说，文本将会揭示它自身的意义。新批评家认为，这样的文学分析是特别值得称道的，因为它给予我们一种独一无二的知识，为我们提供有

① 高教会派（High Church），又称高派教会、高教派，是英国国教的一派，重视恩宠、仪式以及主教或者教士的权威。此处暗讽新批评家自以为是的精英趣味，以及垄断文本意义的权威解读方法。——译者注

关人性的最深刻的真理，而这样的真理正是科学所不能揭示的。

新批评没能为格林布拉特与其他批评家提供的，是一种从历史视角理 186
解文学的尝试。在新批评的文学分析中，最重要的是文本而不是文本的历史语境。而那种把任何特定文本看作历史现象产物的想法都遭到贬低或漠视。此外，格林布拉特认为，涉及文学性质和定义方面的问题研究不能予以鼓励。他和其他批评家希望讨论以往的和现在的文学是如何被构成的，文学服务于谁的利益，以及文学（*literature*）这个术语究竟意味着什么。他们想知道，是当代的问题和时代的文化环境的共同作用产生了文学，还是文学是一种永远与我们同在的艺术形式。

由于新批评在文学批评中的霸主地位，也由于它在涉及文学的性质、定义与功能上的回答（或者说缺少回答），文化诗学才因此发展起来。就在格林布拉特提出一系列不同的文学问题时，多种真正“新批评的”（New Critical）理论和理论家出现在文学舞台上。解构派、马克思主义、女性主义和拉康式的心理分析学开始挑战新批评的理论假设。作为对新批评那种文本意义只能主要来自文本之主张的一种反驳，后结构主义理论家发展出多种理论立场，其中涉及阅读过程的性质，读者在阅读过程中所起的作用，文本或是实际的艺术作品的定义。在文学理论的众声喧哗中，文化诗学的声音也得以呈现。

在阅读了福柯（Michel Foucault）和其他后结构主义者的社会学和文化研究著作之后，格林布拉特和他的同事们钦佩且效仿福柯那种对文学、历史、文化和社会性质永无止境的质疑。像福柯一样，他们拒绝接受传统的、现成的答案。从格奥尔格·卢卡奇（Georg Lukács）、瓦尔特·本雅明（Walter Benjamin）和雷蒙德·威廉斯（Raymond Williams）和其他一些学者那里，他们也懂得了历史是由生活于其中的人塑造而成的，同时他们接受了马克思主义的观点——全部生活都相互关联（interconnectedness）。就像马克思本人一样，格林布拉特与他那些志趣相投的同侪相信，我们用双手做什么与我们如何赚钱谋生的确影响了我们思考什么和怎样思考。此外，他们也设计出一个关于文化（*culture*）的新定义，拥护威廉斯的如下观念：文化是人类经验的复合形式，表现在艺术、政治、文学和一系列其他元素中，每一种表现形式都涉及复杂的、相互联系的权力斗争。

但是与大多数后结构主义——尤其是与解构理论——不同，文化诗学尽量规避不确定性（undecidability），或有关现实本质和文本阐释方面的难题。尽管新历史主义者并不否认有很多原因影响了文本的写作、生产和出版，但他们力图超越不确定性，而不是简单地断言一个文本有多种可能的意义。通过这种途径，他们挑战了旧历史主义的假定，即预设历史学家
187 能够实际写出任何一种境况的客观历史。此外，他们重新定义了文本的意义，主张所有的批评家必须承认并且公开宣布他们自己的偏见。

整个20世纪80年代到90年代，像凯瑟琳·加拉格尔（Catherine Gallagher）[①]、乔纳森·多利莫尔（Jonathan Dollimore）[②]、杰罗姆·麦甘（Jerome McGann）[③] 和格林布拉特等批评家，提出了他们的理论主张。他们认为文学研究以及文学研究与历史的关系研究已过于狭隘。通过把文本看成正在活动中的文化，这些批评家模糊了艺术产品和其他社会产品以及社会事件之间的区分。他们试图让我们看到乔纳森·斯威夫特（Jonathan Swift）[④]《一个小小的建议》（"A Modest Proposal"）[⑤] 的发表是一个政治行为，同时也让我们注意到围绕美国总统就职典礼的仪式是一个美学事件，带着在诗歌里才会发现的象征手法和结构的陷阱。在他们的主要舆论阵地《表征》杂志上，经常可以看到诸如此类突出了他们的批评实践的例子。

假定在那些赞同文化诗学主张的批评家那里存在着某些共识是毫无意

---

① 凯瑟琳·加拉格尔（1945— ），新历史主义的文学评论家，现任教于加利福尼亚大学伯克利分校。其著作有《人体经济：政治经济学和维多利亚小说中的生命，死亡和感觉》（*The Body Economic: Life, Death, and Sensation in Political Economy and the Victorian Novel*, 2005）等。——译者注

② 乔纳森·多利莫尔（1948— ），英国文学批评家和社会学家，"文化唯物论"的重要开创者和积极实践者，其研究主要集中在文艺复兴时期的文学（尤其是戏剧）、酷儿理论等方面。——译者注

③ 杰罗姆·麦甘（1937— ），美国学者，现任教于弗吉尼亚大学，主要从事文学史和文化方面的研究。——译者注

④ 乔纳森·斯威夫特（1667—1745），爱尔兰讽刺作家、散文家。著有《格列佛游记》等。——译者注

⑤ 《一个小小的建议》是斯威夫特在1729年写的政治讽刺小说，建议穷人把孩子作为食物卖给富人阶层的绅士淑女，借此可以缓解爱尔兰的贫困。作者讽刺当时英国的政策对穷人缺乏同情。——译者注

义的。就像文本分析的其他许多方法一样，文化诗学最好被理解成一种依然在进行中的文本阐释实践，这是一个其目标、原理和实践不断被重新定义和微调的过程，同时也是吸纳新的追随者的过程。有些支持者表达了他们对文化诗学的自信，认为它已成为一个有组织的批评流派，而另一些人把则它看成一种难以捉摸的、抽象的文本阐释方法。为明晰起见，我们将稍嫌专断地把文化诗学分成两大分支：文化唯物主义和新历史主义。然而，无论哪个群体中的成员，他们都在继续：

- 提倡再度唤醒我们的历史意识。
- 声称文学和历史必须被看作有待放到一起分析的学科。
- 把所有的文本放在适当的语境中。
- 相信当我们探讨和理解不同的社会形态，并把它们作为各种文本赖以形成的历史语境时，我们同时也在了解我们自己、我们自己的习惯和自己的信仰。

1. 文化唯物主义

文化唯物主义（cultural materialism）作为文化诗学在英国的分支，其理论形态是马克思主义，其目标是文化和政治。它的意识形态理论源于诸如路易·阿尔都塞（Louis Althusser）和雷蒙德·威廉斯（Raymond Williams）等马克思主义批评家的著作。由于相信文学可以成为变革的动力，文化唯物主义者宣称一种文化霸权并非稳固不变。为了让文学孕育变革，批评家就必须在阅读已经确立的经典作品时“格格不入”（against the grain），变成“抵抗的读者”（resisting readers）。如此行事，批评家才能揭露文木中的政治无意识，戳穿资产阶级制造的社会和政治的神话。

2. 新历史主义

新历史主义是对文化诗学的美国分支的命名。它的早期发起人之一斯 188
蒂芬·格林布拉特与其他许多学者一道，认为特定的文化既渗透于文本也渗透于批评家之中。因为社会中的所有元素是盘根错节、相互缠绕的，文本和批评家也不例外。不仅这两者之间相互交织，你中有我，而且它们同批评家所生活于其中的、文本所赖以产生的文化紧密相连。因为所有的批评家都受到文化的影响，新历史主义者认为我们没有人能完全逃离公共和私人的文化影响。每一个批评家都会形成对任何一个既定文本的独特解释。与他们的英国同道一样，新历史主义一如既往地被它的许多实践者重新定义和不断改变着，且常常会提供相互冲突和矛盾的文本分析方法。

六、理论假设

就像其他后结构主义的批评实践一样，文化诗学也始于挑战长久盘踞于人们脑海中的如下观念：文本是一个自足的艺术作品，包含了抵达一种据说是正确阐释所必需的一切元素。否定了“旧历史主义”关于文本仅仅反映历史语境的假说（艺术和历史的模仿观）——这样的历史信息为文学分析提供了有趣的有时也是有用的背景——之后，文化诗学使我们的注意力转向一系列这样的哲学和实践关怀：强调所有人类活动之间具有复杂的相互关联性。它重新定义文本和历史，同时也重新定位文本和历史之间的关系。与旧历史主义不同，新历史主义或文化诗学认为，在审美客体（即文本或艺术作品）与社会之间存在着复杂的联系，因此必须将所有文本置于其文化语境中予以分析，而不是孤立地加以理解。它认为我们在提出有效阐释之前，必须懂得作者的社会关怀，了解体现在作品中的历史时期的社会关怀，知道显示在文本中其他文化元素的社会关怀。这样一种文本分析路径质疑这种行为：我们怎样才能为任何人类活动赋予意义，而不管这行为是一个文本、一个社会事件，还是一个长期保持的传统或一种政治行动。

1. 米歇尔·福柯

在 20 世纪法国的考古学家、历史学家和哲学家米歇尔·福柯（Mi-
189 chel Foucault，1926—1984）的著作中，文化诗学批评家发现了他们理论
主张的根基和部分假设。福柯是通过重新定义“历史”这个概念开始他那种颇为复杂有时甚至自相矛盾的理论构型的。有别于过去其他的历史学

家，福柯宣布历史不是**线性的**（linear，亦即它没有一个明确的开端、中间和结尾），同时历史也未必是**目的论的**（teleological，亦即它并非有目的地朝向某个已知的终点前进）。此外，历史不能被解释为受到某些神秘命运或全能的神掌控的一系列因果事件。对于福柯来说，历史是各种话语之间复杂的相互联系，或者是人们思考和言说自身世界的多种方式（艺术的、社会的和政治的，等等）之一。这些话语在任何特定历史年代相互作用的方式并非随意。确切来说，这些话语的相互作用取决于一个统一的原则（或模式），福柯称之为**知识型**（episteme）。也就是说，通过语言和思想，历史发展中的每一时期都发展出了它自己的认知现实本质（或者被界定为真理的东西）的视角，形成了它自己可以接受的和不可接受的行为准则，确立了它自己判断好坏的标准，并授权特定人群发展、表达、保护和守卫那尺度。由此，那些已经确立的真理、价值和行为将被看作可接受的东西。

为了发掘一个特定历史时期的知识型，福柯借用了考古学的技术和术语。正如一个考古学家必须缓慢而精心地挖掘各个地层以发现过去各时代那些代表性的宝物，历史学家也必须探察共同形塑人们知识型话语的每一层面。正如考古学家必须确定每一项发现的时期，把那些可以定义和有助于解释文化成分的人工制品（器物）拼接到一起，历史学家也必须将各种各样的话语、它们之间的内在联系以及它们与非话语实践（包括任何一种文化体制，例如一种政府组织形式）之间的联系拼接到一起，这将有助于人们明确表达出学术研究中隐藏的知识型。

由此可见，历史是一种权力形式。由于每一个时代或每一群体（people）都发展出了自己的知识型，这些知识型实际上决定了不同时代和群体的人们怎样看待现实。这样，历史就变成了对广阔而复杂的、互相联系的力量之网的研习和发掘，这些力量之网最终决定了在每一种文化或社会中将会发生什么事情。

知识型为何和如何从一个历史时期转变到另一个历史时期，基本上无法弄清。可以肯定的是，这些变化看上去似无预警（warning）。这样一种变化［例如，从理性时代（the Age of Reason）到浪漫主义时代的转变］曾经发生在19世纪初，并且开启了一个新的知识型。在这个新的历史时期，话语中发展出完全不同的关系，这些关系先前并无演变痕迹或并未存在过，而且在过去的历史时期是被人们视为不可接受的。福柯坚称，那些导致从一个知识型到另一个知识型发生断裂（break）的、突然的且往往
190 也是激进的变化，无所谓好与坏、有效与无效。就像那些生产出它们的话语一样，不同的知识型凭借其自身的条件而存在。它们既不是道德的，也不是不道德的，而是无关道德的。

在福柯看来，历史学家必须认识到，他们都带有自己生活的时代那种知识型的影响和偏见。因为他们的思想、习惯、癖好和其他行为都浸染着他们那个时代的知识型的色彩，历史学家绝不可能完全客观地对待他们自己的时代或其他任何一个历史时期。福柯声称，成为一个历史学家，意味着他在考察构成任何特定历史时期知识型的种种话语或历史事件的材料证据之前，必须面对和阐明他自己的那套偏见。福柯相信，这种对于多样话语的考古学研究，就不会只发掘出一种知识型的单向视角（也就是预设了一种单一的、总体的、政治的想象或设计）。相反，这种探察会揭示一系列不一致、不规则且常常相互矛盾的话语，这些话语能够解释知识型的发展过程，包括哪些因素会被人们接受、改变或拒绝，以形成特定时代的人们所认为的“真理”，同时，由此确立了那个时代的人们可以接受的标准。

2. 克利福德·格尔茨

除了从福柯那里借用了很多思想之外，文化诗学还从文化人类学家克利福德·格尔茨（Clifford Geertz，1926—2006）[①] 的著作中吸取了一些理论和方法。格尔茨认为“并不存在独立于文化的人类本性”，文化被格尔茨定义为掌控着人们行为的“一系列操控装置，包括计划、配方、规则和指示”。每一个人都必须被看作是一个文化人工制品。此外，每个人看待社会的方式都是独特的，因为在我们的身体告诉我们的信息和我们必须知道的在社会中如何行动的信息之间，存在着格尔茨所说的“信息沟”（information gap）。这种信息沟也在社会中存在，因为社会无法理解所有组

① 克利福德·格尔茨，美国人类学家，解释人类学的提出者。代表作有《文化的诠释》（*The Interpretation of Culture*，1973）、《地方性知识》（*Local Knowledge*：*Further Essays in Interpretive Anthropology*，1983）等。——译者注

成它的人们中发生的每一件事。像个人一样，社会只是用它认为已经发生的事情来填这个沟壑。正是这种在人和社会中都存在的信息沟，导致了历史的主观性。

文化诗学也采用了格尔茨的人类学研究方法来描述文化，那就是他所发明的**厚描**（thick description）。格尔茨认为，厚描就是描绘那些在任何一种文化实践中都会出现的看上去无足轻重的细节。通过聚焦于这些细节，研究者能揭示出在某种文化中正在起作用的内在的矛盾力量。从格尔茨那里借用了这个概念之后，文化诗学的理论家声称必须发现和分析特定文化中每一种各自独立的话语，以求展示所有这些话语之间是怎样相互作用的，它们和制度、人群以及其他文化因素是如何互动的。很多不同种类 191
话语的相互作用形成了文化，并且加深了人类活动之间的相互联系，这些活动包括写作、阅读以及文化诗学批评家强调的文本阐释。

3. 文本、历史和阐释

由于文本仅仅是有助于塑造文化的多种因素之一，文化诗学批评家相信，所有的文本实际上都是社会文献，它们反映着且更重要的是回应着当时的社会历史状况。既然任何一种历史状况都是相互竞争的话语组成的复杂微妙之网，文化诗学学者便主张集中关注历史。他们认为，如果不考虑文本与形成它的多种话语之间、与它所回应的社会状况之间的关系，任何文本的解释都将是不完备的。由此看来，文本变成了在作者、社会、风俗、制度之间各种思想竞争的战场，变成了作者和读者最终协商而成的社会实践，而这一社会实践又受到作者与读者双方中每一个促成者的知识型的影响。通过在解释过程中把历史放在一个突出的位置，通过考察文本内和历史现场中多种话语的相互缠绕之网，我们便能成功地协商出一个文本的意义。

文化诗学坚持认为我们所有的行为之间是相互联系的。对于一个文化诗学批评家来说，我们做的每一件事都与嵌于并内在于我们文化的实践网络密切相关。没有什么行为是无关紧要的，任何事情都是重要的。在我们为行为寻找意义的过程中，文化诗学批评家认为我们无法做到完全客观，因为每个人在文化强力作用下都难免带有偏见。只有通过探察这些授权和形塑文化的连锁力量或话语的复杂网格结构（Latticework），也只有认识到没有任何单一话语能揭示出通向关于我们自身或我们世界的客观真理的途径，我们才能着手阐释我们的世界和某个文本。

文化诗学阐释性分析的目标是“文化的诗学”（poetics of culture）的形成以及对它的理解，是一个把生活及其各种相关活动看成是审美尝试或艺术的过程，因此它允许对现实作出各种隐喻的而不是分析的解释。通过欣然接受和实践其文学分析形式，文化诗学批评家坚持认为当我们和一份印刷文字材料进行意义协商时，我们不仅会发现文本的社会世界，还会发现当前的社会生活在我们身上施加的影响。像历史本身一样，我们和文本的相互作用是一个能动的、正在进行的过程，并在某种意义上永不完结。

因为文化诗学的历史由一种动态的有时是紧张的关系组成，这种紧张关系又发生在拒斥既成规范与观念和发展新的规范与观念之间，所以对这
192 一文学理论的立场拒斥什么和接受什么的理论预设做一番回顾，会帮助我们理解其多样化的批评方法。

七、文化诗学反对什么

- 对一个既定文化、人群或历史时期作出的单向解释，能确切地表明该文化的信念和价值。
- 历史学家能确立任何社会秩序的“规范”和“真理”。
- 作家或历史学家能做到完全客观。
- 包括文学文本在内的自主的艺术作品能够或确实存在。
- 文学仅仅被重大的历史时刻塑造，历史作为背景服务于文学研究。
- 一个文本只存在一种正确的解释。

八、文化诗学做什么和能够接受什么

- 有意抹去历史和文学之间的界线，相信文本（文学）和语境

（历史）是一回事，文学没有自己的历史，而是寓于历史文化之中。

● 承认一个文本的确切解释不可求，因为涉及既定文本或行为的材料太散乱，很难收集完全。我们永远无法复原一个事件或文本原初的意义，因为我们无法听到促成事件的所有声音，无法收集、体验围绕事件或文本生成的所有材料。

● 认识到权力深刻地影响着文学，正如它深刻地影响着历史。有些叙述受到不公正的遏制，有意被压抑，居于次要地位而终被遗忘，一旦它们被揭示出来，这些看上去琐碎的故事和微型叙述（mini narratives）便具有惊人的巨大影响，它们会阻碍一个总体性历史叙述（overarching historical narrative）的生成。

● 认为文本就像其他话语形式一样，有助于形成各种社会力量并同时被各种社会力量塑造。

● 注意历史中的个别时刻，这些时刻可能影响了当时的文学文本，同时又被当时出现的文学文本影响；去发现这些意义重大的时刻很大程度上依赖于历史文献。历史不再被简单地看成文本分析的“背景”信息，而是看成阐释过程中的必要元素。

● 认为文学为历史时刻所形塑，同时历史时刻也塑造了这些文本的个体读者或听众。

● 认为文本分析中最重要的是发现文本是怎样形成的。也就是说，对围绕文本生产的历史和社会时刻展开调查，而不是对它做想当然的解释。

● 认为作家和文本一样，受制于社会偏见、文化影响和政治议程。没有哪个作家或批评家能做到完全客观。

九、方法论

像其他文学分析方法一样，文化诗学也在其阐释的探求中包含着一系 193
列技巧和策略，没有任何一种方法被称作唯一正确的研究形式。不管其方法是什么，文化诗学学者从一开始就认为语言塑造文化并且被应用它的文化塑造。在文化诗学批评家那里，语言（*language*）意味着比口头言辞更多的东西。对于他们来说，语言包括这样的话语：比如文学、社会行为以及任何社会关系——在其中一个人或社群将自身的观念、行为施加于其他的人或群体。

这种语言定义也包含历史。与文学、写作或涉及权力转换和关联的其他关系相似，历史也是一种叙事话语。像在文学中和其他叙事话语中一样，历史也必须被看作一种从未被完全表达清楚、阐释清楚的语言。从这个视角看，历史和文学大体相似，它们都是与当时的历史状况、作者、读者和当今文化相互作用的叙事话语。没有一种话语敢声称对于自身内容和历史语境拥有完全客观的理解，因为它们都是与其作者、读者和文化正在进行中的对话。

因为文化诗学批评家把历史、文学和其他社会活动作为一种话语形式，所以他们强烈地反对旧历史主义——反对它把历史看作文学研究必需的背景材料。他们把艺术作品或文本看成与任何其他的社会话语一样，都与其自身文化相互作用并生成意义。不再有任何一种话语优于其他话语，它们都是塑造社会并被社会塑造所必需的成分。文学、历史、文学批评、人类学、艺术、科学和任何其他学科之间并无清晰的区分界线存在。通过模糊这些学科之间的边界，文化诗学探究了影响任何社会生产的所有话语。既然这些专业批评家相信意义来自多种交织变化的社会话语的相互作用，话语的等级制就不复存在。所有的话语都是必需的，都要在文本分析的过程中接受检验。为了能辨明每种话语的意义和弄清每个批评实践者的意图，阐释过程中必须包括对方法论预设的质疑，因为没有任何单一的话语、方法或批评家能脱离其他话语揭示出关于任何社会生产的唯一（*the*）“真理”。

既然文化诗学批评家把艺术作品看成一个社会产品，那么，透过文化诗学镜头所看到的文本意义就只能存在于由其作者、文本和读者之间相互锁定的话语构成的文化系统之中。为了揭示文本意义，文化诗学批评家调查作者生平，社会规约、在文本中发现的规则，以及作品中对历史处境的
194 所有反思。由于每个文本都有一个实际的作者，他（她）的行为与观念就既反映了作者本人也反映了作者所在社会的关切，并构成文本本身的必要

元素。此外，作为社会规则和礼仪反映的行为标准也要探究，因为这些行为代码有助于形成文本，同时被文本形塑。文本应被看作是反映了社会行为代码的艺术作品。为了理解文本的重要意义，为了认识它作为组成部分的复杂的社会结构，文化诗学批评家主张所有这些相关领域都要予以探察。如果忽视了某个领域，不把文本理解为一种社会生产，那么，就有回归旧历史主义的巨大风险。在文本分析的过程中，文化诗学批评家也质疑他们自己的假设和方法，因为他们相信，在其批评行为对文化发生影响的同时，他们自身也是文化的产物。

旧历史主义认为每个历史时期都有一个单一的、政治的世界观，为了不犯这种错误，文化诗学力避笼统的泛泛而论，而是寻找文化中那些常为大多数历史学家和文学批评家所忽略的、看上去不太重要的细节和证据。文化人类学家克利福德·格尔茨把这些看上去不太重要的细节描述成一种掌故，它们是“原汁原味、未经启封的瓶中信”（quoted raw，a note in a bottle）。掌故是得到很好保存的信息，大多数这样的信息往往以最原生的姿态呈现在我们面前，未经过出版商或者其他学术保存机构的意识形态修改。当它们集中在一起的时候，这些掌故的集合就会揭示“反历史”（counterhistories）的一面，或者通过那些通常在宏大历史解释中从未听到过的声音，提供透视特定历史事件或时代的另类视角。有时这些故事以喧哗的、反叛的态度针对强有力的历史缔造者（history-makers），从边缘化的作者视角重塑那些历史事件。另外一些时候，这些被发掘出来的故事仅仅是些具有个人兴趣和偏见的声音，记录下了当事人所见的事件。那些诸如私人日记之类的掌故，确实常常能够揭示不为传统历史学所发现的权力结构和权力关系。

由于文化诗学把历史和文学看成一种社会话语，看成是信念、行为、习俗相互交锋的战场，文本就变成了“活动中的文化”（culture in action）。通过强调那些看上去异乎寻常的掌故结合点或者那些不重要的突发事件，比如托马斯·杰弗逊（Thomas Jefferson）写给他的一个奴隶的一张字条，或者纳撒尼尔·霍桑刻在窗格上的一条短语，这些批评家希望揭示出对一个特定社会加以塑造的、相互矛盾的社会代码和力量。通过强调一个特殊的历史契机或偶发事件而非一个包罗万象的社会图景，文化诗学批评家常常会指出那些反常规的联系，比如，在索菲亚·霍桑（Sophia Hawthorne）读完她丈夫的第一本爱情小说《红字》（*The Scarlet Letter*）感到头痛与霍桑的第二本爱情小说《带有七个尖角阁的房子》（*The House of the Seven Gables*）的结尾之间，或者在纽约州的埃尔迈拉镇（Elmira）的气候、环境与马克·吐温的《哈克贝利·费恩历险记》中的场景、描述
195 与情节之间，存在着怎样的联系。文化诗学的学者相信深入调查这些相似的偶然事件，能够展示出多种话语之间存在的复杂关系，并且告诉我们诸如历史、文学这些叙述话语和其他社会生产之间是怎样互动、定义并反过来又为其自身的文化所塑造的。通过运用这些原则和方法，我们从中获得的是这里没有单一的声音。相反，在解读文本和文化过程中我们会听到多种声音：我们自己的声音，他者的声音，过去的声音，现在的声音，以及将会响在未来的声音。

十、问题分析

从文化诗学的角度分析任一文本时，斯蒂芬·格林布拉特和其他批评家建议我们提出和研究下面的问题。请阅读这些问题，并在阅读纳撒尼尔·霍桑的短篇小说《好小伙布朗》的基础上给出答案。这样做，你就能将文化诗学作为一种阐释工具来积极运用起来。

- 该作品强化了哪些行为或实践模式？
- 为什么读者在特定的时间和地点可能会觉得这部作品引人入胜？
- 你自己的价值观和你正在阅读的这篇作品中隐含的价值观有什么不同吗？
- 这部作品依存于什么样的社会理解？
- 谁的思想或行动自由可能会因这个作品而或显或隐地受到限制？
- 与这些或受到褒扬、或遭到谴责的个别行为有可能形成联系的更广大的社会结构是什么？

● 作者的传记事实中有哪些地方和这个文本有关?

● 围绕这个文本最初的生成背景还发生了哪些文化事件? 通过调查研究，这些事件是怎样同文本发生联系的?

十一、批评与回应

在1989年出版的《新历史主义》(*The New Historicism*)的序言中，该书主编H·亚兰·韦塞尔(H. Aram Vesser)是最早勾勒出文化诗学基本理念的学者之一。

● 每一种表达行为(包括文学)都深嵌于一种物质实践的网络之中。

● 任何一种揭示、批判和反对行为都会利用其谴责工具，并有可能成为它所揭露的实践的牺牲品。

● 文学和非文学文本在流通过程中是不可分离的。

● 没有什么话语、想象或档案能通向不变的真理，表达不变的 196
人性。

● 一种适宜描述资本主义文化的批评方法和语言能参与到它所描述的经济中去。

新历史主义或文化诗学不承认"旧历史主义"的那些教义，而是试图揭露创造了文本并为文本所形塑的多种话语。文化诗学批评家相信艺术(包括文学)和社会是紧密相连的，他们欣然接受了用以揭示文本权力及其影响的不同批评流派的理论主张，包括新批评的"细读"(close reading)原则和各种各样的后结构主义方法，如女性主义和马克思主义。文化诗学拒绝对任何事件、人物和历史时期作出统一的、单一的解释，它试图发现那些常被很多批评家忽视、阻抑、压制的个体"小插曲"(vignettes)或"小掌故"(anecdotes)。他们认为这些历史中的小契机(mini moments)，会揭露出被以往那些学者和作家边缘化的、多维度的反历史。这些建构性的叙事不仅从文本而且从产生它的文化层面揭示出权力的结构，释放出那些被压抑的沉默话语，这些话语有助于重塑我们关于文本，关于历史、社会和我们自己的一些观念和理解。

像其他正在发展演进中的批评方法一样，文化诗学已在面对并将继续面对很多反对意见。第一，由于文化诗学运用历史学的方法和历史素材（artifacts of history），因此难免要从它所批判的体制“内部”展开工作。这种主观性使得该阐释方法面临从根基上破坏自身主张的指控。第二，因为重视那些小的掌故物证，它已被指控为一种蹩脚的历史编纂学。从一条单一的文化线索（小掌故）出发，文化诗学批评家经常演绎出意义相当重大的哲学、历史或政治理论。第三，在看重趣闻逸事、考古物证、历史素材和各种其他形式的“地方性知识”（local knowledge）的同时，文化诗学拓宽了这些知识领域，声称由此深入进一个特定的文化之中。第四，文化诗学认为在文学和历史话语中充满着不确定性，但同时它对这些话语的影响却抱持很强的决定论态度，公开宣称在一种特定文化中所有的话语都关乎权力。第五，有些批评者质疑，文化诗学把所有人工制品——文本、社会风俗等——都看成文学文本，这样就把历史文献和任何其他文化形式都化约为单纯的文学术语。

随着文化诗学在 21 世纪的发展，这些频繁而又多样的批评声音也将无可置疑地持续下去。毫无疑问，文化诗学已经影响了文学研究的每一个领域［从盎格鲁-撒克逊（Anglo - Saxon）时期的文学①到 21 世纪文学］，尤其影响了美国和英国的浪漫主义文学。借助多样的文本分析方法，文化诗学使我们听到了许多在过去沉默的声音，它们重新开口说话，并且说得响亮而又清晰。

① 此为盎格鲁-撒克逊人所创作的最早的英语文学样式，多为集体创作的诗歌，如《贝奥武甫》等。——译者注

第十章　后殖民主义

这是与殖民主义的最后斗争，非洲、亚洲和拉丁美洲族裔的无数居民，起来迎接新生活，争取不受限制的自决权利。 197

——切·格瓦拉[①]在联合国的演讲，1964 年 12 月 11 日

20 世纪 60 年代的文学理论界见证了一场革命性变化。在此之前，新批评（New Criticism）一直统治着文学理论和批评领域，新批评家们认为，如果专业读者遵循他们规定的方法论，就能发现文本“那种”唯一正确的解释。因为新批评家们将文本定位为一个自足体，所以很少把注意力投向文本的历史语境或读者的情感、信仰和思想。对新批评家们来说，文本的意义不可避免地同文本自身结构中的含混、反讽和悖论紧密相连。单是通过分析文本，敏锐的批评家就能确认一个文本的主要悖论并能解释文本最终怎样化解了这一悖论，与此同时构筑起其自身的主旋律。

到了 20 世纪 60 年代晚期，在这个貌似相当自信的文本阐释行列里，

① 切·格瓦拉（Che Guevara，1928—1967），出生于阿根廷，拉美著名的马克思主义革命家、游击队领导人、军事理论家、政治家及古巴革命的核心人物，曾与卡斯特罗并肩作战。如今他已成为国际共产主义运动的英雄和左翼人士的象征。——译者注

哲学家、文学批评家雅克·德里达（Jacques Derrida）和另外一些与他思想相近的学者批评家加入进来。与新批评家不同的是，德里达作为解构主义的主要代言人，对文本的客观存在本身提出异议。通过否认文本是一个自足的人工制品，他挑战了那些已被公认的关于阅读与写作过程的定义和假设。此外，他坚持追问的不单有文本在阐释过程中扮演的角色，而且还有读者和作者在阐释过程中发挥的作用。因为按年代顺序，德里达和其他思想类似的批评家在现代性和结构主义风靡文学理论界之后才开始出现，所以他们被称作“后现代主义者”和“后结构主义者”。新近出现的术语**“后学批评家”**（postist critics）经常被用来表示这些后现代主义的思想者。

这些哲学家出身的批评家，包括乔纳森·卡勒（Jonathan Culler）、J·希利斯·米勒（J. Hillis Miller）、芭芭拉·约翰逊（Barbara Johnson）和
198 米歇尔·福柯（Michel Foucault）等，也对文本语言和文学分析提出了质疑。与新批评家们相信文学语言有别于科学语言和日常交谈不同，这些后现代主义者坚持认为，文本语言与用来分析这些写作的语言相比并无任何特别之处。对于他们来说，语言就是话语。换言之，在文学分析中使用的话语或文化语言观念有助于塑造和形成我们正在分析的文本。他们强调，我们无法将文本和用来评论文本的语言截然分开。对于这些批评家来说，语言有助于创造和形塑所谓的“客观现实”（objective reality）。

很多后现代主义者相信客观现实能够被语言塑造，他们断言所有的现实都是一种社会建构。由此看来，单一的或首要的客观现实并不存在；相反，存在的是多种现实。这些批评家拒绝承认存在一个总体的客观现实，他们相信现实是相对的，每个人都创造出他（她）对现实本质的主观理解。如此说来，如果现实对每个人都各有不同的话，我们怎样来就那些公共关怀和社会关怀（比如价值观、伦理和其他公共利益）达成共识呢？对此，后现代思想者的回答是：每一个社会或文化自身都包含一个占统治地位的文化群体，这一群体决定这一文化的意识形态，或者用马克思主义的术语说是霸权（hegemony），亦即它的主导价值、是非感和个人的自我价值观。既定文化中的所有人都会有意或无意地被要求去遵守这一指定的霸权。

然而，当人们的想法、思考与其个人背景使他们不想服从霸权时，又会发生什么呢？例如当主导文化由盎格鲁-撒克逊白人男性的价值观构成，而一个人却是黑人女性时会发生什么呢？或者，如果是一个美洲土著的话，他怎样回应由白人男性制定的占统治地位的文化？对于生活在非洲或美国的有色人种，对于美国土著，对于女性，对于男同性恋或女同性恋人群以及一系列这样的他者，统治阶级及其相伴而来的霸权早已明确给出的答案是：沉默（*silence*）——静静地活着，默默地工作，悄悄地思考。主导文化传递给这些“他者”（Others）的文化信息一直是清晰而且一致的——顺从并且老实点儿，舍弃自己，那么一切都会安然无恙。

但是很多人并不安分。作家、思想家——比如托尼·莫里森（Toni Morrison）[1]、艾丽丝·沃克（Alice Walker）[2]、加布里尔·加西亚·马尔克斯（Gabriel García Márquez）、卡洛斯·富恩特斯（Carlos Fuentes）[3]、盖娅特丽·斯皮瓦克（Gayatri Spivak）、爱德华·萨义德（Edward Said）、弗朗茨·法侬（Frantz Fanon）、和朱迪丝·巴特勒（Judith Butler），仅举如上几例——他们敢于发出声音，挑战主导文化，颠覆那些已经形成的文化裁定。他们将继续拒绝沉默，如果需要的话，还会选择反抗。他们相信，个体的生活观、伦理观和价值观确实重要。他们坚持一个不同的视角，一个不属于主导文化却便于观察世界和民众的有利位置：他们并不仅仅为一种文化发言，而是为多种文化说话；并不仅仅从一种文化视角观察，而是从许多视角考量；并不仅仅提供一种关于生活的解释，而是提供无数种答案。

通过为那些被压迫、受压制和沉默的人们发言，这些批评家—学者——其中包括非裔、澳裔、美国土著居民、女性和男女同性恋者——正在使他们自己的声音穿过唯我独尊、压倒一切的主导文化的刺耳声音，让 199
更多的人听到。因为这些作家相信自身能对文化变革产生影响，所以他们

① 托尼·莫里森（1931—　），美国黑人女作家，也是迄今为止唯一一位获得诺贝尔文学奖的美国黑人女作家。其代表作有《最蓝的眼睛》、《所罗门之歌》。——译者注

② 艾丽丝·沃克（1944—　），美国作家、诗人和社会活动家。小说《紫色》（1982）曾为她赢得了美国国家图书奖和普利策奖。——译者注

③ 卡洛斯·富恩特斯（1928—　），墨西哥作家，西班牙语世界中最知名的生活小说家和散文家之一。其代表作有《最明净的地区》、《阿尔特米奥·克罗斯之死》等。——译者注

拒绝顺从文化霸权。在争取权利的斗争中，这些批评家通过对当代文学的讨论，正明确地表达着他们的信念，这些信念关乎他们对现实、社会和个体自我价值的理解。

这些观点不一的文学学者和批评家群体目前正齐集在文化研究的麾下，包括性别研究、非裔美国文学研究、后殖民主义和其他一些名目。讨论过程中，这些人都提出了自己的观点和假设，而此前这种讨论一直为少数主导文化所控制。在英国，**文化批评**（culture criticism）这个术语往往可以和文化研究互换使用。在北美，文化批评主要聚焦于文本分析和其他艺术形式的分析，而文化研究指的是把文学和艺术形式分析置于其社会、经济或政治的语境中，对它们进行更为宽泛的和跨学科的研究。本章中，我们会考察众多文化研究理论中的一种样式：后殖民主义。在第十一、十二、十三章中，我们将会介绍其他三个理论立场：非裔美国文学批评、性别研究和生态批评。其中生态批评是一种最新出现但又是标志着一个重要走向的批评。每一种理论都拥有其独特关怀。比如说，生态批评重视文学和环境之间的关系，而非裔美国文学批评和性别研究则强调其个体或群体的历史至关重要。其批评者认定自己的过去和现在是复杂地交织在一起的，所以他们声称，通过否定和压抑自己的过去，他们也将会否认他们现在的身份。他们渴望在其特定文化中就其现实本质表达自己的情感、关怀和主张，而不是只被看作边缘的、弱小的或无关紧要的文化参与者。我们经常提到的**底层作家**（subaltern writers）[①] ——这个术语被马克思主义批评家安东尼奥·葛兰西（Antonio Gramsci）使用，用来指称那些不在文化意识形态（霸权）控制之内的阶级——这些理论家—作家—批评家（theorists-authors-crities）为我们提供了种种新的途径，让我们去看待和

---

① 为避开审查，葛兰西在监禁期间著述时用“subaltern”这一概念取代了马克思主义理论家常用的“无产阶级”概念，但特指意大利南部的农民。其后，“subaltern”被斯皮瓦克借用，并被她重新界定（主要通过“Can the Subaltern Speak?”那篇著名文章），用来指称那些不能言说自己或即使言说也不能被人听到、失去了自身主体性的人群，尤其是其中的女性群体。“subaltern”在汉语学界有属下、从属、下属、贱民、庶民、底层、非主流等多种译法，我们觉得在葛兰西的语境中译为“底层”较为合适（在曹雷雨等人翻译的《狱中札记》中，“subaltern”被译作“下层”，与“下层阶级”或“下层集团”连用）。而国内文学界所谓的“底层文学”或“底层叙事”，亦与对葛兰西“subaltern”的借用有关。——校者注

理解社会、文学和我们自身中的文化力量如何运作。尽管文学理论和与之相伴的每一种文化研究批评方法还在发展过程中，但是概述一下这一群组中主要学说中的第一种——后殖民主义，将会使我们理解当今这个日新月异的世界上有关文学意图的不同想象。

一、后殖民主义："逆写帝国"

后殖民主义［postcolonialism，或者也可以被拼写为**后—殖民主义**（post-colonialism），但这两种表达在理论主张上略有不同］由一系列哲学理论和多种文学分析方法组成，它们涉及曾经是殖民地或现在仍然是其他 200
国家殖民地的英语国家的文学书写。大体而言，后殖民研究不包括代表英国或美国视点的文学，一般指澳大利亚、新西兰、非洲、南美以及其他一些地方的殖民地、前殖民地的文化书写，因为这些地方的文化虽曾经历过殖民统治，但是现在仍外在于白人的、男性的、欧洲的文化及政治、哲学传统。后殖民主义在其早期发展阶段指的是"第三世界"（third world）或"英联邦"（Commonwealth）文学，如今批评家已把这些术语看作贬义词。后殖民主义和后殖民理论家所做的工作是考察两种文化冲突（clash）[1] 时会发生什么，其中一种文化带着先入为主的意识形态，自我赋权并确信要比另一种文化优越。

二、历史发展

后殖民主义植根于殖民权力和偏见之中，其发展来自亚、非殖民地与西方世界有着 4 000 年历史的文化紧张关系。在如此漫长的历史发展中，西方成为殖民者，非洲、亚洲很多国家及其人民变成被殖民者。纵观整个

① 此处原文为 class，疑为笔误或印刷错误，现据术语表中 postcolonialism or post-colonialism 词条校订为 clash。——译者注

19 世纪，英国作为最大的殖民者和帝国力量，很快获得了地球上将近四分之一的领土。至 19 世纪中叶，殖民利益（*colonial interests*）和大英帝国（*British Empire*）这样的术语在媒体和政府政策、国际政治中被广泛使用。很多英国人认为，大英帝国命定要统治世界。相应地，关于西欧人尤其是英国人在生物学上优于其他人种——“人种”这个术语对于特定种族的人来说，是建立在身体或文化差异的基础上的——的假设，变得相对来说不容置疑。

这样的信条直接影响了殖民者对待被殖民者的态度。利用自身的政治和经济力量，英国这个 19 世纪最主要的帝国主义者统治了它的殖民地，让殖民地人民从事生产，然后又让他们出让本国的原材料，以便同殖民者交换他们需要的物品或经殖民者灌输使他们认为会需要的物品。强制的殖民劳动成为日常统治，奴隶制度因而被商业化。殖民者常常靠援用欧洲的宗教信仰来证明其野蛮统治的合法性。在大多数西方的白人看来，非洲、美洲和亚洲人都是“异教徒”（heathens），具有异教生活风俗的人必须被基督教同化。他们声称，人们如何对待这些被如此界定的民众并不重要，因为很多西方人同意殖民主义的意识形态——除了白人，所有的人种都是下等人或亚人类（subhuman）。这些亚人类或野蛮人（savages）很快就会变成下等人，并等同于“邪恶的”他者（“evil” Others）——一个被叫作他异性（alterity）的哲学概念。“他者”（“the Others”）在这里指的是被排除在权力位置之外，既被看作与“我”不同，又被看成比“我”次等的人。

201 到 20 世纪初期，英国在其殖民地的政治、社会、经济和意识形态统治开始日趋式微，这个过程被称为**去殖民化**（decolonization）。例如，在 20 世纪中叶，印度开始从英国的殖民统治中独立出来。很多学者认为这一事件标志着后殖民主义或曰**第三世界研究**（third-world studies）的开始。第三世界研究这个术语是由法国人口学家阿尔弗雷德·索维（Alfred Sauvy）首创出来的。印度独立以后，以前的英国殖民地分裂成两个国家：印度和巴基斯坦。这次分裂被学者们称为“大分野”（Great Divide），这导致了两个国家之间频发的伦理冲突。因为印度在 1947 年是英联邦的新成员，而巴基斯坦的大部分地区则信奉伊斯兰教。成百上千的人们死于这场冲突，引起了大量学者、作家和批评家的愤怒。他们关注着那些曾被称为“第三世界”国家里的社会、道德、政治和经济状况，以及殖民主义的后果。

后殖民主义的理论和社会关怀始于20世纪50年代。随着印度的独立，这个十年见证了法国在印度支那（Indochina）长期统治的终结；存在主义理论的两位领军人物——让-保罗·萨特（Jean-Paul Sartre）和阿尔伯特·加缪（Albert Camus）——因在法属阿尔及利亚问题上的不同看法而分道扬镳；菲德尔·卡斯特罗（Fidel Castro）至今依然著名的演讲——《历史将宣判我无罪》（“History Shall Absolve Me”）；弗朗茨·法依《黑皮肤，白面具》（*Black Skin, White Masks*, 1952）和齐诺瓦·阿切比（Chinua Achebe）[①] 的小说《崩溃》（*Things Fall Apart*, 1958）的出版。

接下来的十年另有许多重要文本出版，这些著作明确阐述了各种底层群体的社会、政治和经济状况。1960年，加勒比地区的作家乔治·拉明（George Lamming）[②] 出版《流亡的乐趣》（*Pleasure of Exile*）一书，这是一个从后殖民主义的角度批评威廉·莎士比亚（William Shakespeare）剧作《暴风雨》（*The Tempest*）的文本。第二年，法依出版了《全世界受苦的人》（*The Wretched of the Earth*, 1961），这本著作强调了白人与黑人、善良与邪恶、富人与穷人等之间的二元对立与紧张关系。另外一些作家、哲学家和批评家如阿尔伯特·梅米（Albert Memmi）[③] 陆续出版了一些著作，像《殖民者和被殖民者》（*Colonizer and the Colonized*, 1965，英文版），马上就成为后殖民主义理论和创作的奠基石。尤其是随着爱德华·萨义德的《东方主义》（*Orientalism*, 1978）和比尔·阿什克罗夫特（Bill Ashcroft）、加雷思·格里菲思（Gareth Griffiths）、海伦·蒂芬（Helen Tiffin）的不朽著作《逆写帝国：后殖民主义文学的理论和实践》（*The Empire Writes Back: Theory and Practice in Post-Colonial Litera-*

① 齐诺瓦·阿切比（1930—　），尼日利亚小说家、诗人、教授、评论家。“尼日利亚四部曲”《崩溃》、《动荡》、《神箭》、《人民公仆》是其代表作。——译者注

② 乔治·拉明（1927—　），小说家、诗人。代表作有《在我皮肤的城堡中》（1953）、散文集《流亡的乐趣》（1960）等。——译者注

③ 阿尔伯特·梅米（1920—　），突尼斯犹太作家，后移居法国。代表作有《殖民者和被殖民者》等。—译者注

tures，1989）的出版，后殖民主义引起了西方世界的关注。而随着这两部著作的面世，学术界和社会各界很快听到了许多底层文化的声音和关切。

术语后殖民（*postcolonial*）和后殖民主义（*postcolonialism*）首先出现在20世纪80年代中期的一些学术杂志上，作为文本中的副标题则出现在如前所述的阿什克罗夫特、格里菲思、蒂芬那部重量级的著作中，也出现在1990年伊恩·亚当（Ian Adam）和海伦·蒂芬合著的《经过最后一站：构建后殖民主义和后现代主义理论》（*Past the Last Post*：*Theorizing Post-Colonialism and Post-Modernism*）里。到20世纪90年代中前期，这两个术语在学术界和流行话语中已被固定使用。

202 与其他解构和后现代的文本分析方法类似，后殖民主义指涉的是一个研究多样混杂的领域，其中即便是这一名称的拼写本身也有好几种选择：后—殖民主义（*post-colonialism*）、后殖民主义（*postcolonialism*）或后/殖民（*post/colonial*）。拼写时中间加一个连字符（*post-colonialism*），这个术语意味着一个时间上的先后顺序，也就是说，这里有一个从殖民到后殖民状态的变化。不加连字符时（*postcolonialism*），意味着在殖民化时期以前和之后，"开始以这样或那样的方式写作，形成反抗殖民主义者的视角"。有些批评家认为，不加连字符的拼写比加了连字符的拼写可覆盖更广阔的批评领域，能够包括以前英属殖民地的文学。一些批评家指出，这一术语的第三种拼写变体（*post/colonial*）要比前两种拼写更为切题。因为它强调的是这两种不确定先后顺序的文学——不管它们是否以英语为母语——之间的相互关系。它们共享一种相似的境况：一种存在于殖民话语和后/殖民话语之间、殖民性和后/殖民性之间的"深度纠缠状态"（entangled condition）。目前后殖民主义（*postcolonialism*）是这三种变体中最为常见的拼写方式。

很多后殖民主义的支持者认为后殖民主义有两个分支。第一个分支如霍米·K·巴巴（Homi K. Bhabha）和阿荣·P·慕克吉（Arun P. Murkherjee）① 所言，可把后殖民主义看作一套没有统一性的多样化的方法论。第二个分支的批评家有爱德华·萨义德、芭芭拉·哈洛（Barba-

① 阿荣·P·慕克吉，任教于加拿大约克大学，主要研究南亚文学、加拿大少数民族文学等，著有《走向一种抵抗美学：文学、批评和文化帝国主义随笔集》等。——译者注

ra Harlow)[①] 和盖娅特丽·C·斯皮瓦克等，他们把后殖民主义看作一套“聚焦于历史”的文化策略。第二个分支里的人还可以继续分成两组，一组认为后殖民主义指的是殖民地国家取得独立之后的那个历史时期，另一组和他们相反，认为后殖民主义指的是从殖民化时期到现阶段的所有社会和文化特征。

当我们仔细考察后殖民主义的一本最有代表性的著作《后殖民研究读本》（*The Post-Colinial Studies Reader*，1995）涉及的多种话题时，后殖民主义的理论关切变得有据可循。这本书是由阿什克罗夫特、格里菲思和蒂芬合编的，讨论的主题包括普适性、差异、民族主义、后现代主义、表征和抵抗、种族、女性主义、语言、教育、历史、地方以及生产。如此多样性的话题都将注意力投向后殖民主义的主要关注：一种文化被另一种文化统治时所出现的斗争。正如后殖民批评家所指出的那样，成为被殖民者就是“被移除出历史”（to be removed from history）。在与殖民者文化的相互作用中，被殖民者文化或本土文化被迫进入地下状态或被消灭摧毁。

只有在殖民统治结束之后，当被殖民地人民有时间思考和写下他们所受的压制和文化身份缺失时，后殖民理论才得以存在。后殖民理论来自殖民地人民的挫败感，来自他们和征服者文化直接的、亲身的文化冲突，以及他们对未来和对自己身份的恐惧、希望和梦想。被殖民者如何回应在语言和教育课程问题、族群差异、经济观点、道德、伦理，以及其他多方面 203
关切的改变，包括他们的书写行为本身的改变，都影响了后殖民主义理论和实践的发展。

三、理论假设

因为那些被颠覆、被征服且常常被移除到历史之外的不同文化会以多种方式回应征服者的文化，所以对于后殖民主义理论和实践来说，并无任

① 芭芭拉·哈洛，1977年博士毕业于纽约州立大学布法罗，主要从事第三世界研究和后殖民研究，代表作有《抗战文学》、《帝国主义和东方》等。——译者注

何单一的方法很合适或更可取。正如尼古拉·哈里森（Nicholas Harrison）在《后殖民主义批评：历史、理论和小说作品》（*Postcolonial Criticism: History, Theory, and the Work of Fiction*，2003）中所言，"后殖民理论并非像解构主义、马克思主义、精神分析学和女性主义一样是一种可以识别的理论类型"。像许多批判理论家一样，哈里森"一点也看不出当谈到后殖民研究究竟'是'什么时，会有共识最终出现"。但是，我们依然可以强调后殖民主义的主要关切，所有的后殖民主义批评家都秉持以下信条：

- 欧洲的殖民主义确实存在过。
- 大英帝国是这一殖民主义的中心。
- 征服者不仅统治了物质意义上的领土，而且主宰了殖民地人民的霸权或意识形态。
- 这种殖民化的社会、政治和经济影响至今犹在。

在后殖民理论的核心问题中，某种内在张力依然存在于以下三类后殖民主义理论家那里：(1) 那些在西方接受学术训练并迄今仍生活在西方的理论家。(2) 那些成长在非西方国家但目前定居在西方的理论家。(3) 那些在非西方文化里生活和写作的底层作家。例如，像弗雷德里克·杰姆逊（Fredric Jameson）和格奥尔格·古戈伯格（Georg M·Gugelberger）等批评家，其文化、文学和学术背景来自欧美，这是一类情况。另外一类批评家包括斯皮瓦克、萨义德和霍米·巴巴，是在非西方文化中长大的，但是他们现在都在西方定居、研究和写作。还有一类包括像艾哈·迈德（Aijaz Ahmad）[①] 这样的作家，他们都生活和工作在底层的文化里。这三个不同背景的群体形成了不同的理论批评和实用批评。由于这些群体中存在着潜在的紧张关系，后殖民主义理论家和批评家已经并将继续发现和探讨有争议的话题。

历史上最早出现的一个后殖民理论家是弗朗茨·法侬（1925—1961），他出生于法属殖民地马提尼克岛（Martinique），在第二次世界大战中与法

① 艾哈·迈德，印度著名的马克思主义文艺理论家和政治评论员，主要作品有《现状：当代南亚思想政治族谱谱系》和《伊拉克、阿富汗和我们时代的帝国主义》等。——译者注

国人并肩作战，战后仍然留在法国学习医学和精神病学。在他短暂的生涯中，法依为后殖民主义理论提供了两本有影响力的著作：《黑皮肤，白面具》（1952）和《全世界受苦的人》（1961）。在这两本著作及其他著作中， 204
法依用精神分析学理论去考察法国殖民统治下的黑人状况。作为殖民主义的结果，法依断言所有被殖民者（例如“他者”，也即那些“不同于”我们的人）和殖民者都在遭受着“精神扭曲”，这种扭曲时常会引发法依所描绘的“自我的崩溃”（a collapse of the ego）。法依相信，一旦被殖民者（马提尼克岛上居住的黑人们）被强迫去说殖民者的语言（法语），这些被殖民者就会接受或被强制接受法国的集体意识，这样就把黑人看成是邪恶的、有罪的，而把白人看成是纯洁的、正义的。

在《全世界受苦的人》一书中，法依指出，一个完全崭新的世界必须超越黑人/白人的善/恶二元对立系统才能得以形成。法依发展了一种马克思主义影响下的后殖民理论，这种理论呼吁暴力革命，当他成为阿尔及利亚反法革命的参加者和发言人时，他自己也卷入到这种革命类型之中。在《全世界受苦的人》这本书中，法依的主要关切之一是“本土资产阶级”的问题——他们在殖民权力和平撤离或被赶出去之后取得了权力。当这样的情况发生时，本土的无产阶级，亦即“全世界受苦的人”便被留下来自食其力，通常他们的生活状况要比殖民者刚到时更糟糕。通过这样的写作，法依表达了后殖民主义的核心关切，比如“他性”（Otherness）、主体构成等，并强调语言学和精神分析学的研究框架，这些框架在后殖民主义以后几十年的理论发展中被沿用。

另一个使后殖民主义理论得以确立的关键文本是爱德华·沃第尔·萨义德（Edward Wadie Said，1935—2003）的《东方主义》。萨义德是一位巴勒斯坦裔的美国理论家和批评家，出生于耶路撒冷（Jerusalem），1948年阿以战争（Arab-Israeli War）爆发前他和家人一直在那里生活，战争期间他的家族沦为难民，先到埃及，后去黎巴嫩。在普林斯顿大学与哈佛大学完成学业之后，萨义德任教于约翰·霍普金斯大学。在那里，他作为教授著述甚丰，包括最有影响的《东方主义》。在这部著作里，萨义德谴责文学界没有认真考察和严肃对待殖民主义和帝国主义研究，据此发展出后殖民理论的几个核心概念。在他看来，19世纪的欧洲人试图通过宣传自己制造的信仰——**东方主义**（Orientalism），来证明其军事征服的合法性：他们那些表现非欧洲生活的创作带着成见，把所谓的东方人塑造成懒散的、没有思想的、淫荡的、不可靠的和精神错乱的。萨义德提醒我们注意，欧洲征服者相信他们正在准确地描述自己刚刚征服的那片“东方”土地上的居民。萨义德认为，他们没有意识到的是，所有的人类知识只能从某个政治的、文化的、意识形态的框架形成观察视角。不管是政治理论还是文学理论，没有任何理论能做到完全客观。实际上，被揭示出来的是殖民者自己对权力、财富和统治的无意识欲望，而不是被殖民对象的本性。

205 在《文化与帝国主义》（*Culture and Imperialism*，1993）一书中，萨义德抓住了殖民化和帝国主义背后的基本思想：“他们不像我们，因为这个原因他们应该被我们统治。”萨义德强调，那些被殖民者因此成为他者和非我（the not me）。所以必须废除已经建立起来的“西方/他者”二元对立模式和种族、宗教偏见方面的错综复杂之网。萨义德声称，必须拒绝那些想从全景视野描绘东方的作家带给我们的心理“幻象”（vision）。错误的人性观导致了他们对人类经验过于简单化的解释。这种人性观必须被基于“叙事的”（narrative）、重视所有文化中多样人类经验的历史观取代，这种叙事的历史观并不否认差异，而是以一种客观方式来表现差异。萨义德认为学术必须来自某一特定区域的第一手经验，给生活在、写作在那个区域的批评家以发言和在场的机会，而不应该来自“远处”（afar）或第二手表述。尽管如上这些思想有助于后殖民理论核心观点的形成，但正是萨义德把法国的“高深理论”（high theory）连同马克思主义的意识形态理论当作方法论加以应用，进而去解构并历史地考察东方主义的根基，这才引起了学术界的注意，并有助于启迪后殖民思考的新方向。

霍米·巴巴（1949—　）也是后殖民主义重要的理论家和批评家，他继续打造着萨义德的“他者”和“东方主义”概念。巴巴出生于印度孟买的一个拜火教徒家庭，在印度完成了本科学业，并在牛津大学获得硕士和博士学位。他曾在好几个颇有声望的大学任教，其中包括普林斯顿大学、达特茅斯学院和芝加哥大学，目前他是哈佛大学的教授。在他的著作如《文化的定位》（*The Location of Culture*，1994）中，巴巴突出强调了他对被殖民者的关注。被殖民者的个体性是什么？一方面，被殖民者用两种有些不同的视角观察世界：一种视角是殖民者（征服者）的，一种视角是他或她自己即被殖民者（被征服的人）的。那么这个人属于哪种文化？表面看来，哪一种文化都不能让他有归属感。这种悬在两种冲突的文化之间找不到家的感觉，巴巴称为**无家可归**（unhomeliness），意指在很多后殖民理论家那里都存在的一种**双重（身份）意识**（double consciousness）。这种由两种文化造成的被抛弃的情绪和感受，使得被殖民对象（被殖民者）变成精神上的流亡者。因为每一位精神流亡者都以独特的方式融合了他（她）的两种文化，所以没有哪两个已成殖民对象的作家在阐释他们的文化时能正好相似。因此，巴巴反对这样一种倾向：把所有第三世界国家提炼成一种同质的身份。

巴巴对后殖民研究的重要贡献之一是，他相信在殖民统治中总是有一种矛盾心态。当两种文化混合在一起时，新创造出来的文化性质和特征就改变了以前的每一种文化。这种动态的、互动的、紧张挤压的过程，巴巴
命名为**杂合**（hybridity）。巴巴自己说“杂合是一个杂语喧哗的、文化的、 206
主观的过程，这一过程与围绕着权威、授权、去权威化和权威修正展开的斗争有关。这是一个社会过程，它不仅关乎有着多样化文化趣味和时尚的那些人”。巴巴说，作为“杂合”的结果，无家可归感在被殖民的人们中更容易形成。

对于这种身处杂合文化中的殖民地作家，巴巴提出，为了克服无家可归感，被殖民作家必须创造一种新的话语来反抗殖民者确立的所有先验所指。这样的作家也必须抱定多元主义，进而相信并不存在单一的真理和有关历史存在的元理论。为达到这样的目标，巴巴坚持不懈地用解构理论的工具去揭露那些文化隐喻和话语。

尽管法侬、萨义德和巴巴为后殖民主义奠定了多种理论框架，但仍有其他许多理论家加入到他们中间，继续巴巴所说的“西方”（the Occident）和“东方”（the Orient）之间的对话。后殖民主义批评专注于某些批评家所称的“文化流动”（flows of culture），根据其选取的理论背景和方法，它还可以分成很多更小的理论流派。马克思主义、后结构主义、女性主义、非裔美国文学批评和精神分析批评（经常是拉康理论的变种）都影响了后殖民理论。例如，作为雅克·德里达（Jacques Derrida）《论文字

学》（*Of Grammatology*，1976）英文翻译的出版者，斯皮瓦克是一位女性主义者、后殖民批评家，她不仅运用解构主义阐释帝国主义理论，同时也质疑她一直拥护的马克思主义、女性主义以及德里达理论的一些基本前提。

后殖民主义是一种多样化的文本分析方法，它假定文学、文化和历史在很大意义上是相互影响的。后殖民批评家也认为，文学研究中主观的和政治的阐释不可避免，文学批评和理论必须像在现实生活中一样和社会密切相连。有鉴于此，这些批评家坚持认为，殖民主义过去是、现在仍然是苦难和压迫的根源，也是与生俱来的不公正的起源。而且，殖民主义不是仅发生在过去的事情，而是作为一种压迫的形式依然在今天延续的事情，虽然它以更微妙和更隐蔽的方式进行，但也必须予以反对。作为一位当代批评家，萨姆·杜兰特（Sam Durrant）在《后殖民主义叙事和挽歌式作品》（*Postcolonial Narrative and the Work of Mourning*，2003）中写道："后一殖民主义作为一种立足于伦理普遍性诉求的实践，使得对人类苦难的朴素尊重和基本反抗成为必需。"后殖民主义者们说，苦难和奴役是压迫的因素，是"绝对不道德的"（simply wrong）。

四、方法论

像很多批评流派一样，后殖民主义也使用了多种多样的文本分析方
207 法。解构主义、女权主义、马克思主义、读者导向批评、非裔美国文学批评和文化研究，都在其批评方法论中使用了后殖民理论。批评家在后殖民批评里识别出两种方法或"血缘"（strains）：后殖民批评和后殖民理论。那些从事**后殖民批评**（postcolonial criticism）的人考察文本中承载的殖民主义意识形态轨迹，并把这些文本解释成挑战或推销殖民者的意图和霸权。从事这种批评的人往往从殖民国家的角度去分析那些经典文本。另一方面，**后殖民理论**（postcolonial theory）则超出了传统意义上的文学研究界限，它考察的是被殖民者和殖民者的社会、政治和经济关切。不管后殖民主义批评家选择何种方法，批评家和理论家是否曾经是一个被殖民对象都至关重要。那些曾经是殖民化对象的理论家与那些不是这种情况的后殖

民主义者相比，会向自己提出一些略有不同的问题。

在被殖民文化中生活和写作的人提出了如下三个重要问题：

- 我是谁？
- 我是怎样发展成现在的我自己的？
- 我将永远和哪个或哪些国家、哪些文化联系在一起？

在提问和回答第一个问题的过程中，曾经被殖民的作者将他（她）同自己的历史根基联系在一起。通过提问和回答第二个问题，这些作家承认，在这些历史根基和他们被征服者强加的新文化或霸权之间存在着一种紧张关系。通过提问和回答第三个问题，这些作家面对这样一个事实：他（她）既是一个独立的个体，同时也是一个由主导文化创造与形塑的社会建构物。这些作家写出的作品必然是私人的，同时也总是政治的和意识形态的。而且，写作和阅读文本的过程都会是痛苦的、搅动灵魂的，但同时也是具有启蒙作用的。不管结果最终是什么，文本都必定是发送回帝国的一个信息，告诉帝国主义者他们的殖民化后果，以及他们的西方霸权怎样伤害并压迫了那些被征服者的意识形态。

后殖民主义者毫不迟疑地指出，关于文化、人民和文本，他们确实做出了价值判断。反过来，他们也要求我们这些读者和批评家，仔细审视我们借以做出价值判断的标准。萨义德提醒我们，“没必要把每一次文本的阅读和阐释过程看作一场等同于道德的战争，但是不管文学作品还是其他什么，它们绝不仅仅是文本”。后殖民主义者们（如萨义德）试图在一个最完整的语境中去阅读文本，非常小心地不只用学院话语去构筑他们的分析。这种多样化的、时常充满精神分析的、复杂的理论，强调的是那些曾经历过殖民压迫的作家对于殖民者和这个世界来说的“逆向书写”（writing back）。后殖民批评家仔细阅读这样的文本，尤其注意文本的语言。这 208
样的分析质疑的常常是被西方心态持有的那种理所当然的立场。例如，必须仔细探察真相是怎样被建构起来的，而不是只揭露殖民者的过失。因为在所有的文本中可以发现种种偏见和态度，所以后殖民批评家会根据每一个文本改变他们的批评方法，让文本确立起自己的批评议程。这些批评家也同时警惕把自己的文化观念归因于后殖民文本，他们认识到，对于一个底层群体进行全面理解的任何尝试都是不可能的，并且这样做的话，就会导致另一种形式的压迫。这样，后殖民批评实际上如何被付诸实践，就严重依赖于批评家个体的理论承诺。不过，所有的后殖民批评都在反抗殖民和新殖民霸权的进程中团结一致，它关注的是去创造一种公正而真实的、去殖民化的文化和文学的最佳途径。

五、问题分析

运用后殖民主义理论去分析一个具体文本时，常要考虑下面一些问题。在仔细阅读了以下所有问题后，你可以问自己：哪些问题可以用来恰当地分析纳撒尼尔·霍桑的短篇小说《好小伙布朗》？这样你就能够从后殖民主义的视角来看待这个故事了。

- 当两种文化发生冲突且一种文化认为自己优于另一种文化时，文本中会发生什么？
- 描述文本中所展示的两种或多种文化，每一种文化珍视什么？每一种文化拒斥什么？
- 文本中“他者”是谁？
- 每一种文化的世界观是什么？
- 针对殖民控制有哪些抵抗形式？
- 具有优越感或享有特权的文化霸权是怎样影响被殖民文化的？
- 被殖民化的人们是怎样看待他们自己的？文本结束时这种看法有什么改变吗？
- 两种文化的语言各有什么特点？它们在怎样的意义上是相似的，在怎样的意义上是不同的？
- 主导文化的语言被用作一种压迫或压抑的形式了吗？
- 被殖民文化在哪些方面是沉默的？
- 在殖民者离开后，还会出现任何新兴形式的后殖民认同吗？
- 在具有殖民和后殖民元素的文本中，性别、种族和社会阶级是怎样发生作用的？

六、批评与回应

正如其他文本分析方法那样，后殖民主义并非一个文学理论与批评的
同源同类的流派（homogenous school），而是一套界定宽泛的理论和方 209
法，它力图揭示和发现的是一旦被殖民者征服，被殖民者那里将会发生什么。后殖民主义主要涉及那些在殖民地国家由被殖民作家写就的文学作品。它的目标是通过强调被殖民者的利益和殖民者霸权强加于当地人民的破坏性力量，探察文学分析中有哪些东西被忽略了。有鉴于此，后殖民主义像解构主义一样，在更多意义上变成了一种解读策略，而不是一个正规的文学批评流派。这种方法论给予那些曾经各自分散的、远离主流殖民文化的“他者”以权威和在场的机会。它的目标是为被殖民者在历史中找回自己的位置，使所有的读者同等地看重居住在这个地球上的许多不同种类的文化和人群。无论后殖民批评家是去拥护女权主义、精神分析、马克思主义的信条，还是去信奉其他理论框架，这样的批评家都强调每一个人的人性和个体自由的权利。

一些后殖民主义的批评者指出，许多后殖民主义最有影响的发言人曾经或现在仍然在西方世界接受教育，因此他们的批评是西方思维模式的产物，并不属于底层文化。那么，拥有这种“西方”头脑的个体如何为底层文化说话？另外一些批评者观察到，后殖民研究仍然立足于学院，而学院属于社会的“上等阶层”（upper classes），他们的理论对于那些现实处境中的真实人群很少产生或根本不产生影响。这些批评者质疑，学院讨论能给底层文化及身处其中的人们带来任何改变吗？这些批评者中的一些人认为，如果后殖民主义试图帮助和改变殖民地人民的生活，那么它的解读策略和方法论就必须为那些被殖民者所用，而不是仅被生活在西方的学院派掌握。因此，一些批评者继续指出，后殖民批评必须寻求的是，给那些曾经被剥夺了权力、尊严和自我价值的人们赋予行动的力量，而不是通过只有文化精英才懂的学术话语，继续边缘化那些被殖民群体。这些批评者说，也许后殖民主义只是在其言辞表达上显得激进，而并没有体现在改变

生活的力量上。

像大多数集结于文化研究麾下的种种理论和方法一样，后殖民主义也正在变得越来越多样化，包括针对加勒比海、拉丁美洲和太平洋周边地区的后殖民主义，尽管有些传统的后殖民据点例如印度依然重要。通过接纳大量多样化的文本分析理论和方法，后殖民主义已然确保了它在文学理论与实践中未来数十年的地位。

关于后殖民文本阅读的总体意图，可参见本书后面所附的**文学批评阅读材料**的一篇关键论文：查尔斯·拉森（Charles Larson）的《英雄的种族中心主义：文学中的“普遍性”观念》（“Heroic Ethnocentrism: The Idea of Universality in Literature”）。

第十一章　非裔美国文学批评

这是一种奇特的感觉，一种双重意识。这种感觉总是通过别人的眼光来审视自己，借助一个充满了可笑的蔑视和同情的世界的尺度来衡量自己的灵魂。 210

——W. E. B. 杜波依斯[1]，《双重意识的灵魂》

20 世纪 70 年代后期直至今日，美国文学理论对后殖民主义（postcolonialism）日益增长的兴趣促使人们重新关注起非裔美国文学作家作品和非裔美国文学理论与批评。若说后殖民主义或其他后现代理论引发了非裔美国理论和批评，这恐怕是不确切的。像所有的批评流派那样，自从非裔美国作家朱比特·哈蒙（Jupiter Hammon，1711—1806）和菲莉丝·惠特利（Phillis Wheatley，1753—1784）所写的诗歌——最早的非裔美国文学——发表以来，这一理论和批评的主体就随时间的推移而不断演变。从这些诗人诗作的出版到当代非裔美国人的写作，**非裔美国文学批评**（African-American criticism）挑战着已然确立的种种意识形态（ideologies）、

① 威廉·爱德华·伯格哈特·杜波依斯（William Edward Burghardt DuBois，1868—1963），出生于美国，社会学家、历史学家、泛非运动的创始人，20 世纪上半叶最有影响的黑人知识分子。——译者注

种族边界（racial boundaries）和种族偏见（racial prejudice）。它也承认并吸纳了以往常常被压制和忘却的非裔美国文学作品、影响过非裔美国文学写作的历次重大历史运动以及历史上和当下那些对待非裔美国人的种种态度。自德里达式的解构（deconstruction）和其他后结构主义理论兴起以后，非裔美国文学批评频繁使用二元对立（binary oppositions），认为美国白人（the white Americans）是黑人和黑人艺术的压制者。强烈的历史意识、对种族问题的理解和作为黑人意味着什么的概念联合到一起，使它创建了一个独特、多面且日趋壮大的批评流派。

一、历史发展、理论假设与方法论

211 无疑，20 世纪引发了非裔美国文学及其文学批评的激增。非裔美国文学作品的不断面世直接影响了美国文化，与此同时，文化也在左右着文学。这方面的写作、关切以及对最早的非裔美国文学作家所做的评论，预示了这一批评三个世纪以来在美国的持续发展。

从一开始，非裔美国文学就是被西欧白人在美洲殖民地对黑人的奴役，被接踵而来对黑种人的镇压所塑形而成的。非裔美国诗人的先驱之一菲莉丝·惠特利（Phillis Wheatley）的身世体现了奴隶制对美国文学、美国文化以及美洲最早诗人个人生活的影响。

1761 年 8 月 3 日，波士顿的《晚邮报》（*Evening Post*）刊登了下面一则广告：

出　售

> 一群称心满意的黑奴，非洲进口，廉价出售，需现金交易或短期借贷。打听此事可到南市（South Market）附近。还有，如果任何**人**（Persons）有**成年男黑奴**（Negro Men），可以来交换小黑奴。

在这群小黑奴中站着一个瘦弱的 7 岁小孩，不久会被她的主人惠特利一家起名为菲莉丝·惠特利。苏珊娜·惠特利——菲莉丝的“主人”，波士顿一个富有的裁缝之妻，看出菲莉丝天生聪颖，便鼓励她努力学习知识。菲莉丝被惠特利一家收养了一年零四个多月之后，已经能娴熟地说英语，记诵了《圣经》中的许多篇章，而且自学到可以流畅地使用好几种古典语言的程度。由于菲莉丝聪明而健谈，她经常陪同主人参加波士顿的社交活动。但她自作主张，从不和主人及其朋友坐在一张餐桌前就餐，而是要求一张靠墙的桌子，在那儿独自吃饭。同样，她一生中的大部分时间都在独处，白人和黑人皆不往来。最常陪伴她的是 18 世纪英国作家的作品。

13 岁那年，菲莉丝发表了第一首诗，相继又有更多诗作面世。1770 年，怀念诗《致已故牧师，虔诚的乔治·怀特菲尔德》（“the late Reverend, and Pious George Whitefield”）的发表使她在整个波士顿和殖民地声名大震。23 岁时，她去了伦敦，赢得“黑缪斯”（Sable Muse）的赞誉，颇受欢迎；本杰明·富兰克林（Benjamin Franklin）、伯爵和伯爵夫人，甚至伦敦市长大人都陪她同行。在伦敦，她的诗集《杂诗、宗教诗和道德诗》（*Poems on Various Subjects*，*Religious and Moral*，1773）出版，这是非裔美国人出版的第一册诗集。由于美、英读者可能会为一位黑人女性写出如此优雅的诗歌而感到吃惊和不可思议，所以诗集的前言含有多达 18 位显赫的波士顿人的证言，其中包括约翰·汉考克（John Hancock）①，以证明其作品的真实性。 212

回到美国后，惠特利继续发表诗歌，其作品就连乔治·华盛顿（George Washington）这种有名望的美国人也颇为赞许。但是很多人不相信一个黑人女性会如此聪颖，居然能写出如此“好”诗，于是便把她告上法庭，以此迫使她放弃对其诗歌的所有权。然而惠特利打赢了官司，并且继续在《宾夕法尼亚杂志》（*Pennsylvania Magazine*）之类的享有盛誉的出版物上发表诗歌。

菲莉丝的主人去世之后，她经法院判定，获得自由，嫁给了一位自由的黑人——约翰·彼得斯（John Peters）。白人社会的漠视使菲莉丝和约翰在婚姻中面对着无数的艰难困苦，包括三个孩子的夭折。由于体弱多病而且不能发表任何诗歌，菲莉丝受雇于“一家普通黑人公寓”做清洁工。

---

① 约翰·汉考克（1737—1793），波士顿富商，北美首富。同时也是革命家、政治家，《独立宣言》的第一个签署人。职是之故，“约翰·汉考克”也成为亲笔签名的代名词。——译者注

1774 年，在菲莉丝・惠特利的丈夫去世后不久，她也在贫困交加和默默无闻中死去。

对惠特利一生的审视凸显出当代非裔美国文学批评的多重关切：

- 黑人的边缘化。
- 社会的、政治的、经济的、意识形态的以及文学的压迫。
- 与非洲语言和文化相联系的黑人经验的历史和文化意义。
- 赞美黑人艺术中的黑人品质。
- 奴隶制作为历史事件和当今种族暗示（racial implication）的含义。
- 在所有的美国文学中解读种族，因为白色是黑色的“他者”（the Other）。

在接下来的三个世纪里，诸如惠特利和许多其他能够写作的非裔美国人都将在一个白人宰制的文化里努力与他们的“黑色性”（blackness）厮打格斗。

与惠特利同时代的黑人作家虽确实寥寥无几——朱比特・哈蒙（Jupiter Hammon）最早发表了由非裔美国人创作的诗歌：《夜省：在感化的痛哭中获得基督的拯救》（“An Evening Thought: Salvation by Christ with Penitential Cries”，1761），还有首位非裔美国文学批评家伊格内修斯・桑乔（Ignatius Sancho，1729—1780）肯定了惠特利的诗歌；但到 19 世纪中叶，另一种黑人文学形式即奴隶传记（slave narratives）发展起来，影
213 响了美国文化。自传式的奴隶叙事由先前的奴隶所写，描述了奴隶的私人生活以及奴隶个体逃向自由的情景。在南北战争（the Civil War）之前，奴隶传记就用于反黑奴制（antislavery）运动，让读者确信奴隶制的罪恶，并力主彻底废除奴隶制。最有名的奴隶传记包括哈丽特・雅各布斯（Harriet Jacobs）的《一个女奴的生平记事》（*Incidents in the Life of a Slave Girl*，1861）、弗雷德里克・道格拉斯（Frederick Douglass）的《弗雷德里克・道格拉斯生平自述》（*Narrative of the Life of Frederick Douglass*，1845）。像惠特利一样，道格拉斯也被指控为冒牌作者，因为许多美国白人不相信一个黑人可以写出如此上乘而“雄辩的”的散文。

内战之后（post-Civic War）的时期（1865—1920），非裔美国作家继续写作非虚构类（nonfiction）文学作品，关注非裔美国人在美国的生存状况。其中最杰出的作家之一是 W. E. B. 杜波依斯（W. E. B. DuBois），他是《黑人的灵魂》（*The Souls of Black Folk*，1903）论文集的作者，也是美国全国有色人种协进会（NAACP）① 的创始人。杜波依斯说："20 世纪的问题是种族界限（color-line）问题。"他主张，只有团结协作，非裔美国人才能赢得平等和公平的斗争。这一时期另一位重要的非裔美国作家和教育家是布克·T·华盛顿（Booker T. Washington），他是亚拉巴马州塔斯基学院（the Tuskegee Institute in Alabama）的创办者，也是《超越奴役》（*Up from Slavery*，1901）、《我的大教育观》（*My Larger Education*，1911）等作品的作者。与杜波依斯不同，华盛顿声称非裔美国人必须适应白人文化宰制下建立的社会、政治和教育体系。借用本杰明·富兰克林的话，华盛顿坚持认为非裔美国人在寻求社会和政治正义之前，应该"凭借自身力量振作起来"（pick themselves up by their own bootstraps）。

非裔美国文学与批评在 20 世纪的整个 20 年代和 30 年代继续发展，这在很大程度上归因于黑人文学和艺术的"复兴"，即众所周知的哈莱姆文艺复兴（the Harlem Renaissance）。"一战"之后，纽约市特别是哈莱姆涌入了一大批来自南方的非裔美国人。黑人艺术家、诗人、舞蹈家、剧作家以及音乐家聚集在哈莱姆歌颂非裔美国人的文化，让身为黑人的非裔美国人有了一种自豪感。不久，哈莱姆成为非裔美国人希望的理想化中心。这一希望就是想象有一天他们像白人一样能够在法律上享受平等的权利。在杜波依斯的编辑下，美国全国有色人种协进会杂志《危机》（*Crisis*）呼应这种平等吁求，坚持认为艺术应该成为争取社会公平的工具。《危机》的作者主张："所有的艺术都是且永远都必定是宣传"，"黑人对美国以及现代世界的伟大使命在于开拓艺术和美的鉴赏"。非裔美国艺术文化的发展在哈莱姆文艺复兴时期的作家、哲学家以及教育家阿兰·勒罗伊·洛克（Alain LeRoy Locke）那里得到了最为明确的阐述——他汇编

① 全国有色人种协进会（National Association for the Advancement of Colored People，NAACP）是美国的一个非裔美国人民权组织，始于 1909 年。该组织的目标是保证每个人的政治、社会、教育和经济权利，并消除种族仇视和种族歧视。——译者注

214 了一本非裔美国作家文集《新黑人》（*New Negro*，1925）。这部文集的开篇之作即为《新黑人》，洛克通过此文表达了他对现代黑人文化的理解，并且主张北方尤其是哈莱姆的非裔美国人联合起来成为社会的一股“进步力量”，带领黑人寻求与白人平等的地位。洛克认为，“新黑人”必须拥有一种“新心理”（new psychology）和“新精神”（new spirit），借此“粉碎”那种把非裔美国人刻画为卑贱和无能的成见；无论是在生物学意义上还是在社会环境中，他们都要在现代社会占有一席之地。在整个哈莱姆文艺复兴期间，洛克使用的“新黑人”一词成了那些拒绝服从黑人隔离法（Jim Crow law）[①] 的人的同义词。黑人隔离法于 1876 年和 1965 年之间在美国的州法和地方法中颁布施行，其法律条文坚持主张在一切公共场所进行种族隔离，包括学校、交通工具、洗手间、餐馆甚至公共饮水机等公共场所。新黑人公开抗议这种非人的法律，为所有非裔美国人维护尊严。

哈莱姆文艺复兴的两位文学主将是兰斯顿·休斯（Langston Hughes，1920—1967）和佐拉·尼尔·赫斯顿（Zora Neale Hurston，1891—1960）。兰斯顿·休斯是长篇和短篇小说家、剧作家、翻译家、儿童文学作家和诗人，1921 年因发表《黑人谈河流》（“The Negro Speaks of River”）的诗作而声名鹊起。不像阿兰·洛克和其他非裔美国人那样通过接纳休斯所谓的“白色性”（whiteness）去寻求社会公平，休斯声称非裔美国人应该认同他们的黑色性、文化整体（cultural integrity），以及他在黑人的下层生活而非中产或上层阶级那里所看到的品质。通过接纳其黑色性，休斯指出，非裔美国人必须认识到黑人音乐，尤其是爵士乐的重要性。对休斯而言，爵士乐“是美国黑人生活的内在表达：黑人灵魂中永久的鼓点——是在白人（工作）世界中消乏解困的鼓点，是喜悦和欢笑的鼓点，是微笑中吞咽苦涩的鼓点”。另一位哈莱姆文艺复兴的领袖人物佐拉·尼尔·赫斯顿赞同休斯的观点。赫斯顿的著作多达 14 本，其中的《他们眼望上苍》（*Their Eyes Were Watching God*，1937）被誉为“非裔美国文学的女性主义经典”和“20 世纪最伟大的美国小说之一”。像休斯

① Jim 为普通男孩名，crow 意为“乌鸦”。Jim Crow 原意为“黑人”，是美国白人至上主义者对黑人的蔑称。——译者注

一样，赫斯顿常常避免写作抗议小说（fiction of protest），而是选择书写能够确认黑人意识的文学。由于她不写抗议小说，又因其性别的缘故，直到 20 世纪 70 年代她的一批小说被美国作家、诗人艾丽丝·沃克［Alice Walker，《紫色》（*The Color Purple*）的作者，1983 年获普利策小说奖］“重新发现”，她的作品才受到关注。沃克是非裔美国女性主义者的先驱，她把有色人种女权主义者（*womanist*）一词引入文学批评——这一术语凸显了“有色人种女性”（women of color）的视角和经历。

随着 20 世纪 20 年代末期到 30 年代早期大萧条的来临以及 40 年代“二战”的爆发，点燃哈莱姆文艺复兴的理想之火暗淡下来。然而在此之前，非裔美国人的写作和音乐已为美国主流文化所接纳。像白人男性和女性一样为其祖国而战之后，黑人们从战争中返乡面临着南方激化的种族主义。于是黑人男性和女性离开南方，移民到北方城市，谋求平等和经济机 *215*
遇。值此之际，非裔美国艺术家和诗人们再一次呼吁社会公平。

在最终以民权时代（the Civil Rights Era）闻名的 20 世纪五六十年代，三位新出现的非裔美国人的言论占据了中心地位：詹姆斯·鲍德温（James Baldwin，1924—1987）、理查德·赖特（Richard Wright，1908—1960），还有拉尔夫·埃利森（Ralph Ellison）。詹姆斯·鲍德温是小说《向苍天呼吁》（*Go Tell It on the Mountain*，1953）的作者，他在小说中表达了对民权运动的担忧。鲍德温规避典型的抗议小说，在其散文中极度个人化地展现黑人的遭遇。鲍德温认为美国是一个正在成形而非业已完成的实体。在他的愿景（vision）或曰美学中，他一面探讨美国民主的种族和社会公平问题，一面尝试创造一个超越这种不平等的世界。像他之前的惠特利和其他艺术家那样，对鲍德温而言，与白人和黑人社会统统疏离是一种常态。在黑人和同性恋者身份可疑的时代，鲍德温兼具这两种身份。他著书达 18 本之多，却发现自己在 20 世纪 50 年代的美国社会无家可归。

不像鲍德温，作为非裔美国文学的另一位旗手，理查德·赖特信奉马克思主义，倾向于改变他所身处的社会。赖特是小说家、评论家和社会活动家，写过《土生子》（*Native Son*，1940）、《局外人》（*The Outsider*，1953）以及《白人，听着!》（*White Man*，*Listen*! 1957）等作品。他认为“黑人作家必须接受他们生活中的民族主义暗示，但目的不是要去激发这种民族主义情绪，而是要去改变并超越它们”。赖特在其作品中声称，非裔美国作家应该专注于描写黑人而非白人在美国社会的物质条件，必须接纳黑人工人阶级而非白人上层阶级的意识形态。赖特说，这就意味着作家要与社会交流沟通而不是孤立于社会。写作行为是一种社会行为，应该为黑人生活得更好带来一些变化。在赖特看来，写作应该彰显黑人受压迫的状态，而且必须成为社会变革中激进的代理人（radical agent）。

这一时期最伟大的文学作品无疑是拉尔夫·埃利森（Ralph Ellison，1914—1994）唯一的小说《隐形人》（*Invisible Man*，1953）。在这部作品及其论文集《影子和行为》（*Shadow and Act*，1966）和《走向领地》（*Going to the Territory*，1986）中，埃利森断言种族问题是美国最为重要的中心问题。与赖特不同，埃利森主张文学（特别是小说）应该提供一个实验和思索的场所，各种观点在这里都能够被审视和深思。对埃利森而言，文学既不是政治也不是鼓吹社会变革的一号讲坛（bully pulpit）[1]。文本必须与文化背景融合，但却不应是变革的首要代理人。埃利森宣称，非裔美国文学必须像其他任何一种艺术一样，以同样的文学和文化修养来进行写作和分析。

在非裔美国文学和批评持续不断的发展中，**黑人文艺运动**（black arts
216 movement）彻底转变了此前40年代和50年代的方向。非裔美国文学的学者兼批评家小亨利·路易斯·盖茨（Henry Louis Gates，Jr.）称，这一运动在非裔美国文化史上“最短暂且最不成功”。黑人文艺运动的时间跨度是从1965年到1975年，以1965年2月马尔科姆·艾克斯（Malcolm X）[2] 被暗杀正式拉开帷幕。这一运动与民权时期的信条彻底决裂，它一面激发对非洲传统的复兴和自豪感并声称一切黑色的东西都是善和美，一面倡导黑人权力——激进地鼓吹武装自卫。它的首席代言人是格林尼治村[3]的一位垮掉派诗人——阿米里·巴拉卡（Amiri Baraka），通过文学杂

---

① bully pulpit特指白宫，也译作“天字第一号讲坛”、“顶呱呱的讲坛”。此语出自美国前总统西奥多·罗斯福。——译者注

② 马尔科姆·艾克斯（1925—1965），美国黑人运动领袖，为摆脱白人强加的烙印化姓氏，他宣布自己姓X。——译者注

③ 格林尼治村（Greenwich Village）是美国纽约曼哈顿的一个区，也是艺术家、作家的聚居地。——译者注

志《蟋蟀》(*Cricket*)，他成为黑人文艺运动的喉舌。这个运动的首要目的在于构建一个黑人民族，而它的文学目标则是在一个种族主义的白人社会描写并培养黑人，使其转变非裔美国人的意识——从以黑色为耻到以一切黑色尤其是肤色为荣。虽然黑人文艺运动诞生了形形色色的文学作品，诸如妮基·乔万尼（Nikki Giovanni）的《黑色的心情，黑色的族群》(*Black Feeling*，*Black Folk*，1967)、索妮亚·桑切斯（Sonia Sanchez）的《归乡》(*Homecoming*，1969)，但其存在却是昙花一现。它那梦想之光和重大优势也是其主要劣势——试图构建自己的黑人民族并使黑人群体看上去远离历史，这种做法却让非裔美国人与社会的其他部分相疏离了。

非裔美国文学和批评需要的是一种支撑其批评的理论框架。在整个20世纪的前70年里，非裔美国作家书写的文本都是在描述非裔美国人与其文化的交往互动。这些美国底层作家（subaltern writers）主要关注民族主义问题并且暴露非裔美国人在白人征服者掌控下遭受的不公正待遇——一种被压制、被压抑以及被殖民的亚文化（subculture）。他们的写作强调如下主题：非裔美国人对个人身份的寻求，美国黑人男性和女性为获得政治、经济以及社会成功而进行奋斗的苦涩，种族抗议和歧视中缓和与激烈并存的图景。这些作家提供给美国的是一些个人化描述——作为黑人作家在与个人、文化以及民族身份做斗争时意味着什么。

当黑人作家的文学作品在整个20世纪逐渐受到欢迎时，它们也正被主流文化的镜头阐释着。这个镜头聚焦于一种颜色——白色，正如德里达稍后所解释的那样，它是黑/白二元对立中占支配地位的成分。黑人美学并未建构起来，批评家和理论家便把西方形而上学和阐释学的原则运用到这一批不断发展并稳步增长的文学作品上。虽然杜波依斯、休斯、赖特以及埃利森所写的理论和批评文章向文学世界宣布了黑人文学是一种具有自身美学特征的文学实践，不应该被贴上美国文学的子类或注脚的标签，但是直到20世纪 *217*
70年代晚期和80年代，黑人理论家才开始系统阐释非裔美国文学的独特性。在这一日益重要的文学批评群体中，有两位批评家脱颖而出：阿布杜·R·詹穆汗默德（Abdul R. JanMohamed）和小亨利·路易斯·盖茨。

作为《文化批判》(*Cultural Critique*）的创办者和主编，阿布杜·詹穆汗默德是最有影响力的后殖民主义理论家之一。他是加利福尼亚大学伯克利分校的英语文学教授，撰写了许多强调文学批评跨学科特点的学术论文。詹穆汗默德在肯尼亚长大（因而有些人不把他看作非裔美国黑人），他亲眼目睹了英国统治、镇压并根除原住民文化中重要成分的帝国主义和殖民政策。倾其一生，他都在研究殖民化的影响以及征服者和被殖民者错综复杂的经济和社会动力。在其著作中，尤为重要的是这部《摩尼教的美学：非洲殖民地的文学政治》（*Manichean Aesthetics*：*The Politics of Literature in Colonial Africa*，1983）。他在这一文本中认为，殖民地作家（以肯尼亚的非洲人和美国的非裔美国黑人为例）写作的**所思**（noematic）价值——揭示了世界的复杂性，比写作关注于感知到了什么的那种**能思**（noetic）[①] 或主观价值更为有趣。詹穆汗默德描述了霸权和非霸权文学之间发展起来的敌对关系。比方说，在非裔美国文学中，他指出像理查德·赖特和弗雷德里克·道格拉斯这样的黑人作家是被个人的社会经济条件塑造的。他们作为作家和个体处于自我实现的典型历程之中，这些作家在其成长的某一时刻成为“反抗的代理人”（agents of resistance），不再愿意“顺应”霸权文化。据詹穆汗默德所言，在某种时刻，底层作家将会抵抗压迫者对其进行的塑造，一举成为变革的文学代理人。正是这一从被动的观察者到反抗者的转变过程构成了詹穆汗默德美学的基础。

当代影响最大也最重要的非裔美国文学理论家或许是小亨利·路易斯·盖茨。不同于许多非裔美国作家和批评家，盖茨密切关注其他非裔美国批评家。他声称，他们和他“必须从［他们的］（their）自己的黑人文化内部重新定义‘理论’本身，拒绝承认理论是白人有所作为的前提。我们都是批评理论的继承人，但是我们黑人批评家同时也继承了黑人的方言”。盖茨的批评理论提供了一个理论框架，用以发展一种独特的非裔美国文学规则。在这个框架中，他坚持要求非裔美国文学应被视为一种语言形式，而非社会实践或文化的再现。为了开拓黑人文学批评，其批评原则必须追溯到黑人自身的传统，并且包含他所谓的“黑色性（blackness）的语言——构成我们黑人自身传统的意指差异（signifing difference）”列入

① nomatic 和 noetic 两个词都是现象学术语，但侧重点不同。nomatic 指的是被经历的和正在被经历的，较注重客体（环境和历史影响），而 noetic 则指的是经历的和正在经历的，较注重主体。——译者注

其中。在他的《意指的猴子》(*The Signifying Monkey*，1988）和《黑色的象征：词语、符号和“种族”自我》(*Figures in Black*：*Words*，*Signs and the* “*Racial*” *Self*，1987）两个文本中，盖茨进一步完善了这些观点，并断言非裔美国文学是一种**双声语**（double-voicedness），亦即非裔美国文学吸收了白人和黑人的两种声音和文化。盖茨声称，正是这两种话语的结合造就了非裔美国文学的独特性。 218

与其他理论家一道——如休斯顿·贝克（Houston Baker）、德博拉·麦克道尔（Deborah McDowell）、黑兹尔·卡比（Hazel Carby）、贝尔·胡克斯（bell hooks）[①]、格洛丽亚·A·赫尔（Gloria A. Hull）、托妮·莫里森（Toni Morrison）、克劳迪娅·泰特（Claudia Tate）、玛雅·安吉洛（Maya Angelou）、丽塔·达芙（Rita Dove）、恩托扎克·尚治（Ntozake Shange）以及许多非裔美国女性主义、马克思主义、精神分析和酷儿理论批评家——当今非裔美国文学的理论家和批评家们正在阐述一批具有非裔美国文学文化特性的理论和批评。他们认为自己的理论话语意味深远，却长期遭受忽视。他们强调这些文学的研究需要革新。这一独特的非裔美国文学理论和批评的革新、改造以及持续发展已帮助了其他边缘群体，例如，同性恋者已在用它发展并阐述他们自己的批评理论和实践。

二、问题分析

我们在透过非裔美国文学理论和批评的镜头阅读文本时需要考虑下列问题：

- 种族特征明显吗？
- 谁是边缘人？他们是什么肤色？
- 谁是压迫者？

① 原名格洛丽亚·吉恩·沃特金斯（Gloria Jean Watkins，1952— ），更为人所知的是她的笔名贝尔·胡克斯（bell hooks），小写名字的第一个字母含有抗拒主流文化的意味。——译者注

- 压迫的手段是什么？
- 在这个文本中，身为黑人意味着什么？
- 支配性的霸权是什么？
- 边缘人意识到他们所受的压迫了吗？
- 黑人与非洲语言、文化实践的关系是什么？
- 谁为黑人言说？
- 有没有谁因为沉默而被边缘化？

三、批评与回应

美国人口普查局最近的统计数据估算美国有 4 100 万非裔美国人，占
219 总人口的 13.5％。他们大多居住在南方，其次是东北部和中西部，其中 88％的人口生活在大都市。与白人和其他少数族裔相比，非裔美国人的群体依然在经济、教育和社会活动中处于弱势。非裔美国人的收入是欧裔美国人人均收入的 55％，他们在住房、就业以及享受医疗保健上遭受着歧视。这些统计数据支撑着非裔美国文学所关注的核心问题：黑人文学中所描绘的压迫、压抑以及对黑人的奴役。而黑人的边缘化，经济、社会、政治和文学的压迫，奴隶制的历史意味及其当今的种族分流，艺术对一切黑色事物的颂扬——这些正是非裔美国文学理论和批评的主要议题。

据小亨利·路易斯·盖茨所言，非裔美国理论和批评的任务不是大声呼吁"特殊性"，亦即要求一种不同于任何其他过去或当代批评流派的独特方法。相反，盖茨主张黑人理论家和批评家必须运用最精致的当代理论和实践去重新界定批评理论的语言，并且允许黑人语言进入学术话语，帮助揭示文学中的偏见和种族差异。托妮·莫里森、法拉·贾斯敏·葛丽芬（Farah Jasmine Griffin）、克劳迪娅·泰特、德博拉·G·蔡（Deborah G. Chay）用文化研究、女性主义、精神分析和酷儿理论的方法，不仅在他们自身的作品中凸显了非裔美国文学的关注所在，而且发展出新的批判理论来揭示黑人文学中迄今沉默无言的种种关切。

一些非裔美国文学理论与批评的批评者（既有白人也有黑人）提出的

下列问题依然被非裔美国文学理论家争论不休：谁能在理论和批评上为非裔美国人真正发声（构想、阐述并且书写）？只是黑人吗？白人呢？其他族裔呢？非裔美国文学是美国文学整体的一部分还是自我独立的？对非裔美国文学的当下兴趣究竟反映着美国对终将没落的少数族裔施以关怀，还是对美国文学组织构架的重新塑形？非裔美国作家自身在描述黑人时是不是过于消极了？在今后的数十年里，这些复杂的问题及其多重解答将继续塑造着当代非裔美国文学批评。

第十二章　酷儿理论：男、女同性恋批评

220　　生活在一个意识觉醒的时代是令人振奋的；当然它也可能带来迷茫、困惑和痛苦。

——艾德丽安·里奇[①]，《我们死人再生时[②]：作为重审的写作》，载《大学英语》，1972 年 10 月

《断背山》(*Brokeback Mountain*)，是 2005 年讨论最热烈、最具争议性也获誉最多的一部好莱坞电影，它改编自 E·安妮·普劳克丝(E. Annie Proulx) 的一篇短篇小说。普劳克丝写道，有一天，她在一个酒吧里看到一位老牛仔。当这位老牛仔注意到一个年轻的牛仔后，眼里流露出了一种别样的神情，一种对生活不满意的神情。普劳克丝认定这位老牛仔是一位男同性恋者，于是开始创作她的短篇小说，写出一个在她脑中盘桓良久的故事。这篇小说发表了数年之后，拉里·麦克默蒂（Larry McMurty）和黛安娜·欧莎娜（Diana Ossana）以之为蓝本为后来成为好莱坞爱情故事

---

① 艾德丽安·里奇（Adrienne Rich，1929—2012），美国女诗人、散文家和女权主义者，被认为是美国最有影响力和最具政治性的作家。著有诗集《世界的改变》、《潜入沉船》等，专著《女人所生：作为体验与成规的母性》等。——校者注

② 《我们死人再生时》(*When We Dead Awaken*) 是挪威剧作家易卜生（Henrik Ibsen）最后创作的戏剧，也是他最短的一出戏剧。里奇的文章名借用了该剧名。——校者注

的电影写出了剧本。

《断背山》讲述了美国怀俄明州两个 19 岁的牛仔恩尼斯·德尔·玛（Ennis Del Mar）和杰克·特维斯特（Jack Twist）的故事。1963 年夏，两位牛仔被一个牧场主雇用，看守那些在断背山下吃草的羊群。工作了一段时间之后，有天晚上两人都喝了酒，在没有前兆似乎也毫无预谋的情况下，两个牛仔有了性行为。那晚事后，恩尼斯对杰克说："你知道我不是个怪人（queer）。"杰克回应说："我也不是。"然后恩尼斯评论道："这是一时冲动，我们就到此为止吧。"然而事情并没有就此结束。

夏天结束了，恩尼斯和杰克分开了，两人相约来年夏天还做同样的工作。当杰克第二年回来申请工作时，老板告诉他，他不招聘他们这类人。

数年之后，恩尼斯和杰克各与一个美丽的姑娘相恋并结婚。一天，杰克突然造访了恩尼斯，见面时两人激情拥吻，恩尼斯的妻子阿尔玛（Alma）在楼上窗口看到这一幕，震惊不已。恩尼斯和杰克决定定期去断背
山进行"垂钓"之旅。而阿尔玛很快就发现，在他们多次的远足中，根本 221
就没有捉回什么鱼。

两个男人因为彼此而在其感情中挣扎不已，恩尼斯的父亲说他憎恨同性恋，并给恩尼斯讲述了一个故事。这个故事是说两个老男人住在一起，最终被镇上的人杀害，而恩尼斯的父亲也参与了这件事。杰克则找到了一个宣泄情感的方法——去墨西哥旅行，找男妓。影片快结束时，恩尼斯和妻子离了婚，杰克的婚姻也出现了问题。恩尼斯住在一个简陋的拖车里，仍纠结于他对杰克的感情，他说："干嘛不让我一个人待着呢？杰克，正是因为你，我才成了现在这个样子！我一无所有……碌碌无名……"影片结尾处刻画了一个孤独、困惑和心碎的恩尼斯，他仍在为他对杰克的炙热感情所折磨，而杰克则已经被杀害了，杀他的那些人鄙视他对恩尼斯的爱。

因为每个人的观感不同，对《断背山》的评论也五花八门：

> 如果你愿意观看《断背山》，就知道它是一部令人动情、令人心碎的电影。
>
> ——威利·华夫（Willie Waffle），见 Wafflemovies. com

> 这部佯装西部片的同性恋电影，以高度的敏感和老练以及出色的

表演而著称。

——托德·麦卡锡（Todd McCarthy），见 Variety. com

一些美国观众可能会立刻拒绝这样一个发生在崇尚大男子气的西部、以男同性恋为主题的故事，但是他们将错过最精彩的表演。

——詹姆斯·维尼尔（James Verniere），载《波士顿先驱报》（*Boston Herald*）

这部影片的核心信息是：爱就是爱，然而对最开始的性行为的展示只会加固偏执者对男同性恋文化早就持有的负面看法。

——约翰·维纳波（John Venable），见 Supercala. com

李安（导演）是这样表达这种令人发狂的迷醉的——让一个男人凝视另一个男人，然后转过眼神。而那目光移开的瞬间，无异于在杀死两个灵魂，仿佛他们拔出枪互相射中了对方的心脏。

——肯·塔克（Ken Tucker），载《纽约杂志》（*New York Magazine*）

谁都可以想象一种被禁止的激情如此动人心魄、如此汹涌澎湃，以至于潮水一样席卷了我们的心灵，使得我们无法质疑这种感情。无论我们心仪的对象是夹着皮包、牵着放牧绳子，还是两者都有，这都无关紧要。

——劳伦斯·托普曼（Lawrence Toppman），载《夏洛特观察家报》（*Charlotte Observer*）

222 一个美丽的悲剧，讲述了不能如愿的爱情带来的悲痛。电影在各个方面都绝对是成功之作。

——多恩·泰勒（Dawn Taylor），载《波特兰论坛报》（*Portland Tribune*）

不管其性别内涵如何，这个有关被压抑的激情的故事都成就了一部深深打动人心又让人撕心裂肺的影片。

——弗兰克·斯威特克（Frank Swietek），《一个人的意见》（*One Guy's Opinion*）

为了更纯粹的东西——一段艰难坎坷的感情历程，李安去掉了一切浮华。

——马克·赛尔思（Mark Sells），载《俄勒冈先驱报》（*Oregon Herald*）

有力地概括和普泛化杰克和恩尼斯那种无望处境，同时又展示着虚伪和欺骗的巨大代价。

——詹姆斯·桑福德（James Sanford），载《卡拉马祖公报》（*Klamazoo Gazette*）

在所有被禁止的爱情中这是最时兴的，因为其冲突建立在一种新被认可的社会歧视之上。

——罗伯特·罗顿（Robert Roten），载《拉勒米电影界》（*Laramie Movie Scope*）

永不过时且最伟大的爱情故事之一。令人震撼的辛酸来自普遍联系的观念，诸如纠结的爱、逝去的梦想、半死不活的生存状态和聊胜于无的欢爱。

——尼克·罗杰斯（Nick Rogers），载《伊利诺伊州的首府报》（*State Journal-Register*）（伊利诺伊州春田市）

米歇尔·威廉姆斯（Michelle Williams）扮演恩尼斯的妻子，她的表演娴静、复杂和令人心碎，差点抢了这部影片的戏。

——乔·普培克（Jon Popick），《病男孩星球影评》（*Planet Sickboy*）

它与最近记忆中那些探讨情感压抑、孤独、痛苦以及违背常理的任何一部电影一样技法娴熟。

——约翰·A·内斯比特（John A. Ncsbit），载 Toxicuniverse. com

你不能把“同志”从“同志牛仔”电影中拿掉。《断背山》所具有的巨大冲击（不是有意为之）源自它叙述这段浪漫爱情的直白手法。

——艾瑞克·梅林（Eric Melin），见 Scenestealers. com

我从来没有像在这个故事中那样投入那么多的感情。

——肖恩·麦克布莱德（Sean McBride），载《电影观察家》

（*Sean the Movie Guy*）

223 你可以按照自己的意愿去改变故事人物的名字和性别。这是一出成人戏，如果你有任何一种风流遗憾，都可以把它和自己联系起来。

——丹尼尔·M·吉梅尔（Daniel M. Kimmel），载《沃塞斯特电讯报》（*Worcester Telegram & Gazette*）

李安的电影毫不含糊地表明：同性恋伴侣公开而安全地生活在一起符合每个人的最大利益。

——肯·福克斯（Ken Fox），载《电视电影导视》（*TV Guide's Movie Guide*）

对于这种爱情，最重要的是无论如何都无法打破它的社会牢笼。

——杰弗瑞·陈（Jeffrey Chen），载《电影之窗》（*Window to the Movies*）

舆论哗然似乎更是来自政治上有关同性恋婚姻的争论。而赢得奥斯卡奖将是对这种争论的迎合。

——凯文·卡尔（Kevin Carr），载《7M 绘画》（*7M Pictures*）

这部电影的锋芒在于它公开争辩同性（same-sex）问题。

——凯文·A·兰瑟姆（Kevin A. Ransom），见 Moviecrypt.com

上述《断背山》的影评成功地捕捉到新近出现在学院中的文学批评流派——**酷儿理论**（Queer Theory）的一些核心关切和问题。酷儿理论受到解构主义、女性主义、男女同性恋研究、精神分析学、后殖民主义以及其他后现代理论的影响。它质疑那些我们用以描述自身的术语，例如异性恋（*heterosexual*）和同性恋（*homosexual*）。酷儿理论家认为，这些词语是由社会建构而成，却并不能界定我们真正是谁。正如这部电影的评论所示，酷儿理论挑战了人类天性不可改变而且用一系列有限的特征就能界定的假定。酷儿理论还在不断发展之中，它追问的是如下问题：

- 何谓男人？
- 何谓女人？
- 何谓社会性别？

- 成为异性恋意味着什么？成为同性恋呢？成为男同性恋、女同性恋、双性恋和酷儿呢？
- 具有男性气质意味着什么？具有女性气质呢？
- 成为一个人意味着什么？
- 什么是正常的？什么是非正常的？
- 什么是“有男子气概”的男人？
- 爱是什么？
- 什么是“被禁止的”激情？被谁禁止？
- 什么是“未如愿的”爱？它由什么引起？ 224
- 在一个所谓被禁止的爱情关系中，为什么会有虚伪和欺骗？
- 在各种各样的爱情中，哪些人和事是社会认可的或不认可的？是异性恋，同性恋，还是双性恋？
- 一些源自某些爱情关系的社会要素是如何以及为何形成“社会牢笼”（societal prison）的？
- 仇视同性恋意味着什么？

这些问题及其各种版本的答案为酷儿理论提供了基础，而酷儿理论的不断发展，则挑战着我们看待自身性别和身份的传统视角。

一、历史发展与理论假设

在 20 世纪的大部分时间中，酷儿（*queer*）这个词都是个贬义词，用于描述同性恋，尤其是男同性恋。通过运用马克思主义者那种召唤主体或者询唤（interpellation）的方法，酷儿理论家们收编了该词并倒转了它的意义，使它成为学术研究中备受关注的批评术语。该术语由性别理论家特瑞莎·德·劳拉提斯（Teresa de Lauretis）首创，来自女性主义杂志《区别》（*differences*）中题为《酷儿理论：女同性恋和男同性恋的性征》（*Queer Theory*：*Lesbian and Gay Sexualities*，1991）的特刊。此后，酷儿理论力图揭穿人的身份（identity）在出生伊始就是稳定的或者固定的错误说法。正如所有批评流派那样，酷儿理论借用、采纳或者改造了此前的一些批评流派的观念、术语、理论和方法，并寻找它们在女性主义、解构理论、**性别研究**（gender studies），以及男同性恋和女同性恋研究中多方面的历史性根源。

从玛丽·沃斯通克拉夫特（Mary Wollstonecraft）的《女权的辩护》（*A Vindication of the Rights of Woman*，1792）开始，女性主义理论和批评就要求由女人自己界定作为一个女人意味着什么。在沃斯通克拉夫特之后，弗吉尼亚·伍尔夫（Virginia Woolf）在《一间自己的房间》（*A Room of One's Own*，1929）中指出，女人必须拒绝由社会建构而成的女性性征（femaleness），并去建构和界定她们自己的身份。20 年后，西蒙娜·德·波伏娃（Simone de Beauvoir）在《第二性》（*The Second Sex*，1949）中宣称，女人应该拒绝成为他者，即一个被男性定义和阐释的客体。又 20 年后，凯特·米莉特（Kate Millett）写了《性别政治》（*Sexual Politics*，1969），指出女性（female）是天生的，但女人（woman）是被创造的。米莉特说，人的生理性别（sex）是从生物学意义上被决定的，但是人的社会性别（gender）是社会创造的建构物。过去的几十年中，许多女性主义批评家接受了米莉特的说法，社会性别不是天生的或者生物学意义上的，而是由社会组织或权力组织建构和维持下来的。我们的生理性别不同于社会性别，前者是生物学上确定了的，是固定且稳定的，后者是可变的且具有某种归属的。因为社会性别是社会观念的产物，女性主义者宣称，社会性别不应也必然不能塑造女人的身份。

225 通过强调社会性别必定不能塑造女人的身份，女性主义理论家攻击了经典的人文学者长期持有的信念，即所谓的**本质主义**（essentialism）。本质主义者坚称个体的真正本质或者身份是由有限而稳固的属性构成的，这些属性是人之成为人的本质成分。本质主义宣称人有不可改变的人类本性，一个真正不变的本质。本质主义者相信，我们的生理性征和社会性别都取决于我们的本质特征——我们的真正自我，它给我们提供了我们是谁、我们的身份和个性等核心观念。没有任何东西（包括社会、教育或任何精神信仰）能改变这些无法改变的核心，改变我们的本质。

当代的女性主义批评家拒绝本质主义以及它所假设的不可改变的人的本质，并接受了**社会建构主义**（social constructivism）。这些社会建构主义者拒绝本质主义坚持的人的本质不可改变的观点，而是认为社会性别是一个由社会建构而成的术语和概念。像同性恋、异性恋、男性、女性这些词同样是被建构和形塑出来的区分（distinctions），而且它们还被迫不断变化。所有这些术语满载种种意识形态假设，都必须被解构并最终被重构。不像本质主义者所认为的知识是在历史和实验中被发现、被忘却、被压抑并被再次发现的过程，社会建构主义者同意后结构主义者雅克·德里达（Jacques Derrida）的解构假设。

在德里达和许多其他后现代批评家看来，西方的形而上学假设了逻各斯中心主义，相信存在一个为所有思想和行为提供基础的终极实在或真理中心。各类的真理中心有自我、精神存在和理性等等。按照德里达的说法，关于逻各斯中心的思想起源于亚里士多德的非矛盾律：一个事物不能既有又没有某种性质。因此，西方的形而上学发展出“非此即彼”（either-or）的思想，并促生了二元论思维，以及绝对真理持续不断地中心化和去中心化的过程。一旦一个中心建立了，它就很快被去中心。这些推理导致了德里达的总结：西方形而上学建基于一个二元对立或概念对立的系统，这些对立包括好/坏、诚实/撒谎、上/下、对/错、上帝/人类等等。在这些二元对立的每一对概念中，一个概念（分子）是较高级或者有特权的，而另一个（分母）则是较低级或无特权的。无论有无特权，这两部分都与德里达所谓的先验所指（transcendental signified）直接相关。我们在二元对立中赋予特权的概念支撑着我们的真理概念。

社会建构主义的女性主义者同意德里达的说法，即我们的思考方式都是逻各斯中心的。但是，如果真理不是绝对而是相对的，那会发生什么呢？如果没有绝对真理的存在，真理就是社会性的建构。如果没有先验所指赋予自我（selfhood）观念以意义，那么自我就不是绝对的，我们的人性中就没有任何“本质的”、客观的部分是天生的。于是，本质主义的核 226
心主张就发生了倒转。自我、我们的身份，不是指定的或预先设定的，而是主观的。既然不存在任何能够决定我们是谁或我们是什么的先验所指，那么界定和塑造我们的是什么呢？根据社会建构主义批评家的观点，答案显而易见：语言。我们的身份是主观的，而非客观的，而且处在一个不断变化的过程中。我们创造出来用以界定自身的任何二元对立，都仅仅是种必然处于不断修正中的社会建构物。尤其像男性/女性、男人/女人、阳刚/阴柔这些表征了不稳定的概念的二元对立，它们都是文化与权力机构的产物。不存在关于自我的稳定的概念，因为这些术语本来就是主观的和不稳定的。同样，像性别、男子气概和女性气质这些概念也是不稳定的。这些概念是德里达所说的自由漂浮的所指（free-floating signifieds），也就是说，概念的意义不是固定的，而是不断滑动的。这些所指的意义取决于人们如何运用或建构语言。

在过去的几十年中，女性主义者和性别批评家非常强调诸如男人/女人、男性/女性、男性气概/女性气质等二元对立表现出来的不稳定关系。因为这些批评家相信，不存在使语言及其二元对立趋于稳定的先验所指，对他们来说，社会性别（*gender*）这一术语是一个在日常基础上滑动的自由漂浮的所指。例如，在 1960 年，家里的“男性”家长几乎都不洗盘子、不叠被子或不打扫房间，也不会在耳朵或身体的其他部位打孔。但是在今天，男性常常做些家务劳动，一些人即便没有双耳悬坠儿，也会把耳钉戴到一只耳朵上。

在 20 世纪 80 年代中期，另一个批评流派借用和发展了女性主义者和性别批评家的性别关切，这就是**男、女同性恋研究**（gay and lesbian studies）。女性主义者和性别批评家争论并重新界定了男人/女人这个二元对立，强调性别差异；而男、女同性恋研究却攻击异性恋/同性恋这个二元对立，在强调性差异的同时，也分别考察性差异在男性和女性身上的适用性。男、女同性恋研究还分析了把男同性恋和女同性恋定义为离经叛道和怪异的社会结构，质疑了此类界定的发展演变如何贯穿于历史之中，并设法搞清楚对异性恋的界定为何如此正面、对同性恋的界定则截然相反的原因。与女性主义研究相似，男、女同性恋研究也是复原研究（studies of recovery），试图重新发现许多世纪以来被文学经典和历史噤声、掩盖和抹去的男同性恋和女同性恋作者。

20 世纪 90 年代早期，另一个文学理论家和批评家群体从男、女同性恋研究中发展而出，这就是酷儿理论。不像男、女同性恋研究那样注重男性和女性的社会性别，酷儿理论减少了对社会性别的讨论，转而强调和扩大了关于生理性别差异的讨论。当然，酷儿理论并非要抛弃同性恋研究，它的研究比后者更具包容性。酷儿理论分析、讨论和争辩的与生理性别有关的话题有：古怪、反常或特别，这些话题被认为是奇怪的（queer）。与女性主义社会建构主义者相似，酷儿理论家宣称，我们的身份和性征不是固定的：它们是不稳定的。不存在什么决定我们人类特性和生理性别的先决条件。从酷儿理论的理论视角看，讨论成为男性和女性意味着什么是没有意义的，因为我们的生理性别身份都是不同的，每个个体都是由社会建构的。酷儿理论还挑战了这样的做法：将任何人基于某些共享的生活方式和习惯而划分到一个社会指认的（assigned）群体之中，使其对立于那些没有这些生活方式和习惯的人。没有任何身份或群体可以被定义为反常的、缺失的、完整的或不完整的。我们的身份，包括我们的生理性别，都是由种种社会代码塑造和发展出来的，我们个人的行动、社会内部的权力结构和许多复杂的力量，都处于持续的变动中。

二、酷儿批评理论家

伊芙·科索夫斯基·塞吉维克（Eve Kosofsky Sedgwick，1950—2009）是酷儿理论的领军人物之一。在康奈尔大学获得学士学位并从耶鲁大学获得博士学位之后，塞吉维克任教于一些颇有名望的文学艺术院校，也在杜克大学担任过英语教授，2009年她去世前，就职于纽约城市大学研究中心。她具有开创性的著作包括《男人之间：英语文学和男性同性社交欲望》（*Between Men*：*English Literature and Male Homosocial Desire*，1985）、《暗柜认识论》（*Epistemology of the Closet*，1990）、《趋向》（*Tendencies*，1993）、《爱的对话》（*A Dialogue of Love*，2000）和《动人的感觉：情感、教育与述行性》（*Touching Feeling*：情感，*Pedagogy*，*Performativity*，2003）。在《暗柜认识论》一书里，塞吉维克强调了研究男、女同性恋和酷儿理论的必要性，她坚称：

> 必须真正理解现代西方文化的方方面面，不能只是片面地来理解它，如果不把批判分析包括在现代的同性/异性定义中，将损害其核心部分，尤其是从相对不在中心位置的现代同性恋和反—憎恨同性恋

（anti-homophobic）理论的角度看，更是如此。

塞吉维克的论题简明却深刻："每个人都是不同的。"这些差异不应被利用，而应被接受。在《趋向》中，她"试图找到新的方式来思考复杂社会生态中的女同性恋、男同性恋和其他畸恋及身份，在这种复杂的社会生态中，社会性别、不同的身份和认同都被认为是给定的"。对于塞吉维克来说，酷儿这个词在指向某人或与某人相关时，取决于述行（performative）行为，也就是说，只有以第一人称使用酷儿一词讲述自身的人才是酷儿。

酷儿理论家中另一位领军人物是朱迪丝·巴特勒（Judith Butler）。她的著作有《性别麻烦：女性主义与身份的颠覆》（*Gender Trouble：Femi-*
228 *nism and the Subversion of Identity*，1990）、《身体之重：论"性"的话语界限》（*Bodies that Matter：On the Discursive Limits of "Sex"*，1993）、《易激动的言词：述行的政治》（*Excitable Speech：A Politics of the Performative*，1997）和《讲述自我》（*Giving an Account of Oneself*，2005）等。巴特勒是加利福尼亚大学伯克利分校比较文学和修辞学的教授。她在其最有影响的著作《性别麻烦：女性主义与身份的颠覆》中坚称，当女性主义宣称女人是一群有着共通兴趣的特别群体时，它就犯了一个错误。巴特勒声称，女性主义者这样做，等于在强化父权文化（patriarchal culture），这种文化假设了男性气质/女性气质和男性/女性的二元对立。对于巴特勒来说，社会性别是不稳定的，会因人和语境的不同而发生滑动和改变。与社会性别相类似，自我认同（self-identity）也是述行性的，亦即某个人在特殊时刻、地点和语境中的行为，决定了此人的社会性别和身份，并不存在一个关于我们是谁的普遍概念。我们的身份和我们做什么有关，也和我们是什么有关，而不是取决于我们设定的本质（本质主义）。我们的身份是我们述行的效果（*effect*），而非原因。对于巴特勒来说，我们的身份的述行性（the performative nature）是酷儿理论的关键概念。

另一些酷儿理论家，如乔纳森·戈德伯格（Jonathan Goldberg）、迈克尔·沃纳（Michael Warner）、珊迪·斯通（Sandy Stone）和约瑟夫·李维克（Joseph Litvak），运用后学（postist）理论去考察诸如易装癖

(cross-dressing)、双性恋、公共性别 (public sex)、同性婚姻和同性媒介等各种问题。与其他批评流派不同，酷儿研究希望自身是未完成的，拒绝使用任何二元对立来不时地界定自身。酷儿理论家们相信，如果确立了这些二元对立，酷儿理论将变得过于排外以致阻碍自身的发展。对于酷儿理论家们来说，酷儿理论并不能使他们/她们以之确定自己的身份，而是对身份的一种批判。相应地，酷儿理论家的理论和批评“总是处于建构之中”，并总是述行的。

三、问题分析

仔细阅读霍桑的短篇小说《好小伙布朗》。然后对自己提出下列问题：

- 如何界定男性/女性和男性气质/女性气质这些二元对立？
- 谁把男性气质或女性气质归属到了谁的头上？
- 社会性别是如何归类的？
- 小说中确立了本质主义或社会建构主义的批评假设吗？是由哪个（些）人物确立的？
- 书中人物的性别身份是如何塑造和形成的？
- 社会性别是述行的吗？
- 对于任一人物所假定的性征存在着什么偏见吗？
- 什么样的社会力量或观念决定了性别身份？
- 这个文本怪（queer）在何处？
- 是否有因为他或她的性别身份而处于危机之中的人物？

四、批评与回应

酷儿理论认为，我们个人的身份是不稳定的，也是处在不断的变动中 229
的。作为一种反本质主义理论（antiessentialist theory），酷儿研究断定，我们的人性中没有能够决定我们之所以是人的核心本质。正如巴特勒所称，所有的人都是不同的。我们不应让社会来塑造我们的身份，而是必须通过自己的行动来说明自己是谁。没有任何预先决定的社会二元对立以及与之伴随的偏见能够决定我们的身份。我们必须挑战这些性别身份、社会性别和性别差异的观念。作为男性或女性意味着什么总是不断变动的，是一个不断生成的过程。通过把所有的生活都看作是不断发展的，酷儿理论家挑战了自我身份固定的观念，也研究了诸如双性恋、易装癖和同性婚姻等经常招来非议（特别是在酷儿理论的异议者当中）的人类活动的内容。

与其他批评流派一样，酷儿理论也有它的批评者。一些人认为酷儿理论是不正常的或奇怪的，根本不该研究这些。另一些人对其内容所知甚少，却又对阅读这些理论心存恐惧。许多人不同意它的社会建构立场，认为一个人的性别认同不是变动的和不稳固的。有一些人断定，酷儿理论过于理论化而不切合实际。还有许多人认为，同性恋研究和酷儿理论（这两个流派常被混为一谈）在赞美性欲的同时为男、女同性恋政治赋权，让它们显得更为重要，但实际上它们没有那么重要。

酷儿理论家们自己声称，他们并不知道自己的理论会把他们带向哪里，因为正如巴特勒所示，存在着多种酷儿理论，而并非仅此一个。从她的角度看，酷儿理论有无限的可能，因为它拒绝界定自己，像“自我认同”这个概念一样，它认为自己也总是处在变动之中。一些批评者认为，酷儿理论拒绝界定自己，这或许是它最终失败的原因。作为面向未来和没有定论的理论，这种批评立场的主要特点在于其持久无力和变脸有方。一些批评者指出，因为酷儿理论将非指涉性（nonreferentiality）作为核心原则，所以让它来规划自己的前程也确实不大可能，而且，与其历史上的“酷儿时刻”（queer moment）① 相比，也许它存活得已足够长久了。

另一方面，一些批评家，比如琳恩·哈费尔（Lynne Huffer）用她的著作《为福柯疯狂：酷儿理论基础再思考》（*Mad for Foucault: Rethinking the Foundation of Queer Theory*，2009），继续引领酷儿理论走向未

① “酷儿时刻”等说法显然与《酷儿理论》（见本书**文学批评阅读材料**中《酷儿理论》）一文中的相关论述存在着某种关联，可参考。——校者注

来。通过重新阅读米歇尔·福柯（Michel Foucault）的《性史》（*History of Sexuality*），哈费尔把性作为一种鲜活的经验，一个不断呼唤我们去记取它的事物。这种创新、刺激和有见解的探索也许真能推动酷儿理论走向成功和长久的未来。

参看附在本书后面的**文学批评阅读材料**部分的文本——安娜玛丽·扎戈斯（Annamarie Jagose）的《酷儿理论》（"Queer Theory"）一文，这是一篇切中肯綮的文章，有助于澄清酷儿和酷儿理论这些词的含义。

第十三章　生态批评

230 如果我们把知识比作一棵树的话，我们该知道被划分开的事物之间还是彼此联系的。我们也该知道，如果只注意区别而忽视联系，那无异于是在毁坏这棵树。

——温德尔·贝里[①]

战斗的号角正响彻欧美大学校园，其响亮的口号清晰而明确：走向绿色——另一种说法是我们所知的“绿化校园”。大学和学院作为影响我们对当前相关事宜看法的温床，正在实施“绿化校园”的环保工作。比如，2006年10月“高等教育可持续发展促进协会”（the Association for the Advancement of Sustainability in Higher Education）在亚利桑那州立大学（Arizona State University）举行的会议上提出了《气候承诺书》（the Climate Commitment document），500多所高校的校长在上面签字，承诺他们所在的机构将在气候问题上采取中立立场，减少温室气体，购买或生产

① 温德尔·贝里（Wendell Berry，1934—　），美国作家、学者、文化评论家，著有大量小说、随笔、诗歌等作品，如《汉娜·库尔特》（*Hannah Coulter*）、《公民证书》（*Citizenship Papers*）、《疯狂农夫诗集》（*The Mad Farmer Poems*）等。——译者注

的可再生资源占到本机构消耗电力的15%以上；减少校园浪费。源于这些承诺，学校提出的富于创新精神但又有争议的校园规划包括以下这些：吃饭时不用纸巾（与此同时，餐厅周边提供餐巾自助分配机，这样就避免了成吨的纸的浪费）；餐厅禁用托盘（如此能节省成吨的没吃的食物，这些食物以前全部放在盘子周围的托盘里）；给宿舍淋浴设置时间限制。其他争议较少但创新程度较高的"绿化"（greening）创意还在许多大学校园里持续出现。例如，在西雅图大学（Seattle University），以前的垃圾，如菠萝头、西瓜皮和莴苣叶子，现在变成了校园花圃里的肥料。北卡罗来纳州的沃伦威尔逊学院（Warren Wilson College）的校园，已建造了一个用太阳能电池供电的"生态宿舍"（EcoDorm），电池可以把阳光转化为电力和热能。此外，在沃伦威尔逊学院，饥饿的学生匆忙奔向课堂时，如今已能大嚼路上所有可食用的灌木了！而作为地球日庆祝和倡议活动的一部分，众多学生宿舍开展了比赛，他们通过调暗灯光、不用电时拔掉所有电器插头（包括电脑、手机充电器、mp3 播放器），看哪个宿舍剩余的电量最多。 231

学院的管理者和学生现在认识到的，是 20 世纪 60—70 年代早期环保主义者几十年以前就已宣扬过的观点：所有生命都是互相联系的。我们怎样生活，我们如何进食以及食用什么，我们如何工作、在哪里工作，我们如何玩耍，甚至我们如何学习，这些活动都是互相联系的。佛罗里达州奥兰多市的沃尔特·迪斯尼乐园（Walt Disney World）在把地球太空船（Spaceship Earth）建为未来之城（EPCOT）的核心组成部分时，或许就已经意识到这种互联性了。我们都是同一个星球上的旅客，居住在相似的地方，使用着地球上的土壤和空气，就其本质而言，我们生活在一个相当庞大的共同体之内。正如拉丁美洲首席环境保护倡导者和批评家沃尔特·罗杰斯·佩雷斯（Walter Rojas Perez）所信奉的那样：地球作为星球家园就是我们的"地球太空船"——一个没有征服者、所有人都是船员的地方。

那些签署了学院承诺书的人说，作为同一条船上的成员，我们每个人都对我们的星球负有责任。因此，他们认为保护地球这颗行星、保护自然界，正是我们每个人的责任（既是个人的也是集体的）。实际上，我们必须成为某一族群的人，即认识到我们是通过每天的日常事务如饮食、工作和玩乐，从生物、社会和政治等方面来界定我们自己的。这些环境保护主义者认为，找出并确定我们当下的各种全球性环境危机，是一项必须在各个层面采取措施的跨学科工作：它具有国际性、国家性和地方性。在学术领域，关心这类问题的先行者是一个由学者、批评家和作家组成的群体，即生态批评家。生态批评家的环保写作和批评活动被冠以各种各样的名称：绿色研究（green studies）、绿色文化研究（green cultural studies）、绿色批评（green criticism）、生态诗学（ecopoetics）、文学生态学（literary ecology）、环境文学批评（environmental literary criticism）以及或许最通行的名称——生态批评。

一、什么是生态批评？

生态批评（ecocriticism）可追溯至20世纪80年代晚期，是新近出现的将我们人类与环境直接相连的文学研究领域。像别的批评流派（如读者导向批评和女性主义批评）那样，生态批评是一个由强调地方（place）、自然和物质世界的作家、批评家和理论家构成的兼收并蓄的群体，该群体试图证实人类（及其文化）与自然之间的互联性（interconnectedness）。或许，生态批评最精练、最好的定义出现于谢里尔·格洛特费尔蒂（Cheryll Glotfelty）和哈罗德·弗洛姆（Harold Fromm）编辑的《生态批评读本：文学生态学的里程碑》（*The Ecocriticism Reader：Landmarks in Literary Ecology*，1995）一书中：“简言之，生态批评研究文学与物质环
232 境的关系。像女性主义批评从性别意识角度审视语言与文学、马克思主义批评将生产方式与经济阶层的意识带入文本阅读一样，生态批评采用的是以地球为中心的文学研究方法。”随着生态批评在1993年确立其权威地位，它现在已成为文学批评中的一个合法研究领域，而这在很大程度上要归功于谢里尔·格洛特费尔蒂。格洛特费尔蒂本人承认，生态批评这一概念并非由她首创，这一殊荣应归于威廉·H·鲁克特（William H. Rueckert）。该词首现于鲁克特的《文学与生态学：一种生态批评实验》（“Lit-

erature and Ecology：An Experiment in Ecocriticism”，1978）一文。格洛特费尔蒂与其他志趣相投的生态批评家向学界发出挑战，要求重新检视他们所谓的“自然写作”（nature writing）。这样的挑战不仅仅是呼吁重读梭罗或爱默生的作品，顺从而愉快地观照自然。根据另一位重要的生态批评家——开创性著作《环境的想象：梭罗、自然写作与美国文化的形成》（*The Environmental Imagination*：*Thoreau*，*Nature Writing*，*and the Formation of American Culture*，1995）的作者——劳伦斯·布伊尔（Lawrence Buell）的说法，生态批评号召我们行动起来，并宣称生态批评是一种“恪守环保实践承诺，在其精神导引下对文学与环境的关系所做的研究”。换句话说，生态批评家既邀请也要求我们参与进来，实实在在地去做一些与环境有关的事情，而非仅仅在沉思冥想中改变或参与。生态批评家强调，这种对行动的召唤，必然会提出我们应如何与自然互动的伦理问题。通过考察那些强调自然环境的文本，生态批评家们请求我们参与到那些将会改变我们周遭环境和物质世界的实践活动之中，鼓励我们成为我们这颗星球的卫士，这不仅是为了我们自己，也是为了将来的子孙后代。

二、历史发展

听到生态批评一词，许多人就会想起拉尔夫·沃尔多·爱默生（Ralph Waldo Emerson）、亨利·戴维·梭罗（Henry David Thoreau）、威廉·华兹华斯（William Wordsworth）和其他一些书写自然、为读者创作了田园风光的作家。其实，早在这些作家之前，希腊人、罗马人和其他许多作家，已经创作了包含田园风光（强调环境和自然界）的文本，与此同时促生了对诸如动物权益、污染以及过度浪费等环境问题的文学回应。因此，可以合理合法地说，“自然文学”（nature literature）像西方文学本身一样历史久远。

与女性主义一样，环境保护主义（environmentalism）和生态批评的历史根源可以追溯至 20 世纪 60 年代。正如女性主义在历史上依托于第一波、第二波和第三波批评“浪潮”一样，生态批评也可以划分为第一波和第二波环境批评浪潮。生态批评的这种划分，首次出现于劳伦斯·布伊尔的《环境批评的未来：环境危机与文学想象》（*The Future of Environmental Criticism*：*Environmental Crisis and Literary Imagination*，2005）一书中。布伊尔在该著中认为，第一波生态批评是20世纪稍显陈旧的环
233 境批评（environmental criticism），它重读和考察了19世纪的“自然写作”。另一方面，第二波生态批评更多地考察像雷切尔·卡森（Rachel Carson）的《寂静的春天》（*Silent Spring*，1962）那样的当代作品，这些作品更直接地聚焦于当前的环境问题。例如，正是卡森的著作引发了人们对环境问题的关注，而且触及人们至今仍在不断探讨和争论的问题，例如出现在食物供应中的源自杀虫剂、除草剂和其他最终导致危险化学物的有毒物质。卡森认为这些有毒物比辐射更危险，她论证了人从出生直到死亡，杀虫剂都会留在人体内，引发包括生育畸形儿在内的一系列疾病。

从20世纪80年代中期至90年代晚期，聚焦于19世纪文学的第一波生态批评从地域上把自己划分为二：美国生态批评和英国生态批评。在所谓的“美国文学的繁荣”（Flowering of American Literature）时期（19世纪中期），美国作家如美国先验主义文学的代言人、《日晷》（*The Dial*）杂志的编辑——玛格丽特·富勒（Margaret Fuller，1810—1850），《论自然》（*Nature*，1836，《论自然》是一本标志性的随笔作品，由此确认了美国浪漫主义运动的哲学内涵）的作者拉尔夫·沃尔多·爱默生、《瓦尔登湖，或林中生活》（*Walden*；*or*，*Life in the Woods*，1854，已是自然写作的经典文本）的作者亨利·戴维·梭罗，正是他们为自然写作设定了标准。这些作品强调自然环境、大自然以及天人合一的灵性——一种人类在自然中并通过自然能够也应该拥有的生命力。美国特有的哲学即众所周知的先验主义，在19世纪上半叶成为美国文学的哲学核心。第一波生态批评家正是依靠这些著作，强调了他们的主要关切：地方、环境、自然、地球以及自然本身所体现出来的精神力量。

同时，在英国，第一波“绿色研究”（英国赋予生态批评的名称）的学者将学术研究集中于如下作家：威廉·华兹华斯（1770—1850）与塞缪尔·T·柯勒律治（Samuel T. Coleridge，1772—1834）——他们合著了《抒情歌谣集》（*Lyrical Ballads*，1798）；约翰·济慈（John Keats，

1795—1821）——创作了《无情的妖女》（“La Belle Dame Sans Merci”）和《夜莺颂》（“Ode to a Nightingale”）等许多著名的浪漫主义诗歌。1973 年，威尔士学者、文化研究的先驱和奠基者、批评家雷蒙德·威廉斯（Raymond Williams）出版了著作《乡村与城市》（*The Country and the City*）。在该书中，威廉斯阐明了他对生态批评或绿色研究（此时这两个术语还没有发明）的主要关切，其中包括乡村与城市、自然与文明之间的关键区分。

从 20 世纪 90 年代晚期开始，第二波生态批评已经不太强调英美那种田园牧歌式的浪漫主义作家，而是强调当今的环境问题。例如，第二波生态批评家已是环境正义运动（environmental justice movement）中的积极分子。在那篇名为《环境保护主义与生态批评》（“Environmentalism and Ecocriticism”，2006）的文章中，威尔士的作家兼评论家理查德·克里奇（Richard Kerridge）指出，环境正义运动是“一个集合名词，表述了贫困社群在有毒废物的倾倒面前捍卫自身的努力”。克里奇认为，这项活动的 234
倡导者必然会强调性别问题、阶级问题、种族问题以及殖民主义问题，借以挑战那些对保存“野性的”、未经驯服的自然比对保护环境似乎更感兴趣的第一波批评家。由于第二波生态批评家并未抛弃第一波生态批评关注的问题，所以通常难以断言某个特别的生态批评家仅仅是第一波还是第二波。

作为新近加入文学批评与实践的一项批评活动，生态批评以及它在文学研究领域的崭露头角可以追溯到 20 世纪 80 年代中期（美国）和 90 年代早期（英国）。对生态批评至关重要的一年是 1992 年，这一年，文学与环境协会（the Association of Literature and the Environment，简称 ASLE）成立。1993 年，其官方学术期刊《文学与环境的跨学科研究》（*Interdisciplinary Studies in Literature and Environment*，简称 *ISLE*）首次出版发行。1993 年以来，各种世界性组织，如英国文学与环境研究协会（Association for the Study of Literature and the Environment，简称 ASLE-UK）、韩国文学与环境研究协会（ASLE-Korea）以及加拿大环境研究协会（the Environmental Studies Association of Canada，简称 ESAC 或 ACEE），已成为提倡生态批评主张的活跃的文学/科学社会团体。毫无疑问，生态批评家的领军人物是本章已提及其著作文章的谢里尔·格洛特费尔蒂、哈罗德·弗洛姆 以及劳伦斯·布伊尔。他们的工作已为全世界的有关生态批评的会议开辟了道路，引起了学院内外对生态问题的关注。其他批评家如乔妮·亚当森［Joni Adamson，《美洲印第安文学、环境正义与生态批评》（*American Indian Literature*，*Environmental Justice and Ecocriticism*，2001）］，约翰·埃尔德［John Elder，两卷本的《美国自然主义作家群》（*American Nature Writers* in two volumes，1996）］，斯科特·布赖森［Scott Bryson，《生态诗批评导论》（*Ecopoetry*：*Critical Introduction*，2002）］，以及格伦·A·洛夫［Glen A. Love，《实用生态批评：文学、生物学和环境》（*Practical Ecocriticism*：*Literature*，*Biology*，*the Environment*，2003）］等，也为生态批评理论和实践作出了重大贡献。在美国学者支配着生态批评实践的当下，每年从生态角度批评文本的方法都引起了世界范围的瞩目，在欧洲和亚洲不断举办的各种会议和其他学术活动就是佐证。

三、理论假设

与文学批评的其他流派不同，生态批评没有一套统一的为大多数生态批评家所认同的理论假设。作为一个最新的批评流派，生态批评因其要求世界范围内的环境关注（通过分析文学文本）和挑战它本身的哲学假设而处在不断成长和变化之中。尽管如此，我们仍然可以阐明它的一些重要议题。

我们可以说，生态批评——

- 强调包括自然与文化在内的所有事物的互联性。
- 是交叉学科，认为人文科学与自然科学应该且必须保持经常性的对话。
235 - 认为人类文化是与物质世界有关联的，也就是说，人类这一小宇宙与物质世界这一大宇宙有着直接的相互影响。
- 揭穿后结构主义的如下假设：语言（包括我们对自然、世界和人类的理解）是社会、文化或语言学的建构物。

● 假定自然、世界和人类拥有本体论（ontological）地位，也就是说，自然确实存在，而且人类的语言、概念或信仰不能涵盖或充分描述和编码自然。

● 在伦理上承诺自然界（我们的星球）极其重要，而不仅仅是审美探讨的对象。

● 分析那些关心物质环境的文本。

● 假定所有的文本都有必要发展出一种“地方”或场景（setting）的概念，以导向对文本的生态批评阅读。

● 文本分析中要具有生态学的敏感性。

● 通过文本和文本分析，鼓励、赞同并积极参与政治探讨，也就是说，生态批评鼓励有益于其事业的政治运动。

● 主张对地球实实在在的（literal）“拯救”，这不仅是为了当代人，也是为了后来者。

● 相信在理论与实践中，它是包容的而非排外的。

四、方法论

与其他文学批评流派不同，生态批评内涵甚广并多少摆脱了理论的论争与混战。由于生态批评提倡多重视角，生态批评家并没有单一的、居支配地位的文本分析方法。以 J. 列文（J. levin）呼唤的“极富知识野心的、伦理的、政治的、有时甚至是精神的议程”为标志——此为他在 1999 年 10 月发表于《美国现代语言学协会会刊》（*PMLA*）上的《环境文学的形式》（“Form on Literatures of the Environment”）中的说法，生态批评开始以一种激烈的地方环境观念和对自然更深广的关注与理解去研究文本。它试图证明人类与自然的联系或一些生态批评家所谓的**生态圈**（ecosphere），亦即人类与地球上所有生命有机体及其自然环境之间存在着互联性。像科学家那样，生态批评家也在敏锐地考察文本中的“环境”（场景或地方），强调性格与地方怎样相互作用，寻求论证地方是如何影响和限定了性格，正如性格确实会影响自然场景或地方那样。生态批评也坚守一个道德律令——人类必须保卫自己的星球——一个他们认为具有生态中心主义价值的观念。他们也正是通过这种伦理视角的镜头来阅读和分析文本的。

在进行文本分析时，生态批评家往往根据个人的特定兴趣，强调不同
236 的视角。例如，某位生态批评家可以突出第一波生态批评的兴趣点：强调爱默生、梭罗或华兹华斯自然写作中的自然之美；而另一位生态批评家或许会承认所有此类自然写作都带有政治印记。然后，某位批评家或许会通过文本分析，论述文本所彰显出的我们如何以及为何要保护地方、场景或自然的问题。而另一位生态批评家可能会选择关注“都市自然”，论证生态批评家辛西娅·戴特林（Cynthia Deitering）所谓的**“有毒的意识”**（toxic consciousness）——那些在后工业化生态系统中强调末日论主题（apocalyptic themes）的文学作品。但是，还有生态批评家可能会选择进行**生态创作**（ecocomposition），在作文课上说明个体如何能够利用并通过日记和（或）自传写作，培养出对人类关系的生态敏感意识。此外，从事环保型创作的教授型生态批评家，也可以鼓励关注环境的“生命书写”（life writing），既通过关注环境的镜头检视自己的自传，也鼓励学生们写出他们自己的具有生态保护意识的自传。

这些多样的实践使生态批评的主张和信仰落到实处，晶化为不断扩展的研究领域。其中的领域之一是生态女性主义（ecofeminism，或拼写成 ecological feminism），它分析的是压迫女性与压迫自然之间的内在关联。生态女性主义者运用其文学方法论，证明了性别歧视（sexism）与支配自然之间的联系。她们认为，女性在社会中的从属与附属地位与父权社会迫使自然退化有关。她们指出，由于男人支配女人，男人不仅对女人分类，还对所有的种族和自然客体分类。这种观点可以由一系列人们有意无意予以认同的二元对立来证明，这些二元对立包括（但不完全局限于）男人统治女人（man/women）、白人统治黑人（white/black）和文化统治自然（culture/nature）。生态女性主义者通过考察诸如厄休拉·K·勒吉恩（Ursula K. Le Guin）的《永远的归途》（*Always Coming Home*，1985）和琼·丝隆采乌斯基（Joan Slonczewski）的《入海之门》（*A Door into Ocean*，2000）等小说作品，突出强调这些问题，从而使读者注意生态女性主义者的关注所在。这种文本阅读已包含了一些学者所称的环境正义运

动。通过对文本的生态批评式阅读，有意识地提高阶级意识、种族意识和性别意识，生态批评家们发出了“战斗号召”——积极宣传他们关注的问题；同时把文本中和整个社会中呈现的与种族、阶级和性别有关的不公平现象推向前台。

五、问题分析

通过运用生态批评所倡导的文本分析的原理和实践，生态批评家们坚
称，读者会重估他们自己对自然、人类和环境问题的假定。生态批评家们 237
也宣称，此类考察的确很重要，因为我们如何探讨和分析我们的自然界，是与大地本身同等重要的事。他们认为，人类与大地或自然界具有无可否认的互联性。

读者可以通过提出与生态批评家相似的、与文本相关的哲学和实践问题来开始他们在迷人的生态批评世界的探险之旅。下面的问题为进入生态批评文本分析提供了一个入口。请阅读纳撒尼尔·霍桑的短篇小说《好小伙布朗》，之后向自己提出如下几个与该文本有关的问题：

- 在给定的文本和我们的世界中，我们用“自然”一词来表达什么意思？
- 在文本中，自然是如何被描绘的？
- 在文本中，人物性格是如何按照与自然的关系来刻画的？
- 人物性格与自然是怎样相互作用的？
- 自然与人物性格是怎样相互影响的？
- 这个文本是怎样展现小宇宙（人类）与大宇宙（自然）的相互影响的？
- 文本中实际的自然场景是怎样影响文本情节的？
- 该文本是怎样阐释种族、阶级和性别的？它们与自然或大地有着怎样的关联？
- 该文本描述的是哪个特殊历史时期？这段历史时期与自然或大地问题有着怎样的关联？

● 这一文本对读者的环境保护行动构成挑战了吗？在如何对待自然、阶级、种族和性别的问题上，它促使我们做出改变了吗？

六、批评与回应

快速浏览一下生态批评的核心文本——谢里尔·格洛特费尔蒂和哈罗德·弗洛姆编辑的《生态批评读本：文学生态学的里程碑》——的目录，会发现这一不断发展的批评流派的多面性：《自然与沉默》（“Nature and Silence”）、《风景的用途》（“The Uses of Landscape”）、《超越生态学：自我、地方和感伤谬误[1]》（“Beyond Ecology：Self，Place，and the Pathetic Fallacy”）、《文学与生态学》（“Literature and Ecology”）、《喜剧模式》（“The Comic Mode”）、《发掘女性历史》（“Unearthing Herstory[2]”）只是其中少数几个例子。基于其开放性，生态批评邀请不同理论家和批评家群体参与到它在哲学和实践上对环境问题的关切之中。例如，生态批评家欢迎后殖民主义者、女权主义者以及新历史主义者加入他们的文学阵营，以扩大文本的视野及其在我们生活中的角色和功能，同时要求我们读者研究并克服自己对人类、文本和自然本身的个人化理解。换句话说，生态批评期待改变：改变我们彼此相待的方式，改变我们对待世界的方式。

238 通过阐明它在保护和改造自然环境问题上的前瞻性，生态批评对“那又怎么样”（so what）这一问题持开放态度。读完一篇生态批评的论文，一些批评者会问：“那又怎么样？”言外之意是，经过生态批评之后发生过什么变化吗？作为读者、批评家和学者，我们如何能够真正影响人类对待物质环境或世界的方式？比如说，这样一种文学分析确实或能够比新批评

① 感伤谬误（Pathetic Fallacy）是约翰·罗斯金（John Ruskin）于1856年所创的词组，用来指代将人类的能力、感觉和情感赋予无生命的自然物体的一种表现手法。也有“拟人化谬误”或“情感的误置”等译法。——译者注

② Herstory是女权主义发明的一个词汇。她们认为以往的“历史”（history）只是“他的故事”（his story），从构词上即已体现出男性优先的性别意识，所以必须修改，代之以“她的故事”（her story）。该词进入英语世界后，意指女权主义立场阐述的历史。参见康正果：《女权主义与文学》，135页，北京，中国社会科学出版社，1994。——校者注

或读者导向批评有什么意义非凡之处吗？换句话说，按照生态批评的立场和分析，如何才能将文学分析转变为现实世界的政治行动？

生态批评的批评者也指出，生态批评几乎没有（即便有也很少）自己的原创理论，它不过是从别的思想流派那里东挪西凑的产物，同时它还从那些观点迥异有时甚至相互矛盾的哲学和理论那里不断拿来一些思想和观念。一位杰出的学者型批评家帕特里克·D·墨菲（Patrick D. Murphy）曾坦陈过如下顾虑：过于庞杂的生态批评理论“仍然处于理论上的不成熟状态”。他指出，生态批评家的著作往往“依然流露出一种反理论的、幼稚的现实主义态度”。另一位批评家型学者斯蒂法妮·萨弗尔（Stephanie Sarver）补充道，生态批评根本不是一种理论，而仅仅是对环境这一主题的聚焦。

此外，生态批评的批评者还指出，生态批评在 20 世纪 90 年代获得惊人的发展，而在 21 世纪的第一个十年里却获得了积极与消极并存的效果。最初，生态批评吸纳了各种不同的视角、理论和实践，来发展和阐明自己有关自然界的主要问题。有趣的是，他们唤醒读者关注环境问题的一些初衷已经实现了。那么，生态批评现在的主要使命是什么呢？

与这种攻击生态批评的观点相伴的是美国麻省理工学院的研究学者、《花园里的机器：美国的技术与田园理想》（*The Machine in the Garden: Technology and the Pastoral Ideal in America*，1964）等多部重要著作的作者利奥·马克斯（Leo Marx）的观点。马克斯写道：“生态中心主义者（Ecocentrists）是今天环保运动中的清教徒，他们会苛责任何人（无论他们是环境保护主义者还是环境掠夺者），苛责其假定保护环境的主要理由就是环境对人类有用。”

在文学学者和文学研究中，生态批评仍将受到欢迎。而当这一探究领域扩展并继续挑战读者的人类中心主义（anthropocentric）观念时，它就把自己重新定位在管理者的位置上，鼓励其读者成为他们独一无二的家园（地球）的监护人。

参见本书后面**文学批评阅读材料**中查尔斯·N·泰克（Charles N. TEKE）所写的《约翰·济慈与自然：一种生态批评的探究》（“John Keats and Nature: An Ecocritical Inquiry”），这是一篇有关生态批评的示范之作。它构思精巧，切中肯綮。

文学作品选读

好小伙布朗（1835）①

纳撒尼尔·霍桑

239 日落时分，小伙子古德曼·布朗走出家门，来到萨勒姆村的街道上，但刚跨过门槛，他又回过头来，与他那年轻的妻子吻别。而妻子费丝——这个名字对她倒是很合适②——则把她那可人的脑袋探出门外，任风儿拂弄着她帽子上的粉红丝带，朝着古德曼·布朗呼唤着。

“宝贝儿，”她的嘴唇贴在他的耳边，柔声低语，伤感万分，“求你明

---

① 关于本译文，说明如下：首先，本书作者布莱斯勒所选的这篇小说并非全文，而是中间有所删节，但并未用删节号明示。本译文在相关部位会用省略号提醒。其次，这篇小说的题目一般译作《小伙子古德曼·布朗》，也有《好小伙布朗》之译。因古德曼（Goodman）在英文中有“好人”之意，故采用后一种译法。最后，此小说国内已有多个译本，这里的翻译主要参考了伍厚恺译本（［美］霍桑：《霍桑哥特小说选》，伍厚恺译，89～103页，成都，四川人民出版社，2001）和网上的一篇译文《小伙子古德曼·布朗》（见 http：//www.douban.com/group/topic/32498690/），特此致谢。——译者注

② 费丝（Faith）在英文中有“忠实”、“信任”之意。——译者注

天日出时再出远门好吗？今晚就睡在自家床上。孤单的女子会被那些梦来纠缠，会生出一些私心杂念，有时连她自己都害怕。亲爱的夫君，你就留下来嘛，一年中有许多个夜晚，我只求你今晚陪陪我！”

“费丝，亲爱的，”小伙子古德曼·布朗回答道，“一年中每晚都行，唯独这一夜我必得离你而去。这趟远门，也就是你所说的旅行，必须现在就走，明天日出时返回。你这是怎么了，我亲爱的俏夫人，完婚不过三个月，莫非你对我已经起疑？”

“好吧，愿上帝保佑你！”费丝说着，粉红丝带在随风飘舞，“愿回来时看到你一切安好。”

“阿门！”古德曼·布朗大声说道，“做祷告吧亲爱的费丝，天黑就上床，没什么东西会伤害你的。”

于是他们分手了。小伙子往前赶路，走到礼拜堂边拐弯处时，他回头张望，只见费丝依然在目送他远去，神情忧伤，虽然那粉红丝带还在飘扬。

“可怜的小费丝！”他念叨着，心里一阵疼痛，“为了这件差事我就对她不管不顾，我可真卑鄙啊！她还说起过梦，说那番话时我觉得她面带惊惧，仿佛已有梦境警告过她今晚我会去做什么事。不，不，这样想就会毁了她。唉，她是人间天使，圣洁快乐。过了这一宿，我就厮守在她裙边，跟着她上天堂。”

想到未来的这个决定如此美妙，古德曼·布朗就觉得自己快点实现眼下的邪恶目的理所当然。他踏上一条荒凉小道，阴森的树木遮天蔽日，密
密匝匝，仅容狭窄的小径蜿蜒穿过。人刚过去，路就被枝叶封上了。万籁 240
俱寂，而这孤寂中却藏着一种奇特：在无数的树干背后，在头顶粗大的树枝里面，行者根本不知道有什么人隐匿其中。因此，他虽然脚步孤寂，却很可能是在看不见的一大群人当中穿行。

“也许每棵树后都藏着一个恶魔般的印第安人呢。”古德曼·布朗自言自语道。他胆怯地往身后一瞥，又加一句：“要是魔鬼就在跟前，那可如何是好？”

走到一个拐弯处，他回头张望，接着又朝前探望，这时他发现一棵老树下坐着个人，着装庄重得体。古德曼·布朗刚一走近，这人就站了起来，与他并肩向前走去。

“你迟到了，古德曼·布朗，”他说，“我经过波士顿的时候，老南方礼拜堂[①]的钟正好敲响，现在已整整过了十五分钟了。”

“费丝让我耽搁了一会儿。”小伙子回答着，声音有些发颤，因为其同伴突然出现，虽然这并非完全出乎预料。

此时森林中已是暮色甚浓，而他们俩所行走之处，夜色更是深沉，只能依稀辨认出第二位行者约摸五十岁，身份与古德曼·布朗明显相同，长相也与他不相上下，不过神态或许比容貌更像。他们很可能会被人看作父子俩。尽管年长者与那个年轻人衣着同样朴实，举止也同样纯朴，但他却有一种见多识广的派头，很难描述。若是事务所需，要与总督同桌进餐，或是在威廉国王的宫廷上现身，长者也不会感到局促不安。不过，他那根手杖却颇引人注目——状如大黑蛇，雕工极古怪，看上去真像是一条活蟒蛇在扭曲蠕动。当然，这肯定是模糊微光中的视觉假象。

“快点啊，古德曼·布朗，”旅伴在喊他，“刚上路你就走得慢腾腾的，要是这么快就走累了，那就用我的手杖吧。”

“伙计，”另一位说，慢腾腾的脚步完全停下来了，“我信守约定来这儿见你，现在我倒是想回去了。说到你了解的那件事，我还拿不定主意呢。”

“你怎么能这样说呢？”持蛇杖者笑着回答，“不过还是一起走吧，我们可以边走边谈，我要是说服不了你，你就转身回去。好在这林子我们还没走多远。”

“很远啦！够远啦！”好小伙叫道，不知不觉又往前走去。“俺爹可从来没有为这种差事来过这片树林，他爸爸也没有来过。从殉教者遇难的时候[②]起，我家就全是老实人，全是好样的基督徒，难道我要成为布朗家第

---

① 波士顿的“老南方礼拜堂”（The Old South Meeting House）距萨勒姆村有16英里以上的路程。——译者注

② 16世纪50年代，英国女王玛丽一世曾处死（大都用火刑）近300名清教徒，后被称为“血腥玛丽”（Bloody Mary），那些受迫害的清教徒则被赞美为“殉教者”。——译者注

一个走上这条路的人，而且是与……”

“你是想说与这样的人结伴，对吧？”长者补上了古德曼没说完的半句 241
话，“说得好，古德曼·布朗！我非常熟悉你们一家，就像熟悉任何一个清教徒家庭一样。我这可不是随便一说。你那个当警察的爷爷，曾经在萨勒姆街头狠狠鞭打一个贵格会[①]女教徒，我帮过他的忙。菲利普王之战[②]时，你爸爸要放火焚烧一个印第安人的村子，是我递给他一个松脂疙瘩，那可是在我的壁炉里点燃的。他们俩都是我的好朋友，我们曾顺着这条路高高兴兴走过好多次，半夜过后又快快活活地回来。看在与他俩的情分上，我也乐意与你交朋友。”

“要真像你说的那样，”古德曼·布朗回答道，“奇了怪了，他们怎么从没说起过这些事？不过话说回来，确实也不值得大惊小怪，因为但凡有一丁点儿谣言，他们就会被撵出新英格兰。我们都是信奉上帝的人，而且积德行善，绝不能容忍这种缺德事。”

“缺德不缺德不管它，”拿弯手杖的旅伴说，“我在新英格兰这地方有许多熟人，很多教堂的执事都跟我一起喝过圣餐酒，许多市镇的委员都选我做他们的主席，马萨诸塞州立法会里多数人坚决支持我的利益，总督和我，也……不过这些就是国家机密。”

“真是这样吗？”古德曼·布朗叫起来了，吃惊地盯着坦然自若的同伴。“不管怎样，我跟总督和议会都毫不相干，他们自有他们的行事方式，像我这种不起眼的庄稼汉可是毫无章法。不过，要是跟你走下去的话，让我如何去面对萨勒姆村的那位大善人老牧师呢？听他的声音，我就会发抖打哆嗦，不管是在安息日还是在布道日。”

至此为止，年长的行者一直严肃地听着，这时却忍俊不禁，大笑出声。他笑得浑身直抖，蛇形手杖仿佛也响应着扭动起来了。

“哈哈！哈哈哈！”他笑了又笑，然后才让自己平静下来。“好啊，接着说，古德曼·布朗，说下去，不过你可别让我笑死，求您啦。”

---

① 贵格会（the Quaker），又称公谊会或教友派（Religious Society of Friends），是基督教新教的一个派别。——译者注

② 菲利普王，原名米塔考梅（Metacomet，1639—1676），印第安酋长，1675—1676 年，他率三个印第安部落与英国人作战，史称“菲利普王之战”（King Philip's war）。——译者注

“好吧，那就立马了结这个事吧。”古德曼·布朗说，心里颇为恼怒。“我的妻子费丝知道了这件事，她可真是要柔肠寸断了，我情愿自己伤心难过!”

“嗯，要是这样，”对方回答道，“你就回去吧，古德曼·布朗。哪怕有 20 个老女人像咱们前面那个一瘸一拐的人那样，我也不愿让费丝受到任何伤害。”

…………

“我们的一些会友要从法尔茅斯或更远的地方赶来，另外一些从康涅狄格州和罗得岛州过来，此外还有几个印第安巫师，他们按自己的方式施行法术，跟我们当中最出色的几乎不相上下。而且，还有个漂亮的妙龄女郎要来入会呢。”

“好极了，古金执事!”牧师回答道，语调庄严而苍劲，“鞭马快跑吧，不然我们就要迟到了。你知道，我不到场，什么事情也做不成。”

242 马蹄声又响起来了，谈话声也穿过森林，在一片虚空中奇怪地回荡。那里从来没有聚会的教堂，也没有孤独的教徒去做祷告。那么，两位圣职人员深入异教徒的荒野之地，他们究竟要去哪里？小伙子古德曼·布朗眼看就要瘫坐到地上了，他头发晕，心发沉，如负重在身，便抱紧一棵树来支撑自己。仰望苍天，他怀疑头顶上是否真有天国。然而，只见天似穹庐，蔚蓝一片，上面繁星点点，闪闪发光。

“天国在上，费丝在下，我依然要与魔鬼对抗，坚定不移!”古德曼·布朗叫喊起来。

他仍在凝视深邃的苍穹，举手祈祷。虽未起风，这时却有一团乌云匆匆掠过天顶，遮住了闪烁的群星。蓝天依然清晰可见，只有头顶正上方那片乌云迅速飘向北方。高空中，有声音仿佛从乌云深处传来，杂乱且可疑。他一度产生了幻觉，觉得能辨别出自己镇子里乡亲们的地方口音。他们有男有女，有的虔诚敬神，有的不信上帝，其中许多人他在圣餐桌上碰过面，也见过另一些人在酒馆里面撒酒疯。转瞬之间，那些声音又变得模糊不清了，他疑惑刚才听到的那些不过是无风的古老森林在浅吟低唱。忽然，那些熟悉的腔调又汹涌而来，它们在大太阳底下的萨勒姆村听得真切，但从夜晚的云团里发出，至今却是闻所未闻。其中有个年轻女子的声音，凄凄惨惨，似有莫名的忧伤。她像是在乞求某种恩惠，也许得到的只会让她伤悲。周围所有看不见的人，无论是圣人还是罪人，似乎都在鼓动她继续下去。

“费丝！”古德曼·布朗大叫起来，声音痛苦而绝望。森林中也响起了嘲弄的回声，大叫着：“费丝！费丝！”仿佛有许多神志迷乱的倒霉蛋正在荒野里四处找她。

这喊叫含着悲痛、愤怒和恐惧，刺破夜空，而那个不幸的丈夫则屏息凝神，等着回应。忽然传来一声尖叫，立刻又被更喧哗的人声淹没，然后化为渐行渐远的哈哈大笑。而那团乌云也不翼而飞，古德曼·布朗头顶上又露出一片明净寂寥的天空。可是有什么东西从空中飘然而下，挂在了一棵树的枝丫上。小伙子一把抓住它，原来是一根粉红丝带。

“我的费丝走了！”短暂的惊愕之后他大叫起来，“这世上哪有良善，罪恶也不过徒有其名。来吧，魔鬼，这世界全是你的啦。”

古德曼·布朗因绝望而疯狂，便长久地纵声大笑，然后就抓起手杖又上路了。他顺着林间小道大步流星，不像走也不像跑，简直是在林中飞。道路变得越来越荒凉沉寂，也越来越模糊难辨，最后终于消失不见，把他撂在昏天黑地的荒野中央，但他凭借凡人向恶的本能，依然一股劲地向前
冲。整个树林充斥着可怕的声响——树木吱吱嘎嘎，野兽嗷嗷嗥叫，印第 243
安人哇哇尖叫。风声时而如远处钟声鸣响，时而又在这行者的周围厉声咆哮，仿佛整个大自然都在蔑视他，嘲笑他。然而他自己就是这恐怖场景中的主角，别的恐怖根本不会让他退缩。

“哈！哈！哈！”风声嘲笑着古德曼·布朗时，他也怒吼着，“让我们听听谁笑得最响吧，休想让你的妖术吓倒我。来吧，巫婆！来吧，巫士！来吧，印第安巫师！亲自来吧，魔鬼！我古德曼·布朗就在这里。他怕你们，你们也该像他一样，怕他一回！”

说实在话，在这片鬼影幢幢的树林里，没有什么比古德曼·布朗的模样更吓人的了。他在幽黑的松林中飞奔，狂怒地挥舞着那根手杖，时而破口大骂亵渎神灵，时而放声大笑，使整个森林回声迭起，仿佛许多魔鬼也在围着他狞笑。恶魔自身的模样并不怎么可怕，可怕的是它怒入人心，兴风作浪。于是这个着了魔的人一路狂奔，直到看见眼前林中红光闪烁，仿

佛被砍下的树干树枝着了火，火焰流光溢彩，映照着午夜的天空。他停下脚步，驱他狂奔的风暴也稍有平息。这时有歌声自远方传来，似乎是许多人在唱赞美诗，歌声庄严起伏，渐成强音。这曲调他熟悉，那是村里礼拜堂唱诗班常唱的一首。歌声深沉地低落下去，化作拖长的合唱。但那又不像人声，而像幽黑荒野中所有声音汇合而成的轰鸣，阴森可怖。古德曼·布朗大叫起来，然而这喊叫却与荒野中的鸣响融为一体，连他自己也听不出自己的声音了。

静默间隙，他悄悄前行，直到那片耀眼的火光尽收眼底。只见树林如同黑森森的围墙，包围着一片宽敞的空地。空地的一头有巨石矗立，其自然原始的风貌很像是祭坛或布道台。四棵冒火的松树将它环抱，树冠正熊熊燃烧，树干还完好无损，如同晚间集会时点燃的蜡烛。巨石顶部枝叶丛生，现已全部着火。火光冲向夜空，时明时暗，将整个空地照得透亮。每一根悬垂的细枝与叶穗都在燃烧。随着红光的明暗闪烁，无数的教徒时而被映得纤毫毕现，时而消失在暗影之中，然后仿佛又从黑暗中冒出，刹那间将荒凉山林的心脏部位挤得水泄不通。

“一群板着脸、穿黑衣的家伙。”古德曼·布朗说。

…………

那里面盛的是被炫目的火焰映红的水还是鲜血？或者也许是液态的火焰？邪恶的化身在这里面浸湿他的手，准备在他们的额头上留下受洗的标记，好让他们分享这罪恶的秘密。这样，在行为上和思想上，他们对别人
244 隐秘罪恶的了解就比对自己的更加清楚。丈夫看了面色苍白的妻子一眼，费丝也看了看丈夫。如果再相互对视一眼，他们就会发现对方是多么卑污的可怜虫，并对自己败露的与看到的罪恶害怕得瑟瑟发抖！

“费丝！费丝！”丈夫喊道，“仰望天堂，抵抗邪恶！”

费丝是否从命他并不知道。他刚一开口，就发现自己身处静夜与孤寂之中，聆听着呼啸的风沉沉地穿过森林，渐行渐远。他踉踉跄跄地靠着石头站起来，觉得石头阴冷潮湿，而先前燃烧的垂枝，如今却在他脸上洒下冰冷刺骨的露水。

第二天早上，古德曼·布朗慢腾腾地走进萨勒姆村的街头，糊涂鬼似的茫然张望。仁慈的老牧师正沿着墓地散步，以便增加早餐的食欲，思考

布道的内容，并在布朗路过时赐给他祝福。布朗在可敬的圣人面前畏畏缩缩，好像要躲开一个被诅咒的恶棍。老迈的古金执事正在家中做礼拜，神圣的祷词从他打开的窗户中飘出。“这老巫师在向什么神灵敬拜？”古德曼·布朗自语道。古迪·克洛伊丝，那个德行卓著的老基督徒，站在她家格子窗前的朝晖之中，正向给她送来一品脱牛奶的小姑娘讲解教义。古德曼·布朗拉开小姑娘，就像从魔鬼手中解救他自己一样。转过礼拜堂旁边的拐角，他看见系着粉红丝带的费丝正焦急地向前张望着，一看见他就欣喜若狂，沿街蹦跳而来，差点当着全村人的面亲吻她的丈夫。但是，布朗严厉而忧伤地看她一眼，不打一声招呼就径直走过。

难道古德曼·布朗只是在森林中睡了一觉，做了个巫师聚会的怪梦吗？

你若这么想，随你。但是，唉！对于古德曼·布朗来说，这个梦却是个不祥之兆啊。自从那一夜做过那个可怕的噩梦之后，他虽然没变得不可救药，却也成了一个不苟言笑、郁郁沉思的人。一到安息日，会众们会唱圣诗，他却充耳不闻，因为罪恶的赞歌大声冲击着他的耳膜，淹没了所有祝福的曲调。每当牧师站在布道坛上雄辩滔滔，一手搁在打开的《圣经》上，宣讲着我们宗教的神圣真理，圣徒般的生活，荣耀的死亡，未来的至福或无法形容的苦难，古德曼·布朗就会变得脸色煞白，生怕屋顶会轰然垮塌，压在这位白发苍苍的渎神者和他的听众头上。他常常在半夜惊醒，挣脱费丝的怀抱。清晨或傍晚，家人跪下祈祷，他就眉头紧锁，喃喃自语，狠狠瞪一眼妻子，转身离开。当他活到很老，成为一具满头华发的死尸被抬入墓地时，一大把年纪的费丝和满堂子孙紧随其后，左邻右舍的人也不在少数，排成长队，浩浩荡荡。人们没在他的墓碑上刻写什么充满希望的韵文诗句，因为临死他都是郁郁不乐的。

赵勇 译　　李莎 校

文学批评阅读材料

245 在这部分专业论文精选中，你将会发现五篇奠基之作，它们分别用其理论假设、方法论和批评实践为各自的批评流派奠定了基础。第一篇论文《形式主义批评家》（“The Formalist Critics”）为克林斯·布鲁克斯（Cleanth Brooks）所作，它为新批评提供了“一些信条”，声称文学研究“主要涉及作品本身”。第二篇论文《人文科学话语中的结构、符号与嬉戏》（“Structure，Sign，and Play in the Discourse of the Human Sciences”）出自雅克·德里达（Jacques Derrida）之手，是后结构主义或后现代主义的一篇关键论文。该文断言，由于没有什么东西是稳定的，所以我们对任何事情都无法做出明确的陈述。德里达声称，意义总是偶发的与模糊不清的。第三篇论文是查尔斯·拉森（Charles Larson）的《英雄的种族中心主义：文学中的“普遍性”观念》（“Heroic Ethnocentrism：The Idea of ‘Universality’ in Literature”），它把后殖民主义介绍给读者，认为“任何一部文学作品的目的……呈现给我们的都是我们先前没有意识到东西”，文学是“驶向以往从未去过的世界的一次航行”。第四篇论文是安娜玛丽·扎戈斯（Annamarie Jagose）的《酷儿理论》（“Queer Theory”），它为我们提供了酷儿一词与酷儿理论的操作性定义，主张“酷儿永远是一种正在建构的身份认同”。而第五篇论文则是查尔斯·N·泰克（Charles

N. TEKE）所写的《约翰·济慈与自然：一种生态批评的探究》（“John Keats and Nature：An Ecocritical Inquiry”），此文把生态批评的原理与实践运用到一个19世纪的文本中，由此提供了一个精彩的范例。

目　录

形式主义批评家①

克林斯·布鲁克斯

246 我赞同如下信条：

> 文学批评是对批评对象的描述和评价。
>
> 文学批评的主要关切是文学的整体性问题——文学作品得以形成或者未能形成的统一体，以及在构建这个统一体的过程中各部分之间的相互关系。
>
> 文学作品在形式上的关系可以包括逻辑关系，但肯定超出那些逻辑关系。
>
> 对于一部成功的作品而言，形式和内容是不可分的。
>
> 形式即意义。
>
> 文学最终是隐喻的和象征的。
>
> 那些一般的、普遍的真理无法通过抽象抓住，而是要通过具体的特殊的事实予以理解。
>
> 文学并不是宗教的替代物。
>
> 正如艾伦·退特（Allen Tate）② 所言，“具体的道德问题”是文学的主题，但是文学的目的并非指出一个道德教谕。
>
> 文学批评原理在于界定与文学批评相关的领域，它们并没有规定将批评付诸实践的方法。

以上观点尽管非常详尽，但它们在此并不服务于任何实用目的。感兴

---

① 此篇翻译参考了龚文庠的译文，特此致谢。见赵毅衡编选：《“新批评”文集》，486～495页，北京，中国社会科学出版社，1988。该文以下所有注释均为本书作者布莱斯勒所加，故注明为“编者注”。——译者注

此文最初发表在《肯庸评论》（*Kenyon Review*）上，这组文章的标题是《我的信条》（“My Credo”）。——编者注

② 艾伦·退特（1899—1979），美国编辑、诗人、小说家和批评家。——编者注

趣的读者对于刚才勾勒出的这一批评立场的大概性质，已经有所了解——如果他还不能理解，那么他可以在我及与我具有类似立场的批评家的著述中读到此类观点。而且，在此简要重述这一立场，或许会引起很多误解，就像过去努力阐明它时发生的情况一样。看起来，比较有益的做法是利用这个现成的机会，来对付那些反复出现的误解和反对意见。

首先，为了使得诗歌或者小说成为批评的核心关切，显然就意味着要割断作品与作者，以及作者作为一个人的生活中所特有的希望、恐惧、兴趣和苦恼等等的联系。一种如此受局限的批评似乎既苍白又空洞。大学研究院里典型的文学教授可能就会这么认为，因为在那里文学研究的主要任务依然是通过作者的书信、日记以及与朋友间的谈话记录，发现作者的思想和个性。那些专门提供文学谈资的八卦专栏作家（gossip columnists）当然也会这么认为。同样持此看法的还有年轻的诗人或小说家，他们困扰于创作中的种种问题，正竭力寻求属于自己的主题和风格，以便为自己确立声名。

其次，强调作品似乎意味着将作品与实际阅读它的读者分割开来，而这种分割似乎又显得极端，因而是十分糟糕的。毕竟，文学写下来就是为了让人阅读的。华兹华斯所谓的诗人就是以个人身份向人们讲话。[①] 在《泰晤士报》（*Times*）的周日版上，J·唐纳德·亚当斯（J. Donald Adams）[②] 先生指出，饥饿的羊群在觅食，却没有得到喂养；那些不如亚当斯先生激烈的道德主义者，势必也会对“纯粹的唯美主义”（mere aesthéticism）适度反感。此外，如果我们忽视了那些阅读作品的读者，包括那些也许正是为了他们，作品大概才写成这样的读者，文学历史学家就会立即指出，蒲柏[③]时代的特定读者确实决定了蒲柏诗歌的写法。无论过去还是现在，诗歌都植根于历史。它在历史语境中的位置，不能被简单地忽视。 *247*

---

① 参见威廉·华兹华斯《抒情歌谣集》序言（1800，见本书第二章相关说法）。——编者注

② 詹姆斯·唐纳德·亚当斯（1891—1968），作家和编辑，尤以在《纽约时报书评》（*New York Times Book Review*）撰写每周一期的专栏而知名（从 1943 年起开始从事这一事业）。“饥饿的羊群在觅食，却没有得到喂养”，最早出现在约翰·弥尔顿的诗歌《利西达斯》（“lycidas”）的第 125 行，这是一首哀悼诗人爱德华·金（Edward King）的田园诗。——编者注

③ 亚历山大·蒲柏（Alexander Pope，1688—1744），英国诗人和讽刺作家。——编者注

我已经把这些反对意见陈述得尽可能尖锐，因为我完全理解这些倾向于发出不同声音者的心情。确实，一个人的经验就像是一件无缝内衣，任何部分都不能与其他部分分离开来。然而，如果我们强调这种不可分离的事实，并因此反对描画差异（distinctions），那么我们就根本无法谈论文学批评。我一直认为，看到差异是必需的、有用的，也确实是无法避免的。

形式主义批评家和任何人一样懂得，诗歌、戏剧和小说都是人写出来的——尽管他们不知道为什么会写出来——都是作为独特的个性表达而写出来的，也都是为了种种动机而写出来的。比如，为了钱，为了自我表达的欲望，为了某项事业等等。而且，形式主义批评家也和任何人一样懂得，文学作品在被阅读以前，仅仅是潜在的。也就是说，他们在其实际读者的心目中被再创造，而这些读者的能力、兴趣、偏好和思想等等都有巨大的差距。但是，形式主义批评家主要关心作品本身。他们认为对作家思维过程的研究，会使得批评家远离文本，转向对作家的生平和心理的研究。当然，我们毫无理由阻止研究者将批评转向对作家的生平和心理的研究，这些探讨都非常值得深入下去。但是，这些研究不应与对文本的解释相混淆。对作家生平和心理的研究只是描述了写作的过程，而不是文本赖以组成的结构。此类研究对于优秀作品和拙劣作品都同样适用。它可以用于研究任何表达形式——不管是文学作品还是非文学作品。

另一方面，研究一部作品的各种解读，也会使得批评家从作品转向心理学和趣味史（the history of taste）。既定作品的各种不同含义也十分值得研究。I. A. 理查兹（I. A. Richards）的研究使我们受益匪浅，他要证明的是：看似同质的读者群体，对同一首诗的感受却可能是千差万别的。[①]
248 同时，学者们一直在向我们指出，为什么莎士比亚在18世纪文学读者心目中的形象，与他在19世纪读者心目中的形象是如此的不同；为什么对约翰·多恩（John Donne）[②] 的抒情诗的评价在不同历史时期会大相径庭。

① 布鲁克斯在这里指的是《实用批评：文学判断力研究》（*Practical Criticism: A Study of Literary Judgment*，1929），该书的作者是英国批评家和理论家理查兹（Richards，1893—1979）。——编者注

② 约翰·多恩（1576—1631），英国诗人。——编者注

但此类工作虽然可能是有价值的和必要的，却仍然不同于对作品本身的批评。由于想批评作品本身，形式主义批评家提出了两点假设；（1）假设作者意图中真正有价值的部分是他在作品中实际达到的意图。也就是说，他认为实现了的（*as realized*）作者意图才是有效的"意图"（intension），而并不一定是作家曾意识到试图去做或他现在回忆起来的当时想要去做的事情。（2）形式主义批评家假定存在理想读者。也就是说，他并不关注各种光怪陆离的潜在解读，而是尝试找到一个参照中心，以此中心为基准，他可以集中审视诗歌或小说的结构。

但是，有人马上就会说，这世上根本没有理想读者，并且他还会接着说，正是十足的自负使得批评家带着盲目与偏见，将自己放到了理想读者的位置上。当然，根本没有理想读者，并且我认为，应当经常提醒正在实践中的批评家：他自己对一首诗的解读和这首诗的"真实"意义之间存在着差距。但是为了将研究专注于诗而非他自己对诗歌的反应，假定存在理想读者的做法就是一种防御策略。当然，不管批评家持何种观点，最终都将被迫采用这一策略。[别的方法都让人绝望：要么我们说某人的解读与另一人的同样好，对这些解读绝对一视同仁，并且拒绝任何标准解读的可能性；要么我们找到既有的各种不同解读的最小公分母，如此，我们就坦率地从文学批评走向了社会心理学（socio-psychology）研究。如果采纳"有资格的"（qualified）读者的意见共识，也不过是将一个理想读者分成了一群理想读者。] 针对刚才提到的这种区分，形式主义批评家反对两种流行的文学价值检验方法。第一种是以作家的"真诚"（或作家创作时的情感强度）为依据来证明作品的价值。如果我们听到盖斯特（Guest）① 先生声明，他全身心地投入他的诗歌创作之中，我们不会特别感动，虽然我没任何理由来质疑盖斯特先生的此番陈述。我只是说他的那番言辞与文学批评没有太大关系。厄内斯特·海明威（Ernest Hemingway）在最近一期的《时代》（*Time*）周刊上撰文声称，他认为自己最近这部小说是他最好的作品，这对编写海明威的传记而言是非常重要的，但是大多数读过

---

① 埃德加·A·盖斯特（1881—1959），著名作家，他每天在《底特律自由新闻报》（*Detroit Free Press*）上发表其感伤诗作。——编者注

《过河入林》（*Across the River and Into the Trees*）[1] 的读者都会认为，这些话根本无法证明那篇小说的价值。所以在这个实例中，基于感情因素的
249 判断并不起任何作用。我们也不会完全相信 A. E. 豪斯曼（A. E. Housman）[2] 提出的检验诗歌的如下方法：读到一首诗歌佳作时他的胡子就会翘起来。就算我们已学会把豪斯曼先生当作一位有资格的读者去相信，他阅读时的反应强度对文学批评也只有有限的参考意义。即便如此，我们所得到的也只是豪斯曼本人的情况——根本不能作为评判诗歌的依据。

不幸的是，贬低此类个人感受似乎是在否认作者和读者的人性。批评家或许会十分欣赏某类作品，并深深为之感动。我就是这样的批评家，我不会因为承认这一事实而感到尴尬。然而，详细描述我阅读每部作品时的情感状态，与为热心读者解析作品是什么和它的各部分是如何联系在一起的，这两者关系不大。

那么，是否所有的批评都应该排除个人因素就事论事地分析呢？我希望答案已隐含在我的上述文字中，但是我仍将继续阐明这点：当然不是。这要根据场合和读者来定。实际上，批评家的工作并不仅仅是纯粹的批评。他很可能会或多或少做一堆与批评相关的其他事情，这些事情有的很琐屑，有的很重要。他或许正在为一个文学新手博取声名，或者正在争取坐在教室后排的大学新生的注意力。他或许正比较两位作家，或正在编辑一个文本；或许正在写一篇报章短评或在现代语言协会（Modern Language Association）[3] 的成员面前宣读一篇论文。他甚至可能只是在和朋友聊天，为了消遣随口谈起文学。为了各种各样的目的，他可以完全合情合理地采用类似比喻、逸事、警句和隐喻的手法，也可以采用上百个别的手法。他当然没必要压抑自己的个人热情，也没必要压制自己在社会历史

---

① 《过河入林》在 1950 年发表后收到很多尖锐的评论。海明威（1899—1961），美国小说家。——编者注

② A. E. 豪斯曼（1859—1936），古典文学学者和诗人。豪斯曼在《诗歌的命名和性质》（“The Name and Nature of Poetry”，1933）一文中指出：“经验告诉我，当我晨起刮胡子的时候，我得一直留意我的思想，因为如果一行诗迷失在我的记忆中，我就会胡须直立，使得剃须刀无法工作。”——编者注

③ 现代语言学会，北美首要的研究英语和外国语言文学方面的学者组成的专业学术机构。——编者注

和政治方面的兴趣，更用不着在细读文本后去发表（*present*）他的批评观点。一个实践中的批评家若要将他的各项工作都做得出色，就要善于变通、有常识感，并且具有非同寻常的判断力（如果他有的话）。

然而，一个批评家对自己的特殊职责有清晰的认识，这对他没有什么坏处。我能理解作家厌恶阅读枯燥乏味的“分析性的批评文章”（critical analyses），而推崇更明快、更少学究气以及更为“人性”的文学批评。作为理想，这当然不错；若要以此作为改进文学批评的妙方，我就有些疑虑了。并非仅现在，而是一直以来，把这些理想适度粗俗化都很有市场。这种粗俗化不仅出现在富于感染力的热情的大学教师掌控的大学课堂上、传播八卦的“每月最佳书籍俱乐部”（Book-of-the-Month Club）的新闻简报中，也出现在《星期六文学评论》（*Saturday Review of Literature*）的专栏里。

我一直认为批评家是谦卑的，尽管他们的角色扮演很重要。至于批评家能对从业的艺术家提供什么帮助，那就更应该谦卑了。作为批评家，他 250
只能以挑剔指谬的方式给予帮助。文学不是靠配方写成的：批评家没有任何配方可以提供。批评家除了就作品的成功与否发表自己的看法以外，恐怕就很难有所作为了。健康的批评与健康的创作确实可能携手并进。即使这两者在各方面都势均力敌，富有创造力的艺术家也处境更好，因为他能接触到一种有力的批评。但在别的方面，批评和创作却永远不能相提并论，创作的情况总是特殊的，而在特定情况下，恰当的建议应该是：根本不要阅读文学批评——或者读读政治科学、历史或哲学著作，或者去参军、去信教。

当然，毫无疑问，像埃兹拉·庞德（Ezra Pound）① 所能提供给我们当代几位作家的那种具体而积极的帮助，在某种意义上是批评能够存在的最重要的一种形式。我认为庞德式的文学批评与我前述批评形式并非无关：这两种文学批评都强烈关注已然筑建起来的文本，都关注“技巧问题”（technical problems）。但是，庞德的批评中还包括其他因素——它们

① 埃兹拉·庞德（1885—1972）是美国诗人和批评家。他大力推崇 T. S. 艾略特（T. S. Eloit，1888—1965）、罗伯特·弗罗斯特（Robert Frost，1874—1963）、詹姆斯·乔伊斯（James Joyes，1882—1941）和另外一些作家。——编者注

超出了批评所涵盖的专业范围，其中包括特定作者的个性化知识，以及激励他人和给出一些建设性意见的能力。

文学作品就是一种文献，作为文献，既可根据使其产生的各种力量来进行分析，也可以将其自身作为一种力量来加以把握。它反映过去，也可能影响未来。这些事实不容否认，而且据我所知，也没有批评家否认它们。但是，将文学作品化约到它的成因上，这并不能构成文学批评；对作品接受效果的评估，也不能等同于文学批评。优秀的文学并不仅仅是传达真实思想的有效修辞，即便我们认同某种衡量思想真理的哲学标准，即便我们能够找到某种比点人数更好的方法来决定修辞效果的途径。

莱昂纳尔·特里林（Lionel Trilling）在最近发表的一篇文章中着重强调了这点。[①]（我更愿意提及特里林，是因为他曾经就我的批评立场表达过反对意见。）在题为《文学中思想的意义》（“The Meaning of a Literary Idea”）的文章中，特里林讨论了弗洛伊德和斯宾格勒对四位美国作家奥尼尔、多斯·帕索斯、沃尔夫以及福克纳的影响。在我看来，他很正确地选择了福克纳作为当代作家的例证，认为福克纳和海明威一道，证明了在
251 文学中思想的力量和重要性。特里林完全意识到了他的选择将是让人惊讶和有悖常理的，正如他所写的：“因为海明威和福克纳对我们这个时代的智识传统一贯持冷漠态度，他们所取得的影响与声誉就几乎不靠任何形式的智识，甚至也不靠智力。”

在这里，特里林不仅表现出了敏锐的洞察力，而且在选用那些不利于他的实例时也表现出令人钦佩的诚实——以这几个作家为例很难说清楚思想在文学中的重要性。我赞赏这种洞察力和诚实，但是我的困惑在于，从特里林整篇文章的论述来看，他或许比他自己所意识到的更接近所谓的“新批评家”（New Critics）。因为人们会注意到，特里林不认为思想的真

---

① 文中所指的论文收录于《自由想象：文学与社会论文集》（*The Liberal Imagination: Essays on Literature and Society*，1950）。美国批评家特里林（1905—1975）在这篇文章中探讨了奥地利精神分析学的创始人西格蒙德·弗洛伊德和《西方的没落》（*The Decline of the West*，1918—1922）的作者——德国历史哲学家奥斯瓦尔德·斯宾格勒（Oswald Spengler，1880—1936）对剧作家尤金·奥尼尔（Eugene O'Neill，1888—1953）、小说家约翰·多斯·帕索斯（John Dos Passos，1896—1970）、托马斯·沃尔夫（Thomas Wolfe，1900—1938）以及威廉·福克纳（William Faulkner，1897—1962）等人的影响。——编者注

实与它被体现于文学作品而形成的价值之间有什么直接对应（one-to-one）关系。而且，他并未宣称，“作品中‘使用了’某种势力或权势的公认思想”，也不认为“作品‘产生了’某种特定的势力或权势的新思想”。他宁愿赞扬我们所感觉到的如下事实：海明威和福克纳在“心无旁骛地处理着棘手的生活素材”。最后这点十分重要。多斯·帕索斯、奥尼尔和沃尔夫让我们“觉得，他们自认为自己已做出了结论”，而“我们却很少意识到（海明威和福克纳）……对自己谎报了他们所处理素材的性质和难度”。

特里林选择根据作家的创作活动（福克纳专心致志地投入工作中等等）来进行分析。但是这种判断明显是根据福克纳小说的质量推导出的结论——特里林并没有真的听福克纳说过他对自己的工作多么用心。（我觉得海明威先生关于自己如何下工夫作最近这部小说的声明，特里林会和我们一样感到不以为然。）

试想，如果我们不是从作家创作努力的角度，而是从作品本身的结构出发来陈述特里林先生的观点的话，那么我们不是能得到与某些形式主义批评家使用的术语十分接近的东西吗？难道这不是通过“张力”、通过象征的展开、通过反讽以及反讽的解决展开的一种描述吗？简而言之，难道这不正是形式主义批评家试图根据作品本身的动态构成形式，描述那些棘手的素材在作品中是怎样得到承认以及最终怎样被处理的吗？

特里林对“思想”（ideas）的定义，更便于我借用他的观点来阐释我的立场。在上文引用的那段话中，他否认了以下观点：人们必须说明作品如何“使用了”公认的思想，或作品如何“产生了”新的思想。他接着写道：“我们要做的全部工作，就是说明作品的重要部分形成的特定美学效果，这些效果通过一定的心智过程产生，而这一过程和形成思想推论的过程并无不同，这一心智过程也要用和检验某种思想相同的标准来评判。”很难找到一个充分相信“形式”的批评家来反对这一观点。我们中的一些
人一直苦苦坚持的是，文学并不是在简单地“图解”思想，也不“产生” 252
思想——而这也是特里林认可的。但是，没有人会认为作家是一个被灵感蛊惑的白痴。他要动脑子思考，他的读者也要动脑子思考，这种思考过程与“形成思想推论的过程并无不同”。文学不是思想的敌人。文学依靠思想繁荣，但文学并非严丝合缝和干净利落地表达思想。文学通过处理“棘

手的生活素材”而与思想发生关联。文学批评家的工作就是要分析处理这一关联。

提到福克纳，我想最后就批评家的特殊职责谈下自己的想法。正如我所描述的，批评家的职责看起来是如此的谦卑，以至于人们会把这项工作看成理所当然的事情。不过应该看到，目前流行着对福克纳的各种误读，有些误读来自当代最优秀的批评家，有些误读源于执迷不悟、明知故犯的糊涂蛋。适用于福克纳的观点不见得适用于其他作家，包括许多前辈作家。文学有许多“用途”（uses），而且批评家们提出了新的用途，有些用途是令人兴奋和引人入胜的。但是，文学这些形式多样的功用要能发挥出来，最终必然取决于我们对既定作品“意义”（means）的理解，这种理解是根本的前提。

1951 年

刘剑 译　　常培杰 校

人文科学话语中的结构、符号与嬉戏[①]

雅克·德里达

我们需要对解释进行解释，甚于需要对事物进行解释。

——蒙田

也许，在结构概念的历史中已出现了某种可被称为“事件”（event）的东西，倘若“事件”这个意蕴丰富的词不涉及一种结构性（或结构主义）思想的功能恰恰要还原或怀疑的意义。尽管如此，还是让我们说说“事件”吧，并且让我们警惕地用上引号。那么，这个“事件”会是什么呢？它的外在形式会是一种断裂（*rupture*）和重复[②]。

结构的概念甚至“结构”这个词都与知识型（*epistēmē*）[③] 同样古老——与西方科学和西方哲学一样古老——并且它们的根基深植于日常语言的土壤中，为了采集结构的概念，并将其用一种隐喻性置换的方式变成自己的一部分，知识型必须刺入日常语言的最深处。要说明这一点，还是相当容易的。然而，直至我想标记与界定的事件出现之前，结构——或毋 253
宁说结构之结构性——尽管一直运作着，却总是被一个赋予其中心，或将其指向一个在场的点（a point of presence）、一个固定的起源的过程消解

---

① 本译文依据的是艾伦·巴斯（Alan Bass）1978 年出版的《书写与差异》的英译本。同时参考了艾伦·巴斯的另一个版本的英译（见 http: //hydra. humanities. uci. edu/derrida/sign-play. html）。本译文包括英文译者艾伦·巴斯的注释（尾注中的“原译者注”）、《文学批评》一书的作者布莱斯勒的注释（“编者注”）以及中文译者的注释（“中译注”）。

在翻译过程中，译者对照、参考了以下两种中译本：《结构，符号，与人文科学话语中的嬉戏》，盛宁译，见王逢振、盛宁、李自修编：《最新西方文论选》，桂林，漓江出版社，1991；《人文科学话语中的符号、结构与游戏》，张宁译，见［法］德里达：《书写与差异》，张宁译，北京，三联出版社，2001。译者在此向前人的辛勤劳作表示感谢。——中译注

② 此处的英文是“redoubling”，盛宁、汪堂家译作“重叠”。根据德里达在文内的解释，译作“重复”。——中译注

③ “知识型”是米歇尔·福柯发明的术语，指的是在某个给定时期，将各种话语实践统一起来的整套关系，这些话语实践催生了认知形象、科学、可能还有形式化的知识体系。——编者注

与还原（reduced）了。这个中心的功能不仅仅是对结构进行定向、平衡和组织——一种无组织的结构其实是无法想象的——而且首先要确保结构的组织原则将对那种我们可称为结构之嬉戏（*play*）的东西加以限制。通过对系统的连贯性（coherence）进行定向和组织，结构的中心允许结构的要素在总体形式的内部进行嬉戏。即使在今天，一个没有任何中心的结构依然是不可思议的。

然而，中心也关闭了那种它开启并使之成为可能的嬉戏。作为中心，它是一个内容、要素、条件的替换不再可能出现的点。在中心，要素（当然也可以是一个结构所包含的多个子结构）的转换变化是被禁止的。至少，这种变化一直都是被明令禁止（*interdicted*）①（我是在故意用这个词的）。因此，被界定出来的那个独一无二的中心，就总是被认为构成了结构中既支配结构同时又逃脱了结构性的那种东西。这也就是为什么关于结构的古典思想会说中心吊诡地既在结构之内又在结构之外。中心是位于总体的中心，但既然中心并不隶属于总体（不是总体的一部分），那么总体的中心就应在别处。中心就不是中心了。中心化的结构（centered structure）这一概念——尽管它表征了连贯性本身，知识型作为哲学或科学的前提——是以矛盾的方式保持连贯的。而矛盾中的连贯性向来表达了一种欲望的力量。[1]中心化的结构这一概念，其实只是建立在某个根本基础之上的嬉戏的概念，一个基于根本的静止不动和令人安心的确定性的嬉戏，而这个根基本身又非嬉戏所能企及。在这个确定性的基础上，焦虑得以被控制，因为焦虑总是某种卷入游戏（game）、不能自拔、仿佛从一开始就岌岌可危的状态的结果。以我们称为中心［由于它既可在外又可在内，一般也可称为起源或终点，始基（*archē*）或终极目的（*telos*）］的东西为基础，重复、替代、转换、变化总是取自（*taken*）意义（*sens*）的历史——简言之，历史——这个历史的起源总是可以通过在场的形式被重新唤醒，或它的终极总是可以通过在场的形式被预期。这就是为什么我们可以说，任何考古学运动如任何

① 此处“明令禁止”的英文是“interdict”。该词做名词时指的是罗马天主教会停止某人或某教区教权的禁令；做动词的意思是“用正式或权威的方式禁止”、“阻截”。德里达这里特意使用 interdict，可能是在强调“禁止”这个行为与宗教和语言的关系。——中译注

末世论①一样，都是还原结构之结构性的同谋，并且总是试图以某种超越嬉戏的完满在场为基础去构想结构。

倘若如此的话，我们所说的那种断裂之前的结构概念的整个历史，
就必须被当作一系列中心对中心的置换、一个反复确定中心的链条来思 *254*
考。这个中心依次以规律的方式，获得不同的形式或名称。如西方历史一样，形而上学的历史就是这些隐喻和换喻的历史。它的母型（matrix）——请原谅我为了尽快进入我的主题而论证得如此精简——就是将存在（Being）当作全部意义上的在场（*presence*）。可以表明的是，所有与基础、原则或中心相关联的名称都总是指向了一个恒定的在场——本形②、始基、终极目的、现实性③、实在（*ousia*，本质、存在、实质、主体）、无蔽（*alētheia*）、先验性、意识、上帝、人等。

我称之为断裂的事件，即我在本文开头所暗示的那种中断（disruption），大概是在结构之结构性不得不开始被思考，也就是说被重复的时刻发生的，这也就是为什么我说中断就是完全意义上的重复。此后，同时思考在结构的构成中支配着那种渴求中心的欲望的法则以及那个安排中心在场之法则的移置和替换的意指（signification）过程，就成为必需之举。不过，这个中心在场从来不是它自身，它总是早已从其自身流放到其替代物中去了。而这种替代物并不替代任何以某种方式先于它存在的东西。自此以后，我们就必须开始思考这样的问题，即中心并不存在，中心也不能以在场—存在（present-being）的形式被思考。中心并无自然的场所，中心并非一个固定的地点，而是一种功能、一种非地点（nonlocus），在这个非地点，无数的符号替换物（sign-substitutions）得以自由嬉戏。正是在这个时刻，语言入侵了普遍的

---

① 末世论（eschatology）：神学、哲学、未来学的一个部分，探讨历史的最后事件、人类的最终归宿，主要思考死亡、审判、天堂、地狱等核心问题。——中译注

② 本形（*eidos*）：古希腊哲学和文学术语，指可见的形式、形象。在柏拉图哲学里，本形指的是事物不变的真正本质，人类理性所能领悟的永恒、超验的形式（Form）。胡塞尔用“eidetic”一词来指代对于本质（essence）的现象学领悟。——中译注

③ 现实性（*energeia*）：亚里士多德著作中的一个重要术语，指正在行动或运作（work）的事物。英语里经常译作与“potentiality”（潜能）相对的“actuality”（实在性）。——中译注

问题范式[1]，正是在这个中心或起源缺席的时刻，一切都变成了话语——假如我们可以就“话语”（discourse）一词达成共识——变成了系统。在此系统里，中心性所指（central signified），起源性或先验所指，绝不出现于一个差异系统（system of differences）之外。先验所指的这种缺席，无限拓展了意指的场域和嬉戏。

这种去中心（decentering）和对结构之结构性的思考，是从哪里产生的，又是如何产生的呢？为了指认这个发生过程而提及某个事件、某个学说或某个作者的名字，不免多少有点天真。这个发生过程无疑是一个时代的总体性的、我们的时代的总体性的一部分，但它总是早已开始宣告自己的存在，并开始运作（*work*）。不过，如果我们想选择几个“名字”仅作为说明，并回忆一些作者——在那些作者的话语中，上述发生过程最贴近其最激进的表达方式——我们无疑就得援引尼采对形而上学的批判，他对存在和真理概念的批判，这些概念被他用嬉戏、解释和符号（无在场真理的符号）的概念所代替。我们还需引用弗洛伊德对自我在场[2]的批判，也就是对意识、主体、自我同一性、自我接近性[3]、自我掌控（self-posses-
255 sion）的批判。更激进一点，我们就得引用海德格尔对形而上学、存在论神学、将存在决定为在场的摧毁。然而，所有这些破坏性的话语及其同类，都陷入了一种循环。这种循环独一无二。它描述了形而上学历史与形而上学历史的破坏之间的关系形式。为了动摇形而上学而放弃形而上学的概念，是没有意义的。我们没有任何一种语言——任何一种句法和词

① 问题范式（problematic）：法国哲学家加斯东·巴什拉（Gaston Bachelard）在其 1949 年出版的《应用理性主义》（*Le Rationalisme Appliqué*）一书中提出的概念。问题范式不仅仅是一套问题，更是精确地提出问题所需要的一种思考范式或角度。——中译注

② 弗洛伊德的精神分析学说一方面认为，可以通过自我分析获得自我在场（self-presence），了解自我的真相/真理，治愈精神病症；另一方面又引入了无意识的概念，表明不可能有完整的自我、无缝的主体、完全的自我掌控。盛宁和张宁的中译本把“self-presence”译作“自我呈现”，让人想起戈夫曼的名著《日常生活中的自我呈现》（*The Presentation of Self in Everyday Life*），似不太确切。——中译注

③ “自我接近性”（self-proximity）：德里达在《声音与现象》（*La Voix et le Phénomène*）中称在场的逻辑就是纯粹自爱（auto-affection）的逻辑。声音（意识）就是被当作纯粹的自爱生产出来的。当人听到自己说话时，就会产生“自我接近性”，因为听和说几乎是同时发生的。而当人看见自己书写或打手势时，这种接近性就会被打破。——中译注

汇——对这种历史全然陌生、超然其外，我们所说的每一个破坏性命题，早就滑入它所要与之辩驳的命题的形式、逻辑和隐含假设之中。这里仅举众多例子中的一个：在场的形而上学是在符号（*sign*）概念的帮助下被动摇的。但如我刚才所示，一旦有人试图以这种方式来证明先验的或享有特权的所指并不存在，意指的场域或嬉戏自此以后不再受限制，那么此人就必须拒绝“符号”这个概念和词语本身——这一点恰恰是不可能做到的。因为“符号”这个词的意义一直是作为“……的符号”、指向某个所指的能指、异于其所指的能指来被理解与确定的。假如有人抹消了能指与所指之间的根本差异，那么“能指”这个词本身就必须当作一个形而上学概念而遭到抛弃。当列维-斯特劳斯（Lévi-Strauss）在《生食与熟食》（*The Raw and the Cooked*）一书的“序”中称，他“试图从一开始就在符号的层面超越可感（the sensible）与可解（the intelligible）之间的对立”[2]时，他的行动的必要性、力量及合法性并不能使我们忘记符号概念本身是无法超越可感①与可解的对立的。符号的概念，在它的每一个面向里，都是由这种对立决定的，这种对立贯穿了符号概念的整个历史。它只靠这种对立及其系统过活。但我们不能没有符号的概念，因为我们不可能在放弃这种形而上学的共谋的同时，却不放弃我们对这种共谋所作的批判，而不承担抹消所指的自我同一性中的差异的风险，即要么把所指的能指还原为所指本身，要么索性将能指驱逐于所指之外，二者是一回事。有两种异质的、抹消能指与所指差异的方式：一种是古典的方式，还原能指或追溯其源头，也就是说，最终使符号服从（*submitting*）于思想；另一种是我们这里用来反对前一种方式的做法，即质疑使先前的还原得以运作的系统——首当其冲的就是可感与可解的对立。这里的悖论（*paradox*）是，符号的形而上学还原需要它正在还原的那种对立。对立与还原有着系统性的关联。我们这里就符号所做的论述，可以推及所有关于形而上学的概念和陈述，特别是关于“结构”的话语。但落入这种循环的方式有若干种。这些方式都或多或 256
少是天真的、经验性的、系统性的，接近这个循环的表述（formulation），也就是形式化过程（formalization）。正是这些差异解释了破坏性话语的多

① “sensible”（可感知的）的意思是“通过感官可以觉察到的”。——编者注

样性以及这些话语的阐述者之间的分歧。比如，尼采、弗洛伊德和海德格尔都是在他们所继承的各种形而上学概念内部工作。由于这些概念并非要素或原子，由于这些概念取自某种语法或系统，所以每一次特定的借用都会拖带上整个形而上学。正是这一点让破坏者之间的相互摧毁成为可能——如海德格尔以充分的明晰和严谨，以及同样多的恶意和曲解，将尼采当作最后一位形而上学者、最后一位“柏拉图主义者”。我们也可以对海德格尔、弗洛伊德或其他一些人如法炮制。今天，再没有比这更流行的操练了。

当我们转向所谓的“人文科学”时，与这种形式图式（formal schema）又有什么关联呢？在人文科学里，有一门学科占据着特殊的地位，那就是人种学（ethnology）。事实上，我们可以认为，作为科学的人种学，只有在某种去中心的运动发生时才能诞生，即当欧洲文化——和随之而来的形而上学历史、形而上学诸概念的历史——遭遇脱位（*dislocated*），被逐出其地点，被迫停止以参照性文化（culture of reference）自居的时刻。这个时刻并非首先是哲学话语或科学话语的时刻，它同时也是政治、经济、技术等其他领域的时刻。我们可以把握十足地说，对种族中心主义的批判——人种学的必要条件——从系统和历史上，都与形而上学历史的瓦解同期产生，此事绝非偶然。二者都属于同一个时代。而人种学——同任何科学一样——是在话语要素的内部产生的。不管人种学如何反抗传统概念，它主要还是一种使用传统概念的欧洲科学。因此，无论人种学家愿意与否——这并不取决于他的个人决定——他在声讨种族中心主义的那一刻，还是在其话语里接纳了种族中心主义的前提。这种必然性是不可缩减的，它不是一种历史的偶然性。我们必须仔细思考它的全部意蕴。但是，假设无人能逃脱这种必然性，无人因此承担向必然性妥协的责任，不管他做得多么微不足道，这也并不意味着所有向必然性妥协的方式都有同等的切题性（pertinence）。一种话语的质量与丰饶，也许可以用这一点来衡量，即它在思考与形而上学的历史及各种继承来的概念之间的关系时，所投入的批判性严谨。这既是一个与人文科学①语言的批评性关系

① 此处的英译为“social sciences”。艾伦·巴斯的另一个英译版本译作“human sciences”（人文科学）。盛宁和张宁中译本均为“人文科学”。——中译注

的问题，也是话语自身的批判性责任的问题。这还是一个明确而系统地提出话语的身份困境的问题，因为话语向传统借用了解构该传统本身所必需的资源。一个经济（*economy*）与策略（*strategy*）的难题。

如果我们将列维-斯特劳斯的文本作为一个例子来考虑，这不仅仅是因为人种学在人文科学中获得的特权，也不是因为他的思想对当代理论格局有着举足轻重的影响。这首先是因为列维-斯特劳斯的工作里已被宣告的某种选择和已被阐述的某种学说，恰恰关涉这种对语言的批评以及人文科学里的这种批判性语言，而且是以或多或少明确的方式。 *257*

为了追踪列维-斯特劳斯文本中的这种动向，让我们选择自然与文化的对立作为诸多线索中的一条引导性线索。尽管这一对立有着各种再生与伪装，但它却和哲学意气相投。它甚至比柏拉图更古老。它至少与智者派[①]同龄。自从有了自然/文化（*physis/nomos*[②]）、自然/技艺（*physis/technē*）的对立陈述之后，这种对立就通过整个将“自然”与法律、制度、艺术、技术——同时还有自由、专断、历史、社会、心灵（mind）等——相对起来的历史链条传递给我们。列维-斯特劳斯从他最初的研究开始，从他的第一部著作［《亲属关系的基本结构》（*The Elementary Structures of Kinship*）］开始，就同时体会到了使用这种对立的必要以及接受它的不可能。在《基本结构》中，他是从下述公理或定义出发的：那些普遍的（*universal*）、自发的、不依赖任何特殊文化或任何确定规范的东西，属于自然。相反，那些依赖某种调控社会的规范（*norms*）系统并因而会随着社会结构的不同而变化的（*varying*）东西，属于文化。这两个定义均属传统定义。不过，就在《基本结构》的开头几页，刚开始对这些概念给予信任的列维-斯特劳斯，就遇到了被他称为一桩丑闻（*scandal*）的东西，也就是说，某种东西不再容忍他已经接受的自然/文化的对立，同时似乎要求给出自然与文化的属性（predicates）。这个丑闻就是乱伦禁忌（*incest prohibifion*）。乱伦禁忌是普遍的，在这个意义上，人们可以说它是自然的；但它同时也是一种禁忌，一种规范和禁令系统，在这个意义上，人们

① 智者派（Sophists）：公元前5世纪活跃在希腊的一群哲学家和教师。——编者注

② “nomos”指的是社会建构的法律、规则、习俗、形式。艾伦·巴斯的英译本将其译作“culture”。——中译注

可以说它是文化的。

> 让我们假设人身上一切普遍的东西都和自然秩序有关，并且以自发性为特征；而一切从属于规范的都是文化性的，并且既是相对的，也是特殊的。这时我们就会面对一个事实或一组事实，从前述定义的角度看，这些事实离丑闻不远：我们指的是那个由各种信仰、习俗、条件和制度构成的复杂组合，该组合被精辟地描述为乱伦禁忌，这个禁忌毫不含糊地呈现出两种特征，并将它们不可分割地结合在一起，正是在这两种特征中我们辨认出两种相互排斥的秩序的对立性质。乱伦禁忌构成了一条规则，但在所有社会规则中，它是唯一同时具备普遍性特征的规则。[3]

显然，只有在一个相信自然与文化之差异的概念系统内部，才会有这种丑闻可言。列维-斯特劳斯以乱伦禁忌的事实陈述（*factum*）来开始他
258 的著作，这样一来他就将自己置于一个点，在这个点上，总是已被假定为不言自明的差异发现自己遭到抹消或质疑。从我们再也无法在自然/文化的对立框架下来思考乱伦禁忌的这一刻开始，乱伦禁忌就再也谈不上是一个丑闻性的事实、一个透明意指网络中的不透明内核了。它不再是人们在传统的概念领域中偶然碰到、遇到的一个丑闻，而是那种逃脱了这些概念并且肯定先于这些概念的东西——或许就是这些概念之所以成为可能的条件。也许可以说，与自然/文化的对立有着系统性关联的整个哲学概念化过程（philosophical conceptualization）的目的，就是要使这个概念化过程成为可能的东西——乱伦禁忌的起源——置于不可思考（unthinkable）的境地。

这个被过于粗略考察的例子，只是众多例证之一，但它已表明，语言自身包含着自我批判的必要性。这种批判可以通过两种途径、两种“方式”进行。一旦自然/文化对立的界限被察觉，人们就有可能想对这些概念的历史做出系统而严格的质疑，这是第一个行动。这样一种系统而历史的追问将不是古典意义上的语文学①或哲学行动。关注整个哲学史上的奠

① 语文学（philology）：从文献角度研究语言的学科，涵盖了文学、历史和语言学。古典语文学是对古希腊文、拉丁文和梵文的语文学研究。——中译注

基性概念并对其进行拆解，并不意味着去承担语文学家或古典哲学史家的工作。这有可能是最大胆地开始走出哲学的方式，尽管表面上并非如此。“走出哲学”（outside philosophy）的这一步远比有些人想象的困难，那些人认为他们早已骑士般潇洒地做到了这一点，但他们通常在整个话语体系里都被他们自以为摆脱了的形而上学所吞没。

为了避免第一种选择可能造成的失势效应（sterilizing effects），另一种选择（我认为它更接近列维-斯特劳斯的做法）是，将这些旧概念保存在经验性探索的领域，把它们当作依旧有用的工具，同时又处处抨击它们的局限性。不再赋予这些概念任何真值①：随时准备抛弃它们，如果必要的话，应该出现更有用的工具。与此同时，仍旧利用这些概念的相对效力，用它们来摧毁那个它们本身就属于的并且是其组成部分的旧机制。这就是人文科学的语言如何批判自身的方法。列维-斯特劳斯认为，以这种方式他就可以将*方法*（*method*）与*真理*（*truth*）、方法的工具与该方法所设想的客观意义区分开来。人们几乎可以说，这就是列维-斯特劳斯的首要主张。不管怎样，《基本结构》的开篇即为：“首先，人们开始意识到，自然与社会（我们今天似乎更喜欢使用‘自然’与‘文化’）的这种区分，虽然没有任何可接受的历史意义，但的确包含了一种逻辑，使得现代社会学有充足的理由将它当作一种方法性工具使用。”[4]

列维-斯特劳斯将永远忠于这一双重意图：将他批判其真值的东西当 259
作工具保存下来。

一方面，在实质上，他将继续对自然/文化对立的价值提出异议。在《基本结构》问世13年多之后，《野性的思维》（*The Savage Mind*）忠实地呼应了我刚刚引用过的文本：“我曾一度相当重视的自然与文化的对立……今天看来似乎主要具有方法论的重要性。”而且这个方法上的价值不受它的“本体论上的”无价值的影响（姑且这么说，如果这个说法此处不引起怀疑）：“然而，把各种特殊的人性重新浓缩为一个一般的人性是不够的。第一项事业为其他后来的事业开辟了道路……这是精确的自然科学义不容辞的责任：使文化重新融入自然，最终使生命重新融入它总体的物

① 真值（truth value）：逻辑学术语，指一个陈述在何种程度上是真的。——中译注

理化学条件。”[5]

另一方面，还是在《野性的思维》里，列维-斯特劳斯提出了他所谓的修补术（*bricolage*）①，可称作该方法的话语。列维-斯特劳斯说，修补匠就是使用“现成办法”（the means at hand）的人，就是说，他用的是手头能找到的、已经在那儿的工具，这些工具并非是为了它们的操作而特别设计的，人们也无须反复试验来使这些工具适应操作，如果需要的话，人们可以毫不犹豫地变换这些工具，或一次尝试好几种工具，哪怕它们的形式和来源各异。于是便有了一种以修补术为形式的对语言的批判，有人甚至说修补术就是批判语言本身。我特别想到 G. 热奈特（G. Genette）的《结构主义与文学批评》（“Structuralisme et critigue littéraire”）一文，这篇向列维-斯特劳斯致敬的文章发表在《弧》（*L'Arc*）的一期专刊（1965 年第 26 期）上。该文称关于修补术的分析几乎可以“逐字应用到”批评特别是“文学批评”上。

如果我们称修补术是一种借用于某个多少连贯的或已被毁坏的遗产之文本的必需品，那我们就必须说每一种话语都是修补匠（*bricoleur*）。而工程师（列维-斯特劳斯将其与修补匠对立），应该就是建构一整套自己的语言、句法、词汇的人。在此意义上，工程师是一种神话。一个被假定是他自己话语的绝对源头并“无中生有”（out of nothing）或“凭空捏造”（out of whole cloth）出这个话语的主体，将是言语②的创造者，将是言语本身。因此，“工程师应与所有形式的修补术决裂”的观念是一种神学思想。既然列维-斯特劳斯在别处告诉我们修补术具有创造神话的特性（mythopoetic），那么很有可能工程师就是修补匠制造的神话。一旦我们不再去相信这种工程师，不再相信一种与其所接受的历史话语决裂的话语，一旦我们承认每一种有限的话语都受制于某种修补术，而工程师或科学家也是修补匠的不同种类，那么修补术这一想法本身就受到了威胁，它借以呈

① “bricolage”一词有多种中译。盛宁译为“修理活”，汪堂家译为“就地取材”，张宁译为“打零活”。豆瓣上有网友译为“修修补补”（见 http：//www.douban.com/group/topic/2072677/）。本译文采用李幼蒸的译法。根据“维基百科”的解释，这个词在当代法语中就相当于英语的“do it yourself”（自己动手），意指创造性地使用手头现有的材料。——中译注

② 此处的英文是“verb”，查艾伦·巴斯的另一个英译本为“verbe”。法语“verbe”是“speech”、“word”的意思。——中译注

现意义的差异也就此消解。

这样就出现了引导我们理解这里所揭示的问题的第二条线索。① 260

列维-斯特劳斯不仅将修补术描述为一种智性活动，而且还将它描述成一种神话创造活动。我们在《野性的思维》里曾读到这样的段落："如技术层面的修补术一样，神话反思可以在智性层面获得出人意料的精彩结果。相应地②，修补术的神话创造特征也常为人瞩目。"③[6]

但列维-斯特劳斯的出色努力不只在于提出了一种关于神话与神话学活动的结构性科学，尤其是在他最近的一系列研究里。他的努力似乎也——我会说几乎从一开始——具有了他给予他自己的神话话语地位，给予他所谓的"神话学"（mythologicals）的地位。正是在这里，他的神话话语反省自身并批判自身。而这个时刻、这个批判性④时期显然对于所有分享人文科学领域的那些语言都关系重大。列维-斯特劳斯就他的"神话学"说了些什么呢？正是在这里，我们重新发现了修补术的神话创造性优势。实际上，这种对于话语新地位的批判性加以追寻的最迷人之处，就是公然放弃对某个中心、主体、享有特权的参照物、起源或绝对始基的指涉。这个去中心的主题贯穿了其近作《生食与熟食》的整个"序曲"。⑤ 我将仅评论几个要点。

（1）从一开始，列维-斯特劳斯就承认，他在该书中当作"参照神话"（reference myth）来用的博罗罗人⑥神话不配享有这个称呼和这种待遇。"参照神话"的称号似是而非，神话的使用也不恰当。这个神话并不比任何其他神话更有资格获得参照性特权："事实上，如我将试图表明的，这个博罗罗神话（我将从现在起称其为参照神话⑦），只不过是一些要么源自

---

① 此段的翻译参考了艾伦·巴斯的另一个英译本。——中译注

② 此处的英文为"Conversely"，查艾伦·巴斯的另一个英译本为"Reciprocally"。——中译注

③ 此处引文的翻译参考了艾伦·巴斯的另一个英译本。——中译注

④ 此处的英文为"critical"，也有"关键性"的意思。——中译注

⑤《生食与熟食》一书的结构效仿了复杂的音乐作品。开篇是"序曲"，第一部分为"主题与变奏"，第二部分包括"奏鸣曲"和"短交响乐"，后面三个部分也都和音乐有关。该书引文的翻译参考了周昌忠译的《神话学：生食和熟食》（北京，中国人民大学出版社，2007）。——中译注

⑥ 博罗罗人（Bororo）：巴西中部的一支印第安人土著人群。——中译注

⑦ 此处的英文是"key myth"，查艾伦·巴斯的另一个英译本为"reference-myth"。——中译注

同一社区，要么源自邻近或偏远社区的其他神话的一种程度不同的变形。因此，以这组神话中的任何一个代表性神话作为我的出发点都是合理的。从这一角度看，参照神话之所以有趣，并不在于它的典型性，而在于它在群组中的不规则位置。”[7]

（2）神话是没有统一性或绝对起源的。神话的焦点或起源总是捉摸不定、不可实现和不存在的影子或虚像（virtualities）。一切都始于结构、构型（configuration）或关系。关于这种非中心结构（即神话）的话语，本身不可能有绝对主体或绝对中心。如果想无损于神话的形式和运动，它就必须避免将描述非中心结构的语言中心化的那种暴力。因此，有必要放弃科学或哲学话语，摒弃向我们提出绝对要求、它本身就是一种绝对要求的知识型，这种知识型要求我们回到起源、中心、奠基性基础、原则等等。与知识型话语相反，关于神话的结构式话语——*神话性话语*——必须本身就具有*神话形态*（*mythomorphic*）。它应当具备它所谈论的对象的那种形式。
261 式。这就是列维-斯特劳斯在《生食与熟食》一书中所说的观点，现在我要从中引用一大段不同寻常的文字：

> 实际上，神话研究提出了一个方法论的问题，因为这种研究无法按照笛卡尔的将难点根据需要分解成多个部分以求解决的原则来进行。神话分析没有真正的目的/结局，没有一个隐秘的统一性等着我们在分解过程完成后去捕捉。主题可以无限复制①。当我们以为已将它们理顺、分清时，却发现它们又在不可预料的亲和性（affinities）的作用下而重新结合在一起。因此，神话的统一性只不过是倾向性和投射性的，不可能反映神话的某种状态或特殊时刻。它是一种想象的现象，源自某种阐释尝试。它的功能是赋予神话综合的形式，防止它解体为一系列混乱的对立。如果我们取这个古字较宽泛的词源学意义，同时涵盖对反射光线与折断光线的研究，那么，神话的科学或可称作“折射性的”（anaclastic）。但与追本溯源的哲学反射/反思（reflection）不同，这里论述的反射/反思所涉及的光线，其唯一源头是

① 此处的英文是“split up”（分裂），查艾伦·巴斯的另一个英译本为“duplicate”。——中译注

假说性的（hypothetical）……为了模仿神话思维的自发运动，本书（既太短又过长）不得不服从这种思维的要求并尊重其节奏。如此一来，这本关于神话的书本身就是一种神话。[8]

稍后，列维-斯特劳斯又重复了这段陈述："由于神话本身以次级代码为基础（一级代码是那些提供语言材料、构成语言的东西），本书提供的将是一种第三级代码的暂行草案，目的在于确保多个神话之间的相互可译性。所以，将这本书当作神话来看并不为过。可以说，它是神话学的神话。"[9]此处中心的缺席也是主体和作者的缺席："于是神话和音乐作品就如同管弦乐队的指挥，其听众变成了沉默的演奏者。如果要问作品的真正中心在哪里，回答是：中心乃是无法确定的。音乐和神话学让人与唯有其影子才可以实现的潜在客体面对面……神话是没有作者的。"[10]正是由于神话或神话学话语缺少任何真正的、固定的中心，列维-斯特劳斯为该书结构选择音乐模式的做法才显得合情合理。

正是在此处，人种志式的修补术有意识地承担了它的神话创造功能。不过，同样地，这种功能也让哲学或认识论对于中心的要求如同神话，也就是说，貌似一种历史幻象。

不过，即便我们承认列维-斯特劳斯的所作所为有其必要性，我们也不能忽略它的风险。如果神话（the mythological）有着神话的形态，那么是否所有关于神话的话语都是等同的呢？我们是否必须放弃使得我们能够区分若干神话话语特质的认识论要求呢？这是一个经典而又不可避免的问题。只要哲学素①或原理与神话素②或神话叙事③之间的关系问题（这是个 262
不小的问题）没有被明确地提出来，上述问题就无法回答——我想列维-

① 哲学素（philosopheme）：哲学陈述、命题、原则、公理。——中译注

② 神话素（mytheme）：神话的基本内核，总是和其他相关的神话素重新组合的最小单位。列维-斯特劳斯让这个词变得普及。他曾将神话素比作结构语言学里的音位。——中译注

③ 此处的神话叙事（mythopoem）可能与"mythopoeia"一词有关。"mythopoeia"（也写作"mythopoesis"），源自希腊语，意为"myth-making"（神话创造）。现代奇幻文学的鼻祖托尔金20世纪30年代用这个词作为他的一首诗的标题。此后，该词成为一种文学和艺术类型的名称。这种文类里的神话都是人造神话，即现代人发明、创造的新神话，而不是上古自然流传下来的神话，如托尔金在《指环王》中创造的"中土世界"。本文前面出现的"mythopoetic"一词是"mythopoesis"的形容词。——中译注

斯特劳斯也没有回答它。由于未能明确地提出这个问题，我们注定会将哲学的所谓僭越转变为哲学领域内部的一种未被察觉的缺陷。经验主义将是“属”，这些缺点则始终将是“种”。[①] 超哲学性（transphilosophical）概念将被转变成哲学上的天真。我们可以举出许多例子来证明这一风险：符号的概念、历史的概念、真理的概念等。我想强调的仅仅是，超越哲学的通路并不在于把哲学这一页翻过去，不再处理哲学（这常常等同于拙劣的哲学思考），而在于继续*以某种方式*（*in a certain way*）阅读哲学家们的著作。我已说过，经验主义是所有错误的策源地，这些错误威胁着一个自以为科学的话语，这一点在列维-斯特劳斯那里尤为明显。如果我们想深入地提出经验主义与修补术的问题，我们很快就会遭遇到一些绝对矛盾的命题，这些命题都和话语在结构人种学中的地位有关。一方面，结构主义无可非议地声称是对经验主义的批判。但同时，列维-斯特劳斯的著作或研究又无不以经验主义的论文提交，这种经验主义的论文总是可以通过新的信息来完善或证明无效。各种结构性图式总是以假说的形式提出，这些假说源自数量有限的信息，并有待经验的证明。无数文本都可以说明这种双重假设。让我们再次回到《生食与熟食》的“序曲”，从中似乎可以清楚地看到，如果这种假定是双重的，那是因为这里涉及的是一个关于语言的语言问题：

> 如果批评家们责备我没有在分析南美神话之前，对这些神话作彻底的清点，那他们就是在严重误解这些文献的性质与功能。属于一个给定社群的神话整体类似于这一社群的言语（speech）。除非社群的全部人口在肉体和精神上消亡，否则，其总体性是绝不可能完结的。这就像是批评一位语言学家在没有完全记录下一门语言自存在之日起产生的所有词语，在没有了解它未来将有可能出现的所有交流形式之前，就编纂了它的语法。经验证明，一位语言学家可以从很少的一些句子中提炼出他所研究的语言的语法……在我们处理一种未知的语言时，即便是不完全的语法或语法大纲，也是宝贵的收获。句法并不是

① 根据生物学的分类，属（genus）高于种（species），这里的意思是这些错误从属、受制于经验主义。——中译注

> 在（理论上而言无穷多的）一系列事件都被记录和研究后才变得明显，因为它本身就是主宰这些事件的生产的规则体系。我尝试提供的正是南美神话学的一种句法。如果又出现了新的资料，我们可以用这些资料来检验或修改某些语法规则的阐述，除旧换新。不过，在任何情况下，我都不会感到有必要接受对于一个总体性神话模式的无理要求。因为如我们已经表明的，这种要求毫无意义。[11] 263

总体化（totalization）因而有时被定义为无用的，有时又被定义为不可能的。这无疑是由于这样的事实：存在着两种思考总体化之局限的方式。我重申，这两种规定同时隐含于列维-斯特劳斯的话语里。总体化可以用古典的方式断定为不可能：人们可以提及某个主体或有限性话语徒劳而气喘吁吁地追寻一种它永远也无法掌控的无限丰富性的经验主义努力。① 大千世界，远非人能言尽。但非总体化（nontalization）也可用另外的方式来决定：不再从把我们归入经验论的有限性概念的立场出发，而是从嬉戏概念的立场出发。如果总体化不再有意义，那并不是因为一个领域的无限性不能被某种有限的凝视或有限性话语覆盖，而是因为这一领域的性质，即语言，某种有限的语言，排除了总体化。这一领域其实就是嬉戏的领域，也就是说，一个无限替代的领域，恰恰因为它是有限的。也就是说，它不是古典假设中无穷大的领域，某个东西在这个领域里不见了：一种中止替代的嬉戏并为这种嬉戏提供基础的中心。人们可以严格地用法文中一直被抹去了其可耻之义的那个词说，这种因中心或起源的缺乏、缺席而被许可的嬉戏运动就是替补性（*supplementarity*）运动。人们之所以无法确定中心并穷尽总体化，是因为取代中心的、替补中心的、在中心缺席时占据其位的符号，同时也是被添加的，是作为一种剩余、一种替补（*supplement*）出现的。[12] 意指的运动添加了一些东西，导致总是有更多的事实存在，但这种添加是漂浮的，因为它是来发挥一种替代性（vicarious）功能，填补所指的一个缺乏的。尽管列维-斯特劳斯在使用“替补”一词时，没有像我这样强调这个词语里如此奇特地组合在一起的两种意义方向，但他在《马塞尔·莫斯著作导论》（“Introduction to Work of Marcel Mauss”）

① 此句的翻译参考了艾伦·巴斯的另一个译本。——中译注

中谈及“能指的过剩，相对于这个过剩所指涉的所指”时，两次使用该词并非出于偶然：

人在其理解世界的努力中，总是会有一些剩余意指任由其支配（他根据象征思维的法则将这些意指分给了各种事物，而这也是人种学家和语言学家的研究任务）。**替补性配给**（*ration supplémentaire*）的这种分配——如果可以这么表达的话——是绝对必要的，唯有这样，可用的能指和它瞄准的所指之间总体上才能维持一种互补关系，而这正是使用象征思维的先决条件。[13]

264 （无疑，可以证明意指的这种替补性配给就是理性①本身的起源。）稍后，在列维-斯特劳斯谈到“这个漂浮的能指，一切有限思想的使用权”②后，“替补”一词再次出现：

换句话说——以莫斯的“所有社会现象都可被纳入语言”的训诫为指南——我们可以在 *mana*、*Wakau*、*oranda*③ 或其他的同类观念中，看到某种语义功能的自觉表达，这种语义功能的作用就是让象征思维不顾其自身的矛盾而进行运作。这样，这个观念中一些看似无法解决的二律背反现象就可以得到解释……同时既是力又是运动，既是性质又是状态，既是名词又是动词，抽象而又具体，无所不在而又拘于一地——*mana* 实际上是这一切。然而，这不恰恰是因为 *mana* 不是这些东西中的任何一个，而是一种单纯的形式，更准确地说是一种纯粹状态的符号，它才能够承载任何象征性内容吗？在所有宇宙论建构的象征系统里，*mana* 只是一个零度象征值，也就是说，是一个符号，这个符号标记着一个对所指已负载的象征性内容进行替补（我加

① 此处的原文是“ratio”，英文“reason”（理性）的拉丁词源。*ration supplémentaire* 中的“ration”（意为“每日的食物摄入，士兵的供给”）一词也和拉丁语 ratio 有关。可能人类的理性思考就是从计算口粮的供给开始的。在德里达那里，“口粮”被替换为符号的“意指”。——中译注

② 此处的原文是“The floating signifier，which is the servitude of all finite thought”。查 Alan Bass 的另一个译本，此句英文是“The floating signifier，which is the finite thought”（漂浮的能指，就是有限的思想）。“漂浮的能指”这个著名术语是列维-斯特劳斯发明的。——中译注

③ mana 是太平洋岛土著人的一种观念，指人、动物、无生命物体中存在的灵力，它是魔法形成的基础。Wakau 和 oranda（*orenda*）是北美印第安人所持有的类似观念。——中译注

> 的着重号）的必要性，所指的负载之物可以承担任何要求的价值，只要这个价值仍然是可供使用的储备的一部分，并且不是音位学家所谓的组项（group-term）。①

列维-斯特劳斯补充了一条注释：

“语言学家早就开始阐述这一类假说。比如：‘在法语里，零度音位（zero phoneme）与其他一切音位对立，因为它没有区别性特质，没有恒定音值。相反，零度音位的特有功能在于与缺席的音位相对立。’［R. 雅各布森和 J. 卢茨：《论法语音位模式》，载《词语》1949，5（2）］。同理，如果我们把我这里提出的概念图式化，我们几乎也可以说，诸如 *mana* 一类概念的功能就是与意指的缺席相对立，而它自身并不具有任何特殊的意指。”[14]

能指的过剩（*overabundance*）及其替补性特点因而是某种有限性的结果，也就是说，它是某种必须被替补的缺乏导致的结果。

现在我们就能明白为什么嬉戏的概念在列维-斯特劳斯的著作中如此重要了。他在《谈话录》（*Conversations*）[15]、《种族与历史》（*Race and History*）[16]、《野性的思维》中频繁地指涉各种类型的游戏，尤其是轮盘赌。此外，对嬉戏的指涉总是陷入一种紧张（tension）。

首先是与历史的紧张。这是个经典的问题，针对它的各种反对意见现已耗尽。我只想指出在我看来是这个问题之形式的那种东西：列维-斯特劳斯通过还原历史的方式，处理了历史这个理应被处理的概念，而这个概念一直就是目的论的形而上学和末世论的形而上学的同谋，换言之，历史的悖论在于，它与在场的哲学保持同谋关系，而人们却相信它可以与这种 265
在场哲学对立。把存在规定为在场一向是需要历史性（historicity）这个主题的，尽管这个主题看似较晚才进入哲学。无论有没有词源，或者尽管在整个古典思想中都存在着一种将知识型与历史的意义对立起来的古典对

① 在索绪尔的符号学里，符号的意指（signification）和价值（value）是不一样的。意指（符号的意义）取决于能指和所指之间的关系，而符号的价值则取决于该符号在系统里与其他符号的关系。仅仅将符号当作声音和意义的组合是不够的，还必须考虑它在整个系统里的位置。如英语的 sheep 和法语的 mutton 虽然都有“羊”的意思，但法语的 mutton 既指羊，也指做好的可食用的羊肉。两个词语的意义一样，但价值不一样。——中译注

抗（antagonism），我们还是可以表明，知识型的概念一直在召唤历史（*historia*）的概念［如果历史永远是一种生成（becoming）的统一体的话］，将历史当作真理的传统或科学、知识的发展，而这种发展也是以挪用在场和自我在场中的真理为导向，以自我意识的知识为导向的。历史一直被设想为一种恢复（resumption）历史的运动、两种在场之间的迂回。不过，即便我们可以合法地怀疑这种历史概念，还是存在着重新陷入古典类型的非历史主义的危险，也就是说，陷入形而上学历史的某个确定时刻的危险，如果仅仅将这一概念还原而不明确表述我在这里提出的问题的话。在我看来，这就是该问题的代数形式（algebraic formality）。更具体地说，我们必须认识到在列维-斯特劳斯的著作中，对结构性的尊重、对结构的内在始创性的尊重迫使时间和历史被抵消了。比如，一种新的结构、一种始创性系统的出现，总是通过与它的过去、源头、原因的某种断裂而实现的——而这又是其结构特性的条件。因此，只有在描述的那一刻而不考虑这个组织以往的状况，人们才能描述这个结构性组织的特性：把那种从一种结构到另一种结构的过渡问题略去不提，将历史置入括号内。在这个“结构主义”的时刻，偶然性（chance）与非连续性（discontinuity）的概念是必不可少的。而列维-斯特劳斯事实上也经常借助它们，比如，当他在《马塞尔·莫斯著作导论》中论及语言这个结构之结构时说：它“只能是突然诞生的”：

> 无论语言在动物生活层面出现的时刻和环境是怎样的，它都只能是突然诞生的。事物不可能以渐进的方式获得意指。随着某种不属于社会科学而属于生物学和心理学研究范围的转化，一种从无一物有意义的阶段到另一个一切皆有意义的阶段的过渡就发生了。[17]

列维-斯特劳斯的这一立场并没有妨碍他承认实际转型中历史的缓慢性、逐渐成熟的过程与持续的艰苦（如他在《种族与历史》中所描述的）。但是与卢梭或胡塞尔的某种姿态相一致的是，当他想重新捕捉某种结构的
266 特性时，他必须“将所有的事实搁在一边”。和卢梭一样，他必须永远按照灾变模式——自然在自然中毁灭、自然序列的自然中断、将自然弃置于一旁——去设想新结构的起源。

除了嬉戏与历史的紧张之外，还存在着嬉戏与在场的紧张。嬉戏是对在场的打断/扰乱。某个要素的在场总是一种铭刻在差异系统和链条运动之中的、指意的和替代性的参照物。嬉戏总是缺席与在场的嬉戏，但如果要对嬉戏做激进的思考，那就必须在对在场和缺席做出选择之前去设想它。必须以嬉戏的可能性为基础，把存在设想为在场或缺席，而不是相反。如果说列维-斯特劳斯比其他人更好地揭示了重复的嬉戏和嬉戏的重复，那么，人们同样可以在他的著作中察觉到一种在场的伦理，一种怀念起源的伦理，一种关于上古与自然的纯真、关于言语中的在场和自我在场的纯洁性的伦理——当他走向古式社会，他眼中的典范性社会时，他经常把这种伦理、怀旧甚至懊悔当作人种学计划的动力。这方面的文本是众所周知的。[18]

这一间断的直接性（immediacy）的结构主义主题，在转向缺席性起源（absent origin）那种已丧失的或不可能的在场时，就成了有关嬉戏思考的悲伤的、否定的、怀旧的、负罪的、卢梭式的一面，而这种思考的另一面则是尼采式的肯定，即对世界的嬉戏和生成的天真的愉快肯定，是对没有缺陷、没有真理、没有起源、可供积极阐释的符号世界的肯定，这种肯定于是规定了非中心（*noncenter*），而不是将其规定为中心的丧失。而且它是在没有安全保障的情况下嬉戏的。因为存在着一种有把握的嬉戏，即限制在对给定的、现存的、在场的部分进行替换的那种嬉戏。在绝对的偶然中，这种肯定也将自己交付给先天的（*genetic*）不确定性以及踪迹生发性（*seminal*）历险。

因此，存在着两种对解释、结构、符号与嬉戏的解释。一种追求破译，梦想破译某种逃脱了嬉戏、逃脱了符号秩序的真理或源头，作为流亡者体验着解释的必要性。① 另一种则不再转向源头，它肯定嬉戏并试图超越人与人文主义，因为人的名称就是那种存在物的名称，在整个形而上学的历史或存在论神学的历史上——换言之，在他的全部历史上——这种存在物都一直梦想着完满的在场、确定无疑的基础、嬉戏的起源和终结。对

① 此半句的英文是“lives the necessity of interpretation as an exile”，德里达之所以把“流亡”和“解释”联系在一起，可能是因为二者都涉及“absence”，流亡者是自愿或被迫 absent from 其母国，而解释也面临着一个唯一正确的真理性阐释的缺席。——中译注

解释的第二种解释（尼采指出了通向这种解释的道路），不在人种志中如列维-斯特劳斯那样寻求“新人文主义的灵感”（这里再次引用《马塞尔·莫斯著作导论》）。

今天，有许多迹象表明我们可能察觉到了这两种解释的解释——二者是
267 绝对不可调和的，即使我们同时经验着它们的存在，并在某种模糊的经济学中对其进行调和——共同分享着我们以很成问题的方式称为社会科学的领域。

在我看来，尽管这两种解释必须承认和强调它们的差异，并且界定它们的不可还原性，但我并不相信今天仍存在着选择的问题①。首先，这是因为我们处在这样一个领域（我们暂且称之为历史性的领域），在这个领域中选择的范畴尤其无足轻重；其次是因为我们首先要努力设想共同的基础以及这种不可还原的差别的延异（*différance*）②。这里有一个问题，我们不妨还是称之为历史的问题，这个问题的受孕（*conception*）、形成（*formation*）、妊娠（*gestation*）和分娩（*labor*），我们今天只是刚刚获得惊鸿一瞥。我承认，我使用这些词语时顾及了生产手术——同时也顾及了社会（我并不将自己从这个社会中排除）里那些一旦面对迄今尚不能命名的东西，就将目光移开的人，那个尚不能命名的东西正在宣告自己，就像每次婴儿即将诞生时所必须做的那样，但前者只能在非物种（nonspecies）的种类下，以无形的、无声的、幼小的、令人恐惧的畸怪形式宣告自身。

注释

[1] 从限定的意义上说，这指的是弗洛伊德关于神经官能症状和释梦的理论，这种理论将一个给定的象征物矛盾地理解为既是一种满足冲动的欲望，同时也是一种压抑冲动的欲望。从一般的意义上说，这指的是德里达的一个论点，即逻辑和连贯性本身只能被矛盾地加以理解，因为它们预设了对“延异”、普遍经济意义上的“书写”的压制。参见《柏拉图的药》（“La Pharmacie de Platon”）一文，收入《散布》（*La Dissemination*），125～126 页。德里达用弗洛伊德的释梦模式来澄清哲学连贯性中所嵌入的矛盾。——原译者注

---

① 意即无须在这两种解释中做出选择。——中译注

② 德里达的术语，一语双关地结合了“差异”（to differ）和“推迟”（to defer）这两个意思。——编者注

[2] *The Raw and the Cooked*, trans. John and Doreen Wightman (New York: Harper & Row, 1969), p. 14. [译文有所改动]

[3] *The Elementary Structures of Kinship*, trans. James Bell, John von Sturmer, and Rodney Needham (Boston: Beacon Press, 1969), p. 8.

[4] Ibid, p. 3.

[5] *The Savage Mind* (London: George Weidenfeld & Nicolson; Chicago: The University of Chicago Press, 1966), p. 247.

[6] Ibid, p. 17.

[7] *The Raw and the Cooked*, p. 2.

[8] Ibid., pp. 5 - 6.

[9] Ibid., p. 12.

[10] Ibid., pp. 17 - 18.

[11] Ibid., pp. 7 - 8.

[12] 替补的这种双重含意——提供缺失的东西，或提供添加的、额外的（additional）东西——是《论文字学》里，德里达对传统语言学进行解构的核心所在。在“文字的暴力：从列维-斯特劳斯到卢梭”一节，德里达扩展了本文开始的对列维-斯特劳斯的分析，以便进一步澄清传统逻辑的矛盾“设定”（program）语言学和社会科学的最现代概念工具的方式。——原译者注 *268*

[13] “Introduction à l'oeuvre de Marcel Mauss”, in Marcel Mauss, *Sociologie et Anthropologie* (Paris: P. U. F., 1950), p. xlix.

[14] Ibid., pp. xlix - 1.

[15] Geroge Charbonnier, *Entretiens avec Claude Lévi-Strauss* (Paris: Plon, 1961).

[16] *Race and History* (Paris: Unesco Publications, 1958).

[17] “Introduction à l'oeuvre de Marcel Mauss”, p. xlvi.

[18] 这里指的是《忧郁的热带》一书，*Triste Tropiques*, trans. John Russell (London: Hutchinson, 1961)。——原译者注

杨玲 译　　黄肖嘉 校

英雄的种族中心主义：文学中的“普遍性”观念[1]

查尔斯·拉森[2]

1962 年秋天，我开始在尼日利亚为高中生讲授英语文学，遭遇了一系列文化上和经验上的坎坷，那是我无论如何都没预料到的。此事非关科学或技术上的问题，非关那些名目繁多的科技副产品（例如“什么叫抽水马桶”），而与特定的文化因素有关。无可否认，对我的非洲学生而言，通读一部 450 页的维多利亚时期的小说就足够了（那时这种小说是英属学校毕业考试的必读作品）。而后来我发现，至少在低年级，学生们往往花上几个月甚至多半年的时间才能读懂并讨论一个单本小说的情节线索。仅仅是作品的长度就够他们受了，因为英语是他们的第二语言，词汇问题尤其麻烦。但是，一旦语言关、词汇关、口语关被攻克，通读作品就变得比理解词句本身简单多了——我指的不是“文学经验”。

“打扰您一下先生，‘吻’（to kiss）是什么意思?”与那些常见的涉及小说情节或人物的问题相比，这个问题要难答得多——这着实让我感到震惊，我也因此注意到班里有个非常天真的男孩。于是我对此问题置之不
269 理，直到它被重复询问了多次，我才慢慢意识到，所有学生对“吻”是怎么回事真的毫无概念。这对我来讲是一件极其怪异的事，因为我的学生大都是快二十岁的大男孩，有的还超过了二十岁，甚至偶尔能听到他们谈论各自的女朋友。而且还有谣传说，有几个男孩都结婚了，尽管按照校规来讲他们不该这样做。不过，这种问题和诸如此类的问题还是层出不穷。某种意义上是因为我们正在阅读托马斯·哈代（Thomas Hardy）的《远离

---

① 选自“Heroic Ethnocentrism：The Idea of University in Literature”，*The America Scholar* 42（3）(Summer)，1973。——编者注

② 查尔斯·拉森（Charles R. Larson），美国大学（American University）艺术与科学学院文学系教授，小说家和文学批评家。著有《非洲小说的兴起》（*The Emergence of African Fiction*）等。——校者注

尘嚣》(*Far from the Madding Crowd*)。为什么哈代的人物被亲吻时(更有可能的是他们没被亲吻时)会如此慌乱?当我问一个有欧式教育背景的非洲教师为什么我的学生随时准备回到那个相同的问题上去时,我就不仅仅是吃惊了:非洲人(至少在传统上)是不接吻的,被我视作社会中"自然而然"的东西压根儿就不自然而然,而是后天习得的,是文化意义上的。不是所有的人都接吻。或者说得更恰当点,并非所有的人都学过接吻。(后来我与非洲人一起看美国电影,我就能理解为什么观众看到那些浪漫场景会进入歇斯底里的状态了。)

当一个从未被吻过的人读到哈代小说里那些令人不安的接吻时,他(她)会怎样呢?我该怎样对我的非洲学生解释这种事?或者,我的经验仅限于更加技术性的因素,即那些也让我的学生感到迷惑的小说形式,那么,对于哈代如此出名的长篇描写又该如何对待?我的非洲学生无法理解小说情节中一页接一页的关于乡下的描写。我后来才知道,他们呈现给我的,是关于文化塑形文学阐释的另一种不同方式的线索。然而,直到我开始认真研究非洲本土小说,我才能将那些碎片拼在一起。正如接吻问题暴露了非洲学生的文化背景,他们关心哈代作品里那些描写性的篇章也是如此。早期的非洲小说确实没有描写性的篇章,我对这一点尤其感到不解,因为第一代以英语为母语的非洲小说家几乎全部是读着维多利亚时期的英国小说长大的。维多利亚小说的其他要素已进入非洲小说中,而描写却没有。非洲小说里的这种疏漏是不是暴露了非洲人与西方人在对待自然、环境的态度上有根本不同?

接吻与描写,对待爱情与自然的态度——非洲人的观念真的如此不一样吗?非洲人的生活方式不如我们自己的老练吗?或者这些想象中的"普世"(universal)态度的观念应当与我们的完全一致,这种想法是不是很幼稚?我们谈论文学"普遍性"(universality)的真实意思是否正在于
此——如果有人对某些文学因素的看法与我们不同,他便会被视作低劣的 270
一等?也许这个术语本身就是无意义的,毕竟在每一种文化中,人们都会爱,都会死。然而,他们对生活中这些事情的看法会与我们毫不相同。反过来,这些看法也决定了他们对文学的阐释。

在大多数情况下,"普世"这个术语在应用于非西方文学时是被严重

误用的，因为人们往往忽略了文化经验的多样性。通常，当我们试图把普世观念强加给非西方人时，我想我们是在暗示自己的文化应当是衡量的标准。我们凭什么期待所有的人都和我们想的一样？这是对我们的当头一棒，使我们重新审视所有文学中那些所谓的“普世经验”，阐明某些与我们截然不同的思考方式——至少非洲就是一例。

在为 18 世纪中国小说家曹雪芹（Tsao-Hsueh-Chin）的《红楼梦》（*Dream of the Red Chamber*）所作的序言中，马克·凡·多伦（Mark Van Doren）称“最伟大的爱情故事没有时空”。尽管其他的西方文学批评家也宣称，文学中最具共性的主题便是爱情——比如，莱斯里·费德勒（Leslie Fiedler）在他的《散文集》（*Collected Essays*）里就如此讲过——但我仍然对这种说法表示明确怀疑。读过数十部当代非洲小说之后，我无论如何不能接受凡·多伦或费德勒的观点。世界上至少会有一个完整的部分是实实在在与爱情无涉的。我无法想象当代非洲小说的核心情节或主题是所谓的“爱情故事”，无法想象一部非洲小说的情节线索进展是围绕英雄的求偶之战，无法想象一部非洲小说的主旨是诱惑，无法想象一部非洲小说里最重要的故事元素是情侣的命运。没有任何一部非洲小说是这样写的，因为爱情在西方文学中是一种主题，在此却影踪不见。浪漫的爱情、诱惑、性，它们都不是非洲小说的主题。事实上，在大多数当代非洲小说里，女性都扮演次要角色，故事思考的主要还是男权世界的问题。他们也有婚姻、聘礼以及偶尔的“私密交谈”（*tête à tête*），但这不是小说的关注所在，而永远属于其他事物。没有对性爱的写实描绘，没有接吻，没有牵手，简言之，没有我们在西方小说中司空见惯的爱情故事，甚至没有爱而无望的情侣为伊消得人憔悴的故事。非洲小说压根儿就不是用这种材料制成的。

西方的“罗曼司”（romance）只是一种令非洲读者不解的主题。同样，他们也很难理解某些西方小说对死亡思考的缺位。或者更有可能的是，西方读者完全忽视了非洲小说中死亡的重要意义。A. 艾弗瑞兹（A. Alvarez）在他的杰作《野蛮的上帝》（*The Savage God*）中称，“全世界约有一半的文学是关于死亡的”。然而我们的社会已在竭力去中和死亡带给人们的震惊，以致在一些非洲文学作品中，我们可能留意不到这死亡带给我们的韵味。桑宾·奥斯曼（Sembene Ousmane）著名的短篇小说

《黑女孩》（“Black Girl”/“La noire de...”）就是一个例子。故事讲述了一个名叫狄欧安娜（Diouana）的塞内加尔小女孩跟随她所服务的法国家庭回到法国昂蒂布（Antibes）的故事。奥斯曼开篇便将我们带入狄欧安娜的思索之中，展示她因为能够获得一次美妙经历的兴奋与陶醉：去法国生活的机会。但是，狄欧安娜的美梦很快变成了噩梦。在法国家庭里，狄欧安娜要承受过量的工作，脱离了她的非洲同伴，还要被四个孩子蔑称为“黑鬼”（nigger）。数月后，她在浴缸里割腕自杀。西方读者也许会认为，奥斯曼的小说仅仅是种族偏见的又一场情节剧，至少部分意义上是这样。但它也是关于现代奴役的故事，那种情况会令同一个人采取行动：结束自己的生命。就像奴隶们从甲板上纵身跃入大海，以死亡来逃脱被卖到新大陆为奴的命运，狄欧安娜则是以自杀来解除自己被奴役的状态。但这只是问题的一个方面，因为在自杀（这是许多非洲国家最严厉的禁忌）中，她只获得了暂时的解脱。她已经陷祖先于不义，打破了生命轮回，如果她还只是个孩子，她也就终结了家族的血脉。简言之，她冒了非洲人之大不韪，而在那种非洲式的解读中，她的所作所为也让奥斯曼小说的故事结局陷入恐怖之中。因此，与祖先崇拜有关的宗教韵味恰恰不可能被西方读者完全理解。 271

同样，“英雄”的概念（那种与众不同的个体之观念）对于非洲生活而言也几乎是完全不相容的。推而言之，当代非洲小说里也是不大可能出现英雄的。当代西方文学也几乎不会出现英雄，但作为英雄的后裔，“反英雄”（anti-hero）、孤独者（isolated figure）形象是绕不过去的。然而，对于非洲小说而言却并非如此。与此相反，在非洲人看来，那种群体可感的经验（即整个村落、部落、氏族都要面对的问题）才是最重要的。

人们开始产生疑问：两个像非洲人与西方人那样绝不相同的人，是否能阅读并完全理解对方的文学作品。但这不是我要问的问题。文学并非只有一种解释。我们不能既是非洲人又是西方人，既是黑人又是白人。对我而言重要的是，当我们阅读一部非西方的文学作品时，要认识到我们所做的解释与作者想要传递给我们的解释有很大不同，反之，我们也不该期望那些不属于我们文化传统的人对我们的文学作品产生与我们相同的看法。

我们应当避免使用“普世”这一带有偏见的术语——这样的时代已经到来了。当我们谈论文学中的普世经验时，真正的意思其实是被我们自己[1]的西方传统所塑形的文化回应。

尽管本文中大多数例证都是关于原始非洲的，但我仍大胆提出最终 272 推测，其他非西方的文学经验（如中国的、日本的）也会支持这一观点：“普世”这个词的确是有限的。无论好坏，每个人生来就被打上了种族的烙印。无论产生于何种文化，任何一部文学作品的目的都呈现给我们先前没有意识到的东西。文学是连接生活在其中与没有生活在其中的文化的桥梁，所有有影响力的文学都是驶向以往从未去过的世界的一次航行。

黑人艺术的准则

有那么多的人要求得到杜波依斯（Du Bois）博士在全国有色人种协进会芝加哥大会（the Chicago Conference of the National Association for the Advancement of Colored People）上的演讲全文[2]，所以我们将这一演讲公布于此。

我并不怀疑此次会议的主题会让台下的一些听众略感困扰，尤其是我所选择的议题。这些人正在思考这样的事情：“这样一个组织，一群试图为世界带来新东西的激进分子，一个从战斗的鲜血和尘埃中挣扎出来的斗争性组织，一个为了给黑人争取到成为正常人类的权利而奋斗的组织，它究竟是怎么了？这种组织怎能调转方向来谈论艺术？我们这些身为奴隶和黑人的人与艺术有什么关系？”

另一些人或许会感到轻松，并说：“毕竟这是容易满足的，毕竟这谈论的是权利问题，争取坐下来，梦想那些我们已经尝到甜头的东西。”

让我告诉大家吧，这两种说法都不对。我们今晚讨论的，是我们正在进行的伟大斗争的一部分，代表着前瞻性、上升性的观点，即向前推动的观点。我与大家都在攀登，都在向上，从鲜血灌满的道路上向后回望，我

① 此处原文为“out own”，其中“out”疑为“our”之误。——中译注

② 此篇演讲发表于1926年的《危机》（*The Crisis*）上。——编者注

们可以看到逐日的进步。你穿过峡谷，越过丘陵，只要你还在攀登，方向问题——东西南北——就不那么重要了。但是当远景逐渐拓宽，你开始放眼脚下的世界与遥远的地平线，这时就需要更加精确地知道你要往哪里去，你究竟想要什么。

我们需要什么？我们苦苦追寻什么？正如昨晚所表达的，真相只有一个：我们想成为美国人，成为不折不扣的美国人，享受其他美国公民能够享受的所有权利。但这样就够了吗？我们仅仅想成为美国人吗？我们之中偶尔会出现目光如炬的千里眼，一些清晰的观点，思考美国究竟是什么。我们黑人会以某种方式看待美国，白人就不能采用这种方式。如此审视我们的国家的话，我们能够满足于现在的目标和理想吗？

我在念高中时，用心研读了司各特（Scott）《湖上夫人》（*Lady of* 273
the Lake）[①] 的大部分章节。在以后的日子里，看湖水成了我的特权。在安静的星期天里，你会瞥见梅花鹿徜徉于未被破坏的丛林，你会听到水面涟漪浪漫的柔声。环绕在我四周的，是我青春诗句的韵律。我沉醉于苏格兰边境的魅力。新的一天骤然打破这一切，随之而来的是短途旅行客的急流。他们大部分是美国人，带着刺耳的喧闹声。他们一窝蜂涌入那充满快乐的小船——男人们歪戴着帽子，嘴角斜叼着雪茄，女人们则操着南腔北调高谈阔论。所有没到过的地方他们都要去踩一踩，把其他人挤到路外，制造一切不和谐的噪声和姿态，因此，宁静的乡村之家和来自其他地方的旅行者默默地、半信半疑地为他们让出了位置。他们留下了一个虽非罪恶但却错误的标记。也许他们拥有了力量和成就感，但他们心中对遍布这一圣地的美并无概念。

今晚，如果你真的忽然变成不折不扣的美国人，如果你的皮肤褪了色，或者肤色的界限在芝加哥这里被奇迹般地忘却了，猜猜看，同时你就变得富有并且强大了——这不正是你需要的吗？你会立即寻求些什么？你会购买最强马力的汽车横穿库克郡（Cook County）[②] 吗？你会在北海岸买最贵的房产吗？你会成为扶轮社的会员（Rotarian）还是国际狮子俱乐

① 瓦尔特·司各特（Walter Scott）于 1810 年写作的一部关于 16 世纪早期骑士与贵妇人的叙事长诗，共分 6 章。——编者注

② 芝加哥所在的郡名。——编者注

部协会的会员（Lion），又或者拥有诸如此类的最后学位①？你会穿上最扎眼的衣服、享用最昂贵的宴席、购买最长的报刊短评吗？

即便你在心里预设了这些理想，那也不是你真正想要的东西。较之普通的美国白人，你比他们更为迅捷地意识到这点，因为且不论我们已身在美国，不仅要逐渐厌憎那些俗艳之物，而且也开始了对世界远景的展望，如果它确实是个美丽的世界的话。如果我们拥有真正的精神，如果我们拥有洞察的眼睛、灵巧的双手、敏感的心灵，如果我们确信没有完美的快乐，而只有大量有意义但却艰辛的工作，只有与生活相依相伴的无法避免的痛苦，那么，牺牲、等待，所有种种，便都会在人们能够认知和创造的范围内存在，人们在这些地方实现自我并享受生活。这正是我们想要为自己和所有美国人创造的世界。

最终谁来描绘美？美是什么？今晚我记起几种“美”的东西：科隆大教堂（The Cathedral at Cologne）②，这是石头的丛林，坐落于变幻的光影
274 中，回响在阳光与颂歌里；西非维斯（Veys）③ 地区的一个村落，一件淡紫色、浅灰色的小东西，在阳光下满足地闪闪发亮；放置国王宝座的大理石房间，古旧而泛黄，装饰着着黑天鹅绒；米洛的断臂维纳斯（Venus of Milo）④；南部音乐的某个篇章，完美的旋律从夜色中升起，在月光下萦绕，并吸引着你，一瞬间便超越了永恒。

这才是美。它的多样性是无限的，它的可能性是无穷的。在正常生活中，所有人都能拥有它，并反复拥有它。世界充满着美，但如今大量的人被扼杀了拥有美的权利，他们的生活被扭曲了，变得丑陋不堪。这不仅仅是错误的，也是愚蠢的。谁来纠正这种几乎是“普世性”的失败呢？谁来让我们的世界变得美丽呢？谁来奉还人类以黄昏的辉煌与安眠的宁静呢？

---

① 扶轮社与狮子俱乐部都是国家服务机构，互济会会员（Freemasons）被视作获得特定学位的人。——编者注

② 雄伟壮观的哥特式教堂，位于德国科隆，始建于 1248 年，1322 年成为圣地。——编者注

③ 西非塞内加尔曼丁哥人的一个村落。——编者注

④ 著名的古代雕像阿芙洛狄忒，希腊文化中掌管爱的女神（创作于前 2 世纪，复制于 4 世纪早期），现无双臂。——编者注

我们黑人的民间谣曲会带给我们有关种族的新鲜刺激，关于重新获得快乐的刺激，关于创造的渴望，关于存在的愿望。在这个群体生活的清晨，我们从沉睡中被唤醒，开始朦朦胧胧地哀悼过去并展望辉煌的未来，我们一直坚信今天这里的青春，黑人的青春，是一种完全不同的青春，因为它以全新的方式将伟大的预言承载于胸，以崭新的方式实现自身，并为全人类带来全新的结局。

这种“美”与世界有何关系？“美”与“真”、“善”有何关系——与世界的真相和人类的善举有何关系？“没什么关系。”艺术家们急着说。他们也许是对的，但我作为艺术的谦卑信徒，不敢做这样的假设。我是个说出真相的人，暴露“恶”，寻求“美”，并力图用美来成就世界的正确。不知何故，不知何方，永恒而完善的美居于真理和正义之上，但此时此地，在我所生存的世界上，它们对我而言是未被分割的，也是不可分割的。

这尤其警醒我们——特别是在我们作为人类的一员，以艺术家的身份面对自己的过去的时候。在这里我们意识到，我们今晚将引以为荣的那个人[①]，在过去的很长时间里，我们却一直以他为耻，对此我们应当表示歉意。没有什么可以摆脱我们一直试图记住的过去，我们也一直想把这过去传给孩子们。忽然之间，同样的过去被赋予了形式、颜色和现实性，并且我们以某种半遮半掩的方式开始以之为荣。我们知道，世界的浪漫没有消亡，只是被遗忘在了中世纪。如果你想用浪漫的方式来处理一切，你就必须将它掌控在此时此地。

我知道一对夫妇，他们有两个女儿，一个女儿是白皮肤，一个女儿是 275
棕色皮肤。白皮肤的女儿嫁给了白皮肤的男士。当她筹备婚礼时，棕色皮肤的女儿准备前去道贺，但母亲说：“不行！”于是，棕色皮肤的女儿回到自己的房间，打开煤气自杀了。你还想看到比这更瞬息骤变的希腊悲剧吗？

无独有偶，这里是一个南方小镇，你正置身于那个广场。广场一面是

① 指卡特·G·伍德森（Carter G. Woodson，1875—1950），非裔美国教育家、历史学家，1916年创办了《黑人历史》（*Journal of Negro History*）杂志，因为他为非裔美国人取得的成就，美国全国有色人种协进会（NAACP）于1926年授予其斯宾加恩奖章（Spingarn Medal）。——编者注

有色皮肤律师的办公室，其他三面是不喜欢有色皮肤律师的白人的办公室。一个白人妇女来到黑人男人的办公室，指着被白人填满的广场说道：“立马给我 500 美元，否则我就要尖叫了。”

诸位听说过德属东非（German East Africa）的征服①故事吗？听听这个不为人知的故事吧：有 40 000 名黑人与 4 000 名白人讲德语，20 000 名黑人与 12 000 白人讲英语，10 000 名黑人与 400 名白人讲法语。于是，非洲的月亮将被白雪覆盖的山巅与热带的太阳连接起来，那是尼罗河与刚果河的源头，那是东非大湖（the Great Lake）涌动的地方。在这块土地上，这些人开始了战斗，他们在山头、峡谷、河流、湖泊、沼泽中战斗，直至他们大量地病倒、匍匐而行和死去，直至那 4 000 名德国白人变成白骨，直至那将近 12 000 名英国白人退回南非，那 400 名法国人回到比利时甚至去了天堂。但除了为数不多的死去的白人，成千上万的来自东非、西非、南非的黑人，来自尼日利亚与尼罗河谷的黑人，来自西印度群岛的黑人仍在努力着、战斗着、牺牲着。他们用了四年时间赢回又失去了德属东非，而你们所听到的关于这个故事的内容，不外乎是英国与比利时作为盟友一起征服了德属非洲。

这就是“罗曼司”得以产生的真正激动人心的素材，人们开始记住这素材是属于他们自己的，这种属于他们自己的充满活力的生活正在召唤着他们。

接下来的问题是，如何解释这些新的激动人心的事情，如何解释这些新的精神：有色人种的艺术家能做些什么？过去，白人艺术家与有色人种艺术家倒是达成了非凡的一致。有色人种艺术家称“这种工作是低下的，因为它肇始于有色人种”。白人艺术家也说“这种工作之所以低下是因为它是由有色人种完成的”。但如今，双方都意识到，有关黑人的工作并不总是低下的。我们这里有一个有趣的故事。芝加哥大学的一位文学教授为班里同学读了一段诗，让同学们猜测作者是谁。他们都猜是生活在雪莱
276 (Shelley)、罗伯特·勃朗宁（Robert Browning）与丁尼生（Tennyson）、梅斯菲尔德（Masefield）之间的优秀作家。而这个作者却是康迪·卡伦

① 杜波依斯指的是第一次世界大战中发生的事件。——编者注

(Countée Cullen)①。另外，英国批评家约翰·德林瓦特②(John Drinkwater)也曾到过南方的一个大学研修班，是那种没有年轻白人妇女的研修班。他试图引起学生们的回应，但他们在台下却表情木讷。最终他讲道："告诉我几个你们说得上来的南方诗人吧。"他们仍然迟疑。他不得不说："让我从最好的开始吧，保罗·劳伦斯·邓巴(Paul Laurence Dunbar)③!"

尽管存在着严重的障碍，但随着人们越来越关注黑人艺术家，一件可喜的事情发生在了白人与黑人身上。他们窃窃私语道："这是一条出路。这是肤色问题真正的解决办法。对卡伦、休斯(Hughes)、福赛特(Fauset)、怀特(White)等人④的关注表明，压根儿就没有真正的肤色界限。闭嘴吧！别抱怨了！努力吧！一切都会好的!"

我不想说这种异口同声是一种阴谋，也许我天生过于多疑。但我要说，如今有数量惊人的白人对年轻一代的黑人作家感到非常满意，因为他们认为这能够终止黑人问题的热潮。他们说："你们的斗争和抱怨有什么用呢？这就是伟大的事业和它们的报偿?"许多黑人过于信从这一说法，尤其是那些对永远的抗争感到厌倦的人，那些害怕抗争的人，对他们而言，慈善家的金钱和诱人的宣传是微妙而致命的贿赂。他们宣称："抗争有什么用？为什么不搞些值得我们去做且轻易能够获得好处的事情?"

全国有色人种协进会介入这个领域是完全正确的，召唤伟大的战斗，在旧事物完全胜利之前发起一场新的战斗。总有一天，美、真和自由会成为我们的遗产，成为所有文明人的遗产，但这个遗产目前还不在我们掌握之中，我们必须认清这一点。

---

① 康迪·卡伦(1903—1946)，非裔美国诗人，第一部诗集《肤色》(*Color*，1925)运用了古典的形式，如十四行诗(sonnet)。杜波依斯将之归为与雪莱(1792—1822)、勃朗宁(1812—1889)、阿尔弗雷德、丁尼生(1809—1892)、约翰·梅斯菲尔德(1878—1967)同类的英语诗人。——编者注

② 约翰·德林瓦特(1882—1937)，英国诗人、剧作家、批评家。——编者注

③ 保罗·劳伦斯·邓巴(1872—1906)，非裔美国短篇小说家、诗人。——编者注

④ 瓦尔特·怀特(Walter White，1893—1955)，全国有色人种协进会的领袖，小说家。朗斯顿·休斯(Langston Hughes，1902—1967)，诗人、小说家、剧作家。杰西·莱德蒙·福赛特(Jessie Redmon Fauset，1884—1961)，小说家、编辑。——编者注

今晚，在纽约，一个黑人女孩独自在一间空荡荡的小屋里模铸黏土，因为纽约没有一家雕塑学校欢迎她。的确，她有很多扇门可以走，但上帝在制作一尊雕像时，并不总是制作那种推门而入撞到他脸上的人。这个女孩努力工作，是为了离开这个国家，这样她就能得到一些专业训练。

如果理查德·布朗（Richard Brown）[1] 是白人的话，他就能活到今天
277 了，而不是默默无闻地死去。当他需要时，许多人都帮助过他，但他不是那种喜欢张口提出要求的人，他只是一个创作黑人歌曲的人。

芝加哥有一位黑人妇女，也是杰出的音乐家。她想在这个夏天去枫丹白露（Fontainbleau）进修，瓦尔特·达姆罗施（Walter Damrosch）[2] 和一些艺术领袖在那里办了一所美国音乐学院。但这个学院的空白申请表上已写道："我是美国白人，我申请入校。"

进一步说，我们可以走上舞台，我们可以变得像美国白人希望的那样滑稽好笑，我们可以扮演美国白人喜欢指定给我们的所有卑劣角色。但是对于其他的一些事情，我们仍有属于自己的小小空间。

诸如此类的例子还有，但我还是就此做个总结吧：设想一下，几世纪以来硕果仅存的黑人也就是被美国白人在小说、散文里描绘的那些了。一百年里，人们是怎样言说这些美国黑人的？现在倒过来想想。你去写一部小说，交给你所了解、喜欢、想象的人。你有可能出版它，也有可能不出版。不出版的可能性大概远远大过出版的可能性。迎合白人群体的白人出版者会说："没意思。"——对白人人群而言这当然没意思。他们想看汤姆叔叔们（Uncle Toms），想看托普西们（Topsies）[3]，想看那些"好黑鬼"和小丑。我办公室流传着一个带有所有这些真实印迹的故事。一个年轻人谈到他开始写作，并且使得他的故事被人们所接受。接着，他开始写作他最熟悉的故事，也就是他们自己人的故事。他把这个故事提交给一家杂志，杂志反馈给他的意见是："非常抱歉，我们不能采用。""我沉下心来

① 理查德·布朗（卒于 1917 年），非裔美国艺术家。——编者注

② 瓦尔特·达姆罗斯（1862—1950），德裔美国指挥家、作曲家。枫丹白露：法国度假胜地。——编者注

③ 汤姆叔叔和托普西都是哈里特·比彻·斯托（Harriet Beecher Stowe）的小说《汤姆叔叔的小屋》（*Uncle Tom's Cabin*，1852）里的美国黑奴角色，一个圣洁，一个顽皮，都很受人尊敬。——编者注

修改我的作品，换掉黑人的角色和地区，将之放在虚构的名称和地址之下，然后就被那家拒绝过我的杂志接纳了。编辑承诺说只要写得足够好，他们将发表我投给他们的任何其他作品。”

可以肯定的是，已有一些黑人艺术家获得了认可和成功，但他们并不代表挣扎在生存线上的所有人，甚至也不代表表现很好的少数人。他们只是我们当中能力与天赋的残存者，赶上了受教育的机会。我们这个黑人群体仍然没有随之凸现出来。毕竟就全世界范围而言，只是这机遇才让那些残余者抓住机会，最大限度地实现了自我价值。对白人社会是这样，对有色人种社会就更是这样。不仅仅是男高音歌唱家罗兰·海耶斯（Roland Hayes）[①] 的嘹亮歌喉打开了美国人的耳朵，我们还有许多像他一样美妙的声音，但长久以来美国人对他像聋子一样一无所知。后来，国外注意到了海耶斯，给他名誉，美国这边才醒悟过来，立即群起效仿，一副势利眼的嘴脸。我们喜欢海耶斯，不仅仅因为他是个杰出的歌唱家，而是因为伦敦、巴黎、柏林喜欢他。

因此，开拓创造美、保护美、实现美的伟大事业，不惜运用前人运用 *278*
过的一切手段，这是美国黑人义不容辞的责任。那么，往日的艺术家都使用过哪些手段呢？首先，是“真”——不是为“真”而“真”，不是如科学家那般寻求真相，而是将“真”当作“想象”的高级婢女、当作普世性理解的伟大载体来使用，永远信任它。其次，艺术家可以使用“善”——“善”的各个维度包括正义、荣誉、权利——不是为了道德制裁，而是作为一种真正的方式获得同情和实现人类利益。

这样，美的信使就成了真与善的信使，不是通过自觉选择，而是凭借内外强制。“他是自由的，但是他的自由永远为真理和正义所束缚。”只有奴性十足的狗才会拒绝享受谈论真理和认识正义理想的权利。

所以，尽管纯粹主义者会发出哀号，但所有的艺术都是且永远都必定是宣传。我可以完全不知羞耻地说，无论我创作何种艺术，我都是在宣传，都是为了给黑人群体争取爱和快乐的权利。我从不关注那些该死的不

---

① 非裔美国歌唱家（1887—1976），擅长古典作品和美国南部黑人圣歌，老一辈奴隶的儿子。——编者注

用于任何宣传的艺术，但我的确见过一边倒的宣传，而另一边被剥夺了说话的权利，只好沉默。

在纽约，我们有两种戏剧：《白船》（White Cargo）与《刚果》（Congo）[①]。《白船》讲述了一个失足妇女的故事，她是个黑人。而在《刚果》里，失足妇女就是白人了。《白船》里的黑人妇女越陷越深，而《刚果》里的白人妇女以堕落开端，最终却成了上帝的天使。

你们知道杂志上最近登载的故事吧：一名白人男青年在美国中部游历，最漂亮的黑人女孩爱上了他。她艰难跋涉过整个峡谷去找他。他却彬彬有礼地说："不行。"而后就回到他在纽约的白皮肤情人那里去了。

这类情景不是为了给那些坚信白人血统神圣、一贯正确而且圣洁的人（我反对这种人）做正面宣传，而是拒绝掉了宣传另外一些人的类似权利，这些人认为黑人有活力、很可爱，且为这个世界注入了一些新的理想。白人艺术家自己也困扰于他们创作领域的狭窄。他们呼吁在处理黑人题材方面的自由，因为他们在处理白人题材时也没有多少自由。杜布斯·海沃德（DuBose Heyward）写了《乞丐》[②]（"Porgy"），用美丽的笔触描写了查尔斯顿（Charleston）黑人下层社会。他为什么做这件事？因为他不能为查尔斯顿的白人做类似的事情，否则的话，他就会被赶出他们的社区。他表
279 现可怜人堕落真相的唯一机会就是让它发生在黑人身上。如果奥克特乌斯·罗伊·科恩（Octavus Roy Cohen）[③] 为《星期六晚邮报》（*Saturday Evening Post*）写稿，并要求获准写作一种与众不同的黑人故事（不再把黑人写成可怕的怪兽），我是一点都不会惊讶的。但如果他写了，《晚邮报》就会回复说："不能这样写，因为你是为你写的那种有色人群拿了报酬的。"

换言之，如今的白人公众要求艺术家们只要提到有色人种，就要在文学描写与种族偏见方面有意识地歪曲真相与正义，而不会为此付出代价。

---

① 《刚果》（*Kongo*）由吉尔伯恩·戈登（Kilbourn Gordon）和切斯特·狄凡德（Chester DeVonde）创作于1926年。《白船：一部原始人的剧作》（*White Cargo: A Play of the Primitive*）由莱昂·戈登（Leon Gordon）创作于1925年。——编者注

② 海沃德（1885—1940）创作于1925年的小说，是后来的剧作《乞丐与荡妇》（*Porgy and Bess*，一译《波吉与贝丝》）的蓝本。——编者注

③ 南卡罗来纳州剧作家、小说家、短篇小说写手、幽默作家（1891—1959）。——编者注

另一方面，年轻的、缓慢成长的黑人公众仍然在渴望先知，他们同样也是不自由的。我们为一切习俗所束缚，在精神上沦为白人恩主的附庸。我们羞于谈性，当别人谈论时，我们低头垂目。我们的宗教令我们迷信。我们最坏的一面已被毫无羞耻地大肆强化，以致我们已否认我们有或曾有最坏的一面。我们在所有方面都无法突出重围，以致年轻一辈艺术家不得不为争取自由而战。

终极审判向你逼近，你必须自己成就自己，给那场审判一个交代，给那种宽容的性情（catholicity of temper①）一个交代，令艺术家们能够在最大范围内追求自由。我们能提供真理，今天的白人群体却不能。像现在这样，我们把什么东西都交给白人来评判，一个黑人要出版一本书，就要让白人出版商和白人报纸来宣称它是伟大的，而后你我才能这样说。我们必须达到这样一种境界：我们宣传、评价艺术品是根据我们自己的自由，我们的判断不能受到束缚。我们致力于获得一种真正的、有价值的、永恒的判断，这种判断只有当我们自己的思想完全自由、肉体受到尊重、与所有人在精神上平等相处时才能获得。

那么，你知道该说什么吗？已经在说了。真正的艺术一出现，黑人艺术家一出现，有人便担起了种族问题的重任，说道："他那样做是因为他是美国人，而不是因为他是黑人。他生在这里，在这里受教育，他不是个黑人——黑人又怎样？他也不过是个人，是你所希望看到的情况。"

我毫不怀疑终极的艺术能够产生自黑人群体，它们像白人群体一样美丽，黄种人、红种人的文化也一样，但如今的问题是，在有人强行要求关注黑人群体艺术之前，这种艺术不会被视作人类世界的产物。当他们强力推出他们的艺术，就会让世界看到，这种艺术是不是历久弥新。

我有个同学，一生创作了三部美妙的作品，便死去了。其中一部作品是个故事，讲的是一个民族找到了火，而后在忧郁的黑夜中漫游，一遍遍 280
寻找他曾经熟识但后来迷失的星星，在一片漆黑中，他们骤然仰望，发现天堂隐约就在眼前。关于这点，他们怎么看？他们大声叫道："就是这些

① 心理的范围。——编者注

星星，就是这些古老的星星，这就是年轻而永恒的星星！”

1926 年

黄肖嘉 译　　刘剑 校

（China Renmin University Press wishes to thank the Crisis Publishing Co., Inc., the publisher of the magazine of the National Association for the Advancement of Colored People, for the use of the material first published in the October 1926 issue of Crisis Magazine.）

酷儿理论

安娜玛丽·扎戈斯[①]

如何意会“酷儿理论”的确切含义已不重要，重要的是对它的吁请。

——迈克尔·沃纳[②]

曾几何时，“酷儿”（queer）这一术语说好听点是同性恋的俚语，说难听点是指对同性恋的侮辱（homophobic abuse）。近年来，“酷儿”已渐有他用——有时作为涵盖性术语（umbrella term），是指文化上处于边缘、性别上自我认同的那类人的联盟；其他时候则用来描述一种从更为传统的同性恋研究发展而来的新兴的理论模式。20 世纪 90 年代，大学中迅速发展并被强化的男、女同性恋研究（lesbian and gay studies）越来越多地与“酷儿”一词的使用并驾齐驱。由于酷儿不属于任何具体的身份类别，它便能够顺利地附带在许多讨论之中。在学科形成的历史中，同性恋研究本身作为一门学科建设得相对较晚，而酷儿理论则可被视作同性恋研究在学科制度上的最新转型。

宽泛而言，酷儿描述了这样一些姿态或分析模式，它对染色体性别、社会性别与性欲之间那种既稳定又松散的关系有所夸大。酷儿抵抗那种一成不变的模式（它声称，异性恋是这种模式的源头；更确切地说，异性恋是这种模式的成效），关注生理性别（sex）、社会性别（gender）与欲望之间的错位。从学科制度上说，最重要的是酷儿已与同性恋科目形成联系，但是它的分析框架也包括异装癖、两性畸形（hermaphroditism）、性别模糊（gender ambiguity）以及变性手术等等之类的话题。无论是作为

---

① 安娜玛丽·扎戈斯（Annamarie Jagose，1965— ），墨尔本大学英语高级讲师。此文承蒙许可，摘自其新书《酷儿理论》，墨尔本大学出版社，1996。——编者注

② 迈克尔·沃纳（Michael Warner），耶鲁大学英语文学和美国研究系教授，文学批评家、社会理论家。对早期美国文学、社会理论以及酷儿理论领域的研究有很大影响。——中译注

异装表演还是学术解构，酷儿都在这三个固定了异性恋的术语中设置了一种松松垮垮的关系，然后加以开发利用。酷儿表明，任何“自然的”性征（“natural” sexuality）均无法成立，它甚至认为，像“男人”和“女人”这类术语原本毋庸置疑，现在也是有问题的。

281 “酷儿”这个富于挑衅的单词最近介入所有文雅的学术话语中，暗示出传统的模式已经破裂。然而它的出现也标明了一种连续性。酷儿理论对稳定的生理性别、社会性别以及性行为加以拆解，这种拆解是从一种具体的对同性恋理论的重新阐释发展而来的，而所谓的重新阐释又脱胎于后结构主义者将身份视为多重和不稳定位置的星座理论。然而，酷儿并不总是被当作对“同性恋”的一种可以接受的详细阐述或简便称呼。尽管许多理论家欢迎酷儿成为“另一种话语视野（discursive horizon），另一种思考性别的方式”（德·劳拉提斯，1991：iv），但依然有理论家质疑它的效用。[1]表达得最为普遍的焦虑是由下列问题所引发的，诸如：一般的男性气质是否有可能重新安置于表面上不分性别的（gender-neutral）酷儿心中；酷儿极端漠视主流性别系统的做法是否没考虑到 20 世纪末的西方物质条件；酷儿是不是患上了历史健忘症，仅仅复制了较早的男同性恋解放运动中的立场和要求；以及，由于酷儿的拥护者几乎毫无限制，酷儿也就包含了多种身份认同的类型；它的政治主张是否不如与其结盟的同性恋群体的政治诉求那么先进。

无论怎样的矛盾心理打造了酷儿，它最近的重新配置无疑对同性恋研究产生了重大影响。然而，作为区分性术语（diacritical term），酷儿几乎是一经确立了市场支配地位之后，而且肯定也是在用任何容易理解的地方性术语巩固了自己之前，一些理论家就开始暗示它的重要时刻已经过去了，并且“时至今日，酷儿政治也许比其政治效用存活得更久”。[2]那么，一旦成为一个明白易懂且广泛传播的术语，酷儿的重要时刻就真的不存在了吗？理论家特瑞莎·德·劳拉提斯（Teresa de Lauretis）① 常常被认为有首创“酷儿理论”一词之功，还不到三年时间她就放弃了对它的使用，理由是这个词在

① 特瑞莎·德·劳拉提斯（1938— ），意大利人，加利福尼亚大学教授。致力于符号学、精神分析、电影理论、文学理论、女性主义、女同性恋以及酷儿研究。——中译注

发明之初抵制着主流的力量和体制，而后来却被它们收编了。

德·劳拉提斯在《爱的实践：女同性恋的性取向与不正当的欲望》(*The Practice of Love*：*Lesbian Sexuality and Perverse Desire*，1994）中解释了她对术语的选择，其中写道："至于'酷儿理论'，由于我在这本名为《区别》(*differences*，3.2）的期刊里建议把它作为同性恋研究的一个理论操作假说（working hypothesis)，我坚持要求女同性恋（*lesbian*）研究不妨采取一种拉开距离的立场，即与那个迅速沦为出版业中概念化的空洞产品拉开距离。"[3]从早先对酷儿的鼓吹中走出之后，德·劳拉提斯如今表示，酷儿曾一度承诺的政治决断力或批判穿透力已荡然无存。

毫无疑问，在某些领域和某些阐述中，酷儿的作用确实只不过是简化了女同性恋和男同性恋那种冗长的说法；或者，它只是通过装备另一种更加时髦却因循守旧的性别本质主义学说，使自己的身份得到新的巩固。可以肯定的是，"它那种突如其来且常常不加批判的接纳，有时已把这一术语中潜在的最有意义且最为必要的部分排斥在外"[4]。不过，作为交战和论争所必需的非固定场所，酷儿在观念上依然保留着独一无二的潜力。诚然，酷儿的每一次运用并非都清晰可辨，这也构成了德·劳拉提斯所谓的 282 理想破灭的另一种叙述。朱迪丝·巴特勒（Judith Butler）并未打算去预计酷儿到底会怎样挑战规范的结构体系和话语。相反，她论述道，使酷儿如此灵验的东西是其方法。在这种方法中，酷儿可理解为其干预效果并非单一，因而不能提前预计。正如德·劳拉提斯当初把酷儿提升到同性恋之上时所做的那样，巴特勒也认识到，身份分类的保守作用在于它能把自己加入到不证自明的描述性类别之中。她认为，酷儿若要避免只是去复制先前同性恋理论构成的规范要求，它就必须被当作一种不断形成中的类别：

> 目前，(它）只能保持决不把自己完全交给哪一方的本色，永远并仅仅只是重新配置、扭转和破坏先前的用法，朝着紧迫而扩大的政治意图前行，而且，也许它还要被迫去支持那些使政治工作更为有效的法律条款（terms)[5]。

在强调酷儿这种片面、灵活且易受影响的性质时，巴特勒对那些有归属的、看上去自明的、构成传统身份政治的身份类别进行了修正。她详细阐述了身份政治的逻辑方式（即将相似的主题汇聚在一起，以便通过动员一种少数人群权利的话语来达到共同的目标）远非天生的或自明的。

某种意义上，巴特勒勾勒了自己的酷儿研究计划，即她认为酷儿不可能是单一的政治。酷儿也许可被认为是对一种身份政治的激活。身份政治与出于命名和描述、优于政治介入并支持政治介入之基本范畴的制约效果如此合拍，以至于它或许应被更恰当地理解为是在促进一种非身份认同的甚至是反对身份认同的政治。如果说性别身份认同、实践、话语和场域之间潜在的无限联合可以被确认为酷儿，那么，它所预示的与其说是开放的多元论，不如说是对确认这一身份概念本身的协商。因为在某种程度上，酷儿对同性恋女权运动中妇女解放论者和身份意识政治所感受到的限制做出了回应。围绕着自我认知（self-recognition）、共同体与共享身份，这两者的修辞已被明显组构。无疑，如果一时疏忽，两种运动都会导致排外、丧失合法性，并形成一种错误的普世原则。酷儿能够进行话语繁殖，部分是依靠“身份乃虚构之物”的知识，也就是说，酷儿的话语繁殖被物质影响生产出来并具有生产性，但它又是主观武断、因势而变和具有意识形态动机的。

不同于那些被贴上女同性恋或男同性恋标签的身份类别，酷儿已从传统身份政治中通常未被审视的、限制理论建构的部分发展而来。结果是，酷儿理论的生产大致绕开了认知、诚实以及自我认同（self-identity）的相关表述。

这样，酷儿就成了一种对固定乃至稳定自己毫无兴趣的身份类别。鉴
283 于酷儿联合起来的、协商谈判过的拥护者也很可能排外，致使具体影响远远超出原先的预期，那么，它也就坚持主张一种聚焦于身份的批判运动。

酷儿承认了身份政治不可避免的暴力性，也承认它并没有形成自己的文化霸权。与其说酷儿是一种身份，不如说是对身份的批判（*critique*）。但也不能如此去想象酷儿——它只是在身份政治形成的问题外围打转转。酷儿的运作不可避免地招致批评时，它不是予以反击，为自己辩护，而是允许这些批评去塑造其未来的（现在则无法想象的）方向。巴特勒写道：“这一术语将被修正、驱逐并变得过时落伍，以致它会在明确抵制这一术语的要求面前缴械投降，因为对酷儿的排斥恰恰是由酷儿发动起来的。”

酷儿发动起来的不止是对它的批判，它还强调政治表现的条件：包括其意图、效果、抵抗现存的权力之网和被它招安。

像巴特勒一样，哈珀林（Halperin）① 也认为，酷儿是一种没有意识到具体指向何处但事先存在着指向的方式。哈珀林写道："'酷儿'……并不意味着它是一种已经对象化了的异常状态或性变态，毋宁说它描述了一种可能的视野，其确切程度和异质范围基本上不能被提前限定。"[6]酷儿永远是一种正在建构的身份认同，一种永远处于形成过程之中的场域："酷儿理论的乌托邦意义在于其否定性，它朝着一个实现目标没完没了地蜿蜒前行，却依然没有实现的可能。"[7]各种理论家如此强调酷儿所暗示的未知潜力，以致它最显著的特征很可能是其潜力在未来的不可预计。更准确地说，构建酷儿理论不是根据它对身份政治的抵抗，而是从它不断地质询身份认同的先决条件及其作用着手。酷儿并不外在于身份的磁场，像一些后现代的建筑风格一样，它把身份翻了个底朝天，把它支承结构的骨架展示了出来。如果说在酷儿与更为传统的身份构成之间进行对话有时困难重重（的确如此），那并非因为它们毫无共同之处。确切地说，同性恋理论信赖真实性（authenticity），甚至信赖身份类别的政治效力；而酷儿则把所有这些分类可以相互供给能量的作用搁置起来，从而在 20 世纪 90 年代（谁能说超越了它?）为那个无法想象的未来提供了一种模棱两可的安慰。

参见"E 缪斯"（emuse）② 中有关全球酷儿的讨论和丹尼斯·阿尔特曼（Dennis Altman）的针对性论文《论全球酷儿》（"On Global Queering"）。

这篇文章已得到来自 C. W. 扬（C. W. Young）的回应。

注释

[1] de Lauretis, Teresa (1991) 'Queer Theory: Lesbian and Gay Sexualities', *differences: a Journal of Feminist Cultural Studies* 3, 2, pp. iii－xviii.

① 大卫·哈珀林（David M. Halperin，1952—　），美国理论家，致力于性别研究、酷儿理论与批判理论，是《同性恋研究期刊》的创办人之一。——中译注

② "E 缪斯"（emuse）是《澳洲人文评论》（Australian Humanities Review）的一个栏目，网址见：http://www.australianhumanitiesreview.org/emuse/。——中译注

284 ［2］Halperin, David (1995) *Saint Foucault: Towards a Gay Hagiography*, New York: Oxford University Press.

［3］de Lauretis, Teresa (1994a) 'Habit Changes' *differences: A Journal of Feminist Cultural Studies* 6, 2-3, pp. 296-313.

［4］Phillips, David (1994) 'What's So Queer Here? Photography at the Gay and Lesbian Mardi Gras', *Eyeline* 26, pp. 16-19.

［5］Butler, Judith (1993a) *Bodies That Matter: On the Discursive Limits of 'Sex'*, New York: Routledge.

［6］Halperin, David (1995) *Saint Foucault: Towards A Gay Hagiography*, New York: Oxford University Press.

［7］Eldeman, Lee (1995) 'Queer Theory: Unstating Desire', *GLQ: A Journal of Lesbian and Gay Studies* 2, 4, pp. 343-346.

李莎 译　　赵勇 校

约翰·济慈与自然：一种生态批评的探究

——入乎其内的外在性、出乎其外的内在性与生成的动态性分析①

查尔斯·N·泰克博士②

自然之物的静穆全部开启，直至核心：每一处隐秘的本性都把善良与公正的元素敞开，让他看见学识那里幽暗的光景。

——济慈

作为一个逐渐展开的过程而非一股脑就完成的工作，生成哲学（philosophy of becoming）大量出现在约翰·济慈（John Keats，1795—1821）对诗歌与哲学的成熟理解中。职是之故，本文准备对他诗歌中的生态意识做一个批判研究。在理解济慈想象理论中美学、哲学和伦理学的几个分支时，生态意识扮演着重要角色。这种内化与外化作用因而集中在一个对话立场上，我称之为“生态—心理—美学”（eco-psycho-aesthetics）。尽管济慈的自然观与灵性（spirituality）关系密切，而这种关系在浪漫主义者威廉·华兹华斯（William Wordsworth，1770—1850）、塞缪尔·泰勒·柯勒律治（Samuel Taylor Coleridge，1772—1834）与珀西·比希·雪莱

① 本文原题为“John Keats and Nature，an Ecocritical Inquiry Interiorising Exteriorities，Exteriorising Interiorities and the Dynamics of Becoming：An Ecocritical Inquiry on John Keats”翻译时稍有简化和变通。后来在与作者的邮件往来中，他也曾把原题简化为“Interiorising Exteriorities，Exteriorising Interiorities：An Ecocritical Inquiry on John Keats”。此译文经作者授权，已刊发到《美育学刊》（2014 年第 3 期）杂志，上有作者本人提供的英文摘要，可参考。——中译注

② 查尔斯·N·泰克（Charles Ngiewih TEKE，1972— ），出生于喀麦隆，助理教授，主要从事英国浪漫派等方面的研究，2004 年获得博士学位（德国雷根斯堡大学）。曾在喀麦隆雅温得第一大学（University of Yaounde I）任教，现为德国慕尼黑大学欧盟“玛丽·居里研究基金”高级研究学者，并在慕尼黑大学英语语言学研究所教授喀麦隆英语文学、理论批评和后殖民研究课程。著有《走向一种生成诗学：塞缪尔·泰勒·柯勒律治与约翰·济慈的美学——在观念论与解构论之间》（*Towards a Poetics of Becoming：Samuel Taylor Coleridge's and John Keats's Aesthetics Between Idealism and Deconstruction*，2006），发表过学术论文 20 多篇。——中译注

(Percy Bysshe Shelley，1792—1822）的作品中也能被发现，但这篇致敬之作的意图主要还不在自然中灵性经验的丰富性上。①

在 1820 年 2 月写给芳妮·布劳恩（Fanny Brawne）的信中，济慈说过：

> 如果我死了，我并没有在自己身后留下不朽之作——没有让我的朋友们为之骄傲的记忆——但是我热爱万事万物中美的原则；而且，假如我还有时间逗留于世，我会让人们记住我的。（《书信选》，422 页）

285 另一个例子是济慈为其茔墓亲自选定的碑文，上面写道：

> 此地长眠者，声名水上书。②

有评论认为，解构论的支持者无法认同济慈的观念论（idealism)③，他们主要想证实如下观点并从中获益：济慈那种反讽和自我矛盾的性格让他成了一个解构主义者。

从生成的语境看，这些说法在严格的语词修辞义上还无法表现济慈的反讽意识与矛盾意识，也代表不了他一生的矛盾态度。它们确实指出了如下事实：济慈意识到诗歌表达是一个审美过程而并非最终成就。至 1820 年，济慈无疑已写出成熟诗作，但其审美和哲学的眼光与感知还未尽如人意。而要理解他的审美抱负与美学成就，自然在其中就扮演着至关重要的角色。

---

① 在《走向一种生成诗学：塞缪尔·泰勒·柯勒律治与约翰·济慈的美学——在观念论与解构论之间》中，我曾根据诺斯替教（Gnosticism，一译“真知派”、“诺斯替主义”）讨论过济慈的灵性问题。此为该书第六章《济慈与诺斯替教派传统：内在自我的寻找与生成》（339～420 页）的抓手。这样，根据灵性与超验性，让济慈的自然诗与那些呈现自然的诗人（nature poets）形成一种关联无疑便有了文本依据。——作者原注

② “Here lies one whose name was writ in water.” 在汉语学界有多种译法，通常直译为“这里安息着一个把名字写在水上的人”，或“这里长眠着一个人，他的名字是用水写成的”。此处采用了周珏良的译法。参见范东兴：《“In Water” 还是 “On Water”？——济慈墓志铭考索》，载《中国翻译》，1987（5）。——中译注

③ idealism 一般译作“唯心主义”或“唯心论”，本文此处及后面几处一律译作“观念论”，其用意是要靠在柏拉图所使用的 idea（*idein*）上。徐向东在翻译汤姆·洛克摩尔的著作时，曾详细解释过为什么要把 idealism 译作“观念论”，可参考。参见［美］汤姆·洛克摩尔：《在康德的唤醒下：20 世纪西方哲学·译后记》，徐向东译，231～233 页，北京，北京大学出版社，2010。——中译注

但主要问题是，济慈的生态意识如何催生出了他在审美与哲学层面的表达和思考？比如，柯勒律治是从泛神论（pantheistic）和一元论（monistic）之维出发，把自然理解成照亮人之灵性的普遍力量。换言之，这就意味着这一问题要从生态玄学之维（eco-metaphysical dimension）加以审视。若是动用批评眼光，生成问题亦可视为灵性观念论（spiritual idealism）的有益延宕（constructive deferral），其论据是，压缩在文本之中的幻想经验是超文本解读（supra-textual readings）[①] 的指示物，因此这种经验并非封闭终止而是动态开放。但这种情况与济慈相关吗？

虽然济慈诗歌中有许多与柯勒律治、华兹华斯密切相关的典型特征，但他的自然意识看上去又与他们略有不同。济慈的诗歌与散文显示出某种一元论特征，这与两位年长的诗人息息相通。由此也可证实如下断言：即便他没按类似方式处理问题，他也能进入与自然相关的浪漫主义观念论（Romantic idealism）的主流中予以讨论。

同样可以说，从有机论的视点看，济慈的诗歌有助于对自然的理解。不过，正如我们打算分析的那样，他的生态诗学（eco-poetics）在幻想与先验层面并不占优先位置，因而，自然中占优势的灵性之维也并不像在两位年长的同仁诗人那里一样，因为济慈的灵性之维主要倾向于把自然限定在其审美追求的范围内，而并不很在意它能作为一种普遍力量，或作为他本人憧憬灵性的基础。

在济慈看来，创造天赋的秘密在于以高度净化之心同情自然。意识到自然与审美创造力是一种不断增长和进步的、且正在形塑着自身的生命时刻，济慈便在其大部分诗歌中注入了这种理解。那些与自然相关的、关于想象的重要哲学评论，还有上面所指出的指向其长者同仁的思想脉络，同样明显地出现在其书信写作的自我意识之中。

考察一下济慈的诗歌，像《诗人》（“The Poet”）、《睡与诗》（“Sleep 286
and Poetry”）、《踮着脚，我站在小山冈上》（“I Stood Tip-toe Upon a Little Hill”）、《蝈蝈与蛐蛐》（“On the Grasshopper and Cricket”）、《夜莺

① 经作者解释，所谓“超文本解读”即超出印刷文本之外的表达。也就是说，理解柯勒律治不必局限于印刷材料本身，因为诗人在诗歌中只能表达出心灵活动过程的部分内容或瞬间思考。这其实就是中国古人所谓的“意在言外”。——中译注

颂》（“Ode on a Nightingale”）、《明亮的星，但愿我像你一样坚定》（“Bright Star, I would I were Steadfast as thou art”）、《恩底弥翁》（*Endymion*）、《书致亲爱的雷诺兹》（“Epistle to Dear Reynolds”）与《秋颂》（“Ode to Autumn”），均可例证如下情况：济慈把自然意象（nature imagery）的自觉使用融入其美学构造中，在某种程度上，他已把自然理解为一种有益于人类健康的现象。

因为自然，《诗人》闪耀着强烈的浪漫主义之光。尊崇自然使得自然活力与人们的身心存在融为一体。

清晨，中午，黄昏与午夜
他在醉人的空气里穿行
从植物，洞穴，岩石和泉水那里
用符咒唤醒稀有的精灵。——目之所见
自然之物的静穆全部开启
直至核心：每一处隐秘的本性
都把善良与公正的元素敞开
让他看见，学识那里幽暗的光景。
日日旋转的星球万物生长
他的灵魂时常在那里飞扬
张开骇人的翅膀，与命运的天空同在
抓住早熟与神秘的交往：
直到这超自然的神交洒出
看得见的光轮，缭绕在他那凡人的头上。

就浪漫主义观念论而言，这首诗无疑呈现了济慈迷恋自然的因素。楷体部分表明了自然的物质之维与形而上之维。最后一行也可以讨论，以此证明济慈的先验喜好。由此看来，成熟且富有创造力的哲学思想极大地得益于自然风景，而不是得益于制度化的学习（institutionalised learning）。题目是一条理解“生态—心理—美学”的重要线索。诗人与自然之间的心理学关系为他提供了创作素材。根据美学原理，人们可以把这种情况描述为自然意象的内化和通过诗歌的外化。

在《睡与诗》中，济慈的主要旨趣与他对艺术抱负的规划有关，其中引发了一种朝着非凡的审美愿景渐变而又螺旋上升的运动。这一进程的发展阶段之一又与生态意识有关。因而，在成为把他自己描绘为一个艺术家的诗学中，自然无疑扮演着最为重要的角色。

济慈以一系列修辞性疑问句（rhetorical questions）① 作为这首诗的开端，然后把自然与他对睡眠的哲学和心理—美学感悟拴到了一起。像这首诗的题目所暗示的那样，睡与诗深度缠绕，睡在这里并不能看作身心休眠之状，而应该看作形成和增强创造力的心理—美学之态。济慈无疑夸赞了自然的美丽与壮丽，自然则充当着催生诗人艺术追求的动力或跳板，由此呈现他 287
不得不经过花神与牧神（Flora and Pan）之国的那种意识。在不断形成更复杂的意识水平与创造力之前，此诗可看作自然诗（nature-poetry）的代表作：

啊，给我十年吧！我可以在诗里
征服自己；我可以大有作为，
听从我灵魂对我自己的指挥。
我可以遍历各国，看国土成串
在我的眼前展开，我还将不断
品尝各地的清泉。我首先前往
花神和牧神之国：我睡在草地上，
吃的是紫色的草莓，红色的苹果，
凭我的幻想去寻找种种欢乐。②
（96～104 行）

---

① 修辞性疑问句是英语中旨在用于强调的特殊问句形式，其特点是实际含义与字面形式正好相反。具体而言，肯定形式的修辞性疑问句表示否定含义，而且其否定语气比一般否定句更强。同理，否定形式的修改辞性疑问句则表示肯定含义，而且其肯定语气比一般肯定句更强。它们从语言形式上看是疑问句，但其作用却不是提问，而是加强语气。参见陈元琴：《浅谈修辞性疑问句》，载《东疆学刊》，2001（4）。在《睡与诗》中，作者开篇写道：What is more gentle than a wind in summer? /What is more soothing than the pretty hummer/That stays one moment in an open flower/And buzzes cheerily from bower to bower?（什么比夏天的风儿更加熨帖？/什么比嗡嗡的蜜蜂更令人怡悦？/蜜蜂在怒放的鲜花上稍稍停留，/随即愉快地从树阴向树阴飞走。）参见《济慈诗选》，屠岸译，138～139 页，北京，外语教学与研究出版社，2011。——中译注

② 这里采用了屠岸的译诗，见《济慈诗选》，145～147 页。——中译注

这里的花神与牧神可谓济慈艺术创造力与希腊神话之间的中转站。虽然在济慈的规划中，他对自然的思考还不像其他发展阶段那么高贵，但他并没有削弱自然，因为在他的大部分诗歌中，自然意象频频重现，并服务于一个重要主旨。

创作《睡与诗》那年，《踮着脚，我站在小山冈上》也诞生于世，济慈对自然的关爱再度回响。此诗与自然形象（nature images）融为一体，诗人在那里正沉思冥想——不仅诉诸审美想象，而且还分明倚靠着灵性幻想（spiritual vision）：

我稍作凝视，就感到轻松舒畅
好像墨丘利[①]扇动着翅膀
在我脚跟处鸣响：我怡然自得
绵绵欢乐在我幻梦中绽放
(23～26 行)

此处所引暗示着一种神秘而崇高的体验，也就是他随后所谓的“自然的布道”(71 行[②])。自然中鼓舞人心的部分则因诗人的修辞性疑问句而被人注意：

“是什么让哲人或诗人只描摹/大自然之光中的美丽天堂?”（125～126 行）

济慈进一步描写了自然的治愈力，表明自然不仅涉及诗歌写作的审美行为，而且有医疗用途，只要向自然敞开且能接纳自然，无论是谁都会获得疗效。

微风轻柔而纯净，
悄悄爬过半闭的格栅窗，去治疗
没精打采的病人；给睡梦中的高烧降温，

① 墨丘利（Mercury），是罗马神话中为众神传递信息的使者，相对应于希腊神话的赫耳墨斯（Hermes）。他的形象一般是头戴一顶插有双翅的帽子，脚穿飞行鞋，手握魔杖，行走如飞。——中译注

② 71 行的诗句是：“自然的布道降临在他们那布满卵石的河床”（A natural sermon o'er their pebbly beds）。——中译注

安慰他们进入沉沉的黑甜乡。
一觉醒来，他们睁开睡眼：没了焦渴，
凉了发烫的手指，双鬓也不再灼热[①]：
(221～226 行)

这里让人想到的是常见于华兹华斯、柯勒律治与雪莱那里的浪漫主义标志——微风（breeze），以及它对创造性想象的影响。人们也注意到，对于通风有益于身体健康的那种方法，济慈显然表现出一种敏感。此方法因而连接着生理病理学与精神病理学，此为济慈在其医疗训练（medical training）中的用功之处，由此也表明了自然作为治疗或药物对于身心世界非常重要。这种生态治疗的观点不只是关联着柯勒律治，而是使人想起了后诺瓦利斯哲学（post-Novalian philosophy）。 288

诺瓦利斯（Novalis，Friedrich Freiherr Von Hardenburg，1772—1801）非常迷恋自然在人类生活中的药物作用，这也是对人精神自然和身体自然的颂扬。他用顺势疗法的传统（homeopathic tradition）[②] 去解释他对自然和人类意识的玄学之思，强调自然有药用原理（pharmaceutical principle），是一种抑制剂和愈合剂。他把疾病看作健康无损（wholeness）的积极前提，并认为灵魂体现着对这种药用原理的矛盾心理。

在这一现象上，济慈与诺瓦利斯存在着某种关联。[③] 实际上，济慈郁

---

① 此处及上面两处翻译参考了马祖毅等人的译诗。参见《济慈诗选》，55、59、63～64 页，合肥，安徽文艺出版社，2006。——中译注

② 顺势疗法（homeopathy），又称同类疗法，是由德国医生塞缪尔·哈内曼（Samuel Hahnemann，1755—1843）创立于 18 世纪的一种医疗方法。顺势疗法的理论基础是"同样的制剂治疗同类疾病"，意即为治疗某种疾病，需要使用一种能够在健康人中产生相同症状的药剂。例如，毒性植物颠茄（也被称为莨菪）能够导致一种搏动性的头痛、高热和面部潮红，顺势疗法药剂颠茄就用来治疗那些发热和存在突发性搏动性头痛的病人。——中译注

③ 比如，可参见大卫·法雷尔·奈尔（David Farrell Knell）的《传染病：德国观念论与浪漫主义中的性、病与死》（*Contagion：Sexuality，Disease，and Death in German Idealism and Romanticism*，1998），35～70 页。在英文中，诺瓦利斯的著作并不完整，也不是唾手可得，但济慈的基本想法却与其大部分德国同党的观点非常亲近，尤其是论及自然与自我的观念时更是如此。不管怎样，他都在其分析中增加了一个维度，把自然、诗歌、想象和精神病理学（psychopathology）引进来了。一个重要信息可补充于此：让人强烈意识到的情况是，诺瓦利斯的影响主要在美国先验主义/浪漫主义那里，而很可能不在英国。他在法国哲学界也非常流行。——作者原注

郁沉思的自然其实已指向一些关切之处，它们微妙地涉及他所研习的医学科学（medical sciences）和他的想象哲学。在这里，浪漫主义想象下的自然应是自然的审美意蕴（aesthetic implications），以及自然如何与他不断发展的生命哲学纠缠不清，难解难分。此处的关切与济慈的艺术想象观（imaginative view of art）不无关系，且在 1817 年 12 月 21 日写给乔治与托马斯·济慈（George and Thomas Keats）的信中有所表达：

> 任何一种艺术，其卓越之处均在于情感力度，因与美和真（Beauty and Truth）亲密接触，它能让所有的糟心事烟消云散。（约翰·济慈：《书信选》，370 页）

在济慈那里，美和真的观念是高度包容的。[①] 也就是说，此观念把所有的生命体验或理解，消极面或积极面，融入到一个整体愿景之中。这样，艺术与自然在功能上就可被看作一种治疗了。

济慈的自然观不光呈现于诗歌中，而且也出现在他的书信里。在写给汤姆（Tom）[②] 的信中（1818），他把自然与诗歌的灵感和表达联系在一起。在另一封致乔治与托马斯·济慈的信中（1817），通过倡导生命中的通感和移情幻象（synaesthetic and empathic vision），他谈论的是诗人的消极感受力（negative capability）[③]。在致雷诺兹（Reynolds）的信中（1818），他形成的判断是，知识每部分各有所长，它们能被谋划为一个伟大的整体。在致约翰·泰勒（John Taylor）的信中（1818），他描画出诗歌的某种公理，其中便有这样的观念：如果诗之形成不是像枝头生叶那样自然而然，那就最好让它胎死腹中。所有这些，都把想象与自然意识（nature-consciousness）连接在一起，而且表明华兹华斯和

---

① 在《希腊古瓮颂》（“Ode to a Nightingale”）一诗的末尾，济慈曾说过“美即是真，真就是美”（“Beauty is truth，truth beauty”）的名言。在致贝莱的信中（1817 年 11 月 22 日）他也说过：“由想象力捕捉到的美的也就是真的，不管以前有过没有。”由此可看出美和真的相互包容。参见周珏良译文，见《十九世纪英国诗人论诗》，167～168 页，北京，人民文学出版社，1984。——中译注

② 汤姆（Tom）即托马斯·济慈（Thomas Keats），是济慈的弟弟。——中译注

③ “消极感受力”是济慈诗学中的重要概念，此概念也被译作“消极能力”、“消极才能”、“客体感受力”等。——中译注

柯勒律治天生与普罗提诺主义者或斯宾诺莎主义者的一元论（the Plotinist or Spinozist monism）存在着一种亲和性。但这里的主要问题是，如何把自然理解为创造过程的一部分，而不是诗人对自然之灵性的亦步亦趋。

更具体地说，在致汤姆的信中，济慈对苏格兰风景的描写尤为关键，由此可理解他所归功于这一主题的重要性： 289

> 比任何东西都让我震惊的是那氛围、色彩、石板、石头、苔藓和岩藻，或者要我来说，是营造这种奇观的大智慧与大手笔。这种空间格局，这些山峦与瀑布的大小与数量，你在没看到它们之前完全可以想象得到，但是这种面貌，或者这种鬼斧神工定然胜过任何一种想象，挑战任何一种记忆。我要在这里学诗，从此往后我会比以往写得更多，因为努力提取它们就能为这博大之美增添淡淡的一笔。博大之美是从宏伟的物质材料那里收获的果实，它被至美的精神所哺育，幻化成超凡脱俗的存在（ethereal existence）[①]，为我的同胞提供了美味佳肴。[②]

这里能够看清楚济慈那种强烈的感知力和想象力：自然的物质材料不只是有助于诗歌的审美创作，而且能通过诗歌清晰描画出对生命与存在的深层感悟。可以把这系列的文学图解（ekphrasis）看作观察，也可看作景色内化于心灵之后所敦促的寻找——为言说找到一种恰如其分的语言。因此，这封信阐明了济慈在自然意识上的认识论和本体论内涵。在此意义上，那些成熟的诗歌势必会注入关乎人类存在的复杂的真知灼见。

在《夜莺颂》中，以鸟儿和鸟的悦耳鸣唱为代表，我们可看清楚自然意识的运用，这不光是为了诗歌创作，而且也是为了推进诗人的哲学思考。鸟儿与鸣唱代表着自然之美，非语言鸣唱（non-verbal song）的诗歌

① 原文为“etheral existence”，经与济慈书信核对并与作者随后的进一步引用比对，发现此处的“etheral”应为“ethereal”之误。——中译注

② 这封信写于1818年6月25～27日。此处翻译参考了傅修延译文，见《济慈书信集》，142页，北京，东方出版社，2002。——中译注

表达标志着自然的和谐。除了鸟儿鸣唱所形成的陶醉，那种看不见周边风景却又能把它描绘得栩栩如生的本领，也增添了狂喜与安详的气氛[①]：

我看不出是哪种花草在脚旁，
什么清香的花挂在树枝上；
在温馨的幽暗里，我只能猜想
这个时令该把哪种芬芳
赋予这果树，林莽，和草丛，
这白枳花，和田野的玫瑰，
这绿叶堆中易谢的紫罗兰，
还有五月中旬的骄宠，
这缀满了露酒的麝香蔷薇，
它成了夏夜蚊蚋的嗡嘤的港湾。[②]
（第五节，41～45 行）

这些诗句既表达着春天的壮丽，同时也是夏天将至的前奏，这个夏天即将拥有自己的储备——自然的美丽与奢华。如前所述，当生命的无常与易变萦绕于心挥之不去时，诗人面对于此，这里的自然似乎就成了为深入思考而设的一块跳板。

290 换言之，那些鸣唱似乎引发了诗人自我转变或心理变形上的现象学进程，由此强化了因经历死亡而永垂不朽的深层欲望。但一方面，诗人拜倒在坚忍不拔的禁欲主义面前；另一方面，似乎又强调着存在的物质世界和感官王国，而不是努力去保持那种永恒而理想的状态。这种情况是成问题的，通常被视为想象的失败或者归结为一种典型的济慈式标志——现实与想象性幻觉之间的一种矛盾心理。

关于这首诗，约瑟夫·斯万（Joseph Swann）的《雪莱、济慈与柯勒

---

① 此句的原文是“Apart from the ecstasy that the bird’s song generates, the unseen but vivid pictorial description of the surrounding landscape adds to the bliss and serenity of the atmosphere”。翻译时后半句稍有变通。据作者解释，之所以用 unseen 一词，是因为此诗写于晚上，诗人听到了鸟儿鸣唱却看不见它们，对周边风景的描绘便只能依靠猜想。——中译注

② 这里采用了穆旦的译诗，见《拜伦　雪莱　济慈诗精选》，184～185 页，武汉，长江文艺出版社，2011。——中译注

律治：作为解构主义者的浪漫派诗人》（“Shelley，Keats and Coleridge：The Romantics as Deconstructionists”，1995）一文已抛弃了那种建立在阐释学和现象学基础之上的解读。他指出，颂诗（ode）使用肉身（physical）语言，[①] 且因费解而高度个性化。斯万借助于解构主义的立场，认为这首诗的主旨包括知与不知，内在于每个语词中的死亡含义，我们在诗歌对象那里所遇到的黑暗他性（dark otherness），以及言语之中不可避免的情色意味（94 页）。因此，济慈的矛盾心态损害了任何借助于有意义的话语（meaningful discourse）系统对其阐释的可能。

若以这首诗的最后一节为例来思考这种情况为什么会发生，争议便集中在了哲学和灵性的气质上。无论这一争议如何悬而未决，气质问题都应该放在浪漫主义观念论的语境中进行讨论。

尽管《恩底弥翁》一诗充斥着对自然的大量描绘，但从中抽取两个重要的片断，也能很好说明济慈在本体论层面对自然的感知和理解：

> 幸福在哪里？幸福在这种召唤里
> 这召唤让心灵进入神圣的友谊
> 同宇宙精华结成友伴关系；
> 直到我们被提炼，超越空间而灿烂。
> 你看那庄严明净的天空……
> （《恩底弥翁》第一卷，777～781 行）
>
> …………
>
> 在那绝顶上头，
> 无形的细丝悬着颗光芒的圆球，
> 这圆球就是爱情：它的感应力，
> 到我们眼中，产生新奇的感知，
> 我们为此而吃惊，而烦恼，最终，
> 在溶入爱的光华时，我们交融，

---

① 此句的原文是“the language of the ode is physical”。作者解释道：根据斯万的暗示，所谓肉身语言即意味着自然适合于诗人的肉体或身体状况，由此便形成了相应的表达。——中译注

糅合，变成爱情的一部分……①
（《恩底弥翁》第一卷，805～811行）

这里摘录的诗句与柯勒律治那种新柏拉图主义的（Neo-Platonist）观点非常接近，因而一条共同的思想之线把两位诗人连接在一起。鉴于他们以同样方式把想象活动表达为一种联想能力和心灵能力，第一组诗句或许能在柏拉图的现实或先验现实层面得到恰当解读：那是济慈对其信念的肯
291 定。神圣的友谊与宇宙精华结盟，意味着整个生命过程的参与，也暗示着自然中有诸多法则。在这里，宇宙精华可解读为理性（Logos）或先验现实的代表，其中所有的一切都在瞬间的想象体验或最终生成（即存在）的结果中融为一体。

运用化学理论（chemical theory），济慈提升了这些诗句的审美气质和哲学品性。炼金术（alchemy）② 涉及一个从基本金属到更高物质形态的化学转变过程。在前面所引的书信中，他曾使用过超凡脱俗的存在（ethereal existence），所强化的也是艺术、美学、哲学和灵性题材与科学的类比。济慈用相同原理去理解艺术的创造性，所以他所暗指的科学就不能在经验主义的概念中予以看待，而应在想象的、审美的和哲学的术语中加以考察。换言之，感知印象是想象力上的集中和提纯。这就导致了较高的和超凡脱俗的形式，并最终成就了审美上的成熟和哲学上的敏锐。

对于济慈似已传播的自然—神秘思想（nature-mystic thought），第二组摘录的诗句也能提供一种洞见。以“溶入”（melting）、“交融”（blending）、“糅合”（mingling）与“变成”（becoming）等动词为例，可巧妙证明诗人对整体与统一（wholeness and unity）的追求。这些动词全部是动态动词（dynamic verbs），意味着一种清醒的过程意识以及心灵与自然的积极互动。这些词语也全部涉及柯勒律治对“第二位想象”（the seconda-

① 这里采用了屠岸的译诗，个别字句略有改动。参见《济慈诗选》，308～309页，北京，人民文学出版社，1997。——中译注

② 诗中有“full alchemized”的说法，直译便是“被炼金术完全提炼”，所以作者在这里有“炼金术”之说。——中译注

ry imagination)[1] 的定义，对"理想的完美诗人"（the poet in ideal perfection)[2] 的界定。在那里，我们也可以发现一些对应词语，如"分享"（partake)、"综合"（synthesise)、"扩散"（diffuse)、"驱散"（dissipates)，以及涉及以上所论、具有同样典型特征的"溶解"（dissolve)。

因此，灵感可看作想象的基本前提，同时，认识论与本体论的研究基础也变得合情合理。在某种程度上，现实仿佛是被生成的哲学指令所认可，因为生命被看作一个持续不断的过程，而不是一种静态或终极的产物。或者换句话说，这种目标可理解为，不能把诗歌当作完成的结果去解读，而应该把它看作期待的样子去理解。

济慈创作的那首《秋颂》（"To Autumn"）涉及自然，并已引起很大关注。不过，在被不同的理论与批评视角解读和阐释之后，这首诗已变得争议不断。历史主义者认为它含蓄表达了济慈的革命理念，于是它就成为一篇"诗—史结合的"（poetic-historical）文章。尼古拉斯·罗伊（Nicholas Roe）的专著《济慈与异议文化》（*Keats and the Culture of Dissent*，1997)，特别是他的论文《约翰·济慈的"绿色世界"：政治、自然与诗歌》（"John Keats's 'Green World:' Politics, Nature and the Poems"，2000)，提供了一个历史解读的佳例。比如，罗伊在探究自然意象时，其研究路径不是依据艺术憧憬、审美渴望和灵性欲求，而是根据济慈那种英格兰的社会政治意识。借此生发，自然（与对希腊花神与牧神的赞美连在

---

① 柯勒律治认为，想象可分为第一位的和第二位的两种。前者是一切人类知觉的活力和原动力；后者"是第一位想象的回声，它与直觉的意志共存，然而它的功用在性质上还是与第一位的想象相同的，只有在程度上和发挥作用的方式上与它有所不同。它溶化、分解、分散，为了再创造，而在这一程序被弄得不可能时，它还是无论如何尽力去理想化和统一化"。参见刘若端译文，见《十九世纪英国诗人论诗》，61页，北京，人民文学出版社，1984。——中译注

② 此句及其相关语句的完整表达是："The poet, described in *ideal* perfection, brings the whole soul of man into activity, with the subordination of its faculties to each other, according to their relative worth and dignity. He diffuses a tone and spirit of unity, that blends, and (as it were) *fuses*, each into each, by that synthetic and magical power, to which we have exclusively appropriated the name of imagination." See Samuel Taylor Coleridge, *The Works of Samuel Taylor Coleridge: Prose and Verse*, p. 310. 其大意是："理想的完美诗人能使人的全部灵魂活跃起来，使各种才能按照相应的价值和地位相互从属。他散发着一种一致的情调和精神，使它们彼此混合并进而（仿佛是）溶化为一，所依靠的则是那种善于综合的神奇力量。这种力量我们专门用了'想象'这个名称。"此处翻译参考了刘若端译文，见《十九世纪英国诗人论诗》，69页。——中译注

一起）就被看作了独立、和平与自由之理念的代表符号。

结构主义者把这首诗看作艺术想象与成熟的最高表达，认为成熟的表达就是能明确或含蓄地把审美成就与壮观美景转化过来。海伦·文德莱
292 (Helen Vendler) 的《约翰·济慈的颂诗》(*The Odes of John Keats*, 1981) 研究过此问题，极富创见，认为从意识形态和审美的视角看，此诗与其他颂诗相比，已是结构主义的巅峰之作。济慈的诗歌想象力在这里已臻化境。

解构主义者把这首诗阅读或解读成一个通过济慈本人完成的自我/文本解构（self/text-deconstruction）的范例，并极力主张如下观点：任何可能的意义样式都被诗歌文本本身毁坏一空。因此，无论怎样去感受这首诗，它都颠覆和损坏了自己那种思想/意义的传播意图。在苏珊·沃尔夫森（Susan Wolfson）的《可疑的在场：华兹华斯、济慈与浪漫派诗歌中的疑问方式》(*The Questioning Presence: Wordsworth, Keats and the Interrogative Mode in Romantic Poetry*, 1987)，詹姆斯·奥洛克（James O'Rourke）的《济慈的颂诗与当代批评》(*Keats's Odes and Contemporary Criticism*, 1998) 等著作中，可以看到这种批判性的评价。浪漫主义幻想批评（Romantic visionary criticism）是从这首诗内部隐含的阐释矩阵（interpretative matrix）出发，对它做出相关分析的。其中主要涉及两个角度：或者根据原型批评，就诗中隐含的季节周期模式进行探讨，或者从一元论的视角去论述自然的统一性与整体性。

可以确定的是，这首诗能够体现出济慈的有机论观念（organicist conception），而这种观念又关联着作为过程的生命和诗歌表达，这种情况与上面罗列的后一种幻想观有关。济慈明确意识到他不可能为子孙后代写出更多的诗篇。所以应该在此重申，该诗在美学、哲学和灵性层面的意蕴或气质可以阐释为生成问题，而不能像浪漫主义幻想批评家和结构主义者所解释的那样，这首诗代表着济慈完美的富有创造力的想象与成就。

这一阐释可以与贯穿在《人的季节》（"The Human Seasons"）和十四行诗《"漫长的严冬过去了，愁云惨雾"》（"After dark vapours have oppress'd our plains"）中的哲学思考形成关联。两首诗都通过对生与死的

沉思冥想，补充了对季节的描绘。比如，《人的季节》这样写道：

一年之中，有四季来而往复；
人的心灵中，也有春夏秋冬：
他有蓬勃的春天，让天真的幻想
把天下美好的事物全抓到手中；
到了夏天，他喜欢对那初春
年华的甜蜜思维仔细地追念，
沉湎在其中，这种梦使他紧紧
靠近了天国：他的灵魂在秋天
有宁静的小湾，有时候他把翅膀
收拢了起来；他十分满足、自在，
醉眼蒙眬，尽让美丽的景象
像门前小河般流过，不去理睬。
他也有冬天，苍白，变了面形；
不然，他就超越了人的本性。[1]

这首诗让季节与人之生命的不同阶段（因死亡而达到顶点）形成复杂关联，明显隐含着济慈在《秋颂》中的关切。因此，另一种论及《秋颂》 293
的观点认为，该诗是济慈在想象与哲学层面预言死亡，即让死亡进入生命的精妙演奏。不必多言，济慈在这里把生态现象与死亡糅为一体，这于他应是一个很好的安慰，而并非一个消极的存在时刻，因为他肯定相信那种其乐融融的后肉身存在（post-corporeal existence）。

换句话说，济慈是试图对四季交替的传统观念（它具有特定的典型特征）“去中心”（de-centre）。这样，秋天就不仅仅是一个成熟和丰收的季节了。从创造和审美的观点看，秋天之外的其他季节在哲学或隐喻层面也能彼此具有同样的功能。也就是说，随着生死问题成为哲学与灵性的深度题材，亦即每一个季节既能是春天也是死亡，它们同时也就成为艺术灵感之源。这里所持的批评立场是，生态学能与伦理学和心理学建立一种彼此

① 这里采用了屠岸的译诗，见《济慈诗选》，105 页，北京，外语教学与研究出版社，2011。——中译注

充实和相互馈赠的关系。把人类活动的任何领域从生态多样性（ecological diversity）分离出去，似乎都是不大可能的。

《蝈蝈与蛐蛐》和《明亮的星，但愿我像你一样坚定》是济慈的两首十四行诗，它们牵涉到当今有关自然的争论，并使相关的批判性研究成为必要之举。在头一首诗中，济慈的描绘远远超出了诗歌题目所伪装的素朴：

> 从不间断的是大地的歌吟：
> 当鸟儿疲于炎热的太阳
> 在树荫里沉默，在草地上
> 就另有种声音从篱笆飘过；
> 那是蝈蝈的歌声，它急于
> 享受夏日的盛宴的喜悦，
> 唱个不停；而等它需要停歇，
> 就在青草丛里稍稍憩息。
> 呵，大地的歌吟从不间断：
> 在孤寂的冬夜，当冰霜冻结，
> 四周静悄悄，炉边就响起了
> 蛐蛐的歌声，而室中的温暖
> 使人醺醺欲睡，我们会感觉
> 仿佛是蝈蝈在山坡上鸣叫。[①]

诗人那种大地的歌吟不能被耗尽的生态主张可谓斯宾诺莎主义观念（Spinozist idea）的一种回响，此观念认为，我们还没能充分拥有大自然馈赠给我们的宝藏。考虑到任何季节都能理解成富有生产性和创造力的春天，诗歌创作就能被任何季节触发灵感。表面上看，这一频频出现的主题（前文已述及）在这首诗中采取了一种过分简单的维度。蝈蝈与蛐蛐是大自然的元素，根据季节的变化，它们标志着也传递着不同时间之轴的信号。与那首有关夜莺的诗歌相比，人们能看到美学与自然的融合，同时也

---

① 这里采用了穆旦的译诗，略有改动。见《拜伦　雪莱　济慈诗精选》，165 页。——中译注

能看到一种富有哲学与精神气质的洞见。

后一首诗涉及一种重要形象——星星。星星生成氛围，使得诗歌沉思 294
冥想的风格具有了种种典型特征。诗人渴望自己能像星星一样坚定，显然是其意愿之果——他想摆脱“时间的痛苦之潮”（time's bitter tides）。这并非源于任何幻觉或逃避现实的趋向，而是因为他想拥有一片能够超越痛苦与绝望的存在之域。

苏珊·沃尔夫森的《形式图记：英国浪漫主义中的诗歌塑形》（*Formal Charges*：*The Shaping of Poetry in British Romanticism*，1997）进一步强化了她在《可疑的在场：华兹华斯、济慈与浪漫派诗歌中的疑问方式》一书中采用的解构立场。在后一本著作中，她认为以此质问济慈的诗歌就能把它压垮：它的意涵一盘散沙，无中心可言，因为任何寻求意涵的企图都导致了一种阐释僵局（interpretive impasse）。而在前一部著作中她则强调：济慈的抒情诗呈现的情况是，诗歌形式怎样损坏了形式诉求，从而变得享有特权，自行其是。至于那首《明亮的星》，她认为结尾处的破折号[①]是“拒绝终止一种形式”，用来表示“激进体验的不大牢靠”（187页）。换句话说，这首诗只是证实了难理解性（unreadability）和不确定性（undecidability）是怎么回事。

需要重申的是，济慈的生命哲学观以痛苦与苦恼为基础，这是增强形而上渴望与才能的必要品质。浪漫主义观念论所偏爱者，正是这种阐释学和现象学意义上的人生观。值此之际，被自然现象（明亮的星）引发的诗歌灵感问题就成为我们在此处想要讨论和强调的东西。济慈在这里显然是在利用自然，并把自然限定到他那种独特的审美与哲学抱负之中。他似乎没把自然看作一种普遍力量，这一点与柯勒律治和华兹华斯在其泛神论和一元论承诺中的固执己见并不相同，即便能够证明济慈作品中有柯勒律治式或华兹华斯式的意识之线，也依然如此。但是，鉴于他将自然理解为生命中通往更为成熟的审美视野和哲学沉思的构筑之路，他对自然的借助便极力指向其过程意识（consciousness of process）。济慈诗歌中的大部分篇

---

① 这首诗的结尾句是：“And so live ever—or else swoon to death.”［“就这样永远活下去——或昏醉而死。”（屠岸译）］——中译注

什无疑都可证明：内在化的生态学（internalising ecology）如何在审美憧憬中被重新定位，并走向了成熟。

上述分析已指向了济慈诗歌实践中的自然意识。现存的批判性解读还没有充分注意到济慈诗歌中的这一现象，而目前的争论也不足以表明对这一问题有了详尽论述。虽然济慈的诗歌意味着在唯美主义与灵性之间找出一条清晰之线困难重重，但本文的观点还是更多倾向于唯美主义与哲学而不是灵性。即便这首诗歌能对灵性的阐释有所补充，但济慈也依然是在有意用自然来满足唯美主义与哲学的目的。

济慈无疑是在利用自然和限定自然（reduces nature），但人们可以争论的是，他的自然诗（nature poetry）并未把它自己仅仅局限在个性化
295 之列。他的作品中确实存在着泛神论与一元论的解读线索，并以此表明，在济慈与主流哲学思想和灵性思想（来自柯勒律治和华兹华斯那类人）之间形成了种种亲和关系。可以开放这一问题，以便进一步推进批评的论争。

我也在此建议，对济慈与生态环境做更深入且更详尽的研究，可以成为另一个用力探究的论题。考虑到济慈的自然诗显然不仅仅限于美学，从一个更宽泛的视角弄清如下情况将有可能：他是否坚持以第一代浪漫主义诗人曾采用的方式去处理那些微妙而复杂的论题。

我要论证的是，在济慈那种泛神论和一元论的普世主义哲学中，他所谓的入乎其内和出乎其外的自然，与柯勒律治或华兹华斯的自我首位（primacy of self）是相一致的，即便这里主要讨论的是济慈的生成诗学（poetics of becoming）如何建立在美学发展和哲学成熟的基础之上。

例如，《睡与诗》、《踮着脚，我站在小山冈上》与《海伯利安的陨落》（“The Fall of Hyperion”）等诗表明，济慈的审美思考与柯勒律治那首诉诸唯美主义与灵性的《忽必烈汗》（“Kubla Khan”）十分相似。正如《忽必烈汗》在审美热情与灵性迷恋、想象力和持续性上描绘了对立的自然，济慈的自然诗也是如此操作。它们都可以通过生态批评加以阅读和阐释。在其诗学建构的追求中，这些诗歌主要描述了济慈的审美参与与哲学承诺。而通过“花神与牧神之国”（the realm of Flora and Pan）、“初觉之

室”（the chamber of maiden thought）[①]、“幽暗之室”（the dark chambers）、“泪之谷”（the vale of tears）[②]、“灵性酵母素”（the spiritual yeast and ferment）、“光之室”（the chambers of light）、“灵魂铸造之谷”（the vale of soul making）等等表达，济慈本人也有意绘制了他在美学、哲学与灵性方面的发展蓝图。

参考文献

296

Glotfelty，Cheryll，“What is Ecocriticism”，http：www. asle. umn. edu/conf/wla/1994/glotfelty. html 14/04/2008.

Keats，John. *Works*. Ed. Elizabeth Cook. Oxford：OUP，1990.

— *Selected Letters*. Ed. Grant F. Scott. Massachusetts：Harvard University Press，2002.

Knell，David Farrell. *Contagion，Sexuality，Disease，and Death in German Idealism and Romanticism*. Bloomington：Indiana University Press，1998.

O'Rourke，*James. Keats's Odes and Contemporary Criticism*. Gainesville：University Press of Florida，1998.

Roe，Nicholas. *John Keats and the Culture of Dissent*. Oxford：Clarendon Press，1997.

“John Keats's 'Green World'：Politics，Nature and the Poems，” *The Challenges of Keats：Bicentenary Essays* 1795—1995. Eds.

Allan Christensen et al. Amsterdam，GA：Rodopi，2000. 61 - 77.

Scheese，Don. “Some Principles in Ecocriticism” http：//www. asle. umn. edu/conf/other _ conf/wla/1994/scheese. html 15/08/2008.

Swann，Joseph，“Shelley，Keats and Coleridge：The Romantics as Deconstructionists，” *The Keats-Shelley Journal*，1995.

Tag，Stan. “Four Ways of Looking at Ecocriticism” http：//www. asle. umn. edu/

---

① 此处采用周珏良先生译法。这一说法出现在致雷诺兹的信中（1818 年 5 月 3 日）。济慈认为，可以把人生比作有着许多间房屋的深宅大院，我们首先进入的房间叫“婴幼之室”（infant Chamber）或“无思之室”（thoughtless Chamber）。当有了思维能力之后，我们便进入了第二个房间——“初觉之室”。参见《十九世纪英国诗人论诗》，181 页。——中译注

② 此说法及后面的“灵魂铸造之谷”均见于致乔治与乔治安娜·济慈的信（1819 年 2 月 14 日至 5 月 3 日）中。——中译注

conf/other _ conf/wla/1994/tag. html 15/04/2008.

Vendler, Helen. *The Odes of John Keats*. Havard: HUP, 1981.

Wolfson, Susan J. *The Questioning Presence: Wordsworth, Keats and the Interrogative Mode in Romantic Poetry*. Ithaca: Cornell University Press, 1987.

"Romanticism and the Question of Poetic Form," *Questioning Romanticism*. Ed. John Beer. Baltimore: The Johns Hopkins University Press, 1995. 17 - 45.

Formal Charges: The Shaping of Poetry in British Romanticism. Stanford: SUP, 1997.

赵勇 译　　马康明 校

术语表

absolutist critic 绝对主义批评家：坚信读者在阐释文本时只能使用唯一一种理论或一套原则的人。 297

actual reader 实际读者：沃尔夫冈·伊瑟尔发明的术语，用以在两种读者之间作出区分：**隐含读者**与实际读者。实际读者是那种身体力行地拿起文本并去阅读它的人。伊瑟尔认为，实际读者在进入文本时已为特定文化的、个人的标准与偏见所塑造。

aesthetic experience 审美经验：当个体沉浸于艺术作品时在其内心产生的效果。参见**审美式阅读**。

aesthetic reading 审美式阅读：露易丝·M·罗森布拉特在《读者、文本与诗歌：文学作品的交易理论》（1978）中使用的术语，用来描述读者与文本互动时的阅读行为或过程。在这一事件中，“审美沉思的对象是由读者面对艺术刺激所做出的反应构成的，无论这种刺激是一个诸如雕塑的物质对象，还是一套语言符号。读者在自己所形成的文本反应前注目沉思”。这一术语指每个读者对文本的个人反应，以及当阅读个体与印刷材料交易时如何寻找并创造意义。这个过程假设读者在与文本一道创造意义或形成个人阐释时扮演了积极能动的角色。

aesthetics 美学：哲学的一个分支，专门处理美的概念，试图决定一部艺术作品中美的标准。它提出了诸如此类的问题：美源自何处？源于客体还是观察者？什么是美？美是如何被认识的？

aesthetic theory 美学理论：一种哲学思想体系，主要涉及意义（尤其是美与乐的元素）是如何在文本中呈现并运作的。

affective fallacy 感受谬误：新批评家使用的术语，用来解释读者对文本做出的情感回应既不重要，也不能等同于对文本的阐释。新批评家认为，那些依据读者的情感效果来评价艺术作品的方法是错误的，感受谬误混淆了何谓诗歌（诗歌意义）与诗歌何为。威廉·K·维姆萨特和门罗·C·比尔兹利首次使用该术语，他们认为诗歌的意义仅仅取决于对文本的**细读**。

affective stylistics 情感文体学：读者导向批评家斯坦利·费什发明并用来描述其阅读策略的术语（也被称为**接受美学**）。费什认为，文本的意义存在于读者所属的那个阅读共同体（费什所谓的**阐释群体**）之中。因此，文本的阐释依靠的是读者在一个或多个阐释群体中的主观经验。

African-American criticism 非裔美国文学批评：阐释非裔美国文学作品时所运用的一套黑人美学的文学分析方法。它的主要倡导者之一小亨利·路易斯·盖茨认为，这一美学为阐述和分析日益增长与流行的非裔美国文学经典提供了一个新的理论框架。在这个全新的框架中，盖茨坚持要求非裔美国文学应被视为一种语言形式，而非社会实践或文化的再现。据他所言，黑人美学必须追溯到黑人自身的传统，并且必须包含他所谓的“黑色性的语言——构成我们黑人自身传统的意指的差异”。他还断言非裔
298 美国文学是一种**双声语**，亦即非裔美国文学吸收了白人和黑人的两种声音和文化。盖茨说，正是这两种话语的结合造就了非裔美国文学的独特性。参见**文化研究**和**后殖民主义**。

aggressive instinct 侵略性本能：根据弗洛伊德的观点，这是贮藏于无意识的两种本能的一种，与之相对的另一种是性本能，或曰力比多。尽管这两种本能可以和谐相处，却也时常交恶，状如仇敌。参见**毁灭性本能**。

alienation effect 间离效果（一译陌生化效果）：马克思主义戏剧批评家贝托尔特·布莱希特发明的术语，用来描述剧场观众观看戏剧时中断其常规期待的那种技巧。例如，在一个戏剧中间，布莱希特可能会让一位演员通过歌唱或演讲直接向观众发出呼吁，使观众不断意识到戏剧中展示给

他们的道德问题和社会问题。

allegoric reading 寓言阅读：一种人物、地点或观念在此而意在彼的阅读。文本中的人物、事件或地点所表现的意义独立于故事表层行为。最常见的阐释是宗教的，但也可能是道德、政治、私人的或讽刺性的。

allophone 音位变体：构成一个**音位**的许多几乎相同的言说声音。例如，*pit* 中的 *p* 音和 *spit* 中的 *p* 音是音位/p/的音位变体或细微改变。

alterity 他异性：后殖民主义者使用的术语，用以指称被贴上“不同”或“另类”标签的人的存在状态或性质。这种他性感（sense of otherness）使得个体被排除在权力位置之外，并被看成是低级的、次等的、野蛮的且常常是邪恶的。

Amazon feminism 亚马逊女性主义：一种当代女性主义的批评方法，致力于研究文学和艺术中虚构或真实的女性形象，强调女运动员的体形和男女在身体上的平等。它认为在讨论职业之类的话题时，应该出现性别要求只字不提的情况。特别阳刚气或阴柔相的性别特征并不存在。

ambiguity 含混（一译朦胧）：一般界定为日常言谈中的修辞错误，其中一个词语或表达具有多重意义。自威廉·燕卜荪（William Empson）出版《含混的七种类型》（*Seven Types of Ambiguity*，1930）和新批评采纳该词并对其特殊使用开始，含混便与复义（*plurisignation*）同义，这两个术语都意味着诗歌语言的复杂性和丰富性，即顾及一个词语或表达可以同时具有两个或更多的不同意义。新批评家认为，含混是优秀诗人有意和有效证明一个词语或表达能具有多重有效意义的主要工具。参见**内涵**和**外延**。

anal stage 肛门期：西格蒙德·弗洛伊德所谓的儿童人格发展的第二阶段。在这一阶段中，当儿童领略到排便的快意时，肛门便成了快感的对象。

analytical psychology 分析心理学：由卡尔·古斯塔夫·荣格创立并发展起来的心理学体系。这一体系在关注意识与无意识对人类行为的影响方面与精神分析学类似。它强调人们的种族渊源，并将自由联想技术运用于个体问题的研究。

Anglo-American feminisms 英美女性主义：一种当代女性主义的理论

与批评，由英、美女性主义批评家命名。其中著名的批评家有弗吉尼亚·伍尔夫、朱迪丝·范特丽、安妮特·克罗德尼、妮娜·贝姆、伊莱恩·肖瓦尔特、桑德拉·吉尔伯特、苏珊·古芭等。

anima 阿尼玛：卡尔·荣格在神话批评中所用的术语，用来描述男性身上具有女性特质的那种原型。

animus 阿尼姆斯：卡尔·荣格在神话批评中所用的术语，用来描述女性身上具有男性特质的那种原型。

anti-cathexes 反能量贯注：弗洛伊德在无意识经济模型中所用的术语。在这一模型中，快乐原则受到反能量贯注的控制，或受到现实原则掌控的能量反承载（anticharge）的约束，用来遏制快乐原则在个体精神世界里完全自由地行动。

299 **antiromance phase 反浪漫阶段**：诺思洛普·弗莱**元神话**概念或文学作品完整故事中所包含的四阶段之一。文学作品中的这一阶段或季节讲述的是有关奴役、监禁、沮丧和恐惧的故事。

antithesis 反题：按照德国哲学家格奥尔格·黑格尔的说法，对于每一个提出的**正题**，都存在一个反陈述，即反题。通过对正题和反题的辩论、讨论，由此发展而来的是一个名为**合题**的新观念。

aporia 悖谬：后现代主义关于现实本质和文本阐释的不确定性。解构理论亦用这一术语表示悖论、矛盾和其他不能解决的令人困惑的表述——显而易见的矛盾。

appetencies 本能欲望：通过形式主义批评家 I. A. 理查兹的著述而带入文学批评中的术语。据理查兹分析，人类主要是被那个叫作本能欲望的欲望集合体所掌控。理查兹认为，为了达到精神健康，每个人必须亲自创建一个值得接受的世界观来平衡这些欲望。鉴于宗教曾经提供过这种世界观，理查兹认为诗歌在今天可以最好地协调和满足人类的欲念，并帮助人类创建一个满意的、心智上值得接受的世界观。参见**形式主义**。

applied criticism 应用批评：将文学批评的理论和信条应用于某特定艺术作品，也称实用批评。在应用批评中，批评家界定趣味的标准，对某特定文本做出解释、评价或辩护。

archetypal criticism 原型批评：一种运用卡尔·荣格、诺思洛普·弗莱及其他相关批评家的理论进行文学分析的方法。原型批评家研究的是那些不断复现的人类经验（**原型**）的图像或模式，常见于特定文本与其他艺术作品中。

archetype 原型：一种反复出现的情节模式、图像、描述性的细节或唤起读者强烈但不合逻辑的反应的人物。这一术语经由卡尔·荣格的心理学著作被引入文学批评。荣格认为，人类精神由三部分构成：个体意识、个体无意识和**集体无意识**。位于人类精神深处的集体无意识是整个人类种族的集体知识、人类过去的记忆。这些知识由不断复现的人类经验构成，通过文本中生、死、重生、四季等图像被挖掘出来，并能够使读者深邃的情感浮到表面。

arche-writing（archi-écriture）元书写：解构论者雅克·德里达在《论文字学》（1974）一书中使用的术语，用来声称语言是一种书写。德里达强调，书写不能化约为铭写在纸上的文字或其他标记。确切地说，书写与索绪尔的以下主张密切相关：语言的基本要素是差异。我们能够理解一个词语，是因为它与另一个词语不同。在美式英语中，词语 *tall* 可以很容易就变为 *sall*。德里达将这种在任何一种传播系统中都存在的自由嬉戏或不确定性要素定义为书写。

Aristotelian poetics 亚里士多德诗学：亚里士多德《诗学》中有关阐释的基本原则。在这部著作里，亚里士多德陈述了悲剧的首个定义。《诗学》现已成为西方文学批评的基石。

artifact 人工制品：任何艺术努力的成果，如一首诗、一部小说、一幅画、一篇短篇小说等等。该词意味着艺术努力是可以通过分析或研究而确定其意义的，因为人工制品是“由人创造的”，因而是可以被分析的实体或客体。

aspirated 送气音的：语言学术语，指诸如 *pat* 中的 *p* 的发音。在此类词语中，发元音字母前随着气流的送出，有一个简短的停顿。

attentive reading 关注式阅读：后阿尔都塞主义的马克思主义批评家皮埃尔·马歇雷发明的用于描述一种阅读类型的术语，它揭示了运作于特定文本中的多种意识形态。这些意识形态通常直接阻碍作者认为通过他（她）的言说和写作正在表达的东西。

300 **autotelic artifact 自足之物**：新批评家使用的指涉文本存在的术语。在新批评家看来，文本作为一个可被分析的自主的客体，凭借其自身实力而存在。

bad critic 差的批评家：新批评家使用的术语，指的是那种坚持将外部证据（如历史或传记信息）强加于文本以发现其意义的批评家。

Bakhtin Circle 巴赫金小组：指一群包括米哈伊尔·巴赫金在内的俄国学者和批评家，他们谈论俄国革命的社会文化影响以及约瑟夫·斯大林的统治。这个小组的集会从1913年延续至1929年，最初聚集在维捷布斯克，后来迁至俄罗斯的列宁格勒。成员有巴赫金、P. N. 梅德维杰夫、V. N. 沃洛希诺夫和其他一些学者。

base 基础：卡尔·马克思用来指称社会的经济结构的一个术语。按照马克思的观点，多种多样的经济生产方式以及它们所产生的社会关系共同构成了基础。例如，马克思主义认为，在美国，资本家剥削工人阶级，决定着他们的工资和工作状况，工人阶级的工资和工作状况就属于基础。

binary operations (binary oppositions) 二元对立：雅克·德里达引入文学理论的术语，用来表示他所认为的建立在西方**形而上学**基础上的概念对立，如光明/黑暗、好/坏、大/小等。

biological model 生物学模式：女性主义批评家伊莱恩·肖瓦尔特发明的术语，用来描述她所谓的四种模式或方法之一，该模式构建了一种分析妇女文学的女性框架，一个名为**女性写作批评**的过程。这种模式强调的是，通过那些众多的文学形象及与其相伴的个人化、私密化语调，女性身体如何把自身标记在文本之上。

black arts movement 黑人文艺运动：该运动从1965年持续到1975年，以1965年2月马尔科姆·艾克斯被暗杀正式拉开帷幕。它一面倡导黑人权力——激进地鼓吹武装自卫，一面激发对非洲传统的复兴和自豪感并声称一切黑色的东西都是善和美。它的首席代言人是格林尼治村的一位垮掉派诗人阿米里·巴拉卡及其文学杂志《蟋蟀》。

bourgeoisie 资产阶级：按照卡尔·马克思和弗里德里希·恩格斯在《共产党宣言》（1848）中的说法，这个术语指的是社会精英或上层社会的成员，这些人通过经济政策和商品生产掌控和决定了社会的经济基础。资产阶级也确定了社会的上层建筑及其**霸权**。

canon 正典：某个作者或传统的作品总汇。

capitalist 资本家：马克思与恩格斯对资产阶级的又一命名。社会中的资本家通过经济政策和商品生产来对工人阶级（**无产阶级**）进行奴役。

carnival 狂欢节：俄国形式主义批评家米哈伊尔·巴赫金发明的术语，用来描述一些小说的复调风格——换言之，一些小说中的世界有一种狂欢节意识的世界观、一种放纵的喜悦感，在那里会同时听到多种声音，这些声音又直接对听众构成影响。小说的每个参与者考察着别的参与者的观念和生活，制造出某种亦庄亦谐的氛围。狂欢节的术语是巴赫金对文学批评的重要贡献之一。

carnivalistic 狂欢化的：俄国形式主义批评家米哈伊尔·巴赫金发明的术语，用来描述复调小说中的一种相互缠绕的喜悦感，这种感受产生于读者看到多个人物因其对真理的理解不一而形成的相互影响之中。参见**狂欢节**。

castration complex 阉割情结：西格蒙德·弗洛伊德认为，如果儿童的性发育正常进行，他们每个人都要经历阉割情结。小男孩认识到他拥有和父亲一样的阴茎，而母亲和姐妹们没有。阻止男孩子继续持有与母亲发生乱伦欲望的是来自被父亲阉割的恐惧。所以，男孩子会压抑自己的性欲望，求得与父亲的认同，希望终有一天能像父亲现在拥有母亲那样拥有一个女人。无意间，男孩已经成功地完成了向男人状态的过渡。小女孩意识到她像其母亲一样已被阉割。得知父亲拥有她所渴望得到的东西（阴茎）后，她把注意力从母亲这里移开并转到父亲那里。当试图引诱父亲却最终失败后，她重归母亲的怀抱寻求认同，并成功向女人状态过渡。

catalyst 催化剂：能引起某种反应但又不受这种反应影响的动因或 301
元素。

catharsis 净化：亚里士多德在《诗学》中探讨悲剧的性质和功能时所使用的术语。虽然这一术语的意义饱受争议而且含混不清，但是净化在亚里士多德的年代兼具医学和宗教的意义。在医学上，这个词是指生病和随后的康复期间，身体释放出多余的成分。在宗教的意义上，此词意指心灵净化的方式，是从肉体解脱出来而变得无拘无束。至于在悲剧里的运用，亚里士多德写道：“通过观看悲剧，观众的情绪将会以某种方式得到清理。”这一过程实际如何发生是有争议的。

cathexes 能量贯注：由弗洛伊德发明的用来描述个体本能性与精神性能量的术语，它的主要目标就是人类精神中的**快乐原则**所感觉到和渴望的快乐最大化。

chora 母性空间：女性主义批评家茱莉亚·克里斯蒂娃使用的术语，意指持续不断的流动性或节奏，呈现了精神发展到**想象界**的特征。

close readers 细读者：新批评家使用的术语，指的是那种将**新批评**的原理应用于文本以获得意义的读者或批评家。隐含在该术语中的意思是，这是一种对文本本身封闭而详尽的、借以导出其意义的阅读和分析，而历史的、作者的或文化的信息输入则不在考虑之列。

close reading 细读：新批评家使用的术语，指的是那种应用**新批评**的原理阅读和分析文本的方式。该术语意味着对文本本身（语词特性）做封闭和详尽的分析去获得某种阐释，而不考虑历史、作者或文化方面的种种关切。文本细读是新批评方法的典型特征。有时与法国文学研究中的文本释义（*explication de texte*）相关。

collective meaning 集合意义：读者导向与主观批评家戴维·布莱奇用来替换阐释（*interpretation*）一词而使用的术语，布莱奇认为，文本的意义是某个读者通过与其他读者合作去获得文本的集合意义（或曰阐释）时被开掘出来的。布莱奇主张，只有当每个读者在小组中能清晰表达出他（她）自己对文本的个人反应时，这个小组才能一起合作商讨出意义，并获得集合意义。

collective unconscious 集体无意识：经由荣格心理学被引入文学批评的术语。集体无意识是人格的一部分，此部分包含着整个人类种族积淀下来的知识、经验和想象。在人类的宗教、神话、梦境与文学中，这种知识以“原始意象”的形式使自己明晰化，或通过运用**原型**被作家挖掘出来。

concretized 具体化：读者导向批评家使用的术语，是指一种把文本记录于读者意识中的现象学过程。参见**现象学**。

condensation 凝缩：西格蒙德·弗洛伊德在精神分析与释梦中所使用的术语，指的是将一种感觉或情感压缩到某人或某个群体那里，并把它具体化为一个简单的句子、短语和符号的过程。

connotation 内涵：词语的隐含意义，与词语的词典定义相对。参见**外延**。

conscious 意识：经由卡尔·荣格的精神分析学说被引入文学批评的术语，指的是人类精神的三个部分之一，即人的清醒状态。这一术语也被西格蒙德·弗洛伊德用来解释人类精神中理性与清醒的那一部分。参见**个体无意识**、**集体无意识**。

cultural criticism 文化批评：在英国用来与**文化研究**互换使用的术语。

cultural feminism 文化女性主义：也以激进的女性主义知名。这种女性主义批评坚称，男人和女人之间存在着个性和生物学上的差异。它的主要宗旨是，女人在生物学意义上或天生要比男人更亲切更温和。文化女性主义者认为，女人更亲切更温和的处世之道应该被强调和称许，因为女人的处世之道比男人的更好。

cultural materialism 文化唯物主义：文化诗学的英国分支。与新历史 302
主义或曰文化诗学的美国分支相比，文化唯物主义具有明显的文化和政治诉求。该批评方法的拥护者们（主要是马克思主义者）认为，我们在阅读已经确立的经典作品时应该“格格不入”。如此行事，批评家才能揭露文本中的政治无意识，戳穿资产阶级制造的社会和政治的神话。

cultural model 文化模式：由女性主义批评家伊莱恩·肖瓦尔特发展出来的四种模式之一，用来构建一种以**女性写作批评**著称的、用以分析妇女文学的女性框架。文化模式考察社会如何塑造女人的种种追求、反应和见解。

Cultural Poetics 文化诗学：根据该学派创始人之 ·斯蒂芬·格林布拉特的看法，文化诗学是现在相对于新历史主义更喜欢使用的一个称谓。参见**文化唯物主义**。

cultural studies 文化研究：那些对**底层作家**［如非洲人、澳大利亚人、美洲土著（Native Americans）、妇女以及被主导文化所压迫和抑制的其他人］的作品进行研究的文学理论家、哲学家和批评家群体，他们所构成的研究领域即文化研究。这些作家如今在文学讨论中正占有一席之地，他们可以在那里提出他们对现实、社会以及个体自我价值的理解。一些学者将这个广大的群体分为三类：**后殖民主义、非裔美国文学批评与性别研究**。

decolonization 去殖民化：后殖民主义批评使用的术语，用来描述 20 世纪之初英国在各个前殖民地国家的政治、社会、经济和意识形态统治日趋式微。

deconstruction 解构：一种关于文学分析的后结构主义方法，通过雅克·德里达 1966 年在约翰·霍普金斯大学的一次演讲引入美国。该方法最好被视为阐释文本的一种策略性手段，而非一种批评理论、批评流派或哲学。德里达断言，这样的理论、批评流派或哲学必须认同于一套被判定为是真理或至少是包含真理的知识体系。而德里达和其他解构主义者所意欲"解构"的正是这种关于"真理或形而上学理念的核心一定可被信仰、阐明或支撑"的观念。

解构被认为是一种最具智识难度的文学分析方法。其思想基础是费尔迪南·德·索绪尔的语言学和索绪尔关于"语言是一套基于差异的系统"的断言。比如，我们知道/b/和/p/这两个声音的差别，因为我们听到过这两个音并能注意到其差异。通过宣称我们如何认识概念也和差异有关的事实，德里达扩展了差异这一概念。

解构拒绝任何真理的中心，如上帝、人性或自我，它坚持我们永远不可能确切把握我们的价值观、信仰和假设。若情况果然如此，那么我们也就永远无法确切把握文本的意义，因而也就永远无法宣称一个文本只有一个意义。文本意义的"不确定性"（undecidability）是解构的一条基本原则。

deconstruction theory 解构理论：法国文学批评家雅克·德里达发明的一种解读方法或策略，旨在通过提出一系列不同于结构主义批评家所提出的问题，发现文本"如何"传达意义。它的目标是展示文本所要求的它之所言和它实际所言之间的显著差别。参见**解构**。

defamiliarization 奇特化：俄国形式主义者维克多·什克洛夫斯基发明的术语，是指将熟悉的事物变成陌生（参见**陌生化**），或者是将旧事物置于新视角或新的感知领域的过程。通过诗歌措辞或词语选择，诗人将诗句或词语"变得陌生"，放缓了感知行为，由此促使读者重新审视词语、诗句、形象以及所有其他诗歌手法。如此操作，读者就能通过强化其感知行为，以新的方式去体验他们的世界一角。

denotation 外延： 词语的词典定义，与词语的**内涵**或它的暗示意义或情感意义不同。

Descriptive grammar 描述性语法： 研究语言的语法的语言学方法，该方法检验语言言说者所用语言的语言结构，包括词语、短语、从句和句子等。其后，描述性语法学家会系统阐述该语言结构的规则，而不涉及用法的"好"或"坏"。描述性语法避免了像**规范性语法**那样试图去确立一些正确的规范。 303

destructive instinct 毁灭性本能： 也以**侵略性本能**知名。该术语由弗洛伊德发明，用来描述贮藏于人类无意识的两种本能中的一种。毁灭性本能往往与**厄洛斯**或**性本能**（后被弗洛伊德称作**力比多**）相抵触。弗洛伊德认为，无意识保存了我们传记意义上的记忆以及那些被压抑的且悬而未决的矛盾冲突。

devices 手法： 俄国形式主义者使用的术语，用以指称文学作品尤其是诗歌语言的内部技巧。这些手法是作品**形式**的组成部分。

diachronic 历时的： 用来表示语言研究过程的语言学术语，由此可追溯语言在长时段内的变化。例如，此类研究能够发现一种语言的特定现象几个世纪以来是如何发生变化的，而相似的变化是否也出现在其他语言那里。（这一术语也用于其他领域，用以研究随时间变迁而发生或改变的文化现象。）

dialectical criticism 辩证批评： 马克思主义的后殖民主义批评家弗雷德里克·杰姆逊发明的术语，用于指涉其如下看法：所有批评家在分析文本时都必须明确意识到其自身的意识形态，意识到杰姆逊所谓的**"辩证的自我意识"**。

dialectical materialism 辩证唯物主义： 此术语用于指涉马克思与恩格斯在《共产党宣言》（1848）以及《德意志意识形态》（1846）中所界定的**马克思主义**的核心信念。马克思和恩格斯认为，"不是意识决定生活：而是生活决定意识"。换言之，我们关于自身的思想和观念形成于由真实生活的语言构成的日常话语中，而不是来源于任何精神现实。现实的基础是物质的，精神现实并不存在。此外，社会中的经济生产方式（它的**基础**）

造就和控制了所有的人类体制和意识形态——**上层建筑**。

dialectical self-awareness 辩证的自我意识：美国批评家弗雷德里克·杰姆逊带入到马克思主义批评中的一个术语，用以说明所有的读者或批评家在分析文本时都必须意识到他们自己的意识形态。

dialectic 辩证法：此术语最早由希腊哲学家苏格拉底和柏拉图使用，用以描述一种涉及冲突的观念和命题的逻辑论证形式。德国哲学家格奥尔格·黑格尔借助其形式，确立了他的**正题—反题—合题**（thesis-antithesis-synthesis）动态系统。

dialogic 对话性：俄国形式主义批评家米哈伊尔·巴赫金发明的概念。巴赫金说，一切语言都是一种对话。在对话中，说话者和听话者形成某种关系。巴赫金认为，一切语言至少是两个人对话的产物。

dialogic heteroglossia 对话性杂语：俄国形式主义批评家米哈伊尔·巴赫金发明的概念，字面意思是“多重谈话中的众声喧哗”，该概念阐明了巴赫金的“多重谈话出现于所有文本”的观念。没有一个文本是一种独白。参见**对话性**。

dialogic utterance 对话性语言：俄国形式主义批评家米哈伊尔·巴赫金发明的概念。这一术语声称每个个体的言说行为都指向具体的听众或观众，表现出说话者与听众之间存在的关系。

dialogized heteroglossia 对话了的杂语：俄国形式主义批评家米哈伊尔·巴赫金发明的用来描述小说特征的术语。在小说中，多种世界观和丰富的经验持续地彼此对话，导致了多重互动——有些互动是现实的，还有一些是想象的。

diction 措辞：所有文学批评流派都使用的一个术语，指作者或说话人的词语选择。

***différance* 延异**：法国解构论者雅克·德里达引入的术语。延异源自法语词 *différer*，意思是：(1)“推迟、拖延或延误”；(2)“不同，与某物有差别”。德里达故意把这个词语造得含混不清，让它同时具有两种意思。作为理解解构的关键点之一，延异隐含着德里达的一个问题：“如果没有……会怎样？”如果没有终极真理会怎样？若是世上没有本质、存在

304 或内在统一的元素会怎样？若是上面所说的都不存在，那又会怎样呢？德

里达的回答是，文本的所有意义和阐释都是不确定的，因为一个文本可以具有无数个意义和阐释。

discourse 话语：一种看待世界和思考世界的方式。受制于意识形态、文化、教育、政治和一系列其他影响，话语不仅指言语模式，还指一种因哲学假设而获得的特殊的思想框架，使人预先倾向于用一种特定方式来阐释世界。

displacement 移置：西格蒙德·弗洛伊德在精神分析中所使用的术语，指用来压抑那些对于我们的精神来讲难以处理的欲望的过程，这种压抑是通过以某些符号替代原初欲望的方式来完成的。例如，我们的无意识会在梦里将对某人的憎恨转换成烂苹果的形象。

double consciousness 双重（身份）意识：后殖民主义批评术语，是**无家可归**（unhomeliness）的同义词。

double-voicedness 双声语：非裔美国文学批评家小亨利·路易斯·盖茨使用的术语，声称非裔美国文学吸收了白人和黑人的两种声音和文化。据盖茨所言，这两种各具特色的话语的结合造就了非裔美国文学的独特性。

dynamic model 动力模型：西格蒙德·弗洛伊德最早关于人格结构的术语。他声称，我们的心灵是一分为二的，分为意识（理性的）和无意识（非理性的）两部分。

ecocomposition 生态创作：生态批评家发明的术语。在这种创作中，生态批评的原理被直接运用于作文课堂中。通过日记和（或）自传写作，学生可培养出对人类关系的生态敏感意识。另外，生态创作鼓励关注环境的"生命书写"，既通过关注环境的镜头检视自己的自传，也鼓励学生们写出他们自己的具有生态保护意识的自传。

ecocriticism 生态批评：是文学研究中新近出现的批评流派。在谢里尔·格洛特费尔蒂与人合编的《生态批评读本》一书中，生态批评得到了最恰当的界定："简言之，生态批评研究文学与自然环境的关系。"

economic model 经济模型：西格蒙德·弗洛伊德后期使用或经过修正的人格结构术语，在动力模型的基础上发展而来。在经济模型理论中，弗洛伊德提出了两个新概念：**快乐原则与现实原则**。

ecofeminism（or eco-feminism）生态女性主义（或生态—女性主义）：当代女性主义研究中的一种方法，其观点是认为父权制社会相对来说是较新的社会制度，而社会的原始形态（以女性主义者的伊甸园而著称）是母权制的。生态女性主义者指出，父权制社会不利于女人、孩子和自然，而母权制社会则能保护社会环境、自然资源和动物生命，同时能够关心照顾妇女和儿童。

ecosphere 生态圈：生态批评家使用的术语，用来强调人类与地球上所有生命有机体及其自然环境之间存在着相互关联性。

***écriture féminine* 女性写作：**女性主义批评使用的术语，特指“女人的写作”。现代女性主义批评家认为这是一种女性存在的特有的写作风格，并认为这种女性写作是在本质上不同于男性的写作方式和通过写作进程获取意义的方式。

efferent reading 析出式阅读：露易丝·M·罗森布拉特在《读者、文本与诗歌》（1978）中使用的术语，指的是“在这种类型的阅读中，读者主要关心他们从阅读中所带走的东西”。比如，当我们只是为了获取信息而阅读时，我们就是在进行析出式阅读，就像我们阅读罐汤加热指南那样。在这一阅读过程中，我们仅仅对新获信息感兴趣。析出式阅读不同于**审美式阅读**，在审美式阅读中，读者“亲历”并体验了阅读过程。

ego 自我：西格蒙德·弗洛伊德使用的术语，用来指称人格中理性的、逻辑的、清醒的那一部分，区别于**本我**和**超我**。

Electra complex 厄勒克特拉情结：被西格蒙德·弗洛伊德界定为“女版”的**俄狄浦斯情结**，是他借用古希腊神话人物厄勒克特拉的名字来加以
305 命名的。厄勒克特拉是俄瑞斯忒斯的姐姐，帮他杀死了他们的母亲克吕泰涅斯特拉，为父亲阿伽门农报仇，因为父亲是被母亲谋杀的。弗洛伊德认为，所有的女孩都必须成功越过厄勒克特拉情节，才能完成由女孩向成熟正常的女人的过渡。同男孩子一样，小女孩也会在性爱意义上受到母亲的吸引，也会意识到有一个占有她母亲感情的敌人——父亲。女孩子也在无意中感到自己已被阉割了，就如她的母亲一样。因为她明白父亲拥有她所渴望的东西（阴茎），女孩子又将欲望从母亲那里脱离出来投向父亲。当引诱父亲失败后，她重归母亲的怀抱寻求认同，由此成功越过了厄勒克特

拉情结。

eme 语素：费尔迪南·德·索绪尔使用的术语，用来指称诸如音位、词素和词汇等语言的基本单位或构成材料。

epic theater 史诗剧（一译叙事剧）：由马克思主义剧作家、批评家贝托尔特·布莱希特开创的一种戏剧理论和作品，倡导将时间、地点和行动相统一的亚里士多德前提加以废除，包括废除那种让读者相信他们所见均为真实的假设。史诗剧努力制造间离效果，比如通过一首歌或一场演讲的方式直接向观众发出呼吁，以此中断戏剧，使观众不断意识到戏剧中展示给他们的道德问题和社会问题。布莱希特认为戏剧家不应该盲目接受内化到戏剧中的资产阶级常规，而应该在这种文学类型中造反，并去夺取生产方式。

epiphany 显灵：一种突然的理解或洞见，尤其与神或真理的本质有关。这个术语通常是在基督教的层面使用。第一次显灵发生于 1 月 6 日，基督降生为人后首次显露给外邦人（东方三贤士），后成为基督教的节日。詹姆士·乔伊斯（James Joyce）将这个术语引入文学批评，意指对于某人、某情境或某事物的顿悟。

episteme 知识型：从法国作家、哲学家和批评家米歇尔·福柯那里借用而来、被新历史主义者使用的术语，用来定义在每个历史时期发展出来的统一的原则或模式。通过语言和思想，历史发展中的每一时期都发展出了它自己的认知现实本质（或者被界定为真理的东西）的视角，并建立了它自己的行为准则。

epistemological 认识论的：与哲学的一个分支——认识论有关的东西。认识论研究的是知识的性质，尤其是知识的局限和效力。

erasure 擦除：法国解构批评家雅克·德里达发明的术语，用以描述相信那些价值和观念是稳定的或客观的事实的过程（如果只是暂时拿来和为研究之用）。通过假定此类价值和观念的客观存在，德里达宣称，经由解构式解读，他能够揭示这些价值和观念缺少任何确定的意义。

eros 厄洛斯：性本能的另一个名称，弗洛伊德认为这是贮藏于无意识的人类两种本能之一。

esoteric work 秘传作品：私下流传的文本，与公开发行截然相反。

essentialism 本质主义：经典的人文主义观念，认为个体的真正本质或身份是由有限而稳固的属性构成的，这些属性是人之成为人的本质成分。本质主义者相信人有不可改变的人类本性，一个真正不变的本质。

estrangement 疏离：俄国形式主义者使用的术语，用来表示将熟悉的事物变得陌生的诗歌语言能力，由此让文本读者再次去考察那些词语或形象，并重新体验它们。参见**奇特化**和**陌生化**。

etymologically 语源学地：语源学（etymology）的副词形式，或追溯一个词语（包括它的各种意义和形式）从它最早记录于一种语言之中直到当下的历史发展过程。

exoteric treatise 公开作品：面向公众出版的文本。

306 **expressive school 表现流派：**这个流派重视艺术家的个性和读者分享这一个性的特权。表现主义批评家不赞同艺术的修辞学或客观的理论，强调分享情感的主观经验。华兹华斯和 19 世纪其他英国浪漫派诗人是这一流派思想的典范。

extrinsic analysis 外部分析：考察文本的外部因素（如历史事件或传记）来揭示文本意义的过程。

fabula 本事：俄国形式主义者维克多·什克洛夫斯基发明的术语。什克洛夫斯基认为，本事是故事的原材料，可以看作某种类似于作者写作大纲的东西，其中包含了故事按时间顺序出现的一系列事件。

fall phase 秋天阶段：神话批评家诺思洛普·弗莱认为，所有的文学都包含一个完整的故事，即**元神话**。元神话包含四个阶段，其中之一便是秋天阶段，讲述人类由欢乐自由向灾难奴役"跌落"的趋势。

false consciousness 虚假意识：卡尔·马克思使用并用来描述工人阶级的意识如何被资产阶级塑造和控制的术语。通过界定个体的意涵并由此规定其阶级意识，资产阶级就为无产阶级制造了一种虚假意识，保持了统治阶级的社会结构。

female phase 女性阶段：女性主义批评家伊莱恩·肖瓦尔特命名的术语，指当代女性主义批评现在的状况、方向和关注所在。这一阶段通常指从 1920 年至今。

feminine phase 女人阶段：女性主义批评家伊莱恩·肖瓦尔特命名的

术语，指女性主义理论与批评的第一个历史时期。这一阶段从 1840 年到 1880 年。

feminism 女性主义：植根于 20 世纪早期“进步时代”中的一种文本分析方法。该方法最早和最重要的一些哲学宗旨是由英国女性主义者弗吉尼亚·伍尔夫（《一间自己的房间》，1919）与法国女性主义者西蒙·德·波伏娃（《第二性》，1949）阐明的。女性主义者宣称，西方社会是父权制的，或者说是由男人掌控的。有意无意之间，男人都在压迫着女人，使她们在男人主导社会中的政治、社会或经济问题上很难或无法发出自己的声音。因此，通过不让女人发声并且不去重视她们的观点、反应和写作，男性就完成了对女性的压制，定义了何谓女子气，并屏蔽、贬低、淡化了女人的意涵。男人已使女人成了“无足轻重的他者”（nonsignificant Other）。

女性主义的目标就是改变这种贬低女性的观点，让每一位女性认识到她是一个有价值的人，拥有与每一个男人相同的特权和权利。女性必须界定自己，并在政治、教育、艺术和所有其他社会领域坚持自己的意见。通过揭露贯穿于文学经典中的那种模式化的女性人物形象，重新发现或出版那些由女性创作但被男性压制的文本，从女性视角重新解读男性作家的经典化之作，并参与到文学理论的讨论之中，女性就可以挑战男性优越的观念，并致力于创造两性之间的平等。

由于女性主义与其说是一种批评流派不如说是一种方法或思维模式（mindset），女性主义理论和批评已被隶属于各种批评流派的学者所赞同，比如马克思主义、解构理论、精神分析学和新历史主义。20 世纪一些重要的女性主义者有：弗吉尼亚·伍尔夫、西蒙娜·德·波伏娃、伊莱恩·肖瓦尔特、埃莱娜·西苏、桑德拉·吉尔伯特和盖娅特丽·查克拉沃蒂·斯皮瓦克。

feminist phase 女权阶段：女性主义批评家伊莱恩·肖瓦尔特命名的术语，指女性主义理论与批评的第二个历史时期。这一阶段从 1880 年到 1920 年。

foregrounding 突出之处：俄国形式主义者使用的术语，用以指涉艺术作品的语言。文学语言不同于日常语言。不像日常交流或语言那样，文学语言会大喊大叫：“看看我吧，我是特殊的！”例如，当一个诗人写出“奶牛跳过月亮”的诗句时，这种语言就凸显出来并要求思考和分析。

307 **foregrounds 突出**（又译凸显、前推、置于前景、前景化等）：**突出之处**的动词形式。

forestructure 前结构：读者带入阅读过程中的以往的经验（记忆）储备。

form 形式：俄国形式主义者使用的术语，用来指称诗歌的构成部分，即语言和结构属性。这些属性包括作品本身尤其是它的诗歌语言的内部技巧（参见**手法**）。同时，新批评家（及其拥护者）也用形式这一术语来指文本产生的整体效果。从这一视角看来，文本形式包含了文本的实际结构以及文本对读者产生的整体效果。在新批评理论中，文本的所有要素一起工作，形成了一个以“文本形式”知名的整一而连贯的效果。

formalism 形式主义：该术语用来指称那些依据作品形式或结构来确定作品意义的批评家（**形式主义者**）。经常使用该术语的是俄国形式主义者和新批评家，他们坚持认为艺术作品的阐释必定源于作品的结构，而不是源于外部因素（如作家生平或历史语境）。在这些批评家看来，艺术作品凭借自身条件而无需涉及任何文本之外的证据或资源（如历史学、政治学或社会学）就能成为分析对象。

formalist 形式主义者：阐释文本时强调结构性要素和技巧的文学理论家和批评家。这类批评家通常遵循**形式主义**的原则。

fragmentation 碎片化：由马克思主义批评家发展过来的一个术语，用于描述断裂的、支离破碎的社会性质，这种社会性质起因于工人与他们生产的产品相分离以及他们的彼此分离。参见**间离效果**。

Frankfurt school, the 法兰克福学派：致力于发展西方马克思主义原理的新马克思主义批评家群体。这些批评家主张**上层建筑**反映经济**基础**。他们也相信，文本揭示的是文化的碎片化而并非它的完整性。

Freudian slips 弗洛伊德式口误：精神分析学使用的术语，用来描述突然出现的口误。弗洛伊德认为，那些“被掩盖的真实”贮藏于我们的无意识，直到它们不经意间滑入意识层面，从言谈里冒出来。

gay and lesbian studies 男、女同性恋研究：这一批评流派始于 20 世纪 80 年代中期，它借用和发展了女性主义者和性别批评家的性别关切，攻击异性恋/同性恋的二元对立，强调性差异。男同性恋研究考察性差异在男性那里的适用性，女同性恋研究则考察性差异在女性那里的适用性。这两个研究群体还分析那种已把男同性恋和女同性恋界定为离经叛道和怪异反常的社会结构，质疑此类界定的发展演变如何贯穿于历史之中，并设法搞清楚对异性恋的界定为何如此正面、对同性恋的界定则截然相反的原因。

gender studies 性别研究： 有时与女性主义同义使用的术语，但这一研究领域拓宽了传统的女性主义批评，使之不仅包括女性研究，而且也包括有关男性的研究。相对于众声喧哗的女性主义理论，性别研究增加了对黑人女性主义者不断增长和日益多样化的关注，也增加了对法国女性主义的持续关注，而且还扩大了后结构主义理论在通常的女性主义议题上的影响。

good critic 好的批评家： 新批评用以描述某类批评家特征的术语。这些批评家通过仔细审视诗歌诸要素去检查一首诗（或任何文本）的结构，发现并呈现其内在张力，并证明该诗是如何因作家将这些张力融合为统一的整体而去支撑其总体意义的。

grammar 语法： 操控语言生产和阐释的规则系统。**规范性语法**与“正确性”有关，比如不使用“*ain't*”一词，或者说“It is I”而不说“It is me”。**描述性语法**是描述实际的说话人如何使用语言进行交流的过程。

grammatical 语法的： 指在词语或词群之间形成联系的语法规则或与语法规则有关的。

grammatical sentence 符合语法的句子： 参见**句子**。

grammatology 文字学： 法国解构论者雅克·德里达对书写科学和语言起源研究的命名。德里达主张重新界定书写（writing），认为书写是言说的前提条件，而且早于言说出现。 *308*

grapheme 字母： 书写系统中用来表示**音位**的标记（如字母表中的字母）。

gynocriticism 女性写作批评： 女性主义学者型批评家伊莱恩·肖瓦尔特发明的术语，已成为“女性作家研究”的同义语。它为批评家提供了有关女性写作性质的四种模式，有助于回答女性主义批评所关注的一些主要问题。肖瓦尔特所谓的模式中的每一个都按顺序排列，涵盖和发展了之前的模式群，能够包含详尽的分析范围：生物学模式、语言学模式、精神分析模式和文化模式。

gynocritics 女性写作批评学：女性主义学者型批评家伊莱恩·肖瓦尔特发明的术语，用来界定一种构建过程，即“构建一种用以分析妇女文学的女性框架，从而发展出基于女性经验研究的新的（阐释）模式，而不是去适应男性的诸多模式和诸种理论”。参见**女性写作批评。**

hailing the subject 召唤主体：马克思主义批评家路易·阿尔都塞发明的术语，用以描述主导意识形态塑造人们态度的过程。参见**询唤**。

hamartia 悲剧性弱点：亚里士多德在《诗学》中使用的术语，指导致悲剧主人公毁灭的错误或过失。这个词的字面意思是“没有命中”（来自希腊语 *hamartanein*，“犯错”）。亚里士多德解释说，悲剧主人公会做错事或露出弱点（*hamartia*），而这将致使命运的逆转。

hegemony 霸权（一译领导权）：马克思主义批评使用的术语，用来指涉一个特定的社会里大多数人都赞成的观念、价值和意义系统。马克思主义批评家认为，特定社会中的主导文化受制于资产阶级。正是资产阶级控制和支配着文化霸权。按照意大利马克思主义者安东尼奥·葛兰西的说法，特定社会中的霸权可能是成功的却又是从未完成的。通常存在的并非一个无所不包的统治阶级，而是同时存在一些相互关联且较为多样的阶级，每个阶级在不同的时间以不同的方式对上层建筑施加影响。因而，马克思主义革命可以从建立另类的霸权开始，而不必采取直接的政治行动。

heresy of paraphrase 释义误说：新批评家使用的术语，用以暗示艺术作品与其释义不相等同。例如，一首诗并不能与其释义版（paraphrased version）相提并论，因为释义版会遗失诗歌的独特性，以及诗歌的诸多内涵和各种思想的复杂性。

hermeneutical principles 阐释学原则：操控文本阐释的规则。参见**阐释学**。

hermeneutics 阐释学：首先由宗教学者定义为阐释《圣经》的艺术和科学，这一术语现指任何有关阐释的理论和实践。（源自希腊语 *hermeneutike*，意思是“阐释的行为”。）

hermeneutics of recovery 复原的阐释学：考查一个文本如何被同时代读者所接受和评价的过程。

hermeneutics of suspicion 怀疑的阐释学：考察一个文本及其作者所隐含的政治、性态、宗教、语言等方面假设的过程。

heteroglossia 杂语：从俄语词 *raznorecie* 翻译而来，字面意思可解释为"其他或不同的语言"。俄国形式主义批评家米哈伊尔·巴赫金发明的术语，用来表现任何特定文化中的语言的多样性。对巴赫金而言，民众在日常活动中使用的所有社会用语形式都构成杂语。

holistic approach 整体分析：是一种调查、分析并阐释艺术家处境的一切要素（文本、作家、历史语境等）的文学研究方法，以取代对一个或多个具体问题的关注。

horizon of expectations 期待视野：读者导向批评家汉斯·罗伯特·姚斯使用的术语，意指某个特定文本在某个历史阶段的所有批评语汇与评价。德国现象学家沃尔夫冈·伊瑟尔也使用了这个术语，指的是每个读者在任何特定文本中对接下来将会、可能会或应当会发生的事情形成关注时 *309*
所产生的那些期待。伊瑟尔认为，读者的期待视野常常会发生改变，以便适应文本的特定情境。那些拥护**接受理论**的批评家也会使用这一术语。

Hybridity 杂合：后殖民主义理论家、批评家霍米·巴巴使用的术语，用来描述两种文化混合时所出现的情况。巴巴认为，通过动态、互动、紧张挤压的"杂合"过程，新创造出来的文化性质和特征就改变了此前两种文化中的任何一种。巴巴注意到，"杂合是一个杂语喧哗的、文化的、主观的过程，这一过程与围绕着权威、授权、去权威化和权威修正展开的斗争有关。这是一个社会过程，它不仅关乎有着多样化文化趣味和时尚的那些人"。

hybridization 混合：俄国形式主义批评家米哈伊尔·巴赫金使用的术语，指单一的语句里两种不同的语言的交锋。参见**杂语**。

hyperprotected cooperative principle 超保护性的合作原则：一种认为已发表的作品值得称为文学、因一群见多识广的人（如学者、批评家和出版商）评价了这些作品并宣布其为文学文本的观念。

id 本我：西格蒙德·弗洛伊德使用的术语，用来指称人格中本能的、非理性的、不为人知的、无意识的那一部分，区别于**自我**和**超我**。

ideal reader 理想读者：叙事学家杰拉尔德·普林斯发明的术语，用来在真实读者、虚设读者和理想读者之间作出区分。普林斯认为，理想读者是那种能明确或含蓄理解文本所有微妙之处、术语和结构的读者。参见**虚设读者**和**真实读者**。

identity theme 身份主题：弗洛伊德式的精神分析学家诺曼·霍兰德发明的术语，他认为所有人一出生就从自己的母亲那里获得了一个原始身份。每个人通过自己的人生经验，又把这种身份人格化，并将它转化为自己个人化的身份主题，身份主题因此成为我们观察世界的镜头。

ideological state apparatus 意识形态国家机器：马克思主义批评家路易·阿尔都塞使用为**霸权**的同义词的术语，指的是统治阶级的意识形态。

ideology 意识形态：马克思主义批评中被时常讨论的术语，它常常指涉一种文化的集体意识或社会意识（是经验所植根的物质现实的对立面）——也就是说，它指的是一套法则或代码的文化内在意识，控制着其政治、法律、宗教、哲学以及该文化中的资产阶级及其上层建筑所赞同的艺术。对于马克思与恩格斯而言，一种文化的意识形态往往与“虚假意识”同义，因为它已被资产阶级所确定和建立，代表了精英用以统治工人阶级、维护稳定的一整套虚假的预设或幻觉。因而，一种意识形态可以是有意的或明确的（存在于那些规定和塑造了一个社会的哲学、法律或可接受之习俗的规范中），或者也可能是对社会的主导性观念的一种较为模糊而含蓄的理解（例如在典礼之中的情况）。

imaginary order 想象界：精神分析学家雅克·拉康认为，想象界是人格的三个组成部分之一，包括愿望、幻想与想象。在这种前语言状态里（从出生至六个月大），我们愉快地与母亲结合为一个整体，获得食物和照顾，并从母亲那里得到所有爱抚，而且依靠想象作为感知和解释这个世界的手段。在人格发展的这一阶段，我们关于自己的想象是不断发生变化的，因为我们不能分辨出一种想象在何处停止，另一种想象又在何处开始。

implied reader 隐含读者：德国现象学家沃尔夫冈·伊瑟尔发明的术语，用以在两种读者之间作出区分：隐含读者与**实际读者**。伊瑟尔认为，隐含读者“体现着由文本本身而非以经验的外部现实所设定的所有诱因。因此，隐含读者已把自己的根牢牢地扎在文本的结构之中”。

impressionistic critics 印象主义批评家：认为我们在艺术作品中如何感受和自己有何收获才是重点所在的批评家。他们认为，捕捉我们从特定视角和在时间上的特殊时刻看到了什么才是重要的，而不是对文本或审美 310
对象做客观、长期的研究。印象主义这一术语是由法国19世纪的画家克劳德·莫奈（Claude Monet）和皮埃尔-奥古斯特·雷诺阿（Pierre-Auguste Renoir）首次使用的，用以指称客体给艺术家留下的印象，而非那个客体客观图像的真实再现。

inflection 词形变化：语言学使用的术语，用来描述词语的不同形式，以标明时态、数量、性别和语气等要素的变化。例如，*worked* 中的-ed 意味着过去时，*dogs* 中的-s 意味着 dog 的复数形式。

in medias res 从中间叙述：拉丁语，意为“事物的中间部分”。这一术语指一个故事或叙事（如《伊利亚特》）从中间而非按事情发生的时间顺序开始。

intentional fallacy 意图谬误：新批评家使用的术语，用以指称他们认为是错误的假设，即文学作品的阐释可以等同于作者的陈述意图、潜在意图或私人意义。新批评家宣称这些外部信息与弄清文本意义无关，他们将阐释建基于文本自身。该术语是威廉·K·维姆萨特和门罗·C·比尔兹利在《意图谬误》一文中首次使用的。

interpellation 询唤：也以召唤主体知名，马克思主义批评家路易·阿尔都塞发明的术语，用以描述社会中支配性**霸权**或主导意识形态塑造人们态度的过程。

interpretive community 阐释群体：读者导向批评家斯坦利·费什发明的术语，意指一帮使用相同阐释策略的读者。

intertextuality 互文性：这一术语指任何特定文本的意义或阐释都与所有其他文本有关或相互关联。因此，任何文本能不能孤立地进行阐释，所有文本都是互文性的。

irony 反讽：作家或说话人的实际陈述之言暗含相反意义的用词方法。根据诸如克林斯·布鲁克斯、约翰·克罗·兰色姆以及 I. A. 理查兹等新批评家的观点，反讽是诗歌“戏剧化结构”的钥匙，能够打开诗歌结构如何包含和产生意义的大门。新批评认为一首诗的意义是被结构性地决定了的，产生于诗歌词语的外延意义与其内涵之间的张力，而诗歌内涵又反过来为特定诗歌的语境所决定。因而，反讽是“（这些）相反的态度和评价的一种平衡”，它最终决定了诗歌的意义并成为新批评的主打**修辞**。

jouissance 高潮：精神分析批评家雅克·拉康使用的术语，指的是去唤起一个或快乐、或恐怖、或充满欲望的短暂时刻，这些情感某种程度上来自于无意识的深处，并且让我们想起那段拥有完美的整体感的时光——那时我们还不能与来自**实在界**的影像区分开来。参见**想象界**、**符号界**。

language 语言：语言学家托马斯·派尔斯（Thomas Pyles）将其定义为“一个在既定文化社群里对所有人都有意义的多种声音的系统化组合”。宽泛而言，我们可将任何传达意义的符号或代码系统都视为语言，如路标、时装语言（在不同的社交场合穿着不同的服装）甚或用餐语言。

langue 语言结构：费尔迪南·德·索绪尔使用的一个语言学术语，意指由一种语言或语言结构组成的、被该语言所有言说者掌握和使用的规则。儿童到五六岁时虽然还不能掌握一些例外情况，但已能掌握他们所使用语言的语言结构。例如，一个六岁的孩子会说“我喝了（drinked）一杯牛奶”或“我爬到了（climbed）一棵树上”。这个孩子在掌握了他（她）的语言结构之后，已明白了绝大多数英语动词形式的过去式要加“-d”或“-ed”。在这个例子中，孩子没有掌握到这种规则的许多例外情况，如“喝”（*drink*）这种不规则动词的过去式。

latent content 隐意：西格蒙德·弗洛伊德在精神分析的释梦工作中所使用的术语。弗洛伊德认为，自我（人格中的理性部分）掩盖了我们的真实意愿或梦的隐意，从而允许做梦者记得一种改头换面且常常变得面目全非的梦（而非实际出现的梦）。

311 ***l'écriture féminine* 女性写作**：参见**女性写作（*écriture féminine*）**。

lexical 词汇的：语言学使用的术语，指一个词语基本的或根本的意义。例如，*love* 是基本词语，伴随该词的其他样式有：*loves*、*loved*、*loving*。

lesbianization of language 语言的同性化：当代女性主义批评家莫妮

克·维蒂格发明的术语，通过尝试并希望消除那些反映社会性别的代词和名词，用来挑战嵌入在语言结构本身中的父权制预设。

lexicon 词典：某种语言的词库或全部词汇。

libido 力比多：西格蒙德·弗洛伊德在精神分析中所使用的术语，现已成了性冲力的同义词。弗洛伊德用这一名称来指代那些源自原始生理冲动的情感能量，通常被指向某种目标。

linear 线性的：用来指称事物具有明确的开端、中间和结尾的术语。比如，某种生活哲学或者某人的世界观可以被看作是“线性的”。

linguistics 语言学：关于语言和人类的语言的科学，其研究领域包括语言的声音、词形变化、结构和修正。

linguistic model 语言学模式：女性主义批评家伊莱恩·肖瓦尔特发明的术语，用来描述她所谓的四种模式之一，该模式构建了一种分析文学的女性框架。肖瓦尔特的全部模式被称作**女性写作批评**，语言学模式尤其表达了对于女性话语的需要，探讨了女人和男人运用语言时如何具有差别。肖瓦尔特认为，女性在用一种与她们性别相称的特殊语言创作和书写。

linguistic sign 语言符号：语言学中与词语有关的术语。费尔迪南·德·索绪尔使用该术语时，符号由两部分构成：能指（书面或口头的标记）和所指（它表征的概念）。参见**符号**。

literariness 文学性：俄国形式主义者使用的术语，用来指称艺术作品中使用的语言。此类语言以语言唤起对自己的注意，从而**突出**了自己。

literacy experience 读写经验：读者导向批评家露易丝·罗森布拉特使用的术语，用来解释读者与文本互动时所发生的事情。根据罗森布拉特的看法，当读写经验或事件发生时，读者便与文本进行交易，并有效地相互塑造。

literary competence 文学能力：制约读者阐释文本的一系列内在化的规则。批评家乔纳森·卡勒认为，所有读者都拥有文学能力或理解文本的能力。

literary critic 文学批评家：阐释文学的人。这一术语常暗指阐释文学的专家，但任何阅读某文本并提供阐释的人都是实践型的文学批评家。

literary criticism 文学批评：根据19世纪英国批评家和作家马修·阿

诺德的看法，文学批评是“一种学习和传播世界上已知和已思考过的最好东西的非功利努力”。文学批评因而是一种试图研究、分析、阐释和评价艺术作品的受过训练的活动。

literary theory 文学理论：我们在阐释文本时所基于的一套原则或假设。我们的私人文学理论是一种思想框架（包括价值观、审美感觉和道德）的有意识或无意识发展，这种思想框架涉及我们在阅读任何类型的文学时所产生的期待。通过阐明这一框架并将各种实用批评的要素拼接成一个连贯的、统一的知识体系，我们就创造出了一种文学理论。

literature 文学：从拉丁语 *littera* 衍生而来，意为“字母”。文学一词起初指书面语，特别是散文或韵文。

logocentrism 逻各斯中心主义：法国解构论者雅克·德里达使用的术语，指西方文化中渴求绝对真理或德里达所谓“中心”的癖好。逻各斯中心主义是那种可以充当我们一切思想与行为基础的终极实在或真理中心的观念。

312 **manifest content 显意**：西格蒙德·弗洛伊德在精神分析的释梦工作中所使用的术语。弗洛伊德认为，自我或精神中的理性部分会将梦的真实意愿或**隐意**掩盖起来，从而允许做梦者记得一种改头换面且常常变得面目全非的梦。做梦者向释梦者讲述的这些已被改变过的梦，就是梦的显意。

market 市场：马克思主义批评家使用的术语，用来解释一种商品的销售是多么的成功。

Marxism 马克思主义：一种文学分析的路径，这种路径是以弗里德里希·恩格斯和卡尔·马克思所阐释的原则为基础的。不像其他的批评流派那样，马克思主义原本不是一种文学理论，但它却能够被用来阐释某一文本。它首先是一套社会、经济和政治观念，其追随者相信能够用这套观念去阐释和改变他们的世界。他们认为终极的现实不是精神的而是物质的。人类生存和居住于社会群体之中，这一点如我们所知是毋庸置疑的。为了理解自己和我们这个世界，我们必须首先承认我们在社会中所有的活动都有着相互关联。一旦理解得当，我们将会注意到我们的文化与其社会环境决定了我们是谁。马克思说，我们相信什么、珍惜什么以及我们如何思考，这些都是我们这个社会的直接产物，而这个社会又是建立在富人与穷人之间一系列持续的冲突之上的。

在《共产党宣言》(1848)中，恩格斯与马克思宣称，通过经济政策和对商品生产的控制，“富人”（资本家或资产阶级）已成功奴役了“穷人”（工人阶级或无产阶级）。而且，资产阶级已确立了社会的信念、价值观和艺术。如今，无产阶级必须反抗和夺取资产阶级的经济和政治权力，将所有财产的所有权归于政府之手，政府将会公正地给人民分配财富。

由于资产阶级控制着一个社会的艺术与文学，马克思主义批评家认为，他们必须超越通常的文学手法、主题和风格方面的分析，而去集中分析作者世界观、作品的历史语境和文本的社会学关切方面的决定因素，由此去考量这种有关作者的意识形态分析是促进了资产阶级还是无产阶级的关切。

20世纪马克思主义批评的部分领军人物是格奥尔格·卢卡奇，雷蒙·威廉斯，瓦尔特·本雅明，弗雷德里克·杰姆逊和特里·伊格尔顿。

materialist feminisms 唯物主义的女性主义：当代女性主义的四种主要类型之一，强调物品和物质现实。其批评家有朱丽叶·米切尔、杰奎琳·罗斯和凯瑟琳·贝尔西等。

metalanguage 元语言：用于描述或谈论语言的语言（词汇）。

metaphor 隐喻：直接比较两种不同事物（不使用像或如同这样的词）的修辞手法，其中把一种事物的性质归因于另一种事物。例如，在“我的爱人是一朵玫瑰”这个句子中，玫瑰的性质就直接归因于“我的爱人”。

metaphysics 形而上学：来自亚里士多德的著作《形而上学》(*Metaphysica*，前350年）的术语，表示哲学的一个分支，研究存在（*Being*）的本质。这一术语暗示着一个超越于我们五官所见所感的实在。

metaphysics of presence 在场的形而上学：法国解构论者雅克·德里达发明的术语，用以涵盖**逻各斯中心主义**、**语音中心主义**与**二元对立**的运作以及西方思想和文化中所秉持的有关语言的本质和形而上学的其他概念。德里达的目的是展示这些信仰所依赖的不稳定基础，从而“解构”或拆解西方文化价值观，并显示这样一个解构过程如何能导致关于文本的新的、激动人心的阐释。

metatheory 元理论：一种可以涵盖读者就某个文本提出的所有可能性

阐释的主宰性或总括性的文学理论，即一种关于所有理论的理论。

mimesis 迈米悉斯：来自希腊语，意为“模仿”。通常指亚里士多德的模仿理论。参见**模仿理论**。

313 **mimetic 模仿的**：**模仿理论**的形容词形式。

mimetic theory 模仿理论：文学批评使用的术语，指艺术是世界各种不同元素的模仿或模本。在语言学中，语言的模仿理论坚称词语是世界中各种事物的标记，即每个词语都有它自己的指称物或被那些词语表征或标记的对象、概念或理念。相应地，词语等同于它的**指称物**。

minimal pair 最小对位体：通过一个引人注意的音位声音而区别开来的两个词语。例如，*pit* 和 *bit* 因其第一个音位或引人注意的第一个声音而区别开来。

mirror stage 镜像期：精神分析学家雅克·拉康所发明的术语，用来描述六个月大到十八个月大的人格发展期。拉康认为，人格由三个部分或三界构成：**想象界、符号界、实在界**。在较之第一个想象界稍后的这个发展时期，我们看到自己在镜子中的影像，就仿佛在母亲的形象中同时看到了我们自己。这种对镜中形象的观察令我们感到形象的界限，由此注意到我们自己是独立于母体的存在。

misogyny 厌女症：女性主义批评使用的术语，指对女人的憎恶或不信任。

misspeaks 失言：解构论者雅克·德里达认为，在某种情况下，所有文本中都有作者语言失控之处与本来不该说出来的东西，此谓“失言”。这些语言失误时常出现于各种问题、比喻性语言和强硬的声明中。通过考察这些失误和控制这些失误的**二元对立**，德里达认为他能够证明文本意义的**不确定性**。

modernism 现代主义：20 世纪初发生于英国和美国的一次文学运动。有人认为始于夏尔·波德莱尔和保尔·瓦莱里的法国象征主义诗歌的影响；还有人坚称这一阶段始于 1914 年，与第一次世界大战同时发生，终于第二次世界大战结束之时；然而，仍有人将其结束时间定为 1965 年前后。

无论这一时期始于何时，现代主义都如 T. S. 艾略特所言，是以人类的非个人化观点为标志，形成了一种鲜明的反浪漫主义（antiromantic）和反表现主义（antiexpressionistic）的文学。在通过形式热切寻求意义的过程中，现代主义通常使用艰涩、枯燥的语言，认为通过文本的形象安排，文本本身能诱发感受和情感。通过抵制纯粹个人化的作品解读，现代主义宣称，通过考察文本结构可以发现文本意义，这种技巧尤其适用于诗歌。现代主义时期为文学批评提供了一种形式化的解释方法，用以解释一首诗歌或其他任何文学作品是如何通过其形式获得或产生意义的。

modernity 现代性：许多批评家使用的、与启蒙和理性时代（18 世纪）同义的术语。他们秉持两个基本前提：相信理性是人类生活的最好向导，科学能够引导人类走向新的“乐土”。

monomyth 元神话：原型批评家诺思洛普·弗莱所使用的术语，他声称，所有的文学作品都包含一个完整的故事，即元神话。元神话能够图解为一个包含四个相互独立阶段的循环，每个阶段对应一年之中的一个季节，并对应人类经验的特定循环。这四个阶段分别是：**浪漫阶段**（夏天的故事，在这里全部的欢乐和愿望都能得到满足）；**反浪漫阶段**（冬天的故事，是关于奴役、监禁、沮丧和恐惧的故事）；**喜剧阶段**（春天的故事，讲述我们如何从沮丧中崛起并走向自由和欢乐）；**悲剧阶段**（秋天的故事，讲述我们从欢乐跌落到灾难的过程）。按照弗莱的解释，所有的故事都可被安放在这一分类中的某个位置。

morpheme 词素：语言学使用的术语，用来描述具有词汇意义或语法意义之词语的最小单位。例如，*dog* 一词包含一个词素，即 {dog}，而 *dogs* 一词包含两个词素，即 {dog} 和 {-s}。

morphology 形态学：语言学使用的术语，用来描述词语的构形过程，例如复合词和词形变化。

mythemes 神话素：结构主义批评家克劳德·列维-斯特劳斯发明的术 *314*
语，指那些贯穿在人类不计其数的神话中反复出现的主题。他强调，这些基本结构与构建语言自身的基本材料，即个体的语言声音相似。像这些声音一样，神话素通过它们在神话结构中彼此的关联获取意义，而不是在自身内部获取意义。每个神话的意义都依存于在故事中被发现的神话素的互动和次序。

mythic criticism 神话批评：通过研究原型或具有原型性质的模式来解释文本结构和意义的批评。这种批评类型特别为卡尔·荣格和诺思洛普·弗莱所推崇。参见**原型批评**。

narratee 受叙者：结构主义者、叙事学家杰拉尔德·普林斯使用的术语，指的是那种听文本叙述者讲述的人。正是普林斯的观点指出，受叙者不是那种实际阅读文本的人，而是被叙述本身创造出来的。

narrateme 叙事素：与**叙事功能**同义的术语。

narrative functions 叙事功能：在俄国叙事学家弗拉基米尔·普洛普看来，所有民间传说或神话故事都由 31 个固定要素（或叙事功能）的序列构成。它们在所有的神话故事中都以同样的顺序出现。每个功能都能识别出一些可以预见的模型，其中核心人物将扮演推动故事情节的角色。

narratologist 叙事学家：一种特殊的结构主义者，他们使用**叙事学**原理来阐释文本。

narratology 叙事学：由杰拉尔德·普林斯、弗拉基米尔·普洛普、茨维坦·托多罗夫、罗兰·巴尔特和热拉尔·热奈特所推举的一种结构主义形式，用来阐明故事的意义是如何从其整体结构或语言结构中发掘出来，而不是从单个故事的孤立主题中升发出来。为了确定文本的意义，叙事学家会去强调故事中动词时态、修辞手法的关系与配置之类的语法要素。

naturalism 自然主义：涉及 19 世纪晚期和 20 世纪早期生命观的术语，强调在文学研究中科学思想和科学决定论的重要性。自然主义批评家将人类视为以确定的方式回应其环境和内在驱力的动物。

neoplatonic 新柏拉图式：用于描述任何与柏拉图体系极为类似的哲学系统，因此该术语中有一个前缀 *neo*，意为“新”。这一术语源自三世纪产生于亚历山大的一种混合了亚洲人的、柏拉图的和基督教的信仰的哲学体系。

neurosis 神经症：身体或生理原因不详而引发的神经错乱，会导致许多生理上和心理上的反常。

New Criticism 新批评：从 20 世纪 30 年代初期至 60 年代主宰美国文学批评的一个结构松散的流派。因约翰·克罗·兰色姆 1941 年出版的著作《新批评》而获得命名之后，该理论立足于如下观点：像其他任何具体的物体一样，艺术作品或文本也是一个能被分析而用来发现其意义的具体物体，这种意义可不依赖于作者意图、作者或读者的情感表述或评价而存在。在**新批评家**看来，诗歌的意义必定存在于它自身的结构中（在新批评中，诗歌一词指所有文本，而不仅仅是诗歌本身）。新批评家认为，通过**细读**一首诗，他们可以确定文本的正确意义。

新批评的文学分析方法常常被称作“文本至上”。新批评有众多实践者，如约翰·克罗·兰色姆、勒内·韦勒克、W. K. 维姆萨特、R. P. 布莱克默、I. A. 理查兹、克林斯·布鲁克斯和罗伯特·佩恩·沃伦。随着布鲁克斯和沃伦在 1938 年出版大学教材《理解诗歌》，新批评成为文本分析的主导方法并持续到 20 世纪 60 年代。

New Critics 新批评家：在其文学分析中使用**新批评**的律条、假设和方法的批评家。

New Historicism 新历史主义：文化诗学的美国分支。新历史主义出现在 20 世纪 70 年代末和 80 年代初，是最新的文本分析方法之一。在斯蒂芬·格林布拉特和路易斯·蒙特罗斯等学者的引领下，新历史主义挑战创立于 19 世纪思想中的“旧历史主义”。这种“旧历史主义”宣称：历史只是在充当文学的背景，书写下来的历史是对过去真实发生的事件的准确描述，历史学家能够阐明任何人群、国家或时代的统一的、具有内在连续性的世界观。 *315*

新历史主义宣称所有的历史都是主观的，历史学家从来不能为我们提供那种客观真实，也不能为我们提供关于过去的事件和人们世界观的完全准确的图画。与语言相似，历史只是多种**话语**之一，或者是人们看待世界的多种方式之一。通过把历史看作直接影响文本阐释的少数重要话语之一，新历史主义者声称，他们的方法为其追随者提供了一种文本分析的实践。该文本分析方法强调所有人类活动之间的相互联系，承认自身的偏见；较之于旧历史主义和其他阐释方法，它给予文本更全面的理解。

那些追随内在于新历史主义之中多样化文本分析方法的人现在更喜欢把这种方法称作**文化诗学**，强调并关注有助于决定文本意义的多种因素。他们的英国同道以**文化唯物主义**著称。

New Humanists 新人文主义者： 20 世纪美国的一个文学批评家群体，看重艺术的道德品质。这些批评家主张，人类经验基本上是伦理的，他们要求在文本展现的道德价值之上进行文学分析。

noematic 所思： 客观世界的复杂性（文化、社会、宗教以及政治现实）被一个作家或一个阶层的作家详细地描述出来。

noetic 能思： 指作家显露在作品中的主观才能。

nonpolyphonic novels 非复调小说： 俄国形式主义批评家米哈伊尔·巴赫金发明的术语，指那些写出开头同时就能预计出结尾的小说。在这类小说里，作家了解所有人物的行动、选择以及作品的整个结构，而且，作者对真理的认识在作品中表露无遗。参见**复调小说**。

objective correlative 客观对应物： T. S. 艾略特发明的术语，用以指称为唤醒读者的情感反应（是作者想表达而未直接表达出来的那种情感）而服务的一系列事物、一种情境、一串事件或种种反应物。

objective theory of art 艺术的客观理论： M. H. 艾布拉姆斯引介的术语，宣称文学作品本身是一个客体。每个艺术作品都是一个公共文本，可以通过运用公共话语的标准，而非其作者或某个特定读者的私人经验、种种意图和词汇予以理解。

objet petit a 对象小 a： 雅克·拉康使用的术语，指的是在精神发展的**镜像期**我们认识到的形象。这些形象独立于我们自己，包括身体残渣、母亲的声音和乳房以及我们自己的语音。它们成了我们缺失的象征，会折磨我们一生。

Oedipus complex 俄狄浦斯情结： 按照西格蒙德·弗洛伊德儿童人格发展理论的观点，所有的儿童在三岁到六岁间都会对双亲中异性的一方产生性感觉或力比多感受，而对同性的一方充满敌意。对男孩子而言，这就是俄狄浦斯情结。该名称来自神话传说中的忒拜国王俄狄浦斯，他以弑父娶母而闻名。对女孩子而言，这个阶段被称作**厄勒克特拉情结**，以神话人物厄勒克特拉命名。为报父亲被谋害之仇，她杀死了母亲和母亲的情人。

One, The 太一： 柏拉图描述其精神实在概念的术语。柏拉图说“太一”具有本体论的地位，存在于任何安置其实在或反映其性质的精神之中。它由三种要素构成：绝对的美、真和善。几百年后普罗提诺对这个术语进行了更为清晰的界定。

ontological 本体论的：基于存在或与存在有关的。新批评家使用的术语，他们相信艺术作品是一个具体的实体（真实存在的东西），并且可以像任何其他客体一样被研究和剖析以确认其意义。

ontological critic 本体论批评家：使用新批评预设的批评家，他们认为 316
文本是像绘画、花瓶或门锁一样的具体存在，可以通过分析确定其意义。

oral phase 口唇期：西格蒙德·弗洛伊德所设定的儿童人格发展的第一个阶段。在这一阶段，婴儿通过吮吸母亲的乳房来获得食物，同时，婴儿的性冲力或力比多也被激发出来。口唇成了性感应区域，其后会令我们从吮吸拇指的行为中得到快感，直到后来的接吻。

organic unity 有机整体：该术语描述以下观念：一个文本的结构与一株鲜活的植物相似，所有的部分相互支撑并依靠一种复杂的关系存活。19世纪的诗人批评家塞缪尔·泰勒·柯勒律治首先提出了艺术作品的有机整体思想，宣称文本的每个部分都反映并有助于支撑文本的核心观念，新批评家或许会称之为作品中的主要**悖论**。文本的任何部分都不是多余的，而是像一个鲜活的有机体，每个部分为增强整体而服务。因此，整体大于其部分之和。

Orientalism 东方主义：爱德华·萨义德引入后殖民理论中的术语，用来指称那些非欧洲模式的创作，这些创作暗示“东方人”或亚洲人是懒散的、没有思想的、淫荡的、不可靠的和精神错乱的。

ostranenie 陌生化：俄国形式主义者使用的术语，译为“变得陌生”。通过句法、韵律或其他文学手法，诗学措辞或语言具有将熟悉的词语“变得陌生”的能力，从而促使读者再次检验和重新体验词语、形象与象征。参见**奇特化**。

Other 他者：女性主义批评（指“非男性”，因而不重要）和后殖民主义（指被殖民者）使用的术语，意为“不同于”且次于处于支配地位的一方。

paradox 悖论：新批评家（尤其是克林斯·布鲁克斯）使用的术语，用以解释诗歌的本质属性。在布鲁克斯看来，科学语言必须是精确和准确的。然而，诗歌的主要特征是它具有许多丰富的词语内涵，而非科学化的语词外延。因而，诗歌的意义基于悖论——支撑诗歌中心观念各种内涵和意义的并置。新批评家认为，语言是复杂的，可以具有多重意义。布鲁克斯认为，“诗歌语言就是悖论语言”。

parapraxes 动作倒错：由西格蒙德·弗洛伊德发明用来指称口误、失忆、放错东西及其他所谓“失误”之行为的术语。动作倒错可直接追溯到我们无意识中的欲望、意愿或意图。

parole 言语：费尔迪南·德·索绪尔和其他理论家使用的语言学术语，指个体的实际言说行为，对应于语言结构（即构成语言的各种规则）。一个个体能够说出不计其数的言语的例子，但是它们都受到语言结构的控制。对于索绪尔和其他语言学家而言，语言学真正应该研究的是系统（**语言结构**），而非言语。

patriarchal 父权制的：女性主义批评家与其他学者使用的术语，用来描述由男人统治的社会或文化，是**父权制**的形容词形式。

patriarchy 父权制：一种社会结构组织或社会体制，其中男人拥有绝大部分权力。在这样的社会中，男人规定了作为人（包括作为女人）的含义。

penis envy 阴茎羡妒：西格蒙德·弗洛伊德认为，所有女性的未偿夙愿就是拥有阴茎，这一欲望令她们终其一生都怀有一种缺失感。参见**厄勒克特拉情结**。

personal conscious 个体意识：精神分析批评使用的术语，用来指称人类精神中直接感知外部世界并与之互动的那一部分，有时也指清醒的状态，因为个体意识是我们在任何特定时刻都可觉察到的形象和思想。

317 **personal unconscious 个体无意识：**经由卡尔·荣格的心理学被引入文学批评的术语。荣格指出，个体无意识直接存在于意识的表面之下，含有发生于我们每个人日常生活中私人事务的元素。因此，个体无意识只针对每个人的个人生活，无法同他人共享。

personification 拟人化：一种把人的属性加在动物、概念或无生命事物上的修辞手法。

phallic stage 性器期：弗洛伊德儿童人格发展理论中的最后一个阶段。在这一阶段，儿童的性欲望或力比多会被导向并附着在他们的生殖器上。

phallic symbol 阴茎象征：精神分析批评使用的术语，用来描述任何一种状似阴茎的形象（其长度超过直径）所代表的男性权力象征，例如塔楼、刀剑与钢笔。

phallocentric 菲勒斯中心：用来描述任何一种由男性统治因而被男权思维方式所掌控的批评形式、哲学或理论的术语。

phallocentrism 菲勒斯中心主义：在文化和文学中那种认为**菲勒斯**是权力与力量之源的观念，通常伴随着男性中心、男性父权制的假设。

phallus 菲勒斯：阴茎的象征和代表。在许多精神分析理论（如雅克·拉康的理论）中，菲勒斯成了**先验所指**和终极权力的象征。尽管男性女性都不可能拥有菲勒斯，因而都不可能是完整的，但男性到底还有阴茎可言，这就给他们提供了要求这种权力的些许资本。

phenomenology 现象学：一种被埃德蒙德·胡塞尔所创立、强调感知者的现代哲学潮流。当且仅当我们把客体记录在自己的意识中时，客体才存在并形成意义。现象学批评家关心的是我们的意识感知艺术作品的那些方式。

philologist 语文学家：20 世纪中期之前对语言学家的称谓。语文学家是通过描述、比较和分析世界各地的语言以发现它们相似性和关联性的人。

philology 语文学：20 世纪中期之前的语言科学，在当前的用法中，这一术语指的是历史**语言学**或比较**语言学**。语文学通常历时地研究语言，而当今的语言学则兼用**历时的**与**共时的**两种研究方法。

phoneme 音位（一译音素）：语言学术语，指构成某种语言最小差别且有意义的语音。音位是语言的基本构成材料。例如，在美式英语中，包含了约 45 个音位，如/p/、/b/和/k/。

phonetically 语音学地：语音学的副词形式。

phonetics 语音学：对特定语言中语音如何被分类、描述和标注的研究。

phonocentrism 语音中心主义：法国解构论者雅克·德里达发明的术语，认为在西方文化中，言说优先或优越于书写。参见**优先的。**

phonologically 音位学地：音位学的副词形式。

phonology 音位学：对词语或语言中各种语音变化所做的研究，通常包含了**语音学**研究。

pleasure principle 快乐原则：西格蒙德·弗洛伊德引入其人格结构经济模型理论中的术语。在人格的这一部分，快乐原则只渴望来自本能驱力的快感和欲望的瞬间满足，而不顾及社会规定的道德与性界限。

poem 诗歌：露易丝·M·罗森布拉特使用的术语，用来指代读者每次与文本进行交易时所创造的一种新阐释，不管是第一次阅读还是对于同一个文本的无数次重读。阐释变成了诗歌、新的创造。新批评家也用这个词泛指任何文学作品。

318 ***Poetics*《诗学》**：亚里士多德所著，最早包含**文学**的定义，特别是有关**悲剧**体裁的名作。

poetics 诗学：俄国形式主义者使用的术语，用以表示对文学作品构成部分（包括其所有语言和结构属性）的分析。参见**形式**。

poetikes 诗学：希腊语，意为“制作或手工制造的事物”。在批评理论中，这个词意指亚里士多德的《诗学》，该著包含悲剧的成分或“构造部件”。

political unconscious 政治无意识：马克思主义批评家弗雷德里克·杰姆逊发明的术语。借用弗洛伊德的那种受压抑的无意识概念，杰姆逊认为存在一种政治无意识，或者说存在剥削和压迫的被压抑状况。杰姆逊认为文学分析的功能是揭示文本中存在的政治无意识。

polyphonic novel 复调小说：俄国形式主义批评家米哈伊尔·巴赫金发明的术语，用来描述那些作者在写作之前没有事先规定好结局或整体结构的小说。这种小说所表达的“真理”是在作者、读者以及角色意识中的积极创造。所有的参与者——作者、读者以及角色在创造小说的“真理”时平等地相互作用。对巴赫金而言，复调小说的真理或价值在于多种多样的意识，而不仅仅是对作者世界观的详尽阐述。参见**非复调小说**。

postcolonial criticism 后殖民批评：考察文本中承载的殖民主义意识形态轨迹，并把这些文本解释为正在挑战或推销殖民者意图和霸权的批评。从事这种批评的人往往从殖民国家的角度去分析那些经典文本。

postcolonial feminism 后殖民女性主义：女性主义批评的一种类型，

包括**后殖民主义**的理论和实践。后殖民女性主义拒绝由白人男性建立的菲勒斯中心的父权制度，并认识到它是在从事反对男性统治的政治和社会斗争。后殖民女性主义者把自己比作被殖民对象，她们被“男性凝视”定义，并因此化约为一些刻板印象，从而屈从于殖民主义在社会上和经济上的长期影响，这些批评家拒绝使用女人这个词语，认为这种用法只是从其生理性别角度界定了女性。

postcolonialism or **post-colonialism 后殖民主义**或**后—殖民主义**：是新近出现在文学界的一种文学分析方法。后殖民主义批评涉及前殖民地英语国家的文学书写，如澳大利亚、新西兰、非洲和南美，这些地区曾接受过殖民统治，但是现在仍然外在于白人的、欧洲的、男性的文化、政治和哲学传统。后殖民主义批评通常不包括代表英国或美国视点的文学。

后殖民主义常被马克思主义批评家称为“第三世界文学”（此术语被别的许多批评家认为是轻蔑语），它所考察的是两种文化冲突时会发生什么，其中一种文化带着其固有的意识形态，自我赋权并确信要比另一种文化优越。后殖民主义理论家包括弗雷德里克·杰姆逊、格奥尔格·古戈伯格、爱德华·萨义德、比尔·阿什克罗夫特、加雷思·格里菲思、海伦·蒂芬、弗朗茨·法依、伊恩·亚当、盖娅特丽·C·斯皮瓦克、霍米·K·巴巴，等等。

postcolonial theory 后殖民理论：**后殖民批评**的一种变体，其活动范围超越了文学研究的边界，探究的是那些被殖民者和殖民者的社会、政治、经济关切。

postist critics 后学批评家：“紧跟”结构主义而出现的批评家，比如后现代主义者、后结构主义者和后殖民主义者。

postmodern feminisms 后现代女性主义：当代女性主义理论的四种类型之一，从 1990 年兴起至今。其理论家和批评家有简·盖勒普、朱迪丝·巴特勒、乌玛·娜拉杨和玛莉·黛莉等。

postmodernism 后现代主义：通常是与解构和后结构主义同义使用的术语。该术语 20 世纪 30 年代首次用于文学领域，在 20 世纪 60 年代晚期和 70 年代流行开来。如今，它意味着一群否认客观现实存在的哲学家、 *319*
文学批评家和当代学者。对于这些思想家而言，现实是一种被每个个体所在的主流社会群体所塑造的人为构建。

poststructuralism 后结构主义：结构主义之后运用到种种文学理论和实用批评之中的术语。后结构主义始于20世纪60年代晚期，虽然它的使用范围更广，且包括女性主义、精神分析（特别是雅克·拉康的思想）、马克思主义或它的各种修正主义形式和新历史主义等批评流派的思想，但是它通常与解构在同一个意义上使用。

从理论上讲，结构主义设定了文本的客观真实，即结构主义认为人们可以通过使用标准而客观的方法去检测文本，并获取确定的阐释。然而，后结构主义通常强调文本意义的**不确定性**，并宣称文本内部与其自身或许并不具有任何客观真实。后结构主义也质疑阅读和写作中、语言的形而上学中长期秉持的各种假设。

poststructuralist feminisms 后结构主义女性主义：用来对那些使用了精神分析、解构、后殖民及其他方法的当代女性主义批评家（如露丝·伊利格瑞、盖娅特丽·查克拉沃蒂·斯皮瓦克和莫妮克·维蒂格）进行分类的四个术语之一。

practical critic 实用型批评家：将理论批评的各种理论和信条应用到特定艺术作品的批评家。实用型批评家经常界定品味的标准并对特定文本做出解释、评价或辩护。

practical criticism 实用批评：见**应用批评**。

preconscious 前意识：西格蒙德·弗洛伊德在其人格结构脑解剖模型理论中所使用的术语，意指在人格中作为记忆储藏室的那一部分，心灵中的意识部分允许这些记忆以其他形式不经化装地进入意识领域。这些没有"假面"（masking）的记忆在意识领域里容易得到控制。

prescriptive grammar 规范性语法：语法学家认可或核准的规则。他们认为受过教育的人应该以正确的方式（尤其是这些语法学家所界定的正确方式）说话和写作。

private symbol 私人象征：参见**象征**。

privileged 优先的：法国解构论者雅克·德里达引入文学批评的术语。在德里达看来，西方社会将其价值和形而上学假定建立在诸如好/坏、光明/黑暗、真实/谬误等对立之上。德里达认为，在这些配对中，西方文化都更重视或抬高（*privileges*）第一个要素，而轻视或压低（*unprivileges*）第二个要素。

production theory 生产理论：由马克思主义批评家路易·阿尔都塞发展而来的一个术语，它拒绝那种**上层建筑**必须直接反映经济基础的**反映论**假设。阿尔都塞主张，文学不应该严格地归为上层建筑；而且，他认为上层建筑能够影响而且也确实影响了经济基础。

proletariat 无产阶级：卡尔·马克思和弗里德里希·恩格斯使用的术语，用来指涉社会中的工人阶级。按照马克思主义理论，**资产阶级**（或上层阶级）通过控制经济政策和商品生产来压迫和奴役无产阶级。是资产阶级而非无产阶级规定和明确表达着社会的意识形态。

prosody 韵律学（一译诗体学）：构成诗歌的动力或结构性要素，比如节奏、音步、韵律、诗节、措辞和头韵（alliteration）等。与诗体学（*versification*）同义。

psychoanalysis 精神分析学：由西格蒙德·弗洛伊德首创的治疗情感与心理错乱的方法。在这种疗法中，精神分析师让病人自由谈话，讲出他（她）的童年经历和梦境。

psychoanalytic criticism 精神分析批评：西格蒙德·弗洛伊德把精神分析疗法运用于文学作品阐释的一种批评方法。由于这种文学分析法试图离开美学理论来揭示人类行为的动机和方式，所以它能够同其他许多批评 *320*
解析方法并存不悖，如马克思主义、女性主义、新历史主义在其阐释中都运用精神分析方法，而并不妨害它们各自的理论假设。

精神分析批评的关键之处在于弗洛伊德关于"艺术家都是神经病患者"的假设。与其他神经病患者不同，艺术家在艺术创作行为中寻到一条重返正常状态和整体感的通路，从而幸免于**神经症**的许多外在表现和结果。

弗洛伊德认为，文学文本实际是艺术家的梦或幻想，因而可以如释梦一般来分析一个文本。弗洛伊德假设梦是经过化装的愿望。正如他规劝病人并试图发掘那些显示于梦境之中的化装成愿望的意义，弗洛伊德认为我们也必须运用这些精神分析的原理和方法去揭示文本的真意。

尽管精神分析批评的奠基人是弗洛伊德，但其他批评家如卡尔·荣格、诺思洛普·弗莱、雅克·拉康修正并拓展了弗洛伊德的理论，而且还发展出了他们自己的文学分析方法。

psychoanalytic model 精神分析模式：伊莱恩·肖瓦尔特发明的女性主义批评的四种方法之一，统称为**女性写作批评**，用来构建一种分析妇女文学的女性框架。这种模式分析了女性心理，也论证了这种分析如何影响写作过程，并强调了女性书写的变动性和流动性，这与男性写作的僵硬刻板和有条不紊恰恰相反。

psychobiography 心理传记：一种文本阐释方法。通过考察作者的传记、私人信件、演讲及其他相关文献来获取作者的传记资料，以便建构作者的人格，包括作者所有的气质、内在和外在的抵牾以及他的神经症状。

public symbol 公共象征：参见**象征**。

queer theory 酷儿理论：最新的文学批评流派之一（1991 年至今），它质疑那些我们常常用以描述自身的术语，例如异性恋和同性恋。酷儿理论家认为，这些词语是由社会建构而成，却并不能界定我们真正是谁。酷儿理论反对**本质主义**，赞同**社会建构主义**，认为我们的个人身份是不稳定的和不断变动的。正如酷儿理论的领军人物之一伊芙·科索夫斯基·塞吉维克所宣称的："所有人都是不同的。"作为男性和女性意味着什么也是经常变动的。酷儿理论挑战关于生理性别认同、社会性别以及生理性别差异的假设，强调我们的身份与我们做什么和我们是谁有关，而与我们预设的本质无关。我们的身份与我们的表现无关。我们是谁是述行性的，亦即，我们自己宣称自己是什么。

race 种族：后殖民理论使用的术语，指基于身体差异和文化差异的一类人。

reader-oriented criticism 读者导向批评：该批评崛起于 20 世纪 70 年代的文学分析中，认为读者在阅读过程中是积极能动的，而不是消极被动的。读者与文本交易并共享一种交易式经验：文本充当刺激物，用以引发读者的种种经验、思考与想法，这些东西出现在真实生活和阅读经验中。与此同时，文本又塑造读者的经验，并对能够很好顺应文本的想法进行选择、限定和整理。由此形成的阐释便是一种被称为诗歌的新作品。对于读者导向批评家来说，读者＋文本＝诗歌，诗歌不过是文本阐释或意义的另一种名称。

reader-oriented critics 读者导向批评家： 这些批评家提出了各种理论问题：如什么是文本？谁是读者？究竟是读者还是文本抑或是两者的结合决定了文本的阐释？作者在作品的阐释中扮演了怎样的角色？而最重要的一个问题或许是：阅读过程是什么？

读者导向批评家由多位强调阅读过程中的不同要素的批评家组成，包括罗兰·巴尔特、热拉尔·热奈特、克劳德·列维-斯特劳斯、沃尔夫冈·伊瑟尔、露易丝·罗森布拉特、诺曼·霍兰德、戴维·布莱奇。参见**诗歌**。

real order 实在界： 雅克·拉康所论述的人格发展的第三阶段。实在界由物质世界组成，包括物质性的宇宙以及它内部的一切。实在界也象征 321 着人所不及的一切。实在界中的客体以原始性缺失的象征形态出现，持续不断地对我们施加影响，从而导致精神的破碎。

real reader 真实读者： 叙事学家杰拉尔德·普林斯发明的术语，用来在三种读者（真实读者、虚设读者和理想读者）之间作出区分，这三种读者（**受叙者**）均为叙事者的言说对象。普林斯认为，真实读者是真正阅读书本的那种人。参见**虚设读者**和**理想读者**。

reality principle 现实原则： 由西格蒙德·弗洛伊德引入其人格结构经济模型理论中的术语。弗洛伊德把现实原则界定为对人格中的快乐原则进行约束那一部分。现实原则承认，在一个人渴求快乐时是需要有社会准则和规范的。参见**快乐原则**。

reception aesthetics 接受美学： **情感文体学**的另一种名称。

reception theory 接受理论： 读者导向批评家使用的术语，用来讨论他们的理论假说如何运用到文本分析之中。他们认为，文本的意义必须既来自当今读者的个体反应，也来自文本接受史中随着时间流动的批评性解释，包括与文本作者同时代的批评家（活在当下时刻的批评家除外）的解释。

referent 指称物： 语言学中由词语或术语表征或标记的外部世界的实体（事物和事态等）。例如，*desk* 一词的指称物是桌子这种物体。

reflection theory 反映论： 马克思主义批评家发展过来的、用来解释社会的基础与其上层建筑之间关系的早期理论之一。根据卡尔·马克思早年持有的立场，这一理论主张，基础或社会的经济结构直接影响和决定了社会的价值观念；社会、政治、教育与法律体制；艺术；以及信仰——或者把它们合到一起，就是马克思所谓的社会的**上层建筑**。简言之，上层建筑反映或映射**基础**。尽管一些马克思主义批评家仍然坚持这一立场，但大多数人现在认为，基础与上层建筑之间的关系比起初所认为的更为复杂。**庸俗马克思主义**这一术语就是用来描述那种仍然坚持反映论的**马克思主义**形态的。

reflectionism 反映论：参见**反映论**（**reflection theory**）。

relativism 相对主义：一些文学批评家持有的观点，认为一个文本具有无穷多的有效阐释。

relativistic critic 相对主义批评家：在评论一个艺术作品时使用各种各样甚至相互矛盾的理论的批评家。

rhetoric 修辞学：通常界定为有效言说和写作的艺术。修辞学的鼻祖是前 5 世纪叙拉古人考拉西（Corax of Syracuse）。修辞学阐述了演讲的构成方法和规则。如今这一术语被诸如肯尼斯·博克（Kenneth Burke）、诺思洛普·弗莱、罗兰·巴尔特以及雅克·德里达所用，意指文本内的结构方式。它已成为许多现代批评的基础。

rhetorical criticism 修辞学批评：一种强调文本技巧与策略的批评形式。作家运用这种技巧与策略，往往以先入为主的方式去操纵读者解释其作品。该批评看重的是劝说的艺术与技巧。

romance phase 浪漫阶段：神话批评家诺思洛普·弗莱用来解释一个完整的文学故事（即**元神话**）所使用的四个阶段之一。在元神话里，浪漫阶段是“夏天”的故事，此时我们所有的愿望都得到满足，并能够获得全部的快乐。

Romanticism 浪漫主义：一场文学运动，始于威廉·华兹华斯和萨缪尔·泰勒·柯勒律治 1798 年出版的《抒情歌谣集》（*Lyrical Ballads*）。作为对 18 世纪那个“理性时代”（Age of Reason）的反拨，浪漫主义认为世界类似于鲜活的植物，处在不断生长、生成和渴求的过程之中。浪漫主义者否认理性是通往真理的唯一道路，宣称直觉能让他们理解自己与其世

界。个人关切、情感和想象是有价值的。作为文本解读方法，浪漫主义关 322
注的是艺术作品展现出来的艺术家的情感和态度。

Russian Formalism 俄国形式主义：一个从 1914 年开始兴盛于前苏联而到 1930 年被苏维埃政府放逐的批评流派。它由两个不同的学者、作家和理论家群体（莫斯科语言小组和诗歌语言研究会）构成。俄国形式主义者主张文学和诗歌语言的自主性。他们坚称，恰当的文学研究应是研究文学本身，而非心理学、传记、社会学、政治学或历史学。研究文学就是研究**诗学**，就是研究文学作品的实际形式和构成部分，文本的内在手法。

通过使用科学原理，俄国形式主义者认为研究文学作品就是要研究它的**文学性**，或者是文本使用的语言。不像日常交谈，文学语言为使自己**突出**，会大喊大叫："看看我吧，我是特殊的。"通过结构、想象、句法以及其他一系列手法，文学语言具有了将普通词语变得陌生的能力，即将它们置于一种新的眼光之中：一个被称作**奇特化**的过程。这种**疏离**使得读者放慢了对词语、形象的感知，并对那些词语或形象重新体验。

因为俄国形式主义者不愿按照斯大林政权的政治和意识形态视角去观照文学，前苏联政府解散了他们的文学团体。但他们的影响依然活跃在前捷克斯洛伐克布拉格语言小组的著作中，并间接影响了欧美的新批评。

sadistic-anal phase 虐肛狂时期：弗洛伊德儿童人格发展理论中**肛门期**的另一名称。

schools of criticism 批评流派：一群对于阅读、写作和阐释拥有共同关切的批评家。这种流派的例子有新批评、读者导向批评、结构主义、解构、新历史主义和生态批评。

semanalysis 符号分析学：精神分析批评家茱莉娅·克里斯蒂娃创立的一门新科学。她认为，在拉康人格发展理论的前镜像期，儿童会经历一种与母体的分离或缺失；母体塑形了意义，令这种缺失或需求发生位移，演变成一种欲望。一种关联着我们的本能的情感力量（被称作**前符号状态**）由此产生。利用这些观念，克里斯蒂娃探究了含义或意义在我们的一生中是如何持续发展的。

semantic features 语义特征：语言学使用的术语，用以指称词语的那些属性，它们有助于确认与一个词语密切相关的短语、从句和句子所具有的意义和关系上的不同的细微差别。

semantics 语义学：语言学使用的术语，指词语如何结合从而在语言中产生意义的研究。

semiology 符号学：由结构主义者费尔迪南·德·索绪尔推出的一门新科学，它要研究的是我们如何通过**符号**或代码在所有的社会行为系统中创造意义。鉴于语言是这些符号系统中主要的且最有特色的部分，索绪尔宣称，它将是这门新科学的首要分支。尽管符号学从未像索绪尔预想的那样成为一门重要的新科学，但与之相似的**符号论**如今却确实发展起来，并依然处于实践之中。

semiotic interpretation 符号学阐释：一种确定文本阐释的符号解读。由结构主义的人类学家、心理分析学家以及文学批评家发展出来的**符号学**认为，我们在自己的文化中所掌握的代码或符号使我们可以阐释文化和文本。符号能够成为一种直接的交流方式，比如停车标志；也可以是间接的举动，比如眨眼示意、拥抱或挥手。

semiotique 前符号状态：精神分析式的女性主义批评家茱莉亚·克里斯蒂娃发明的术语，指与我们的本能紧密相连，且存在于语言韵律学而非各种象征中的情感力量。

semiotics 符号论：由查尔斯·桑德尔斯·皮尔士创建、与费尔迪南·德·索绪尔提出的符号学科学同时发展的一门科学。符号论借用索绪尔使用的语言学方法，并将其应用到各种有意味的文化现象之上。它宣称，根
323 据意义如何发生和那种使其运作的结构，社会中的意义可以被系统地加以研究。由于符号论运用了结构主义使用的方法，它现在经常和结构主义互换使用。不过，符号论表示一个独特的研究领域，而结构主义则主要是一种文学分析方法。

sentence 句子：表达一个完整思想且符合某种语言既定句法结构的一组词语。

separatist feminism 分离主义的女性主义：当代女性主义批评之一，鼓励妇女部分或全部地从男性那里分离出来，并假定女性在她们能够发现自己作为个体是谁之前，必须首先在不同的语境中审视自己——从男性那里分离出来，哪怕是暂时的。这样一种分离是完成个人成长和个性化必然

要走的第一步。

sexual instinct 性本能：厄洛斯的另一名称，弗洛伊德声称的每个人无意识领域都有的两种本能之一。在弗洛伊德的学术生涯晚期，他又把这一术语称为**力比多**。

sexual politics 性别政治：凯特·米莉特在其著作《性别政治》(1969)中提出的术语。该术语已成为第二次女性主义浪潮的同义语，认为经济的不平等和意识形态灌输一向是女性受压迫的主要原因，父权制应置于女权运动的中心加以批判。由于米莉特，这一术语也意味着生理性别（sex）和社会性别（gender）之间的区别，前者是生物学意义上的，后者是心理学意义上的。是否遵从这些被规定的文化性别角色（由社会指定）成了米莉特所谓的性别政治的一部分。

该术语也被安妮特·克罗德尼所用，她认为女性主义批评家必须接受多样化的文学批评方法。克罗德尼假定任何特定的文本都具有多种不同解读的可能性。她指出，这种方法既有用处也具有某种启发性。

sign 符号：法国结构主义者费尔迪南·德·索绪尔首次使用的术语，用以表示词语的定义。在索绪尔看来，词语表示抽象的概念，而非客观世界的**指称物**或假定等同于其他事物的某种标记。一个词语就是一个符号(具有意义的某种东西)，是由一个**能指**和一个**所指**构成的。

signification 指意：文学批评、阅读理论以及语言学使用的术语，表示我们通过语言符号或其他标记方式获得意义的过程。

signified 所指：结构主义者费尔迪南·德·索绪尔使用的术语，表示一个词语中的一部分。索绪尔提出所有词语实际上都是由以下两部分构成的符号：**能指**与所指。所指是能指（写下或说出的词语或声音）指涉的概念。就像一张纸的两面，语言**符号**是能指与所指的结合。

signifier 能指：费尔迪南·德·索绪尔使用的术语，表示一个词语中的一部分。能指是说出或写下的部分，如语音/t/和拼写（书写）标记 *t*。参见**所指**和**符号**。

simile 明喻：一种用比喻词（像、如同）比较两种不同事物的修辞方式。例如，“他的鼻子像枚樱桃”。喻体与本体不能同属一类，例如，“伦敦像巴黎一样”这种说法不是明喻，因为本体和喻体属于一类（都是城市）。

social constructivism 社会建构主义：一种拒绝古典人文主义者的**本质主义**概念、涉及人性本质的理论。社会建构主义争辩道，根本不存在可以用有限几个术语就能予以界定的人类的本质内核。所有用来描述人的术语都由社会建构而成，并浸染着各种意识形态的假设，这些术语在被重构之前必须先被解构。像同性恋、异性恋、男性和女性这类词语，都是由社会偏见装饰而成，必须被再次检验。在社会建构主义者看来，这些词语的意义永远都是处在变动之中的。

spring phase 春天阶段：神话批评家诺思洛普·弗莱认为，所有文学作品都讲述一个故事，即**元神话**，它由四个阶段组成。春天阶段讲述的是关于人类从沮丧和焦虑中挣脱，走向自由和欢乐的故事。

324 **structural model 结构模型：**弗洛伊德人格结构理论术语**三重模型**的另一名称，它由**意识**、**前意识**和**无意识**组成。

structuralism 结构主义：兴盛于20世纪60年代的文学分析方法。通过使用由费尔迪南·德·索绪尔阐明的语言学技巧、方法和语汇，结构主义在文学作品中、传播和社会行为的各种形式中为我们如何获取意义提供了一种科学视角。

结构主义者认为，代码、符号和规则掌控着社会和文化的所有实践，包括传播，体育的“语言”、友情、教育和文学的。结构主义者试图找到那些他们认为能为所有社会和文化习俗赋予意义的代码。因此，恰当的研究意义（以及现实）的方法是探究这些实践背后的系统，而非个别实践本身。

对结构主义者而言，恰当的文学研究就是探寻那些与阐释行为本身密切相关的种种状况，而非深入研究单个文本。结构主义者认为，对语法或控制着文学阐释的规则系统进行研究，已成为批评家的首要任务。

通过乔纳森·卡勒、茨维坦·托多洛夫、罗兰·巴尔特、热拉尔·热奈特等批评家的实践，结构主义挑战了新批评那种从文本内部寻求意义的方法。

structuralist narratology 结构主义叙事学：被界定为叙事科学并由弗拉基米尔·普洛普、茨维坦·托多洛夫、罗兰·巴尔特和热拉尔·热奈特等批评家使用的一种结构主义形态。

structural linguistics 结构主义语言学：与语言学同义使用的术语，即关于语言的科学。

stylistics 文体学：**结构主义**的一种形态，是基于文本的文体（即措辞、比喻语言、句法、语汇和句子结构等）对文本进行的阐释。

subaltern writers 底层作家：马克思主义批评家安东尼奥·葛兰西发明的术语，用来指那些其所属阶级不在文化意识形态或文化霸权的控制之内的作家。这些作家（比如非裔—美国人）为看待和理解文学和我们自身中的文化力量如何运作提供了种种新的途径。

superego 超我：西格蒙德·弗洛伊德使用的术语，用来指称人格中举止如内部测量器、令我们鉴于社会压力做出道德判断的那一部分。区别于**本我**和**自我**。

superstructure 上层建筑：卡尔·马克思使用的一个术语，用来表明属于文化的那一部分，包括社会、法律、政治与教育制度；社会的宗教信仰、价值观和艺术，它们体现了统治阶级（或资产阶级）所控制的社会意识形态。通过控制**基础**，资产阶级决定了社会的上层建筑，从而控制和压迫工人阶级（或无产阶级）。参见**马克思主义**。

supplement 替补：法国解构论者雅克·德里达发明的术语，用以解释任意一个等级制（西方文化建构其形而上学的基础）中两部分的关系，例如，德里达说西方文化中，光明高于黑暗。他认为，光明和黑暗的关系并不是完全清晰的。德里达用替补这一术语表示包含在这种等级制中两个要素的不稳定关系。光明和黑暗不是两个截然分开的整体，而是相互替补的。例如，谁能在黄昏的时候说它是光明还是黑暗？因此，每个术语都有助于界定另一个术语，且对另一个术语的存在是必要的。

supplementation 替补活动：指替补这种行为。参见**替补**。

symbol 象征：有着多重含义并代表另外之物的形象。它有两种类型：公共象征体现普遍意义，如玫瑰代表爱情或水象征生命；私人象征从它在一个文本中的使用方式那里获取意义，比如纳撒尼尔·霍桑所著的爱情小说《红字》中的那个红色大写字母 A。

symbolic order 符号界：雅克·拉康论述的人格发展的第二阶段，即 *325*

我们掌握语言的阶段。在这一阶段，我们也学会了区分性别，掌握了性别差异，懂得了文化法则和法律。此外，我们意识到父亲代表这些文化法则，因而我们掌握了一套看待世界的男性视角。

synchronic 共时的：法国结构主义者费尔迪南·德·索绪尔引介的语言学术语，他用该术语表明一种语言分析过程，即在某种语言演变的某个特定时刻来研究该语言，强调语言是如何运作的，而不是它在长时段中的历史发展过程。参见**历时的**。

syntax 句法：对一个句子的语法结构、尤其是词语或词语顺序排列的研究。语言学中使用的用来描述操控短语、从句和句子中词语排列的各种规则。

synthesis 合题：德国哲学家格奥尔格·黑格尔使用的术语，用于解释新观念是如何发生的。按照黑格尔的说法，先提出一个**正题**，紧跟着一个反陈述，即**反题**，而从接踵而来的辩论或讨论中发展出来的则是一个名为合题的新观念。

syuzhet 情节构造：俄国形式主义者维克多·什克洛夫斯基发明的术语。什克洛夫斯基认为，所有散文叙述都有两个方面：本事和情节构造。情节构造（或情节）包含了作家将故事（参见**本事**）转变为情节的所有文学手法。通过使用诸如离题、惊奇和中断等技巧，作家转变了本事，使文本成为文学作品——让文本语言具有“变得陌生”之潜能的文学作品；并更新了文本的语言观或读者的世界观，或者是对二者都有更新。

teleological 目的论的：哲学术语目的论（*teleology*）的形容词形式，对自然界中意图的依据所做的研究。它意指一种主张朝着某个已知目标（尤其是与自然相关的目标）有目的地前进的世界观或生活哲学。

tension 张力：文学批评中使用的术语，与冲突（conflict）同义。指的是在文本中运作的各种对立或冲突。

text 文本：俄国形式主义者使用的术语，指能够对各种文学手法和惯例予以客观分析的统一聚合体。

theoretical criticism 理论批评：批评的一种，它系统阐述了有关艺术本质和价值的理论、原则和宗旨。通过援引关于艺术的普遍美学和道德原则，理论批评为**实用批评**提供了一个必要的框架。

thesis 正题：由德国哲学家格奥尔格·黑格尔发展而来的术语，用于解释新观念是如何发生的。黑格尔认为，提出一个正题（陈述）之后，紧跟着一个反陈述，即**反题**。而从辩论或逻辑论证中将浮现出来的新观念即是**合题**。

thick description 厚描（一译深描）：文化人类学家克利福德·格尔茨发明的术语，经由**文化诗学**引入到文学批评。文化诗学批评家用该术语来描述那些在任何文化实践中都会出现的、看上去无足轻重却又丰富的细节。通过聚焦于这些细节，文化诗学批评家认为他们能揭示在某种文化中正在起作用的内在的矛盾力量。

third-world feminism 第三世界女性主义：**后殖民女性主义**的同义语。

third-world studies 第三世界研究：法国人口学家阿尔弗雷德·索维于20世纪初发明的术语。此术语现被**后殖民主义**所取代而不再使用。

touchstone theory 试金石理论：据19世纪的批评家、随笔作家、诗人和教师马修·阿诺德所言，学者和批评家必须“始终把那些大师的诗句和表达牢记在心，并将它们作为检验其他诗歌的试金石”。通过对比当代诗人的新近诗作与蕴含着“崇高”要素的古典诗歌，批评家将会立即见出新诗的高下优劣。精通了“大师”之作以后，杰出的批评家自身就是试金石，当代诗歌的优劣一看便知。在阿诺德的理论中，批评家成了关乎价值 326
观、文化以及趣味的权威，成为高级文化及其文学的守护者。

toxic consciousness 有毒的意识：生态批评家辛西娅·戴特林发明的术语，它指的是那些在后工业化生态系统中强调末日论主题的文学作品。

traditional historical approach 传统的历史研究方法：一种阐释方法。该方法主张批评家应将一部作品置于其历史背景中，关注作者的生平、作品写作时所在的时期以及文本和作者所处的文化环境。

tragedy 悲剧：尽管这一术语广为运用，但在文学批评中主要是指亚里士多德在《**诗学**》中的定义。悲剧是“对于一个严肃、完整、有一定长度的行动的模仿；它的媒介是语言，具有各种悦耳之音，分别在剧的各部分使用；模仿方式是借人物的动作来表达，而不是采用叙述法；借引起怜悯与恐惧来使这种情感得到**净化**”。参见**悲剧性弱点**。

transactional 交易性的： 露易丝·M·罗森布拉特提出的一个术语，用于描述在特定时间和地点，读者与文本交易时所发生的过程或事件。根据罗森布拉特的说法，文本和读者是互为条件的，因为文本充当着引发读者的各种经验、思考和想法——它们出现在读者的真实生活和阅读经验中——的刺激物或设计图。这一经验或"审美交易"的结果是**诗歌**的创造物，或者是传统意义上已被称作阐释的那种东西。参见**审美式阅读**和**交易式体验**。

transactional experience 交易式经验： 根据读者导向批评家露易丝·M·罗森布拉特的看法，在阅读过程中，阅读文本的读者与文本本身进行交易（而不是互动）。文本充当刺激物，负责从读者那里引发他们的种种经验、思考与想法，所有这些都来自读者的日常经验和阅读经验。与此同时，文本又塑造读者的经验，并对能够很好顺应文本的想法进行选择、限定和整理。这一整体事件或行为就是罗森布拉特所谓的**交易式**经验。

transcendental signified 先验所指： 法国解构论者雅克·德里达引入文学批评的术语。他试图"把西方形而上学颠倒过来"，认为从柏拉图时代直到现在，西方文化都基于一个经典的和基础性的错误之上：寻求先验所指——一种人们可以用它来构建概念或哲学的外部参照点。一旦找到了这个参照点，这个先验所指就能提供终极的意义。它能确保一个意义"中心"，使得相信这一"中心"的人可以围绕它构建他们的现实观念。在德里达看来，西方形而上学已经发明了一系列诸如此类的中心，包括上帝、理性、起源、存在、真理、人性和自我。

tripartite model 三重模型： 西格蒙德·弗洛伊德最著名的人格结构模型。在这种模型中，弗洛伊德将精神分作三个部分：**本我、自我**和**超我**。

trope 修辞： 修辞手法（figure of speech）的同义词，或不能以字面意义来理解的字词或短语。这一术语被若干批评流派所使用，并有各种不同的专门含义。

typographical model 脑解剖模型： 经西格蒙德·弗洛伊德修正的人格结构模型。在这种模型中，弗洛伊德将精神分作三个部分：**意识、前意识**与**无意识**。

unconscious 无意识： 弗洛伊德精神分析学中使用的术语，指的是人类精神中接收并储存我们那些隐藏起来的欲望、野心、恐惧、激情和非理性想法的那一部分。

undecidability 不确定性：解构论者和其他后现代批评家使用的术语，指文本意义总是处于无止境的滑动之中。与之相应，对任何文本意义的预先排除（foreclosure）都是不可能的。参见**悖谬**、**元书写**、**解构**、**失言**和**后结构主义**。

unfinalizability 非最终性：俄国形式主义批评家米哈伊尔·巴赫金发明的术语，旨在声称没有人能够对自己抑或对其他人完全了解。

ungrammatical 不合语法的：用来指称不符合某种语言的语法规则的 327
词语、短语、从句和句子的术语。

unhomeliness 无家可归：后殖民主义理论家霍米·K·巴巴发明的术语，指的是被殖民对象理解世界的方式——世界被分成两种相互敌对的文化：殖民社群和本土社群。这种**“双重（身份）意识”**常常使得那些被殖民对象感觉陷于两种文化中间，任何一种文化都不能给他提供归属感。这样的主体缺少那种“家园”文化的体验。

unprivileged 非优先的：法国解构论者雅克·德里达引入文学批评的术语。在德里达看来，西方社会将其价值和形而上学假定建立在诸如好/坏、光明/黑暗、真实/谬误等对立之上。德里达坚称，在这些配对中，西方文化都更重视或抬高第一个要素，而轻视或压低第二个要素。参见**优先的**和**二元对立**。

unvoiced 不发声的：指语言学中任何不用振动声带的声音，如/t/、/p/和/k/。

Verhältnisse 关系：按照马克思主义批评家的看法，包括我们的社会生活在内的万事万物，都处在彼此之间的动态关系之中。在马克思主义批评家看来，没有任何事物是孤立的存在。

Vermittlung 动态关系：马克思主义批评使用的术语，用来肯定世间万物的相互关联，即所有事物都处在被社会力量居间调停的动态关系之中。

virtual reader 虚设读者：叙事学家杰拉尔德·普林斯发明的术语，用来在真实读者、虚设读者和理想读者之间作出区分，普林斯认为，虚设读者是作者认为自己为他（她）而写的那种读者。参见**真实读者**和**理想读者**。

voiced 发声的：指语言学中任何一个通过声带紧密结合而引发振动、并促使空气从中通过而发出的声音，如/b/、/d/和/g/。

vulgar Marxism 庸俗马克思主义：马克思主义的一种形态，在经济基础与上层建筑之间的关系上坚持**反映论**。庸俗马克思主义认为上层建筑直接反映或映射经济基础。

wage slaves 雇佣劳动者：马克思主义批评中用来描述**无产阶级**的另一个术语。

Weltanschauung 世界观：**世界观**的德语说法。

worker's paradise，the 劳动者的天堂：按照卡尔·马克思的说法，社会的最终目标是到达其最高阶段——劳动者的天堂，在其中，仁爱的自治将会被建立起来。

worldview 世界观：根据詹姆士·塞尔（James Sire））在其著作《邻家宇宙》（*The Universe Next Door*，1997）中的说法，世界观指的是我们所有人都有意或无意持有的关于世界的基本构成的假设或预设。

Wortkunst 文学：文学的德语词，暗指文学的想象或创造性面向是其关键组成部分。

yonic symbol 外阴象征：精神分析批评中用来代表一切女性象征的术语，这些象征可以是花朵、茶杯、洞穴、花瓶等。

索　引

（所注页码为原书页码，即本书边码）

译后记

一

美国学者布莱斯勒的这本《文学批评：理论与实践导论》目前已出到第五版，而我很早就接触过它的第二版，那已是十多年前的事情了。

2000 年上半年，北京师范大学的程正民教授和王一川教授联手为文艺学专业的博士生开设一门西方文论课程。当其时也，程老师主讲巴赫金，我们细读的著作是《陀思妥耶夫斯基诗学问题》；而王老师为我们提供的便是布莱斯勒的这本英文书，那是他从加拿大多伦多大学复印回来的著作。

于是，在王老师的主持下，我们每人负责一章，写读书报告，并分别用一次课的时间讲解该章内容，形成课堂讨论。我当时的感觉是，此书虽是进入 20 世纪西方文学理论与批评的入门读物，但对于文学批评中重要的“主义”或“流派”，作者既梳理得清晰，也分析得透彻。如果把它当作教材来用，可与国内的同类教材互补互动，甚至可以说，它在某些方面弥补了国内同类教材论述中的疏漏与欠缺；如果把它当作专业论著来读，亦不失为一本好书。因为布莱斯勒各章形成的问题意识，进入问题的角度，展开论述的理路等等，都很有想法，由此也可看出美国学者致思、治学的风格和路径。

如今，在翻译完这本书之后，我似乎可以简要谈谈第五版（2011 年出版）与第二版（1999 年出版）的联系与区别了。

第五版当然是在前四版基础上的进一步修订，而与第二版相比，第五版的修改幅度不可谓不大。从章节设计上看，第二版的正文部分总计 11 章内容：批评、理论与文学的界定，文学批评史概览，新批评，读者反应批评，结构主义，解构，精神分析批评，女性主义，马克思主义，文化诗学（或新历史主义），文化研究。而第五版的 13 章题目分别是：批评、理论与文学的界定，文学批评史概览，俄国形式主义与新批评，读者导向批评，现代性/后现代主义、结构主义/后结构主义，精神分析批评，女性主义，马克思主义，文化诗学或新历史主义，后殖民主义，非裔美国文学批评，酷儿理论，生态批评。由此可看出，第五版既延续了第二版的许多内容，但也有了重大的调整、修改和补充。比如，第二版的第四章还是读者反应批评（Reader-Response Criticism），第五版的第四章则改成了读者导向批评（Reader-oriented Criticism），一词之差，反映了美国乃至西方学界对读者接受理论的最新思考。而第五版的第五章则把原来第二版的第五、六章整合为一章，在现代性、后现代主义的历史语境中展开对结构主义与后结构主义的相关思考，这样就把结构与解构焊接在一起，强调了它们之间复杂而丰富的内在关联，这章内容因此也变得更加丰富和饱满了。当然，更重要的变化还是第五版对后殖民主义、非裔美国文学批评、酷儿理论和生态批评的强调与重视，因为在第二版中，后殖民主义、非裔美国文学批评和性别研究（Gender Studies）只是寄生于第十一章的文化研究之中，它们的重要性无法体现，而第五版则让它们单独成章了。生态批评则更是前四版中从未出现过的内容，把它推到文学批评的前台，说明了它在美国学者心目中的位置。

每章的设计也有不小的调整。第二版每章除导论、历史发展、理论假设、方法论、问题分析等部分外，还有几部分内容：例文（Sample Essays）——实为对例文的简单点评；延伸阅读（Further Reading）；探究性网站（Websites for Exploration）。除此之外，每章还附学生文章（Student Essay）和专业论文（Professional Essay）各一篇，以此与各章的相关论述形成呼应。这种设计颇有新意，它甚至启发了国内相关教材的编写，如王一川先生主编的《批评理论与实践教程》（高等教育出版社，2005），我也参与其中，那里面的西方现代批评理论部分每章便有“学生范文”等设计，这其实就是在借鉴布莱斯勒的路子。但在第五版中，这些部分都被拿掉了，窃以为有些可惜。

当然，我们更应该看到第五版各章设计的新气象。第二版的“问题分析”部分虽然也在提问，但并没有指向具体作品，难免有些空泛。而由于第五版提供了霍桑的小说《好小伙布朗》，每章此部分的问题便有了用力的方向。这种设计体现了各批评流派向一个文学文本发问的可能性。而新增设的“批评与回应”部分既可看作对各章的总结陈词，也是与质疑者（其他批评流派）的互动对话。任何批评理论都有其产生的特定语境和看问题的特殊视角，自然它便不可能完美无缺。它需要回应质疑，而有无回应质疑的能力，某种程度上也决定着它的生命力是否强大。

第五版书后还附有五篇专业化程度颇高的名家论文，那或许是因为取消了先前各章的学生文章和专业论文，不得不变相补偿一下。但为什么是五篇而不是十篇呢？作者没有交代。不过面对选文内容，再去琢磨一下五篇文章与书中五章内容的关联，似乎也可猜出作者的一些用意。美国乃新批评的大本营。如今，新批评既是一种批评模式也已成为一种批评传统。大概正是由于这一原因，作者便选了布鲁克斯的《形式主义批评家》，以壮其声威。解构理论在它的发祥地法国并没有让人趋之若鹜，但在美国却曾如火如荼。而究其原因，都与 1966 年德里达访美并在会议上宣读的那篇论文（《人文科学话语中的结构、符号与嬉戏》）有关。从此往后，美国学界多了个新词——解构，而美国的一些理论家（如耶鲁“四人帮”）也大踏步地进入解构时代。既如此，德里达的这篇论文便不能不选。至于《英雄的种族中心主义：文学中的“普遍性”观念》（拉森）、《酷儿理论》（扎戈斯）和《约翰·济慈与自然：一种生态批评的探究》（泰克）三文的入选，我想是因为非裔美国文学批评、酷儿理论和生态批评这三章内容较新，作者或许是担心读者找不着北，便放了三篇论文进一步引导，以便让相关问题深而化之，扩而大之。如此这般之后，那三章内容的根基估计也就牢靠了许多。

书后的那个“术语表”也很重要，但第二版是没有这个东西的。而从第三版开始，便增加了此项内容，一直沿用、补充、完善至今。概念术语多如牛毛，很可能是当代西方文学批评的一个重要特点。而学理论的人都知道，没有术语的思维是一种简单思维，高级思维、抽象思维必须借助术语进行。（参见曹文轩：《思维论》，13～22 页，上海，上海文艺出版社，1991）因此，若想弄明白理论，先得搞清楚术语。如果对那些概念范畴一知半解或张冠李戴，理论很可能就学得一头雾水。相反，如果名词术语烂熟于心，不仅意味着理论知识掌握得牢靠，就是思维也会变得缜密起来。从这个意义上说，这个术语表并非可有可无。它既指向了书中各处的机关暗道，也能成为读者在理论之雾中摸索前行的指路明灯。

大概正是因为布莱斯勒把这本书写得简洁明了，通俗易懂，与时俱进，不断完善，自 1994 年初版以来，它便受到了美国读者的喜爱，其中既有专家学者，也有文学专业的大学生和研究生以及其他文学爱好者。瑞恩在“序言”中说，此书已是“美国文学批评方面最畅销的入门书之一”，显然并非虚言。而我知道的情况是，国内的高等教育出版社也在 2004 年引进并推出了此书的英文影印版（第三版），应该也是意识到了它的学术价值。如今，我们把这本书翻译过来，一是希望能为国内的文学理论与批评发展尽绵薄之力，二是希望国内学界了解一下美国文学理论界的动态，看看对于同样的问题，他们是如何入手思考的。当然，我们同样希望这本书能借美国读者喜爱之“西风”，让国内的专业研究者、文学爱好者也喜欢起来。

二

不过，若是谈到这本书的翻译，应该说纯属偶然。

2011 年年初，我参加中国人民大学出版社举办的一次小型学术会议，遇到了该社编辑翟江虹女士。临告别时，她塞过来这本书，想让我做一下鉴定，看看它有无翻译价值。回家后翻阅，我有些惊喜，因为它正好撞到我的枪口上了。于是我给翟编辑写邮件，谈我与这本书的相遇和感受，说眼下第五版与当年第二版的联系与区别。而最终的结论，当然是这本书值得翻译。

本来，“鉴定”完此书，也就完成了翟编辑交给我的任务，但万没想到的是，我却因此惹来了“麻烦”。随后翟编辑与我在电话里沟通，希望我来接手此书的翻译，我连忙推辞。但她马上退后一步，问我可否与我的学生联手进行。我依然有些犹豫，但还是征求了在站博士后杨玲博士和几位博士生的意见。商量的结果是大家愿意一试，于是我们于 2011 年春天启动了这本书的翻译。

翻译启动后，翟编辑因转到出版社的另一部门工作，大半年没了动静。后来，黄海飞编辑接手此事，并在 11 月底与我们签署了出版协议。他希望我们第二年的七八月份能拿出全书的译稿。

我应该是在 2012 年 3 月进入到全书的校译、统稿之中的。为了提高校译速度，我把李莎和常培杰两位同学也拉入到统稿小组，在大家相互初校的基础上进一步分工，我校第一、二、三、八、十章，李莎校第四、五、六章以及“序言”和“致读者”，并完成索引的翻译和整理。常培杰校第七、九、十一、十二、十三章。第二遍计划三人互换着校。

可以看出，为了能拿出像样的翻译，所有译者都尽心尽力了。他们查阅相关资料，请教本所（文艺学研究所）老师，相互交流切磋，力求精益求精。但是，由于大部分同学初涉译事，其中的问题也无需讳言，如漏译、误译、英文理解不准确、汉语表达不地道，等等，凡此种种，都给统校带来了相当大的难度。面对大家的译稿，我所做的主要事情是：不断改动一些章节的译文，大量写批注（有几章的批注居然写到了 200 多条），既指出翻译的问题所在，也与译者进一步推敲相关译法。如今我查看当时的好几个文件夹，仅“校对稿”就有 110 多个文档。那是我与译者、校者反复商量各章正文和术语的翻译一遍遍保存下来的东西。

就这样，我从 3 月断断续续校到 6 月，又完整折腾了一个暑假。至 9 月中旬，当我把所有的译稿过手多遍之后，才觉得这本书有了点模样，可以出手了。

但出版社那里却遇到了第三方版权问题——主要是书后“文学批评阅读材料”的五篇例文（实为六篇）存在着版权问题。根据出版社提供的信息，这几篇文章经历了“可不翻译”、“可全部翻译”、“译出后仍然存在版权问题”几个阶段。最终，出版社决定拿掉这些例文。而我与几位译者商量后则认为，为了这本书的完整与圆满，还是希望他们能想些办法，解决掉这些版权问题。出版社从善如流，接受了我们的建议。

历时一年多，第三方版权终于全部解决，这让我们感到莫大的欣慰。

译事绵延三年多，大部分译者也已今非昔比。翻译启动时，他（她）们还是在校博士生或在站博士后，如今他（她）们大都毕业或出站，已是一些高校的青年才俊。

全书的翻译及分工情况如下：

序言、致读者、“文学批评阅读材料”导言　赵勇（北京师范大学文学院）

第一章　杨玲（厦门大学中文系）

第二章、第十一章、索引　李莎（北京师范大学文学院博士生）

第三章、第五章　常培杰（中国社会科学院哲学所博士后）

第四章　赵天舒（北京大学外国语学院本科生）、赵勇

第六章　黄肖嘉（内蒙古大学文学与新闻传播学院）

第七章、第十二章　王茹（福建师范大学文学院）

第八章　魏英（西安外国语大学艺术学院）

第九章、第十章　刘剑（北京邮电大学数字媒体与设计艺术学院）

第十三章　陈丽英（南阳师范学院文学院）

术语表　由以上各章译者译出（术语散见于各章内容之中，每章译者同时译出对应于各自章节中的术语解释）

文学作品选读　霍桑：《好小伙布朗》，赵勇译、李莎校

文学批评阅读材料

布鲁克斯：《形式主义批评家》，刘剑译、常培杰校

德里达：《人文科学话语中的结构、符号与嬉戏》，杨玲译、黄肖嘉校

拉森：《英雄的种族中心主义：文学中的“普遍性”观念》，黄肖嘉译、刘剑校

扎戈斯：《酷儿理论》，李莎译、赵勇校

泰克：《约翰·济慈与自然：一种生态批评的探究》，赵勇译、马康明校

需要说明的是，本书中出现的名词术语若在国内已有固定译法，则选取最常用的那种，同时尽量考虑它们在学界的认可度。如 defamiliarization 译作“奇特化”，而未译作“陌生化”；imaginary order 译作“想象界”，而未译作“想象秩序”。如果没有固定译法，我们则反复推敲，最终确定一个译法。如 efferent reading 译为“析出式阅读”，the text and text alone 译为“文本至上”。这些译法是否妥当，还需要得到学界的检验。书中的引文也很多，若引文在哪本书中已被译成中文，则尽可能加以借鉴、参考，择其善者而从之。这也是我们启动翻译时事先敲定的一个原则。

还需要说明的是，书中出现的黑体字除个别情况外，全部是对重要术语（均收入本书“术语表”中）的强调，对应的是原书用粗黑体处理过的语词。例如，术语“**对话性杂语**”对应的是“**dialogic heteroglossia**”。书中出现的楷体字亦表示强调，对应的是原书用斜体处理过的单词，例如，“*理论*”对应的是“*theory*”。为方便读者理解，我们还增加了一些“译者注”和“校者注”。译者注来自各章译者，校者注则全部为我本人所加。

鼓捣完这本书之后，我很是感慨。翻译不易，带着学生做翻译更是不易。我跟我的学生开玩笑说，我已有了创伤内核（traumatic kernel），你们也被我整出了创伤体验（traumatic experience），我们彼此伤痕累累，一同步入了拉康所描述的境界。我个人的经历也很有意思，因为弄翻译，我大半年没怎么写文章，刚刚恢复写作时甚至都出了点情况：下笔长句子，定语套定语，有点欧化味，带些翻译腔。翻译居然能把人折腾成这种样子，这是我所始料未及的。

尽管如此，我依然感到欣慰，因为我与所有译者克服种种困难，坚持把这件事情做成了。因此，我要感谢参与这次翻译的所有译者，尤其要感谢后面几篇阅读材料的译者。2012 年 5 月，当出版社最终决定把它们翻译出来时，我意识到时间紧迫，也意识到这几篇文章难度不小，只好给他们进一步布置任务。校译阶段，我要感谢李莎和常培杰同学，他们最终被我拉入校译小组，也就花费了更多的时间，承受了比别的同学更多的压力。常培杰当时要联系出国，在一片忙乱中既译且校，很不容易。李莎当时学历最低，只是研二，但校译之事尽心尽责，让我感动。

感谢 2013 级博士生、西北师范大学文学院教师徐晓军同学。在译稿交付出版社之前，我又把它全部打印出来，再请徐晓军阅读一遍，让他以专业读者的眼光进一步挑毛病，找问题。他认真完成了这一任务。

感谢《约翰·济慈与自然：一种生态批评的探究》一文的作者泰克（Charles Ngiewih TEKE）博士。此译文最后修订时，有几处疑惑我曾向他请教，他给我提供了详尽的解释。

也要感谢出版社的几位编辑。翟编辑的信任既让我感到责任重大，又让我觉得“压力山大”。黄编辑为了此书的顺利面世，从中斡旋，很是辛苦。策划编辑刘汀博士非常关心这本书的进展。责任编辑徐德霞女士在成书过程中付出了大量的劳动。

更要感谢远在美国汉普顿大学（Hampton University）新闻与传播学院（Scripps Howard School of Journalism and Communications）任教的马康明博士。在这本书的翻译和校译过程中，每当我们有拿不准、弄不清的问题时，我都会给她写邮件求教，她也成了解疑释难的专家。2012 年 7 月，她从美国回到阔别 12 年之久的中国，脚跟还没站稳，我就拎着这本书麻烦她了。我不仅让她校出了那篇《约翰·济慈与自然：一种生态批评的探究》，而且还给她额外“分配”了一些校译任务：把第七章和第十二章那几串五花八门、没头没尾没语境的引文校出来。我搅和了她的归国之旅，心生不安，但她却总是笑呵呵的，让我感受到了友情的珍贵与美好。

最后，我也要对我的儿子赵天舒同学说声谢谢。他不仅为我拿出了第四章的初译稿，而且还成了我不时“骚扰”的对象。他在北大念法语，我却老是问他英语问题，让他颇有错位感和成就感。前年暑假，我与他同宅家中，自然更是呼之即来，挥之即去。我也充分意识到有位学外语的儿子在身旁，真是不错。

写下如上感谢的话并非例行公事，而是想说明这本书是群策群力、集体攻关的结果。如果读者诸君读了此书觉着译得还不算寒碜，那是大家的功劳；如果依然发现了问题，那责任在我。所以，当这本书即将面世之时，我依然诚惶诚恐，期待着专家学者、读者朋友的批评指正。

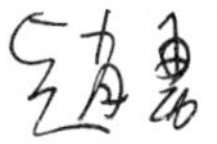

2014 年 7 月 30 日

当代世界学术名著·第一批书目

心灵与世界	[美]约翰·麦克道威尔
科学与文化	[美]约瑟夫·阿伽西
从逻辑的观点看	[美]W.V.O.蒯因
自然科学的哲学	[美]卡尔·G·亨普尔
单一的现代性	[美] F.R.詹姆逊
本然的观点	[美]托马斯·内格尔
宗教的意义与终结	[加]威尔弗雷德·坎特韦尔·史密斯
帝国与传播	[加]哈罗德·伊尼斯
传播的偏向	[加]哈罗德·伊尼斯
世界大战中的宣传技巧	[美]哈罗德·D·拉斯韦尔
一个自由而负责的新闻界	[美]新闻自由委员会
机器新娘——工业人的民俗	[加]马歇尔·麦克卢汉
报纸的良知——新闻事业的原则和问题案例讲义	[美]利昂·纳尔逊·弗林特
传播与社会影响	[法]加布里埃尔·塔尔德
模仿律	[法]加布里埃尔·塔尔德
传媒的四种理论	[美]威尔伯·施拉姆 等
传播学简史	[法]阿芒·马特拉 等
受众分析	[英]丹尼斯·麦奎尔
写作的零度	[法]罗兰·巴尔特
符号学原理	[法]罗兰·巴尔特
符号学历险	[法]罗兰·巴尔特
人的自我寻求	[美]罗洛·梅
存在——精神病学和心理学的新方向	[美]罗洛·梅
存在心理学——一种整合的临床观	[美]罗洛·梅
个人形成论——我的心理治疗观	[美]卡尔·R·罗杰斯
当事人中心治疗——实践、运用和理论	[美]卡尔·R·罗杰斯

万物简史	[美]肯·威尔伯
动机与人格(第三版)	[美]亚伯拉罕·马斯洛
历史与意志:毛泽东思想的哲学透视	[美]魏斐德
中国的共产主义与毛泽东的崛起	[美]本杰明·I·史华慈
毛泽东的思想	[美]斯图尔特·R·施拉姆
仪式过程——结构与反结构	[美]维克多·特纳
人类学、发展与后现代挑战	[英]凯蒂·加德纳,大卫·刘易斯
结构人类学	[法]克洛德·列维-斯特劳斯
野性的思维	[法]克洛德·列维-斯特劳斯
面具之道	[法]克洛德·列维-斯特劳斯
嫉妒的制陶女	[法]克洛德·列维-斯特劳斯
社会科学方法论	[德]马克斯·韦伯
无快乐的经济——人类获得满足的心理学	[美]提勃尔·西托夫斯基
不确定状况下的判断:启发式和偏差	[美]丹尼尔·卡尼曼 等
话语和社会心理学——超越态度与行为	[英]乔纳森·波特 等
社会网络分析发展史——一项科学社会学的研究	[美]林顿·C·弗里曼
自由之声——19 世纪法国公共知识界大观	[法]米歇尔·维诺克
官僚制内幕	[美]安东尼·唐斯
公共行政的语言——官僚制、现代性和后现代性	[美]戴维·约翰·法默尔
公共行政的精神	[美]乔治·弗雷德里克森
公共行政的合法性——一种话语分析	[美]O.C.麦克斯怀特
后现代公共行政——话语指向	[美]查尔斯·J·福克斯 等
政策悖论:政治决策中的艺术(修订版)	[美]德博拉·斯通
行政法的范围	[新西]迈克尔·塔格特
法国行政法(第五版)	[英]L·赖维乐·布朗,约翰·S·贝尔
宪法解释:文本含义,原初意图与司法审查	[美]基思·E·惠廷顿

英国与美国的公法与民主	[英]保罗·P·克雷格
行政法学的结构性变革	[日]大桥洋一
权利革命之后：重塑规制国	[美]凯斯·R·桑斯坦
规制：法律形式与经济学理论	[英]安东尼·奥格斯
阿蒂亚论事故、赔偿及法律(第六版)	[澳]彼得·凯恩
意大利刑法学原理(注评版)	[意]杜里奥·帕多瓦尼
刑法概说(总论)(第三版)	[日]大塚仁
刑法概说(各论)(第三版)	[日]大塚仁
英国刑事诉讼程序(第九版)	[英]约翰·斯普莱克
刑法总论(新版第2版)	[日]大谷实
刑法各论(新版第2版)	[日]大谷实
日本刑法总论	[日]西田典之
日本刑法各论(第三版)	[日]西田典之
美国刑事法院诉讼程序	[美]爱伦·豪切斯泰勒·斯黛丽，南希·弗兰克
现代条约法与实践	[英]安托尼·奥斯特
刑事责任论	[英]维克托·塔德洛斯
刑罚、责任和正义——相关批判	[英]阿伦·洛雷
政治经济学：对经济政策的解释	[瑞典]T.佩尔森，[意大利]G.塔贝里尼
共同价值拍卖与赢者灾难	[美]约翰·H·凯格尔，[美]丹·莱文
以自由看待发展	[印度]阿马蒂亚·森
美国的知识生产与分配	[美]弗里茨·马克卢普
经济学中的经验建模——设定与评价	[英]克莱夫·W·J·格兰杰
产业组织经济学(第五版)	[美]威廉·G·谢泼德，乔安娜·M·谢泼德
经济政策的制定：交易成本政治学的视角	[美]阿维纳什·K·迪克西特
博弈论经典	[美]哈罗德·W·库恩
行为博弈——对策略互动的实验研究	[美]科林·凯莫勒
博弈学习理论	[美]朱·弗登伯格，戴维·K·莱文
利益集团与贸易政策	[美]G.M.格罗斯曼，E.赫尔普曼
市场波动	[美]罗伯特·希勒
零售与分销经济学	[美]罗格·R·贝当古

世界贸易体系经济学	[美]科依勒·贝格威尔，[美]罗伯特·W·思泰格尔
税收经济学	[美]伯纳德·萨拉尼
经济学是如何忘记历史的：社会科学中的历史特性问题	[英]杰弗里·M·霍奇逊
通货膨胀、失业与货币政策	[美]罗伯特·M·索洛 等
经济增长的决定因素：跨国经验研究	[美]罗伯特·J·巴罗
全球经济中的创新与增长	[美]G.M.格罗斯曼，E.赫尔普曼
美国产业结构(第十版)	[美]沃尔特·亚当斯，詹姆斯·W·布罗克
制度与行为经济学	[美]阿兰·斯密德
企业文化——企业生活中的礼仪与仪式	[美]特伦斯·E·迪尔 等
组织学习(第二版)	[美]克里斯·阿吉里斯
企业文化与经营业绩	[美]约翰·P·科特 等
系统思考——适于管理者的创造性整体论	[英]迈克尔·C·杰克逊
组织学习、绩效与变革——战略人力资源开发导论	[美]杰里·W·吉雷 等
组织文化诊断与变革	[美]金·S·卡梅隆 等
社会网络与组织	[美]马汀·奇达夫 等
美国会计史	[美]加里·约翰·普雷维茨 等
新企业文化——重获工作场所的活力	[美]特伦斯·E·迪尔 等
文化与组织：心理软件的力量(第二版)	[荷兰]吉尔特·霍夫斯泰德 等
实证会计理论	[美]罗斯·瓦茨 等
组织理论：理性、自然和开放的系统	[美]理查德·斯科特 等
管理思想史(第五版)	[美]丹尼尔·A·雷恩
后《萨班斯—奥克斯利法》时代的公司治理	[美]扎比霍拉哈·瑞扎伊
财务呈报：会计革命	[美]威廉·比弗
当代会计研究：综述与评论	[美]科塔里 等
管理会计研究	[美]克里斯托弗·查普曼 等
会计和审计中的判断与决策	[美]罗伯特·阿斯顿 等
会计经济学	[美]约翰·B·坎宁

图书在版编目（CIP）数据

文学批评：理论与实践导论．第5版/（美）布莱斯勒（Bressler，C. E.）著；赵勇等译．—北京：中国人民大学出版社，2014.10
（当代世界学术名著）
ISBN 978-7-300-20018-7

Ⅰ.①文… Ⅱ.①布… ②赵… Ⅲ.①文学批评-西方国家 Ⅳ.①I106

中国版本图书馆CIP数据核字（2014）第252623号

当代世界学术名著
文学批评：理论与实践导论（第五版）
［美］查尔斯·E·布莱斯勒（Charles E. Bressler） 著
赵勇 李莎 常培杰 等 译
Wenxue Piping：Lilun yu Shijian Daolun

出版发行	中国人民大学出版社		
社　　址	北京中关村大街31号	**邮政编码**	100080
电　　话	010－62511242（总编室）		010－62511770（质管部）
	010－82501766（邮购部）		010－62514148（门市部）
	010－62515195（发行公司）		010－62515275（盗版举报）
网　　址	http://www.crup.com.cn		
经　　销	新华书店		
印　　刷	运河（唐山）印务有限公司		
规　　格	155 mm×235 mm　16开本	**版　　次**	2015年1月第1版
印　　张	30.75 插页2	**印　　次**	2025年4月第5次印刷
字　　数	455 000	**定　　价**	109.00元